Emile Zola

Das Glück der Familie **Rougon**

~

Übersetzt von Armin Schwarz

„Es ist ein Glücksfall, wenn ein Autor einen Familienroman so zu schreiben und zu verdichten vermag, dass wie unter einem Brennglas zugleich auch die Gesellschaft der jeweiligen Epoche zum Vorschein kommt. Zola gelingt genau das, wenn er in seinem Roman über die Familie Rougon die Zeitenwende 1851 nach dem Sturz der Republik und der Wiedereinführung der Monarchie ebenso facettenreich wie spannend erzählt." *Redaktion Gröls-Verlag* (Edition I Werke der Weltliteratur)

Redaktionelle Hinweise und Impressum

Das vorliegende Werk wurde zugunsten der Authentizität sehr zurückhaltend bearbeitet. So wurden etwa ursprüngliche Rechtschreibfehler regelmäßig *nicht* behoben, denn kleine Unvollkommenheiten machen das Buch – wie im Übrigen den Menschen – erst authentisch. Mitunter wurden jedoch zum Beispiel Absätze behutsam neu getrennt, um den Lesefluss zu erleichtern.

Wir sind bemüht, ein ansprechendes Produkt zu gestalten, welches angemessenen Ansprüchen an das Preis/Leistungsverhältnis und vernünftigen Qualitätserwartungen gerecht wird. Um die Texte zu rekonstruieren, werden antiquarische Bücher von leistungsfähigen Lesegeräten gescannt und dann durch eine Software lesbar gemacht. Der so entstandene Text wird von Menschen gegen eine Aufwandsentschädigung gegengelesen und korrigiert – Hierbei können gelegentlich Fehler auftreten. Wenn Sie ebenfalls antiquarische Texte einreichen möchten, wenden Sie sich für weitere Informationen gerne an

www.groels.de

Informieren Sie sich dort auch gerne über die anderen Werke aus unserer

Edition | Bedeutende Werke der Weltliteratur

Sie werden es mit 98,083 %iger Wahrscheinlichkeit nicht bereuen.

Die Deutsche Nationalbibliothek verzeichnet dieses Werk in der Deutschen Nationalbibliografie.

Verleger: Marcel Hermann-Josef Gröls, Poelchaukamp 20, 22301 Hamburg.
Externer Dienstleister für Distribution und Herstellung: BoD, In de Tarpen 42, 22848 Norderstedt

Inhaltsverzeichnis

Vorwort des Autors

Ich will darstellen, wie eine Familie, eine kleine Gruppe von Wesen in einer Gesellschaft sich verhält, indem sie sich entwickelt und zehn, zwanzig Menschen das Leben gibt, die auf den ersten Blick sehr verschieden scheinen, die uns aber eine genaue Prüfung innig miteinander verbunden zeigt. Die Vererbung hat ihre Gesetze wie die Schwere.

Die zwiefache Frage der Naturanlage und der Umgebung lösend, werde ich bemüht sein, jenen Faden zu finden und ihm zu folgen, der folgerichtig von einem Menschen zum anderen führt. Wenn ich einmal alle Fäden festhalte, wenn ich eine ganze Gruppe in Händen habe, werde ich sie am Werke zeigen, mittätig, als handelnde Personen eines geschichtlichen Zeitraumes; ich werde diese Gruppe vorführen, wie sie tätig ist in dem Ganzen ihres Strebens; ich werde zugleich die Summe an Willenskraft in jedem einzelnen Mitgliede der Gruppe und das allgemeine Vorwärtsdringen ihrer Gesamtheit darlegen.

Die Rougon-Macquart, die Gruppe, die Familie, die ich zum Gegenstande meines Studiums machen will, hat als kennzeichnendes Merkmal jenes Überströmen der Begierden, jenes wilde Stürmen in unserer Zeit, das sich auf die Genüsse wirft. In körperlicher Hinsicht verkörpern sie die langsame Erbschaft der Nerven- und Blutkrankheiten, die infolge einer ersten organischen Erkrankung in einem Geschlechte sich offenbaren und je nach der verschiedenen Umgebung bei jedem Einzelwesen dieses Geschlechtes die Gefühle, die Begierden, alle menschlichen Leidenschaften – natürliche, wie triebartige – bestimmen, deren Äußerungen die herkömmlichen Namen der Tugenden und Laster tragen. In geschichtlicher Hinsicht gehen sie aus dem Volke hervor, strahlen in die ganze zeitgenössische Gesellschaft aus, schwingen sich zu allen Stellungen empor, immer vermöge jenes wesentlich modernen Antriebes, den die niederen Klassen auf ihrem Zuge durch den gesellschaftlichen Körper empfangen; so geben sie die Geschichte des zweiten Kaiserreiches auf Grund ihrer besonderen Dramen, angefangen bei der Mausefalle des Staatsstreiches bis zum Verrat bei Sedan.

Seit drei Jahren sammelte ich die Belege zu diesem großen Werke, und der vorliegende Band war schon geschrieben, als der Sturz der Bonaparte, dessen ich aus künstlerischem Gesichtspunkte bedurfte und den ich wie ein Verhängnis immer am Ende des Dramas fand, ohne ihn so nahe zu wähnen, mir den schrecklichen, aber notwendigen Abschluß meines Werkes an die Hand gab. Es ist nunmehr fertig, es bewegt sich in einem geschlossenen Kreise; es wird zum Bilde einer vergangenen Herrschaft, einer seltsamen Zeit der Schmach und des Wahnsinns.

Dieses Werk, das mehrere Abschnitte bilden wird, ist demnach – wie ich mir es denke – die natürliche und soziale Geschichte einer Familie unter dem zweiten Kaiserreich. Und der erste Abschnitt: „*Das Glück der Familie Rougon*" müßte wissenschaftlich „der Ursprung" heißen.

Paris, 1. Juli 1871.
Emile Zola

Erstes Kapitel.

Wenn man Plassans durch das Römertor verläßt, das auf der Südseite der Stadt liegt, findet man rechts von der Straße nach Nizza hinter den ersten Häusern der Vorstadt ein wüstes Stück Land, das in der Gegend unter dem Namen „der Saint-Mittre-Grund" bekannt ist.

Der Saint-Mittre-Grund ist ein längliches Viereck in ziemlicher Ausdehnung, das sich in gleicher Höhe mit dem Fußsteig der Straße hinzieht, von der er nur durch einen Streifen dürren Rasens getrennt ist. Auf einer Seite des Grundstückes, rechts, zieht sich ein Sackgäßchen hin mit einer Reihe von Hütten. Links und im Hintergrunde ist das Gebiet durch zwei von Moos zerfressene Mauern abgeschlossen, über die hinweg man die Maulbeerbäume des *Jas-Meiffren* erblickt, eines größeren Besitztumes, zu dem der Eingang weiter unten in der Vorstadt zu finden ist. So von drei Seiten eingeschlossen, ist der „Saint-Mittre-Grund" eigentlich ein großer Platz, der nirgends hinführt und daher nur von Spaziergängern aufgesucht wird.

Einst war hier ein Kirchhof, der unter dem Schutze des Saint-Mittre stand, eines provençalischen Heiligen, der in dieser Gegend sehr verehrt wurde. Die älteren Leute erinnerten sich im Jahre 1851 noch, die Mauern dieses Kirchhofes, der Jahre hindurch geschlossen geblieben, gesehen zu haben. Der Boden, den man seit mehr denn einem Jahrhundert mit Leichen vollstopfte, atmete den Tod aus, und man war genötigt, am anderen Ende der Stadt einen neuen Gottesacker zu eröffnen. Nachdem er aufgelassen worden, schwand der ehemalige Friedhof mit jedem jungen Jahre mehr und bedeckte sich mit einem üppigen Pflanzenwuchs. Dieser fette Boden, in den die Totengräber keinen Spatenstich mehr tun konnten, ohne Menschenknochen aufzuwerfen, war von einer ungeheuren Fruchtbarkeit. Nach den Mairegen und den sonnigen Tagen des Juni sah man von der Straße aus die Spitzen der Gräser über die Mauern hinausragen; im Innern war ein Meer von tiefem, sattem Grün, da und dort blühten breite Blumen von seltsamem Farbenglanze. Im Schatten der eng zusammenstehenden Stengel roch man das feuchte Erdreich, das von gärenden Säften strotzte.

Eine Merkwürdigkeit dieses Grundstückes waren zu jener Zeit die Birnbäume mit den verkrümmten Zweigen und unförmigen Knoten, nach deren riesigen Früchten keine Hausfrau von Plassans Verlangen trug. Man sprach in der Stadt von diesen Birnen nur mit Ekel; aber die Vorstadtjungen waren nicht so heikel; sie erklommen des Abends scharenweise die Mauern, um die Birnen zu stehlen, noch ehe sie völlig reif waren.

Das blühende, reich sprießende Leben der Gräser und Bäume hatte bald den Tod des ehemaligen Kirchhofes von Saint-Mittre bewältigt. Der menschliche Moder wurde gierig von den Blumen und Früchten aufgesogen, und kam man an diesem Orte vorbei, so spürte man nur mehr den scharfen Duft der wilden Nelken. Wenige Sommer hatten dies zustandegebracht.

Um jene Zeit kam die Stadt auf den Gedanken, von diesem bisher brach gelegenen Gemeindebesitz Nutzen zu ziehen. Man riß die längs der Straße und des Sackgäßchens stehenden Mauern nieder und beseitigte Gräser und Birnbäume; dann verlegte man den Kirchhof. Der Boden ward bis zu einer Tiefe von mehreren Metern aufgegraben, und man warf in einem Winkel die Gebeine zuhauf, die sich in der Erde vorfanden. Die Jungen, die über den Verlust der Birnbäume untröstlich waren, spielten fast einen Monat Ball mit den Schädeln; es fanden sich Leute, die sich den schlechten Spaß machten, nächtlicherweile Schenkel- und Schienbeine an die Türglocken der Stadt zu hängen. Dieses Ärgernis, das in Plassans heute noch unvergessen ist, hörte nicht eher auf, als bis man sich entschloß, die Gebeine in einer Grube auf dem neuen Kirchhofe zu verscharren. Allein, in der Provinz werden die Arbeiten mit bedächtiger Langsamkeit ausgeführt, und die Bewohner des Ortes sahen eine Woche hindurch von Zeit zu Zeit einen einzigen Leichenkarren mit menschlichen Resten dahinziehen, als ob er Kalk führte. Das Schlimmste dabei war, daß dieser Karren Plassans in seiner ganzen Länge passieren mußte und daß er, auf dem schlechten Pflaster forthumpelnd, bei jedem Stoße Knochenstücke und Häuflein fetter Erde als Spur zurückließ. Keinerlei kirchliche Zeremonie, nur eine langsame, rohe Abfuhr. Niemals fand in einer Stadt ein so widerliches Schauspiel statt.

Mehrere Jahre hindurch blieb der ehemalige Kirchhof von Saint-Mittre ein Gegenstand des Schreckens. Am Rande einer großen Straße für alle Welt offen daliegend, blieb der Ort öde und verlassen, abermals eine Beute wilden Wachstumes. Die Stadt, die ohne Zweifel das Grundstück veräußern wollte, damit es mit Häusern bebaut werde, fand keinen Käufer; vielleicht war es die Erinnerung an den Knochenhaufen und an den vereinzelt durch die Straßenziehenden, an einen hartnäckigen, bösen Traum gemahnenden Leichenkarren, welche die Leute zurückschreckte; vielleicht auch erklärt sich die Tatsache durch die Lässigkeit der Provinz, durch jenes Widerstreben, das sie gegen alles Niederreißen und Wiederaufbauen hat. Die Stadt behielt das Grundstück, und schließlich geriet der Wunsch, es zu verkaufen, ganz in Vergessenheit. Man unterließ sogar, das Gebiet mit einem Pfahlzaun einzufrieden; jedermann konnte ungehindert ein und aus gehen. Nach und nach gewöhnte man sich im Laufe der Jahre an diesen öden Winkel; man ließ sich auf das Gras am Raine nieder; man ging wohl auch quer über das Stück Feld, kurz: der Ort belebte sich immer mehr. Als die Füße der Spaziergänger den Rasenteppich abgenützt hatten und der festgestampfte Boden grau und hart geworden war, glich der ehemalige Kirchhof einem schlecht geebneten öffentlichen Platze. Um jede peinliche Erinnerung völlig zu tilgen, gewöhnten sich die Bewohner, fast ohne es zu merken, allmählich daran, die Benennung des Gebietes zu ändern; man begnügte sich damit, bloß den Namen des Heiligen zu behalten und legte diesen auch dem Gäßchen bei; man sagte: das „Saint-Mittre-Feld" und das „Saint-Mittre-Gäßchen".

All dies ist schon lange her. Seit mehr denn dreißig Jahren hat das Saint-Mittre-Feld sein eigenartiges Aussehen. Die Stadt, viel zu lässig und sorglos, um das Grundstück auszunützen, hat es gegen ein geringes Entgelt an die Wagner der Vorstadt verpachtet, die daselbst einen Zimmerplatz eingerichtet haben. Heute noch liegen stellenweise Haufen von riesigen Balken, zehn bis fünfzehn Meter lang, herum, gleich umgestürzten hohen Pfeilern. Diese Balkenhaufen, diese parallel hingelegten Maste, die sich fortsetzen von einem Ende des Feldes bis zum anderen, sind die ewige Freude der Jungen. Einzelne Balken sind herabgeglitten, so daß stellenweise der Boden mit einer Art Parkett, aus runden Stücken bestehend, bedeckt ist, auf dem man nur mit dem Aufgebot halsbrecherischer Balancierkünste dahinschreiten kann. Den ganzen Tag sind Scharen von Kindern da, die sich dieser Leibesübung hingeben. Man sieht sie über die großen Bohlen springen, die schmalen Kanten entlang schreiten, rittlings dahinrutschen, all die verschiedenen Spiele treiben, die gewöhnlich mit einer Keilerei, mit Geheul und Gezeter endigen; oder auch es setzen sich ihrer je ein halbes Dutzend, eng aneinander gedrängt, auf die beiden Enden eines quer über die anderen gelegten Balkens und schaukeln sich stundenlang. Das Saint-Mittre-Feld ist ein Unterhaltungsplatz geworden, auf dem die Vorstadtjungen seit einem Vierteljahrhundert die Hosen zerreißen.

Was diesem verlorenen Winkel vollends einen seltsamen Charakter verliehen hat, ist der alte Brauch der durchziehenden Zigeuner, hier ihre Zelte aufzuschlagen. Sobald eines dieser Häuser auf Rädern, das einen ganzen Stamm enthält, in Plassans eintrifft, läßt es sich im Hintergrunde des Saint-Mittre-Feldes nieder. Der Platz ist denn auch niemals leer; es findet sich stets eine dieser Banden mit ihrem seltsamen Treiben, eine Truppe von braunen Männern und furchtbar dürren Weibern, zwischen denen ganze Scharen schmutziger Rangen sich am Boden wälzen. Dieses Volk lebt ohne Scham im Freien vor aller Welt, kocht seine Suppe, nährt sich von namenlosen Dingen, breitet seine Lumpen aus, schläft, prügelt sich, küßt sich, stinkt von Schmutz und Elend.

Das öde Leichenfeld, wo einst die Drohnen allein die dickblätterigen Blumen in der stillen, schwülen Sonnenglut umsummten, ist ein geräuschvoller Ort geworden, erfüllt von dem Gezanke der Zigeuner und dem Geschrei der jungen Vorstadt-Taugenichtse. Eine Sägerei, die in einem Winkel die Balken des Zimmerplatzes zerlegt, liefert mit ihrem Kreischen eine beständige dumpfe Begleitung zu den hellen menschlichen Stimmen. Die Sägerei ist ganz einfach; das Stück Holz wird quer auf zwei erhöhte Böcke gelegt, und zwei Brettschneider, der eine oben auf dem Balken sitzend, der andere unten, geblendet durch den herabfallenden Sägestaub erhalten eine starke und breite Säge in fortwährender auf- und absteigender Bewegung. Stundenlang neigen sich diese Männer so hin und her gleich Gliederpuppen mit der Regelmäßigkeit und Starrheit von Maschinen. Das von ihnen zu Brettern gesägte Holz ist im Hintergrunde längs der Mauer zwei bis drei Meter hoch aufgeschichtet und gleichmäßig in Kubikform gelegt. Diese Mühlsteinen ähnlichen Vierecke, die manchmal mehrere Jahre lang hier liegen bleiben, bis sie von Moos und Unkraut überwuchert werden, sind mit ein Reiz des Saint-Mittre-Feldes. Es ziehen sich zwischen ihnen verschwiegene, stille Pfade hin, die zu einem etwas breitern Wege führen, der zwischen den Holzstößen und der Mauer freigelassen blieb. Es ist dies ein verlassener Winkel, ein schmaler grüner Fleck, von welchem aus man nur schmale Streifen des Himmels sieht. Auf diesem Wege, dessen Wände mit Moos überzogen sind und dessen Boden mit einem Wollteppich belegt zu sein scheint, herrscht noch der üppige Pflanzenwuchs und die fröstelnde Stille des ehemaligen Kirchhofes. Man verspürt da den lauen, unbestimmten Hauch der Wollust des Todes, wie er aus den im Sonnenbrande glühenden alten Gräbern aufsteigt. Es gibt in der Umgebung von Plassans keinen Ort, wo man so sehr wie hier durch die Einsamkeit und Stille zur Liebe gestimmt würde. Hier ist es köstlich zu lieben. Als der Kirchhof geräumt ward, mußte man in diesem Winkel die Gebeine aufhäufen; heute noch kommt es vor, daß man, den feuchten Boden mit dem Fuße aufwühlend, Schädelstücke zutage fördert.

Übrigens denkt niemand mehr an die Toten, die einst unter diesem Rasen geschlummert. Bei Tage spielen die Kinder Verstecken zwischen diesen Holzstößen. Der grüne Weg bleibt unbekannt und unbenutzt. Man sieht nichts als den staubgrauen Zimmerplatz mit den umherliegenden Pfosten. Des Morgens und Nachmittags, wenn die Sonne ihre Glut herniedersendet, wimmelt das Feld von Menschen; und über all dem regen Treiben, über den Straßenjungen, die zwischen den Hölzern spielen, und den Zigeunern, die das Feuer unter ihren Suppenkesseln anfachen, hebt sich das dürre Schattenbild des Sägearbeiters, der hoch auf seinem Balken sitzt, scharf vom Himmel ab, wie er sich auf- und abwärts bewegt mit der Regelmäßigkeit eines Pendels, wie um das fröhliche, neue Leben zu regeln, das hier auf dem ehemaligen Totenacker erstanden. Nur die Alten, die auf den Balken ausruhen und sich in der Abendsonne wärmen, reden noch manchmal untereinander von den Gebeinen, die sie ehemals auf dem sagenhaften Leichenkarren durch die Straßen von Plassans hatten führen sehen.

Wenn die Nacht hereinbricht, leert sich das Saint-Mittre-Feld und gleicht dann einer tiefen, schwarzen Grube. Im Hintergrunde ist nichts als der matte Schein der Feuerstellen der Zigeuner. Von Zeit zu Zeit sieht man stille Schatten durch die dichte Finsternis huschen. Im Winter hat der Ort ein besonders düsteres Aussehen. An einem Sonntag abends, gegen sieben Uhr, verließ ein junger Mensch die Saint-Mittre-Gasse und schlich immer die Mauern entlang bis zu den Balken des Zimmerplatzes. Es war in den ersten Dezembertagen des Jahres 1851, und es herrschte eine trockene Kälte. Das Mondlicht hatte die den Wintermonden eigentümliche Klarheit. Der Zimmerplatz glich diese Nacht nicht einer dunklen Höhle wie in den regnerischen Nächten; durch breite Lichtfelder des weißen Mondes erhellt, lag er, den Beschauer zu sanfter Schwermut stimmend, in winterlicher Stille und Unbeweglichkeit da.

Der junge Mensch blieb, vorsichtig sich umschauend, einige Augenblicke am Rande des Feldes stehen. Unter seiner Jacke hielt er den Kolben einer langen Flinte fest, deren zu Boden gesenkter Lauf im Mondlicht glänzte. Er drückte die Waffe fest an sich und warf einen scharf prüfenden Blick auf die Schattenvierecke, die die Bretterstöße im Hintergrunde des Feldes warfen. Es war wie ein Damebrett aus Licht und Schatten mit scharf geschnittenen Feldern. Mitten im Felde standen auf einem kahlen, grauen Fleck die Böcke der Sägearbeiter eng aneinander gereiht, einer ungeheuerlichen geometrischen Figur gleichend, die jemand mit Tinte auf das Papier wirft. Der übrige Teil des Zimmerplatzes, der aus Balken gebildete Estrich, war ein breites Bett, wo das Mondlicht schlief, kaum getrübt durch die schmalen Schattenstreifen, die die aufgehäuften Pfosten hineinwarfen. Diese im Lichte des Wintermondes in eisiger Stille daliegenden Haufen umgestürzter, unbeweglicher Mäste, die gleichsam erstarrt waren in Kälte und Schlaf, erinnerten an die Toten des ehemaligen Kirchhofes. Der junge Mensch warf auf diesen leeren Raum nur einen flüchtigen Blick; kein Wesen, kein Hauch, keine Gefahr, gesehen oder gehört zu werden. Die dunklen Flecke des Hintergrundes beunruhigten ihn mehr. Doch nach kurzer Betrachtung wagte er sich vor und durchschritt rasch den Zimmerplatz.

Sobald er sich in Schatten gehüllt wußte, verlangsamte er seine Schritte. Er befand sich jetzt auf dem grünen Wege längs der Mauer hinter den Bretterstößen. Hier vernahm er nicht mehr das Geräusch seiner Schritte; das gefrorene Gras knisterte kaum unter seinen Füßen. Ein Gefühl der Zufriedenheit schien ihn zu erfüllen. Ihm war, als müsse er diesen Ort lieben, weil er daselbst keine Gefahr zu fürchten, nur Gutes und Liebes zu suchen habe. Er verbarg seine Flinte nicht mehr. Der Weg zog sich gleich einem schattigen Graben dahin. Stellenweise glitt das Mondlicht zwischen zwei Bretterstößen hindurch und warf einen hellen Streifen auf das Gras. Dunkel und Helle lagen gleichmäßig in tiefem, traurigem Schlaf. Nichts war mit der Stille und Ruhe dieses Weges vergleichbar. Der junge Mensch durchschritt ihn in seiner ganzen Länge. An seinem Ende, dort wo die Mauern des Jas-Meiffren einen Winkel bilden, blieb er stehen und horchte, wie um zu hören, ob nicht von dem benachbarten Grundstück her ein Geräusch vernehmbar sei. Als er nichts hörte, bückte er sich, schob ein Brett zur Seite und versteckte seine Flinte unter einem Stoß Holz.

In diesem Winkel fand sich ein alter Grabstein, der bei der Übersiedlung des alten Kirchhofes hier vergessen worden und quer gelegt eine Art hoher Bank bildete. Der Regen hatte die Ränder des Steines zermürbt, und das Moos fraß sich nach und nach in ihn ein. Beim Mondschein konnte man noch einiges von der Grabschrift auf der dem Erdboden zugeneigten Fläche des Grabsteines lesen. „Hier ruht... Marie... gestorben...", den Rest hatte die Zeit ausgelöscht.

Als der junge Mensch sein Gewehr verborgen hatte, horchte er von neuem, und da er nichts hörte, entschloß er sich, auf den Stein zu steigen. Die Mauer war niedrig; er stemmte die Ellenbogen auf die Mauerkappe. Allein jenseits der Reihe von Maulbeerbäumen, die längs der Mauer stand, sah er nichts als eine mondhelle Ebene; die Felder des Jas-Meiffren dehnten sich im Mondlichte flach und baumlos gleich einem ungeheuren Stück ungebleichter Leinwand aus. In einer Entfernung von etwa hundert Metern bildete das von dem Krautgärtner bewohnte Haus mit den Wirtschaftsgebäuden einen etwas helleren Fleck. Der junge Mensch blickte gespannt nach dieser Seite hin, als eine Turmuhr der Stadt in langsamen, tiefklingenden Schlägen die siebente Abendstunde kündete. Er zählte die

Uhrschläge, dann stieg er von dem Steine herab, gleichsam überrascht und ärgerlich.

Er setzte sich auf die Bank wie jemand, der sich gefaßt macht, lange zu warten. Er schien die scharfe Kälte nicht zu spüren. Eine halbe Stunde verharrte er regungslos, die Augen nachdenklich auf eine Schattenmasse geheftet. Er hatte sich in einen dunklen Winkel gesetzt; aber allmählich erreichte ihn der höher steigende Mond, und sein Kopf war hell beleuchtet.

Es war ein Bursche mit aufgewecktem Gesichte, dessen feiner Mund und noch zarte Haut die Jugend verrieten. Er war etwa siebzehn Jahre alt und von einer charakteristischen Schönheit. Sein mageres, langes Gesicht war wie von dem Daumenstrich eines mächtigen Bildhauers geformt; die hügelige Stirne, die vorspringenden Bogen der Augenbrauen, die Adlernase, das breite, flache Kinn, die Wangen mit den vorspringenden Backenknochen verliehen dem Kopfe einen eigenartigen Ausdruck von Kraft und Energie. Mit dem Alter mußte dieser Kopf einen ausgesprochen knochigen Charakter, die Magerkeit eines fahrenden Ritters annehmen. Allein in dieser Zeit erwachender Mannbarkeit, an Kinn und Wangen kaum mit einem schwachen Flaum bedeckt, wurde die Rauheit dieses Kopfes durch gewisse einnehmende Weichheiten gemildert, durch gewisse Winkel des Gesichtes, die noch einen unbestimmten, kindlichen Ausdruck haben. Die Augen von zartschwarzer Färbung, noch in die Unschuld der Jugend getaucht, verliehen diesem energischen Gesicht ebenfalls einen Zug von Sanftmut. Nicht alle Frauen würden diesen Knaben geliebt haben; denn er war weit entfernt von dem, was man einen hübschen Jungen nennt; allein das Ganze seiner Züge zeigte eine so feurige, anziehende Lebendigkeit, eine solche Schönheit der Begeisterung und der Kraft, daß die Dirnen der Gegend, diese heißblütigen Töchter des Südens, wohl von ihm zu träumen begannen, wenn er an schwülen Juliabenden an ihrer Haustüre vorbeikam.

Auf dem Grabstein sitzend, sann er und sann, ohne zu merken, daß er jetzt ganz im Mondlichte saß. Er war von mittlerer, etwas gedrungener Gestalt. Am Ende seiner stark entwickelten Arme saßen Arbeiterhände, die schon durch die Arbeit abgehärtet waren; die kräftigen Füße staken in groben Bundschuhen. Die Gelenke und die Glieder, die schwerfällige Haltung des Körpers kennzeichneten ihn als Sohn des Volkes; allein in der aufrechten Haltung seines Halses und in dem denkenden Ausdruck der Augen lag gleichsam eine stille Auflehnung gegen die Verrohung durch das Tagewerk, das ihn schon zu Boden zu drücken begann. Es mußte eine verständige Natur sein, ertränkt in der Schwerfälligkeit seines Stammes und seines Berufes; einer jener fein gearteten und auserlesenen Geister, die sich im Fleische selbst kundgeben und darunter leiden, daß sie nicht siegreich und strahlend ihre plumpe Hülle verlassen können. Trotz seiner Kraft schien er schüchtern und zaghaft zu sein; er schämte sich gleichsam unbewußt, sich so unvollständig zu fühlen und nicht zu wissen, wie er sich vervollständigen solle. Ein wackeres Kind, dessen Unwissenheit sich in Begeisterung verwandelt hatte; ein Mannesherz, unterstützt durch die Vernunft eines Knaben, der Hingebung fähig wie ein Weib und dabei mutig wie ein Held. An diesem Abend war er mit Beinkleid und Jacke von grünem Wollsammet bekleidet; ein Hut von weichem Filz, der ihm leicht auf dem Hinterkopfe saß, warf einen Schattenstreif auf seine Stirn.

Als die benachbarte Turmuhr die halbe Stunde schlug, fuhr er plötzlich aus seiner Träumerei auf. Er sah sich in voller Beleuchtung und schaute sich besorgt um. Mit einer hastigen Bewegung zog er sich in das Dunkel des Schattens zurück, aber er konnte den Faden seiner Träumerei nicht wiederfinden. Er fühlte jetzt, daß seine Hände und Füße froren, und die Unruhe bemächtigte sich seiner von neuem. Er klomm wieder hinan, um einen Blick nach den Jas-Meiffren zu werfen, der still und öde dalag. Als er dann nicht mehr wußte, wie er die Zeit totschlagen solle, holte er unter dem Bretterhaufen seine Flinte hervor und begann, mit dem Hahn zu spielen. Es war ein langer und schwerer Karabiner, der einst ohne Zweifel irgendeinem Schmuggler gehört hatte; an dem dicken Kolben und der starken Schwanzschraube des Laufes erkannte man die einstige Steinschloßflinte, die ein Büchsenmacher der Gegend zu einer modernen Schießwaffe umgewandelt hatte. Auf den Pachthöfen findet man noch solche Karabiner über den Kaminen hängen. Der junge Mensch tändelte mit seiner Waffe; er ließ wohl zwanzigmal den Hahn spielen, fuhr mit dem kleinen Finger in den Lauf und prüfte aufmerksam den Kolben. Allmählich flammte seine jugendliche Begeisterung auf, in die sich ein Zug von Kinderei mengte. Er legte den Karabiner an die Wange und zielte ins Leere wie ein Rekrut, der sich einübt.

Bald mußte die achte Stunde schlagen. Der junge Mensch hielt seit einer Minute seine Waffe angelegt, als eine Stimme, leise wie ein Hauch, müde und keuchend, aus dem Jas-Meiffren herüber vernehmbar wurde.

Bist du da, Silvère? Fragte die Stimme.

Silvère ließ das Gewehr fallen und war mit einem Satze auf dem Grabstein.

Ja, ja, erwiderte er, ebenfalls mit gedämpfter Stimme... Warte, ich will dir behilflich sein.

Noch hatte er den Arm nicht ausgestreckt, als der Kopf eines jungen Mädchens über der Mauer erschien. Mit seltenerBehendigkeit hatte das Kind den Stamm eines Maulbeerbaumes ergriffen und war emporgeklettert wie ein Kätzchen. An der Sicherheit und Leichtigkeit ihrer Bewegungen konnte man sehen, daß sie mit diesem seltsamen Wege wohl vertraut war. In einem Nu saß sie auf der Mauerkappe. Nun nahm Silvère sie in seine Arme und stellte sie auf die Bank. Allein sie wehrte sich.

Laß doch, sagte sie mit munterem Lächeln... Ich kann allein hinab.

Als sie auf dem Steine stand, fragte sie:

Wartest du schon lange?... Ich bin gelaufen... bin ganz atemlos.

Silvère antwortete nichts. Er schien zum Lachen nicht gelaunt und betrachtete das Kind mit bekümmerter Miene. Dann setzte er sich zu ihr und sagte:

Ich wollte dich sehen, Miette, und würde selbst die ganze Nacht auf dich gewartet haben. Morgen mit Tagesanbruch ziehe ich fort.

Miette hatte inzwischen die im Grase liegende Waffe bemerkt. Sie ward sogleich sehr ernst und flüsterte:

Ach, es ist also entschieden!... da ist deine Flinte.

Sie schwiegen eine Weile.

Ja, ich gehe, sagte Silvère mit schwankender Stimme... das ist mein Gewehr... Ich hielt es für besser, es schon heute abend aus dem Hause zu schaffen; morgen würde Tante Dide vielleicht bemerkt haben, daß ich es wegnehme, und es würde sie beunruhigt haben. Ich will es hier verstecken, und ehe wir aufbrechen, will ich mir es holen.

Da es schien, als könne Miette die Augen nicht mehr wegwenden von der Waffe, die er törichterweise im Grase hatte liegen lassen, erhob er sich und schob die Flinte von neuem unter den Holzstoß.

Wir haben heute morgen erfahren, sagte er und nahm neben ihr wieder Platz, daß die Aufständischen von La Palud und von Saint-Martin de Vaulx im Anzuge seien und die letzte Nacht in Alboise zugebracht haben. Es ist beschlossen worden, daß wir uns ihnen anschließen. Heute nachmittag hat ein Teil der Arbeiter von Plassans die Stadt verlassen, die übrigen werden morgen zu ihren Brüdern stoßen.

Das Wort „Brüder" sprach er mit einer wahrhaft knabenhaften Begeisterung aus. Immer lebhafter werdend fuhr er mit scharf vibrierender Stimme fort:

Der Kampf wird unvermeidlich; aber das Recht ist auf unserer Seite; wir werden siegen.

Miette hörte ihm zu und blickte starr vor sich hin. Als er schwieg, sagte sie einfach:

Es ist gut.

Nach einer Weile setzte sie hinzu:

Du hattest mich benachrichtigt... aber ich hoffte dennoch... Nun ist's entschieden...

Sie fanden keine anderen Worte. Der verlassene Winkel des Werkplatzes, der grüne Weg an der Mauer versank wieder in trübes Schweigen; nur der helle Mond warf den Schatten der Holzstöße rund umher auf das Gras. Die Gruppe der beiden jungen Leute auf dem Grabstein war im bleichen Mondlicht unbeweglich und stumm geworden. Silvère hatte den Arm um den Leib Miettes gelegt, und diese lehnte sich an die Schulter des Burschen. Sie tauschten keine Küsse aus, nur eine Umarmung, in der die Liebe die zärtliche Unschuld einer geschwisterlichen Zuneigung annahm.

Miette war in einen großen braunen Mantel mit Kapuze gehüllt, der bis zu ihren Füßen hinunter fiel und sie ganz bedeckte. Man sah bloß ihren Kopf und ihre Hände. Die Frauen aus dem Volke, Bäuerinnen und Arbeiterinnen, tragen in der Provence heute noch diese breiten Mäntel, deren Mode eine recht alte sein muß. Wie sie gekommen war, hatte Miette die Kapuze zurückgeworfen. Als heißes junges Blut, das im Freien lebte, trug sie niemals eine Haube. Ihr unbedeckter Kopf hob sich kräftig von der mondbeleuchteten Mauer ab. Es war ein Kind, im Begriffe zum Weibe zu reifen. Sie befand sich in jenem unbestimmten, liebenswürdigen Alter, wo das Kind zur Jungfrau wird. In diesem Alter hat jedes Mädchen die Zartheit der sprießenden Knospe, eine Unfertigkeit der Formen, die einen köstlichen Reiz hat; in der unschuldigen Schmächtigkeit der Kindheit äußern sich schon die ersten Anzeichen der vollen, wollüstigen Linien der Erwachsenen; das Weib löst sich los mit der ersten züchtigen Verwirrung, noch zur Hälfte das Aussehen des kleinen Mädchens bewahrend und unwillkürlich in jeden seiner Züge das Zeugnis seines Geschlechtes legend. Für manche Mädchen ist dies eine schlimme Stunde; sie schießen plötzlich in die Höhe, werden häßlich, gelb, gebrechlich wie allzu rasch gediehene Pflanzen. Für Miette und für alle, die blutreich sind und in der freien Luft leben, ist's eine Stunde alles durchdringender Anmut, wie sie niemals wiederkehrt. Miette war dreizehn Jahre alt. Obgleich sie schon stark war, würde man sie doch nicht für älter gehalten haben, so sehr erhellte sich ihr Antlitz manchmal in einem frohen, kindlich-unschuldigen Lachen. Sie mußte übrigens schon mannbar sein; das Weib entwickelte sich sehr früh in ihr dank dem Klima und dem arbeitsamen Leben, das sie führte. Sie war fast so groß wie Silvère, stark und strotzend von Leben und Gesundheit. Gleich ihrem Freunde war auch sie von nicht gewöhnlicher Schönheit; man konnte sie nicht häßlich finden, aber sie mußte vielen jungen Leuten mindestens seltsam erscheinen. Sie hatte prachtvolles Haar; dicht und gerade in der Stirne wurzelnd, fiel es machtvoll zurück gleich einer aufspringenden Woge, dann floß es über Scheitel und Nacken herab wie eine tintenschwarze, launische, wellige Flut. Das Haar war so dicht, daß sie es nicht zu bewältigen vermochte und es ihr eine Last war. Sie wickelte es in mehrere Knoten von der Größe einer Faust zusammen, so stark sie nur konnte, damit es so wenig Platz wie möglich einnehme, und steckte es am Hinterkopfe auf. Sie hatte keine Zeit, sich lange mit ihrem Kopfputz zu beschäftigen, aber diese riesige Haarflechte, ohne Spiegel und in aller Hast gewunden, gewann unter ihren Fingern dennoch eine ungewöhnliche Anmut. Wenn man sie mit diesem lebendigen Helm bedeckt sah, mit diesem Haufen krauser Haare, die in reicher Fülle über Schläfen und Nacken hinabflössen gleich einem Tierfell, begriff man, weshalb sie unbedeckten Hauptes ging, unbekümmert um Sturm und Wetter. Unter der dunkeln Linie des Haares hatte die sehr niedrige Stirne die Form und die goldschimmernde Farbe eines Halbmondes; die vorspringenden, großen Augen; die kurze, an den Flügeln breite, am Ende aufgestülpte Nase; die allzu starken und allzu roten Lippen: sie würden häßlich geschienen haben, wenn man sie einzeln betrachtet hätte. Allein wenn man sie in der reizenden Rundung des Antlitzes, in dem regen Spiel des Lebens sah, bildeten diese Einzelheiten des Gesichtes ein Ganzes von seltsamer und ergreifender Schönheit. Wenn Miette lachte, den Kopf rückwärts leicht auf die rechte Schulter neigend, glich sie der antiken Bacchantin mit ihrer von hellem Frohsinn geschwellten Brust, ihren runden, vollen Kinderwangen, ihren breiten, weißen Zähnen, ihren Wülsten krauser Haare, welche die Ausbrüche der Freude auf ihrem Nacken tanzen ließen, gleich einem Kranze von Weinlaub. Um in ihr die Jungfrau, das Mädchen von dreizehn Jahren zu erkennen, mußte man sehen, wie viel Unschuld in diesem hellen, geschmeidigen Lachen des reifen Weibes lag, mußte man insbesondere die noch kindliche Zartheit des Kinns und die weiche Reinheit der Schläfen sehen. Das von der Sonne angehauchte Antlitz Miettens nahm an gewissen Tagen den Schein des Bernsteins an. Ein feiner, schwarzer Flaum warf bereits einen leichten Schatten auf ihre Oberlippe. Die harte, unaufhörliche Arbeit begann bereits ihre kurzen, kleinen Hände zu verunstalten, die bei einem müßigen Leben liebliche, fette Hände einer kleinen Bürgerin geworden wären.

Miette und Silvère blieben lange stumm; sie suchten in ihren unruhigen Gedanken zu lesen und in dem Maße, wie sie sich zusammen in die Angst und in das Unbekannte des kommenden Tages versenkten, ward ihre Umarmung fester und inniger. Das Mädchen konnte indes nicht länger an sich halten; sie drohte zu ersticken und sprach in einem Satze den Gedanken aus, der beide beunruhigte.

Du wirst wiederkehren, nicht wahr? Stammelte sie, indem sie sich Silvère an den Hals warf. Silvère fand keine Antwort; die Kehle war ihm wie zugeschnürt, und er fürchtete in Tränen auszubrechen wie sie. Er küßte sie wie ein Bruder, der keinen anderen Trost findet. Sie lösten sich aus der Umarmung und versanken wieder in das frühere Stillschweigen.

Nach kurzer Zeit fuhr Miette fröstelnd zusammen. Sie lehnte sich nicht mehr an die Schulter Silvère's; sie fühlte ihren Körper zu Eis erstarren. Noch am vorhergehenden Abend würde sie nicht so gefroren haben in dieser verlassenen Allee auf diesem Grabstein, wo sie schon seit einigen Jahren, in der Stille des alten Kirchhofes, so glücklich ihrer Liebe lebten.

Mich friert's! sagte sie, und schlug die Kapuze ihres Mantels herauf.

Wollen wir einen Gang machen? Fragte der junge Mensch. Es ist noch nicht neun Uhr; wir können einen Spaziergang auf die Straße machen.

Miette dachte, daß sie vielleicht lange Zeit nicht wieder die Freude eines Stelldicheins haben werde, einer jener Abendplaudereien, die sie tagelang ersehnte.

Ja, gehen wir, sagte sie lebhaft; gehen wir bis zur Mühle. Ich bleibe die ganze Nacht bei dir, wenn du willst.

Sie stiegen von der Bank herab und verbargen sich hinter einem Bretterhaufen. Hier öffnete Miette ihren wattierten, mit rotem Wollstoff gefütterten Mantel und warf einen Flügel dieses breiten und warmen Kleidungsstückes über die Schulter Silvères, ihn so ganz einhüllend und in einem und demselben Kleidungsstücke an sich schließend. Sie legten sich wechselseitig einen Arm um den Leib, um so nur eins auszumachen. Als sie dergestalt zu einem Wesen verschmolzen waren, als sie dermaßen in die Falten des Mantels eingehüllt waren, daß sie jede menschliche Form verloren, setzten sie sich mit kurzen Schritten in Gang, wandten sich nach der Heerstraße und durchschritten furchtlos die mondhellen Räume des Werkplatzes. Miette hatte Silvère eingehüllt und dieser hatte sich dem Beginnen in einer ganz natürlichen Weise gefügt, als ob der Mantel ihnen jeden Abend den nämlichen Dienst geleistet habe.

Auf der Straße nach Nizza, zu deren beiden Seiten die Vorstadt erbaut war, standen noch im Jahre 1851 hundertjährige Ulmen, alte Riesen, großartige, mächtige Ruinen, welche die weise Stadtverwaltung seither durch kleine Platanen ersetzt hat. Als Silvère und Miette unter den alten Bäumen angelangt waren, deren knotige, unförmlich verschränkte Zweige ihre Schatten auf den vom Monde beleuchteten Fußweg warfen, begegneten sie zwei- oder dreimal dunklen Massen, die sich eng an den Häusern vorwärtsbewegten. Es waren Liebespärchen wie sie, dicht eingeschlossen in den Zipfel eines Überwurfes, im Dunkel des Schattens ihre stille Liebe spazieren führend.

Die Liebenden in den Städten des Südens haben diese Art spazieren zu gehen. Die Burschen und Mädchen aus dem Volke, die eines Tages Mann und Frau werden sollten, aber gern geneigt sind, sich auch schon vorher zu umarmen und zu küssen, wissen nicht, wohin sie flüchten sollen, um ungestört ein Küßchen auszutauschen, ohne sich allzusehr dem Klatsch auszusetzen. Obgleich die Eltern ihnen volle Freiheit lassen, würden sie doch, wenn sie in der Stadt ein Zimmer mieten wollten, um da allein zu sein, schon am nächsten Tage der Gegenstand des allgemeinen Ärgernisses sein; anderseits haben sie nicht jeden Abend Zeit, die Einsamkeit im Freien zu suchen. Da nehmen sie denn zu einem Auskunftsmittel ihre Zuflucht; sie gehen in die Vorstädte auf die leeren Flecke, in die Alleen der Heerstraße, kurz an alle Orte, wo es wenig Leute und viele Schlupfwinkel gibt. Und da sich alle Leute gegenseitig kennen, tun sie ein übriges an Vorsicht und machen sich unkenntlich, indem sie sich in ihre weiten Mäntel einhüllen, in denen eine ganze Familie Platz fände. Die Eltern dulden diese Spaziergänge im nächtlichen Dunkel; die Sittenstrenge der Gegend scheint darüber nicht entrüstet zu sein. Man weiß, daß die Verliebten in keinem Winkel stehen bleiben, auf den verlassenen Wiesengründen sich nicht niederlassen, und das genügt, um die Besorgnisse der Züchtigen zu beschwichtigen. Während des Spazierganges können sie sich höchstens küssen. Indessen kommt es doch manchmal vor, daß eine Dirne fällt. Dann weiß man, daß das Liebespärchen sich gesetzt hat.

Es gibt in Wahrheit nicht Reizenderes als diese Liebes-Spaziergänge. Da äußert sich voll und ganz die einschmeichelnde und erfinderische Einbildungskraft des Südens. Es ist ein wirklicher Mummenschanz, ergiebig an kleinen Freuden, die selbst dem Ärmsten zugänglich sind. Die Geliebte braucht nur den Mantel zu öffnen und bietet dem Liebhaber einen fertigen Zufluchtsort; sie birgt ihn an ihrem Herzen, in der Wärme ihrer Kleidung, wie die kleinen Bürgersfrauen ihre Liebhaber unter ihren Betten oder in den Schreinen verstecken. Die verbotene Frucht hat einen besonders süßen Geschmack. Man genießt sie im Freien inmitten von gleichgültigen Menschen die Heerstraße entlang. Was dabei köstlich ist, was diesen ausgetauschten Küssen eine ganz besondere Wollust verleiht, das ist die Gewißheit, sich straflos vor aller Welt küssen zu können; ganze Abende auf öffentlicher Straße Arm in Arm zubringen zu können, ohne Gefahr erkannt und mit Fingern gezeigt zu werden. So ein Pärchen ist eine dunkle Masse, und eins gleicht dem andern. Für den späten Spaziergänger, der diese Massen undeutlich sich fortbewegen sieht, ist's nichts weiter als die vorübergehende, die namenlose Liebe; die Liebe, die man errät, aber nicht kennt. Die Verliebten wissen, daß sie wohlgeborgen sind; sie plaudern mit leiser Stimme, sie wissen, daß sie zu Hause sind; zumeist haben sie einander nichts zu sagen; stundenlang wandeln sie selig dahin, Leib an Leib, in denselben Stoffzipfel eingewickelt. Dies ist überaus wonnig und überaus keusch zugleich. Das Klima ist der große Schuldige; das Klima allein hat wohl ursprünglich die Liebenden eingeladen, die Winkel der Vorstädte als Zufluchtsorte aufzusuchen. Wenn man in einer schönen Sommernacht einen Gang durch Plassans macht, wird man hinter jedem Stück Mauer ein Pärchen unter der Kapuze finden. Manche Orte, der Saint-Mittre-Grund zum Beispiel, sind mit diesen dunklen Dominos bevölkert, die langsam, geräuschlos aneinander vorbeihuschen in der milden, lauen Nacht. Man glaubt die Gäste eines geheimnisvollen Balles zu sehen, den die Sterne den Liebespaaren der armen Volksklassen geben. Wenn es zu warm ist und die jungen Mädchen ihre Mäntel nicht mehr tragen, schlagen sie einfach den Rock über den Kopf. Im Winter kümmern sich die Liebespärchen wenig um die Kälte. Während Silvère und Miette die Nizzaer Straße dahinschritten, dachten sie gar nicht daran, über die Kälte der Dezembernacht zu klagen.

Die beiden jungen Leute durchschritten die schweigende Vorstadt, ohne ein Wort zu wechseln. In stiller Wonne hatten sie den warmen Reiz ihrer Umarmung wiedergefunden. Ihre Herzen waren betrübt; in dem Glücke, das sie empfanden, indem sie sich aneinanderschmiegten, lag. Die schmerzliche Aufregung eines Abschiedes, und es war ihnen, als würden sie niemals die Süßigkeit und die Bitternis dieser Stille erschöpfen, die ihren Gang verlangsamte. Bald wurden die Häuser seltener, sie waren am Ende der Vorstadt angelangt. Hier ist der Eingang zum Jas-Meiffren, zwei starke Pfeiler, durch ein Eisengitter verbunden, durch dessen Stäbe eine lange Allee von Maulbeerbäumen zu sehen ist. Als Silvère und Miette hier vorbeikamen, warfen sie unwillkürlich einen Blick auf diesen Grundbesitz.

Jenseits des Jas-Meiffren senkt sich die Heerstraße einen sanften Abhang hinab bis zu einer Talsohle, die einem Flüßchen, der Viorne, als Bett dient, die im Sommer ein Bach, im Winter zum reißenden Strom wird. In jener Zeit setzte die Ulmen-Allee hier sich fort und machte aus der Heerstraße eine prächtige Zufahrt, die den mit Getreide und verkümmerten Weingärten bebauten Abhang mit einem breiten Bande von Riesenbäumen durchschnitt. In dieser Dezembernacht, im klaren, kalten Mondlicht, dehnten zu beiden Seiten der Straße die frisch bearbeiteten Felder sich dahin wie weite Lagen grauer Watte, an der alles Geräusch erstirbt. Das ferne, dumpfe Gemurmel des Wassers derViorne brachte allein ein Leben in die unermeßliche Stille der Landschaft.

Als die jungen Leute den Abhang hinabzusteigen begannen, kehrten die Gedanken Miettes zu dem Jas-Meiffren zurück, den sie soeben hinter sich gelassen hatten.

Ich konnte heute abend nur schwer abkommen, sagte sie. Mein Oheim wollte mich nicht fortlassen. Er hat sich in einen Keller eingeschlossen; ich glaube, er hat daselbst sein Geld vergraben, denn er schien heute morgens sehr erschrocken über die Ereignisse, die sich vorbereiten.

Silvère schloß sie noch enger an sich.

Fasse Mut! Sprach er. Es wird eine Zeit kommen, da wir uns frei den ganzen Tag werden sehen können. Du mußt dich nicht kränken...

Ach, du hast noch Hoffnung! Rief sie, den Kopf schüttelnd... Sieh! An manchen Tagen bin ich gar sehr traurig. Nicht die schweren Arbeiten bekümmern mich, im Gegenteil: ich bin oft glücklich über die Härte meines Oheims und die Schwere der Arbeiten, die er mir auferlegt. Er hat recht getan, eine Bäuerin aus mir zu machen; ich wäre sonst vielleicht auf Abwege geraten. Denn, siehst du, Silvère: es gibt Augenblicke, wo ich mich verwünscht glaube... Dann möchte ich am liebsten tot sein... Ich denke an... Du weißt schon an wen...

Bei diesen letzten Worten erstarb die Stimme des Mädchens in einem Schluchzen. Silvère unterbrach sie in einem fast rauhen Tone.

Schweig! Sagte er. Du hast mir versprochen, weniger an diese Sache zu denken. Es ist doch nicht dein Verbrechen!... Dann fügte er sanfter hinzu:

Wir haben einander sehr lieb, nicht wahr? Sind wir erst Mann und Frau, dann sollst du keine bösen Stunden mehr haben.

Ich weiß, flüsterte Miette; du bist gut, du reichst mir die Hand. Aber es ist einmal so: ich habe Angst und fühle manchmal einen Aufruhr in mir. Mich dünkt, man habe mir unrecht getan und dann drängt es mich, schlecht zu sein. Dir öffne ich mein Herz. So oft man mir den Namen meines Vaters ins Antlitz schleudert, fährt es mir wie ein Brand über den ganzen Leib. Wenn ich über die Straße gehe und die Jungen mir nachrufen: „He, da geht die Chantegreil!“ so bringt mich das außer Rand und Band; ich möchte sie fassen und prügeln.

Nach einem grollenden Schweigen fuhr sie fort:

Du bist ein Mann... trägst ein Gewehr und schießt... du bist glücklich!...

Sivère hatte sie ruhig reden lassen. Nach einigen Schritten sagte er mit bekümmerter Stimme:

Du hast unrecht, Miette; es ist schlimm von dir, dich dem Zorn zu überlassen. Gegen die Justiz soll man sich nicht auflehnen. Ich ziehe in den Kampf für unser aller Recht; ich habe keine Rache zu befriedigen.

Gleichviel, fuhr das Mädchen fort; ich möchte ein Mann sein und schießen dürfen. Ich glaube, es würde mir wohltun.

An Silvères Schweigen merkte sie, daß sie ihn geärgert habe. Das brachte sie zu sich. Sie stammelte in flehendem Tone:

Du zürnst mir doch nicht? Dein Fortgehen betrübt mich und bringt mich auf solche Gedanken. Ich weiß wohl, daß du recht hast, daß ich demütig sein muß...

Sie begann zu weinen. Silvère war gerührt; er faßte ihre Hände und küßte sie.

Sei ruhig, sprach er in zärtlichem Tone; aus dem Zorn fällst du ins Weinen wie ein Kind. Du mußt Vernunft annehmen. Ich will dich nicht schelten... Ich möchte dich nur zufriedener sehen, und das hängt hauptsächlich von dir ab. Das Drama, dessen Erinnerung Miette so schmerzlich heraufbeschworen, versetzte das Liebespaar in eine trübe Stimmung, die einige Minuten währte. Gesenkten Hauptes, in ihre Gedanken vertieft gingen sie weiter. Nach einer Weile begann Silvère wieder:

Und glaubst du etwa, ich sei glücklicher als du? Was wäre aus mir geworden, wenn meine Großmutter sich meiner nicht angenommen, mich nicht erzogen hätte? Mit Ausnahme meines Oheims Anton, der ein Arbeiter ist wie ich und mich die Republik lieben gelehrt hat, fürchten alle meine Verwandten, sich an mir zu beschmutzen, wenn ich an ihnen vorbeikomme.

Er ward allmählich lebhafter, während er diese Worte sprach; mitten auf der Straße war er stehen geblieben und hatte auch Miette zurückgehalten.

Gott ist mein Zeuge, fuhr er fort, daß ich niemanden beneide und niemanden gering achte. Aber wenn wir siegen, werde ich diesen feinen Herren doch meine Meinung sagen, wer und was sie sind. Onkel Anton weiß davon schöne Dinge zu erzählen. Wenn wir zurückkehren, sollst du sehen... Wir werden frei und glücklich leben...

Miette zog ihn sachte weiter. Sie setzten ihren Spaziergang fort.

Du liebst deine Republik sehr, sagte das Kind mit einem Versuch zu scherzen. – Liebst du mich ebenso.

Sie lachte; aber in ihrem Lachen lag ein Zug von Bitterkeit. Vielleicht sagte sie sich, daß Silvère sie leichthin verlasse, um in die weite Welt zu laufen. Der Bursche erwiderte in ernstem Tone:

Du bist mein Weib; ich habe dir mein ganzes Herz geschenkt. Ich liebe die Republik, weil ich dich liebe. Wenn wir einmal verheiratet sind, werden wir viel Glück benötigen, und um einen Teil dieses Glückes zu erringen, ziehe ich morgen früh fort. Du wirst mir doch nicht raten wollen, zu Hause zu bleiben?

o nein! Rief das Mädchen lebhaft. Ein Mann muß stark sein. Der Mut ist eine schöne Sache! Du mußt mir verzeihen, daß ich eifersüchtig bin. Ich möchte ebenso stark sein wie du. Du würdest mich dann noch mehr lieben, nicht wahr?

Sie schwieg eine Weile, dann fügte sie lebhaft und mit lieblicher Treuherzigkeit hinzu:

Ach, wie gern werde ich dich küssen, wenn du wiederkehrst!

Dieser Aufschrei eines liebevollen und mutigen Herzens rührte Silvère tief. Er nahm Miette in seine Arme und drückte ihr mehrere Küsse auf die Wangen. Das Kind lachte und wehrte sich nur schwach. Sie war tief bewegt und ihre Augen standen voll Tränen.

Die Landschaft ringsumher lag in tiefem Schlafe, in der unermeßlichen Stille der winterlichen Kälte. Sie waren in der Mitte des Abhanges angekommen. Links stand ein ziemlich hoher Hügel, auf dessen Gipfel im Mondlichte die Ruine einer Windmühle zu sehen war. Der Turm allein war noch übrig geblieben, und auch dieser lag auf einer Seite in Trümmern. Dies war das Ziel, das die jungen Leute ihrem Spaziergang gesetzt hatten. Seitdem sie die Vorstadt hinter sich gelassen, gingen sie geradeaus, ohne einen Blick auf die Felder zu werfen, die sie umgaben. Nachdem Silvère das Mädchen geküßt hatte, blickte er auf und bemerkte die Mühle.

Wie schnell wir gegangen sind! Rief er. Da ist die Mühle. Es muß bald halb zehn Uhr sein. Wir müssen umkehren.

Miette machte ein Mäulchen.

Laß uns noch ein kleines Stück gehen, bat sie. Nur einige Schritte, bis zum kleinen Übergang.

Silvère nahm sie lächelnd um den Leib, und sie setzten ihren Abstieg fort. Sie fürchteten die Blicke der Neugierigen nicht mehr; seit den letzten Häusern der Vorstadt waren sie niemandem mehr begegnet. Nichtsdestoweniger blieben sie in ihren Mantel eingehüllt. Dieses gemeinsame Kleid war wie ein natürliches Nest ihrer Liebe; so viele glückliche Abende hatte es sie geborgen! Wären sie getrennt nebeneinander einhergegangen, sie wären sich in der weiten Landschaft so klein, so vereinsamt vorgekommen; es beruhigte sie, es machte sie in den eigenen Augen größer, daß beide zusammen nur ein Wesen bildeten. Durch die Falten des Mantels hindurch betrachteten sie die Felder, die sich zu beiden Seiten der Straße ausbreiteten, ohne jene erdrückende Wirkung zu fühlen, welche der Anblick der weiten, eintönigen Fläche auf die zarten Empfindungen der Menschen ausübt. Es war ihnen, als hätten sie ihr Haus mitgenommen, und sie genossen den Anblick der Landschaft, wie man ihn durch ein Fenster genießt; sie liebten diese stille Einsamkeit, diese breiten Felder schlummernden Lichtes, dessen Enden und Winkel der Natur, die da verschwommen auftauchten, bedeckt mit dem Laken des Winters und der Nacht, dieses ganze Tal, das sie zwar entzückte, aber doch nicht stark genug war, um sich zwischen ihre aneinander geschmiegten Herzen einzudrängen.

Sie hatten übrigens aufgehört, ein zusammenhängendes Gespräch zu führen; sie sprachen nicht mehr von anderen, sie sprachen auch nicht von sich selbst; sie gehörten ganz dem Augenblick, tauschten von Zeit zu Zeit einen Händedruck, stießen bei dem Anblick eines Winkels der Landschaft einen Ruf der Bewunderung aus, sprachen nur wenig, fast ohne zu hören, was sie sagten, gleichsam eingeschlummert in der Wärme ihrer Körper. Silvère vergaß seine Begeisterung für die Republik; Miette dachte nicht mehr daran, daß ihr Geliebter sie binnen einer Stunde für lange Zeit, vielleicht für immer verlassen sollte. So kam es, daß sie wie an gewöhnlichen Tagen, wenn ihre Zusammenkunft von keinem Abschiede bedroht war, sich in das Glück ihrer Liebe versenkten.

Sie schritten noch immer weiter. Bald kamen sie zu dem kleinen „Übergang“, von welchem Miette gesprochen hatte. Es war dies ein schmaler Querweg, der sich in die Landschaft hineinzog und zu einem Dörfchen führte, das am Ufer der Viorne erbaut war. Allein sie hielten nicht an, sondern setzten ihren Weg fort und taten, als sähen sie den Pfad nicht, über den hinaus sie nicht hatten gehen wollen. Erst einige Minuten weiter sagte Silvère:

Es muß schon spät sein; du bist wohl sehr müde?

Nein, nein, ich bin nicht müde! Meilenweit könnte ich so fortgehen.

Dann fügte sie mit einschmeichelnder Stimme hinzu:

Wenn du willst, gehen wir bis zur Klara-Wiese. Dort wollen wir dann aber wirklich kehrtmachen.

Silvère, den der gleichmäßige Gang des Mädchens einlullte und der mit offenen Augen schlummerte, machte weiter keine Einwendung gegen den Vorschlag

Miettens. Sie widmeten sich wieder ihrem Glücke und gingen langsamen Schrittes weiter, den Augenblick fürchtend, wo sie den Abhang wieder hinansteigen mußten; so lange sie vor sich hingingen, war es ihnen, als müsse ihre Umarmung ewig währen; die Umkehr war die Trennung, das grausame Lebewohl.

Allmählich ward der Abhang weniger steil. Im Talgrund ziehen sich Wiesen bis zur Viorne hinab, die am Fuße niedriger Hügel dahinfließt. Das ist die Klara-Wiese, durch lebende Hecken von der Heerstraße getrennt.

Ach was! Wir gehen bis zur Brücke, sagte Silvère, als er die ersten Grasstreifen sah.

Miette lachte hell auf, nahm den jungen Mann beim Kopf und küßte ihn herzhaft.

An dem Platze, wo die Hecke beginnt, hat die Allee ein Ende; sie wird durch zwei alte, riesige Ulmen geschlossen. Die Felder dehnen sich knapp an der Heerstraße dahin, kahl, gleich einem breiten Bande grüner Leinwand, bis zu den Weiden und Birken am Flüßchen. Die Entfernung von den letzten Ulmen bis zur Brücke betrug übrigens kaum mehr als 300 Meter. Die Liebenden brauchten eine gute Viertelstunde, um diesen Raum zurückzulegen. Trotz aller absichtlichen Langsamkeit erreichten sie schließlich doch die Brücke. Hier blieben sie stehen.

Vor ihnen stieg die Straße gegen Nizza die jenseitige Anhöhe hinan; sie konnten nur ein kurzes Stück sehen; die Straße macht einen halben Kilometer von der Brücke eine plötzliche Biegung und verliert sich dann zwischen den waldbestandenen Hängen. Als sie sich umwandten, sahen sie den anderen Abschnitt der Straße, den sie soeben zurückgelegt hatten und der in gerader Linie von Plassans zur Viorne führt. In dem schönen, hellen Lichte des winterlichen Mondes glich die Straße einem langen Silberbande, an welchem die Ulmen einen dunklen Saum bildeten. Rechts und links bildeten die bebauten Äcker unbestimmte, grüne, weite Flächen, durchschnitten durch dieses Band, durch diese reifweiße Straße, die einen metallischen Schimmer hatte. Ganz hinten, wo die Straße mit dem Gesichtskreise zusammenfließt, glänzten noch, gleich hellen Funken, einige beleuchtete Fenster der Vorstadt. Schritt für Schritt hatten Silvère und Miette fast eine Meile zurückgelegt. Sie warfen einen Blick auf den durchmessenen Weg, in stiller Bewunderung gebannt angesichts dieses unermeßlichen Amphitheaters, das bis zum Himmelsrande hinaufstieg und auf das Streifen bläulichen Lichtes herabflossen, wie auf die Stufen eines riesigen Wasserfalles. Dieses eigenartige Theater lag da in der Stille und Unbeweglichkeit des Todes. Nichts konnte sich an überwältigender Größe damit vergleichen.

Die jungen Leute hatten sich an das Brückengeländer gelehnt und schauten hinab. Unter ihnen floß die Viorne, durch die letzten Regengüsse angeschwollen, mit dumpfem, ununterbrochenem Geräusch dahin. Flußauf und flußab unterschieden sie in dem Dunkel der Höhlungen die dunklen Linien der Bäume an den beiden Flußufern; da und dort flimmerte ein Mondstrahl; es war wie ein Strich geschmolzenen Zinns, das leuchtete und sich bewegte wie ein Widerschein des Tageslichtes auf den Schuppen eines lebenden Fisches. Diese Lichter glitten mit einem geheimnisvollen Reiz den grau schimmernden Lauf des Flusses entlang, zwischen den unbestimmten Schatten des Laubwerks hindurch. Es war wie ein verzaubertes Tal, ein wunderbarer Zufluchtsort, wo ein ganzes Volk von Schatten und Lichtern ein seltsames Leben führte.

Die Verliebten kannten dieses Plätzchen am Flusse sehr genau; in den heißen Julinächten waren sie oft hierher gekommen, um Kühlung zu suchen. Stunden und Stunden hatten sie hier zugebracht, unter dem Weidendickicht verborgen, am rechten Ufer der Viorne, an dem Platze, wo die Klara-Wiese ihren Rasenteppich bis knapp ans Ufer ausdehnt. Sie erinnerten sich der kleinsten Erdfalten des Ufers, der Steine, auf welche man hüpfen mußte, um über die Viorne zu setzen, die damals ganz schmal war; sie erinnerten sich gewisser rasenbelegter Vertiefungen, in denen sie ihren Liebestraum geträumt. Darum blickte Miette von der Brücke aus mit einem gewissen Neide nach dem rechten Ufer hinüber.

Wenn es wärmer wäre, seufzte sie, könnten wir hinabsteigen und ein wenig ausruhen, ehe wir zurückkehren.

Die Augen noch immer auf die Ufer der Viorne geheftet, fuhr sie nach einer Weile fort:

Schau, Silvère, jene schwarze Masse dort unten vor der Schleuse... Erinnerst du dich? Dort ist das Buschwerk, wo wir uns am letzten Fronleichnamstage niederließen...

Ja, das ist das Gesträuch, erwiderte Silvère leise.

Hier war's, wo sie zum erstenmal gewagt hatten, sich auf die Wangen zu küssen. Diese Erinnerung, welche das Kind wachgerufen hatte, verursachte beiden ein köstliches Gefühl, eine Erregung, in welcher die Freuden von gestern und die Hoffnungen von morgen zusammenflossen. Wie im Flackerschein eines Blitzes tauchten die schönen Abende vor ihnen auf, die sie zusammen verlebt hatten, besonders jenen am Fronleichnamstage, dessen geringster Einzelheiten sie gedachten, des unermeßlichen lauen Himmels, der von den Weiden am Ufer ausgehenden Kühle, der lieben Worte, die sie sich gesagt. Und während diese Dinge der Vergangenheit mit süßer Lieblichkeit in ihren Herzen wiedererwachten, glaubten sie zugleich in das Unbekannte der Zukunft einzudringen, sich Arm in Arm und ihren Traum verwirklicht zu sehen, Seite an Seite durch das Leben dahinzuschreiten wie vorhin auf der großen Heerstraße, warm eingehüllt in ihren Mantel. Und Aug' im Aug', sich selig zulächelnd, wie verloren in der Stille der klaren Winternacht, versanken sie von neuem in wonnevolles Entzücken.

Plötzlich erhob Silvère das Haupt. Er machte sich aus den Falten des Mantels los und horchte. Miette war überrascht und tat dasselbe, ohne zu begreifen, weshalb er mit einer so hastigen Bewegung sich von ihr getrennt hatte.

Hinter den Hügeln, zwischen denen die Straße nach Nizza sich verliert, war seit einigen Minuten ein verworrenes Geräusch zu vernehmen. Es war wie das ferne Gepolter eines Karrenzuges. Die Viorne übertönte mit ihrem dumpfen Gemurmel das noch unbestimmte Geräusch. Doch allmählich ward der Lärm deutlicher; er glich jetzt dem Getrappel einer marschierenden Truppe. Dann konnte man aus dem fortgesetzten, immer mehr anwachsenden Rollen das Getöse einer Menge heraushören, die rhythmischen und taktmäßigen Windstöße eines Orkans; es war wie die Donnerschläge eines rasch heraufziehenden Gewitters, das die schlummernde Luft durch sein Herannahen aufscheucht. Silvère horchte; er vermochte diese Wetterstimmen nicht zu fassen, welche die Hügel nicht deutlich bis zu ihm gelangen ließen. Plötzlich aber bei einer Krümmung der Straße brach eine dunkle Masse hervor und die Marseillaise, mit der Wut der Rache gesungen, rauschte mit furchtbarer Gewalt in die Lüfte.

Das sind sie! Rief Silvère in einem Ausbruch freudiger Begeisterung. Er begann zu laufen, klomm den Abhang hinan und zog Miette mit sich.

Links von der Straße befand sich eine mit Eichen bestandene Böschung; hierher flüchtete er mit dem Mädchen, um von der heulenden Menge nicht fortgerissen zu werden. Als sie die Böschung erreicht hatten und im Schatten des Gesträuches geborgen waren, betrachtete das Kind, das bleich geworden war, traurig diese Männer, deren ferner Gesang genügt hatte, um Silvère aus ihren Armen zu reißen. Ihr war, als habe diese ganze Rotte sich zwischen ihn und sie gedrängt. Noch wenige Minuten vorher waren sie so glücklich, so eng vereint, so allein, so verloren in dem stillen, heimlichen Mondlichte des Abends. Und jetzt hatte Silvère den Kopf abgewendet und schien nicht zu wissen, daß sie da sei; er hatte nur Blicke für diese Unbekannten, die er seine Brüder nannte.

Mit unwiderstehlicher Gewalt stieg die Rotte den Abhang herab. Man konnte sich nichts Furchtbareres und zugleichGroßartigeres denken als den Einbruch dieser etlichen tausend Männer in den stillen, eisigen Frieden der Nacht. Die Straße war zum reißenden Strom geworden und wälzte die lebenden Wogen vor sich her, die sich gar nicht erschöpfen zu wollen schienen; an der Straßenbiegung brachen immer neue dunkle Massen hervor, deren Gesang den Donner dieses menschlichen Unwetters immer stärker und stärker werden ließ. Als die letzten Scharen auftauchten, steigerte sich das Getöse zu betäubender Gewalt. Die Marseillaise erfüllte den Himmel, wie von Riesenmäulern durch ungeheure Trompeten geblasen, die sie mit der herben Schärfe von Blechinstrumenten in alle Ecken und Enden dieses Tales hinausstießen. Und die stille, friedliche Landschaft fuhr urplötzlich aus ihrem Schlafe auf und erbebte wie eine Trommel unter dem Streich der Schlägel; sie widerhallte bis in ihre innersten Tiefen und wiederholte mit dem von allen Seiten kommenden Echo die flammenden Klänge des Nationalgesanges. Und da sang nicht mehr die Rotte allein; von den Enden des Gesichtskreises her, von den fernen Felsen, von den aufgepflügten Äckern, von den Wiesen, Baumgruppen, ja von den geringsten Sträuchern schienen menschliche Stimmen hervorzudringen; das weite Amphitheater, das von dem Flusse bis Plassans emporsteigt; das riesige Auf und Nieder von Hügeln, über die das bläuliche Licht des Mondes sich ergoß, war gleichsam von einer unsichtbaren und unzählbaren Bevölkerung bedeckt, die den Aufständischen zujubelte; und in den Niederungen der Viorne, am Lauf des Wassers, auf dem geheimnisvolle Reflexe, geschmolzenem Zinn gleichend, spielten, war nicht ein dunkler Winkel, wo nicht Menschen verborgen zu sein schienen, die jeden Kehrreim mit wilder Begeisterung aufnahmen. In der Erschütterung der Luft und des Bodens schrie die ganze Landschaft nach Freiheit und Rache. Während des ganzen Abstieges dieses kleinen Heeres wälzte sich so das Volksgebrüll in schmetternden Klangwogen dahin, durchbrochen von Zeit zu Zeit durch plötzliche Aufschreie, daß die Steine davon erzitterten.

Bleich vor Aufregung schaute und horchte Silvère noch immer. Die an der Spitze marschierenden Aufständischen, die diese wimmelnde und heulende Flut hinter sich einherschleppten, die im Dunkel sich verlierend ein ungeheuerliches Aussehen hatte, näherten sich mit raschen Schritten der Brücke.

Ich dachte, ihr würdet nicht durch Plassans ziehen, flüsterte Miette.

Es scheint, daß der Feldzugsplan geändert wurde, erwiderte Silvère. Wir sollten in der Tat auf der Toulоner Straße nach dem Hauptorte des Departements marschieren und dabei Plassans und Orchères links liegen lassen. Sie müssen heute nachmittag von Alboise aufgebrochen sein und abends Tulettes passiert haben.

Die Spitze des Zuges war jetzt bei den jungen Leuten angelangt. In dem kleinen Heere herrschte mehr Ordnung, als man von einer solch undisziplinierten Rotte erwartet haben würde. Die Kontingente jeder Stadt, jeden Dorfes bildeten besondere Abteilungen, die einige Schritte voneinander entfernt einhermarschierten.

Diese Abteilungen schienen einzelnen Anführern zu gehorchen. Die Eile, mit der sie jetzt den Abhang hinabstürmten, hatte sie übrigens zu einer festen Masse von unüberwindlicher Stärke vereinigt. Es mochten an 3000 Mann beisammen sein, die ein Windstoß der Raserei in *einer* Masse dahinfegte. In dem Schatten, den die hohen Böschungen die Straße entlang warfen, unterschied man nur undeutlich die seltsamen Einzelheiten dieses Bildes. Allein in einer Entfernung von fünf bis sechs Schritten von dem Gebüsch, unter dem Silvère und Miette sich geborgen hatten, fiel die Böschung links flach ab, um für einen Fußpfad längs der Viorne Raum zu schaffen, und der Mond warf, durch diese Vertiefung hereingleitend, einen breiten Lichtstreifen auf die Straße. Als die ersten Aufständischen diese Stelle erreichten, wurden sie plötzlich von einer Helle beleuchtet, deren grelle Weiße die geringsten Kanten der Gesichter und Trachten mit einer seltsamen Deutlichkeit abzeichneten. In dem Maße, wie die Kontingente vorbeizogen, sahen die ihnen gegenüber stehenden jungen Leute sie in immer neuen Abteilungen aus dem Dunkel auftauchen.

Als die ersten Männer in die Helle eintraten, schmiegte sich Miette unwillkürlich an Silvère, obgleich sie sich in Sicherheit, selbst vor Blicken geschützt wußte. Sie legte dem jungen Manne den Arm um den Hals und lehnte das Haupt an seine Schulter. Das blasse Gesicht von der Kapuze des Mantels eingerahmt, stand sie da, die Augen starr auf das Lichtviereck gerichtet, das diese seltsamen Gestalten rasch durcheilten, durch die Begeisterung bis zur Verzückung umgewandelt, den Mund weit offen und erfüllt von dem Racheschrei der Marseillaise.

Silvère, den sie an ihrer Seite beben fühlte, neigte sich jetzt zu ihrem Ohr und nannte ihr die einzelnen Kontingente, wie sie an ihnen vorbeikamen.

Die Kolonne marschierte in Reihen zu acht Mann. Voran schritten große Burschen mit breiten Köpfen; sie schienen eine herkulische Kraft und den kindlichen Glauben von Riesen zu haben. Die Republik mußte an diesen Leuten unerschrockene und blind gehorchende Verteidiger haben. Sie trugen große Hacken geschultert, deren frisch geschliffene Schneiden im Mondlichte schimmerten.

Das sind die Holzschläger aus den Wäldern des Seillegebirges, sprach Silvère. Man hat aus ihnen eine Sappeurabteilung gebildet. Auf einen Wink ihrer Anführer marschieren diese Leute bis Paris und schlagen auf ihrem Wege die Tore der Städte ein, wie sie die alten Eichen der Gebirgsforste fällen.

Mit Stolz sprach der junge Mensch von den derben Fäusten seiner Brüder. Als er nach den Holzschlägern eine Rotte Arbeiter und sonngebräunter, bärtiger Männer kommen sah, fuhr er fort:

Das sind die Leute von La Palud. Es ist das erste Dorf, das sich erhoben hat. Die Männer in der Bluse sind Arbeiter, die die Korkeichen bearbeiten; die anderen, die in den roten Jacken, sind Jäger und Köhler aus den Schluchten des Seillegebirges... Die Jäger kannten deinen Vater, Miette. Sie haben gute Gewehre, die sie geschickt zu handhaben verstehen. Wenn alle so bewaffnet wären!... Leider fehlt es an Flinten. Sieh, die Arbeiter haben nur Stöcke!...

Miette schaute und horchte stumm. Als Silvère von ihrem Vater sprach, stieg ihr plötzlich das Blut in die Wangen. Flammenden Gesichtes betrachtete sie die Jäger mit einem Grollen und einer seltsamen Teilnahme in der Miene. Von diesem Augenblicke an schien das fieberhafte Frösteln sie zu beleben, das die Gesänge der Aufständischen verbreiteten.

Die Kolonne, die jetzt die Marseillaise wieder anstimmte, setzte ihren Abstieg fort, wie gepeitscht durch die scharfen Stöße des Mistral-Windes. Nach den Leuten aus La Palud kam eine andere Rotte von Arbeitern, unter denen man zahlreiche Bürger in Röcken sehen konnte.

Das sind die Männer aus Saint-Martin-de-Vaulx, sagte Silvère. Dieses Dorf hat sich fast gleichzeitig mit La Palud erhoben. Die Arbeitgeber haben sich da den Arbeitern angeschlossen. Es sind reiche Leute unter ihnen, die ruhig zu Hause leben könnten und die ihr Leben in der Verteidigung der Freiheit auf das Spiel setzen. Solche Reiche muß manlieben... Auch da fehlt es an Waffen, man sieht kaum einige Jagdflinten. Siehst du die Männer mit roten Armbinden? Das sind die Anführer.

Doch Silvère konnte mit seinen Erklärungen nicht nachkommen. Die Kontingente stiegen rascher den Abhang herab, als er mit seinen Worten ihnen folgen konnte. Er sprach noch von den Leuten aus Saint-Martin-de-Vaulx, als schon zwei Abteilungen das Lichtviereck durchschritten hatten.

Hast du diese gesehen? Fragte er. Die Aufständischen von Alboise und von Tulettes sind jetzt vorbeigekommen. Ich habe den Schmied *Burget* erkannt. Sie müssen sich heute erst der Truppe angeschlossen haben. Wie sie laufen!...

Miette neigte sich jetzt vor, um den kleinen Rotten, die der junge Mensch ihr zeigte, länger mit den Blicken folgen zu können. Das Frösteln, das sie ergriffen hatte, stieg ihr bis in die Brust und faßte sie an der Kehle. In diesem Augenblicke erschien eine Abteilung, die zahlreicher und besser geschult schien, als die anderen. Die Aufständischen dieser Abteilung trugen fast sämtlich blaue Kittel, die durch rote Gürtel festgehalten wurden; sie sahen fast uniformiert aus. Mitten unter ihnen kam ein Mann zu Pferde, mit einem Säbel bewaffnet. Der größte Teil dieser improvisierten Soldaten hatte Gewehre, Karabiner oder alte Musketen der Nationalgarde.

Diese kenne ich nicht, sagte Silvère. Der Mann zu Pferde muß der Befehlshaber sein, von dem man mir erzählt hat. Er führt die Kontingente aus Faverolles und den benachbarten Dörfern. Die ganze Kolonne sollte so ausgerüstet sein.

Er fand kaum Zeit, Atem zu holen.

Ah, da sind die Bauern! Rief er.

Hinter den Leuten aus Faverolles kamen kleine Gruppen von zehn bis zwanzig Mann. Alle trugen die kurze Jacke derBauern aus dem Süden. Laut singend schwangen sie ihre Sensen und Heugabeln; einige hatten nur breite Schaufeln. Jeder Weiler hatte die streitbaren Mannen entsendet.

Silvère, der die einzelnen Gruppen an ihren Anführern erkannte, zählte sie mit fieberhaft hastiger Stimme her.

Da ist das Kontingent von Chavanoz, sagte er. Acht Mann im ganzen, aber handfeste Leute; mein Onkel Anton kennt sie. Da ist Nazères, da Poujols. Alle sind da, kein einziger ist weggeblieben. Da ist Balqueyras! Schau, der Herr Pfarrer tut mit; man hat mir schon von ihm erzählt; er ist ein guter Republikaner.

Silvère berauschte sich allgemach. Jetzt, da die einzelnen Rotten kaum eine Handvoll Leute zählten, mußte er sich sputen, sie aufzuzählen, und diese Eile machte ihn warm.

Ah, Miette, fuhr er fort, welch schöne Mannschaft! Rozan! Vernoux! Corbière! Und es kommen noch mehr, du sollst sehen. Diese haben nur Sensen, aber sie werden den Feind niedermähen, wie das Gras ihrer Wiesen. Da Saint-Eutrope! Mazet! Gardes! Marsanne! Die ganze Nordseite des Seillegebirges. Wir werden siegen! Das ganze Land ist mit uns. Betrachte nur einmal die Arme dieser Männer: hart und schwarz wie Eisen! Es nimmt kein Ende: da ist Pruinas! Roches-Noires! Die letzteren sind Schmuggler, sie haben Karabiner. Jetzt wieder Sensen und Heugabeln, neue Bauernabteilungen. Castel-le-vieux! Sainte-Anne! Graille! Estournel! Murdaran!

Die Stimme drohte ihm schon zu versagen, als er endlich aufhörte, diese Männer aufzuzählen, die ein Wirbelwind zu erfassen und zu entführen schien in dem Maße, wie er sie nannte. Mit erregtem Gesicht, gleichsam größer geworden an Wuchs, zeigte er mit nervöser Gebärde die einzelnen Abteilungen. Und Miette folgte dieser Gebärde. Sie fühlte sich von der in der Niederung sich fortschlängelnden Straße angezogen wie von den Tiefen eines Abgrundes. Sie mußte sich an den Hals des jungen Menschen klammern, um nicht die Böschung hinabzugleiten. Eine Art Taumel stieg von der durch Lärm, Mut und Glauben berauschten Menge auf. Diese im Mondlicht gesehenen Gestalten, diese Jünglinge, diese reifen Männer, diese Greise, die die verschiedenartigsten Waffen schwangen, mit den verschiedenartigsten Gewändern bekleidet waren, angefangen von dem Bauernkittel bis zu dem städtischen Rock des Bürgers; dieser schier endlose Zug von Köpfen, die die Umstände und die ungewohnte Zeit zu unvergeßlichen Bildern der Tatkraft und der fanatischen Begeisterung gestalteten, nahmen schließlich vor den Augen des jungen Mädchens das Schwindel erregende Ungestüm eines reißenden Stromes an. In manchen Augenblicken schien es ihr, als würden sie nicht mehr gehen, sondern durch die Marseillaise getragen werden, diesen rauhen Gesang mit den fürchterlichen Klängen. Sie konnte die gesungenen Worte nicht unterscheiden; sie hörte nichts als ein fortdauerndes Grollen, das von dumpfen Tönen zu hellen anschwoll, scharf wie Spitzen, die man ihr stoßweise in das Fleisch treiben würde. Dieses Geheul der Empörung, dieser Ruf zu Kampf und Tod mit seinem zornigen Rütteln, seiner glühenden Sehnsucht nach Freiheit, seiner wunderbaren Mischung von Gemetzel und hehrer Begeisterung traf sie unaufhörlich und bei jedem gewaltigen Aufschrei des Rhythmus immer tiefer ins Herz und verursachte ihr die wollüstige Pein einer jungfräulichen Märtyrerin, die unter den Geißelhieben sich lächelnd aufrichtet. Von der rauschenden Flut fortgetragen, wälzte noch immer die Menge sich dahin. Der Zug, der kaum einige Minuten dauerte, schien den jungen Leuten kein Ende nehmen zu wollen.

Miette war allerdings nur ein Kind. Bei der Annäherung der Bande war sie erblaßt und hatte sie ihr entschwundenesJugendglück beweint; aber sie war ein mutvolles Kind, eine feurige Natur, die die Begeisterung leicht hinriß. Die Erregung, die sie allmählich erfaßt hatte, schüttelte sie jetzt am ganzen Körper. Sie ward zum Jüngling. Gerne würde sie eine Waffe ergriffen haben und den Aufständischen gefolgt sein. In dem Maße, wie sie die Flinten und Sensen vorbeiziehen sah, wurden ihre weißen Zähne länger und schärfer zwischen ihren roten Lippen gleich den Zähnen eines jungen Wolfes, der Lust hat zu beißen. Und als sie hörte, wie Silvère in immer hastigerem Tone ihr die Dörfer und Weiler aufzählte, schien es ihr, als werde der Schritt der Kolonne bei jedem Worte des jungen Mannes sich noch beschleunigen. Bald war es ein Wirbelwind, eine Menschenwolke, von einem Orkan dahin gefegt. Alles drehte sich um sie. Sie schloß die Augen. Dicke, heiße Tränen flossen über ihr Gesicht.

Auch Silvère war dem Weinen nahe.

Ich sehe die Männer nicht, die heute nachmittag Plassans verlassen haben, sagte er.

Er suchte das Ende der Kolonne zu erkennen, das sich noch im Dunkel verlor. Dann rief er plötzlich siegesfreudig aus:

Ha, da sind sie!... Sie tragen die Fahne; man hat ihnen die Fahne anvertraut!

Er wollte die Böschung hinabspringen, um seine Genossen einzuholen; allein in diesem Augenblicke machten die Aufständischen halt. Kommandoworte flogen die Kolonne entlang. Die Marseillaise erstarb in einem letzten Grollen, und man hörte nichts weiter als das unbestimmte Gemurmel der noch nicht zur Ruhe gekommenen Menge. Silvère horchte und konnte die Befehle verstehen, die von Abteilung zu Abteilung gingen und die Leute von Plassans an die Spitze der Kolonne beriefen. Da jede Abteilung sich am Rande der Straße aufstellte, um die Fahne vorbeikommen zu lassen, stieg der junge Mann, Miette mit sich ziehend, die Böschung wieder hinan.

Komm, sagte er; wir werden früher als sie jenseits der Brücke sein.

Als sie sich oben zwischen den bebauten Äckern befanden, liefen sie bis zu einer Mühle, deren Schleuse das Flüßchen absperrt. Hier setzten sie über die Viorne auf einem Steg, den die Müller über den Bach gelegt hatten. Dann eilten sie quer durch die Klara-Wiese, immer laufend, immer Hand in Hand, ohne ein Wort zu wechseln. Die Kolonne bildete auf der Straße eine dunkle Linie, der sie die Hecken entlang folgten. In dem Fliedergesträuch gab es mehrere Lücken; durch eine solche Lücke sprangen Silvère und Miette auf die Straße hinab.

Trotz des Umweges, den sie gemacht hatten, kamen sie fast gleichzeitig mit den Aufständischen vor Plassans an. Silvère tauschte mit einigen Leuten Händedrücke; man hätte glauben mögen, daß er von dem Anmarsche der Aufständischen erfahren habe und ihnen entgegen gekommen sei. Miette, deren Angesicht durch die Kapuze halb verborgen war, wurde neugierig betrachtet.

Ei, das ist ja die Chantegreil, sagte ein Mann aus der Vorstadt; die Nichte Rébufats, des Gärtners vom Jas-Meiffren.

Woher kommst du denn, Landstreicherin? Schrie ein anderer.

In seinem Taumel hatte Silvère nicht daran gedacht, was für eine Figur seine Geliebte angesichts mancher Späße machen werde. Miette schaute ihn verwirrt an, wie um bei ihm Schutz und Hilfe zu suchen. Allein noch ehe er den Mund hatte auftun können, erhob sich eine neue Stimme in der Gruppe, die roh rief:

Ihr Vater ist auf den Galeeren; wir wollen die Tochter eines Diebes und Mörders nicht unter uns haben.

Miette war furchtbar bleich geworden.

Ihr lügt, murmelte sie; mein Vater mag getötet haben, aber er hat nicht gestohlen.

Da Silvère, noch bleicher und noch mehr zitternd als sie, die Fäuste ballte, sagte sie:

Laß nur; das geht mich an!...

Dann wandte sie sich zu der Gruppe und wiederholte laut:

Ihr lügt, ihr lügt! Niemals hat er jemandem auch nur einen Sou genommen. Ihr wißt es wohl. Warum beschimpft ihr ihn, da er nicht hier sein kann, um sich zur Wehr zu setzen?

Sie hatte sich in stolzem Zorne aufgerichtet. Ihre feurige, halbwilde Natur schien die Beschuldigung wegen Mordes ziemlich gleichmütig aufzunehmen; die Beschuldigung wegen Diebstahles aber brachte sie zum äußersten. Man wußte dies, und eben deshalb schleuderte die Menge in ihrer blöden Bosheit dem Kinde immer wieder diese Beschuldigung an den Kopf. Der Mann, der ihren Vater einen Dieb genannt, hatte übrigens nur wiederholt, was er seit Jahren erzählen hörte. Die grollende Haltung des Kindes stimmte die Arbeiter zu spöttischer Heiterkeit.

Silvère ballte noch immer die Fäuste und die Sache drohte eine schlimme Wendung zu nehmen, als ein Jäger aus dem Seillegebirge, der einstweilen, bis man weiter marschieren würde, sich auf einen Randstein niedergesetzt hatte, dem Mädchen zu Hilfe kam. Die Kleine hat recht, sagte er. Chantegreil war einer der Unseren. Ich habe ihn gekannt. Seine Sache ist nicht völlig aufgeklärt worden. Ich habe seine vor Gericht gemachten Aussagen immer für wahr gehalten. Der Gendarm, den er auf der Jagd mit einem Flintenschuß niedergestreckt hat, hatte ihn selbst schon aufs Korn genommen. Man muß sich doch wehren, nicht? Aber Chantegreil war ein ehrlicher Mann; er hat nicht gestohlen.

Wie es in solchen Fällen ist, genügte das Zeugnis des Wilderers, um Miette noch mehr Verteidiger finden zu lassen. Auch andere Arbeiter wollten jetzt Chantegreil gekannt haben.

Ja, ja, es ist wahr, sagten sie. Er war kein Dieb. Es gibt in Plassans Halunken, die man statt seiner auf die Galeeren schicken müßte. Chantegreil war unser Bruder. Laß gut sein, Kind!

Noch niemals hatte Miette über ihren Vater Gutes reden gehört. Gewöhnlich wurde er vor ihr als Landstreicher, als Missetäter behandelt; jetzt fand sie mutige Herzen, die Worte der Verzeihung für ihn hatten und ihn für einen ehrlichen Mann erklärten. Da zerfloß sie in Tränen, da fand sie die süße Rührung wieder, in die vorhin die Klänge der Marseillaise sie versetzt hatten. Sie sann nach, wie sie sich diesen für die Unglücklichen eintretenden Männern dankbar erweisen könnte. Einen Augenblick dachte sie daran, allen diesen Männern die Hand zu drücken, nach Art der Burschen. Allein ihr Herz fand besseres als dies. Neben ihr stand der Fahnenträger. Sie berührte den Schaft der Fahne und sagte in einem flehenden Tone, in dem ihre ganze Dankbarkeit sich ausdrückte:

Gebt mir die Fahne, ich werde sie tragen.

Die Arbeiter begriffen mit ihrem einfachen Sinn das Kindlich-Erhabene dieses Dankes.

Ja, ja, riefen sie. Die Chantegreil soll die Fahne tragen.

Ein Holzschläger bemerkte, daß sie bald ermüden, nicht weit kommen werde.

Oh, ich bin stark! Rief sie, indem sie die Ärmel ihrer Jacke zurückstreifte und ihre Arme zeigte, die schon so stark waren wie die eines erwachsenen Weibes.

Als man ihr die Fahne reichte, sagte sie:

Wartet einen Augenblick!

Sie zog rasch den Mantel aus, wandte die Innenseite nach außen und warf ihn so wieder um ihre Schultern. Sie erschien jetzt im bleichen Lichte des Mondes eingehüllt in einen weiten Purpurmantel, der ihr bis zu den Füßen herabfiel. Die Kapuze, durch den Rand ihres Haarwulstes festgehalten, saß wie eine Art phrygischer Mütze auf ihrem Haupte. Sie ergriff die Fahne, drückte den Schaft an ihre Brust und stand aufrecht da, umwallt von dem roten Banner, das hinter ihr flatterte. In dem halb gen Himmel gerichteten Haupt eines begeisterten Kindes mit dem krausen Haar, mit den großen, feuchten Augen, mit den in einem Lächeln erschlossenen Lippen sprach sich stolze Energie aus. In diesem Augenblicke verkörperte sie die jungfräuliche Wahrheit.

Die Aufständischen jubelten ihr zu. Diese mit einer lebhaften Einbildungskraft begabten Südländer wurden ergriffen und begeistert durch die plötzliche Erscheinung dieses großen, vom Scheitel bis zur Sohle roten Mädchens, das die Fahne krampfhaft an seine Brust drückte. Einzelne Rufe wurden in der Gruppe laut:

Bravo, Chantegreil! Es lebe die Chantegreil! Sie bleibe bei uns! Sie wird uns Glück bringen!

Noch lange hätte man ihr zugejubelt, wenn nicht der Befehl zum Weitermarsch erteilt worden wäre. Und während die Kolonne sich in Bewegung setzte, drückte Miette Silvère, der sich neben sie gestellt hatte, die Hand und flüsterte ihm ins Ohr:

Ich bleibe bei dir, hörst du?

Statt aller Antwort erwiderte Silvère ihren Händedruck. Er nahm ihr Anerbieten an. Er war tief bewegt und überließ sich der nämlichen Begeisterung wie seine Gefährten. Miette war ihm so schön, so groß, so heilig erschienen! Während des ganzen Abstieges sah er sie vor sich, strahlend, in purpurner Herrlichkeit. Jetzt verwechselte er sie mit einer anderen angebeteten Geliebten, mit der Republik. Gern wäre er schon in Plassans angekommen, um seine Flinte schultern zu können. Allein die Aufständischen erstiegen nur langsam den Abhang. Es war der Befehl erteilt worden, so wenig Lärm wie möglich zu machen. Die Kolonne rückte zwischen den Ulmen vor gleich einer Riesenschlange, an der jeder Ring ein eigentümliches Zittern zeigt. Die eisige Dezembernacht war wieder still geworden; die Viorne allein schien etwas lauter zu murmeln.

Sobald die ersten Häuser der Vorstadt erreicht waren, lief Silvère voraus, um seine Flinte vom Saint-Mittre-Feld zu holen, das noch im stillen Mondlichte dalag. Als er wieder zu den Aufständischen stieß, waren sie eben bei dem Römertor angekommen. Miette neigte sich zu ihm und sagte mit einem kindlichen Lächeln: Mir ist, als wäre ich in der Fronleichnamsprozession und als trüge ich die Fahne der heiligen Muttergottes.

Zweites Kapitel

Plassans ist der Sitz einer Unterpräfektur und zählt beiläufig zehntausend Seelen. Auf der Hochebene erbaut, die die Viorne beherrscht, im Norden an die Hügel von Garrigues, eine der letzten Abzweigungen der Alpen sich lehnend, liegt die Stadt gleichsam in einer Sackgasse. Im Jahre 1851 verkehrte sie mit der Umgegend nur durch zwei Straßen: die Nizzaer Straße, die gen Osten absteigt, und die Straße von Lyon, die gen Westen aufsteigt, die eine die andere fortsetzend in zwei fast parallelen Linien. Seither ist eine Eisenbahn gebaut worden, deren Linie die Stadt im Süden berührt, am Fuße des Abhanges, der von den alten Stadtwällen steil zum Flüßchen abfällt. Wenn man heute aus dem Bahnhofe tritt, der am rechten Ufer der Viorne liegt, sieht man aufblickend die ersten Häuser von Plassans, deren Gärten Terrassen bilden. Man muß eine gute Viertelstunde bergauf klettern, bis man diese Häuser erreicht.

Noch vor zwanzig Jahren hatte – ohne Zweifel infolge des Mangels an Verkehrswegen – keine zweite Stadt so sehr wie Plassans den frommen und aristokratischen Charakter der alten provençalischen Städte bewahrt. Die Stadt besaß und besitzt heute noch ein ganzes Viertel von Herrenhäusern, die unter Ludwig XIV.

und Ludwig XV. erbaut wurden, ein Dutzend Kirchen, ein Jesuiten- und ein Kapuziner-Ordenshaus und eine ansehnliche Anzahl von Klöstern. Die Verschiedenheit der Klassen wurde hier lange Zeit durch die Sonderung der Stadtviertel gekennzeichnet. Plassans zählt deren drei, deren jedes für sich gleichsam einen besonderen, vollständigen Stadtteil bildet, der seine eigene Kirche, seinen eigenen Spazierweg, seine besonderen Sitten und Gebräuche, seinen besonderen Gesichtskreis hat.

Das Adelsviertel – auch das St.-Markus-Viertel genannt nach einer der Pfarren, die hier die Seelsorge versehen – ein Klein-Versailles mit engen, grasüberwucherten Gäßchen, deren breite, viereckige Häuser große Gärten verbergen, dehnt sich im Süden, am Rande der Hochebene aus. Manche Herrenhäuser, knapp am Abhange gebaut, haben ein Doppelstockwerk von Terrassen, von denen aus man das ganze Viornetal überschauen kann, – ein herrlicher, in der Gegend vielgerühmter Aussichtspunkt. Das alte Viertel, die "Altstadt", erhebt sich im Nordwesten mit ihren engen, krummen Gäßchen, die von baufälligen Hütten eingesäumt waren. Hier befinden sich: das Bürgermeisteramt, das Zivilgericht, der Markt, die Gendarmerie. Dieser Teil von Plassans – der volkreichste – ist von Arbeitern, Geschäftsleuten, all dem kleinen Volk der Not und Plage bewohnt. Die Neustadt endlich bildet eine Art Längenviereck im Nordosten; die Bürgerklasse, d. h. die Leute, die Heller für Heller ein Vermögen gesammelt haben, und die einen sogenannten freien Beruf ausüben, wohnen hier in säuberlich aneinander gereihten, hellgelb getünchten Häusern. Dieses Stadtviertel mit der Unterpräfektur – einem häßlichen Bau mit Gipsanwurf und Rosettenschmuck – zählte im Jahre 1851 kaum fünf oder sechs Straßen. Es ist der neueste Stadtteil und der einzige, der seit dem Bau der Eisenbahn einige Entwicklungsfähigkeit zeigt.

Was die Stadt Plassans bis auf den heutigen Tag noch in drei unabhängige, bestimmt abgegrenzte Teile sondert, das ist der Umstand, daß die Stadtviertel durch breite Straßen begrenzt sind. Die Promenade Sauvaire und die Romstraße, welch letztere gleichsam eine engere Fortsetzung der ersteren ist, laufen von West nach Ost, vom großen Tor bis zum Römertor und schneiden so die Stadt in zwei Teile, das Adelsviertel von den zwei anderen Stadtvierteln absondernd. Diese wieder sind durch die Banne-Straße voneinander geschieden; diese Straße, die schönste der Gegend, beginnt am Ende der Promenade Sauvaire, steigt gen Norden hinan und läßt die schwarzen Häusermassen des alten Stadtviertels links, die hellgelben Häuser der Neustadt rechts liegen. Hier, ungefähr in der Mitte der Straße, auf einem kleinen, mit zwerghaften Bäumen bepflanzten Platze, erhebt sich die Unterpräfektur, ein Bau, auf den die Bürger von Plassans sehr stolz sind.

Wie um sich noch mehr zu vereinsamen und zu verschließen, ist die Stadt mit einem Gürtel alter Wälle umgeben, die heute nur mehr dazu dienen, die Stadt noch schwärzer und noch enger erscheinen zu lassen. Mit Gewehrkolbenschlägen könnte man diese lächerlichen Mauern niederwerfen, die von Unkraut zerfressen, von wilden Nelken gekrönt, kaum höher und dicker sind als die Mauern eines Klosters. Sie sind an mehreren Stellen von Toren durchbrochen; die zwei größten sind das Römertor und das große Tor, das erstere geht auf die Nizzaer Straße, das letztere am andern Ende der Stadt auf die Lyoner Straße aus. Bis zum Jahre 1853 waren diese Maueröffnungen mit zweiflügeligen, oben gewölbten Toren von starkem, eisenbeschlagenem Holze versehen. Im Sommer um elf Uhr, im Winter um zehn Uhr abends wurden diese Tore fest verschlossen. Wenn die Stadt einmal die Riegel vorgeschoben hatte wie ein furchtsames Mädchen, dann überließ sie sich ruhig dem Schlafe. Ein Wächter, der eine im innern Winkel des Tores stehende Hütte bewohnte, öffnete den Stadtbewohnern, die sich draußen verspätet hatten. Aber das ging nicht ohne längere Unterhandlungen. Der Torwart ließ die Leute erst ein, wenn er durch eine im Tor angebrachte Klappe mit seiner Laterne ihnen längere Zeit ins Gesicht geleuchtet hatte. Wer ihm nicht gefiel, konnte draußen schlafen. Der ganze Geist dieser Stadt, zusammengesetzt aus Feigheit, Eigennutz, Festhalten am Althergebrachten, aus Haß gegen alles Fremde und aus einem fanatischen Hang zum einsamen, klösterlichen Leben, drückte sich in diesem sorgfältigen, jeden Abend sich wiederholenden Torschluß aus. Wenn Plassans sich gut verriegelt hatte, sagte es: „Ich bin zu Hause" – mit der Zufriedenheit des frommgläubigen Spießbürgers, der ohne Furcht um seinen Säckel, und sicher, daß er durch keinerlei Geräusch geweckt wird, sein Abendgebet verrichtet und froh zu Bett geht. Es gibt, wie mich dünkt, keine zweite Stadt, die so lange eigensinnig an dem Brauche festgehalten hätte, sich einzuschließen wie eine Nonne.

Die Bevölkerung von Plassans kann in drei Gruppen eingeteilt werden; so viele Stadtviertel, ebenso viele kleine, abgesonderte Welten. Ausnahmen bilden die Beamten: der Unterpräfekt, der Steuereinnehmer, der Grundbuchführer, der Posthalter, lauter Leute, die aus der Fremde gekommen sind, hier wenig geliebt und sehr beneidet werden und sich daher ihr Leben nach ihrer Behaglichkeit einrichten. Die wirklichen Einwohner von Plassans, die hier geboren und hier zu sterben entschlossen sind, achten zu sehr die überkommenen Gebräuche und die von alters her aufgerichteten Scheidegrenzen, um sich nicht von selbst in einer der gesellschaftlichen Klassen der Stadt einzupferchen.

Die Adligen schließen sich vollständig ab. Seit dem Sturze Karls X. gehen sie kaum mehr aus; und wenn sie ausgehen, schleichen sie furchtsam dahin wie in

Feindesland und beeilen sich, in ihre großen, stillen Paläste zurückzukehren. Sie gehen zu niemandem und besuchen sich selbst gegenseitig nicht. In ihren Salons erscheinen höchstens einige Geistliche. Im Sommer bewohnen sie die Schlösser, die sie in der Umgegend besitzen; im Winter bleiben sie am warmen Kamin sitzen. Es sind Tote, die sich durch das Leben hindurch langweilen. In ihrem Stadtviertel herrscht denn auch die dumpfe Stille eines Kirchhofes. Türen und Fenster sind sorgfältig verrammelt. Man glaubt eine Reihe von Klöstern vor sich zu haben, die allem Geräusch der Außenwelt verschlossen sind. Von Zeit zu Zeit sieht man einen Abbé vorbeikommen, dessen leiser Auftritt längs der geschlossenen Häuser die Stille noch zu vertiefen scheint und der dann wie ein Schatten unter einer halb geöffneten Haustür verschwindet.

Der Bürgerstand, d. h. die Kaufleute, die sich von den Geschäften zurückgezogen haben, die Advokaten, die Notare, alle die kleinen Leute, die wohlhabend und voll Ehrgeiz sind, kurz: die Bevölkerung der Neustadt, ist bemüht, Plassans einiges Leben zu verleihen. Sie werden zu den Abendunterhaltungen des Herrn Unterpräfekten eingeladen, und es ist ihr sehnlichster Wunsch, ähnliche Feste zu geben. Sie streben gern nach Volkstümlichkeit, nennen einen Arbeiter: „mein Lieber", reden mit den Bauern von der Ernte, lesen die Zeitungen und gehen am Sonntag mit ihren Frauen und Töchtern spazieren. Es sind die fortgeschrittenen Geister des Ortes, die einzigen, die einen Witz über die Stadtmauern wagen; sie haben sogar schon wiederholt von der Stadtvertretung die Entfernung dieser „alten Wälle" gefordert, dieser „Überreste einer anderen Zeit". Das hindert aber nicht, daß die zweifelsüchtigsten unter ihnen von tiefer Freude erfüllt werden, sooft ein Marquis oder ein Graf sie eines leichten Grußes würdigt. Der Traum eines jeden Bürgers der Neustadt geht dahin, in einen Salon der St. Markus-Vorstadt eingeladen zu werden. Sie wissen wohl, daß dieser Traum sich nicht verwirklichen kann, und darum schreien sie nur um so lauter, daß sie Freidenker sind, und sind bereit, bei dem mindesten Grollen des Volkes sich dem erstbesten Retter in die Arme zu werfen.

Die Gruppe, die im alten Stadtviertel arbeitet und ihr Leben fristet, ist nicht so genau zu bestimmen. Das gemeine Volk, die Arbeiter sind da in der Mehrheit; aber es gibt da auch Krämer und sogar einige Großkaufleute. In Wahrheit ist Plassans weit entfernt, ein Handelszentrum zu sein; es wird nur so viel gehandelt, wie nötig ist, um sich der Erzeugnisse der Gegend zu entledigen, die in Öl, Wein, Mandeln bestehen. Was das Gewerbe betrifft, so ist es durch einige Gerbereien vertreten, die mit ihrem Mißdufte eine Straße des alten Quartiers verpesten, dann durch einige Filzhutereien und eine Seifensiederei, welch letztere in einen

Winkel der Vorstadt verbannt ist. Diese kleinen Handels- und Gewerbsleute besuchen zwar an hohen Festtagen die Bürger der Neustadt, leben aber zumeist unter den Arbeitern der Altstadt. Kaufleute, Krämer und Arbeiter haben gemeinschaftliche Interessen, die sie zu einer Familie vereinigen. Nur am Sonntag waschen sich die Arbeitgeber die Hände und bleiben dann hübsch unter sich. Die Arbeiter, kaum ein Fünftel der gesamten Bevölkerung, verlieren sich übrigens unter den Müßiggängern der Stadt und ihrer Umgebung.

Solange die schöne Jahreszeit andauert, treffen sich die Bewohner der drei Stadtviertel von Plassans einmal in der Woche. Die ganze Stadt begibt sich am Sonntag nach der Vesper auf die Promenade Sauvaire; selbst die Adeligen wagen sich da einzufinden. Allein in dieser mit zwei Platanenreihen bepflanzten Allee gibt es drei bestimmte Ströme von Spaziergängern. Die Bürger der Neustadt durchschreiten sie nur; sie gehen durch das große Tor hinaus und wenden sich rechts nach der Poststraße, wo sie bis zur sinkenden Nacht auf- und abspazieren. Während dieser Zeit teilen sich der Adel und das Volk in die Promenade Sauvaire. Seit mehr denn hundert Jahren hat der Adel die Südallee gewählt, an der eine Reihe von großen Palästen steht und die zuerst Schatten bekommt; das Volk mußte sich mit der Nordallee begnügen, wo die Kaffeehäuser, die Gastwirtschaften und die Tabakläden stehen. Den ganzen Nachmittag wandeln Volk und Adel auf und nieder, ohne daß es jemals einem einfiele, aus der einen Allee in die andere hinüberzugehen. Eine Entfernung von sechs bis acht Metern bloß trennt sie; aber sie bleiben tausend Meilen weit voneinander, indem sie genau zwei parallel laufenden Linien folgen, als sollten sie in diesem irdischen Jammertal einander gar nie begegnen. Selbst in den aufrührerischen Zeiten ist jede Klasse in ihrer Allee geblieben. Dieser regelmäßige Sonntagsspaziergang und das Schließen der Stadttore am Abend sind zwei Dinge, die derselben Art zu denken entspringen und zur Beurteilung der zehntausend Seelen dieser Stadt genügen.

In dieser eigenartigen Umgebung lebte bis zum Jahre 1848 eine unbedeutende und wenig geachtete Familie, deren Oberhaupt, *Pierre Rougon*, infolge gewisser Umstände später eine bedeutsame Rolle spielen sollte.

Pierre Rougon war ein Bauernsohn. Die Sippschaft seiner Mutter – die „Fouque", wie man sie nannte – besaß zu Ende des vorigen Jahrhunderts ein ausgedehntes Grundstück in der Vorstadt hinter dem alten Saint-Mittre-Kirchhofe; dieses Grundstück war später mit dem Jas-Meiffren vereinigt worden. Die Fouque waren die reichsten Gemüsegärtner der Gegend; sie lieferten das Gemüse einem ganzen Stadtviertel von Plassans. Einige Jahre vor der Revolution erlosch der Name dieser Familie. Nur eine Tochter war übrig geblieben, Adelaide mit Namen, geboren im Jahre 1768, die mit achtzehn Jahren verwaist war. Dieses Mädchen, dessen Vater im Irrsinn starb, war ein großes, schmächtiges, bleiches Geschöpf mit scheuen Blicken und einem seltsamen Benehmen, das man für wilde Scheu halten konnte, solange sie klein war. Aber als sie größer ward, betrug sie sich noch seltsamer. Sie beging gewisse Handlungen, die die gescheitesten Köpfe der Vorstadt sich nicht recht erklären konnten. So entstand allmählich das Gerücht, daß sie verrückt sei wie ihr Vater. Seit sechs Monaten kaum stand sie allein im Leben als Besitzerin eines Vermögens, das eine sehr begehrenswerte Erbin aus ihr machte, als man erfuhr, daß sie sich mit einem Gärtnergehilfen namens Rougon verheiratet habe, einem ziemlich plumpen Bauer, der aus dem Lande der Niederalpen eingewandert war. Nach dem Tode des letzten Fouque, der ihn auf einen Sommer gedungen hatte, war dieser Rougon im Dienst der Tochter des Verstorbenen geblieben. Aus einem Lohndiener ward er plötzlich der beneidete Gatte. Diese Heirat war die erste Tatsache, die die öffentliche Meinung in Staunen versetzte; niemand konnte begreifen, weshalb Adelaide diesen armen Teufel, diesen ungeleckten, schwerfälligen Bauer, der kaum der Landessprache kundig war, sovielen jungen Burschen vorzog, Söhnen von wohlhabenden Landwirten, die sich lange Zeit um sie beworben hatten. Und da in der Provinz nichts unaufgeklärt bleiben darf, wollte man hinter dieser Geschichte durchaus irgendein Geheimnis wittern; man behauptete sogar, diese Heirat sei zwischen den beiden jungen Leuten eine unabweisliche Notwendigkeit geworden. Allein die Tatsachen widerlegten all diesen Klatsch. Adelaide gebar erst nach einem Jahre einen Sohn. Darüber war nun die Vorstadt empört; sie konnte nicht zugeben, daß sie sich geirrt habe; sie verlegte sich darauf, das angebliche Geheimnis zu ergründen. Darum machten sich alle Klatschbasen auf, um die Rougons auszuspähen. Sie sollten denn auch bald reichlichen Stoff zu schwatzen finden. Eines Tages nach fünfzehnmonatiger Ehe starb Rougon plötzlich. Ein Sonnenstich, den er sich bei der Arbeit auf einem Möhrenfelde holte, hatte seinem Leben ein jähes Ende gemacht. Seither war kaum ein Jahr verflossen, als die junge Witwe ein unerhörtes Ärgernis hervorrief. An gewissen Anzeichen merkte man, daß sie einen Geliebten habe. Sie schien daraus kein Hehl zu machen; mehrere Leute behaupteten gehört zu haben, wie sie den Nachfolger des armen Rougon öffentlich duzte. Kaum ein Jahr Witwe und schon einen Geliebten! Eine solche Mißachtung aller Rücksichten der Schicklichkeit schien ungeheuer, wider alle gesunde Vernunft.

Was den Skandal noch ärger machte, war die seltsame Wahl, die Adelaide getroffen. In der Saint-Mittre-Sackgasse, in einer Hütte, deren Rückseite sich an das Grundstück der Fouque lehnte, hauste damals ein übel beleumundeter Mensch, den man gemeinhin den „*Lumpen Macquart*“ nannte. Dieser Mensch blieb manchmal wochenlang verschwunden; dann sah man ihn wieder eines Abends plötzlich auftauchen und mit den Händen in den Hosentaschen müßig herumschlendern. Er pfiff sich ein Liedchen und tat, als komme er gerade von einem kleinen Spaziergang heim. Die Weiber, die vor ihren Haustüren saßen, sagten dann wohl: „Da geht der Lump Macquart vorüber! Er wird seine Schmugglerwaren und seine Flinte irgendwo in einer Schlucht des Viornetales versteckt haben.“ Soviel war sicher, daß Macquart, ohne Renten zu besitzen, während seines Aufenthaltes in der Stadt aß und trank und nichts arbeitete. Hauptsächlich aber trank er mit wilder Ausdauer. Er saß Abend für Abend allein an einem Tische, im Hintergrunde der Schenkstube, die Augen starr auf sein Glas gerichtet, sah nichts und hörte nichts und vergaß die ganze Welt. Wenn die Kneipe endlich geschlossen ward, ging er seines Weges, festen Schrittes, hoch erhobenen Hauptes, als ob die Trunkenheit ihn aufrichte. „Macquart geht gerade, er ist betrunken“ – sagten die Leute, wenn sie ihn so heimkehren sahen. Gewöhnlich, wenn er nicht getrunken hatte, ging er leicht gebeugt, den Blicken der Neugierigen ausweichend, mit einer Art wilder Scheu. Seitdem sein Vater tot war, ein Gerbergehilfe, von dem er eine elende Hütte in der Saint-Mittre-Sackgasse geerbt hatte, kannte man weder Bekannte noch Freunde von ihm. Die Nähe der Grenze und die Nachbarschaft der Wälder des Seillegebirges hatten aus diesem trägen und sonderlich gearteten Menschen einen Schmuggler und Wilddieb gemacht, eines jener Wesen mit verdächtigem Gesichte, von denen man zu sagen pflegt: „Dem möchte ich nicht zur Nachtzeit in einem Walde begegnen.“ Macquart war groß, mit magerem Gesichte, furchtbar behaart, ein Schrecken aller Weiber der Vorstadt; sie beschuldigten ihn, kleine Kinder bei lebendigem Leibe zu fressen. Obgleich er kaum dreißig Jahre alt war, schien er fünfzig zu zählen. Unter dem Gestrüpp seines Bartes und den Strähnen seines Haupthaares, die ihm auf das Gesicht herabfielen, sah man nichts als das Leuchten seiner braunen Augen, den verstohlenen, trüben Blick eines Menschen mit unsteten Trieben, den Wein, Elend und Müßiggang schlecht gemacht haben. Obgleich man ihn keines bestimmten Verbrechens zeihen konnte, geschah doch kein Diebstahl und kein Mord in der Gegend, ohne daß man sogleich Macquart verdächtigt hätte. Und dieses Ungeheuer, diesen Landstreicher, diesen Missetäter hatte Adelaide gewählt! Binnen zwanzig Monaten gebar sie ihm zwei Kinder, einen Knaben und dann ein Mädchen. Von einer Heirat war zwischen ihnen niemals die Rede gewesen. Noch niemals hatte man in der Vorstadt eine solche Frechheit in der Sittenlosigkeit gesehen. Die Verwunderung war so groß; der Gedanke, daß Macquart eine junge und reiche Geliebte finden konnte, hatte dermaßen allen Glauben der Frauen erschüttert, daß sie für Adelaide fast mild gestimmt wurden. „Die Ärmste ist ganz toll geworden!“ sagten sie; „wenn eine Familie da wäre, hätte man sie längst ins Narrenhaus gebracht.“

Und da die Geschichte dieser seltsamen Liebschaft stets unbekannt blieb, beschuldigte man „diesen Halunken Macquart“, daß er den Schwachsinn der armen Adelaide mißbraucht habe, um ihr Vermögen an sich zu bringen.

Der gesetzliche Sohn, der kleine Peter Rougon, wuchs mit den außerehelichen Kindern seiner Mutter zusammen auf. Diese hießen *Anton* und *Ursula*. Die Mutter behielt sie – die „Wolfsjungen“ wie man sie im Stadtviertel nannte – bei sich, ohne sie besser oder schlechter zu behandeln als ihr eheliches Kind. Sie schien keine klare Vorstellung von der Lage zu haben, die diesen beiden armen Geschöpfen im Leben bereitet war. Sie galten ihr einfach als ihre Kinder geradeso wie ihr Erstgeborener. Oft führte sie Peter an der einen, Anton an der anderen Hand, ohne die sehr verschiedene Art zu bemerken, wie man die beiden Kinder betrachtete.

Es war überhaupt ein sonderbares Haus. Schier zwanzig Jahre lebten daselbst Mutter und Kinder nach ihrem Belieben dahin. Alles gedieh da in voller Ungebundenheit. Als sie Frau geworden, blieb sie das große, seltsame Kind, das mit fünfzehn Jahren noch für eine Wilde gegolten hatte. Nicht als ob sie verrückt gewesen wäre, wie die Leute der Vorstadt behaupteten; aber es gab bei ihr einen Mangel an Gleichgewicht zwischen Blut und Nerven, eine Art Zerrüttung des Gehirns und des Herzens, infolge deren sie ein anderes Leben führte als alle Welt. Sich selbst gegenüber war sie sehr natürlich, sehr folgerichtig; aber diese Folgerichtigkeit war in den Augen der Nachbarn die reine Verrücktheit. Wenn sie mit unbegreiflicher Einfalt sich dem bloßen Ansturm ihres Gefühlslebens überließ, hatte es den Anschein, als wolle sie von sich reden machen und als strebe sie dahin, daß bei ihr alles schlimm und schlimmer werde.

Seit ihrer ersten Entbindung war sie Nervenanfällen ausgesetzt, die sie in fürchterliche Zuckungen und Krämpfe versetzten. Diese Anfälle kehrten alle zwei bis drei Monate wieder. Die Ärzte, die zu Rate gezogen wurden, sagten, es lasse sich nichts dawider tun; das Alter werde diese Anfälle mildern. Sie solle halbgares Fleisch essen und Fieberrindenwein trinken. Die häufigen Anfälle zerrütteten ihren Körperbau vollends. Sie lebte Tag für Tag dahin wie einKind oder wie ein zahmes Tier, das seinen Trieben folgt. Wenn Macquart auf Schmuggel auszog, brachte sie ihre Tage in müßigem Brüten zu und beschäftigte sich mit ihren Kindern nur insoweit, daß sie sie herzte und mit ihnen spielte. Wenn ihr Liebhaber wiederkam, verschwand sie aus dem Hause.

Hinter der Keusche des Macquart lag ein kleiner Hof, den eine Mauer von dem Grundstück der Fouque trennte. Eines Morgens sahen die Bewohner der Vorstadt zu ihrer nicht geringen Überraschung, daß in diese Mauer eine Türe gebrochen war, die am vorhergehenden Abend noch niemand gesehen hatte. Binnen einer

Stunde war die ganze Vorstadt in Aufruhr. Das Liebespaar, hieß es, muß die ganze Nacht daran gearbeitet haben, die Bresche in die Mauer zu legen und eine Tür daselbst anzubringen. Jetzt konnten sie einander ganz frei und ungehindert besuchen. Und das Ärgernis begann von neuem. Man war jetzt gegen Adelaide minder nachsichtig; sie war zur Schmach der Vorstadt geworden; diese Türe, dieses ruhige, freche Eingeständnis ihres Zusammenlebens ward ihr heftiger vorgeworfen als ihre zwei Kinder. „Man muß doch wenigstens den Schein zu wahren suchen" – sagten die nachsichtigsten Frauen. Allein Adelaide wußte nicht, was das heißt: „den Schein wahren." Sie war sehr glücklich und sehr stolz auf ihre Türe. Sie hatte Macquart geholfen, die Steine aus der Mauer reißen; sie hatte sogar Mörtel bereitet, damit die Arbeit schneller getan sei. Sie erschien denn auch am andern Morgen mit einer kindlichen Freude, um ihr Werk am hellen Tage zu besichtigen. Das war schon der Gipfel der Schamlosigkeit, fanden drei Gevatterinnen, die in einiger Entfernung die noch feuchte Maurerarbeit betrachteten. Von diesem Tage ab sagte man, daß Adelaide, die man jetzt selten mehr sah, mit Macquart in seiner Hütte im Saint-Mittre-Gäßchen lebe.

Der Schmuggler kam sehr unregelmäßig und fast immer unerwartet heim. Man wußte nie genau, welches Leben das Paar während der wenigen Tage führte, die Macquart von Zeit zu Zeit in der Stadt zubrachte. Sie schlossen sich dann ein, und das Häuschen schien unbewohnt. Nachdem die Vorstadt ausgesprochen hatte, daß Macquart Adelaide nur verführt habe, um sie ihres Vermögens zu berauben, war man nachgerade erstaunt, diesen Mann dieselbe Lebensweise führen zu sehen wie früher, als ruhelosen, schlecht gekleideten Landstreicher. Vielleicht liebte ihn die Frau desto mehr, je seltener sie ihn zurückkehren sah; vielleicht hatte er in seinem stürmischen Hang nach einem abenteuerlichen Leben ihren Bitten widerstanden. Man ersann tausend Fabeln, ohne sich ein Verhältnis erklären zu können, das gegen alle vernünftige Gepflogenheit geschlossen und fortgesetzt wurde. Das Häuschen im Saint-Mittre-Gäßchen blieb fest verschlossen und bewahrte seine Geheimnisse. Man vermutete bloß, daß Macquart die Adelaide prügeln müsse, obgleich niemals eine Klage herausdrang. Wiederholt erschien sie mit Beulen im Gesichte und zerzaustem Haar. Im übrigen aber sah man ihr kein Leid und keine Traurigkeit an; auch suchte sie die blauen Flecke nicht im mindesten zu verbergen. Sie lächelte und schien zufrieden. Ohne Zweifel ließ sie sich ohne Klage und Widerstand halbtot prügeln. Länger als siebzehn Jahre währte dieses Leben.

Wenn Adelaide in ihr Haus zurückkehrte, fand sie alles von unterst zu oberst gekehrt; aber es ließ sie gleichgültig. Ihr mangelte jeder praktische Sinn für das

Leben; der genaue Wert der Dinge, die Notwendigkeit der Ordnung war ihr unbekannt.

Sie ließ ihre Kinder heranwachsen wie die Pflaumenbäume, die an den Heerstraßen wachsen, dem Regen und Sonnenschein gleichmäßig ausgesetzt. Sie trugen ihre Früchte als Wildling, die weder Säge noch Schere beschnitten. Nie wurde der Natur weniger entgegengearbeitet, nie wuchsen schlimm geartete Kinder freier nach ihren Trieben auf. Sie wälzten sich zwischen den Gemüsebeeten umher, verbrachten ihr Leben im Freien, spielten und balgten sich wie rechte Taugenichtse. Sie stahlen die Vorräte des Hauses, plünderten die wenigen Obstbäume des Gartens und waren – mit einem Worte – die lärmenden, zerstörenden Hausteufel dieser seltsamen Behausung des offenbaren Wahnsinns. Wenn ihre Mutter für ganze Tage verschwand, machten sie einen so heillosen Lärm und kamen auf so teuflische Einfälle, die Nachbarn zu belästigen, daß diese, um sich Ruhe zu schaffen, ihnen oft mit der Peitsche drohen mußten. Adelaide jagte ihnen übrigens keinen sonderlichen Schrecken ein; wenn sie da war, wurden sie den Nachbarn nur deshalb weniger unerträglich, weil sie die Mutter zur Zielscheibe ihrer Bosheiten wählten; sechsmal in der Woche schwänzten sie die Schule und taten alles was sie tun konnten, um sich eine Züchtigung zuzuziehen und dann nach Herzenslust zu plärren. Aber sie prügelte sie nie und erzürnte sich nie; inmitten all dieses Lärmens und Tollens lebte sie still und traumverloren dahin. Mit der Zeit wurde das abscheuliche Gepolter dieser Rangen ihr sogar zu einem Bedürfnis, um die Leere ihres Gehirnes auszufüllen. Wenn sie die Leute sagen hörte: „Ihre Kinder werden sie prügeln und es wird ihr recht geschehen“ – lächelte sie sanft. Auf alle solche Bemerkungen schien ihre gleichgültige Haltung zu antworten: „Was liegt daran?“ Um ihr Vermögen kümmerte sie sich noch weniger, als um ihre Kinder. Der Fouquesche Garten wäre während der langen Jahre dieses seltsamen Lebens zu einer Wüste geworden, wenn Adelaide nicht das Glück gehabt hätte, die Gemüsezucht einem geschickten Gärtner anzuvertrauen. Dieser Mensch, der den Ertrag des Gartens mit ihr teilen sollte, betrog sie in schändlicher Weise; aber sie merkte es nicht. Die Sache hatte übrigens auch ihre gute Seite; um sie besser übervorteilen zu können, nützte der Gärtner den Grund so viel wie möglich aus, wodurch der Wert des Besitztums erheblich gesteigert wurde.

Sei es, daß er durch einen geheimen Instinkt der wahren Sachlage inne wurde, sei es, daß die Art und Weise wie die Außenwelt ihn behandelte, ihm die Augen öffnete: Peter, der legitime Sohn, beherrschte von früher Jugend an seinen Bruder und seine Schwester. Gab es Streit, so prügelte er den Anton, obgleich er schwächer war als dieser. Ursula, ein armes, bleiches, schwächliches Wesen, ward von beiden mißhandelt. Bis zum Alter von 15-16 Jahren prügelten sich die drei Kinder übrigens ganz brüderlich, ohne sich ihren unbestimmten Haß zu erklären und ohne sich darüber Rechenschaft zu geben, wie sehr sie einander fremd waren. Erst in diesem Alter standen sie einander in bewußter und bestimmter Gegnerschaft gegenüber.

Mit sechzehn Jahren war Anton ein langer Bursche, in welchem die Fehler Macquarts und Adelaidens schon – gleichsam verschmolzen – zutage traten. Doch war Macquart der Stärkere in ihm mit seinem Hang zum Herumstreifen, seiner Trunksucht, seiner Roheit und seinem Jähzorn. Allein unter dem nervösen Einflüsse Adelaidens mengten sich diese Laster, die bei dem Vater einen Zug heißblütigen Freimutes hatten, bei dem Sohne mit tückischer Heuchelei und Feigheit. Anton war seiner Mutter Sohn vermöge eines absoluten Mangels an achtbarem Willen, vermöge der Selbstsucht eines wollüstigen Weibes, einer Selbstsucht, die sie jedes Lotterbett annehmen ließ, wenn sie sich nur mit Behagen darin herumwälzen und warm schlafen konnte. Man sagte von ihm: Dieser Räuber hat nicht einmal den Mut zum Vagabundentum, wie der Macquart; wenn er jemals mordet, wird er es mit Stecknadeln tun." Was sein Äußeres betrifft, hatte Anton von seiner Mutter nur die dicken, fleischigen Lippen; die anderen Züge hatte er von dem Schmuggler, aber gemildert, verjüngt, beweglich.

Bei Ursula waren im Gegenteil die sittlichen und körperlichen Eigenschaften der Mutter vorherrschend; immerhin fand sich auch bei ihr ein Gemengsel von Eigenschaften des Vaters und der Mutter, nur daß die arme Kleine, die als Zweite geboren war zu einer Zeit, als die leidenschaftliche Anhänglichkeit Adelaidens bereits die ruhiger gewordene Liebe Macquarts beherrschte, mit ihrem Geschlechte auch einen tieferen Eindruck des Gefühlslebens der Mutter empfangen zu haben schien. Es war übrigens hier keine Vereinigung zweier Naturen, sondern vielmehr eine Nebeneinanderstellung, eine seltsam oberflächliche Zusammenschweißung. Ursula war phantastischer Natur und zeigte zuweilen die Wildheit, die Schwermut, die Ausgelassenheit einer Zigeunerin; dann wieder – und dies war viel häufiger – lachte sie in nervösen Ausbrüchen, oder sie träumte selbstvergessen hin wie ein im Herzen wie im Kopfe tolles Weib. Ihre Augen, die manchmal den scheuen Blick Adelaidens zeigten, waren durchsichtig wie Kristall wie bei den jungen Kätzchen, die an der Schwindsucht zugrunde gehen.

Den beiden Bastardkindern gegenüber schien Peter ein Fremder zu sein. Wer nicht die Wurzeln seines Wesens prüfte, mußte finden, daß er von jenen ganz verschieden war. Noch niemals war ein Kind in dem Maße der wohl abgewogene Durchschnitt der zwei Geschöpfe, die ihn gezeugt hatten. Er hielt die richtige

Mitte zwischen dem Bauer Rougon und dem nervösen Weib Adelaide. Seine Mutter hatte, indem sie ihn gebar, ein weniger plumpes Exemplar seines Vaters zur Welt gebracht. Die stille, verborgene Arbeit der Charaktere, die mit der Zeit ein Geschlecht verbessert oder zur Entartung treibt, schien mit Peter Rougon die erste Frucht gezeitigt zu haben. Auch er war nur ein Bauer, aber ein Bauer mit einer minder groben Haut und einem minder harten Gesicht, mit einem geschmeidigen, weiter ausgreifenden Verstände. Sein Vater und seine Mutter hatten sich in ihm wechselseitig verbessert. Hatte Adelaidens Natur, die der Aufruhr der Nerven sehr gefällig verfeinerte, die plumpe Schwerfälligkeit Rougons gedämpft und gemildert, so war anderseits die wuchtige Massigkeit des letzteren ein wirksames Hindernis gegen die körperliche Zerrüttung der jungen Frau. Peter kannte weder die Wutausbrüche, noch die krankhaften Träumereien der Wolfsjungen des Macquart. Sehr schlecht erzogen, geräuschvoll wie alle Kinder, die sich selbst überlassen bleiben, besaß er doch einen Bodensatz von Überlegung, der ihn stets abhielt, eine nutzlose Dummheit zu begehen. Sein Laster, sein Müßiggang, seine Genußsucht hatten nicht das instinktive Ungestüm der Laster Antons; er wollte sie vor aller Welt rechtschaffen pflegen und befriedigen. In seiner fetten, mittelgroßen Gestalt, in seinem langen, blassen Gesichte, wo die Züge des Vaters sich durch solche der Mutter verfeinert hatten, las man schon den tückischen Ehrgeiz, das unersättliche Bedürfnis nach Genuß, das kalte Herz und den neidvollen Haß des Bauernsohnes, den das Vermögen und die Nervosität der Mutter zu einem Bürger gemacht hatten.

Als Peter im Alter von siebzehn Jahren die unordentliche Lebensführung seiner Mutter und das eigenartige Verhältnis seiner Geschwister erfuhr und zu erfassen vermochte, war er weder betrübt noch entrüstet, aber er begann über die Haltung nachzudenken, welche er zur Wahrung seiner Interessen beobachten mußte. Von den drei Kindern hatte er allein mit einer gewissen Regelmäßigkeit die Schule besucht. Ein Bauer, der die Notwendigkeit des Unterrichtes einsieht, wird gewöhnlich ein schlauer Rechner. Die schmähliche Art und Weise, wie die Kinder in der Schule seinen Bruder Anton behandelten, erweckte den ersten Verdacht in ihm. Später erklärte er sich alle die seltsamen Blicke und Reden. Die wüste Wirtschaft im Hause öffnete ihm vollends die Augen. Von nun ab waren Anton und Ursula für ihn unverschämte Schmarotzer, Mäuler, die an seinem Gute zehrten. Seine Mutter beurteilte er genau so wie die übrige Bevölkerung der Vorstadt, d. h. wie ein Weib, das man einsperren müsse, das ihm schließlich sein Vermögen vergeude, wenn er dem nicht rechtzeitig vorbeuge.

Was ihn vollends erbitterte, waren die Diebereien des Gemüsegärtners. Über Nacht wurde aus dem ausgelassenen Rangen ein sparsamer, habsüchtiger Bursche, der sehr schnell heranreifte bei dem Anblick der Luderwirtschaft, die er nicht ohne Abscheu länger mit ansehen konnte. Ihm gehörten die Gemüse, deren Erlös zum größten Teil in die Taschen des Gärtners floß; ihm gehörten der Wein und das Brot, das die Bastarde seiner Mutter tranken und aßen. Das ganze Haus, das ganze Vermögen gehörte ihm. Nach seinem Bauernverstande war er, der rechtmäßige Sohn, der alleinige Erbe. Da sein Hab und Gut vermindert wurde, da alle Welt gierig an seinem künftigen Vermögen zehrte, sann er nach Mitteln, alle diese Leute, Mutter, Geschwister, Dienstgesinde an die Luft zu setzen und unverzüglich sein Erbe anzutreten.

Es setzte einen erbitterten Kampf. Der junge Mensch begriff, daß er vor allem die Mutter unschädlich machen müsse. Schritt für Schritt, mit hartnäckiger Geduld verfolgte er einen Plan, dessen Einzelheiten er längst festgestellt hatte. Sein Vorgehen bestand darin, sich vor Adelaide als lebendiger Vorwurf aufzupflanzen. Er geriet nicht in Zorn, machte ihr keine Vorstellungen wegen ihres unordentlichen Lebenswandels; aber er hatte eine Art ersonnen, sie stumm anzuschauen, die der Ärmsten das Blut in den Adern erstarren machte. Wenn sie nach kurzem Verweilen bei Macquart wieder in ihrem Hause erschien, wagte sie nur zitternd zu ihm aufzublicken; sie fühlte seine Blicke kalt und scharf gleich stählernen Spitzen lang und unerbittlich auf sich haften. Die strenge und schweigsame Haltung Peters, dieses Kindes eines von ihr so schnell vergessenen Mannes, verwirrte seltsam ihr armes, krankes Hirn. Sie sagte sich, daß Rougon auferstanden sei, um sie für ihren unsittlichen Lebenswandel zu strafen. Sie bekam jetzt jede Woche einen jener Nervenanfälle, die sie niederwarfen. Man überließ sie ihren Krämpfen; wenn sie das Bewußtsein wiedererlangte, brachte sie ihre Kleider in Ordnung und schleppte sich schwächer als zuvor dahin. Oft brach sie nächtlicherweile in Schluchzen aus, drückte ihren Kopf in ihre Hände und nahm die Züchtigungen Peters als Strafen eines rächenden Gottes hin. Ein anderes Mal wieder verleugnete sie ihn; sie wollte das Blut ihres Herzens nicht wiedererkennen in diesem schwerfälligen Burschen, dessen Ruhe ihr fieberheißes Blut so schmerzlich erstarren machte. Tausendmal lieber wäre es ihr gewesen, Prügel zu bekommen, als in dieser Weise angeschaut zu werden. Diese unversöhnlichen Blicke, die sie überallhin verfolgten, marterten sie schließlich in einer so unerträglichen Weise, daß sie wiederholt den Entschluß faßte, mit ihrem Liebhaber zu brechen; allein sobald Macquart ankam, waren ihre Schwüre vergessen, und sie eilte zu ihm. Wenn sie dann heimkehrte, begann der stumme Kampf noch stummer, noch furchtbarer. Nach Verlauf einiger Monate war sie eine Beute ihres Sohnes. Sie benahm sich in seiner Gegenwart wie ein kleines Mädchen, das nicht sicher ist, ob es sich gut betragen habe, und die Zuchtrute verdient zu haben fürchtet. Als geschickter Bursche, der er war, hatte Peter sie an Händen und Füßen gefesselt, eine untertänige Magd aus ihr gemacht, ohne auch nur den Mund zu öffnen, ohne sich in schwierige und unangenehme Erklärungen einzulassen.

Als der junge Mensch seine Mutter in seiner Gewalt wußte; als er sah, daß er sie wie seine Sklavin behandeln könne, begann er die Schwächen ihres Gehirns und den wahnsinnigen Schrecken, den jeder seiner Blicke ihr einjagte, für seine Interessen auszubeuten. Sobald er Herr im Hause war, war es seine erste Sorge, den Gärtner zu entlassen und durch ein ihm ergebenes Geschöpf zu ersetzen. Er riß die Leitung des Hauses an sich, kaufte, verkaufte, führte die Kasse. Er bemühte sich übrigens nicht im mindesten, seine Mutter von ihrem regellosen Lebenswandel abzubringen oder Anton und Ursula von ihrer Trägheit zu heilen. Er kümmerte sich nicht viel darum, denn er hatte ja die Absicht, sich bei der ersten Gelegenheit all dieser Leute zu entledigen. Er begnügte sich, ihnen das Brot und das Wasser zuzumessen. Als er dann das ganze Vermögen in seinen Händen hatte, harrte er eines Ereignisses, das ihm gestattete, zu seinem Vorteil darüber zu verfügen.

Die Umstände sollten seine Pläne in ganz unerwarteter Weise fördern. Als ältester Sohn einer Witwe wurde er vom Militärdienst befreit; dagegen traf zwei Jahre später Anton das Los. Dieser nahm sich die Sache anfänglich nicht gar sehr zu Herzen, denn er dachte, seine Mutter werde einen Ersatzmann für ihn kaufen. Adelaide wollte ihn in der Tat vom Militärdienste retten, allein Peter, der den Säckel verwaltete, wollte hiervon nichts wissen. Der gezwungene Abgang seines Bruders war ein glückliches Ereignis, das seine Pläne vortrefflich förderte. Als seine Mutter ihm von dieser Sache sprach, schaute er sie in einer Weise an, daß sie ihre Rede nicht zu vollenden wagte. Sein Blick sagte: „Deinem Bastard zuliebe willst du mich zugrunde richten?“ Sie überließ also Anton seinem Schicksale, weil sie vor allem Ruhe und Frieden haben wollte. Peter, der kein Freund gewaltsamer Mittel war und sich freute, seinen Bruder ohne Zank und Hader an die Luft setzen zu können, spielte jetzt den Trostlosen: das Jahr sei schlecht, es fehle an Geld im Hause, man müsse ein Stück Land verkaufen und dies sei der Anfang des Ruins. Dann gab er Anton sein Wort, ihn im nächsten Jahre loszukaufen, wenngleich er entschlossen war, nichts dergleichen zu tun. Anton ließ sich täuschen und rückte, halb und halb befriedigt, zum Militärdienst ein.

Noch leichter und unverhoffter entledigte er sich seiner Schwester Ursula. Ein Hutmachergehilfe der Vorstadt namens Mouret verliebte sich in das junge Mädchen, das so weiß und schmächtig war wie ein Fräulein aus dem Sankt-Markus-Viertel, und nahm sie zur Frau. Es war dies von seiner Seite eine Liebesheirat, ein unberechneter, leichtfertiger Schritt. Ursula willigte ein, um aus einem Hause fliehen zu können, wo ihr älterer Bruder ihr das Leben unerträglich machte. Ihre Mutter war völlig in ihrer zügellosen Genußsucht aufgegangen und wandte ihre letzte Widerstandkraft daran, sich selbst zu verteidigen. Alles andere war ihr völlig gleichgültig geworden. Sie war froh über Ursulas Scheiden, weil sie hoffte, daß Peter, der nunmehr keinen Gegenstand der Unzufriedenheit und Verfolgung hatte, sie in Frieden, nach ihrem Willen leben lassen werde. Kaum waren die jungen Leute verheiratet, so sah Mouret ein, daß er Plassans verlassen müsse, wenn er nicht Tag für Tag verdrießliche Dinge über seine Frau und seine Schwiegermutter hören wolle. Er zog mit Ursula nach Marseille, wo er sein Handwerk ausübte. Im übrigen hatte er keinen Pfennig Mitgift gefordert. Als Peter, betroffen von eo großer Uneigennützigkeit, einige Erklärungen stammeln wollte, schloß ihm Mouret den Mund: er ziehe es vor, seine Frau durch seiner Hände Arbeit zu ernähren. Der würdige Sohn des Bauern Rougon war darob ganz verblüfft; er witterte hinter diesem Benehmen irgendeine Falle.

Er hatte nunmehr noch mit Adelaide fertig zu werden. Um keinen Preis der Welt wollte Peter noch länger mit ihr zusammenwohnen. Sie gereichte ihm zur Schande. Am liebsten würde er mit ihr den Anfang gemacht haben. Allein er sah sich zwischen zwei sehr unangenehmen Möglichkeiten. Sie im Hause behalten, sich weiter mit ihrer Schande beladen, sich eine schwere Kugel an die Beine schmieden lassen, die ihn in dem kühnen Flug seines Ehrgeizes hindern werde: das war die eine Möglichkeit. Sie aus dem Hause jagen und mit Fingern auf sich als schlechten Sohn zeigen lassen, was alle seine Berechnungen eines scheinbaren Biedermannes über den Haufen geworfen hätte: das war die andere Möglichkeit. Da er fühlte, daß er alle brauchen werde, wollte er seinen Namen bei ganz Plassans in Gunst setzen. Es gab also nur das eine Mittel: Adelaide zu bewegen, daß sie freiwillig gehe. Peter verabsäumte nichts, um dieses Ziel zu erreichen. Er war der Überzeugung, daß alle seine Roheiten durch das regellose Leben seiner Mutter entschuldigt seien. Er strafte sie, wie man ein Kind straft. Die Rollen waren vertauscht. Das arme Weib beugte sich unter diese stets erhobene Peitsche. Sie war kaum zweiundvierzig Jahre alt und hatte das scheue Stammeln, die verstörten, unterwürfigen Mienen einer kindisch gewordenen Greisin. Ihr Sohn fuhr fort, sie mit seinen strengen Blicken zu martern, in der Hoffnung, daß sie fliehen werde, wenn eines Tages ihr Mut zu Ende war. Die Unglückliche litt furchtbar durch die Schande, durch ihre unterdrückten Begierden, durch die Demütigungen, die sie über sich ergehen ließ; unempfindlich nahm sie die Schläge hin und – kehrte immer zu Macquart zurück, weil sie lieber auf dem Fleck sterben als nachgeben wollte. In manchen Nächten hätte sie zur Viorne laufen und sich ertränken mögen, wenn ihr schwacher Leib eines nervösen Weibes nicht eine entsetzliche Furcht vor dem Tode gehabt hätte. Wiederholt dachte sie daran, zu fliehen und ihren Liebhaber an der Grenze aufzusuchen; sie blieb nur deshalb in diesem Hause, dem verächtlichen Stillschweigen und den geheimen Roheiten ihres Sohnes ausgesetzt, weil sie nicht wußte, wohin sie flüchten solle. Peter sah ein, daß sie ihn längst verlassen haben würde, wenn sie einen Zufluchtsort hätte. Er wartete auf eine Gelegenheit, ihr irgendwo eine kleine Wohnung zu mieten, als ein Zufall, auf den er nicht zu hoffen gewagt hatte, eine plötzliche Verwirklichung seiner Wünsche herbeiführte. Man erfuhr in der Vorstadt, daß Macquart an der Grenze von den Zollwächtern in dem Augenblicke erschossen worden sei, als er eine Ladung Genfer Uhren einschmuggeln wollte. Es hatte seine Richtigkeit mit diesem Gerücht. Selbst der Leichnam des Schmugglers ward nicht nach Plassans gebracht; er ward irgendwo auf einem kleinen Dorfkirchhofe in den Grenzgebirgen eingescharrt. Adelaide ward durch den Schmerz über diesen Verlust um den geringen Rest ihres Verstandes gebracht. Ihr Sohn, der sie neugierig beobachtete, sah sie nicht eine Träne vergießen. Macquart hatte sie zu seiner Erbin gemacht. Sie erbte die Hütte im Saint-Mittre-Sackgäßchen und den Karabiner, den einer der Genossen des Erschossenen ihr ehrlich wiederbrachte. Schon am folgenden Tage zog sie sich in Macquarts Häuschen zurück; sie hängte das Gewehr über dem Kamin an der Wand auf und lebte da still und einsam, abgeschieden von aller Außenwelt.

Endlich war Peter Rougon alleiniger Herr des Hauses.

Der Gemüsegarten der Fouque war tatsächlich, wenn auch nicht rechtlich, in seinem Besitz. Es war ihm nie eingefallen, sich daselbst niederzulassen. Es war für seinen Ehrgeiz ein gar zu enges Gebiet. Die Erde zu bearbeiten, Gemüse zu ziehen schien ihm gemein, seiner Fähigkeiten unwürdig. Es drängte ihn, aus dem Bauernstande herauszutreten. Seine durch den nervösen Charakter der Mutter verfeinerte Natur empfand ein unwiderstehliches Verlangen nach den Freuden des Bürgerstandes. Darum hatte er in allen seinen Plänen den Verkauf des Grundstückes als Lösung in Aussicht genommen. Der Erlös für dieses Grundstück mußte ihm ein hübsches Stück Geld bringen und ihn in den Stand setzen, die Tochter irgendeines Bürgers heimzuführen, der ihn dann zum Genossen seines Geschäftes machen würde. Die Feldzüge des ersten Kaiserreiches lichteten zu jener Zeit sehr stark die Reihen der heiratsfähigen jungen Männer. Die Eltern zeigten sich weniger schwierig in der Wahl ihrer Schwiegersöhne. Peter sagte sich, daß das Geld alles ausgleichen und daß man über den Klatsch der Vorstadt leicht hinweggehen werde. Er wollte sich als Opfer ausgeben, als ein wackeres Herz, das durch die Schmach der Familie leidet, sie beklagt, ohne davon berührt zu werden und ohne sie zu entschuldigen. Seit mehreren Monaten schon hatte er sein Auge auf Felicité Puech, die Tochter eines Ölhändlers geworfen. Das Haus „Puech & Lacamp", dessen Magazine in einem der dunkelsten Gäßchen der Altstadt lagen, war keineswegs in einem Zustande der Blüte. Es genoß am Platze nur wenig Kredit und man sprach von seinem bevorstehenden Bankerott. Gerade im Hinblick auf diese Gerüchte richtete Peter Rougon seine Hoffnungen nach dieser Seite. Er sah ein, daß ein in guten Verhältnissen befindlicher Kaufmann ihm niemals seine Tochter zur Frau geben werde. Er dachte, in dem Augenblick sein Ziel zu erreichen, wenn der alte Puech nimmer weiter könne, und wollte dann durch seine Klugheit und Tatkraft das Haus neu aufrichten. Das war ein geschicktes Mittel, eine Staffel höher zu steigen, sich um Kopfeslänge über seinen Stand aufzuschwingen. Er wollte vor allem diese abscheuliche Vorstadt fliehen, wo man auf seiner Familie herumtrat; er wollte das schändliche Gerede zum Verstummen bringen, indem er selbst den Namen des Fouqueschen Gartens aus der Welt schaffen würde. Darum schienen die übelriechenden Gassen der Altstadt ihm ein Paradies. Hier erst wollte er eine neue Haut annehmen.

Bald sollte der von ihm so heiß ersehnte Augenblick kommen. Das Haus Puech & Lacamp lag in den letzten Zügen. Der junge Mensch leitete jetzt mit kluger Geschicklichkeit die Unterhandlungen wegen seiner Heirat ein. Er ward nicht gerade wie ein Retter aufgenommen, aber doch wie ein notwendiges und annehmbares Aushilfsmittel. Als die eheliche Verbindung eine beschlossene Sache war, schritt er zum Verkaufe des Gemüsegartens. Der Eigentümer des Jas-Meiffren, der seinen Besitz abrunden wollte, hatte ihm schon wiederholt Anerbietungen gemacht; bloß eine dünne, niedrige Mauer schied die beiden Besitztümer voneinander. Peter rechnete auf den Wunsch seines Nachbars, eines sehr reichen Mannes, der, um seine Laune zu befriedigen, bereit war, bis zu fünfzigtausend Franken zu gehen. Dies hieß den Gemüsegarten mit dem Zweifachen seines Wertes bezahlen. Mit der Schlauheit eines Bauern ließ Peter sich erst bitten; er wolle nicht verkaufen, sagte er; niemals werde seine Mutter einwilligen, ein Besitztum wegzugeben, auf dem die Fouque seit zweihundert Jahren von Geschlecht zu Geschlecht gelebt hatten. Doch während er zu zögern schien, bereitete er den Verkauf vor. Es waren einige Bedenken in ihm wach geworden. Nach seiner rücksichtslosen Logikgehörte der Garten ihm, und hatte er das Recht, darüber nach seinem Belieben zu verfügen. Allein auf dem Grunde dieser Sicherheit regte sich die unbestimmte Ahnung, daß er mit dem Gesetze in Widerspruch geraten könne. Er entschloß sich, einen Gerichtsvollzieher der Vorstadt zu Rate zu ziehen. Da erfuhr er schöne Dinge. Der Gerichtsvollzieher meinte, Peter habe in dieser Sache gebundene Hände. Seine Mutter allein dürfe den Garten veräußern.

Dies hatte er vermutet; aber was er nicht gewußt hatte und was wie ein Keulenschlag auf ihn wirkte, war die Nachricht, daß auch Anton und Ursula, die Bastarde, die Wolfsjungen, Rechte auf dieses Besitztum hätten. Was? Dieses Hurenpack wollte ihn, den legitimen Sohn, berauben? Doch die Ausführungen des Gerichtsvollziehers waren ganz klar. Adelaide habe Rougon allerdings unter der Bedingung der Gütergemeinschaft geheiratet; allein da das ganze Vermögen in unbeweglichem Besitztum bestand, war die Frau nach dem Tode des Gatten im Sinne des Gesetzes wieder seine alleinige Eigentümerin geworden; da anderseits Macquart und Adelaide ihre Kinder anerkannt hatten, waren diese Miterben des Vermögens ihrer Mutter. Als einziger Trost erfuhr Rougon, daß das Gesetz den Anteil der außerehelichen Kinder zugunsten der ehelichen verkürze. Aber dies war ihm kein Trost, denn er wollte alles haben. Nicht zehn Sous würde er mit Anton und Ursula geteilt haben. Diese Bresche des Gesetzes eröffnete ihm neue Gesichtspunkte, die er mit einer eigentümlich nachsinnenden Miene prüfte. Er sah bald ein, daß ein geschickter Mensch das Gesetz stets auf seine Seite bringen müsse. Ohne jemanden zu Rate zu ziehen – selbst den Gerichtsvollzieher nicht, dessen Argwohn er zu erwecken fürchtete – ersann er folgendes. Er wußte, daß er über seine Mutter gebieten könne wie über seine Sache. Eines Morgens führte er sie zu einem Notar und ließ sie eine Verkaufserklärung unterzeichnen. Wenn man ihr nur ihre Keusche im Saint-Mittre-Gäßchen ließ, war Adelaide bereit, ganz Plassans zu verkaufen. Peter sicherte ihr übrigens eine Jahresrente von sechshundert Franken zu und schwor ihr hoch und teuer, daß er seine Geschwister nicht verlassen werde. Ein solcher Schwur beruhigte das arme Weib. Sie sagte vor dem Notar alles her, was ihr Sohn ihr eingetrichtert hatte. Am folgenden Tage ließ der junge Mann sie ein Papier unterschreiben, in dem sie den Empfang von fünfzigtausend Franken als Erlös für den Gemüsegarten bestätigte. Dies war sein Hauptstreich. Seiner Mutter, die erstaunt war, ein solches Schriftstück unterzeichnen zu müssen, da sie doch keinen Heller gesehen hatte, sagte er, es sei dies bloß eine Formsache ohne alle Folgen. Indem er das Papier in seine Tasche steckte, dachte er: „Nun mögen die Wolfsjungen mich zur Rechenschaft ziehen; ich werde sagen, die Alte habe alles aufgezehrt. Sie werden es niemals wagen, mir den Prozeß zu machen." Acht Tage später war die Scheidemauer verschwunden; der Pflug ging über die Gemüsebeete hinweg; der Fouquesche Garten ward zu einer Fabel, wie Rougon es gewünscht hatte. Einige Monate später ließ der Eigentümer des Jas-Meiffren selbst das alte Wohnhaus der Gemüsegärtner niederreißen.

Als Peter die fünfzigtausend Franken in Händen hatte, heiratete er Felicité Puech. Sie war ein kleines, schwarzes Weib, wie man in der Provence so viele sieht. Sie erinnerte an jene braunen, dürren, zirpenden Grillen, die in ihrem regellosen

Flug mit den Köpfen an die Mandelbäume stoßen. Mager, flachbrüstig, mit spitzigen Schultern und dem Gesicht eines Marders mit merkwürdig scharfen, ausgeprägten Zügen schien sie kein bestimmtes Alter zu haben; man hätte sie ebensogut für fünfzehn Jahre wie für dreißig Jahre alt halten können, obgleich sie nur neunzehn Jahre zählte, um vier weniger als ihr Gatte. Eine katzenhafte Schlauheit lag in ihren schwarzen, schmalen Augen, die wie mit dem Bohrer ausgehöhlt waren. Ihre niedrige, gewölbte Stirne; ihre an der Wurzel leicht eingedrückte Nase, deren Flügel sich stark aushöhlten, fein und empfindlich waren, wie um die Gerüche besser aufzunehmen; die schmale, rote Linie der Lippen; das vorspringende Kinn, das durch seltsame Höhlungen sich an die Wangen anschloß; dieses ganze Gesicht einer schlauen Zwergin war wie die lebendige Maske der Intrige, des ruhelosen und neidvollen Ehrgeizes. Zur Häßlichkeit gesellte sich bei Felicité ein Reiz, der sie fast verführerisch machte. Man sagte von ihr, daß sie nach ihrem Belieben schön oder häßlich war. Dies schien von der Art und Weise abzuhängen, wie sie ihr wahrhaft prachtvolles Haar in Knoten schürzte; noch mehr aber hing es von dem triumphierenden Lächeln ab, das ihre goldbraune Gesichtsfarbe erhellte, wenn sie über jemanden den Sieg davon getragen zu haben glaubte. Gewissermaßen unter einem Unstern geboren und vom Schicksal sich benachteiligt wähnend, fügte sie sich zumeist in den Gedanken, für häßlich zu gelten. Im übrigen gab sie den Kampf nicht auf; sie hatte den Vorsatz gefaßt, eines Tages durch die Schaustellung ihres Reichtums und ihres schamlosen Prunkes die ganze Stadt vor Neid bersten zu machen. Und hätte sie ihr Leben auf einem größeren Schauplatze abspielen können, wo ihr aufgeschlossener Verstand sich frei hätte entfalten können, sie würde sicherlich bald ihren Glückstraum verwirklicht haben. Ihre Verstandeskräfte waren denen der anderen Mädchen ihrer Klasse und ihrer Ausbildung weit überlegen. Die bösen Zungen behaupteten, daß ihre Mutter, die einige Jahre nach ihrer Geburt gestorben war, in der ersten Zeit ihrer Ehe sehr eng befreundet gewesen sei mit dem Marquis von Carnavant, einem jungen Edelmann auf dem Sankt-Markus-Viertel. In Wahrheit hatte Felicité Füße und Hände einer Marquise, die dem Geschlechte von Arbeitern, aus dem sie abstammte, fremd zu sein schienen.

Die Altstadt war einen vollen Monat darüber verwundert, daß sie den Peter Rougon heiratete, diesen halben Bauern, diesen Vorstadtmenschen, dessen Familie keineswegs im Geruche der Heiligkeit stand. Sie ließ die Leute reden und nahm mit einem eigentümlichen Lächeln die gezwungenen Glückwünsche ihrer Freundinnen entgegen. Ihre Rechnung war gemacht; sie wählte Rougon als ein Mädchen, das einen Gatten nimmt, wie man einen Mitschuldigen nimmt. Indem ihr Vater den jungen Menschen in seine Familie aufnahm, sah er nichts als die fünfzigtausend Franken, die ihn vor dem Bankerott retteten. Allein Felicité hatte schärfere Augen. Sie schaute in die ferne Zukunft und fühlte das Bedürfnis, einen gesunden, wenn auch ein wenig bäuerischen Mann zu haben, hinter dem sie sich verbergen und dessen Arme und Beine sie nach ihrem Belieben in Bewegung setzen konnte. Sie war von einem sehr gesunden Haß erfüllt gegen die Provinzherrchen, gegen dieses schwindsüchtige Volk von Notarsgehilfen und künftigen Advokaten, die in Erwartung der Praxis ein Jammerleben führten. Da sie keine Mitgift besaß und darauf verzichten mußte, den Sohn eines reichen Kaufmannes zu heiraten, zog sie einen Bauer, aus dem sie ein willfähriges Werkzeug zu machen hoffte, tausendmal irgendeinem dürren Angestellten vor, der sie mit seiner Überlegenheit eines Studierten erdrücken und mit ihr das ganze jämmerliche Leben hindurch eitlen Trugbildern nachjagen würde. Sie dachte, das Weib müsse den Mann formen. Sie fühlte sich stark genug, aus einem Kuhhirten einen Minister zu bilden. Was sie bei Rougon verführte, war die breite Brust und der untersetzte, einer gewissen Eleganz nicht entbehrende Rumpf. Ein so gebauter Bursche mußte mit Leichtigkeit die Welt von Ränken tragen, die sie ihm aufzubürden gedachte. Wußte sie die Kraft und Gesundheit ihres Gatten zu schätzen, so hatte sie anderseits bald heraus, daß er weit entfernt war, ein Schwachkopf zu sein. Sie erriet, daß in diesem vierschrötigen Körper ein geschmeidiger, schlauer Geist wohne; doch fehlte viel, daß sie ihren Rougon kannte; sie hielt ihn für dümmer, als er war. Einige Tage nach ihrer Vermählung fand sie durch Zufall in einem Schubfache die von Adelaide unterschriebene Empfangsbestätigung über fünfzigtausend Franken. Sie begriff die Sache sogleich und war entsetzt. Sie war eine Natur von durchschnittlicher Ehrlichkeit, und die Mittel dieser Art widerstrebten ihr. Aber in ihren Schrecken mengte sich ein Zug von Bewunderung. Rougon erschien ihr jetzt als ein sehr schlauer Mensch.

Das junge Ehepaar machte sich wacker daran, Vermögen zu erwerben. Das Haus Puech & Lacamp war weniger erschüttert, als Peter gedacht hatte. Die Schuldensumme war nicht groß, nur fehlte es an Geld. Der Handel wird in der Provinz mit einer solchen Vorsicht geführt, daß ihm nur selten große Katastrophen drohen. Puech & Lacamp aber waren ganz besonders bedächtige Leute; sie zitterten, wenn sie tausend Taler an ein Geschäft wagen sollten, darum konnte denn auch ihre Firma zu keiner Bedeutung gelangen. Die fünfzigtausend Franken, die Peter mitbrachte, genügten, um die Schulden zu bezahlen und dem Geschäfte eine größere Ausdehnung zu geben. Der Beginn war vom Glücke begünstigt. In drei aufeinander folgenden Jahren gab es reichliche Ölernten. In einem kühnen Einfall, der Peter und den alten Puech erschreckte, bewog Felicité die Männer, eine bedeutende Menge Öl zu kaufen und einzulagern. Die nächsten zwei Jahre ergaben eine Mißernte, wie die junge Frau es vorausgesehen hatte. Die Ölpreise gingen in die Höhe, und sie konnten ihre Vorräte mit erheblichem Nutzen verkaufen.

Kurze Zeit nach diesem Glückszug traten Puech und Lacamp aus der Gesellschaft aus. Sie waren mit dem bescheidenen Gewinn zufrieden, den sie erzielt hatten und hatten nur mehr den Ehrgeiz, als Rentenbesitzer ihre Tage zu beschließen. Das junge Ehepaar war jetzt allein Herr im Hause und dachte, künftig das Glück festzuhalten.

Du hast mein Pech besiegt, sagte Felicité manchmal zu ihrem Gatten.

Eine der wenigen Schwächen dieser energischen Natur war die, daß sie sich vom Unglück verfolgt wähnte. Bisher – so behauptete sie – sei ihnen, ihr und ihrem Vater, noch nichts geglückt trotz all ihrer Anstrengungen. Von der südländischen Abergläubigkeit ermuntert rüstete sie sich zum Kampfe gegen das Schicksal, wie man gegen eine Person von Fleisch und Bein kämpft, die uns verderben will. Die Tatsachen sollten alsbald ihre Besorgnisse in seltsamer Weise bestätigen. Das Pech kam unerbittlich wieder. Jedes Jahr kam ein neues Unglück, um das Haus Rougon zu erschüttern. Ein Bankerottierer schädigte es um einige tausend Franken; die Wahrscheinlichkeitsberechnungen erwiesen sich infolge unglaublicher Umstände als falsch; die sichersten Berechnungen schlugen jämmerlich fehl. Es war ein Kampf aufs Messer.

Nun siehst du wohl, daß ich unter einem Unstern geboren bin, sagte Felicité bitter. Aber sie setzte nur um so energischer den Kampf fort; sie begriff nicht, weshalb sie, die für das erste Wagnis eine so feine Witterung gehabt hatte, ihrem Gatten jetzt nur unglückselige Ratschläge gab.

Peter war sehr niedergeschlagen. Da er weniger Ausdauer besaß, würde er ohne die verbissene Hartnäckigkeit seiner Frau schon zwanzigmal das Geschäft aufgelassen haben. Sie wollte durchaus reich werden. Ihr Ehrgeiz konnte nur auf dem Reichtum bauen. Mit einem Vermögen von einigen hunderttausend Franken würden sie die Herren der Stadt werden; sie würde ihren Mann auf eine wichtige Stelle ernennen lassen; mit einem Worte: sie würde regieren. Der Kampf um die Ehrenstellen machte ihr keine Sorge; sie fühlte sich seltsam gerüstet dafür. Dagegen verließ sie ihre Stärke, als es sich darum handelte, die ersten Säcke Taler zu erwerben. Vor der Kunst, die Menschen zu behandeln, schrak sie nicht zurück; dagegen empfand sie eine Art ohnmächtiger Wut angesichts dieser kalten, weißen Münzen, über die ihr Ränkegeist keine Macht hatte, und die so blöd waren, nicht kommen zu wollen.

Über dreißig Jahre dauerte der Kampf. Als Puech starb, war dies ein neuer Keulenschlag. Felicité, die vierzigtausend Franken nach ihm zu erben gehofft hatte, erfuhr zu ihrem Entsetzen, daß der alte Egoist sein Vermögen einer Altersversorgung verschrieben hatte. Diese Nachricht warf Felicité auf das Krankenbett. Sie verbitterte immer mehr, ward immer dürrer, immer herber. Wenn man sah, wie sie vom Morgen bis zum Abend die Ölkrüge umkreiste, hätte man glauben mögen, daß sie durch dieses ewige, unruhige, fliegenartige Umherschwärmen ihren Verkauf beschleunigen wolle. Ihr Mann hingegen ward immer schwerfälliger; das Pech machte ihn fett und weich. Diese dreißig Jahre fortwährenden Kampfes warfen sie aber doch nicht vollends auf die Strecke. Bei jeder Jahresrechnung fanden sie, daß sie beiläufig mit heiler Haut davongekommen waren; die Verluste eines Jahres brachten sie im folgenden Jahre wieder herein. Dieses Leben, das man sozusagen von Tag zu Tag fortfristen mußte, trieb Felicité schier zur Verzweiflung.

Sie hätte einen vollständigen Bankerott vorgezogen. Vielleicht hätten sie dann ihr Leben von vorne beginnen können, anstatt sich damit abzurackern, den täglichen Bissen Brot zu erwerben. Allerdings muß gesagt werden, daß sie gleich in den ersten Jahren ihrer Ehe mehrere Kinder bekamen, die ihnen mit der Zeit eine schwere Bürde wurden. Felicité erwies sich, wie so viele kleine Frauen, von einer Fruchtbarkeit, die man ihrem schwächlichen Körperbau niemals zugemutet haben würde. Im Zeitraume von fünf Jahren, in den Jahren 1811-15, gebar sie drei Söhne; in den darauf folgenden vier Jahren gab sie noch zwei Töchtern das Leben. Im ruhigen Provinzleben gedeihen die Kinder am besten. Die Rougonschen Ehegatten nahmen die zuletzt gekommenen zwei Kinder ziemlich übel auf. Wenn die Mitgift fehlt, sind die Töchter eine arge Verlegenheit. Rougon sagte jedem, der es hören wollte, daß es genug sei und mit Teufelsdingen zugehen müsse, wenn noch ein sechstes komme. In der Tat hörte Felicité auf, Kinder zu gebären; es wäre sonst schwer zu sagen, bis zu welcher Zahl sie gegangen wäre.

Die junge Frau betrachtete übrigens diese Kinderschar nicht als eine Ursache ihres Ruins. Im Gegenteil; sie richtete auf den Köpfen ihrer Söhne das Gebäude ihres Glückes wieder auf, das zwischen ihren Händen in Trümmern sank. Sie zählten noch nicht zehn Jahre, als sie schon eine fertige Zukunft für sie träumte. Da sie daran zweifelte, jemals aus eigener Kraft ans Ziel zu gelangen, setzte sie ihre Hoffnungen auf ihre Söhne, um so die Hartnäckigkeit des Schicksals zu überwinden. Sie sollten ihr enttäuschungsreiches Streben verwirklichen; sie sollten ihr jene reiche und beneidete Stellung verschaffen, der sie bisher vergebens nachgejagt war. Ohne den durch ihr Handlungshaus geführten Kampf aufzugeben, verfolgte sie von da ab noch eine zweite Taktik, um endlich doch zur Befriedigung ihrer herrschsüchtigen Triebe zu gelangen. Es schien ihr unmöglich, daß es unter ihren drei Söhnen nicht einen einzigen Mann von überlegenem Geiste geben solle, der sie alle reich machen werde. Sie fühlte dies, sagte sie. Darum pflegte sie auch die Kinder mit einem Eifer, in dem die Strenge der Mutter mit der Liebe des

Wucherers sich mengte. Sie gefiel sich darin, sie sorgfältig zu mästen wie ein Kapital, das später hohe Zinsen tragen solle.

Laß doch! Pflegte Peter zu schreien. Alle Kinder sind undankbar. Du verdirbst sie; du richtest uns zugrunde.

Wenn Felicité davon sprach, die Söhne auf die hohe Schule zu schicken, wurde er böse. Das Lateinische sei ein überflüssiger Luxus; es genüge, sie eine kleine Privatschule besuchen zu lassen, die es in der Nachbarschaft gab. Allein die junge Frau ließ nicht locker; ihr Streben ging höher hinaus; sie setzte ihren Stolz darein, sich mit unterrichteten Kindern zu schmücken; sie fühlte überdies, daß ihre Kinder nicht so ungebildet bleiben dürften wie ihr Vater, wenn sie einst große Männer werden sollten. Sie träumte davon, daß alle drei in Paris hohe Stellen einnehmen würden, die sie nicht näher zu bezeichnen wußte. Als Rougon nachgegeben hatte und die drei Jungen das Kollegium besuchten, genoß Felicité die größte Freude, die die Befriedigung ihrer Eitelkeit ihr jemals bereiten konnte. Sie war entzückt, wenn sie hörte, wie sie untereinander von ihren Professoren und Studien sprachen. An dem Tage, an dem der Älteste in ihrer Gegenwart den Jüngsten rosa, die Rose deklinieren ließ, glaubte sie eine himmlische Musik zu hören. Es muß zu ihrem Lobe gesagt werden, daß ihre Freude damals frei war von jeder Berechnung. Rougon selbst überließ sich der Genugtuung des ungebildeten Menschen, der seine Kinder besser unterrichtet sieht, als er selbst es ist. Die Kameradschaft, die sich ganz natürlich zwischen ihren Söhnen und jenen der vornehmsten Leute der Stadt entwickelte, berauschte die Rougonschen Eheleute vollends. Ihre Söhne duzten den Sohn des Bürgermeisters, des Unterpräfekten und sogar einige junge Edelleute, die das St.-Markus-Viertel in das Kollegium zu Plassans zu schicken sich herabgelassen hatte. Felicité meinte, eine solche Ehre könne nicht zu teuer bezahlt werden. Die Ausbildung der drei Söhne war eine schwere Last für den Haushalt der Familie Rougon.

Solange die Jungen noch nicht ihre Abgangsprüfung hinter sich hatten, lebten die Eltern, die sie mit schweren Opfern auf der Schule erhielten, in der Hoffnung auf ihre Erfolge. Als sie ihre Zeugnisse hatten, wollte Felicité ihr Werk vollenden: sie bestimmte ihren Gatten, alle drei nach Paris zu senden. Zwei betrieben die Rechtsstudien, der dritte wurde Arzt. Als sie endlich fertige Männer waren, als sie das Haus Rougon vollständig „ausgepumpt“ hatten und sie sich genötigt sahen, nach der Provinz zurückzukehren und sich daselbst seßhaft zu machen, begann für die armen Eltern die Enttäuschung. Die Provinz schien ihre Beute wieder an sich reißen zu wollen. Die drei jungen Leute wurden schwerfällig und schläfrig. Die ganze Bitterkeit ihres Unglücks stieg Felicité wieder in die Brust. Ihre Söhne trieben sie in den Bankerott. Sie hatten sie zugrunde gerichtet und trugen ihr nicht die Zinsen des Kapitals, das sie darstellten. Dieser letzte Schicksalsschlag war ihr um so empfindlicher, als er sie gleichzeitig in ihrem weiblichen Ehrgeiz und in ihrer mütterlichen Eitelkeit traf. Rougon wiederholte ihr vom Morgen bis zum Abend: „Ich habe es dir vorausgesagt!" – was sie noch mehr erbitterte.

Als sie eines Tages ihrem Ältesten die Summen vorwarf, die seine Ausbildung verschlungen hatte, erwiderte er in bitterem Tone:

Ich werde euch später bezahlen, wenn ich kann. Waret ihr ohne Vermögen, so hättet ihr Arbeiter aus uns machen sollen. Wir sind gesunkene Menschen und leiden dadurch mehr als ihr.

Felicité erfaßte den tiefen Sinn dieser Worte. Von diesem Tage ab hörte sie auf, ihre Kinder zu beschuldigen; sie wandte ihren Groll gegen das Schicksal, das nicht müde ward, sie zu verfolgen. Sie begann von neuem ihre Klagen und jammerte über den Mangel an Vermögen, der schuld daran sei, daß sie knapp am Hafen untergehen müsse. Wenn Rougon ihr sagte: „Deine Söhne sind Taugenichtse; sie werden uns bis ans Ende aussaugen" – erwiderte sie herb: „Wollte Gott, daß ich ihnen noch Geld geben könnte; die armen Jungen vegetieren nur, weil sie mittellos sind."

Zu Beginn des Jahres 1848, knapp vor der Februarrevolution, befanden sich die drei Söhne Rougon zu Plassans in sehr unsicheren Stellungen. Sie boten damals ein interessantes, sehr verschieden geartetes Bild, obgleich sie parallel aus der nämlichen gesellschaftlichen Schicht hervorgegangen waren. Im ganzen genommen waren sie besser als ihre Eltern. Es hatte den Anschein, daß das Geschlecht der Rougon sich durch die Frauen verfeinern sollte. Adelaide hatte aus Peter einen mittelmäßigen Geist mit niedrigem Streben gemacht; Felicité hatte ihren Söhnen höhere Verstandeskräfte gegeben, die sie zu großen Lastern und zu großen Tugenden befähigten.

Zu jener Zeit war Eugen, der Älteste, nahezu vierzig Jahre alt. Er war ein Mann von mittlerem Wüchse, mit ziemlich kahlem Scheitel und einer Neigung zur Fettleibigkeit. Er hatte das Gesicht seines Vaters, ein langes Gesicht mit breiten Zügen. Man merkte, daß unter der Haut das Fett liege, das die Rundungen verweichlichte und der Haut die gelblichweiße Farbe des Wachses verlieh. Allein, wenn man an der massiven, vierschrötigen Gestaltung des Kopfes noch den Bauer erkannte, so verwandelte, verklärte sich das Gesicht nach innen, wenn unter den schweren Lidern der Blick aufleuchtete. Die Schwerfälligkeit des Vaters war bei dem Sohne zum Ernst geworden. Dieser dicke Mensch sah gewöhnlich aus, als ob er in tiefem Schlafe liege; wenn man ihn gewisse breite, müde Bewegungen machen sah, glaubte man einen Riesen vor sich zu haben, der die Glieder reckt, um sich zur Tat zu rüsten. Vermöge einer jener angeblichen Launen der Natur, deren Gesetze die Wissenschaft allmählich zu erkennen beginnt, schien es, als ob bei Eugen Rougon die leibliche Ähnlichkeit mit dem Vater eine vollständige sei, während die Mutter das denkende Element geliefert habe. Eugen bot das seltsame Beispiel dar, daß gewisse Herzens- und Verstandeseigenschaften der Mutter in dem vierschrötigen, schwerfälligen Leibe des Vaters eingeschlossen waren. Er hatte einen hochfliegenden Ehrgeiz, herrschsüchtige Triebe, eine seltsame Mißachtung für die kleinen Mittel und kleinen Erfolge. Er war ein Beweis dafür, daß Plassans sich vielleicht in der Mutmaßung nicht irrte, daß Felicité einige Tropfen adeligen Blutes in den Adern habe. Die Sucht nach Reichtum und Genuß, die sich bei den Rougon außerordentlich entwickelte und gleichsam das charakteristische Merkmal der Familie war, nahm bei ihm die am meisten veredelte Form an; er wollte genießen, aber mit dem Verstande, indem er zugleich seine Herrschergelüste befriedigte. Ein solcher Mann war nicht dazu geschaffen, in der Provinz an sein Ziel zu gelangen. Er fristete da fünfzehn Jahre sein Leben, die Augen stets auf Paris gerichtet und auf die Gelegenheit lauernd. Um nicht das Brot seiner Eltern zu essen, hatte er bei seiner Rückkehr in die Vaterstadt sich in die Liste der Advokaten aufnehmen lassen. Von Zeit zu Zeit hatte er eine Sache vor Gericht zu vertreten; er erwarb dabei schlecht und recht seinen Unterhalt und schien im übrigen sich wenig über die rechtschaffene Mittelmäßigkeit zu erheben. In Plassans fand man, daß er eine schleimige Stimme und schwerfällige Gebärden habe. Nur selten gewann er den Prozeß eines Klienten; zumeist trat er aus der Frage heraus, er „schweifte ab", wie die gescheiten Köpfe der Stadt sich ausdrückten. Besonders bei einer Gelegenheit, da er eine Klage auf eine Entschädigung und Interessen zu vertreten hatte, vergaß er sich und verlor sich in politischen Betrachtungen in dem Maße, daß der Präsident ihm das Wort entziehen mußte. Er setzte sich mit einem eigentümlichen Lächeln nieder. Sein Klient wurde verurteilt, eine beträchtliche Summe zu bezahlen, was aber den Advokaten seine Abschweifungen nicht im mindesten bedauern ließ. Seine Advokatenreden vor Gericht schien er einfach als Übungen zu betrachten, die ihm später zugute kommen sollten. Das war es, was Felicité nicht begriff und was sie verzweifelt machte; sie hätte gewünscht, daß ihr Sohn dem Zivilgericht von Plassans Gesetze diktiere. Schließlich bildete sie sich eine sehr ungünstige Meinung von ihrem ältesten Sohne; dieser schläfrige Bursche werde den Ruhm der Familie nicht begründen, sagte sie. Peter hingegen hatte volles Vertrauen zu ihm; nicht als ob er scharfsichtiger gewesen wäre, als seine Frau, sondern weil er sich an die Oberfläche hielt und er sich selbst schmeichelte, indem er an das Genie eines Sohnes glaubte, der sein lebendiges Ebenbild war. Einen Monat vor den Februarereignissen ward Eugen unruhig; ein merkwürdiges Witterungsvermögen ließ ihn die Krise ahnen. Von da ab brannte ihm das Pflaster von Plassans unter den Füßen. Man sah ihn wie eine verlorene Seele auf den Spazierwegen herumirren. Dann faßte er plötzlich einen Entschluß und reiste nach Paris ab. Er hatte nicht fünfhundert Franken in der Tasche.

Aristides, der jüngste der Söhne Rougon, war sozusagen der gerade Gegensatz Eugens. Er hatte das Gesicht und die Habgier seiner Mutter; er war ein tückischer, zu gemeinen Ränken neigender Charakter, in dem die Triebe des Vaters vorherrschten. Die Natur hat oft Bedürfnisse des Gleichmaßes. Klein von Wuchse, mit einem Affengesicht, das einem seltsam geschnitzten, in einen Bajazzokopf auslaufenden Spazierstockgriffe ähnlich sah, trieb sich Aristides überall suchend, forschend, wühlend herum; er kannte keine Bedenken, denn es drängte ihn, Geld zu erwerben, Wohlstand zu genießen. Er liebte das Geld, wie sein ältester Bruder die Macht liebte. Während Eugen davon träumte, ein Volk unter seine Macht zu beugen, und sich an seiner künftigen Allmacht berauschte, sah Aristides sich als zehnfachen Millionär, in einem fürstlichen Palaste wohnend, gut essend und trinkend, mit allen Sinnen und Organen seines Körpers das Leben genießend. Er wollte vor allem sehr schnell reich werden. Wenn er ein Luftschloß baute, so erhob es sich in seinem Geiste wie durch Zauberspruch; vom Abend bis zum Morgen erwarb er ganze Tonnen Goldes. Dies behagte seiner Trägheit um so mehr, als er sich niemals um die Mittel kümmerte und die raschesten ihm auch die besten dünkten. Das Geschlecht der Rougon, dieser schwerfälligen, habsüchtigen Bauern mit den tierischen Begierden, hatte zu schnell gereift. Alle Bedürfnisse des materiellen Genusses entwickelten sich in Aristides, verdreifacht durch die übereilte Erziehung, noch unersättlicher und gefährlicher, seitdem sie durch die Vernunft geleitet wurden. Trotz ihrer weiblichen Scharfsicht zog Felicité diesen Burschen vor; sie fühlte nicht, daß Eugen weit mehr ihr Sohn war; sie entschuldigte die Trägheit und die dummen Streiche ihres Jüngsten unter dem Vorwande, daß dieser der große Mann der Familie sein werde und daß ein den übrigen überlegener Mann das Recht habe, ein regelloses Leben zu führen bis zu dem Tage, an dem die Macht seiner Fähigkeiten entdeckt werde. Aristides setzte ihre Nachsicht auf eine harte Probe. In Paris führte er ein müßiges Luderleben; er ward einer jener Studenten, die in den Kneipen des Quartier Latin ihre Vorlesung hören. Er blieb übrigens nur zwei Jahre daselbst. Als sein entsetzter Vater sah, daß er nach zwei Jahren keine einzige Prüfung gemacht hatte, hielt er ihn in Plassans zurück und schlug ihm vor, ihm eine Frau zu suchen, weil er hoffte, daß die Sorgen der Häuslichkeit einen ordentlichen Menschen aus ihm machen würden. Aristides ließ sich verheiraten. Zu jener Zeit sah er noch nicht klar in seinem Streben; das Provinzleben gefiel ihm; er fühlte sich wohl in seiner kleinen Vaterstadt, wo er aß und trank und spazieren ging, wenn er nicht schlief. Felicité redete ihm mit einem solchen Eifer das Wort, daß Peter einwilligte, dem jungen Ehepaar die Wohnung und Verpflegung zu geben unter der Bedingung, daß Aristides sich ernstlich den Geschäften des Hauses widmen werde. Und jetzt begann für den jungen Herrn ein herrliches Faulenzerleben; er brachte seine Tage und den größten Teil seiner Nächte im Klub zu, floh das Büro seines Vaters, wie ein träger Schüler die Schule flieht, und verspielte die wenigen Taler, die seine Mutter im geheimen ihm zusteckte. Man muß in einem kleinen Provinzorte gelebt haben, um das Tierleben recht zu verstehen, das Aristides in dieser Weise vier Jahre lang führte. So gibt es in jeder kleinen Stadt eine Anzahl von Wesen, die auf Kosten ihrer Familie leben, zuweilen tun, als ob sie arbeiten wollten, aber in Wirklichkeit nur ihrer Trägheit frönen. Aristides war das Muster der unverbesserlichen Taugenichtse, die man in wollüstiger Trägheit sich durch die Öde des Provinzlebens schleppen sieht. Vier Jahre lang tat er nichts als Ecarté spielen. Während er im Kasino lebte, half seine Frau, eine weiche, stille Blondine, durch einen ausgesprochenen Geschmack für schreiende Toiletten und einen ungeheuren Appetit (merkwürdig genug bei einem so schwächlichen Wesen!) den Ruin des Hauses Rougon beschleunigen. Angela – so hieß sie – schwärmte für himmelblaue Bänder und Lendenbraten. Sie war die Tochter eines Kapitäns im Ruhestande, den man den Major Sicardot nannte, eines wackeren Mannes, der ihr zehntausend Franken, seine gesamten Ersparnisse, mit in die Ehe gegeben hatte. Peter hatte, indem er Angela für seinen Sohn erkor, ein sehr gutes Geschäft zu machen geglaubt, so niedrig schlug er Aristides im Werte an. Diese Mitgift von zehntausend Franken, die bei ihm den Ausschlag gegeben, sollte später ein Mühlstein an seinem Halse werden. Sein Sohn war ein schlauer Gauner; er händigte dem Vater die zehntausend Franken ein, indem er sein Geschäftsgenosse ward; er spielte den Uneigennützigen und wollte keinen Sou behalten.

Wir brauchen nichts, sagte er. Ihr werdet uns aushalten, mich und meine Frau, und wir werden später einmal abrechnen.

Peter war in Geldverlegenheit und nahm den Vorschlag an, allerdings nicht ohne Unruhe wegen der Uneigennützigkeit des Aristides. Dieser sagte sich, daß sein Vater vielleicht lange Zeit keine zehntausend Franken flüssig haben werde, um sie ihm wiederzugeben und daß er und seine Frau auf des Vaters Kosten ein feines Leben führen würden, solange die Geschäftsverbindung nicht gelöst werden könne. Diese paar Bankbilletts waren wunderbar angelegt. Als der Ölhändler begriff, wie man ihn herumgekriegt, war es ihm nicht mehr möglich, sich des Aristides zu entledigen; Angelas Mitgift war in Spekulationen angelegt, die einen schlimmen Ausgang nahmen. Er mußte das junge Ehepaar bei sich behalten; darob war er erbittert, denn der starke Appetit seiner Schwiegertochter und die Faulenzerei seines Sohnes nagten ihm am Herzen. Hätte er sie bezahlen können, er hätte dieses „Gewürm, das sein Blut trank“ – wie er sich in seiner kräftigen Weise ausdrückte – schon zwanzigmal an die Luft gesetzt. Felicité unterstützte sie im geheimen. Der junge Mensch, der ihre ehrgeizigen Träume durchschaut hatte, setzte ihr jeden Abend wunderbare Pläne, Reichtum zu erwerben, auseinander, Pläne, die er binnen kurzem zu verwirklichen gedachte. Vermöge eines seltenen Zufalles stand sie mit ihrer Schwiegertochter auf gutem Fuße; allerdings muß gesagt werden, daß Angela keinen Willen hatte und daß man über sie verfügen konnte wie über ein Einrichtungsstück. Peter geriet in Zorn, wenn seine Frau ihm von den künftigen Plänen ihres jüngsten Sohnes sprach; er beschuldigte ihn seinerseits, daß er eines Tages den Ruin ihres Hauses herbeiführen werde. Während der vier Jahre, welche das junge Ehepaar in seinem Hause zubrachte, wütete und wetterte er so, seine ohnmächtige Wut in Zänkereien auslassend, ohne Aristides und Angela im geringsten aus ihrer lächelnden Ruhe herauszubringen. Sie hatten sich da niedergelassen, sie blieben auch da wie unbewegliche Massen. Endlich machte Peter ein gutes Geschäft, und er konnte seinem Sohne die zehntausend Franken wiedergeben. Als er mit ihm abrechnen wollte, erhob Aristides so viele Einwendungen und Schwierigkeiten, daß er ihn ziehen lassen mußte, ohne auch nur einen Sou für die Verpflegung und Wohnung zurückzubehalten. Die jungen Eheleute mieteten sich in der Nähe ein, auf einem kleinen Platze der Altstadt, Sankt-Ludwigsplatz genannt. Die zehntausend Franken waren bald aufgezehrt, denn sie mußten sich einrichten.

Aristides änderte übrigens nichts an seiner Lebensweise, so lange es noch Geld im Hause gab. Als das letzte Hundertfrankenbillett an die Reihe kam, ward er nervös. Man sah ihn mit verdächtiger Miene in der Stadt umherirren. Er nahm seinen Kaffee nicht mehr im Kasino; er schaute mit fieberhafter Ungeduld anderen Spielen zu, ohne selbst eine Karte zu berühren. Das Elend machte ihn noch schlechter, als er war. Lange hielt er ihm stand, indem er sich hartnäckig weigerte, etwas zu arbeiten. Im Jahre 1840 bekam er einen Sohn, der auf den Namen Maxime getauft wurde und den seine Großmutter Felicité glücklicherweise auf die hohe Schule tat, wo sie im geheimen die Pension für ihn bezahlte. So aß doch einer weniger in Aristides‘ Hause; allein die arme Angela starb schier Hungers und der Mann mußte sich endlich doch um eine Beschäftigung umtun. Es gelang ihm, in der Unterpräfektur unterzukommen. Dort blieb er nahezu zehn Jahre und brachte es nicht weiter, als bis zu achtzehnhundert Franken Jahresgehalt. Seit jener Zeit lebte er von Haß und Galle erfüllt, in der unausgesetzten Gier nach dem Wohlstande, die ihn verzehrte, dahin. Seine untergeordnete Stellung verbitterte ihn; die ärmlichen 150 Franken, die man ihm jeden Monat in die Hand steckte, schienen ihm ein Hohn des Glückes. Noch nie war ein Mann von einem solchen Durste, seine leiblichen Begierden zu befriedigen, verzehrt. Felicité, der er seine Leiden klagte, war es ganz recht, ihn darben zu sehen; sie dachte, daß das Elend ihn vielleicht aus seiner Trägheit herausreißen werde. Die Ohren gespitzt, immer auf dem Anstand schaute er umher wie ein Dieb, der auf einen guten Fang lauert. Zu Beginn des Jahres 1848, als sein Bruder nach Paris ging, dachte er einen Augenblick daran, ihm dahin zu folgen. Allein Eugen war unverheiratet; er, Aristides, konnte sein Weib nicht so weit mitschleppen, ohne eine beträchtliche Summe Geldes in der Tasche zu haben. Er wartete denn, auf eine Katastrophe lauernd und bereit, die erstbeste Beute zu erwürgen.

Der andere Rougonsche Sohn, namens Pascal, der zwischen Eugen und Aristides geboren war, schien gar nicht zu dieser Familie zu gehören. Es war einer jener häufigen Fälle, welche die Gesetze der Vererbung zu verleugnen scheinen. Die Natur bringt oft inmitten eines Geschlechtes ein Wesen hervor, dessen Elemente sie aus ihren eigenen schöpferischen Kräften holt. Bei Pascal erinnerte nichts an die leiblichen oder geistigen Eigenschaften der Rougon. Groß von Gestalt, mit sanftem, ernstem Antlitz, hatte er eine Geradheit des Geistes, eine Liebe zur Arbeit, ein Bedürfnis der Bescheidenheit, die in seltsamem Gegensatz zu dem fieberhaften Ehrgeiz und dem wenig gewissenhaften Treiben seiner Familie standen. Nachdem er in Paris seine medizinischen Studien mit ausgezeichnetem Erfolge beendet hatte, zog er sich aus Neigung nach Plassans zurück trotz der vorteilhaften Anerbietungen seiner Professoren. Er liebte das ruhige Provinzleben; er behauptete, für einen Gelehrten tauge es besser als das Pariser Getöse. Als er sich in Plassans niedergelassen hatte, bemühte er sich keineswegs, den Kreis seiner Praxis auszudehnen. Da er sehr einfach lebte und den Reichtum verachtete, konnte er sich mit den wenigen Kranken begnügen, die der bloße Zufall ihm sandte. Sein ganzer Luxus bestand in einem kleinen, lichten, luftigen Häuschen der Neustadt, wo er in klösterlicher Abgeschiedenheit lebte, mit dem Studium der Naturgeschichte eifrig beschäftigt. Für die Physiologie hatte er eine ganz besondere Vorliebe. Man erfuhr in der Stadt, daß er dem Totengräber oft Leichen abkaufte, weshalb denn auch gewisse zartfühlende Damen und schwachmütige Bürger einen Abscheu vor ihm hatten. Glücklicherweise ging man nicht so weit, ihn für einen Zauberer zu halten; aber seine Praxis verringerte sich jetzt noch mehr; man betrachtete ihn als einen Sonderling, dem die Leute aus der guten Gesellschaft nicht einmal die Spitze ihres kleinen Fingers anvertrauen durften, wenn man sich keine Blöße geben wollte. Eines Tages hörte man die Frau des Bürgermeisters sagen:

Lieber möchte ich sterben, als mich von diesem Herrn behandeln zu lassen. Er riecht ja nach dem Tode.

Seit jenem Tage war über Pascal das Urteil gesprochen. Er schien geradezu glücklich über diese dumpfe Furcht, die er einflößte. Je weniger Kranke er hatte, desto mehr konnte er sich mit den ihm so teuren Wissenschaften beschäftigen. Da er für seine ärztlichen Besuche ein sehr mäßiges Entgelt forderte, blieb das Volk ihm treu. Er erwarb gerade so viel, wie er zu seinem Lebensunterhalte brauchte, und er lebte zufrieden tausend Meilen weit von den Leuten der Gegend, inmitten der reinen Freuden seiner Forschungen und Entdeckungen. Von Zeit zu Zeit sandte er eine Arbeit an die Akademie der Wissenschaften nach Paris. In Plassans hatte man keine Ahnung davon, daß dieser Sonderling, dieser Herr, der nach dem Tode roch, in der wissenschaftlichen Welt ein sehr bekannter und sehr geschätzter Mann war. Wenn man ihn am Sonntag zu einem Ausfluge in die Berge von Garrigues aufbrechen sah, mit der Botanisierbüchse um den Hals und dem Steinklopfer in der Hand, zuckte man nur mit den Achseln und verglich ihn mit den übrigen Ärzten der Stadt, die so saubere Halsbinden trugen, mit den Damen so honigsüß redeten und so fein nach Veilchenduft rochen. Auch von seinen Verwandten wurde Pascal nicht besser verstanden. Als Felicité ihn sein Leben in einer so seltsamen und kläglichen Weise einrichten sah, war sie ganz betroffen und machte ihm den Vorwurf, daß er ihre Hoffnungen betrogen habe. Sie, die Aristides‘ Trägheit duldete, weil sie glaubte, sie werde reiche Erfolge zeitigen, konnte nicht ohne Zorn die bescheidene Lebensweise Pascals sehen, seine Vorliebe für die Zurückgezogenheit, seine Mißachtung für den Reichtum, seinen festen Entschluß, abseits für sich zu leben. Fürwahr, nicht dieses Kind wird jemals ihre Erwartungen erfüllen.

Woher stammst du eigentlich? Sagte sie ihm manchmal. Du bist gar nicht von unserer Familie. Schau deine Brüder an, wie sie aus der Ausbildung, die wir ihnen geben ließen, Nutzen zu ziehen suchen. Du aber machst nichts als Dummheiten. Du lohnst uns wahrlich schlecht, daß wir uns schier zugrunde gerichtet haben, um dir eine Erziehung zu geben. Nein, du bist keiner der Unseren.

Pascal, der lieber lachte als sich ärgerte, erwiderte heiter mit feinem Spott:

Beklage dich nicht, Mutter; ich will euch nicht vollends bankerott machen; wenn ihr krank werdet, behandle ich euch alle umsonst.

Er besuchte seine Familie übrigens nur selten, wobei er nur seiner Neigung folgte, ohne deswegen ein Widerstreben zur Schau zu tragen. Ehe Aristides in die Unterpräfektur eingetreten war, hatte er ihn wiederholt unterstützt. Er war Junggeselle geblieben und hatte keine Ahnung von den ernsten Ereignissen, die sich vorbereiteten. Seit zwei, drei Jahren beschäftigte er sich mit den wichtigen Fragen der Vererbung, indem er die tierischen Gattungen mit dem Menschengeschlechte verglich, und vertiefte sich in die Beobachtung der seltsamen Ergebnisse, zu denen er dabei gelangte. Die Wahrnehmungen, die er an sich selbst und an seiner Familie gemacht, waren gleichsam der Ausgangspunkt seiner Studien. Das Volk begriff in seiner unbewußten Erkenntnis so genau, in welchem Maße er von den Rougon verschieden war, daß man ihn einfach Herrn Pascal nannte, ohne jemals seinen Familiennamen hinzuzufügen.

Drei Jahre vor der Revolution 1848 gaben Peter und Felicité den Handel auf. Das Alter kam; beide hatten das fünfzigste Jahr überschritten, sie waren des Kampfes müde. Angesichts ihrer geringen Erfolge fürchteten sie vollends auf die Streu zu kommen, wenn sie hartnäckigerweise den Handel fortsetzten. Ihre Söhne hatten ihnen den Gnadenstoß gegeben, indem sie sie um ihre Hoffnungen betrogen. Jetzt, da sie daran zweifelten, jemals durch sie reich zu werden, wollten sie sich wenigstens einen Bissen Brot für ihre alten Tage sichern. Sie hatten mit einem Sparpfennig von höchstens 40 000 Franken sich zurückgezogen. Diese Summe sicherte ihnen eine Rente von 2000 Franken, gerade genug, um ein ärmliches Provinzleben zu fristen. Glücklicherweise waren sie allein, da es ihnen gelungen war, ihre beiden Töchter Martha und Sidonie zu verheiraten, die eine nach Marseille, die andere nach Paris.

Nach Auflassung ihres Geschäftes wären sie gerne nach der Neustadt gezogen, wo die Kaufleute im Ruhestande lebten. Aber sie wagten es nicht; ihre Rente war zu bescheiden, sie fürchteten daselbst eine klägliche Figur zu machen. Um eine Art Mittelweg zu wählen, mieteten sie sich in der Banne-Straße ein, in einer Straße, welche das alte Stadtviertel von der Neustadt scheidet. Da ihre Wohnung in jener Häuserzeile lag, welche die Altstadt abschließt, wohnten sie zwar noch in dem Stadtviertel des gemeinen Volkes; aber sie sahen von ihren Fenstern aus wenige Schritte vor sich die Stadt der reichen Leute; sie befanden sich an der Schwelle des verheißenen Landes. Ihre im zweiten Stockwerk gelegene Wohnung bestand aus drei großen Zimmern. Sie hatten ein Speisezimmer, einen Salon und ein Schlafzimmer daraus gemacht. Im ersten Stock wohnte der Hauseigentümer, ein Regenschirmhändler, dessen Laden im Erdgeschoß lag. Das schmale und nicht tiefe Haus hatte bloß zwei Stockwerke. Als Felicité einzog, preßte es ihr das Herz zusammen. Bei anderen Leuten zu wohnen ist in der Provinz ein Geständnis der Armut. Jede wohlhabende Familie in Plassans hat ihr eigenes Haus; die Häuser waren daselbst zu sehr niedrigen Preisen zu kaufen. Peter hielt die Hand fest am Säckel und wollte nichts von Verschönerungen der Wohnung hören; die alten, fadenscheinigen, abgenützten, schlotterbeinigen Möbel mußten weiter dienen, ohne auch nur eine Ausbesserung zu erfahren. Felicité, welche die Gründe dieser Knickerei sehr wohl begriff, gab sich alle erdenkliche Mühe, diesen Trümmern einen neuen Glanz zu verleihen; gewisse allzu schadhafte Möbelstücke leimte und nagelte sie notdürftig zusammen; den abgenützten Samt der Sessel besserte sie aus.

Das Eßzimmer, das gleich der Küche nach dem Hofe zu lag, blieb fast leer. Ein Tisch und ein Dutzend Stühle verloren sich fast im Halbdunkel dieses großen Raumes, dessen einziges Fenster eine Aussicht auf die graue Mauer des Nachbarhauses bot. Da außer ihnen beiden niemand das Schlafzimmer betrat, hatte Felicité daselbst die außer Gebrauch gesetzten Möbel untergebracht; nebst dem Bette, einem Spind, einem Schreibpulte und einem Toilettentische sah man daselbst zwei Wiegen übereinander gestellt, einen Speiseschrank ohne Türen, einen leeren Bücherkasten: lauter altehrwürdiges Gerümpel, das die alte Frau hinauszuwerfen sich nicht entschließen konnte. Ihre ganze Sorgfalt aber galt ihrem Salon. Es gelang ihr fast, einen bewohnbaren Ort aus ihm zu machen. Da waren Möbel von blaßgelbem Samt mit eingewebten Seidenblumen. In der Mitte stand ein Tischchen mit Marmorplatte; Konsolen mit Spiegeln darüber standen an beiden Enden des Salons. Sogar ein Teppich war da, der allerdings nur die Mitte des Fußbodens bedeckte, und ein Hängeleuchter, umgeben von einer Hülle aus weißer Musseline, die mit Fliegenschmutz wie übersät war. An den Wänden hingen sechs Bilder, die die großen Schlachten Napoleons darstellten. Diese Einrichtung stammte noch aus den ersten Jahren des Kaiserreiches. Felicité setzte bei ihrem Gatten so viel durch, daß zur Verschönerung des Raumes die Wände mit einer orangegelben Papiertapete belegt wurden. So hatte der Salon eine seltsam gelbe Farbe bekommen, die ihm ein trügerisches, blendendes Licht verlieh; die Möbel, die Tapete, die Vorhänge waren gelb; der Teppich, die Marmorplatten auf dem Tisch und den Konsolen spielten ins Gelbliche. Wenn die Vorhänge geschlossen waren, bestand ein ziemlicher Einklang zwischen diesen Farbenschattierungen, und der Salon bot einen fast sauberen Anblick. Allein Felicité hatte einen ganz anderen Luxus geträumt. Mit stummer Verzweiflung sah sie dieses schlecht verhüllte Elend. Gewöhnlich hielt sie sich im Salon, dem besten Zimmer der Wohnung auf. Eine ihrer liebsten und zugleich bittersten Zerstreuungen war es, sich an eines der Fenster dieses Zimmers zu setzen, die auf die Banne-Straße gingen. Von hier sah sie schräg hinüber nach dem Platze der Unterpräfektur. Da war das Paradies ihrer Träume. Dieser kleine, kahle, saubere Platz mit den hell gestrichenen Häusern schien ihr ein Eden. Zehn Jahre ihres Lebens hätte sie dafür hingegeben, eines dieser Häuser ihr Eigen zu nennen. Das Haus an der linken Ecke, wo der Steuereinnehmer wohnte, führte sie ganz besonders in Versuchung. Es gelüstete sie danach mit der Gier eines schwangeren Weibes. Manchmal, wenn die

Fenster der Wohnung des Einnehmers offen waren und sie einige Stücke des reichen Mobiliars sah, glaubte sie beim Anblick dieses Luxus, daß der Schlag sie rühren müsse.

Zu jener Zeit machten die Rougon eine seltsame Krise der Eitelkeit und der unbefriedigten Begierden durch. Die wenigen guten Regungen, die sie noch gehabt, verdarben jetzt. Sie gaben sich als Opfer des Mißgeschicks, aber ohne sich zu fügen, vielmehr heißhungriger denn je und mehr denn je entschlossen, nicht eher zu sterben, als bis ihre Begierden befriedigt sein würden. Trotz ihres vorgerückten Alters gaben sie keine einzige ihrer Hoffnungen auf; Felicité sagte, sie habe das Vorgefühl, daß sie reich sterben werde. Aber mit jedem Tage lastete ihre Armut schwerer auf ihnen. Wenn sie ihre vergeblichen Anstrengungen überdachten; wenn sie sich ihrer in ewigem Kampfe verlebten dreißig Jahre erinnerten, der Enttäuschungen, die ihre Kinder ihnen bereitet hatten, und wenn sie sehen mußten, wie aus ihren Luftschlössern dieser gelbe Salon geworden war, dessen Vorhänge sie herabziehen mußten, um seine Häßlichkeit zu verbergen: wurden sie von tiefer Wut ergriffen. Um sich zu trösten, entwarfen sie dann ungeheuere Glückspläne und suchten nach unerhörten Möglichkeiten; Felicité träumte, daß sie das große Los mit hunderttausend Franken gewann; Peter bildete sich ein, daß er irgendeine wunderbare Spekulation durchführen werde. Sie lebten in einem einzigen Gedanken: ihr Glück machen, sogleich, in wenigen Stunden; reich werden, genießen, und sei es auch nur ein Jahr lang. Ihr ganzes Wesen strebte rücksichtslos und ohne Unterlaß diesem Ziele zu. Sie zählten noch immer halb und halb auf ihre Söhne, mit der Selbstsucht solcher Eltern, die sich nicht mit dem Gedanken befreunden können, ihre Kinder zur Schule geschickt zu haben, ohne für ihre Person einen Nutzen davon zu haben.

Felicité schien gar nicht gealtert; sie war noch immer die kleine, schwarze Frau, die nicht ruhig sitzen konnte und die immer umherhüpfte und summte wie eine Grille. Wer sie von rückwärts gesehen hätte, wie sie auf dem Bürgersteig dahin trippelte, würde sie nach ihren mageren Schultern und ihrem schmächtigen Wüchse für ein Mädchen von fünfzehn Jahren gehalten haben. Auch ihr Gesicht hatte sich nicht verändert; es war nur hohler geworden und sah immer mehr und mehr dem Frätzchen eines Hausmarders ähnlich; man hätte ihren Kopf für den eines Kindes gehalten, der zu Pergament eingetrocknet war, ohne seine Züge zu verändern.

Was Peter Rougon betrifft, so hatte er Fett angesetzt; er war ein Achtung gebietender Bürger geworden, dem nichts als eine große Rente fehlte, um ein ganz und gar würdiger Herr zu sein. Sein schwammiges, bleiches Gesicht, seine Schwerfälligkeit, seine schläfrige Miene, alles schien Geld zu schwitzen. Eines Tages hörte er einen Bauer, der ihn nicht kannte, ausrufen: „Der Dicke da muß ein rechter Geldprotz sein, der um sein Mittagsmahl gewiß nicht verlegen ist.“ Diese Bemerkung traf ihn im Innersten des Herzens; er hielt es für einen grausamen Scherz des Schicksals, ein armer Teufel geblieben zu sein, während er die Fette und die zufriedene Würde eines Millionärs zur Schau trug. Wenn er sich am Sonntag vor seinem handtellergroßen Spiegel rasierte, sagte er sich, daß er mit Frack und weißer Halsbinde bei dem Herrn Unterpräfekten eine viel bessere Figur machen würde als gar mancher von den Würdenträgern der Stadt. Dieser Bauernsohn, den die Sorgen seines Handels gebleicht hatten, der bei seiner sitzenden Lebensweise dick geworden war und seine gehässigen Begierden unter der natürlichen Ruhe seiner Züge verbarg, hatte in der Tat die nichtssagende, feierliche Miene, die tölpelhafte Vierschrötigkeit, die einen Mann in einem vornehmen Salon eine so vorteilhafte Figur machen lassen. Man behauptete, daß seine Frau ihn am Gängelbande führe; darin aber täuschte man sich. Er war von einem tierischen Eigensinn; stieß er an einen klar ausgesprochenen, fremden Willen, so konnte er dermaßen in Zorn geraten, daß er bereit war dreinzuhauen. Allein Felicité war zu schlau, als daß sie ihn durch Widerspruch gereizt hätte; die lebhafte Schmetterlingsnatur dieser zwerghaften Frau vermied es, mit dem Kopf gegen die Wand zu rennen; wenn sie von ihrem Manne etwas erlangen oder ihn nach einer Richtung drängen wollte, die sie für die bessere hielt, umschwärmte sie ihn mit ihrem Heuschreckenflug, stach ihn von allen Seiten, kam hundertmal auf ihren Gegenstand zurück, bis er nachgab, ohne es zu merken. Er hatte übrigens das Bewußtsein, daß sie klüger sei als er, und ließ sich geduldig ihre Ratschläge gefallen. Nützlicher als die Schmeißfliege versah übrigens Felicité manchmal alle Arbeit des Hauses, während sie ihrem Manne mit ihren Plänen um die Ohren summte. Die beiden Ehegatten – so selten diese Erscheinung auch sein mag – warfen ihre Mißerfolge niemals einander vor; bloß die Frage der Ausbildung der Kinder entfesselte manchmal ein kleines häusliches Unwetter.

Die Revolution vom Jahre 1848 traf denn die Rougon vor der Bresche, erbittert über ihr Mißgeschick und bereit, dem Glücke Gewalt anzutun, wenn sie es irgendwo, an der Krümmung eines Weges treffen würden. Es war eine Familie von Wegelagerern im Hinterhalte, bereit die Ereignisse beim Schopf zu nehmen. Eugen stand in Paris auf der Lauer; Aristides war bereit, Plassans zu erdrosseln; die Eltern, die vielleicht am gierigsten unter allen waren, gedachten auf eigene Faust zu arbeiten und überdies aus der Arbeit ihrer Söhne Nutzen zu ziehen. Bloß Pascal, dieser stille Liebhaber der Wissenschaft, führte das schöne, einsame Leben eines Verliebten in seinem freundlichen Häuschen in der Neustadt.

Drittes Kapitel

In Plassans, dieser verschlossenen Stadt, wo die Sonderung der Klassen im Jahre 1848 noch sehr scharf zum Ausdruck kam, war die Rückwirkung der politischen Ereignisse eine sehr schwache. Noch heutzutage erstickt daselbst die Stimme des Volkes; die Bürgerschaft setzt ihre Bedächtigkeit, der Adel seine stumme Verzweiflung, die Geistlichkeit ihre Schlauheit dafür ein. Mögen Könige sich einen Thron stehlen, oder Republiken gegründet werden: es berührt diese Stadt kaum. Wenn man in Paris sich schlägt, dann schläft man in Plassans. Allein mag die Oberfläche auch ruhig und gleichgültig erscheinen, es gibt doch im Grunde eine verborgene Arbeit, die sehr interessant zu beobachten ist. Wohl sind die Flintenschüsse nur selten in den Straßen, dagegen werden die Salons der Neustadt und des Sankt-Markus-Viertels von unaufhörlichen Ränken verzehrt. Bis zum Jahre 1830 zählte das Volk für nichts. Heute noch handelt man dort so, als ob es nicht da wäre. Alles wird zwischen der Geistlichkeit, dem Adel und der Bürgerschaft abgemacht. Die sehr zahlreichen Priester geben in der Politik der Stadt den Ton an. Es gibt da unterirdische Minen, Schläge im Dunkeln, eine scharfsinnige und vorsichtige Taktik, die kaum alle zehn Jahre einen Schritt vor oder zurück gestattet. Diese geheimen Kämpfe von Männern, die vor allem den Lärm vermeiden wollen, erheischen eine ganz besondere Schlauheit, eine Geschicklichkeit in der Handhabung der kleinen Dinge, eine Geduld von Leuten, die jeder Leidenschaft bar sind. Die provinziale Bedächtigkeit und Langsamkeit, über die man sich in Paris so gerne lustig macht, ist in Wirklichkeit voll Verräterei, geheimer Feindseligkeiten, stiller Siege und Niederlagen. Wenn diese wackeren Männer ihr Interesse auf dem Spiele wissen, töten sie fein säuberlich in den Zimmern mit Nasenstübern, wie wir in den Straßen der Hauptstadt mit Kanonenschüssen töten.

Die politische Geschichte von Plassans bietet gleich der aller kleinen Städte der Provence eine interessante Eigentümlichkeit. Bis zum Jahre 1830 blieben die Einwohner fromme Katholiken und eifrige Königstreue; das Volk schwur bei Gott und seinem rechtmäßigen König. Hernach fand eine seltsame Wandlung statt; der Glaube schwand, die Arbeiter und Bürger ließen die Sache der Rechtmäßigkeit im Stich und folgten allmählich der großen demokratischen Bewegung unserer Zeit. Als die Revolution im Jahre 1848 ausbrach, wirkten nur die Geistlichkeit und der Adel für den Sieg der Sache Heinrichs V. Lange Zeit hatten sie die Herrschaft der Orléans als einen lächerlichen Versuch betrachtet, der früher oder später zur Wiederkehr der Bourbonen führen mußte. Obgleich ihre Hoffnungen arg erschüttert waren, nahmen sie dennoch den Kampf auf, entrüstet über die Niedertracht ihrer ehemaligen Getreuen und bemüht, sie wieder für sich zu gewinnen. Das Sankt-Markus-Viertel machte sich, unterstützt von allen Pfarren, ans Werk. Nach den Ereignissen in den Februartagen war die Freude der Bürgerschaft und besonders des Volkes groß.

Diese Lehrlinge der Republik hatten es eilig, ihr revolutionäres Fieber auf den Markt zu tragen. Allein für die Rentiers der Neustadt hatte diese Begeisterung nur den Glanz und die Dauer eines Strohfeuers. Die kleinen Grundbesitzer, die Kaufleute im Ruhestande, alle jene, die unter der Monarchie gefaulenzt oder ein Vermögen erworben hatten, wurden alsbald von einem panischen Schrecken ergriffen; die Republik mit ihren Erschütterungen ließ sie für ihre Kasse und für ihr liebgewordenes selbstsüchtiges Dasein zittern. Als daher im Jahre 1849 die klerikale Reaktion kam, ging fast die gesamte Bürgerschaft von Plassans zur konservativen Partei über. Sie wurde hier mit offenen Armen aufgenommen. Noch niemals hatte die Neustadt so enge Beziehungen zum Sankt-Markus-Viertel. Manche Edelleute gingen so weit, einfachen Advokaten und ehemaligen Ölhändlern die Hand zu reichen. Diese unerwartete Vertraulichkeit entzückte die Neustadt, die von nun ab die republikanische Regierung wütend bekämpfte. Die Geistlichkeit mußte wahre Wunder an Geschicklichkeit und Geduld aufbieten, um auch ihrerseits eine ähnliche Annäherung herbeizuführen. Im Grunde befand sich der Adel von Plassans gleich einem Sterbenden in einem Zustande unüberwindlicher Starre; er behielt seinen Glauben, aber er war von dem Schlafe der Erde übermannt; er zog es vor, nichts zu tun und alles dem Himmel zu überlassen; gerne würde er durch sein bloßes Stillschweigen Verwahren gegen die Geschehnisse eingelegt haben, weil er vielleicht das unbestimmte Gefühl hatte, daß seine Götter tot seien und daß ihm nichts mehr übrig blieb, als sich zu jenen zu versammeln. Selbst in jener Zeit des Umsturzes, als die Katastrophe vom Jahre 1848 geeignet war, den Adel einen Augenblick an die Wiederkehr der Bourbonen glauben zu lassen, erwies er sich als gleichmütig, schläfrig; er sprach wohl davon, sich in das Getümmel zu stürzen, zog es aber vor, am warmen Kamin zu bleiben. Der Klerus bekämpfte ohne Unterlaß dieses Gefühl der Ohnmacht und Entsagung; die Geistlichkeit betrieb dieses Geschäft mit einer wahren Leidenschaft. Wenn ein Priester verzweifelt, so kämpft er nur um so erbitterter; die ganze Politik der Kirche besteht darin, gerade fortzugehen, allem zu trotzen und jahrhundertelang auf die Verwirklichung ihrer Entwürfe zu warten, wenn es notwendig ist; keine Stunde zu verlieren, in unausgesetzter Arbeit immer vorwärts zu streben. In Plassans war es also die Geistlichkeit, die die Reaktion anführte, der Adel lieh nur den Namen dazu her; die Geistlichkeit barg sich hinter dem Adel und leitete diesen; ja, sie vermochte ihm sogar ein gewisses Scheinleben einzuflößen. Als es ihr gelungen war, das Widerstreben des Adels in dem Maße zu besiegen, daß sie ihn bewog, gemeinsame Sache mit der Bürgerschaft zu machen, glaubte sie des Sieges sicher zu sein.

Der Boden war wunderbar vorbereitet; diese alte königstreue Stadt, diese Bevölkerung von friedfertigen Bürgern und feigen Handelsleuten mußte kraft des Verhängnisses früher oder später zur Partei der Ordnung übergehen. Mit seiner geschickten Taktik beschleunigte der Klerus diese Bekehrung. Nachdem er die Haus- und Grundbesitzer der Neustadt gewonnen hatte, gelang es ihm, die Krämer des alten Stadtviertels zu überzeugen. Von da ab war die Reaktion Herrin der Stadt. In dieser Reaktion waren alle Meinungen vertreten. Noch nie hatte man ein solches Gemenge von unzufriedenen Liberalen, von Legitimisten, Orleanisten, Bonapartisten und Klerikalen gesehen. Aber das hatte einstweilen nichts zu bedeuten; es handelte sich vor allem darum, die Republik tot zu machen, und die Republik lag im Sterben. Ein Bruchteil des Volkes, etwa tausend Arbeiter von zehntausend Seelen der Stadt, grüßten noch den Freiheitsbaum, der in der Mitte des Präfekturplatzes errichtet war.

Die feinsten Politiker von Plassans, jene, die die reaktionäre Bewegung leiteten, witterten nur sehr spät das Auftauchen des Kaiserreiches. Die Volkstümlichkeit des Prinzen Louis Napoleon schien ihnen ein vorübergehender Taumel der Menge, mit dem man leicht fertig werden könne. Die Person des Prinzen selbst flößte ihnen nur eine mäßige Bewunderung ein. Sie hielten ihn für einen unbedeutenden hohlen Träumer, der unfähig sei, die Hand auf Frankreich zu legen und im besonderen unfähig, sich in der Macht zu erhalten. Für sie war er nur ein Werkzeug, dessen sie sich zu bedienen gedachten, ein Werkzeug, der Säuberung, das sie von sich werfen würden, sobald die Stunde schlagen würde, da der wahre Prätendent auftreten sollte. Indessen verflossen die Monate, und sie wurden allmählich unruhig. Da erst tauchte die unbestimmte Erkenntnis in ihnen auf, daß sie betrogen wurden. Allein man ließ ihnen nicht die Zeit, irgendeinen Entschluß zu fassen; der Staatsstreich brach über ihren Köpfen los und es blieb ihnen nichts anderes übrig, als „ja" zu sagen; die große Metze, die Republik, war eben erwürgt worden. Das war immerhin ein Sieg. Die Geistlichkeit und der Adel nahmen die Tatsache mit Ergebung hin und verschoben die Verwirklichung ihrer Hoffnungen auf später; einstweilen rächten sie sich für ihre Enttäuschung, indem sie sich mit den Bonapartisten verbanden, um die letzten Republikaner auszurotten.

Diese Ereignisse begründeten das Glück der Rougon. In die verschiedenen Phasen dieser Krise mit verwickelt, wuchsen sie auf den Trümmern der Freiheit in die Höhe. Diese Banditen auf dem Anstände bestahlen die Republik. Nachdem man sie erwürgt hatte, halfen sie dieselbe plündern.

Sogleich nach den Februartagen begriff Felicité, die die feinste Witterung in der Familie hatte, daß sie endlich auf der richtigen Spur seien. Sie begann ihren Mann zu umschwärmen und ihn anzuspornen, daß er sich rühre. Die erste Nachricht von der Revolution hatte Peter erschreckt. Als sein Weib ihm begreiflich machte, daß sie bei einem Umsturz wenig zu verlieren und alles zu gewinnen hätten, schloß er sich sehr rasch ihrer Meinung an.

Ich weiß nicht genau, was du tun könntest, wiederholte Felicité, aber mir scheint, daß es etwas zu tun gäbe. Hat uns Herr von Carnavant neulich nicht gesagt, daß er reich würde, wenn Heinrich V. jemals zurückkäme? Und daß dieser König alle, die für seine Rückkehr gearbeitet, herrlich belohnen würde? Da müssen wir vielleicht unser Glück suchen. Es wäre endlich an der Zeit, daß wir eine glückliche Hand haben.

Der Marquis von Carnavant, dieser Edelmann, der nach der Skandalchronik der Stadt zu Felicités Mutter in vertrauten Beziehungen gestanden, kam in der Tat von Zeit zu Zeit zu den Rougonschen Eheleuten zu Besuch. Die bösen Zungen behaupteten, daß Felicité ihm ähnlich sehe. Er war ein kleiner, magerer, rühriger Mann, damals etwa fünfundsiebzig Jahre alt. Mit zunehmendem Alter ward Felicité in ihren Zügen und in ihrem Benehmen dem Marquis immer ähnlicher. Man erzählte sich, daß er die Trümmer seines Vermögens, das sein Vater in den Zeiten der Auswanderung schon stark angegriffen, mit Weibern durchgebracht hatte. Er gestand übrigens ziemlich freimütig seine Armut ein. Von einem seiner Verwandten, dem Grafen von Valqueyras aufgenommen, lebte er als Schmarotzer, an der Tafel des Grafen speisend und einen ziemlich engen Raum unter dem Dache des gräflichen Palastes bewohnend.

Kleine, sagte er oft, die Wange Felicités tätschelnd, wenn Heinrich V. jemals mein Vermögen mir wiedergibt, sollst du meine Erbin sein.

Felicité war schon fünfzig Jahre alt, als er sie noch immer „Kleine" hieß. Madame Rougon dachte an dieses vertrauliche Tätscheln der Wange und an diese Versprechungen, sie zu seiner Erbin zu machen, wenn sie ihren Gatten dazu drängte, sich in die Politik zu stürzen. Oft genug klagte Herr von Carnavant bitter darüber, daß es ihm unmöglich sei, ihr zu Hilfe zu kommen. Es war kein Zweifel, daß er an dem Tage, da er wieder zu Macht käme, sich ihr als Vater zeigen würde. Peter, dem seine Frau in verhüllten Worten die Lage kennzeichnete, erklärte sich bereit, den Weg zu wandeln, den man ihm vorschreiben werde.

Die eigenartige Stellung des Marquis machte aus ihm in Plassans gleich in den ersten Tagen der Republik einen tätigen Agenten der reaktionären Bewegung. Dieser kleine behende Mann, der durch die Wiederkehr seiner legitimen Könige alles zu gewinnen hatte, beschäftigte sich mit fieberhaftem Eifer mit dem Triumph ihrer Sache. Während der reiche Adel des Sankt-Markus-Viertels in seiner Verzweiflung schlummerte, vielleicht aus Furcht, sich bloßzustellen und von neuem zur Verbannung verurteilt zu werden, sah man den Marquis sich vervielfältigen, Propaganda machen, Anhänger werben. Er ward zu einer Waffe, deren Heft eine unsichtbare Hand hielt. Von jetzt an kam er täglich zu den Rougon. Er brauchte einen Mittelpunkt für seine Operationen. Da sein Verwandter, der Graf von Valqueyras ihm verboten hatte, seine Verbündeten in seinen Palast zu bringen, hatte er Felicités gelben Salon zum Sammelplatz erkoren. Er fand übrigens alsbald an Peter einen sehr wertvollen Gehilfen. Er selbst konnte doch nicht hingehen und kleinen Krämern und Arbeitern der Hauptstadt die Sache der Legitimität predigen. Man würde ihn auch getötet haben. Peter hingegen, der unter diesen Leuten gelebt hatte, ihre Sprache redete, ihre Bedürfnisse kannte, vermochte sie in aller Ruhe zu belehren. In dieser Weise wurde er ein unentbehrlicher Mann. In weniger denn zwei Wochen waren die Rougon königstreuer als der König. Als der Marquis den Eifer Peters sah, barg er sich schlau hinter ihm. Wozu denn auch in den Vordergrund treten, wenn ein Mann mit breiten Schultern da ist, der die Dummheiten einer Partei auf sich nimmt? Er ließ Peter den Herrn spielen, sich aufblähen und großtun und begnügte sich seinerseits, ihn zurückzuhalten oder vorwärts zu treiben, je nach den Anforderungen seiner Sache. So wurde der ehemalige Ölhändler alsbald zu einer Person von Bedeutung.

Wenn sie des Abends allein waren, sagte Felicité zu ihrem Manne:

Nur vorwärts, fürchte nichts; wir sind auf dem richtigen Wege. Wenn das so weiter geht, werden wir reich sein, einen Salon haben wie der Steuereinnehmer und Gesellschaften geben.

Es hatte sich bei den Rougon ein Kern von Konservativen gebildet, die sich jeden Abend im gelben Salon versammelten, um gegen die Republik zu wettern.

Es waren drei oder vier Kaufleute im Ruhestande, die für ihre Renten zitterten und mit ihren heißesten Wünschen eine kluge und starke Regierung herbeisehnten; ferner ein ehemaliger Mandelhändler, Mitglied des Gemeinderates, namens Isidor Granoux; dieser war gleichsam das Haupt der ganzen Gruppe. Sein Mund, der einem Hasenmaul gleichend, fünf oder sechs Zentimeter von der Nase entfernt geschlitzt war, seine runden Augen, seine zufriedene und zugleich erschrockene Miene machten ihn einer fetten Gans ähnlich. Er sprach wenig, weil er keine Worte fand; er horchte nur dann auf, wenn man die Republikaner beschuldigte, daß sie die Häuser der Reichen plündern wollen und begnügte sich, dann rot zu werden, daß man einen Schlagfluß befürchten mußte und wütende Schmähungen auszustoßen, aus denen man die Worte: „Taugenichtse, Bösewichte, Diebe, Mörder“ heraushörte.

Um die Wahrheit zu reden, waren nicht alle Gäste des gelben Salons so schwerfällig wie diese fette Gans. Ein reicher Grundbesitzer, Herr Roudier, mit fettem, einschmeichelndem Antlitz, hielt daselbst stundenlange Reden mit derLeidenschaftlichkeit eines Orleanisten, den der Sturz Louis Philippes aus allen seinen Berechnungen gerissen hat. Es war dies ein ehemaliger Schlafmützenfabrikant aus Paris, der sich nach Plassans zurückgezogen hatte, ein ehemaliger Hoflieferant, der seinen Sohn dem Richterstande zugeführt hatte in der Hoffnung, daß die Orleanisten ihn zu den höchsten Würden emporsteigen lassen würden. Da die Revolution seine Hoffnungen vernichtete, warf er sich mit Leib und Seele der Reaktion in die Arme. Sein Reichtum, seine ehemaligen geschäftlichen Verbindungen mit den Tuilerien, die er als freundschaftliche Beziehungen hinzustellen wußte; das Ansehen, das in der Provinz jedermann genießt, der in Paris Geld erworben hat, das er dann auf dem Lande verzehrt: sie sicherten ihm einen sehr großen Einfluß in der Gegend; viele hörten ihn an, wie ein Orakel.

Doch der gewaltigste Kopf im gelben Salon war sicherlich der Major Sicardot, Aristides' Schwiegervater. Gebaut wie ein Herkules, mit rotem Antlitz, auf dem hier und da Büschel grauen Haares saßen, zählte Herr Sicardot zu den ruhmvollsten Haudegen der großen Armee. In den Tagen der Februarrevolution hatte nur der Straßenkampf ihn in Wut versetzt; er konnte nicht müde werden, über diesen Gegenstand zu reden und schrie, daß er sich schämen würde, sich in dieser Weise zu schlagen, und erinnerte sich mit Stolz der Herrschaft des großen Napoleon.

Man sah bei den Rougon auch einen Mann mit feuchten Händen und falschen Blicken, Herrn Vuillet, einen Buchhändler, der alle Betschwestern der Stadt mit Heiligenbildern und Rosenkränzen versah. Bei Vuillet waren klassische Werke und Andachtsbücher zu finden; er war ein frommer, gläubiger Katholik, was ihm die Kundschaft der zahlreichen Klöster und Pfarren sicherte. Vermöge eines genialen Einfalles verband er mit seinem Buchhandel denVerlag eines zweimal in der Woche erscheinenden kleinen Journals, der „Gazette de Plassans“, in dem er sich ausschließlich mit den Interessen des Klerus beschäftigte. Dieses Blatt verschlang ihm Jahr für Jahr eine Summe von beiläufig tausend Franken. Aber es machte ihn zum Vorkämpfer der Kirche und verhalf ihm zum Absätze seiner Bilder und Traktätchen. Dieser Mensch ohne Bildung, der eine sehr zweifelhafte Orthographie schrieb, verfaßte selbst die Artikel seines Blattes mit einer Demut und einer Galligkeit gegen die Gottlosen, die bei ihm das Talent ersetzten. Als der Marquis seinen Feldzug eröffnete, dachte er sogleich an den Vorteil, den er aus diesem platten Küstergesicht, aus dieser plumpen und interessierten Feder ziehen konnte.

Seit den Februartagen enthielten die Artikel der Gazette wenig Fehler, weil der Marquis sie überprüfte.

Man kann sich jetzt vorstellen, welchen eigentümlichen Anblick der gelbe Salon der Rougon jeden Abend darbot. Hier drängten sich alle Meinungen durcheinander und bellten gleichzeitig gegen die Republik. Im Hasse fanden sich alle zusammen. Der Marquis, der bei keiner dieser Versammlungen fehlte, beschwichtigte übrigens durch seine Gegenwart die kleinen Zänkereien, die zwischen dem Major und den übrigen Anhängern sich erhoben. Die Spießbürger waren geschmeichelt durch die Händedrücke, die er bei seiner Ankunft und seinem Abgange ihnen auszuteilen die Gnade hatte. Bloß Roudier, der ehemalige Freidenker aus der St.-Honoré-Straße, erklärte, daß der Marquis, dieser Habenichts, ihm schnuppe sei. Dieser letztere bewahrte sein liebenswürdiges Lächeln eines Edelmannes. Er mengte sich unter diese Spießbürger ohne jene verächtliche Grimasse, die jeder andere Insasse des Sankt-Markus-Viertels unter ähnlichen Umständen gemacht haben würde. Sein Schmarotzerleben hatte ihn geschmeidig gemacht. Er war die Seele der ganzen Gruppe. Er befahl im Namen einer unbekannten Person, die er niemals nennen wollte. „Sie will dies, sie will jenes" sagte er. Diese verborgenen Götter, die hinter Wolken über die Geschicke der Stadt Plassans wachten, ohne sich unmittelbar in die öffentlichen Angelegenheiten einzumengen, mußten gewiß Priester sein, diese großen Politiker der Gegend. Wenn der Marquis dieses geheimnisvolle „Sie" aussprach, das der ganzen Versammlung einen wunderbaren Respekt einflößte, verriet Vuillet durch ein seliges Lächeln, daß er sie vollkommen kenne.

Die glücklichste Person in der Versammlung war Felicité. Endlich hatte sie Gesellschaft in ihrem Salon. Wohl schämte sie sich ein wenig ihrer alten Möbel mit gelbem Samt, allein sie tröstete sich mit dem Gedanken an das reiche Mobiliar, das sie anschaffen würde, wenn die große Sache gesiegt habe. Die Rougon trieben es so weit, daß sie schließlich ihre Königstreue ernst nahmen. Wenn Herr Rougon nicht da war, wagte Felicité sogar zu behaupten, daß nur die Julimonarchie daran schuld sei, wenn sie in ihrem Ölhandel keinen Reichtum erworben hatten. In dieser Weise gab sie ihrer Armut einen politischen Anstrich. Sie hatte Schmeicheleien für jedermann, selbst für Granoux, indem sie jeden Abend eine neue höfliche Art erfand, ihn aus dem Schlafe aufzurütteln, wenn die Versammlung zu Ende war.

Der Salon, dieser Sammelplatz von Konservativen, die allen Parteien angehörten und von Tag zu Tag zahlreicher wurden, gewann alsbald großen Einfluß. Vermöge der Verschiedenheit der Mitglieder und hauptsächlich dank dem geheimen Antriebe, den jeder einzelne unter ihnen von dem Klerus erhielt, wurde der Salon jener reaktionäre Brennpunkt, der über ganz Plassans sein Licht ausstrahlen ließ. Die Taktik des Marquis, der sich im Hintergründe hielt, war die, den Peter Rougon als Oberhaupt der Partei hinzustellen. Die Versammlungen fanden bei Rougon statt. Dies genügte in den wenig scharfsichtigen Augen der Mehrzahl, um diesen an die Spitze der Gruppe zu stellen und die öffentliche Meinung auf ihn zu lenken. Ihm wurde das ganze Werk zugeschrieben; man hielt ihn für die hauptsächliche Triebfeder in dieser Bewegung, die alle, die gestern sich noch für die Republik begeisterten, allmählich der konservativen Partei zuführte. Es gibt gewisse Umstände, aus denen nur die abgewirtschafteten Leute Nutzen ziehen. Sie suchen da ihr Glück aufzubauen, wo besser bestellte und einflußreiche Leute nichts wagen würden. Sicherlich hätte man Roudier, Granoux und die anderen, da sie reiche und angesehene Leute waren, dem Peter Rougon als tätige Oberhäupter der konservativen Partei tausendmal vorziehen müssen. Allein keiner von ihnen würde eingewilligt haben, seinen Salon zu einem politischen Mittelpunkte zu machen, weil ihre politischen Überzeugungen nicht so weit gingen, sich offen bloßzustellen. Alles in allem waren dies nur Schreier, provinzielle Klatschmäuler, die bereit waren, gegen die Republik zu wettern, wenn sich ein Nachbar fand, der für ihr Treiben die Verantwortlichkeit übernahm. Die Rolle war gar zu gewagt und darum fanden sich unter der Bürgerschaft von Plassans nur die Rougon für dieselbe; diese Leute, die ihr großer, unersättlicher Ehrgeiz und ihre Begierden zu den kühnsten Entschlüssen drängten.

Im April des Jahres 1849 verließ Eugen plötzlich Paris und kam nach Plassans, um zwei Wochen bei seinem Vater zuzubringen. Man hat den Zweck dieser Reise niemals erfahren; doch darf man annehmen, daß Eugen gekommen war, um seiner Geburtsstadt den Puls zu fühlen und um zu erfahren, ob er da mit Erfolg als Abgeordnetenkandidat für die gesetzgebende Versammlung, die in Bälde an Stelle der Konstituante treten sollte, auftreten könnte. Er war zu schlau, um einen Mißerfolg zu riskieren. Ohne Zweifel schien ihm die öffentliche Meinung wenig günstig, denn er enthielt sich jeden Versuches. Man wußte übrigens in Plassans nicht, was aus ihm geworden war und was er in Paris treibe. Als er in seiner Heimatsstadt eintraf, fand man ihn weniger dick, weniger schläfrig. Man umschwärmte ihn, man suchte ihn zum Sprechen zu bringen. Doch er spielte den Unwissenden und ließ sich nicht ausholen, suchte vielmehr die anderen auszuholen. Schlauere Köpfe würden unter seinem scheinbaren Müßiggange sein lebhaftes Interesse, die politischen Meinungen der Stadt zu erkunden, herausgefunden haben. Er schien den Boden mehr für eine Partei, als für seine eigene Rechnung erforschen zu wollen.

Obgleich er auf jede persönliche Hoffnung verzichtet hatte, blieb er bis zum Schlüsse des Monats in Plassans und nahm während dieser Zeit lebhaften Anteil an den Versammlungen im gelben Salon. Sobald der erste Gast erschien, setzte er sich in eine Fensternische, möglichst weit von der Lampe. Da blieb er den ganzen Abend, das Kinn auf die rechte Hand gestützt und hörte aufmerksam zu. Die größten Dummheiten, die da gesprochen wurden, ließen ihn unempfindlich. Er nickte zu allem zustimmend mit dem Kopfe, selbst zu dem erschrockenen Grunzen des Herrn Granoux. Wenn man ihn nach seiner Ansicht fragte, wiederholte er höflich die Meinung der Mehrheit. Nichts vermochte seine Geduld zu erschöpfen, weder der eitle Traum des Marquis, der von den Bourbonen so redete, wie nach den Vorgängen des Jahres 1815, noch die spießbürgerlichen Auslassungen Roudiers, der mit Rührung von den vielen Strümpfen redete, die er ehemals dem Bürgerkönig geliefert hatte. Er schien sich im Gegenteil inmitten dieses Babel sehr wohl zu befinden. Manchmal, wenn alle diese Tölpel aus Leibeskräften auf die Republik einhieben, sah man seine Augen lachen, während sein Mund die Falte des ernsten Mannes beibehielt. Seine ruhige Art zuzuhören, seine unwandelbare Gefälligkeit hatten ihm alle Teilnahme gewonnen. Man hielt ihn für einen unbedeutenden, gutmütigen Menschen. Wenn es einem oder dem andern der früheren Mandel- und Ölhändler nicht gelingen wollte, inmitten dieses Tumultes auseinanderzusetzen, in welcher Weise er Frankreich retten würde, wenn er der Herr wäre, dann flüchtete er zu Eugen und schrie diesem seine wunderbaren Pläne ins Ohr. Eugen nickte sanft mit dem Kopfe, gleichsam entzückt von den erhabenen Dingen, die er hörte. Vuillet betrachtete ihn argwöhnisch. Dieser Buchhändler, in dem zugleich ein Küster und ein Journalist staken, redete weniger als die anderen, aber er beobachtete mehr. Er hatte bemerkt, daß der Advokat zuweilen im Winkel des Salons mit dem Major Sicardot sprach. Er nahm sich vor, sie zu beobachten, aber er konnte kein Wort von ihrem Gespräch erhaschen. Eugen winkte dem Major zu schweigen, sobald er den Buchhändler sich nähern sah. Seit dieser Zeit sprach Sicardot von den Napoleons nur mit einem geheimnisvollen Lächeln.

Zwei Tage vor seiner Rückkehr nach Paris traf Eugen auf der Promenade Sauvaire seinen Bruder Aristides, der ihn eine Strecke begleitete mit der Beharrlichkeit eines Menschen, der einen Rat sucht. Aristides befand sich in arger Verlegenheit. Als man die Republik ausgerufen hatte, trug er eine sehr lebhafte Begeisterung für die neue Regierung zur Schau. Sein durch zwei Jahre Pariser Studium geschärfter Verstand sah weiter als die schwerfälligen Köpfe von Plassans, er erkannte die Ohnmacht der Legitimisten und Orleanisten, ohne klar bezeichnen zu können, wer der dritte Bube sei, der die Republik in die Tasche stecken werde. Auf gut Glück hatte er sich zu den Siegern geschlagen. Er hatte alle Beziehungen mit seinem Vater abgebrochen, nannte ihn öffentlich einen alten Schwachkopf, den der Adel „herumgekriegt“ hat.

Und doch ist meine Mutter eine gescheite Frau, pflegte er hinzuzufügen. Niemals hätte ich geglaubt, daß sie imstande sei, ihren Mann in eine Partei zu drängen, deren Hoffnungen durchaus eitel sind. Sie werden sich vollends zugrunde richten. Die Frauen verstehen eben nichts von Politik.

Er, Aristides, wolle sich so teuer wie möglich verkaufen. Seine ganze Sorge war jetzt darauf gerichtet, die richtige Witterung zu bekommen, sich stets auf die Seite derer zu stellen, die im Falle ihres Sieges ihn herrlich belohnen könnten. Unglücklicherweise tappte er im Finstern. Er fühlte, daß er in diesem Provinzorte, ohne Führung, ohne Wegweiser verloren sei. Einstweilen, bis der Lauf der Begebenheiten ihm eine bestimmte Bahn vorzeichnen würde, bewahrte er die Haltung eines begeisterten Republikaners, die er gleich am ersten Tage eingenommen hatte. Dank dieser Haltung verblieb er in der Unterpräfektur; man hatte ihm daselbst sogar seine Bezüge vermehrt. Von dem Verlangen angetrieben, eine Rolle zu spielen, bestimmte er einen Buchhändler, einen Konkurrenten Vuillets, ein demokratisches Blatt zu gründen, bei dem er, Aristides, einer der eifrigsten Redakteure wurde. Der „Independant“ (Der Unabhängige) führte unter seiner Leitung einen erbarmungslosen Krieg gegen die Reaktionären. Allein die Strömung trieb ihn allmählich weiter, als er gehen wollte; er schrieb manchmal Brandartikel, bei deren Durchlesen ihn selbst eine Gänsehaut überlief. Vielbemerkt wurde in Plassans eine Reihe von Angriffen, die der Sohn gegen die Personen richtete, die der Vater allabendlich in dem berühmten gelben Salon empfing. Der Reichtum Roudiers und Granoux‘ ärgerte Aristides in dem Maße, daß er alle Vorsicht außer acht ließ. Durch seine gierige Eifersucht angetrieben, hatte er sich die Bürgerschaft zum unversöhnlichen Feinde gemacht, als die Ankunft Eugens und die Art und Weise, wie dieser sich in Plassans benahm, ihn stutzig machten. Er maß seinem Bruder eine große Geschicklichkeit bei. Es war seine Meinung, daß dieser dicke, schläfrige Bursche nur mit einem Auge schlafe wie die Katzen, wenn sie vor einem Mäuseloch auf dem Anstande sind. Und nun verbrachte dieser Eugen ganze Abende in dem gelben Salon, mit großer Aufmerksamkeit diesen Tölpeln zuhörend, die er – Aristides – so grausam verhöhnt hatte. Als er durch das Gerede in der Stadt erfuhr, daß sein Bruder mit Granoux und dem Marquis Händedrücke wechsle, fragte er sich besorgt, was er davon halten solle? Sollte er sich so sehr getäuscht haben? Sollten die Legitimisten oder die Orleanisten Aussichten auf Erfolg haben? Dieser Gedanke machte das Blut in seinen Adern stocken; er verlor allen Halt, und wie es oft genug geschieht, fiel er über die Konservativen nur noch wütender her, gleichsam um sich für seine Verblendung zu rächen.

An dem Tage vor jenem, an dem er Eugen auf der Promenade Sauvaire anhielt, hatte er in dem „Indépendant“ einen furchtbaren Artikel über die Machenschaften des Klerus losgelassen als Antwort auf eine Auslassung von Vuillet, der die Republikaner beschuldigte, daß sie die Kirchen stürmen wollten. Vuillet war dem Aristides, was dem Stier der rote Lappen; es verging keine Woche, ohne daß die beiden Journalisten die gröbsten Beschimpfungen austauschten. In der Provinz, wo man sich noch der Umschreibungen bedient, holt die Polemik ihre Ausdrücke aus der Gosse. Aristides nannte seinen Gegner „Bruder Judas“ oder „Knecht des heiligen Antonius“; Vuillet seinerseits nannte den Republikaner „ein blutrünstiges Ungeheuer, dessen schändliche Genossin die Guillotine ist“.

Um seinen Bruder auszuholen, begnügte sich Aristides, der seine Unruhe nicht offen zu zeigen wagte, ihn zu fragen:

Hast du meinen Artikel von gestern gelesen? Wie denkst du darüber?

Du bist ein Schaf, Bruder, erwiderte Eugen mit den Achseln zuckend.

Der Journalist erbleichte.

Wie? Rief er; du gibst Vuillet recht? Du glaubst an Vuillets Sieg?

Ich? Vuillet...

Er wollte ohne Zweifel sagen: „Vuillet ist gerade so ein Tölpel wie du selbst.“ Allein, als er das verzerrte Gesicht seines Bruders sah, das sich ihm entgegenstreckte, schien er plötzlich von Mißtrauen ergriffen zu werden.

Vuillet hat auch sein Gutes, sagte er ruhig.

Nachdem er von seinem Bruder geschieden, war Aristides noch unruhiger als vorher. Eugen schien sich über ihn lustig gemacht zu haben, denn Vuillet war sicherlich der schmutzigste Kerl, den man sich vorstellen konnte. Er beschloß vorsichtig zu sein, sich nicht mehr zu binden, um freie Hand zu haben, wenn er eines Tages einer Partei behilflich sein müßte, die Republik zu erwürgen.

Am Morgen seiner Abreise führte Eugen eine Stunde bevor er in den Postwagen stieg, seinen Vater in das Schlafzimmer, wo er mit ihm eine lange Unterredung hatte. Felicité, die im Salon zurückgeblieben war, versuchte vergebens zu horchen. Die beiden Männer sprachen leise, als hätten sie gefürchtet, daß auch nur ein einziges ihrer Worte von außen gehört werden könne. Als sie endlich aus dem Zimmer traten, schienen beide sehr erregt zu sein. Nachdem er Vater und Mutter umarmt hatte, sagte Eugen, der sonst mit schleppender Stimme redete, lebhaft und bewegt:

Du hast mich wohl verstanden, Vater? Da ist unser Glück zu suchen. In diesem Sinne müssen wir mit allen unseren Kräften arbeiten. Vertraue mir.

Ich werde deine Weisungen getreulich befolgen, erwiderte Rougon. Aber vergiß nicht, was ich als Preis meiner Bemühungen von dir verlangt habe.

Wenn wir unser Ziel erreichen, werden deine Wünsche erfüllt werden. Das schwöre ich dir. Ich werde dir übrigens schreiben und dich leiten je nach der Richtung, die die Ereignisse nehmen. Nur keine Furcht und keine Begeisterung. Folge blindlings meinen Weisungen.

Was für eine Verschwörung habt ihr miteinander? Fragte Felicité neugierig.

Liebe Mutter, erwiderte Eugen lächelnd, du hast an mir zu sehr gezweifelt, als daß ich dir heute meine Hoffnungen anvertrauen könnte, die einstweilen nur auf Wahrscheinlichkeitsberechnungen beruhen. Du müßtest Glauben und Zutrauen zu mir haben, um mich zu verstehen. Übrigens wird der Vater dir alles sagen, wenn die Stunde schlägt.

Da Felicité beleidigt tat, flüsterte er ihr ins Ohr, indem er sie noch einmal küßte:

Ich bin dein Sohn, wenngleich du mich verleugnet hast. Zu viel wissen wäre in diesem Augenblicke nicht von Nutzen. Wenn die Krise eintritt, wirst du die Leitung der Sache in die Hand bekommen.

Damit ging er; doch wandte er sich noch auf der Schwelle um und sagte nachdrücklich:

Vor allem aber mißtraut Aristides! Er ist ein Tollkopf, der alles verderben würde. Ich habe ihn genügend beobachtet, um sicher zu sein, daß er immer wieder auf die Füße fällt. Ihr brauchet kein Mitleid mit ihm zu haben; wenn wir unser Glück machen, wird er sich seinen Teil zu stehlen wissen.

Als Eugen fort war, versuchte Felicité in das Geheimnis einzudringen, das man ihr vorenthielt. Sie kannte ihren Gatten zu gut, um ihn offen zu befragen; er würde ihr zornig geantwortet haben, daß die Sache sie nichts angehe. Allein trotz der schlauen Taktik, die sie entwickelte, erfuhr sie nichts. In dieser trüben Zeit, wo die größte Verschwiegenheit not tat, hatte Eugen seinen Vertrauensmann gut gewählt. Geschmeichelt von dem Vertrauen seines Sohnes, hatte Peter jene passive Schwerfälligkeit noch übertrieben, die aus ihm eine ernste, undurchdringliche Masse machte. Als Felicité einsah, daß sie von ihm nichts erfahren werde, hörte sie auf, ihn zu umschwärmen. Bloß auf eine Sache war sie ungeheuer neugierig. Die beiden Männer hatten von einem Preise gesprochen, den Peter selbst bestimmen sollte. Was für ein Preis konnte das sein? Da lag das große Interesse für Felicité, die sich aus politischen Fragen nichts machte. Sie wußte, daß ihr

Mann sich teuer verkauft haben mußte, und sie brannte vor Begierde, den Handel kennen zu lernen. Als sie eines Abends eben zu Bette gingen und sie ihren Mann in guter Laune sah, lenkte sie das Gespräch auf die Entbehrungen, zu denen ihre Armut sie nötigte.

Es ist Zeit, daß es ein Ende nehme, sagte sie. Wir geben eine Menge Geld für Beleuchtung und Heizung aus, seitdem die Herren zu uns kommen. Wer wird die Rechnung bezahlen? Vielleicht niemand.

Peter ging richtig in die Falle.

Nur Geduld, sagte er mit einem überlegenen Lächeln.

Dann fügte er mit schlauer Miene hinzu, indem er seiner Frau fest in die Augen schaute:

Bist du zufrieden, die Frau eines Steuereinnehmers zu werden?

Felicités Antlitz flammte in großer Freude auf. Sie setzte sich im Bett auf und schlug nach Art der Kinder ihre dürren Greisenhände zusammen.

Ist‘s wahr? Stammelte sie. Hier in Plassans?

Peter antwortete nicht, sondern nickte nur wiederholt zustimmend mit dem Kopfe. Er freute sich der Verwunderung seiner Ehegattin. Sie erstickte schier vor Aufregung. Aber, fuhr sie endlich fort, da ist ja eine ungeheure Sicherstellung notwendig. Ich habe mir erzählen lassen, daß unser Nachbar, Herr Peirotte, achtzigtausend Franken dem Staatsschatze hinterlegen mußte.

Ach, das geht mich nichts an, sagte der ehemalige Ölhändler. Eugen nimmt alles auf sich. Er wird die Sicherstellungssumme durch einen Pariser Bankier hinterlegen lassen. Du wirst begreifen, daß ich eine Stelle gewählt habe, die viel einbringt. Eugen hat das Gesicht verzogen, als ich ihm meine Bedingung stellte. Er sagte, man müsse reich sein, um solche Stellungen zu bekleiden und daß man diese Beamten gewöhnlich unter einflußreichen Leuten wähle. Aber ich ließ nicht locker, und er hat endlich nachgegeben. Um Einnehmer zu werden, braucht man weder Latein noch Griechisch. Ich werde, wie Herr Peirotte, einen Bevollmächtigten haben, der alle Arbeiten statt meiner besorgt.

Felicité hörte ihm mit Entzücken zu.

Ich habe wohl erraten, fuhr er fort, was unsern teuren Sohn beunruhigte. Wir sind hier wenig beliebt. Man weiß, daß wir kein Vermögen haben, und wird über uns schmähen. Doch was liegt daran? In kritischen Zeiten kann ja alles geschehen. Eugen wollte mich nach einer anderen Stadt ernennen lassen, allein ich habe abgelehnt, ich will in Plassans bleiben.

Ja, ja, wir müssen da bleiben, rief lebhaft die alte Frau. Hier haben wir gelitten, hier müssen wir triumphieren. Ich will sie niederschmettern, alle diese schönen Sonntags-Spaziergängerinnen, die so geringschätzig auf meine wollenen Kleider herabschauen. An die Stelle des Einnehmers hatte ich nicht gedacht, ich glaubte, du wollest Bürgermeister werden.

Ach, Bürgermeister! Die Stelle ist ja eine unentgeltliche. Auch Eugen hat mir vom Bürgermeisteramte gesprochen, aber ich erwiderte ihm: Ich nehme die Stelle an, wenn du mir eine Rente von 15 000 Franken sicherst. Diese Unterredung, in welcher die großen Ziffern wie Raketen umherflogen, entzückte Felicité und sie rückte unruhig hin und her und fuhr vor Aufregung schier aus der Haut. Endlich nahm sie eine unterwürfige Haltung an und sagte im Tone der Sammlung:

Laß uns rechnen, Peter, wie viel wirst du erwerben?

Die fixen Bezüge betragen 3000 Franken, erwiderte Peter.

Dreitausend, zählte Felicité.

Dazu kommen die Prozente nach den Einnahmen. Sie belaufen sich in Plassans auf ungefähr 12 000 Franken. Macht fünfzehntausend, zählte Felicité weiter.

Ja, ungefähr fünfzehntausend. So viel erwirbt auch Peirotte. Doch das ist nicht alles. Peirotte betreibt Bankgeschäfte auf eigene Faust. Das ist erlaubt. Vielleicht versuche auch ich mich darin, wenn ich günstige Aussichten habe. So setzen wir 20 000 Franken! Rief Felicité, durch diese Summe in höchste Bewunderung versetzt. Die Vorschüsse werden wir zurückerstatten müssen, bemerkte Peter.

Das tut nichts, entgegnete Felicité. Wir werden doch reicher sein als viele dieser Herren. Wird vielleicht der Marquis oder werden die anderen Herren mit uns teilen wollen?

Nein, nein, alles bleibt uns!

Als sie das Gespräch fortsetzen wollte, fürchtete Peter, sie wolle ihm sein Geheimnis entlocken. Daher runzelte er die Augenbrauen und sagte:

Jetzt haben wir genug geplaudert, es ist spät, wir sollen schlafen. Es bringt Unglück, wenn man im voraus rechnet. Ich habe die Stelle noch nicht. Vor allem Verschwiegenheit!

Doch als die Lampe ausgelöscht war, konnte Felicité keinen Schlaf finden. Mit geschlossenen Augen lag sie wach da und baute die herrlichsten Luftschlösser. Die 20000 Franken jährlicher Einkünfte führten im Dunkel vor ihren Augen einen Hexentanz auf. Sie bewohnte ein schönes Haus in der Neustadt, mit demselben Luxus eingerichtet wie das des Herrn Peirotte, gab Abendgesellschaften und blendete mit ihrem Reichtum die ganze Stadt. Was ihrer Eitelkeit am meisten schmeichelte, war die schöne Stellung, die ihr Gatte einnehmen würde. Er wird dem Granoux, dem Roudier und allen Bürgern ihre Renten auszahlen, die heute zu ihr kommen wie in ein Kaffeehaus, um sich laut auszusprechen und die Neuigkeiten des Tages zu erfahren. Sie hatte sehr wohl die hochmütige Art und Weise bemerkt, wie diese Leute ihren Salon betraten und das hatte sie gegen jene erbittert. Selbst der Marquis mit seiner spöttischen Höflichkeit begann ihr zu mißfallen. Allein zu siegen und alles für sich zu behalten: das war ein Gedanke, den sie mit liebevoller Zärtlichkeit hegte. Wenn diese plumpen Leute einst unter tiefen Bücklingen bei dem Herrn Einnehmer Rougon erscheinen werden, wird sie an der Reihe sein, jene mit ihrem Stolze zu Boden zu drücken. Die ganze Nacht hindurch beschäftigte sie sich mit diesem Gedanken. Als sie am andern Morgen die Vorhänge in die Höhe zog, richtete sich ihr erster Blick unwillkürlich nach der andern Seite der Straße, auf die Fenster des Herrn Peirotte; sie lächelte, wie sie die breiten Damastvorhänge betrachtete, die hinter den Fensterscheiben hingen. Indem Felicités Hoffnungen ihre Richtung wechselten, wurden sie nur um so gieriger. Wie alle Frauen war sie einiger Heimlichkeit nicht abgeneigt. Der geheime Zweck, den ihr Man verfolgte, interessierte sie weit lebhafter als jemals die legitimistischen Umtriebe des Marquis von Carnavant. Ohne sonderliches Bedauern gab sie die Hoffnungen preis, die sie auf den Erfolg des Marquis gebaut hatte, von dem Augenblick an, wo ihr Mann behauptete, daß er durch andere Mittel denselben reichen Gewinn erzielen werde. Sie war übrigens bewunderungswürdig in ihrer Verschwiegenheit und Vorsicht.

Im Grunde wurde sie noch immer von einer beklemmenden Neugierde geplagt; sie beobachtete die geringste Gebärde ihres Mannes und suchte ihn zu begreifen. Wie, wenn Eugen ihn in irgendeinen Hinterhalt locken wollte, aus dem sie nur ärmer denn je sich retten könnten? Indessen gewann sie allmählich Vertrauen. Eugen hatte mit einer solchen Überlegenheit befohlen, daß sie schließlich Zutrauen zu ihm faßte. Die Macht des Unbekannten ließ sich eben auch hier fühlen. Peter erzählte ihr in geheimnisvollem Tone von den hohen Persönlichkeiten, mit denen ihr ältester Sohn in Paris verkehrte. Sie selbst wußte allerdings nicht, was er da tun mochte, während es ihr unmöglich war, vor den Torheiten, welche Aristides in Plassans beging, die Augen zu verschließen. In ihrem eigenen Salon legte man sich gar keinen Zwang an, um den demokratisch gesinnten Journalisten mit äußerster Strenge zu behandeln. Granoux nannte ihn einen Räuber und Roudier sagte jede Woche ein paarmal zu Felicité:

Ihr Sohn schreibt schöne Sachen. Gestern erst hat er unsern Freund Vuillet mit empörender Bosheit angegriffen.

Der ganze Salon stimmte in diese Klagen ein. Major Sicardot sprach davon, seinen Schwiegersohn zu ohrfeigen. Peter verleugnete rundweg seinen Sohn. Die arme Mutter senkte ihren Kopf und würgte ihre Tränen hinab. Manchmal drängte es sie, loszubrechen und Herrn Roudier ins Gesicht zu schreien, daß ihr liebes Kind trotz seiner Fehler noch immer mehr tauge, als er und alle anderen zusammen. Allein sie war gebunden; sie wollte die so schwer errungene Stellung nicht wieder aufs Spiel setzen. Als sie sah, wie die ganze Stadt auf Aristides einhieb, dachte sie bekümmert, daß der Unglückliche in sein Verderben renne. Zweimal nahm sie ihn ins Gebet und beschwor ihn, zu ihnen zurückzukehren und die Fehde gegen den gelben Salon aufzugeben. Aristides erwiderte ihr, daß sie von diesen Dingen nichts verstehe und daß sie selbst einen argen Fehler begangen habe, indem sie ihren Gatten in den Dienst des Marquis stellte. Sie mußte ihn aufgeben, nahm sich aber im stillen vor, daß, wenn Eugen ans Ziel gelangen werde, dieser die Beute mit dem armen Jungen teilen müsse, der noch immer ihr Lieblingskind war und blieb.

Als sein älterer Sohn wieder abgereist war, fuhr Peter Rougon fort, im Mittelpunkte der Reaktion zu leben. In der öffentlichen Meinung des berühmten gelben Salons schien sich nichts geändert zu haben. Jeden Abend erschienen daselbst dieselben Männer, um dieselbe Propaganda zugunsten einer Monarchie zu machen, und der Herr des Hauses summte ihnen zu und unterstützte sie mit demselben Eifer wie bisher. Am ersten Mai hatte Eugen Plassans verlassen. Einige Tage später befand sich der gelbe Salon im höchsten Entzücken. Man besprach daselbst den Brief des Präsidenten der Republik an den General Oudinot, in dem die Belagerung von Rom beschlossen war. Dieser Brief wurde als ein offenkundiger Sieg betrachtet, den man der entschlossenen Haltung der reaktionären Partei zu verdanken hatte. Schon seit dem Jahre 1848 stand in den Verhandlungen der Kammer die römische Frage an der Tagesordnung. Einem Bonaparte war es vorbehalten, eine Republik im Entstehen zu erwürgen durch ein Eintreten, dessen das freie Frankreich sich niemals schuldig gemacht hätte. Der Marquis erklärte, es sei unmöglich, für die Sache der Legitimität besser zu arbeiten. Vuillet schrieb einen prachtvollen Artikel; die Begeisterung kannte keine Grenzen mehr, als einen Monat später der Major Sicardot eines Abends im Hause Rougons erschien und der Gesellschaft ankündigte, daß die französische Armee unter den Mauern Roms sich schlage. Während alle Welt in ein Freudengeschrei ausbrach, trat er zu Peter und drückte ihm in vielbedeutsamer Weise die Hand. Als er saß, begann er ein Loblied auf den Präsidenten der Republik zu singen, der, wie er sagte, allein fähig sei, Frankreich vor der Anarchie zu retten.

Er möge es retten so schnell wie möglich, unterbrach ihn der Marquis, und es dann in die Hände seiner rechtmäßigen Herren zurücklegen.

Peter schien dieser schönen Antwort lebhaft beizustimmen. Als er in dieser Weise eine Probe seiner glühenden Königstreue geliefert hatte, wagte er zu bemerken, daß der Prinz Louis Bonaparte in dieser Sache seine volle Teilnahme besitze. Es fand zwischen ihm und dem Major ein Austausch von kurzen Bemerkungen statt, welche die vortreffliche Absicht des Präsidenten würdigten und ganz den Anschein hatten, als seien sie im vornhinein einstudiert worden. Zum erstenmal hielt der Bonapartismus ganz offen seinen Einzug in den gelben Salon. Seit den Wahlen vom 10. Dezember wurde übrigens der Prinz daselbst mit einer gewissen Milde beurteilt. Man zog ihn Cavaignac hundertmal vor, und die ganze reaktionäre Gesellschaft hatte für ihn gestimmt.

Allein man betrachtete ihn doch immer mehr als einen Mitschuldigen, denn als einen Freund, und man mißtraute diesem Mitschuldigen, dem man nachgerade vorwarf, daß er die Kastanien, nachdem er sie aus dem Feuer geholt, für sich behalten wolle. Dank dem römischen Feldzuge hörte man an diesem Abend immerhin beifällig die Lobsprüche, die Peter und der Major dem Präsidenten widmeten.

Die Gruppe Granoux und Roudier forderte bereits, daß der Präsident alle diese Bösewichte von Republikanern erschießen lasse. Der Marquis stand an den Kamin gelehnt und betrachtete mit nachdenklicher Miene eine verblaßte Rosette des Teppichs. Als er endlich aufblickte, schwieg Peter plötzlich, der die Wirkung seiner Worte heimlich in dem Antlitz des Marquis lesen zu wollen schien. Herr von Carnavant begnügte sich mit einem Lächeln, indem er mit schlauer Miene Felicité anschaute. Dieses behende Spiel entging den Spießbürgern, die sich hier zusammengefunden hatten. Bloß Vuillet sagte mit herber Betonung:

Ich würde diesen Bonaparte lieber in London als in Paris sehen. Unsere Angelegenheiten würden dann einen rascheren Fortgang nehmen. Der ehemalige Ölhändler erbleichte, denn er fürchtete, zu weit gegangen zu sein.

Ich klammere mich nicht so stark an meinen Bonaparte, sagte er fest, Sie wissen ja, wohin ich ihn senden würde, wenn ich der Herr wäre. Ich behaupte einfach, daß der Feldzug gegen Rom eine gute Sache sei. Mit neugierigem Erstaunen war Felicité dieser Szene gefolgt. Sie erwähnte ihrem Manne nichts mehr davon, was bewies, daß sie im geheimen darüber nachdachte. Das Lächeln des Marquis, das sie sich nicht genau zu erklären wußte, gab ihr viel zu denken.

Von diesem Tage angefangen ließ Rougon von Zeit zu Zeit, wenn sich gerade eine Gelegenheit darbot, ein Wörtchen zugunsten des Präsidenten der Republik einfließen. An solchen Abenden spielte Sicardot die Rolle des gutmütigen Gevatters. Im übrigen aber herrschte die klerikale Gesinnung unbeschränkt im gelben Salon; hauptsächlich aber im nächsten Jahre gewann diese Gruppe der Reaktionären einen entscheidenden Einfluß in der Stadt, und zwar dank der rückläufigen Bewegung, die in Paris sich vollzog. Die Gesamtheit von antiliberalen Maßnahmen, die man „die römische Expedition im Inlande" nannte, sicherte in Plassans endgültig den Sieg der Partei Rougon. Die letzten Bürger, die sich noch für die Republik begeisterten, sahen diese in den letzten Zügen und beeilten sich, ihren Anschluß an die Konservativen zu vollziehen. Die Stunde der Rougon war gekommen. Die Neustadt bereitete ihnen fast eine Ovation an dem Tage, als man den auf dem Präfekturplatze aufgerichteten Freiheitsbaum umsägte. Dieser Baum, eine jener Tannen, die man vom Ufer der Viorne hierher verpflanzt hatte, war allmählich verdorrt zum größten Leidwesen der republikanischen Arbeiter, die jeden Sonntag hier erschienen, um das Fortschreiten des Übels festzustellen, ohne die Ursache dieses langsamen Todes zu begreifen. Ein Hutmachergehilfe behauptete, er habe gesehen, wie ein Weib aus dem Rougonschen Hause gekommen sei und einen Kübel vergiftetes Wasser am Fuße des Baumes ausgeschüttet habe. Seither galt es in der Stadt als eine Tatsache, daß Felicité persönlich jede Nacht gekommen sei, um die Tanne mit Vitriol zu begießen. Als der Baum abgestorben war, erklärte der Gemeinderat, die Würde der Republik erheische seine Entfernung. Da man fürchtete, darob das Mißvergnügen der Arbeiterbevölkerung zu erregen, wählte man hierfür eine späte Nachtstunde. Die konservativ gesinnten Rentenbesitzer der Neustadt hatten von diesem kleinen Feste Windbekommen; sie kamen alle auf den Präfekturplatz, um zu sehen, wie der Freiheitsbaum gefällt werde. Die Gesellschaft vom gelben Salon war an den Fenstern erschienen, um der Szene beizuwohnen. Als der Baum dumpf krachte und mit der tragischen Starre eines zu Tode getroffenen Helden im Schatten niederstürzte, glaubte Felicité mit ihrem weißen Taschentuch Triumph winken zu sollen. Das fand Beifall in der Menge und die Zuschauer erwiderten den Gruß, indem sie gleichfalls ihre Taschentücher wehen ließen. Eine Gruppe erschien sogar unter dem Fenster und schrie:

Wir werden sie begraben!

Ohne Zweifel meinten sie die Republik. Felicité war so aufgeregt, daß sie schier einen Nervenanfall bekam. Es war ein schöner Abend für den gelben Salon.

Indes bewahrte der Marquis noch immer sein geheimnisvolles Lächeln, wenn er Felicité anschaute. Dieser kleine Greis war zu schlau, um nicht zu begreifen, wohin Frankreich steuerte. Er war einer der ersten, die den Anzug des Kaiserreiches witterten. Als später die gesetzgebende Körperschaft in öffentlichem Gezänk ihre

Kräfte verzettelte, als selbst die Orleanisten und Legitimisten stillschweigend sich mit dem Gedanken an einen Staatsstreich vertraut machten, sagte sich der Marquis, daß das Spiel entschieden verloren sei. Übrigens war er der einzige, der die Lage klar beurteilte. Vuillet fühlte wohl, daß die Sache Heinrichs V., die er in seiner Zeitung verfocht, allen Halt verlor, aber was lag ihm daran? Es genügte ihm, eine gehorsame Kreatur des Klerus zu sein. Seine ganze Politik ging darauf hinaus, so viel Rosenkränze und Heiligenbilder wie möglich unter die Leute zu bringen. Was Roudier und Granoux betrifft, so lebten sie in Schrecken und Blindheit. Es war nicht sicher, daß sie eine Meinung hatten; sie wollten vor allem in Ruhe essen und schlafen; das war der Punkt, wo ihre politischen Bestrebungen eine Grenze fanden. Der Marquis erschien indes regelmäßig im Hause der Rougon, auch dann, als er seine Hoffnungen gescheitert sah. Die Sache machte ihm Spaß. Der Zusammenstoß der Meinungen, dieses Auskramen von spießbürgerlichen Tölpeleien bereiteten ihm allabendlich ein vergnügliches Schauspiel. Ihn überlief eine Gänsehaut, wenn er daran dachte, den Abend in dem Kämmerlein zuzubringen, das er durch die Gnade des Grafen Valqueyras bewohnte. Mit boshafter Freude bewahrte er für sich die Überzeugung, daß die Stunde der Bourbonen noch nicht geschlagen habe; Er tat, als sehe er nichts, arbeitete nach wie vor am Triumph der Rechtmäßigkeit und stellte sich dem Klerus und dem Adel zur Verfügung. Die neue Taktik Peters hatte er am ersten Tage durchschaut und glaubte, Felicité sei die Mitschuldige ihres Gatten.

Als er eines Abends als erster ankam, fand er die alte Frau allein in dem Salon.

Nun, Kleine, fragte er mit seiner lächelnden Vertraulichkeit, gehen eure Angelegenheiten gut? Weshalb, zum Henker, tust du mir gegenüber so geheim?

Ich tue nicht geheim, erwiderte Felicitè nachdenklich.

Ei, ei, sie glaubt einen alten Fuchs meines Schlages täuschen zu können! Betrachte mich doch als einen Freund, mein Kind. Ich bin vielleicht bereit, euch im geheimen zu unterstützen. Sei doch offen gegen mich.

Felicité hatte einen Lichtblick. Sie selbst hatte nichts zu sagen, aber sie würde vielleicht alles erfahren, wenn sie geschickt zu schweigen verstände.

Du lächelst? Fuhr Herr von Carnavant fort; das ist der Anfang eines Geständnisses. Ich dachte mir wohl, daß du hinter deinem Gatten ständest. Peter ist zu schwerfällig, um den hübschen kleinen Verrat zu ersinnen, den ihr vorbereitet. Fürwahr, ich wünsche von ganzem Herzen, daß die Bonaparte euch das geben, was ich von den Bourbonen für euch gefordert hätte.

Dieser einfache Satz bestätigte die Vermutungen, die die alte Frau seit langer Zeit gehegt hatte.

Prinz Louis Napoleon hat alle Aussichten, nicht wahr? Fragte sie lebhaft.

Wirst du mich verraten, wenn ich dir sage, daß ich es glaube? Erwiderte der Marquis lächelnd. Ich habe mich schon darein gefunden, Kleine. Ich bin ein alter Mann, tot und begraben. Ich arbeite nur für dich. Da du ohne mich den richtigen Weg gefunden hast, tröste ich mich, wenn ich sehe, daß meine Niederlage deinen Sieg bedeutet. Aber es ist unnötig, daß du künftig die Geheimnisvolle spielst; wenn du in Verlegenheit bist, komm zu mir. Und er fügte mit dem skeptischen Lächeln des herabgekommenen Edelmannes hinzu:

Ich verstehe mich ja auch ein klein wenig auf Verräterei.

In diesem Augenblicke erschien das Haupt der ehemaligen Öl- und Mandelhändler.

Ach, die lieben Reaktionäre, fuhr Herr von Carnavant mit leiser Stimme fort. Siehst du, Kleine, die Kunst in der Politik besteht darin, scharf zu sehen, wenn die anderen blind sind. Du hast die schönsten Karten zu deinem Spiel.

Durch diese Unterredung noch neugieriger gemacht, wollte Felicité am folgenden Tage durchaus Gewißheit haben. Man war damals in den ersten Tagen des Jahres 1851. Seit mehr als achtzehn Monaten empfing Rougon regelmäßig alle vierzehn Tage einen Brief von seinem Sohne Eugen. Er schloß sich dann in seinem Schlafzimmer ein, um diese Briefe zu lesen, die er hernach in einem Schreibpulte verwahrte, dessen Schlüssel er sorgfältig in seiner Westentasche behielt. Wenn seine Frau ihn befragte, begnügte er sich zu antworten: „Eugen schreibt mir, daß er sich wohl befindet“. Schon seit längerer Zeit trachtete Felicité diese Briefe ihres Sohnes in ihre Gewalt zu bekommen. Am folgenden Tage, während Peter noch schlief, erhob sie sich und schlich auf den Fußspitzen zu den Kleidern ihres Gatten, um den Schlüssel des Schreibpultes durch einen andern Schlüssel von gleicher Größe zu ersetzen. Dann, als ihr Gatte ausgegangen war, schloß sie sich ihrerseits ein, leerte das Schubfach aus und las mit fieberhafter Neugierde die Briefe ihres Sohnes.

Herr von Carnavant hatte sich nicht getäuscht, und sie sah auch ihre eigenen Vermutungen bestätigt. Es waren an vierzig Briefe da, in denen sie die große bonapartistische Bewegung verfolgen konnte, die später mit der Errichtung des Kaiserreiches ihren Abschluß finden sollte. Diese Briefe bildeten eine Art Tagebuch, in dem die Ereignisse in der Reihenfolge dargestellt waren, wie sie auftauchten, und aus ihnen wurden Hoffnungen und Ratschläge abgeleitet. Eugen glaubte an den Erfolg der Bewegung. Er sprach seinem Vater vom Prinzen Louis Bonaparte wie von einem unentbehrlichen Manne des Schicksals, der allein die Lage zu entwirren vermöge. Er hatte an ihn schon geglaubt, noch bevor jener nach Frankreich zurückgekehrt war, als der Bonapartismus noch als leerer Wahn behandelt wurde. Felicité begriff jetzt, daß ihr Sohn seit dem Jahre 1848 ein sehr tätiger Geheimagent sei. Obgleich er sich über seine Stellung in Paris nicht deutlich aussprach, war es klar, daß er für das Kaiserreich arbeitete, und zwar auf Befehl von Persönlichkeiten, die er mit einer gewissen Vertraulichkeit nannte. Jeder seiner Briefe stellte die Fortschritte der bonapartistischen Sache fest und ließ eine nahe Abwickelung voraussehen. Die Briefe endigten gewöhnlich mit einem Fingerzeig, wie Peter sich in Plassans zu verhalten habe. Jetzt erst konnte Felicité sich gewisse Worte und gewisseHandlungen ihres Mannes erklären, deren Zweck ihr bisher entgangen war. Peter gehorchte seinem Sohne und befolgte blindlings dessen Weisungen. Als die alte Frau die Briefe zu Ende gelesen hatte, war sie überzeugt. Jeder Gedanke Eugens stand jetzt klar vor ihr. In dem Umstürze wollte er sein politisches Glück machen und mit einem Schlage seine Schuld an die Eltern abtragen, indem er ihnen in der Stunde der allgemeinen Treibjagd ein Stück von der Beute zuwerfen würde. Wenn sein Vater ihn nur ein wenig unterstützen, der bonapartistischen Sache nützlich sein wolle, werde es ihm ein leichtes sein, ihn zum Steuereinnehmer ernennen zu lassen. Ihm, der zu den geheimsten Verrichtungen der Bewegung herangezogen ward, werde man nichts versagen können. Seine Briefe waren nichts als Warnungen, um der Familie Rougon Dummheiten zu ersparen. Darum empfand auch Felicité eine lebhafte Dankbarkeit für ihren Sohn; sie las wiederholt gewisse Stellen des Briefes, in denen Eugen in unbestimmten Ausdrücken von der Endkatastrophe sprach. Diese Katastrophe, deren Natur und Tragweite ihr entgingen, wurde für sie eine Art Untergang der Welt. Bei dieser Gelegenheit würde Gott die Auserwählten rechts und die Verdammten links stellen und sie würde sich unter den Auserwählten befinden.

Als sie in der folgenden Nacht den Schlüssel des Schubfaches wieder in die Westentasche ihres Mannes eingeschmuggelt hatte, nahm sie sich vor, sich desselben Mittels zu bedienen, um alle folgenden Briefe ihres Sohnes zu lesen. Auch war sie entschlossen, die Nichtswissende zu spielen. Diese Taktik war eine ausgezeichnete. Von diesem Tage an war sie ihrem Gatten eine um so wirksamere Stütze, als sie es unwissentlich zu sein schien. Wenn Peter allein zu arbeiten glaubte, war sie es, die am häufigsten das Gespräch auf das gewünschte Gebiet leitete und Anhänger für den entscheidenden Augenblick warb. Sie kränkte sich wegen des Mißtrauens ihres Sohnes und nahm sich vor, nach errungenem Erfolge ihm zu sagen: „Ich wußte alles und anstatt etwas zu verderben, habe ich den Sieg herbeiführen helfen.“ Niemals hatte eine Mitschuldige weniger Geräusch gemacht und mehr Arbeit verrichtet. Der Marquis, den sie zu ihrem Vertrauten gemacht hatte, war von Bewunderung erfüllt.

Was sie beunruhigte, war das Schicksal ihres lieben Aristides. Seitdem sie die Hoffnungen ihres Ältesten teilte, verursachten die Wütenden Artikel des „Indépendant“ ihr einen noch größeren Schrecken. Gerne würde sie den unglücklichen Republikaner zu den Napoleonischen Ideen bekehrt haben. Allein sie wußte nicht, wie sie es in vorsichtiger Weise anfangen sollte. Sie erinnerte sich, wie eindringlich Eugen ihnen gesagt hatte, dem Aristides zu mißtrauen. Sie legte die Sache dem Marquis vor, der ganz derselben Ansicht war wie sie. Mein Kind, sagte er, in der Politik muß man selbstsüchtig sein. Wenn Sie Ihren Sohn bekehren würden und der „Indépendant“ anfinge, den Bonapartismus zu verteidigen, so wäre das ein harter Schlag für die Partei. Über den „Indépendant“ ist das Urteil gesprochen; sein Titel allein genügt, um die Spießbürger von Plassans gegen ihn aufzubringen. Lassen Sie den lieben Aristides sich herumschlagen, das bildet die jungen Leute. Er scheint mir ganz von dem Holze geschnitzt, um nicht lange die Rolle des Märtyrers zu spielen.

In ihrem Feuereifer, den Ihrigen den richtigen Weg zu zeigen – jetzt, da sie die Wahrheit zu kennen glaubte – ging Felicité so weit, daß sie selbst ihren Sohn Pascal belehren wollte. Der Arzt, der sich mit dem Eigensinn des Gelehrten in seine Forschungen versenkt hatte, kümmerte sich sehr wenig um Politik. Während er ein Experiment machte, konnten Kaiserreiche in Trümmer gehen, ohne daß er auch nur den Kopf umgewandt hätte. Indes hatte er endlich den Bitten seiner Mutter nachgegeben, die ihm mehr als je vorwarf, daß er als Werwolf lebe.

Wenn du mehr in Gesellschaft kämest, sagte sie ihm, würdest du Patienten aus den vornehmen Kreisen bekommen. Komm doch zu uns, um die Abende in unserem Salon zuzubringen, da wirst du die Bekanntschaft der Herren Roudier, Granoux, Sicardot machen, lauter wohlhabende Leute, die dir einen ärztlichen Besuch mit vier und fünf Franken bezahlen werden. Die armen Leute werden dich nicht reich machen. Der Gedanke, ans Ziel zu kommen, ihre ganze Familie reich werden zu sehen, war bei Felicité zu einer Sucht geworden. Um sie nicht zu kränken, kam Pascal einige Abende in den gelben Salon. Er langweilte sich daselbst weniger, als er befürchtet hatte. Das erstemal war er erstaunt über den Grad von Dummheit, zu dem ein sonst gesunder Mensch herabsinken kann. Die ehemaligen Öl- und Mandelhändler, der Marquis und der Major selbst schienen ihm interessante Geschöpfe, die er bisher zu studieren keine Gelegenheit hatte. Er betrachtete mit dem Interesse eines Naturalisten ihre Gesichter, die gleichsam in einer Grimasse gestockt waren und aus denen er ihre Beschäftigungen und ihre Bestrebungen herauslas. Er hörte ihr leeres Geschwätz mit demselben Interesse, als ob er den Sinn des Katzengewinsels und des Hundegebells hätte erforschen wollen. Zu jener Zeit beschäftigte er sich viel mit vergleichender Naturgeschichte, indem er die Wahrnehmungen, die er über die Art der Vererbung bei Tieren machte, auf das menschliche Geschlecht anwandte. Wenn er sich im gelben Salon befand, machte es ihm Spaß zu glauben, daß er in eine Menagerie geraten sei. Er suchte Ähnlichkeiten zwischen jedem dieser spaßigen Kerle und irgendeinem Tiere, das er kannte. Der Marquis erinnerte ihn an eine große, grüne Grille, er hatte ihre Magerkeit, ihren schmalen Kopf. Vuillet machte auf ihn den Eindruck einer grauen Kröte. Freundlicher war sein Urteil über Roudier; dieser schien ihm ein fettes Schaf, der Major eine alte, zahnlose Dogge. Der merkwürdige Granoux war ein Gegenstand seines fortwährenden Staunens. Er verbrachte einen ganzen Abend damit, seinen Gesichtswinkel zu messen. Wenn er ihn irgendeinen unbestimmten Schimpf gegen die Republikaner, diese Bluthunde, ausstoßen hörte, war er immer gefaßt, ihn blöken zu hören wie ein Kalb, und wenn er ihn sich erheben sah, bildete er sich immer ein, Granoux werde sich auf alle vier werfen und dann den Salon verlassen.

So rede doch etwas, sagte leise die Mutter. Trachte die Kundschaft dieser Herren zu gewinnen. Ich bin kein Tierarzt, erwiderte er ungeduldig.

Eines Abends nahm Felicité ihn beiseite und versuchte ihm ins Gewissen zu reden. Sie war glücklich darüber, ihn jetzt mit einer gewissen Regelmäßigkeit bei ihr erscheinen zu sehen. Sie glaubte ihn für die Gesellschaft gewonnen, während sie keinen Augenblick das seltsame Vergnügen voraussetzen konnte, das er darin fand, die reichen Leute lächerlich zu machen. Sie nährte die geheime Hoffnung, aus ihm den beliebtesten Arzt in Plassans zu machen. Zu diesem Zwecke werde es genügen, daß Männer, wie Granoux und Roudier ihn in ihren Schutz nahmen. Vor allem wollte sie ihm die politischen Ideen der Familie beibringen, weil sie einsah, daß ein Arzt alles zu gewinnen habe, wenn er ein eifriger Parteigänger jener Regierung wurde, die berufen war, die Republik abzulösen. Mein Lieber, sagte sie zu ihm, du bist endlich vernünftig geworden und mußt auch an deine Zukunft denken. Man beschuldigt dich, ein Republikaner zu sein, weil du dumm genug bist, allen Bettlern der Stadt unentgeltlich deinen Beistand zu leihen. Sei offen! Welches sind deine wirklichen politischen Ansichten?

Pascal betrachtete seine Mutter mit unverhohlenem Erstaunen. Dann sagte er lächelnd:

Meine wirklichen Ansichten? Ich weiß es wahrhaftig nicht. Du sagst, man beschuldigt mich, ein Republikaner zu sein; mich beleidigt das ganz und gar nicht. Ich bin es auch, wenn man unter diesen Worten einen Menschen versteht, der aller Welt das Beste wünscht.

Da wirst du zu nichts kommen, unterbrach ihn Felicité lebhaft. Man wird dich niedertreten. Sieh doch deine Brüder an; sie trachten, den richtigen Weg einzuschlagen.

Pascal begriff, daß er sich wegen seiner Eigennützigkeiten als Gelehrter nicht zu verteidigen habe. Seine Mutter beschuldigte ihn einfach, daß er auf die politische Lage nicht spekuliere. Er ließ ein bitteres Lachen vernehmen, und lenkte das Gespräch auf einen anderen Gegenstand. Niemals vermochte Felicité ihn zu bewegen, daß er die Aussichten der verschiedenen politischen Parteien erwäge, oder sich derjenigen anschließe, der seiner Ansicht nach der Sieg zufallen mußte. Er fuhr indessen fort, von Zeit zu Zeit im gelben Salon zu erscheinen. Besonders Granoux war es, der ihn interessierte wie ein vorsintflutliches Tier.

Inzwischen nahmen die Ereignisse ihren Fortgang. Das Jahr 1851 war für die Politiker von Plassans ein Jahr der Angst und des Schreckens, was der geheimen Sache der Rougon nur zum Nutzen gereichte. Es kamen die widersprechendsten Nachrichten aus Paris. Bald waren die Republikaner obenauf, bald wieder vernichtete die konservative Partei die Republik. Der Widerhall des Haders, der die gesetzgebende Versammlung zerfleischte, drang bis in die Tiefen der Provinz, an einem Tage vergrößert, am andern Tage verringert, fortwährend wechselnd, so daß selbst die Hellsehenden irre wurden. Doch herrschte das allgemeine Gefühl, daß man vor einer Lösung stehe und die Unkenntnis dieser Lösung war es, die dieses Volk von feigen Spießbürgern in zähneklappernder Besorgnis hielt. Alle sehnten ein Ende herbei. Diese Ungewißheit machte sie krank. Sie wären bereit gewesen, sich dem Großtürken in die Arme zu werfen, wenn der Großtürke geruht hätte, Frankreich vor der Anarchie zu retten.

Das Lächeln des Marquis ward immer spitziger. Des Abends näherte er sich im gelben Salon, wenn der Schrecken das Gebrumme des Herrn Granoux immer unverständlicher machte, Felicité und flüsterte ihr ins Ohr:

Die Frucht ist reif, Kleine. Aber ihr müßt euch nützlich machen.

Felicité, die fortfuhr, die Briefe Eugens zu lesen, und daher wußte, daß die entscheidende Krise von einem Tag zum anderen eintreten könne, hatte die Notwendigkeit, sich nützlich zu machen, oft eingesehen und sich gefragt, wie die Rougon sich nützlich machen würden. Schließlich beriet sie sich hierüber mit dem Marquis.

Alles hängt von den Ereignissen ab, erwiderte der kleine Greis. Wenn der Bezirk ruhig bleibt, wenn keine Erhebung die Stadt umstürzt, wird es euch schwer sein, hervorzutreten und der neuen Regierung Dienste zu erweisen. Ich rate euch daher, ruhig zu Hause zu bleiben und die Nachrichten eures Sohnes Eugen abzuwarten. Allein wenn das Volk sich erhebt und unsere braven Spießbürger sich bedroht glauben, wird es für euch eine hübsche Rolle zu spielen geben. Dein Mann ist ein wenig schwerfällig...

Oh, rief Felicité, ich werde ihn schon geschmeidig machen. Glauben Sie, daß der Bezirk sich erheben wird?

Ich halte es für sicher. Plassans wird vielleicht ruhig bleiben; die Reaktion ist daselbst zu stark. Allein die benachbarten Städte, Dörfer und Weiler werden seit langer Zeit durch geheime Gesellschaften bearbeitet und gehören zur fortgeschrittenen republikanischen Partei. Wenn ein Staatsstreich losbricht, wird man Sturm läuten in der ganzen Gegend, von den Wäldern des Seillegebirges bis zur Hochebene von Sainte-Roure.

Felicité faßte sich.

Sie glauben also, fuhr sie fort, daß eine Erhebung notwendig sei, um unser Glück zu sichern?

Das ist meine Ansicht, erwiderte Herr von Carnavant.

Und er fügte mit ironischem Lächeln hinzu:

Eine neue Dynastie kann nur nach dem Umsturze des Bestehenden errichtet werden. Das Blut ist ein guter Dünger. Es wird ganz hübsch sein, wenn die Rougon wie gewisse berühmte Familien ihren Ursprung von einem allgemeinen Gemetzel herleiten.

Bei diesen von einem höhnischen Gekicher begleiteten Worten überlief ein Frösteln Felicités Rücken. Allein sie war ein kluges Weib, und der Anblick der schönen Fenstervorhänge des Herrn Peirotte, die sie jeden Morgen mit einer gewissen andächtigen Regelmäßigkeit betrachtete, hielt ihren Mut aufrecht. Wenn sie sich schwach werden fühlte, trat sie ans Fenster und betrachtete das Haus des Steuereinnehmers. Dies waren ihre Tuilerien. Sie war zu den äußersten Handlungen entschlossen, um in der Neustadt ihren Einzug zu halten, in diesem gelobten Lande, an dessen Schwelle sie seit so vielen Jahren von Begierden verzehrt wurde.

Die Unterredung, die sie mit dem Marquis gehabt, hellte ihr die Lage vollends auf. Einige Tage später las sie einen Brief Eugens, in dem dieser Helfershelfer des Staatsstreiches gleichfalls auf eine Erhebung zählte, die seiner Ansicht nach seinem Vater zu einer Bedeutung verhelfen würde. Eugen kannte seine Heimat. Alle seine Ratschläge gingen dahin, in den Händen der Reaktionäre des gelben Salons soviel Einfluß wie möglich zu vereinigen, damit die Rougon im kritischen Augenblicke die Herren der Stadt seien. Nach seinen Wünschen mußte der gelbe Salon im November des Jahres 1851 Herr von Plassans sein. Roudier repräsentierte daselbst das reiche Bürgertum. Seine Haltung würde sicherlich diejenige der ganzen Neustadt bestimmen. Noch wertvoller war Granoux: er hatte den Gemeinderat hinter sich, dessen einflußreichstes Mitglied er war, was leicht eine Vorstellung von den übrigen Mitgliedern dieses Gemeinderates zu geben vermag. Durch den Major Sicardot endlich, den der Marquis zum Befehlshaber der Nationalgarde gemacht hatte, verfügte der gelbe Salon über die bewaffnete Macht. Den Rougon, diesen übel beleumdeten armen Schluckern, war es endlich gelungen, die Werkzeuge ihres Glückes um sich zu vereinigen. Jeder sollte, sei es aus Feigheit, sei es aus Dummheit, ihnen gehorchen und blindlings an ihrer Erhebung tätig sein. Sie hatten nichts zu fürchten als andere Einflüsse, die in demselben Sinne handeln würden wie sie selbst und ihnen so einen Teil an dem Verdienste des Sieges entreißen würden. Das war der Gegenstand ihrer großen Angst, denn sie hatten sich allein die Rolle der Retter zugedacht. Sie wußten im voraus, daß der Adel und die Geistlichkeit sie eher unterstützen als behindern würden. Allein in dem Falle, daß der Unterpräfekt, der Bürgermeister und die übrigen Beamten sich vordrängen und die Erhebung im Keime ersticken würden, wären die Rougon in ihren Verdiensten verkleinert, in ihren Zielen behindert; sie würden weder Zeit noch Mittel finden, sich nützlich zu machen. Was sie wünschten, war die vollständige Zurückhaltung, ein allgemeiner Schreck der Beamten. Wenn die ordentliche Verwaltung vollständig verschwand und sie dann eines Tages die Herren der Geschicke von Plassans waren, dann war ihr Glück fest begründet. Glücklicherweise für sie gab es in der Stadtverwaltung nicht einen einzigen Mann, der überzeugt oder arm genug gewesen wäre, um das Spiel zu wagen. Der Unterpräfekt war ein Freigeist, den die vollziehende Gewalt in Plassans vergessen hatte, ohne Zweifel, weil die Stadt einen guten Ruf hatte; von ängstlichem Charakter, wie er war, und unfähig, seine Macht zu einer Gewalttat zu gebrauchen, mußte dieser Mann angesichts einer Empörung allen Halt verlieren. Die Rougon, die da wußten, daß er der Sache der Demokratie günstig gesinnt sei und die daher von seiner Seite keinen besonderen Eifer zu besorgen hatten, waren nur neugierig, welche Haltung er annehmen werde. Der Stadtrat machte ihnen keine Sorge mehr. Der Bürgermeister, Herr Garçonnet, war ein Legitimist, den das Sankt-Markus-Viertel im Jahre 1849 durchgesetzt hatte; er verachtete die Republikaner und behandelte sie sehr geringschätzig; allein er war mit gewissen Mitgliedern der Geistlichkeit zu eng verbunden, um einem bonapartistischen Staatsstreiche seine tätige Mithilfe zu leihen. Die anderen Beamten befanden sich in demselben Falle. Der Friedensrichter, der Postdirektor, der Stadtkassierer, der Steuereinnehmer Herr Peirotte, hatten ihre Stellen sämtlich von der klerikalen Reaktion erhalten und konnten daher das Kaiserreich nicht mit großer Begeisterung hinnehmen. Ohne noch genau zu wissen, wie sie sich dieser Leute entledigen würden, um sich allein in den Vordergrund zu stellen, gaben sich die Rougon großen Hoffnungen hin, indem sie niemanden fanden, der ihnen ihre Retterrolle streitig gemacht hätte.

Die Lösung nahte. Als in den letzten Tagen des Monats November das Gerücht in Umlauf kam, daß ein Staatsstreich vorbereitet werde und daß der Prinz-Präsident sich zum Kaiser ausrufen lassen wolle, rief Granoux:

Gut! Wir werden ihn ausrufen, wenn er diese Lumpenkerle von Republikanern über den Haufen schießen läßt.

Dieser Ausruf Granoux', von dem man glaubte, daß er eingeschlafen sei, rief eine große Bewegung hervor. Der Marquis tat, als habe er nichts gehört; die Spießbürger aber stimmten sämtlich dem gewesenen Mandelhändler zu. Roudier, der nicht Anstand nahm, ganz laut seine Zustimmung zu geben, weil er reich war, erklärte sogar – wobei er Herrn von Carnavant von der Seite anblickte – daß die Lage unhaltbar geworden sei und daß Frankreich „durch welche Hand immer" so bald wie möglich wieder „eingerichtet" werden müsse.

Der Marquis schwieg noch immer und sein Schweigen ward als Zustimmung gedeutet. Der Heerbann der Konservativen ließ denn die Sache der Legitimität im Stich und wagte ganz laut, seine guten Wünsche für das Kaiserreich zu äußern.

Meine Freunde! Sagte der Major Sicardot sich erhebend, ein Napoleon allein vermag heute die bedrohte Sicherheit der Person und des Eigentums zu schützen. Seien Sie ohne Sorge! Ich habe die nötigen Vorsichtsmaßnahmen getroffen, damit in Plassans Ordnung herrsche.

In der Tat hatte der Major im Einvernehmen mit Rougon eine beträchtliche Anzahl von Gewehren samt entsprechendem Schießbedarf in einer Art von Stall in der Nähe der Stadtmauern verborgen; gleichzeitig hatte er sich des Beistandes der Nationalgarden versichert, auf die er zählen zu können glaubte. Seine Worte brachten eine sehr günstige Wirkung hervor. Als die friedfertigen Bürger vom gelben Salon an diesem Abend auseinandergingen, sprachen sie davon, „die Roten" zu massakrieren, wenn sie sich zu rühren wagen sollten.

Am 1. Dezember empfing Peter Rougon einen Brief von seinem Sohne Eugen; mit gewohnter Vorsicht begab er sich in sein Schlafzimmer, um den Brief daselbst zu lesen. Felicité bemerkte, daß er sehr aufgeregt war, als er wieder heraustrat. Den ganzen Tag trieb sie sich um den Schreibtisch herum. Als die Nacht hereinbrach, vermochte sie ihre Ungeduld nicht länger zu meistern. Kaum war ihr Gatte eingeschlafen, als sie den Schlüssel aus seiner Westentasche nahm und, alles Geräusch vermeidend, sich des Briefes bemächtigte. In kurzen zehn Zeilen verständigte Eugen seinen Vater, daß man vor dem Ausbruche der Krise stehe, und riet ihm, die Mutter in die Sachlage einzuweihen. Die Stunde sei gekommen, sie von allem zu unterrichten; er könne ihrer Ratschläge bedürfen.

Am folgenden Tage erwartete Felicité eine vertrauliche Mitteilung ihres Gatten, die aber nicht kam. Sie wagte es nicht, ihre Neugierde zu gestehen, fuhr fort, die Nichtwissende zu spielen und schalt im stillen auf das dumme Mißtrauen ihres Gatten, der sie ohne Zweifel für geschwätzig und schwach hielt wie die anderen Weiber. Mit jenem ehemännlichen Stolze, der einem Gatten den Glauben einflößt, daß er im Hause der Überlegene sei, hatte Peter allmählich sich an den Gedanken gewöhnt, alles Mißgeschick der Vergangenheit seiner Frau in die Schuhe zu schieben. Seitdem er sich einbildete, daß er allein die Angelegenheiten seines Hauses leite, schien ihm alles nach seinem Wunsche zu gehen. Darum war er entschlossen, des Rates seiner Gattin sich ganz zu entschlagen und trotz der Empfehlungen seines Sohnes ihr nichts zu vertrauen.

Felicité war hierüber dermaßen erbittert, daß sie imstande gewesen wäre, dem Unternehmen Hindernisse in den Weg zu legen, wenn sie nicht den Sieg ebenso glühend herbeigesehnt hätte wie ihr Gatte. Sie fuhr also fort, für den Erfolg tätig zu sein, suchte aber sich zu rächen.

Ach, möchte er doch nur ordentlich Angst bekommen und einen bösen Fehler begehen!... sagte sie sich. Dann möchte ich ihn wohl sehen, wie er demütig um Rat zu mir kommt... dann würde ich ihm meine Gesetze diktieren.

Was sie beunruhigte, war jene Haltung eines allmächtigen Herren, die er notwendigerweise annehmen würde, wenn er ohne ihren Beistand triumphieren würde. Als sie diesen Bauernsohn – lieber als irgendeinen Notarsgehilfen – zum Gatten nahm, gedachte sie, sich seiner wie eines stark gebauten Hampelmannes zu bedienen, dessen Schnüre sie nach Belieben handhaben würde. Und siehe! Jetzt, da der entscheidende Tag gekommen, wollte der Hampelmann in seiner blöden Schwerfälligkeit allein gehen. Die ganze Hinterlistigkeit, die ganze fieberhafte Tätigkeit der kleinen Alten lehnte sich dagegen auf. Sie wußte, daß Peter eines gewalttätigen Entschlusses fähig sei, gleich jenem, den er faßte, als er seine Mutter eine Empfangsbestätigung über fünfzigtausend Franken unterschreiben ließ. Das Werkzeug war gut, weil wenig gewissenhaft; aber sie fühlte das Bedürfnis, es zu leiten, besonders unter den gegenwärtigen Umständen, die viel Geschmeidigkeit erforderten.

Die amtliche Nachricht von dem Staatsstreiche traf in Plassans erst am Nachmittag des 3. Dezember, einem Donnerstag ein. Schlag sieben Uhr war die ganze Gesellschaft des gelben Salons versammelt. Obgleich man die Krise sehnsüchtig herbeigewünscht hatte, malte sich eine unbestimmte Unruhe in den meisten Gesichtern. In endlosem Geschwätz wurden die Ereignisse erörtert. Bleich und erregt wie die anderen glaubte Peter in einem Übermaße vonVorsicht den entscheidenden Akt des Prinzen Louis Napoleon vor den Legitimisten und Orleanisten entschuldigen zu sollen.

Man spricht von einer Berufung an das Volk, sagte er; die Nation wird die Freiheit haben, eine ihr beliebige Regierung zu wählen;... der Präsident ist der Mann dazu, daß er vor dem Gebote seiner rechtmäßigen Herren sich zurückzieht.

Der Marquis allein, der seine ganze vornehme Kaltblütigkeit bewahrt hatte, nahm diese Worte mit einem Lächeln auf; die anderen waren von dem Fieber des Augenblicks ergriffen und kümmerten sich nicht darum, was nachher kommen werde. Alle Meinungen gingen in die Brüche. Roudier vergaß der Zuneigung, die er als ehemaliger Krämer für die Orleans hatte, und unterbrach Peter mit plötzlichen Ausrufungen. Alle schrien durcheinander:

Nicht reden jetzt; denken wir nur daran, die Ordnung aufrecht zu erhalten!

Die braven Leute hatten eine heillose Furcht vor den Republikanern. Indes war die Stadt durch die Nachricht von den Parisern Ereignissen nur mäßig erregt worden. Es fanden einige Ansammlungen statt vor den Ankündigungen, die am Tore der Unterpräfektur angeschlagen waren; auch wurde erzählt, daß einige hundert Arbeiter ihre Beschäftigung im Stich gelassen hatten, um den Widerstand zu organisieren. Das war alles. Keine ernste Ruhestörung schien zu drohen. Mehr Sorge verursachte die Frage, welche Haltung die benachbarten Städte und Dörfer annehmen würden, doch war noch unbekannt, in welcher Weise diese den Staatsstreich aufgenommen hatten.

Gegen neun Uhr traf Granoux atemlos ein; er kam aus einer dringlich einberufenen Sitzung des Stadtrates. Mit einer vor Erregung zitternden Stimme erzählte er, der Bürgermeister, Herr Garçonnet, habe unter mannigfachen Vorbehalten sich entschlossen gezeigt, mit den energischsten Mitteln die Ordnung aufrecht zu erhalten. Doch die Nachricht, die den gelben Salon am meisten in Aufregung brachte, war, daß der Unterpräfekt abgedankt hatte. Dieser Beamte hatte sich stracks geweigert, die vom Minister des Innern empfangenen Depeschen der Bevölkerung von Plassans mitzuteilen; er habe soeben die Stadt verlassen, versicherte Granoux weiter, und die Depeschen seien nur auf Anordnung des Bürgermeisters angeschlagen worden. Dies sei vielleicht der einzige Unterpräfekt in Frankreich gewesen, der den Mut einer demokratischen Überzeugung hatte.

Waren die Rougon über die feste Haltung des Herrn Garçonnet im geheimen beunruhigt, so konnten sie andererseits nur schwer ihre Freude über die Flucht des Unterpräfekten verhehlen, der ihnen in dieser Weise das Feld geräumt hatte. In dieser denkwürdigen Zusammenkunft wurde beschlossen, daß die Gruppe vom gelben Salon den Staatsstreich annehme und sich offen für die vollzogenen Tatsachen erkläre. Vuillet wurde beauftragt, einen Artikel in diesem Sinne zu schreiben, den die Zeitung am folgenden Tage veröffentlichen solle. Er und der Marquis machten keinerlei Einwendung. Sie hatten ohne Zweifel ihre Weisungen von geheimnisvollen Persönlichkeiten erhalten, auf die sie manchmal eine ehrfurchtsvolle Anspielung machten. Die Geistlichkeit und der Adel waren schon bereit, den Siegern ihren Beistand zu leihen, um die Republik, diese gemeinsame Feindin, zu zertreten.

Während der gelbe Salon an diesem Abend über seine künftige Haltung beriet, litt Aristides eine Höllenangst. Nie hatte ein Spieler, der sein letztes Goldstück auf eine Karte setzte, in solcher Aufregung gelebt. Der Rücktritt seines Vorgesetzten hatte ihm schon im Laufe dieses Tages viel zu denken gegeben. Er hatte ihn mehrere Male wiederholen hören, daß der Staatsstreich mißlingen müsse. Dieser ehrliche, aber geistig beschränkte Beamte glaubte an den schließlichen Sieg des Volkstums, ohne indes den Mut zu besitzen, durch seinen Widerstand diesen Sieg zu fördern. Aristides horchte gewöhnlich an den Türen der Unterpräfektur, um genau unterrichtet zu sein. Er fühlte, daß er im Dunkeln tappe, und klammerte sich an die Nachrichten, die er der Verwaltung stahl. Die Ansicht des Unterpräfekten überraschte ihn, aber er blieb nichtsdestoweniger sehr verwirrt und unentschlossen. Er fragte sich: „Weshalb geht er, wenn er des Unterliegens des Prinz-Präsidenten so sicher ist?“ Da er indes einen Entschluß fassen mußte, entschied er sich dafür, seinen Widerstand fortzusetzen. Er schrieb einen sehr heftigen Artikel gegen den Staatsstreich und brachte ihn noch am nämlichen Abend zum „Unabhängigen“, um ihn am folgenden Tage erscheinen zu lassen. Er hatte eben den Abzug dieses Artikels durchgesehen und ging nach seiner Wohnung, als er durch die Banne-Straße kommend unwillkürlich den Kopf erhob und nach den Fenstern der Rougon blickte. Die Fenster waren hell erleuchtet.

Was sie da oben wohl zusammenbrauen mögen? Fragte sich der Journalist neugierig und besorgt.

Eine wahnsinnige Neugierde erfaßte ihn, die Meinung des gelben Salons über die neuesten Ereignisse kennen zu lernen. Er hielt nicht viel von dem Verständnis dieser reaktionären Gruppe; allein er schwankte wieder in seinen Zweifeln; es war eine jener Stunden über ihn gekommen, in denen man bereit ist, sich selbst mit einem vierjährigen Kinde zu beraten. Nachdem er Granoux und alle anderen bekriegt hatte, konnte er nicht daran denken, in diesem Augenblicke bei seinem Vater zu erscheinen. Nichtsdestoweniger ging er hinauf und dachte, daß er ein sonderbares Gesicht machen müsse, wenn ihn jemand auf der Treppe überraschen werde. Vor der Türe der Rougon konnte er nur ein unbestimmtes Gewirre von Stimmen vernehmen.

Ich bin wahrhaftig ein Kind, sagte er sich; die Furcht raubt mir den Verstand.

Er war im Begriffe wieder hinabzugehen, als er die Stimme seiner Mutter vernahm, die jemanden hinausgeleitete. Er hatte knapp Zeit, sich unter der kleinen Stiege zu verbergen, die nach dem Dachboden des Hauses führte. Die Türe ging auf und es erschien der Marquis, begleitet von Felicité. Herr von Carnavant ging in der Regel früher nach Hause als die kleinen Rentiers der Neustadt, ohne Zweifel, um nicht auf der Straße Händedrücke austeilen zu müssen.

Ei, Kleine! Sagte der Marquis auf dem Treppenflur, indem er seine Stimme dämpfte, die Leute sind noch mattherziger, als ich gedacht; bei solchen Menschen wird Frankreich immer dem gehören, der den Mut hat, es sich in die Tasche zu stecken.

Und er fügte bitter hinzu, als rede er mit sich selbst:

Die Monarchie ist für die heutigen Zeiten entschieden zu rechtschaffen geworden. Ihre Zeit ist vorüber.

Eugen hatte seinem Vater die Krise angekündigt, sagte Felicité. Der Sieg des Prinzen Louis scheint ihm sicher.

Oh, ihr könnt kühn vorwärts schreiten; in zwei oder drei Tagen wird das Land erwürgt sein. Auf Wiedersehen bis morgen, Kleine!

Felicité schloß die Türe. Aristides war in seinem dunkeln Versteck wie geblendet. Wie ein Wahnsinniger stürmte er die Treppe hinab und geraden Weges nach der Druckerei des „Unabhängigen". Eine Flut von Gedanken wogte in seinem Schädel. Wütend beschuldigte er seine Familie, ihn betrogen zu haben. Wie? Eugen hielt seine Eltern über die Lage auf dem laufenden und seine Mutter hatte ihn niemals die Briefe seines älteren Bruders lesen lassen, dessen Ratschläge er blindlings befolgt haben würde! Zu dieser Stunde erst mußte er zufällig erfahren, daß dieser ältere Bruder den Erfolg des Staatsstreiches als sicher betrachtete. Dies bekräftigte übrigens in ihm nur gewisse Ahnungen, denen er nur wegen dieses schwachköpfigen Unterpräfekten kein Gehör geschenkt hatte. Am meisten war er über seinen Vater erbittert, den er für dumm genug gehalten hatte, um ihn für einen Legitimisten zu halten, während er sich jetzt im geeigneten Augenblicke als Bonapartist entpuppte!

Wie viele Dummheiten hat man mich begehen lassen! Brummte er dahineilend. Ich sitze ordentlich in der Tinte. Ach, welche Lehre! Granoux ist mir überlegen!

Wie ein Wirbelwind stürmte er in die Büros des „Unabhängigen“ hinein und forderte mit erregter Stimme seinen Artikel zurück. Der Artikel war schon in Spalten geordnet. Er ließ die Form auseinandernehmen und war nicht eher beruhigt, als bis er selbst den Artikel vernichtete, indem er die Lettern durcheinanderwarf wie die Dominosteine. Der Verleger sah diesem Treiben mit verblüffter Miene zu. Im Grunde war es ihm recht, denn der Artikel hatte ihm gefährlich geschienen. Aber er brauchte Stoff, wenn er wollte, daß der „Unabhängige“ erscheine.

Werden Sie mir statt dessen etwas anderes geben? Sagte er.

Gewiß, erwiderte Aristides.

Er setzte sich an einen Tisch und begann eine begeisterte Lobrede auf den Staatsstreich zu schreiben. Gleich in den ersten Zeilen schwor er, daß Prinz Louis die Republik gerettet habe. Doch kaum hatte er eine Seite geschrieben, als er innehielt und die Fortsetzung zu suchen schien. Sein Mardergesicht drückte lebhafte Unruhe aus.

Ich muß nach Hause gehen, sagte er endlich; ich werde Ihnen den Schluß bald schicken; im schlimmsten Falle werden Sie morgen etwas später erscheinen.

Zu Hause ging er in Gedanken verloren lange hin und her. Die Unentschlossenheit hatte sich seiner wieder bemächtigt. Warum sollte er sich ihnen so rasch anschließen? Eugen war allerdings ein gescheiter Junge, aber es war immerhin möglich, daß seine Mutter die Tragweite eines Satzes in Eugens Briefe überschätzt hatte. In jedem Falle war es besser, zu warten und zu schweigen.

Eine Stunde später kam Angela in die Druckerei gelaufen; sie schien in großer Aufregung zu sein.

Mein Mann hat sich arg verletzt, sagte sie. Als er heimkam, klemmte er sich vier Finger in der Türe ein. Unter den schrecklichsten Schmerzen hat er mir diese kleine Notiz diktiert, die er Sie im Morgenblatte zu veröffentlichen bittet.

Am folgenden Tage erschien der „Unabhängige“ fast ganz mit „vermischten Nachrichten“ angefüllt; an der Spitze des Blattes aber war folgende Notiz zu lesen:

„Ein bedauerlicher Unfall, der unserem ausgezeichneten Mitarbeiter Herrn Aristides Rougon zugestoßen, wird uns durch einige Zeit seiner Artikel berauben. Es wird ihm schwer fallen, unter den augenblicklichen ernsten Verhältnissen Stillschweigen zu beobachten; doch wird sicherlich keiner unserer Leser an seinen patriotischen Wünschen für das Wohlergehen Frankreichs zweifeln."

Diese vieldeutige Notiz war von Aristides reiflich erwogen worden. Der letzte Satz konnte zugunsten einer jeden Partei ausgelegt werden. In dieser Weise sicherte sich Aristides nach dem Siege einen ungetrübten Wiedereintritt in sein Blatt durch eine Lobrede auf die Sieger.

Am folgenden Tage zeigte er sich in der ganzen Stadt mit dem Arm in der Binde. Infolge der Notiz eilte seine Mutter erschrocken herbei; doch weigerte er sich, ihr seine Hand zu zeigen und sprach zu ihr mit einer gewissen Bitterkeit, die die alte Frau sogleich aufklärte.

Es wird nichts sein, sagte sie, indem sie ihn beruhigt verließ. Du bedarfst nur der Ruhe, fügte sie einigermaßen spöttisch hinzu.

Der „Unabhängige" hatte es ohne Zweifel diesem vorgeblichen Unfall seines Redakteurs und der Abreise des Unterpräfekten zu danken, daß er nicht behelligt wurde wie die meisten demokratischen Blätter der Provinz.

Der 4. Dezember verlief in Plassans in verhältnismäßiger Ruhe. Am Abend fand eine Kundgebung des Volkes statt; doch das bloße Erscheinen der Gendarmen genügte, die Ansammlung zu zerstreuen. Eine Gruppe von Arbeitern hatte von Granoux die Mitteilung der aus Paris eingelangten Depeschen gefordert; doch dieser weigerte sich hochmütig. Die Leute zogen ab und riefen: „Es lebe die Republik! Es lebe die Verfassung!" Dann wird wieder alles ruhig. Der gelbe Salon besprach lange diesen harmlosen Spaziergang des Volkes und erklärte sich schließlich mit dem Gange der Dinge hoch befriedigt.

Beunruhigender ließen sich die Tage vom 5. Und 6. Dezember an. Man bekam allmählich Nachricht von dem Aufstande der benachbarten kleinen Städte. Der ganze Süden des Bezirks griff zu den Waffen; La Palud und Saint-Martin-de-Vaulx hatten sich zuerst erhoben und die Dörfer Chavanos, Nazères, Poujols, Valqueyras, Vernoux mitgerissen. Der gelbe Salon erschrak ernstlich. Die Leute ängstigte vornehmlich die Tatsache, daß Plassans vereinsamt inmitten dieses Herdes der Empörung lag. Es war vorauszusehen, daß aufrührerische Banden die Gegend durchziehen und allen Verkehr unterbrechen würden. Granoux erzählte mit verstörter Miene, der Herr Bürgermeister sei ohne Nachrichten. Leute wußten zu erzählen, das Blut fließe in den Straßen von Marseille, und eine fürchterliche Revolution sei in Paris ausgebrochen. Der Major Sicardot war entrüstet über die

Mattherzigkeit dieser Spießbürger und rief, er sei bereit, an der Spitze seiner Leute zu sterben.

Am 7. Dezember, einem Sonntag, erreichte der Schreck seinen Höhepunkt. Im gelben Salon, wo eine Art reaktionäres Komitee dauernd tagte, versammelte sich von sechs Uhr ab eine Menge schreckensbleicher, angstbebender Menschen, die leise untereinander flüsterten wie in einem Totenzimmer. Man hatte im Laufe des Tages erfahren, daß eine Bande Aufständischer, etwa dreitausend Mann stark, in Alboise, einem drei Stunden entfernten Dorfe, sich angesammelt habe. In Wahrheit wurde nur erzählt, daß diese Bande, Plassans links lassend, nach dem Hauptorte des Bezirks zu marschieren beabsichtige; allein dieser Feldzugsplan konnte ja auch geändert werden und übrigens genügte es diesen feigen Rentenbesitzern, die Aufständischen in einer Entfernung von einigen Kilometern zu wissen, damit sie sich einbildeten, daß rohe Arbeiterfäuste sie schon an der Kehle faßten. Sie hatten schon am Morgen einen Vorgeschmack von der Empörung gehabt; als nämlich die wenigen Republikaner in Plassans sahen, daß sie in der Stadt nichts Ernstliches unternehmen könnten, hatten sie beschlossen, zu ihren Brüdern in La Palud und Saint-Martin-de-Baulx zu stoßen; eine erste Gruppe war gegen elf Uhr, die Marseillaise singend und einige Fensterscheiben einwerfend, durch das römische Tor abgezogen. Herrn Granoux war ebenfalls ein Fenster eingeworfen worden, und er erzählte dieses Ereignis schreckensbleich seinen Gesinnungsgenossen.

Die Gesellschaft des gelben Salons war in lebhafter Angst. Der Major hatte seinen Diener ausgesendet, um genaueErkundigungen über den Marsch der Aufrührer einzuholen; man erwartete die Rückkehr dieses Mannes und erging sich inzwischen in erstaunlichsten Vermutungen. Die Versammlung war vollzählig; Roubier und Granoux saßen schier regungslos in ihren Sesseln und warfen einander Jammerblicke zu, während hinter ihnen die erschrockene Gruppe der Kaufleute im Ruhestande schwere Seufzer ausstieß. Vuillet schien nicht allzusehr erschrocken und dachte über die Maßregeln nach, die er ergreifen werde, um seinen Geschäftsladen und seine Person zu schützen; er erwog, ob er sich in seinem Speicher oder in seinem Keller verbergen solle, und neigte dem Keller zu. Peter und der Major schritten im Salon auf und ab und tauschten von Zeit zu Zeit eine Bemerkung aus. Der ehemalige Ölhändler klammerte sich an seinen Freund Sicardot, um bei diesem Mut zu schöpfen. Er, der seit so langer Zeit die Krise erwartete, suchte sich jetzt eine feste Haltung zu geben, obgleich die Aufregung ihm die Kehle zuschnürte. Was den Marquis betrifft, so war er geschniegelter und heiterer als je und plauderte in einem Winkel mit Felicité, die sehr aufgeräumt schien.

Endlich ward geläutet. Die Herren erschraken, als hätten sie einen Flintenschuß gehört. Während Felicité hinausging, um zu öffnen, herrschte Grabesstille in dem Salon; die bleichen, angstvollen Gesichter wandten sich der Tür zu. Der Diener des Majors erschien auf der Schwelle; er war völlig außer Atem und rief seinem Herrn zu:

Herr Major! In einer Stunde werden die Aufständischen hier sein!

Das wirkte wie ein Donnerschlag, Alle fuhren schreiend empor und streckten die Hände gen Himmel. Es währte einige Minuten, bis man sich verständlich machen konnte. Man umdrängte den Boten und bestürmte ihn mit Fragen.

Tausend Teufel, jammert doch nicht so! schrie der Major. Ruhe, oder ich stehe für nichts!

Alle sanken auf ihre Sessel zurück und stießen schwere Seufzer aus. Jetzt erst konnte man einige Einzelheiten erfahren. Der Bote war dem Trupp der Aufständischen bei Tulettes begegnet und hatte sich beeilt, zurückzukehren.

Es sind mindestens dreitausend, meldete er. Sie marschieren in Bataillonen wie die Soldaten. Ich glaube, auch Gefangene bei ihnen gesehen zu haben.

Gefangen! Schrien die entsetzten Spießbürger.

Ohne Zweifel, sagte der Marquis mit seiner dünnen Stimme; man hat mir erzählt, daß sie die Leute verhaften, die wegen ihrer konservativen Gesinnungen bekannt sind.

Bei dieser Nachricht erreichte die Bestürzung des gelben Salons ihren Höhepunkt. Einige Bürger erhoben sich und erreichten verstohlen die Türe; sie dachten wohl, es sei die höchste Zeit, ein sicheres Versteck zu suchen.

Die Kunde von den Verhaftungen, welche die Aufständischen bewerkstelligten, schien Felicité zu erschrecken. Sie zog den Marquis beiseite und fragte ihn:

Was machen denn diese Leute mit ihren Gefangenen?

Sie schleppen sie als Geiseln mit sich, erwiderte Herr von Carnavant.

Ah! Rief die Alte mit eigentümlicher Betonung.

Sie beobachtete mit nachdenklicher Miene die seltsame Schreckensszene in ihrem Salon. Allmählich drückten sich die Spießbürger; bald blieben nur Vuillet und Roudier, denen die Nähe der Gefahr einigen Mut wiedergab. Auch Granoux blieb in seinem Winkel sitzen; seine Beine wollten ihn nicht tragen.

Meiner Treu, mir ist's lieber so, sagte der Major, als er die Flucht der übrigen Anhänger sah. Diese Feiglinge ärgerten mich schon zu sehr. Seit zwei Jahren reden sie davon, daß sie alle Republikaner der Gegend erschießen lassen wollen und würden heute nicht den Mut haben, eine Rakete um zwei Sous vor ihnen abzubrennen.

Er nahm seinen Hut und wandte sich zur Türe.

Kommen Sie, Rougon, die Zeit drängt! Sagte er.

Felicité schien auf diesen Augenblick gewartet zu haben. Sie warf sich zwischen die Türe und ihren Gatten, der sich übrigens nicht sonderlich beeilte, dem schrecklichen Major zu folgen.

Ich will nicht, daß du gehest! Schrie sie, eine tiefe Verzweiflung heuchelnd. Ich werde niemals zugeben, daß du mich verläßt. Die Halunken würden dich töten!...

Der Major blieb verwundert stehen.

Verdammt! Brummte er; jetzt fangen gar die Weiber an zu winseln... Kommen Sie, Rougon!

Nein, nein! Fuhr die Alte fort, eine immer größere Angst zur Schau tragend; er soll Ihnen nicht folgen: ich werde mich an seinen Rock klammern.

Sehr überrascht von dieser Szene, beobachtete der Marquis neugierig Felicité. War das dieselbe Frau, die soeben so heiter geplaudert hatte? Welche Komödie spielte sie? Peter aber tat, als wolle er trotz dem Widerstände seines Weibes mit aller Gewalt gehen.

Du sollst nicht gehen! Wiederholte die Alte und faßte ihn am Arme.

Dann sagte sie zum Major:

Wie können Sie an Widerstand denken? Jene sind dreitausend und Sie bringen nicht hundert mutige Männer zusammen! Sie werden sich ganz unnütz abschlachten lassen.

Das ist unsere Pflicht, sagte Sicardot ungeduldig.

Felicité brach in Tränen aus.

Wenn sie ihn töten, wenn sie ihn zum Gefangenen machen, fuhr sie fort, indem sie ihren Gatten fest anschaute; mein Gott, was soll denn aus mir werden, allein in dieser verlassenen Stadt?

Aber glauben Sie denn, rief der Major, daß wir weniger eingesperrt werden, wenn wir den Aufständischen gestatten, ruhig in die Stadt einzudringen? Ich schwöre Ihnen, daß nach Verlauf von nur einigen Stunden der Bürgermeister und alle städtischen Beamten im Loch sitzen werden, von Ihrem Gatten und den regelmäßigen Gästen dieses Salons nicht zu reden.

Der Marquis glaubte ein flüchtiges Lächeln auf den Lippen Felicités zu sehen, während sie mit entsetzter Miene entgegnete:

Sie glauben?...

Bei Gott, ja, fuhr Sicardot fort; die Republikaner sind nicht so dumm, daß sie ihre Feinde in ihrem Rücken lassen. Morgen sind alle Beamten und gutgesinnten Bürger aus Plassans verschwunden.

Bei diesen Worten, die sie in sehr geschickter Weise herbeigeführt hatte, ließ Felicité den Arm ihres Gatten fahren. Peter machte Miene, wegzugehen. Dank seiner Gattin, deren geschickte Taktik ihm übrigens entging und von deren geheimem Einverständnis er keine Ahnung hatte, war ihm plötzlich ein ganzer Feldzugsplan enthüllt worden.

Wir müssen die Sache überlegen, ehe wir einen Entschluß fassen, sagte er dem Major. Meine Frau hat vielleicht nicht ganz unrecht, wenn sie uns beschuldigt, daß wir die Interessen unserer Familien außer acht lassen.

Nein, gewiß, Ihre Frau hat nicht unrecht, rief Granoux, der die Schreckensrufe Felicités mit dem Entzücken des Feiglings vernommen hatte.

Der Major stülpte sich den Hut auf den Kopf und sagte entschieden:

Ob recht oder unrecht, was liegt daran? Ich bin Kommandant der Nationalgarde, ich sollte schon auf dem Bürgermeisteramte sein. Gesteht wenigstens, daß ihr Angst habt und mich verlaßt. Guten Abend denn!

Er legte die Hand an die Klinke, als Rougon ihn mit lebhafter Gebärde zurückhielt.

Hören Sie mich, Sicardot, sagte er.

Und er zog ihn in einen Winkel, weil er sah, daß Vuillet die breiten Ohren spitzte.

Hier erklärte er ihm mit leiser Stimme, daß es ein Gebot der Vorsicht sei, hinter den Aufständischen einige energische Männer zurückzulassen, die in der Stadt die Ordnung wiederherstellen könnten. Weil der tollkühne Kommandant dabei beharrte, seinen Posten nicht verlassen zu wollen, machte er sich selbst erbötig, sich an die Spitze der Reservetruppen zu stellen.

Geben Sie mir, sagte er, den Schlüssel der Scheune, wo Sie die Gewehre und den Schießbedarf in Verwahrung haben, und geben Sie fünfzig Leuten von unseren Anhängern den Befehl, sich nicht zu rühren, bis ich sie rufe.

Sicardot willigte schließlich in diese Vorsichtsmaßnahmen ein. Er vertraute dem Rougon den Schlüssel der Scheune an; er sah ein, daß für den Augenblick jeder Widerstand nutzlos sei, aber er wollte dennoch mit seiner Person einstehen.

Während dieser Unterredung flüsterte der Marquis mit schlauer Miene einige Worte in das Ohr Felicités; ohne Zweifel beglückwünschte er sie zu ihrer List. Die Alte konnte ein Lächeln nicht unterdrücken. Als sie sah, wie Sicardot ihrem Gatten zum Abschiede die Hand reichte und sich zum Gehen anschickte, rief sie ihm mit verstörter Miene zu:

Sie verlassen uns wirklich?

Niemals wird ein alter Soldat Napoleons sich durch den Pöbel einschüchtern lassen, erwiderte er.

Er war schon auf dem Flur, als Granoux ihm nachschrie:

Wenn Sie aufs Rathaus gehen, verständigen Sie den Bürgermeister von den Vorgängen. Ich eile nach Hause, um meine Frau zu beruhigen.

Felicité hatte sich zum Ohr des Marquis geneigt und flüsterte ihm mit geheimer Freude zu:

Meiner Treu, es ist mir lieb, wenn der Major sich fassen läßt. Er ist gar zu tollkühn.

Mittlerweile hatte Rougon den Granoux wieder in den Salon zurückgeführt. Roudier, der aus seinem Winkel die ganze Szene still beobachtet und mit energischen Zeichen seine Zustimmung zu den vorgeschlagenen Vorsichtsmaßnahmen ausgedrückt hatte, trat jetzt zu ihnen. Als der Marquis und Vuillet sich ebenfalls erhoben hatten, sprach Peter:

Da wir allein sind unter friedfertigen Leuten, schlage ich Ihnen vor, daß wir uns verbergen, um der sicheren Haft zu entgehen und dann frei zu sein, wenn wir die Stärkeren sind.

Granoux mußte sich zurückhalten, um ihm nicht um den Hals zu fallen; Roudier und Vuillet atmeten wieder auf.

Ich werde Ihrer demnächst wieder bedürfen, meine Herren, fuhr der Ölhändler mit wichtiger Miene fort; uns ist es eben vorbehalten, die Ordnung in Plassans wieder herzustellen.

Zählen Sie auf uns! Rief Vuillet mit einer Begeisterung, die Felicité beunruhigte.

Die Zeit drängte. Die seltsamen Verteidiger von Plassans, die sich verbargen, um ihre Stadt besser verteidigen zu können, beeilten sich, ihre Schlupfwinkel aufzusuchen.

Als Peter mit seiner Frau allein geblieben war, empfahl er ihr, nicht den Fehler zu begehen, das Haus zu verrammeln, und wenn man nach ihm fragen sollte, zu antworten, daß er eine kleine Reise unternommen habe. Als sie die Unwissende spielte und einigen Schrecken heuchelte, erwiderte er ihr auf ihre Frage, was denn vorgehe, in schroffem Tone:

Das geht dich nichts an, laß mich unsere Angelegenheiten allein führen, es ist besser so.

Einige Minuten später eilte er durch die Banne-Straße. Auf der Promenade Sauvaire angekommen, sah er eine Bande bewaffneter Arbeiter aus dem alten Quartier hervorbrechen, welche die Marseillaise sangen.

Alle Wetter! Es war die höchste Zeit, dachte er. Die Stadt erhebt sich.

Er beschleunigte seine Schritte nach dem römischen Tor zu. Hier trat ihm kalter Schweiß auf die Stirne, als er sah, mit welcher Langsamkeit der Torwart ihm öffnete. Kaum auf der Heerstraße angelangt, bemerkte er beim Mondlicht am andern Ende der Vorstadt die Aufständischen heranziehen, deren Gewehre im Mondschein blinkten. Im Laufschritt erreichte er das Sankt-Mittre-Gäßchen, und hier betrat er das Haus seiner Mutter, wo er seit vielen Jahren nicht gewesen.

Viertes Kapitel

Nach dem Sturze Napoleons war Antoine Macquart nach Plassans zurückgekehrt. Er hatte das unglaubliche Glück gehabt, keinen einzigen der letzten mörderischen Feldzüge des Kaiserreiches mitzumachen. Er hatte sich von Depot zu Depot geschleppt, nichts hatte ihn seinem trägen Soldatenleben entfremdet. Dieses Leben entwickelte vollends seine natürlichen Laster. Seine Trägheit ward zur Methode, seine Trunksucht, die ihm eine zahllose Menge von Abstrafungeneingetragen hatte, wurde von da ab für ihn eine wahre Religion. Aber den schlimmsten Kerl machte aus ihm seine große Mißachtung für die armen Teufel, die durch ihre ehrliche Arbeit ihr Brot verdienten.

Ich habe Geld in meiner Heimat, sagte er oft zu seinen Kameraden; wenn meine Dienstzeit um ist, werde ich zu Hause ein Spießbürgerleben führen.

Diese Zuversicht und seine krasse Unwissenheit hinderten ihn, auch nur den Grad eines Korporals zu erreichen.

Seitdem er zum Kriegsdienst eingerückt war, hatte er keinen einzigen Tag in Plassans zugebracht, weil sein Bruder tausend Vorwände zu ersinnen wußte, um ihn von da fernzuhalten. Darum wußte er auch nichts von der pfiffigen Art und Weise, wie Peter sich das Vermögen ihrer Mutter angeeignet hatte. In der tiefen Gleichgültigkeit, in welcher Adelaide lebte, hatte sie ihrem Sohn Antoine kaum dreimal geschrieben und auch dann nur, um ihm einfach mitzuteilen, daß sie sich wohl befinde. Das Stillschweigen, mit dem seine häufigen Geldforderungen aufgenommen wurden, machte ihn nicht argwöhnisch, denn er kannte zur Genüge den Geiz Peters, um sich die Schwierigkeit zu erklären, mit welcher er von Zeit zu Zeit ein elendes Zwanzigfrankenstück zu erpressen vermochte. Dies steigerte übrigens nur noch seinen Groll gegen seinen Bruder, der ihn beim Militär verkommen ließ, obgleich er ihm in aller Form versprochen hatte, ihn loszukaufen. Als er heimkehrte, schwor er unterwegs, nimmer zu gehorchen, wie ein Knabe, sondern keck seinen Anteil zu fordern, um behaglich leben zu können. In dem Stellwagen, der ihn nach Hause brachte, träumte er ein köstliches Leben der Trägheit. Der Einsturz seiner Luftschlösser war schrecklich für ihn. Als er in der Vorstadt ankam und die Gartenwirtschaft der Foucque nicht wiedererkannte, stand er wie vom Donner gerührt da. Er mußte sich nach der neuen Wohnung seiner Mutter erkundigen. Hier gab es dann eine schreckliche Szene. Adelaide erzählte ihm ganz ruhig, daß das unbewegliche Gut verkauft worden sei. Darob erboste er sich in dem Maße, daß er die Hand gegen seine Mutter erhob.

Doch die arme Frau versicherte ihm ein um das andere Mal:

Dein Bruder hat alles genommen und wird für dich Sorge tragen, das ist ausbedungen worden.

Endlich ging er und eilte zu Peter, den er von seiner Heimkehr verständigt hatte und der sich darauf vorbereitete, ihn in einer Weise zu empfangen, daß er beim ersten groben Worte für immer mit ihm fertig werden solle.

Hören Sie, sagte ihm der Ölhändler, indem er tat, als wolle er ihn nicht mehr duzen, regen Sie mir nicht die Galle auf, sonst setze ich Sie vor die Türe. Im Grunde kenne ich Sie gar nicht, wir führen nicht den nämlichen Namen. Es ist schon schlimm genug für mich, daß meine Mutter sich schlecht aufgeführt hat; ihre Bastarde brauchen nicht noch hierher zu kommen, um mich zu beschimpfen. Ich hatte gute Absichten mit Ihnen; da Sie aber unverschämt sind, werde ich nichts, gar nichts für Sie tun.

Antoine glaubte vor Zorn ersticken zu müssen.

Und mein Geld! Schrie er. Willst du es mir zurückgeben, oder muß ich dich vor die Gerichte zerren?

Peter zuckte mit den Achseln.

Ich habe kein Geld von Ihnen, erwiderte er immer ruhiger. Meine Mutter hat über ihr Vermögen verfügt, wie sie es für gut fand. Es steht mir nicht zu, mich in ihre Angelegenheiten zu mengen. Ich habe freiwillig auf alle Erbschaftshoffnungen verzichtet und habe Ihre schmutzigen Anklagen nicht zu fürchten.

Als der andere, durch die Kaltblütigkeit erbittert, unzusammenhängendes Zeug stammelte und nicht mehr wußte, was er glauben sollte, hielt er ihm den Empfangschein vor die Nase, den Adelaide unterschrieben hatte. Dieses Schriftstück schmetterte Antoine vollends nieder.

Es ist gut, sagte er fast ruhig, ich weiß jetzt, was ich zu tun habe.

In Wahrheit wußte er aber nicht, wozu er sich entschließen solle. Seine Ohnmacht, ein Mittel zu finden, wie er sich sogleich in den Besitz seines Anteils setzen und sich rächen sollte, stachelte seine Wut noch mehr an. Er kehrte zu seiner Mutter zurück und unterzog sie einem schmachvollen Verhör. Die unglückliche Frau konnte aber nichts tun, als ihn wieder zu Peter schicken.

Glaubt ihr, ihr würdet mich mit leeren Reden abfertigen können? Schrie er. Ich will es schon herauskriegen, wer von euch beiden das Geld hat. Du hast vielleicht schon alles aufgefressen?

Indem er Anspielungen auf ihre frühere unordentliche Lebensführung machte, fragte er sie, ob sie nicht irgendeinen Schatz habe, dem sie ihre letzten Pfennige zustecke? Er schonte selbst seinen Vater nicht, diesen Trunkenbold Macquart, wie er ihn nannte, der sicherlich bis zu seinem Tode gesoffen und dann seine Kinder im Elend zurückgelassen habe. Das arme Weib hörte mit blöder Miene diese Reden an, und schwere Tränen rannen über ihre Wangen hinab. Sie verteidigte sich in kindischem Schrecken und antwortete auf die Fragen ihres Sohnes wie auf die eines Richters; sie schwor, daß sie sich ordentlich aufführe, und wiederholte immer wieder, daß sie keinen Sou besitze, daß Peter alles genommen habe. Schließlich schenkte ihr Antoine fast Glauben.

Ist das ein Gauner! Brummte er, deswegen also hat er mich nicht losgekauft!

Er mußte in der Behausung seiner Mutter übernachten, auf einem Strohsack, den man ihm in einen Winkel geworfen hatte. Er war mit ganz leeren Taschen heimgekehrt; am meisten erbitterte ihn das Gefühl, ohne jede Hilfe und ohne Obdach zu sein, verlassen wie ein Hund auf der Gasse, während sein Bruder – wie er meinte – schöne Geschäfte machte und ein Schlemmerleben führte. Da er kein

Geld hatte, um sich Kleider zu kaufen, ging er am nächsten Tage mit seiner Soldatenhose und seinem Käppi aus. Dazu trug er eine alte Jacke von gelbem Samt, die er in einem Schrank gefunden und die einst Macquart gehört hatte. In diesem seltsamen Anzug rannte er durch die Straßen der Stadt, erzählte jedermann sein Schicksal und forderte laut Gerechtigkeit.

Die Leute, die er zu Rate zog, empfingen ihn mit einer Geringschätzung, die ihm Tränen der Wut erpreßte. In der Provinz ist man unerbittlich gegen zugrunde gegangene Familien. Die öffentliche Meinung sagte, daß die Rougon-Macquart sich untereinander auffräßen; die Umgebung würde, anstatt sie zu trennen, sie weit eher angeeifert haben, einander zu zerfleischen. Nur Peter begann sich von dem Erbmakel zu reinigen. Man lachte über seinen Gaunerstreich. Einige gingen so weit zu behaupten, daß er recht getan, wenn er sich wirklich des Geldes bemächtigt hätte, und daß dies für die verlumpten Leute in der Stadt eine gute Lehre sei.

Antoine kehrte entmutigt heim. Ein Advokat hatte ihm voll Widerwillen geraten, die Familie möge ihre schmutzige Wäsche zu Hause besorgen. Der Rechtsanwalt hatte dieses Gutachten abgegeben, nachdem er sich erkundigt hatte, ob Antoine auch die Mittel zur Führung eines Prozesses besitze. Er meinte, die Angelegenheit sei sehr verworren, werde sehr viele Scherereien verursachen, und der Erfolg sei schließlich dennoch zweifelhaft, und im übrigen sei dazu Geld, viel Geld notwendig. Am Abend dieses Tages war Antoine noch härter gegen seine Mutter; da er nicht wußte, an wem er sich rächen solle, wiederholte er seine gestrigen Anklagen gegen sie. Er hielt die Unglückliche bis Mitternacht fest, daß sie vor Angst am ganzen Leibe zitterte. Da sie ihm erzählt hatte, daß Peter ihr eine Pension zahle, wurde es für ihn zur Gewißheit, daß sein Bruder die fünfzigtausend Franken eingesackt habe. Allein in seiner Erregtheit tat er, als zweifle er noch. Diese Steigerung der Bosheit bot ihm Erleichterung.

Er hörte nicht auf, sie mit argwöhnischer Miene zu befragen, indem er tat, als glaube er noch immer, daß sie sein Vermögen mit Liebhabern vergeudet habe.

Mein Vater war wohl nicht der einzige, sagte er endlich roh.

Bei diesem letzten Schlage sank sie auf eine alte Kiste hin, wo sie die ganze Nacht schluchzend liegen blieb.

Antoine begriff alsbald, daß er allein und ohne Hilfsmittel den Kampf mit seinem Bruder nicht aufnehmen könne. Er versuchte anfänglich, Adelaide für seine Sache zu gewinnen. Eine von ihr ausgehende Klage würde sicherlich ernste Folgen für Peter gehabt haben; allein das arme Weib in seiner Schwäche und seinem Stumpfsinn lehnte bei den ersten Worten Antoines energisch die Zumutung ab, ihren ältesten Sohn zu behelligen. Ich bin eine Unglückliche, stammelte sie, du hast ganz recht, wenn du dich erzürnst. Allein es wäre zu viel für mein Gewissen, wenn ich eines meiner Kinder dem Gefängnisse überliefern müßte. Nein, da ist es mir lieber, daß du mich prügelst.

Er begriff, daß er ihr höchstens Tränen erpressen könne und begnügte sich daher hinzuzufügen, daß die gerechteStrafe sie ereilt habe und daß er kein Mitleid mit ihr fühle. Von dem fortwährenden Gezänk ihres Sohnes erschüttert, bekam Adelaide am Abend einen ihrer nervösen Anfälle, der sie steif, mit offenen Augen, wie eine Tote hinstreckte. Der junge Mensch warf sie auf ihr Lager, ohne ihr auch nur durch Lösung des Schnürleibes einige Erleichterung zu verschaffen; dann begann er im Hause zu suchen, ob die Unglückliche nicht irgendwo Ersparnisse verborgen habe. Er fand eine Summe von ungefähr vierzig Franken. Er bemächtigte sich dieses Geldes; während seine Mutter starr und bewußtlos liegen blieb, mietete er sich auf dem nach Marseille verkehrenden Stellwagen ein.

Er dachte sich, daß Mouret, jener Hutmacher, der seine Schwester Ursula geheiratet hatte, über den Gaunerstreich Peters entrüstet sein müsse und sicherlich bereit sein werde, die Interessen seiner Gattin zu verteidigen. Allein er fand in Mouret nicht den Mann, auf den er gezählt hatte. Der Hutmacher erklärte rund heraus, er habe sich an den Gedanken gewöhnt, Ursula als eine Waise zu betrachten, und daß er unter keinen Umständen mit seiner Familie zu schaffen haben wolle. Die Verhältnisse des Ehepaares gestalteten sich übrigens erfreulich. Als Antoine sah, daß er sehr kühl empfangen wurde, beeilte er sich, seinen Platz auf dem Stellwagen für die Rückfahrt sicherzustellen. Doch ehe er abfuhr, wollte er sich noch rächen für die stille Verachtung, die er in den Blicken des Hutmachers las. Da er seine Schwester bleich und beklommen gefunden, hatte er die Grausamkeit, ihrem Gatten zu sagen:

Haben Sie acht! Meine Schwester war stets schwach und ich habe sie sehr verändert gefunden; Sie könnten sie leicht verlieren.

Die Tränen, die Mouret in die Augen traten, bewiesen ihm, daß er den Finger in eine offene Wunde gelegt habe.Warum prahlte auch dieses Arbeitervolk dermaßen mit seinem Wohlstande!

Nach Plassans zurückgekehrt, nahm Antoine, der jetzt die Gewißheit hatte, daß ihm die Hände gebunden seien, eine noch drohendere Haltung an. Einen Monat hindurch sah man ihn ständig in der Stadt. Er lief durch alle Straßen und erzählte seine Geschichte jedem, der sie hören wollte. Wenn er seiner Mutter ein Zwanzig-Sous-Stück abgepreßt hatte, lief er in eine Schenke, um das Geld zu vertrinken und schrie laut, daß sein Bruder ein Halunke sei, der in Bälde von ihm zu hören bekommen solle. Die weinselige Freundschaft, die unter Trunkenbolden herrscht, verschaffte ihm an solchen Orten eine willfährige Zuhörerschaft; der ganze Pöbel der Stadt eignete sich seine Streitsache an und es wurden Schmähungen ohne Ende gegen diesen Lumpen Rougon laut, der einen tapferen Soldaten hungern lasse und solches Gerede endigte gewöhnlich mit einer allgemeinen Verdammung aller Reichen. Um seine Rache zu verschärfen, fuhr Antoine fort, sein Käppi, seine Soldatenhose und dazu die alte, gelbe Jacke zu tragen, obgleich seine Mutter sich anheischig gemacht hatte, ihm anständigere Kleider zu kaufen. Er trug in auffälliger Weise seine Fetzen zur Schau und machte am Sonntag auf der Promenade Sauvaire, wo alle Welt spazieren ging, damit Staat.

Eine seiner liebsten Freuden war, täglich zehnmal an dem Laden Peters vorüberzugehen. Er vergrößerte mit seinen Fingern die Löcher in seiner Jacke, verlangsamte seine Schritte und blieb manchmal laut plaudernd vor der Türe stehen, um länger in der Straße zu bleiben. An solchen Tagen brachte er irgendeinen Saufbruder mit, um jemanden zu haben, mit dem er sich ausreden konnte; er erzählte ihm dann den Diebstahl der fünfzigtausend Franken und begleitete seine Erzählung mit Beschimpfungen und lauten Drohungen, so daß die ganze Straße ihn hörte und seine Scheltworte an die rechte Adresse bis in das Hinterstübchen des Ladens gelangten.

Er wird endlich noch an unserer Türe betteln, sagte Felicité verzweifelt.

Die eitle kleine Frau litt schrecklich unter diesem Ärgernis. Zu jener Zeit geschah es wohl nicht selten, daß sie es bereute, Rougon geheiratet zu haben; die Familie ihres Gatten war gar zu schrecklich. Sie hätte alles in der Welt dafür gegeben, daß Antoine aufhöre, seine Lumpen spazieren zu führen. Allein Peter, den die Aufführung seines Bruders zum Äußersten ergrimmte, litt nicht, daß man auch nur seinen Namen vor ihm ausspreche. Wenn seine Frau ihm zu verstehen gab, daß es vielleicht besser sei, sich seiner zu entledigen, indem man ihm einiges Geld gebe, schrie er wütend:

Nein! Nicht einen Heller! Er mag krepieren!

Indes gab er schließlich selber zu, daß das Verhalten Antoines unerträglich werde. Eines Tages wollte Felicité der Sache ein Ende machen und rief „den Menschen“, wie sie ihn gewöhnlich mit geringschätziger Miene nannte. Dieser Mensch hatte sie soeben, mitten in der Straße stehend, eine Gaunerin genannt; einer seiner Saufbrüder, noch zerlumpter als er, war in seiner Gesellschaft, und beide waren volltrunken.

Komm mal, man ruft uns da hinein, sprach Antoine vergnügt zu seinem Genossen.

Felicité wich zurück und flüsterte:

Mit Ihnen allein wünschen wir zu sprechen.

Bah, erwiderte der junge Mensch, mein Kamerad ist ein guter Kerl, der darf alles hören, er ist mein Zeuge.

Der Zeuge ließ sich schwerfällig auf einem Sessel nieder, behielt die Mütze auf und begann umherzublicken mit dem milden Lächeln der Trunkenbolde und der rohen Menschen, die sich ihrer Frechheit bewußt sind. Felicité schämte sich und stellte sich in die Türe des Ladens, damit man nicht von außen sehen könne, welche seltsame Gesellschaft sie empfange. Glücklicherweise kam ihr Gatte ihr zu Hilfe. Ein heftiger Streit entbrannte zwischen ihm und seinem Bruder. Der letztere, dessen weinschwere Zunge sich in Beschimpfungen verwickelte, wiederholte wohl an die zwanzig Male die nämlichen Beschwerden. Schließlich begann er gar zu flennen, und es fehlte nicht viel, daß auch seinen Kameraden die Rührung übermannt hätte. Peter hatte sich in sehr würdiger Weise verteidigt.

Hören Sie mal, sagte er schließlich, Sie sind im Unglück und ich habe Mitleid mit Ihnen. Obgleich Sie mich schwer beschimpft haben, will ich doch nicht vergessen, daß wir dieselbe Mutter haben. Aber wenn ich Ihnen etwas gebe, so sollen Sie wissen, daß ich es aus Mildherzigkeit tue und nicht aus Furcht. Wollen Sie hundert Franken annehmen, um sich aus der Not zu helfen?

Dieses plötzliche Anerbieten von hundert Franken blendete den Kameraden Antoines. Er schaute den letzteren mit verklärter Miene an, als wollte er sagen: Ja, wenn der Spießbürger hundert Franken hergeben will, hast du weiter keine Dummheiten zu machen. Allein Antoine gedachte die Nachgiebigkeit seines Bruders besser auszunützen. Er fragte, ob jener sich über ihn lustig machen wolle und forderte seinen Anteil: zehntausend Franken.

Du tust nicht recht, du tust nicht recht, stammelte sein Genosse.

Als Peter die Geduld verlor und davon sprach, alle beide auf die Gasse setzen zu wollen, ging Antoine mit seinen Forderungen herab und verlangte mit einem Schlage nur tausend Franken. Über diese Summe stritten sie dann noch eine gute Weile hin und her, bis Felicité sich ins Mittel legte, weil allmählich Leute sich vor dem Laden ansammelten.

Hören Sie, sagte sie lebhaft, mein Mann wird Ihnen zweihundert Franken geben, und ich mache mich überdies anheischig, Ihnen einen neuen Anzug zu kaufen und auf ein ganzes Jahr eine Wohnung zu mieten.

Darüber geriet Rougon in Zorn; doch der Genosse Antoines schrie entzückt:

Abgemacht, mein Freund nimmt es an.

Antoine erklärte in der Tat mit süßsaurer Miene, daß er das Anerbieten annehme. Er mochte wohl fühlen, daß er nicht mehr herauskriege. Es wurde vereinbart, daß man ihm am folgenden Tage das Geld und die Kleider sende und daß er einige Tage später, sobald Felicité für ihn eine geeignete Wohnung gefunden habe, sein eigenes Heim beziehen werde.

Während sie sich zurückzogen, benahm sich der Trunkenbold, der Antoine begleitete, ebenso respektvoll, wie er bei seinem Eintritte frech gewesen. Mehr als zehnmal lüftete er die Mütze vor den Herrschaften in untertäniger und linkischer Haltung und stammelte unverständliche Dankesworte, als ob die Geschenke des Rougonschen Ehepaares für ihn bestimmt seien.

Eine Woche später bezog Antoine eine große Stube im alten Quartier. Da der junge Mensch sich in aller Form verpflichtet hatte, sie künftig in Ruhe zu lassen, war Felicité über ihre Versprechungen hinausgegangen und hatte ein Bett, einen Tisch und mehrere Stühle in seine Stube schaffen lassen.

Adelaide sah ohne Kummer ihren Sohn scheiden; durch den kurzen Aufenthalt, den er bei ihr genommen, war sie für länger als drei Monate zu Wasser und Brot verurteilt gewesen.

Antoine hatte die zweihundert Franken bald aufgezehrt und vertrunken. Keinen Augenblick hatte er daran gedacht, sie in irgendeinem kleinen Handel anzulegen, der ihn ernährt hätte. Als er von neuem ohne Pfennig dastand und da er keinerlei Gewerbe hatte, überdies auch jede Arbeit scheute, wollte er noch einmal aus Rougons Börse schöpfen. Allein die Umstände waren nicht mehr die nämlichen; es gelang ihm nicht, das Ehepaar ins Bockshorn zu jagen. Peter benützte sogar diese Gelegenheit, ihn an die Luft zu setzen, und verbot ihm, sich jemals wieder bei ihm sehen zu lassen. Vergebens kramte Antoine seine Beschwerden weiter aus; in der Stadt kannte man jetzt die Großmut Rougons, für deren Verbreitung Felicité gesorgt hatte; darum gab man Antoine unrecht und behandelte ihn als Taugenichts. Allein ihn bedrängte der Hunger. Er drohte Schmuggler zu werden, wie sein Vater gewesen und irgendeinen schlimmen Streich zu begehen, der die ganze Familie entehren würde. Die Rougons zuckten mit den Achseln; sie wußten, daß er zu feig sei, um seine Haut zu wagen. In dumpfer Wut gegen seine Anverwandten und gegen die ganze Gesellschaft entschloß sich Antoine endlich, Arbeit zu suchen.

In einer Vorstadtschenke hatte er die Bekanntschaft eines Korbflechters gemacht, der zu Hause arbeitete. Diesem bot er seine Hilfe an. In kurzer Zeit hatte er erlernt, Trag- und Handkörbe zu flechten, grobe Arbeiten, die zu wohlfeilen

Preisen leicht Absatz fanden. Bald arbeitete er für eigene Rechnung. Diese wenig ermüdende Arbeit gefiel ihm. Er konnte faulenzen, wann es ihm beliebte und das wollte er hauptsächlich. Er arbeitete, wenn er nicht mehr anders konnte, flocht in der Eile ein Dutzend Körbe und brachte sie auf den Markt. Solange das Geld vorhielt, ging er müßig, lungerte er in den Straßen und Wirtshäusern herum; wenn er einen Tag gehungert hatte, griff er wieder zu seinen Weidenruten, nicht ohne über die Reichen zu schimpfen, die ohne Arbeit leben. In dieser Weise betrieben, ist die Korbflechterei ein sehr undankbares Gewerbe; der Ertrag seiner Arbeit würde nicht hingereicht haben, die Kosten seiner Sauferei zu decken; allein er wußte es so einzurichten, daß er sich die Weidenruten sehr billig verschaffte. Da er sie niemals in Plassans kaufte, gab er vor, daß er sich allmonatlich einmal in einer benachbarten Stadt damit versorge, wo sie billiger zu haben seien. Die Wahrheit war, daß er sich in finsteren Nächten in den Weidengebüschen an der Viorne damit versorgte. Einmal ertappte ihn der Feldheger dabei, und damals ward er mit einigen Tagen Gefängnis bestraft. Seit jenem Augenblicke gebärdete er sich in der Stadt als wütender Republikaner. Er behauptete, er habe am Ufer des Flusses ruhig seine Pfeife geraucht, als der Feldheger ihn festnahm. Und er fügte hinzu:

Sie möchten sich meiner entledigen, weil sie meine Gesinnung kennen; aber ich fürchte nicht die schurkigen Reichen.

Allein nach zehn Jahren solchen Müßiggangs fand Antonie, daß er zuviel arbeite. Sein ewiger Traum war, wie er gut leben könne, ohne etwas zu tun. Seine Trägheit würde sich mit Brot und Wasser nicht begnügen wie bei gewissen Nichtstuern, die sich mit dem Hungerleiden befreunden, wenn sie nur nicht arbeiten müssen. Er wollte seine Tage müßig verleben und feine Mahlzeiten halten. Einen Augenblick sprach er davon, bei irgendeinem Edelmann im Sankt-Markus-Viertel als Diener einzutreten. Allein ein ihm befreundeter Reitknecht verleidete ihm diese Absicht, indem er ihm von den maßlosen Forderungen seiner Gebieter erzählte. Da er seiner Körbe überdrüssig geworden war und den Tag kommen sah, an dem er genötigt sein würde, die Weidenruten zu kaufen, war Macquart entschlossen, sich als Stellvertreter zu verkaufen und sein Soldatenleben wieder aufzunehmen, das ihm tausendmal lieber war als das Arbeiterleben, als er die Bekanntschaft einer Frauensperson machte und infolge dieser Begegnung seine Pläne änderte.

Josefine Gavandau, die man in der Stadt nur mit dem vertraulichen Namen „Fine" nannte, war ein großes, starkes Weib von etwa dreißig Jahren. Ihr breites, männliches Gesicht war am Kinn mit einigen wenigen, aber schrecklich langen Haaren geziert. Man kannte sie als ein Weib, das im Notfalle mit den Fäusten dreinschlug. Ihre breiten Schultern und starken Arme jagten denn auch den Burschen einen heillosen Respekt ein, so daß diese es kaum wagten, sich über ihren Geißbart lustig zu machen. Dabei hatte „Fine“ eine dünne Kinderstimme, hell und klar. Ihre Bekannten behaupteten, daß sie trotz ihres fürchterlichen Aussehens sanftmütig sei wie ein Lamm. Da sie bei der Arbeit sehr tüchtig war, hätte sie einiges Geld erübrigen können, wenn sie nicht eine tief wurzelnde Neigung für geistige Getränke gehabt hätte; den Kümmel liebte sie ganz besonders. Am Sonntag pflegte sie sich dermaßen zu betrinken, daß man genötigt war, sie nach ihrer Wohnung zu schaffen. Die ganze Woche arbeitete sie mit tierischer Unverdrossenheit. Sie übte drei oder vier Gewerbe aus, verkaufte in der Halle Obst oder gesottene Kastanien je nach der Jahreszeit, besorgte bei einigen Rentiers die Hauswirtschaft, ging an Festtagen in die Bürgerhäuser, um das Eßgeschirr zu reinigen; in ihrer freien Zeit flocht sie alte Sessel ein. Besonders als Sesselflechterin war sie in der ganzen Stadt bekannt. In Südfrankreich sind Strohsessel allgemein in Gebrauch; und daher ist der Bedarf an solchen sehr groß.

In der Halle machte Antoine Macquart die Bekanntschaft der Fine. Wenn er im Winter seine Körbe dahin zu Markte brachte, wählte er, um nicht zu frieren, seinen Platz neben dem Ofen, auf dem sie ihre Kastanien briet. Er, den die geringste Arbeit entsetzte, war von Bewunderung erfüllt für ihren Eifer und ihre Arbeitslust. Unter der scheinbaren Rauheit dieses Mannweibes entdeckte er allmählich so manchen Zug von Schüchternheit und Gutmütigkeit. Oft sah er, wie sie ein paar Händevoll Kastanien an die armen Kinder verteilte, die gierig vor ihrem rauchenden Ofen standen. Ein andermal wieder, wenn der Marktinspektor sie herumstieß, weinte sie beinahe und vergaß, daß sie zwei derbe Fäuste habe. Schließlich sagte sich Antoine, dies sei das Weib, dessen er bedürfe. Sie werde für zwei arbeiten und er der Herr im Hause sein. Sie werde sein unermüdliches und gehorsames Lasttier sein. Ihren Geschmack für geistige Getränke fand er sehr natürlich. Nachdem er die Vorteile einer solchen ehelichen Verbindung erwogen hatte, erklärte er seine Absicht. Fine war entzückt. Niemals hatte ein Mann sich an sie herangewagt. Vergebens sagte man ihr, daß Antoine der böseste Halunke sei; sie hatte nicht den Mut, diese Ehe abzuschlagen, nach der ihre robuste Natur sich schon lange sehnte. Am Hochzeitstage bezog er die Wohnung seines Weibes in der Civadière-Straße in der Nähe der Markthalle; sie bestand aus drei Gelassen und war viel bequemer eingerichtet als die seinige. Mit einem Seufzer der Befriedigung streckte sich Antoine auf den zwei weichen Matratzen aus, die sich im Bette befanden.

In den ersten Tagen dieser Ehe ging alles gut. Fine ging wie bisher ihren vielfachen Beschäftigungen nach und Antoine, von einer Art hausväterlicher Eitelkeit erfaßt, die ihn selbst in Staunen versetzte, flocht in einer Woche mehr Körbe, als er früher in einem Monate fertig gebracht hatte. Aber am Sonntag brach der Krieg aus. Es war ein hübsches Stück Geld im Hause, und beide Eheleute taten einen tüchtigen Griff in den Säckel. Des Nachts waren beide volltrunken und prügelten sich, was sie konnten; am folgenden Tage wußten sie nicht mehr, wie der Streit entstanden war. Bis zehn Uhr abends waren sie sehr freundschaftlich miteinander gewesen, dann habe Antoine auf Fine loszuschlagen begonnen, worauf diese ihre sonstige Sanftmut vergaß und seine Maulschellen mit ausgiebigen Püffen vergalt. Am andern Morgen ging sie wieder wacker an die Arbeit, als ob nichts vorgefallen sei. Der Gatte aber hatte einen dumpfen Groll bewahrt, war um zehn Uhr aufgestanden und hatte müßig rauchend den Tag vertrödelt.

Von diesem Augenblicke an befreundete sich das Macquartsche Ehepaar mit dieser Lebensweise. Es war eine stillschweigend ausgemachte Sache, daß das Weib sich rackere, um den Mann zu erhalten. Fine, die aus Instinkt die Arbeit liebte, fand sich darein. Sie war von einer engelhaften Geduld, solange sie nicht trank, fand es ganz natürlich, daß ihr Mann träge sei, und bemühte sich, ihm selbst die kleinsten Verrichtungen zu ersparen. Ihr kleines Laster, der Kümmel, machte sie nicht boshaft, nur gerecht; wenn an einem Abende, wo sie sich bei ihrer Schnapsflasche vergaß, Antoine Streit mit ihr suchte, setzte sie sich tapfer zur Wehr und warf ihm seinen Müßiggang und seine Undankbarkeit vor. Die Nachbarn waren schon daran gewöhnt, in dem Zimmer der Macquartschen Ehegatten von Zeit zu Zeit den Krieg ausbrechen zu sehen. Sie hieben sehr gewissenhaft aufeinander los; das Weib prügelte nach Art einer Mutter, die ihren Rangen züchtigt. Der Gatte aber, falsch und gehässig wie er war, berechnete seine Hiebe und es geschah öfter, daß er die Unglückliche schier zum Krüppel schlug.

Du wirst weit kommen, wenn du mir ein Bein oder eine Hand zerschlägst, pflegte sie ihm zu sagen. Wer wird dich dann ernähren, Taugenichts?

Von diesen stürmischen Szenen abgesehen begann Antonie seine neue Lebensweise erträglich zu finden. Er war gut gekleidet, aß, wenn er Hunger hatte und trank, wenn er Durst hatte. Die Korbflechterei hatte er vollständig aufgegeben; manchmal, wenn er sich allzu sehr langweilte, nahm er sich vor, für den nächsten Markt ein Dutzend Körbe zu flechten, oft aber brachte er den ersten nicht fertig. Er bewahrte unter einem Kanapee ein Bündel Weidenruten, das er in zwanzig Jahren nicht aufbrauchte.

Das Ehepaar Macquart bekam drei Kinder: zwei Töchter und einen Sohn.

Lisa, die Erstgeborene, im Jahre 1827, ein Jahr nach der Heirat zur Welt gekommen, blieb wenig im Hause. Es war ein starkes, schönes Mädchen, gesund, vollblütig, sehr der Mutter gleichend. Aber sie sollte von dieser die Hingebung des Lasttieres nicht erben. Von ihrem Vater hatte sie einen ausgesprochenen Hang nach Wohlleben geerbt. Noch als Kind war sie bereit, einen ganzen Tag zu arbeiten, um einen Kuchen zu bekommen. Sie war noch nicht sieben Jahre alt, als die benachbarte Postverwalterin sie liebgewann. Diese machte aus Lisa eine kleine Hausmagd, und als sie im Jahre 1839 ihren Gatten verlor und nach Paris übersiedelte, nahm sie das Mädchen mit. Die Eltern hatten sie ihr gleichsam für immer überlassen. Die zweite Tochter, Gervaise, die im nächsten Jahre kam, war von Geburt lahm. Im Rausche empfangen, ohne Zweifel in einer jener schmählichen Nächte, wenn die Ehegatten einander halb tot prügelten, hatte sie den rechten Schenkel verrenkt und verkümmert, eine seltsame Vererbung der Brutalitäten, die ihre Mutter in einer Stunde des wütenden Kampfes und der Trunkenheit zu erdulden hatte. Gervaise blieb schwächlich, und Fine, als sie das Kind so bleich und so mager sah, zog es bei Kümmel auf, unter dem Vorwande, daß das Kind Kräfte sammeln müsse. Dabei verkümmerte das arme Wesen noch mehr. Es ward ein hoch aufgeschossenes, schmächtiges Mädchen aus ihr, dem alle Kleider zu weit waren. Auf dem ausgetrockneten, schiefen Rumpfe saß ein reizender Puppenkopf, mit einem runden, blassen Gesichtchen von köstlicher Zartheit. Ihre Gebrechlichkeit gereichte ihr fast zum Vorteil; ihre Taille wiegte sich bei jedem Schritt in einer Art abgemessenen Schaukelns.

Der Sohn der Macquart, Jean mit Namen, ward drei Jahre später geboren. Es war ein starker Bursche, der in nichts an die Magerkeiten seiner Schwester Gervaise erinnerte. Er ähnelte seiner Mutter wie die ältere Tochter, ohne aber ihre leibliche Ähnlichkeit zu haben. Er war in der Familie der Rougon-Macquart der erste, der ein Gesicht mit regelmäßigen Zügen zur Welt brachte und die behäbige Kälte einer ernsten Natur von beschränkter Vernunft hatte. Dieser Bursche wuchs mit dem festen Willen auf, sich eines Tages eine unabhängige Stellung zu schaffen. Er ging fleißig in die Schule und zerbrach sich da den harten Kopf, um etwas Orthographie und Arithmetik hineinzubringen. Dann ging er in die Lehre und erneuerte hier seine Anstrengungen, die um so mehr am Platze waren, als er einen Tag brauchte, um etwas zu erlernen, was andere in einer Stunde sich aneigneten.

Solange die Kinder dem Hause zur Last fielen, murrte Antoine darüber. Es waren unnütze Mäuler, die ihm seinen Teil verkürzten. Er hatte gleich seinem Bruder geschworen, nicht mehr Kinder zu haben, die alles aufessen und ihre Eltern zugrunde richten. Man mußte ihn nur wüten hören, seitdem sie ihrer fünf zu Tische gingen und die Hausmutter die besten Bissen Lisa, Jean und Gervaise gab.

Ganz recht, brummte er; füttere sie nur, bis sie bersten.

Wenn Fine ein Kleidungsstück oder ein Paar Schuhe für eines der Kinder anschaffte, konnte er tagelang zürnen. O, wenn er das gewußt hätte! Nie hätte er dieses Pack gehabt, das ihn nötigte, sich mit Tabak um vier Sous täglich zu bescheiden, und die Familie zwang, viermal die Woche Kartoffelmus zu essen, ein Gericht, das er verabscheute.

Später, als Jean und Gervaise die ersten Fünffrankenstücke ins Haus brachten, fand er, daß es mit den Kindern auch sein Gutes habe. Lisa war schon aus dem Hause. Er ließ sich von seinen zwei Kindern ernähren, die jetzt ohne jeden Skrupel im Hause bleiben durften, wie er sich früher schon von ihrer Mutter hatte ernähren lassen. Es war dies von seiner Seite eine ausgemachte Spekulation. Kaum acht Jahre alt ging Gervaise schon zu einem benachbarten Kaufmanne Mandelkerne aufschlagen. Sie erwarb täglich zehn Sous, die er mit königlicher Würde einsackte, ohne daß Fine auch nur zu fragen wagte, wohin das Geld geraten sei. Später ging das Mädchen zu einer Wäscherin in die Lehre, und als sie schon eine fertige Arbeiterin war und zwei Franken täglich bekam, verschwanden auch die zwei Franken in den Taschen Antoines. Jean, der das Tischlerhandwerk erlernt hatte, wurde an den Zahltagen gleichfalls ausgeplündert, wenn es Macquart gelang, ihn vor der Türe seiner Werkstätte zu erwischen, bevor der Junge das Geld seiner Mutter übergeben hatte. Wenn das Geld ihm entging, was manchmal geschah, war er furchtbar verdrossen. Eine Woche lang sah er Weib und Kinder mit wütenden Blicken an, suchte Händel mit ihnen, hatte aber doch so viel Scham, die Ursache seines Zornes nicht einzugestehen. Am nächsten Zahlungstage legte er sich dann auf die Lauer, und wenn es ihm gelungen war, den Arbeitslohn der Kinder in seine Taschen zu spielen, war er tagelang nicht mehr sichtbar.

Gervaise, das geprügelte Mädchen, das auf der Straße, unter den Burschen der Nachbarschaft aufwuchs, ward mitvierzehn Jahren schwanger. Der Vater des Kindes war noch nicht achtzehn Jahre alt. Es war ein Gerbergehilfe namens Lantier. Macquart geriet in Wut darüber. Als er erfuhr, daß Lantiers Mutter, die eine wackere Frau war, bereit sei, das Kind zu sich zu nehmen, beruhigte er sich wieder. Allein er behielt Gervaise bei sich, die jetzt schon 25 Sous täglich verdiente, und wollte von einer Heirat nichts hören. Vier Jahre später gebar sie einen zweiten Sohn, den die alte Lantier ebenfalls zu sich ins Haus nahm. Diesmal drückte Macquart beide Augen zu; und als Fine schüchtern bemerkte, es sei gut, mit dem Gerber zu reden und das Verhältnis, das schon zu allerlei Gerede Anlaß gebe, in Ordnung zu bringen, erklärte er rundheraus, daß seine Tochter ihn nicht verlassen und daß er sie ihrem Verführer später geben werde, „wenn er ihrer wert sei und die Mittel habe, Mobiliar zu kaufen“.

Diese Zeit war die schönste Antoine Macquarts. Er kleidete sich wie ein Spießbürger, trug Leibröcke und Beinkleider von feinem Tuch. Sorgfältig rasiert und fast dick geworden, war er nicht mehr der hagere und zerlumpte Vagabund, der sich in den Kneipen herumtrieb. Er besuchte die Kaffeehäuser, las die Zeitungen, ging auf der Promenade Sauvaire spazieren. Er spielte jetzt den Herrn, solange er Geld in der Tasche hatte. In den Tagen der Not blieb er zu Hause; er war dann wütend, daß er in seiner Höhle hocken müsse und nicht fortgehen könne, sein Schälchen Kaffee zu trinken. An solchen Tagen schimpfte er auf das ganze Menschengeschlecht wegen seiner Armut; er machte sich krank vor Zorn und Neid, so daß Fine aus Mitleid ihm oft das letzte Silberstück gab, das sie im Hause hatte, nur damit er seinen Abend im Kaffeehause zubringen könne. Der liebe Mann war von einer rücksichtslosen Selbstsucht. Gervaise brachte bis zu sechzig Franken monatlich nach Hause und trug ärmliche Kattunkleidchen, während er sich seidene Westen bei einem der ersten Schneider von Plassans bestellte. Jean, der lange, kräftige Bursche, der drei bis vier Franken täglich verdiente, wurde vielleicht mit noch größerer Schamlosigkeit ausgeplündert. Das Kaffeehaus, wo sein Vater ganze Tage zubrachte, lag just dem Laden seines Dienstgebers gegenüber und während er den Hobel oder die Säge handhabte, konnte er sehen, wie „Herr" Macquart drüben seinen Kaffee zuckerte und eine Partie Piquet mit irgendeinem kleinen Rentier der Stadt spielte. Sein Geld war es, um das der alte Taugenichts spielte. Er selbst ging niemals ins Kaffeehaus; er besaß nicht die fünf Sous, um ein Glas Kümmel zu trinken. Antoine behandelte ihn wie ein Mädchen, ließ ihm keinen Heller in der Tasche und forderte von ihm Rechenschaft über seine Zeit.

Wenn der Unglückliche, von Kameraden verleitet, einen Arbeitstag versäumte, um einen Ausflug zum Ufer der Viorne oder in das Garriguesgebirge zu machen, geriet sein Vater in Zorn, erhob die Hand und grollte ihm lange wegen der vier Franken, die er am Ende des halben Monats weniger nach Hause brachte. So erhielt er seinen Sohn in einem Zustande eigennütziger Abhängigkeit und ging hierin manchmal so weit, daß er die Dirnen, um deren Gunst Jean sich bewarb, als die seinigen betrachtete. In das Macquartsche Haus kamen mehrere Freundinnen der Gervaise, Arbeiterinnen im Alter von sechzehn bis achtzehn Jahren, kecke, übermütige Mädchen, deren Mannbarkeit in herausfordernder Begehrlichkeit sich äußerte und die an manchen Abenden mit ihrem jugendlichen Gelächter und Geplauder die Stube erfüllten. Jedes Vergnügens beraubt, durch den Geldmangel zu Hause festgehalten, betrachtete der arme Jean diese Mädchen mit den gierig funkelnden Augen; allein zur Lebensführung eines Knaben verdammt, war er von einer unüberwindlichenSchüchternheit; er spielte mit den Genossinnen seiner Schwester und wagte kaum, sie mit den Fingerspitzen zu berühren. Macquart zuckte mitleidig mit den Achseln:

Ist das ein Einfaltspinsel! Brummte er mit einer Miene spöttischer Überlegenheit.

Er selbst küßte die Mädchen auf den Nacken, wenn seine Frau den Rücken kehrte. Mit einer kleinen Wäscherin, die Jean eifriger verfolgte als die anderen, trieb er es noch schlimmer. Er holte sie sich eines Abends fast aus den Armen seines Sohnes. Der alte Halunke gönnte sich noch galante Abenteuer.

Es gibt Männer, die von einer Geliebten leben. So lebte Macquart von seiner Frau und seinen Kindern, mit ebensovieler Schmach und Unverschämtheit. Ohne das geringste Bedenken plünderte er das Haus und ging fort, um zu schwelgen, wenn im Hause nichts zu holen war. Und dabei bekundete er noch ein gewisses überlegenes Benehmen; er kam aus dem Kaffeehaus nur heim, um das Elend, das zu Hause seiner harrte, bitter zu verhöhnen. Er fand das Essen abscheulich; er erklärte, Gervaise sei eine dumme Gans und Jean werde niemals ein Mann sein. Im Besitze seiner selbstsüchtigen häuslichen Gewalt rieb er sich zufrieden die Hände, wenn er die besten Bissen verzehrt hatte; dann rauchte er seine Pfeife, mit kurzen Zügen den Rauch hervorstoßend, während die zwei armen Kinder, von der Müdigkeit übermannt, auf dem Tische einschliefen. So flossen in müßiger Zufriedenheit seine Tage dahin. Er fand es ganz natürlich, daß man ihn aushalte, wie eine Dirne, damit er auf den Sitzbänken der Kneipen herumlungern oder auf der Promenade Sauvaire lustwandeln könne. Er ging endlich so weit, seine galanten Streiche in Gegenwart seines Sohnes zu erzählen, der mit den verlangenden Augen eines Hungrigen ihn anschaute. Die Kinder sagten nichts, denn sie waren daran gewöhnt, ihre Mutter als die untertänige Magd ihres Gatten zu sehen. Fine, das Weib mit den derben Fäusten, das ihm über war, wenn beide betrunken waren, zitterte vor ihm, wenn sie bei Sinnen war und ließ ihn als unumschränkten Herrscher im Hause schalten und walten. Er stahl ihr zu nachtschlafender Zeit die paar Groschen, die sie tagsüber auf dem Markte erworben hatte, und sie wagte dagegen nur schüchterne Bemerkungen vorzubringen. Manchmal, wenn er im voraus den Wochenerwerb aufgezehrt hatte, beschuldigte er das unglückliche Weib, das sich mit der Arbeit schier aufrieb, daß sie ein Taugenichts, ein unbeholfenes Geschöpf sei. Sanft wie ein Lamm erwiderte Fine mit einer unterwürfigen Stimme, die, aus diesem großen Körper kommend, einen seltsamen Eindruck machte, daß sie nicht mehr zwanzig Jahre alt und das Geld gar zu schwer zu erwerben sei. Um sich zu trösten, kaufte sie einen Liter Kümmel und trank den Schnaps gläschenweise in Gesellschaft ihrer Tochter, während Antoine ins Kaffeehaus zurückkehrte. Das war ihr Vergnügen. Jean ging zu Bett; die beiden Frauen blieben bei Tische und tranken und spitzten die Ohren, um bei dem geringsten Geräusch Flaschen und Gläser verschwinden zu lassen. Wenn Macquart länger ausblieb, geschah es wohl, daß sie sich allmählich betranken, ohne es zu merken. Mit blödem Lächeln schauten sich dann Mutter und Tochter an; die Zungen wurden schwer und vermochten nur mehr zu lallen. Gervaisens Wangen färbten sich rot; ihr kleines, rotes Puppengesicht zerfloß in einer Miene blöden Behagens; man konnte sich keinen ergreifenderen Anblick denken als dieses schwächliche, bleiche, von Trunkenheit glühende Kind mit dem Säuferlächeln auf den feuchten Lippen. Fine saß schwer und träge auf ihrem Sessel. Zuweilen vergaßen sie aufzupassen, oder hatten nicht mehr die Kraft, die Flasche und die Gläser wegzuräumen, wenn sie die Schritte Antoines im Treppenhause hörten. An solchen Tagen gab es bei Macquarts Keile. Jean mußte aufstehen, um Vater und Mutter zu trennen und seine Schwester zu Bett zu bringen, die sonst auf den Fliesen des Fußbodens geschlafen hätte.

Jede Partei hat auch ihre schlechten und ungebildeten Anhänger. Von Neid und Haß verzehrt, Rache gegen die ganze Gesellschaft brütend, sah Antoine Macquart in der Republik eine neue, glückverheißende Zeit, in der es endlich gestattet sei, seine Taschen aus der Kasse des Nachbars zu füllen, ja selbst diesen zu erwürgen, wenn er darüber im mindesten mißvergnügt wäre. Sein Kaffeehausleben, die Zeitungen, die er las, ohne sie zu verstehen, hatten aus ihm einen schrecklichen Schwätzer gemacht, der in der Politik die seltsamsten Ansichten von der Welt bekundete. Man muß in der Provinz, in einer Kneipe, einen dieser neiderfüllten Gesellen, die das Gelesene halb verdaut haben, reden hören, um sich vorzustellen, bis zu welchem Grade boshafter Torheit Macquart gelangt war. Da er viel sprach, beim Militär gedient hatte und für einen energischen Mann galt, hatte er unter den Einfältigen eine große Zuhörerschaft. Ohne gerade ein Parteiführer zu sein, hatte er doch eine kleine Gruppe von Arbeitern um sich zu scharen gewußt, die seine neidvollen Wutausbrüche für rechtschaffene, überzeugungstreue Entrüstung nahmen.

Seit dem Monate Februar galt es als eine ausgemachte Sache, daß die Stadt Plassans ihm gehörte; die verschmitzte Art, in der er, wenn er durch die Straßen ging, die kleinen Krämer anblickte, die furchtsam auf der Schwelle ihres Ladens standen, besagte ganz deutlich: Unsere Zeit ist gekommen, meine Lämmlein; wir werden euch famos zum Tanze aufspielen! Er trug eine unglaubliche Frechheit zur Schau, spielte die Rolle eines Eroberers und Despoten in dem Maße, daß er aufhörte seine Erfrischungen im Kaffeehause zu bezahlen, und der Patron, ein Trottel, der vor dem Augenrollen Antoines erzitterte, wagte niemals, ihm die Rechnung vorzulegen. Er trank zu jener Zeit unzählige „Schwarze“; zuweilen lud er sich Freunde dazu ein, und man hörte ihn stundenlang schreien, daß das Volk

Hungers sterbe und daß die Reichen mit den Armen teilen müßten. Er selbst aber gab den Armen niemals einen Heller.

Was aus ihm einen wütenden Republikaner machte, war ganz besonders die Hoffnung, sich endlich an den Rougons zu rächen, die sich offen als Anhänger der Reaktion bekannten. Ach, welcher Triumph, wenn er eines Tages Peter und Felicité in seiner Gewalt hat! Obgleich die letzteren ziemlich schlechte Geschäfte machten, waren sie doch Bürgersleute geworden, während er, Macquart, ein Arbeiter geblieben war. Dies erbitterte ihn. Noch verdrießlicher war, daß von ihren Söhnen einer Advokat, der zweite Arzt, der dritte Beamter war, während sein Jean bei einem Tischler und seine Gervaise bei einer Wäscherin arbeitete. Wenn er vollends die Macquart mit den Rougon verglich, empfand er eine tiefe Schmach darob, daß sein Weib in der Markthalle gebratene Kastanien feilbot und des Abends die alten, schmierigen Strohsessel des Stadtviertels einflocht. Und doch war Peter sein Bruder und hatte nicht mehr Recht als er, von seinen Renten fein zu leben. Überdies hatte er ihm das Geld gestohlen, mit dem er heute den Herrn spielte. Wenn er diesen Gegenstand berührte, geriet sein ganzes Wesen in Aufruhr; stundenlang schimpfte er, brachte immer wieder seine bis zum Überdruß gehörten Beschuldigungen vor, ward nie müde zu sagen:

Wenn mein Bruder dort wäre, wo er zu sein verdient, dann wäre ich heute ein Rentenbesitzer.

Wenn man ihn fragte, wo denn sein Bruder sein müßte, schrie er mit furchtbarer Stimme:

Auf der Galeere!

Sein Haß steigerte sich noch, als die Rougon die Konservativen um sich scharten und einen gewissen Einfluß in Plassans gewannen. In diesem unsinnigen Kaffeehausgeschwätz ward der gelbe Salon eine Räuberhöhle, eine Vereinigung von Missetätern, die allabendlich auf ihre Dolche schworen, das Volk zu erwürgen. Um die Hungrigen gegen Peter aufzuhetzen, ging er so weit, das Gerücht zu verbreiten, daß der alte Ölhändler nicht so arm sei, wie er glauben machen möchte, und daß er aus Geiz und aus Furcht vor Dieben seine Schätze verberge. Seine Taktik ging dahin, die armen Leute durch ungeheuerliche Geschichten aufzustacheln, an die schließlich er selbst glaubte. Seine persönlichen Rachegelüste verbarg er ziemlich schlecht unter einer Hülle des lautersten Patriotismus; aber er vervielfältigte sich dermaßen, er hatte eine so volltönende Stimme, daß niemand gewagt hätte, an seinen Überzeugungen zu zweifeln.

Im Grunde hatten alle Mitglieder dieser Familie dieselben brutalen Begierden. Felicité, die begriff, daß die überschwenglichen politischen Meinungen Macquarts nichts weiter seien, als verhaltener Groll und alter Neid, hätte ihn erkaufen mögen, um ihn still zu machen. Unglücklicherweise fehlte es ihr an Geld und sie wagte nicht, ihn für das gefährliche Spiel zu interessieren, das ihr Mann spielte. Bei den Rentiers der Neustadt schadete ihnen Antoine sehr. Daß er ihr Verwandter war, genügte an sich schon. Granoux und Roudier warfen ihnen unter fortwährender Geringschätzung vor, einen solchen Menschen in der Familie zu haben. Und darum fragte sich auch Felicité besorgt, wie sie es anfangen müßten, um sich dieses Makels zu entledigen.

Es schien ihr ungeheuerlich und unanständig, daß Rougon – später– einen Bruder haben sollte, dessen Weib Kastanien feilbot und der selbst in lotterhaftem Müßiggange dahin lebte. Schließlich begann ihr um den Erfolg ihrer geheimen Machenschaften bange zu werden, den Antoine gleichsam zu seinem Vergnügen verscherzte; wenn man ihr die Brandreden hinterbrachte, die dieser Mensch an öffentlichen Orten gegen den gelben Salon führte, erbebte sie bei dem Gedanken, daß er imstande war, ihre Hoffnungen durch das Ärgernis zunichte zu machen.

Antoine war sich dessen bewußt, wie sehr sein Betragen den Rougon mißliebig sein mußte und nur um sie zur Verzweiflung zu treiben, bekundete er von Tag zu Tag wildere Gesinnungen. Im Kaffeehause nannte er Peter „mein Bruder" mit einer Stimme, daß alle Gäste sich umwandten; wenn er in der Straße einem der reaktionären Anhänger des gelben Salons begegnete, brummte er halblaute Beschuldigungen vor sich hin, die der würdige Spießbürger, durch so viel Kühnheit verwirrt, des Abends den Rougon wiederholte, die er für diese unangenehme Begegnung gleichsam verantwortlich machte.

Eines Tages traf Granoux wütend im gelben Salon ein.

Es ist wirklich unerträglich! Rief er schon auf der Schwelle; man wird auf Schritt und Tritt beschimpft.

Und zu Peter gewandt, fügte er hinzu:

Mein Herr, wenn man einen Bruder hat wie den Ihrigen, dann befreit man die Gesellschaft von ihm. Ich ging ganz friedlich über den Platz vor der Unterpräfektur, als dieser Elende, an mir vorbeigehend, einige Worte brummte, worunter ich ganz deutlich die Beschimpfung „alter Schuft!" vernahm.

Felicité erbleichte und glaubte Granoux hierfür um Entschuldigung bitten zu müssen; allein der gute Mann wollte nichts hören und erklärte, er werde nach Hause gehen. Der Marquis beeilte sich, die Sache beizulegen.

Es ist sehr erstaunlich, sagte er, daß dieser Unglücksmensch Sie einen „alten Schuft!“ genannt hat. Sind Sie auch sicher, daß dieser Schimpf Ihnen galt?

Granoux wurde ganz perplex; er gab zu, daß Antoine vielleicht gesagt hatte: „Du gehst noch immer zu diesem alten Schuft?“

Herr von Carnavant streichelte sich das Kinn, um das Lächeln zu maskieren, das sich ihm unwillkürlich auf die Lippen drängte.

Da sagte Rougon mit dem ruhigsten, schönsten Gleichmute:

Ich vermutete sogleich, daß ich dieser alte Schuft sei. Es freut mich, daß das Mißverständnis aufgeklärt wurde, und bitte Sie, meine Herren, gehen Sie diesem Menschen aus dem Wege, den ich hiermit in aller Form verleugne.

Allein Felicité nahm die Dinge nicht so kühl; bei jedem Skandal des Macquart ward sie krank; ganze Nächte hindurch quälte sie sich mit der Frage, was die Herren wohl denken mögen.

Einige Monate vor dem Staatsstreiche erhielten die Rougon einen anonymen Brief, drei Seiten voll unflätiger Schmähungen. Unter anderem drohte man ihnen für den Fall, daß ihre Partei triumphieren sollte, in einer Zeitung die skandalöse Geschichte der ehemaligen Liebschaften Adelaides zu erzählen, und den Diebstahl, durch den Peter seiner Mutter fünfzigtausend Franken abgenommen hatte, indem er das durch die Ausschweifungen halb irrsinnig gewordene Weib einen Empfangschein unterzeichnen ließ. Dieser Brief wirkte auf Rougon selbst wie ein Keulenschlag. Felicité konnte sich nicht enthalten, ihrem Manne seine schmutzige und schmähliche Familie vorzuwerfen; denn die Ehegatten zweifelten keinen Augenblick daran, daß dieser Brief das Werk Antoines sei.

Wir müssen uns dieses Halunken um jeden Preis entledigen, sagte Peter ernst; er ist uns gar zu lästig.

Indes nahm Macquart seine alte Handlungsweise wieder auf und suchte in der eigenen Familie Genossen gegen die Rougon. Anfänglich hatte er auf Aristides gezählt, als er dessen Brandartikel im „Unabhängigen“ las. Allein, wenn gleich geblendet durch seinen grimmigen Neid, war der junge Mensch doch nicht so töricht, mit einem Menschen vom Schlage seines Oheims gemeinsame Sache zu machen. Er nahm sich nicht einmal die Mühe, ihn zu schonen, und hielt sich ihn vom Leibe, weshalb Antoine ihn als einen Verdächtigen behandelte. In den Kneipen, wo Macquart das große Wort führte, ging man so weit, zu behaupten, daß der Journalist ein Lockspitzel sei. Von dieser Seite abgewiesen, blieb Macquart nichts anderes übrig, als bei den Kindern seiner Schwester Ursula auf den Busch zu klopfen.

Ursula war im Jahre 1839 gestorben und hatte so die traurige Prophezeiung ihres Bruders zur Wahrheit gemacht. Das Nervenleiden ihrer Mutter war bei ihr zu einer schleichenden Lungenkrankheit geworden, die sie allmählich aufzehrte. Sie ließ drei Kinder zurück: eine Tochter von achtzehn Jahren, namens Helene, die mit einem Beamten verheiratet war, und zwei Söhne, den Ältesten, namens Franz, einen jungen Mann von dreiundzwanzig Jahren, und Silvère, den Jüngsten, ein Bürschchen von kaum sechs Jahren. Für Mouret war der Tod seiner Frau, die er sehr liebte, ein Donnerschlag. Er schleppte sich untätig ein Jahr dahin, vernachlässigte sein Geschäft und zehrte seine Ersparnisse auf. Eines Morgens aber fand man ihn erhenkt in einer Kammer, wo Ursulas Kleider hingen. Sein ältester Sohn, dem er eine gute kaufmännische Erziehung hatte geben lassen, trat als Kommis in das Geschäft seines Onkels Rougon ein, wo er Aristides ersetzte, der eben das Haus verlassen hatte.

Trotz seines tiefen Hasses für die Macquart nahm Rougon seinen Neffen gut auf, weil er wußte, daß er arbeitsam und nüchtern sei. Er fühlte das Bedürfnis nach einem ergebenen Gehilfen, der ihm beistehe, seine Geschäfte wieder in Schwung zu bringen. Überdies hatte er, weil es den Mouret gut gegangen war, eine hohe Wertschätzung für dieses Ehepaar gefaßt, das Geld zu erwerben verstand, und sich mit seiner Schwester sehr schnell ausgesöhnt. Vielleicht auch wollte er, indem er Franz ins Haus nahm, diesem eine Entschädigung bieten; er hatte die Mutter beraubt, er ersparte sich Gewissensbisse, indem er dem Sohne Arbeit gab. Die Gauner legen sich manchmal die Rechtschaffenheit in dieser Weise zurecht. In Wirklichkeit war es für ihn ein gutes Geschäft. Er fand in seinem Neffen den Gehilfen, den er gesucht hatte. Wenn zu jener Zeit das Haus Rougon nicht reich ward, so war es wahrlich nicht die Schuld dieses stillen und ängstlichen Jünglings, der dazu geschaffen schien, sein Leben hinter dem Ladenpulte eines Gewürzkrämers zu verbringen, zwischen einem Ölfaß und einem Stoß geräucherter Schellfische. Leiblich seiner Mutter gleichend, hatte er von seinem Vater den schlichten, beschränkten Sinn; er liebte unwillkürlich das geregelte Leben, die sichere Berechnung des Kleinhandels. Seinem Entschädigungssystem getreu gab ihm Peter drei Monate nach seinem Entritt ins Geschäft seine jüngere Tochter Martha zur Frau, die er nicht anders loszuwerden wußte. Die beiden jungen Leute hatten einander gleich in den ersten Tagen liebgewonnen. Ein seltsamer Umstand war für ihre Liebe entscheidend: sie sahen einander zum Erstaunen ähnlich; man glaubte Bruder und Schwester zu sehen. Durch Ursula hatte Franz das Gesicht der Großmutter. Seltsamer war die Ähnlichkeit bei Martha; auch sie war das vollkommene Ebenbild Adelaidens, obgleich Peter keinen bestimmten Zug von seiner Mutter hatte. Die leibliche Ähnlichkeit hatte hier Peter übersprungen, um bei seiner Tochter nur um so kräftiger zum Vorschein zu kommen. Die Verwandtschaft der jungen Ehegatten prägte sich übrigens nur im Gesichte aus; fand man in Franz den würdigen Sohn des Hutmachers Mouret wieder, einen ordnungsliebenden, etwas schwerfälligen Burschen, so hatte Martha ganz die Scheu und innere Haltlosigkeit ihrer Großmutter, deren genaues und seltsames Ebenbild sie war. Vielleicht war es ihre physische Ähnlichkeit und ihre moralische Verschiedenheit, was sie einander in die Arme trieb. In den Jahren 1840-44 hatten sie drei Kinder. Franz blieb bei seinem Oheim bis zu dem Tage, wo dieser sich zurückzog. Peter wollte ihm sein Geschäft überlassen; allein der junge Mann wußte, was er von den Aussichten des Handels in Plassans zu halten habe; er lehnte das Anerbieten ab und ging mit seinen Ersparnissen nach Marseille, um sich da niederzulassen.

Macquart mußte bald darauf verzichten, in seinen Kampf gegen die Rougon diesen fleißigen Burschen hineinzuziehen, den er in seinem Müßiggängerunmute einen Geizigen und Duckmäuser nannte. Doch glaubte er den gesuchten Mitschuldigen in dem zweiten Mouret, dem fünfzehnjährigen Knaben Silvère, entdeckt zu haben. Als man den Hutmacher Mouret zwischen den Röcken seiner Frau erhenkt fand, ging der kleine Silvère noch nicht zur Schule. Sein älterer Bruder wußte nichts mit ihm anzufangen und nahm ihn zu seinem Oheim mit. Dieser verzog das Gesicht, als er das Kind ankommen sah; er wollte die Entschädigung keineswegs so weit treiben, einen unnützen Mund zu nähren. Silvère, den auch Felicité als eine Last ansah, wuchs so unter Jammer und Tränen auf wie ein unglücklicher Verlassener, bis seine Großmutter, gelegentlich eines ihrer seltenen Besuche bei den Rougon, sich des Kindes erbarmte und es mitnahm. Peter war darob entzückt; er ließ das Kind ziehen, ohne daran zu denken, die geringe Summe zu erhöhen, die er der Witwe zahlte und die fürder für zwei ausreichen sollte.

Adelaide war damals nahezu fünfundsiebzig Jahre alt. In klösterlicher Einsamkeit alt geworden, war sie längst nicht mehr das magere, feurige Frauenzimmer, das sich einst dem Wilderer Macquart an den Hals geworfen hatte. Sie war steif und starr geworden in ihrer Hütte im Saint-Mittre-Gäßchen, in diesem stillen, düsteren Loche, wo sie völlig einsam lebte, um es kaum einmal im Monat zu verlassen, und wo sie mit Kartoffeln und trockenem Gemüse sich nährte. Wenn man sie vorübergehen sah, glaubte man eine alte Nonne mit ihrer wächsernen Weiße und ihrem gleichmäßigen Gange zu sehen, die in ihrem Klosterleben alles Interesse für die Welt verloren hat. Ihr blasses Antlitz, stets kunstgerecht eingerahmt von einer weißen Haube, war wie das Gesicht einer Sterbenden, eine friedliche, unbestimmte Maske von äußerstem Gleichmute. Die lange Gewohnheit des Stillschweigens hatte sie stumm gemacht; das Dunkel ihrer Behausung, das fortwährende Betrachten der nämlichen Gegenstände hatten ihre Blicke getrübt und ihren Augen die Klarheit einer Quelle verliehen.

Es war ein vollständiger Verzicht, ein langsames geistiges und leibliches Absterben, das aus dem haltlosen, liebegierigen Weibe allmählich eine ernste Matrone machte. Wenn diese Augen starr ins Leere schauten, konnte man durch diese hellen, tiefen Löcher die große, innere Leere sehen. Nichts war übrig geblieben von der ehemaligen sinnlichen Glut als eine Verweichlichung des Fleisches, ein greisenhaftes Zittern der Hände. Sie hatte mit der Wildheit einer Wölfin geliebt und von ihrem armen, abgenützten, in Auflösung begriffenen Wesen, das reif war für die Bahre, strömte der widerliche Geruch dürren Laubes aus. Es war eine seltsame Arbeit der Nerven, der unbändigen Gelüste, die in einer gebieterischen und widerwilligen Keuschheit sich selbst aufzehrten. Ihre Liebesbegierden hatten nach dem Tode Macquarts, dieses für ihr Leben so notwendigen Mannes, in ihr fortgelodert und sie verzehrt wie eine Nonne, die in ihrem Kloster dahinlebt, ohne einen Augenblick daran zu denken, diese Begierden zu befriedigen. Ein Leben der Schmach würde sie vielleicht weniger erschöpft, weniger verblödet haben als dieses Lechzen, das sich schließlich durch die langsame, stete Zerstörung ihres Organismus rächte.

Diese Tote, diese blasse Greisin, die keinen Tropfen Blut mehr zu haben schien, hatte zuweilen Nervenanfälle gleich elektrischen Strömen, die sie durchfuhren und ihr auf eine Stunde ein Leben schrecklicher Aufrüttelung brachten.

Sie blieb dann starr, mit offenen Augen auf dem Bette liegen; ein Schluchzen und Aufstoßen erfaßte und erschütterte sie; sie hatte die furchtbare Kraft der hysterischen Irren, die man anbinden muß, damit sie sich nicht an der Wand den Kopf einrennen. Dieser Rückfall in die ehemaligen Begierden, diese plötzlichen Anfälle schüttelten ihren armen, siechen Leib zum Erbarmen. Es war, als ob ihre ganze von heißer Leidenschaft durchglühte Jugend durch die Kälte dieser Sechzigjährigen durchbrechen würde. Wenn sie sich dann ganz betäubt von ihrem Lager wieder erhob, schwankte sie und schien so scheu und verstört, daß die Nachbarinnen sagten: Die alte Närrin hat wieder getrunken.

Das kindliche Lächeln des kleinen Silvère war für sie ein letzter blasser Strahl, der ihre erstarrten Glieder ein wenig erwärmte. Sie hatte das Kind verlangt, weil sie ihrer Einsamkeit überdrüssig war und der Gedanke sie entsetzte, daß sie einsam in einem ihrer Anfälle sterben könne. Dieser Knabe in ihrer Nähe schien ihr ein Schutz gegen den Tod. Ohne aus ihrem Stumpfsinn zu erwachen, ohne in ihren automatischen Bewegungen geschmeidiger zu werden, faßte sie eine unaussprechliche Zuneigung für das Kind. Stumm und steif sah sie stundenlang seinen Spielen zu, mit Entzücken den Lärm hörend, mit dem er die alte Hütte erfüllte, seitdem er auf einem Besenstiel kreuz und quer herumritt, sich an den Türen stoßend, bald weinend, bald lachend. Er führte Adelaide wieder auf die Erde zurück; sie beschäftigte sich mit ihm in drolliger Unbeholfenheit; sie, die in ihrer Jugend vergessen hatte, Mutter zu sein, um nur Geliebte zu sein, fühlte jetzt die himmlischen Freuden einer jungen Mutter, wenn sie ihn wusch, ankleidete, wenn sie über seine schwächliche Gesundheit wachte. Es war ein letztes Wiedererwachen der Liebe, eine letzte, gemilderte Leidenschaft, die der Himmel diesem vom Bedürfnis zur Liebe verheerten Weibe schenkte. Es war das ergreifende Absterben eines Herzens, das in den überschäumendsten Begierden gelebt hatte und in der Liebe zu einem Kinde endete.

Sie war schon zu siech, um die gesprächige Zärtlichkeit der guten, behäbigen Großmütter zu besitzen; sie liebte das verwaiste Kind heimlich mit der Schamhaftigkeit eines jungen Mädchens, ohne Liebkosungen für Silvère zu finden. Zuweilen setzte sie ihn auf ihre Knie und betrachtete ihn lange mit ihren blassen Augen. Wenn der Kleine, erschreckt durch dieses bleiche, stumme Gesicht, zu schluchzen begann, schien sie ganz verwirrt über das, was sie getan hatte und setzte ihn schnell zu Boden, ohne ihn zu küssen. Vielleicht fand sie bei ihm eine entfernte Ähnlichkeit mit dem Wilderer Macquart.

Silvère wuchs in einem ewigen Alleinsein mit Adelaide heran. In kindlicher Verzärtelung nannte er sie Tante Dide und dieser Name blieb der Alten; der Name Tante in dieser Anwendung bedeutet in der Provence eine Schmeichelei. Das Kind empfand für seine Großmutter eine seltsame Zärtlichkeit, gemengt mit einer respektvollen Furcht. Wenn sie, als er noch klein war, einen ihrer Nervenanfälle bekam, lief er weinend davon, entsetzt durch die Verzerrung ihres Gesichtes; wenn der Anfall vorüber war, kam er scheu wieder zurück, jeden Augenblick bereit, wieder zu entfliehen, als ob die Alte imstande gewesen wäre, ihn zu prügeln. Als er zwölf Jahre zählte, blieb er mutig da und wachte, daß sie nicht vom Bette falle und sich beschädige. Stundenlang hielt er sie fest in seinen Armen, um die Zuckungen zu mildern, in denen ihre Glieder sich krümmten. Während der ruhigen Pausen betrachtete er mitleidsvoll ihr verstörtes Gesicht, ihren mageren Körper, an dem die Röcke gleich einem Leichentuche klebten. Diese allmonatlich wiederkehrenden Anfälle, diese leichenstarre Greisin und dieses Kind, das sich über sie neigte, still lauschend, ob das Leben wiederkehrt: sie nahmen im Dunkel dieser Hütte einen seltsamen Charakter düsteren Schreckens und tief bewegter

Güte an. Wenn Tante Dide das Bewußtsein wiedererlangte, erhob sie sich mühselig, band ihre Röcke fest und begann wieder durch das Haus zu schwanken, ohne eine Frage an das Kind zu richten. Sie erinnerte sich an nichts, und das Kind vermied in instinktiver Klugheit selbst die geringste Anspielung auf die soeben stattgehabte Szene. Besonders diese immer wiederkehrenden Anfälle ließen in dem Enkelkinde eine tiefe Anhänglichkeit für die Großmutter entstehen. Allein gleichwie sie ihn ohne geschwätzige Zutunlichkeit liebte, empfand er für sie eine geheime, schier verschämte Zärtlichkeit. Obgleich er Dankbarkeit für sie hegte, weil sie ihn aufgenommen und erzogen hatte, fuhr er dennoch fort, in ihr ein ungewöhnliches Wesen zu sehen, eine Beute unbekannter Übel, die man beklagen und ehren mußte. Es war gewiß in Adelaide nicht mehr genug des Menschlichen, sie war zu weiß und zu steif, als daß Silvère es gewagt hätte, sich ihr an den Hals zu hängen. So lebten sie in einer düsteren Stille dahin, in der sie gleichsam das Beben einer ewigen Liebe vernahmen.

Die ernst und schwermütig stimmende Luft, die er seit seiner Kindheit einatmete, zeitigte in Silvère eine starke Seele, die jede Begeisterung in sich verschloß. Aus ihm ward ein ernster, überlegender Bursche, der mit einer Art Eigensinn den Unterricht besuchte. Er lernte in der Klosterschule nur ein wenig Rechtschreibung und Rechnen. Mit zwölf Jahren mußte er die Schule verlassen, um in die Lehre zu gehen. Die ersten Elemente des Unterrichtes fehlten ihm daher; dies hinderte ihn aber nicht, alle zerrissenen Bücher zu lesen, die ihm in die Hände fielen, und sich so eine eigentümliche Sprache anzugewöhnen. Er kannte Einzelheiten über eine Menge von Dingen, aber unvollständige, schlecht verdaute Einzelheiten, die er in seinem Schädel niemals klar zu verteilen wußte. Als er noch klein war, spielte er oft bei dem Stellmacher, Meister Vian, einem wackern Manne, dessen Werkstätte sich am Eingange des Sackgäßchens befand dem Saint-Mittre-Felde gegenüber, wo der Wagner sein Holz ablagerte. Er erkletterte die Räder der Karren, die man zur Ausbesserung hierher gebracht hatte; er schleppte die schweren Werkzeuge herum, die seine kleinen Hände kaum zu tragen vermochten; zu seinem größten Vergnügen gehörte es, den Arbeitern zu helfen, indem er ein Stück Holz hielt oder ihnen einen Reif herbeischleppte, dessen sie bedurften. Als er größer geworden war, trat er natürlich bei Vian in die Lehre, der eine Zuneigung zu dem Bürschchen gefaßt hatte, das ihn immerwährend zwischen den Beinen herumlief, und der ihn von Adelaide zur Lehre verlangte, ohne dafür ein Entgelt anzunehmen. Silvère folgte willig dem Rufe; er sah den Augenblick voraus, wo er der armen Tante Dide wiedererstatten werde, was sie für ihn ausgegeben hatte. Binnen kurzer Zeit ward er ein vorzüglicher Arbeiter. Doch sein Ehrgeiz strebte höher. Als er eines Tages bei einem Wagner in Plassans eine schöne, neue, glänzend lackierte Kalesche sah, sagte er sich, daß er eines Tages ähnliche Kaleschen bauen werde. Diese Kalesche behielt er in der Erinnerung wie einen seltenen, einzigartigen Kunstgegenstand, wie ein Ideal, welches sein Arbeiterehrgeiz erstrebte. Die Karren, an denen er bei Vian arbeitete, an die er sein Herz gehängt hatte, schienen ihm jetzt seiner Gunst unwürdig. Er begann die Zeichenschule zu besuchen, wo er sich einem jungen Menschen anschloß, der der Schule entsprungen war und ihm ein altes Handbuch der Geometrie lieh. Da vertiefte er sich ohne Führer in dieses Studium, zerbrach sich wochenlang den Kopf, um die einfachsten Dinge von der Welt zu begreifen. So ward er einer jener halbgebildeten Arbeiter, die kaum ihren Namen zu unterschreiben wissen und von der Algebra sprechen wie von einer ihnen bekannten Person. Nichts vermag einen Verstand dermaßen aus den Fugen zu bringen als eine so gewaltsame, auf keiner soliden Grundlage ruhende Bildung. In den meisten Fällen geben diese Brosamen des Wissens eine falsche Vorstellung von den hohen Wahrheiten und machen aus den Armen im Geiste unerträgliche Dickschädel. Bei Silvère steigerten diese Trümmer zusammengerafften Wissens nur die edlen Gesinnungen. Er war sich dessen bewußt, welche Gesichtskreise ihm verschlossen waren, machte sich eine ehrfurchtsvolle Vorstellung von den Dingen, an die hinanzureichen ihm versagt war und lebte in einem tiefen und gläubigen Kultus der großen Gedanken und großen Worte, nach denen er strebte, ohne sie jemals zu begreifen. Er war ein begeisterter Unschuldiger, der auf der Schwelle des Tempels blieb, vor den Kerzen kniend, die er aus der Ferne für Sternlein hielt.

Adelaidens Hütte im Saint-Mittre-Gäßchen bestand zunächst aus einer großen Stube, in die man unmittelbar von der Straße gelangte. Dieser mit Quadern gepflasterte Raum diente als Küche und Eßzimmer zugleich und war ausgestattet mit einigen Strohsesseln, einem Tische, dessen Platte quer auf einem Bocke lag, und einem alten, großen Koffer, den Adelaide in ein Sofa umgestaltet hatte, indem sie ein altes Stück Wollstoff darüber breitete. In einem Winkel links vom Ofen war ein Muttergottesbild aus Gips angebracht, umgeben von Kunstblumen, die Schutzpatronin, die bei den sonst nicht übermäßig frommen alten Provençalinen niemals fehlt. Ein Gang führte von diesem Zimmer nach dem kleinen Hofe, der hinter dem Hause lag, und in dem sich ein Brunnen befand. Links von dem Gange lag die Schlafkammer der Tante Dide, ein schmales Gelaß, wo sich nichts als ein eisernes Bett und ein Sessel befand. Rechts in einem noch engeren Räume, wo knapp für ein Gurtbett Platz war, schlief Silvère, der ein ganzes Brettergerüst, das bis an die Decke reichte, ersonnen hatte, um seine teueren Bücher behalten zu dürfen, die er um seine Sparpfennige bei einem benachbarten Trödler erstanden hatte. Nachts, wenn er las, hängte er seine Lampe an einen Nagel, den er zu Häupten seines Bettes eingeschlagen hatte. Ward die Großmutter von einem Anfall ereilt, so war er mit einem Sprung bei ihr.

Der junge Mann lebte, wie er als Kind gelebt hatte. Dieser verlorene Winkel umschloß sein ganzes Dasein. Wie einst seinem Vater, war auch ihm das Wirtshausleben und der Müßiggang am Sonntag zuwider. Die geräuschvollen Vergnügen seiner Kameraden verletzten seine sanfteren Neigungen. Er zog es vor, zu lesen oder sich an einer einfachen geometrischen Aufgabe den Kopf zu zerbrechen. Seitdem Tante Dide ihn damit betraute, die kleinen Besorgungen für das Hauswesen zu machen, ging sie nicht mehr aus und war ihrer eigenen Familie fremd geworden. Zuweilen dachte der junge Mensch an die Verlassenheit; er betrachtete die arme Alte, die so nahe bei ihren Kindern wohnte, und welche diese zu vergessen suchten, als ob sie tot sei; dann liebte er sie noch mehr; er liebte sie für sich und für die anderen. Wenn er manchmal das unbestimmte Gefühl hatte, daß Tante Dide alte Sünden büße, dachte er: Ich bin geboren, um ihr zu verzeihen.

In einem so lebhaften, verschlossenen Geiste mußten die republikanischen Gedanken naturgemäß zu heller Begeisterung auflodern. Nachts las Silvère in seiner Höhle immer wieder einen Band Rousseau, den er bei einem benachbarten Trödler unter altem Eisen entdeckt hatte. Dieses Buch hielt ihn oft bis zum Morgen wach. In seinem Traume vom Glücke aller – diesem Traume, der allen Unglücklichen so teuer ist – schlugen die Worte: Freiheit, Gleichheit und Brüderlichkeit mit dem hellen und heiligen Klang der Glocken an sein Ohr, deren Schall die Gläubigen in die Knie sinken läßt. Als er vernahm, daß in Frankreich die Republik ausgerufen sei, glaubte er denn auch, daß nunmehr alle Welt in himmlischer Glückseligkeit leben werde. Seine Halbbildung ließ ihn weiter schauen als die übrigen Arbeiter; bei dem täglichen Brote machte sein Ehrgeiz nicht halt. Doch seine treuherzige Einfalt, seine völlige Unkenntnis der Menschen erhielten ihn in einem unwirklichen Traum, in einem Paradiese, wo die ewige Gerechtigkeit herrschte. Sein Himmelreich war für ihn lange Zeit ein Ort der Freuden, wo er gerne weilte. Wenn er zu bemerken glaubte, daß nicht alles zum besten bestellt sei in der besten der Republiken, empfand er unsägliches Leid. Er träumte dann einen andern Traum, in dem die Menschen gewaltsam genötigt wurden, glücklich zu sein. Jede Tat, die in seinen Augen die Interessen des Volkes zu verletzen schien, erregte in ihm eine Entrüstung, die nach Rache dürstete. Kindlich sanft im Gemüte, war er doch eines wütenden, politischen Hasses fähig. Er, der nicht eine Fliege getötet hätte, sprach davon, die Waffen zu ergreifen. Die Freiheit war seine Leidenschaft, eine sinnlose, gewalttätige Leidenschaft, in die er alle fieberhafte Glut seines Blutes legte. Geblendet durch seine Begeisterung, zu unwissend und zu unterrichtet zugleich, um duldsam zu sein, wollte er mit den Menschen nicht rechnen; er verlangte eine vollkommene Regierung, die lauter Gerechtigkeit und Freiheit sein solle. Um diese Zeit kam sein Oheim Macquart auf den Gedanken, ihn gegen die Rougon loszulassen. Er sagte sich, daß dieser junge Narr, wenn er gehörig erbittert würde, schreckliche Arbeit tun werde. Und diese Berechnung war nicht so dumm.

Antoine trachtete denn, Silvere an sich zu locken, indem er eine maßlose Bewunderung für die Gedanken des jungen Menschen zur Schau trug. Zu Beginn war er nahe daran, sein ganzes Spiel zu verderben; er hatte eine eigene selbstsüchtige Art, den Sieg der Republik als eine glückliche Zeit des Nichtstuns und der ewigen Freßgelage zu betrachten; dies beleidigte aber die rein sittlichen Bestrebungen seines Neffen. Er begriff sogleich, daß er einen falschen Weg eingeschlagen habe, und stürzte sich kopfüber in eine seltsame Begeisterung, in einen endlosen Schwall von hochtönenden, leeren Worten, die Silvère als eine genügende Probe seines Bürgersinnes annahm. Oheim und Neffe fanden sich bald zwei-, dreimal in der Woche zusammen. Während ihrer langen Gespräche, in denen das Schicksal des Landes schlankweg entschieden wurde, versuchte Antoine den jungen Menschen zu überzeugen, daß der Salon der Rougon das hauptsächlichste Hindernis sei, das dem Glücke Frankreichs im Wege stehe. Doch er geriet von neuem auf einen Abweg, als er seine Mutter vor Silvère eine alte Gaunerin nannte. Er ging so weit, dem Burschen die ehemalige Ärgernis erregende Aufführung der armen Alten zu erzählen. Rot vor Scham hörte der Junge ihn an, ohne ihn zu unterbrechen. Er hatte ihn nach diesen Dingen nicht gefragt; ein solches Bekenntnis schmerzte ihn und verletzte seine respektvolle Anhänglichkeit an Tante Dide. Seit jenem Tage umgab er seine Großmutter mit noch mehr Sorgfalt; er betrachtete sie oft mit einem gütigen Lächeln und mit Blicken der Verzeihung. Macquart hatte übrigens gemerkt, daß er eine Dummheit begangen und bemühte sich, die Zuneigung des Burschen für seine Großmutter auszunutzen, indem er den Rougons die Vereinsamung und Armut der Alten schuld gab. Wenn man ihn hörte, war er stets der beste der Söhne gewesen, während sein Bruder sich unwürdig betragen habe; dieser habe seine Mutter ausgeplündert und heute, da sie keinen Sou besitze, schäme er sich ihrer. Über diesen Gegenstand fanden endlose Gespräche zwischen ihnen statt. Silvère ward entrüstet gegen seinen Oheim Peter – zur großen Befriedigung seines Oheims Antoine.

Bei jedem Besuche des jungen Mannes wiederholten sich dieselben Szenen. Er kam abends, während die Familie Macquart beim Essen saß. Der Vater würgte brummend irgendein Kartoffelmus hinab; er nahm die Speckstücke für sich und sah es mit mißgünstigen Augen, wenn die Schüssel an Jean und Gervaise kam. Du siehst, Silvère, sagte er mit einer verhaltenen Wut, die er nur schlecht unter einer Miene spöttischer Gleichgültigkeitverbarg, wieder Kartoffeln, nichts als Kartoffeln! Das Fleisch ist für die reichen Leute da. Es ist schwer, sein Auskommen zu finden mit Kindern, die einen so höllischen Appetit haben.

Dann schauten Jean und Gervaise bestürzt auf ihren Teller und wagten nicht mehr, sich Brot abzuschneiden. Doch Silvère, der in nebelhaften Träumen lebte, hatte kein Verständnis für die Vorgänge um ihn her. Er sprach mit ruhiger Stimme die wetterschwülen Worte:

Sie sollten eben arbeiten, Oheim!

Ach so! fuhr der im Innersten Getroffene auf, du sagst, ich solle arbeiten? Damit die schurkischen Reichen mich noch weiter auszunützen? Wenn ich mich zu Tode rackere, kann ich vielleicht zwanzig Sous täglich erwerben. Das lohnt doch wohl die Mühe!...

Man erwirbt so viel wie man kann, erwiderte der junge Mann. Zwanzig Sous sind zwanzig Sous, auch ein Zuschuß in einem Haushalte... Sie sind übrigens Soldat gewesen, warum suchen Sie nicht irgendeine Anstellung?

Da mengte Fine sich in das Gespräch mit einer Unbesonnenheit, die sie bald bereuen sollte.

Das wiederhole ich ihm ja alle Tage, sagte sie. Der Marktaufseher braucht jetzt gerade einen Gehilfen; ich habe ihm meinen Mann vorgeschlagen, und er scheint uns günstig gesinnt zu sein...

Macquart sandte ihr einen niederschmetternden Blick zu.

Schweig! Rief er ihr mit verhaltenem Zorne zu. Die Weiber wissen nie, was sie reden! Man nimmt mich gewiß nicht, denn man kennt meine Gesinnungen.

Jedesmal, wenn man ihm irgendeinen Dienstplatz anbot, geriet er in heftigen Zorn. Doch hörte er nicht auf, Anstellungen zu fordern, und fand man eine solche für ihn, so lehnte er sie mit den sonderbarsten Begründungen ab. Wenn man ihm in diesem Punkte schärfer zusetzte, konnte er schrecklich werden.

Wenn Jean nach dem Essen eine Zeitung zur Hand nahm, sagte er ihm:

Du tätest auch besser, schlafen zu gehen; sonst verschläfst du morgen früh die rechte Stunde und hast einen Tag verloren. Würde man es glauben, daß dieser Nichtsnutz die vergangene Woche acht Franken weniger heimgebracht hat? Doch ich habe seinen Meister gebeten, ihm nicht mehr das Geld zu geben; ich selbst werde es künftig in Empfang nehmen.

Und Jean ging schlafen, um die Scheltreden seines Vaters nicht länger anhören zu müssen. Er hatte wenig Zuneigung für Silvère; die Politik langweilte ihn und er fand, daß bei seinem Vetter „nicht alles richtig sei“. Wenn dann die Frauen allein da geblieben waren und nach Abräumung des Tisches halblaut miteinander plauderten, schrie Macquart:

Da sieht man die Tagediebe! Gibt es nichts auszubessern im Hause? Wir gehen ja in Lumpen einher... Höre mal, Gervaise, ich habe bei deiner Patronin Nachfrage gehalten und da saubere Dinge erfahren. Du bist eine nichtsnutzige Herumstreicherin.

Gervaise, schon ein erwachsenes Mädchen von zwanzig Jahren, errötete, wenn sie in solcher Weise vor Silvère ausgescholten wurde. Dieser saß ihr gegenüber und empfand darob gleichfalls ein Mißbehagen. Als er eines Abends, an dem der Oheim abwesend war, spät kam, fand er Mutter und Tochter zu Tode betrunken vor einer leeren Schnapsflasche. Seither konnte er seine Base nicht wiedersehen, ohne sich des schmählichen Anblicks zu erinnern, den dieses Kind bot mit seinem plumpen Gelächter und den breiten, roten Flecken auf den blassen, mageren Backen. Auch war er durch die häßlichen Geschichten eingeschüchtert, die über Gervaise im Umlauf waren. In köstlicher Keuschheit aufgewachsen, betrachtete er sie zuweilen von der Seite mit dem scheuen Erstaunen eines Schülers, den man mit einer Dirne zusammengeführt hat.

Wenn die beiden Frauenzimmer ihr Nähzeug genommen hatten, sich die Augen dabei heraussahen, ihm seine alten Hemden auszubessern, warf Macquart sich bequem in den besten Sessel zurück, den es im Hause gab, schlürfte seinen Kaffee und rauchte dazu seine Pfeife wie einer, der mit Behagen seine Faulenzerei genießt. In solchen Stunden pflegte der alte Halunke die reichen Leute anzuklagen, daß sie sich mit dem Schweiße der Armen mästeten. Er erging sich in großartigen Zornesausbrüchen gegen die Herren in der Neustadt, die im Nichtstun dahin lebten und sich von den armen Leuten ernähren ließen. Die Brocken von kommunistischen Gedanken, die er am Vormittag sich aus den Zeitungen geholt hatte, klangen aus seinem Munde plump und ungeheuerlich. Er sprach von einer nahen Zeit, in der niemand mehr werde arbeiten müssen. Doch bewahrte er den Rougon seinen grausamsten Haß. Er konnte eben die Kartoffeln durchaus nicht verdauen.

Heute morgen sah ich die Gaunerin Felicité in der Markthalle ein Huhn kaufen, erzählte er; diese Erbschleicher nähren sich mit Hühnerfleisch! Tante Dide behauptet, erwiderte Silvère, daß mein Oheim Peter gut zu Euch gewesen, als Ihr vom Militärdienst heimkehrtet. Hat er nicht eine beträchtliche Summe ausgegeben, um Euch Kleidung und Wohnung zu verschaffen?

Eine beträchtliche Summe? Heulte Macquart erbittert. Deine Großmutter ist verrückt. Diese Räuber haben selbst solche Geschichten in Umlauf gebracht, um mir das Maul zu schließen. Gar nichts habe ich bekommen!

Hier beging Fine abermals die Unbesonnenheit sich einzumengen, indem sie ihren Mann daran erinnerte, daß er zweihundert Franken erhalten habe, ferner einen vollständigen Anzug und die Wohnungsmiete für ein Jahr. Antoine schrie ihr zu, sie solle schweigen, und fuhr mit steigendem Zorne fort:

Zweihundert Franken! Was ist das? Ich verlange was mir gebührt, das sind zehntausend Franken! Ja, ja; es rede mir nur einer von dem Loch, in das sie mich geworfen haben, wie einen Hund, und von dem alten Überrock, den Peter nicht mehr tragen wollte, weil er schon zu schmierig und löcherig war.

Er log; allein angesichts seiner Wut wagte niemand ihm zu widersprechen. Dann wandte er sich zu Silvère und sagte:

Du bist noch einfältig genug, sie zu verteidigen? Sie haben ja auch deine Muter beraubt, und das arme Weib wäre nicht gestorben, wenn sie die Mittel gehabt hätte, sich besser zu pflegen.

Nein, Ihr seid nicht gerecht, Oheim, sprach der junge Mann; meine Mutter ist nicht wegen mangelnder Pflege gestorben, und ich weiß auch, daß mein Vater niemals einen Sou von der Familie seines Weibes angenommen haben würde.

Ach, laß mich zufrieden! Dein Vater hätte das Geld gerade so angenommen wie jeder andere. Wir sind in unwürdiger Weise ausgeplündert worden und müssen unser Gut wiederbekommen.

Und Macquart begann zum hundertstenmal die Geschichte mit den fünfzigtausend Franken. Sein Neffe, der sie schon auswendig wußte, geschmückt mit allen Abweichungen, hörte ihm ungeduldig zu.

Wenn du ein Mann wärest, sagte Antoine schließlich, würdest du eines Tages mit mir kommen, und wir würden zusammen bei den Rougon einen hübschen Krawall machen. Wir würden nicht eher wieder fortgehen, als bis man uns Geld gäbe.

Doch Silvère wurde ernst und erwiderte mit klarer Stimme:

Wenn diese Elenden uns geplündert haben, dann um so schlimmer für sie! Ich mag ihr Geld nicht. Hört, Oheim! Es ist nicht unsere Sache, unsere Familie zu züchtigen. Wenn sie schlecht gehandelt haben, werden sie eines Tags schrecklich gestraft werden.

Oh, welch ein großer Einfaltspinsel! Schrie der Oheim. Laß uns nur erst die Stärkeren sein, dann sollst du sehen, wie ich meine Rechnung mit diesen Leuten mache. Der liebe Gott kümmert sich wenig um uns! Es ist eine gar schmutzige Familie, die unsrige! Wenn ich Hungers stürbe, würde keiner dieser Schelme mir auch nur einen Bissen trockenen Brotes zuwerfen.

Wenn Macquart diesen Gegenstand berührte, konnte er nimmer aufhören. Er zeigte die blutenden Schwären seines Neides ganz offen. Er ward wild, wie ein Stier, wenn er daran dachte, daß er allein in der Familie Pech hatte und daß er Kartoffeln aß, während die anderen nach Belieben Fleisch haben konnten. Alle seine Anverwandten, selbst seine Großneffen, gingen bei solchen Gelegenheiten durch seine Hände und gegen jeden wußte er Anschuldigungen und Drohungen vorzubringen.

Ja, ja, wiederholte er bitter, sie würden mich verrecken lassen, wie einen Hund.

Zuweilen bemerkte Gervaise schüchtern und ohne von ihrer Arbeit aufzublicken:

Und doch, Vater, hat Vetter Pascal sich gut zu uns erwiesen, als du im vorigen Jahr krank warst.

Er hat dich ärztlich behandelt, ohne einen Sou Entgelt zu fordern, fügte Fine hinzu, indem sie ihrer Tochter zu Hilfe kam; oft genug hat er mir ein Fünffrankenstück in die Hand gedrückt, damit ich dir Kraftbrühen bereiten könne.

Er! Er hätte mich krepieren lassen, wenn ich nicht von so starker Leibesbeschaffenheit wäre! Rief Macquart. Schweiget, ihr dummen Weiber! Ihr würdet euch „einfädeln“ lassen, wie die kleinen Kinder. Alle möchten mich am liebsten tot sehen. Wenn ich wieder krank würde, sollt ihr mir nicht meinen Neffen holen, denn ich fühlte mich nicht ganz sicher in seinen Händen. Das ist ein Arzt für die Bettler; er hat keinen einzigen „anständigen“ Menschen in seiner ganzen Praxis.

Und weil er einmal im Schwünge war, ließ er sich immer mehr gehen.

Gerade so wie die Schlange Aristid! Fuhr er fort. Der ist ein falscher Bruder, ein Verräter. Oder gehst du etwa seinen Artikeln im „Unabhängigen“ auf dem Leim, Silvère? Da wärest du ein nicht gewöhnlicher Schafskopf! Ich habe immer behauptet, daß dieser eingeschmuggelte Republikaner mit seinem würdigen Vater unter einer Decke spielt und daß es bei diesem Spiele um unsere Haut geht. Du wirst schon sehen, wie er den Mantel dreht. Und erst sein Bruder, der berühmte Eugen, dieser dicke Tölpel, mit dem sie so viel Staat machen! Von diesem verbreiten sie gar, er habe eine schöne Stellung in Paris! Ach ja, ich kenne diese schöne Stellung. Als Spitzel ist er angestellt in der Jerusalem-Straße.

Wer hat Euch das gesagt? Ihr wißt nichts davon, unterbrach ihn Silvère, dessen schlichter Sinn endlich durch die erlogenen Beschuldigungen seines Oheims beleidigt wurde.

So? Ich weiß nichts davon? Glaubst du? Und ich sage dir, er ist ein Spitzel... Du in deiner Gutmütigkeit würdest dich scheren lassen, wie ein Schaf. Du bist kein

Mann. Ich will von deinem Bruder Franz nichts Schlimmes sagen; aber wenn ich an deiner Stelle wäre, würde es mich doch arg verdrießen, so schmutzig behandelt zu werden, wie er dich behandelt. Er erwirbt in Marseille schweres Geld, und es fällt ihm nie ein, dir ein Zwanzigfrankenstück zu senden, damit du dir dann und wann ein kleines Vergnügen gönnen könntest. Wahrhaftig, wenn du eines Tages in Not wärest, würdest du dich an ihn vergeblich um Hilfe wenden.

Ich brauche niemanden, entgegnete der junge Mann stolz und gereizt. Meine Arbeit genügt, um mich und Tante Dide zu erhalten. Ihr seid grausam, Ohm!

Ich sage nur die Wahrheit und möchte dir die Augen öffnen. Unsere Familie ist eine schmutzige Familie; das ist traurig, aber es ist so. Selbst der kleine Maxime, der Sohn Aristids, dieser neunjährige Balg, streckt die Zunge gegen mich heraus, wenn er mich sieht. Dieser Knirps wird eines Tages seine Mutter prügeln, und das wird recht sein. Du magst sagen was du willst: diese Leute verdienen ihr Glück nicht. Aber so ist es in allen Familien; die Guten verkümmern, und die Schlechten gedeihen.

All die schmutzige Wäsche, die Macquart mit so vielem Behagen vor seinem Neffen wusch, widerte den jungen Menschen in der Seele an. Er hätte lieber seine Träume weitergesponnen. Wenn er sich allzu ungeduldig zeigte, wandte Antoine die großen Mittel an, um ihn gegen seine Anverwandten zu erbittern.

Verteidige sie nur, sagte er und wurde scheinbar ruhiger. Ich habe mich darauf eingerichtet, nichts mehr mit ihnen zu tun zu haben. Was ich dir darüber sage, geschieht nur aus Liebe zu meiner armen Mutter, die diese ganze Sippe in einer wahrhaft empörenden Weise behandelt.

Es sind Elende! Murmelte Silvère.

Oh, du weißt nichts davon. Es gibt nichts so Schmachvolles, was die Rougon nicht von der armen Alten sagen. Aristides hat seinem Sohne verboten, sie zu grüßen. Felicité spricht davon, die Alte in ein Narrenhaus stecken zu lassen.

Bleich wie sein Hemd, hörte der junge Mensch diese Reden.

Genug! Rief er; ich mag nichts mehr wissen. All dies muß ein Ende nehmen.

Gut, gut, ich schweige schon, da es dich ärgert, sagte der alte Halunke, einen gemütlicheren Ton anschlagend. Es gibt aber doch Dinge, die du wissen mußt, wenn du nicht eines Tages die Rolle eines Tölpels spielen willst.

Indem er sich so bemühte, Silvère gegen die Rougon aufzuhetzen, war es Macquart ein auserlesener Genuß, dem jungen Menschen Tränen des Schmerzes zu erpressen. Er verabscheute diesen vielleicht noch mehr als die übrigen, weil er ein vorzüglicher Arbeiter war und niemals trank. Darum strengte er seinen boshaftesten Scharfsinn an, um die grausamsten Lügen zu erfinden, die den armen Burschen im Herzen trafen; er ergötzte sich dann an seiner Blässe, an dem Zittern seiner Hände, an seinen trostlosen Blicken mit der Wollust eines bösen Geistes, der seine Schläge berechnet und sein Opfer an der empfindlichsten Stelle getroffen hat. Wenn er Silvère genügend verletzt und verbittert zu haben glaubte, ging er endlich auf die Politik über. Man hat mir versichert, sagte er halblaut, daß die Rougon einen bösen Streich vorbereiten.

Einen bösen Streich?

Ja; in einer der nächsten Nächte wird man sich aller guten Bürger der Stadt bemächtigen und sie in den Kerker werfen.

Der junge Mann zweifelte zunächst. Doch sein Oheim lieferte genaue Einzelheiten; er sprach von angefertigten Listen und nannte Personen, die auf den Listen stünden; er gab Andeutungen darüber, in welcher Weise, zu welcher Stunde und unter welchen Umständen die Verschwörung ins Werk gesetzt werden solle. Allmählich ließ Silvère sich durch dieses Altweibermärchen fangen, und bald begann er gegen die Feinde der Republik zu zetern.

Wir müssen sie ohnmächtig machen, wenn sie fortfahren, das Land zu verraten! Rief er. Und was wollen sie mit den Bürgern anfangen, die eingekerkert werden sollen?

Was sie mit ihnen anfangen wollen? Erwiderte Macquart mit einem trockenen Lachen. Man wird sie in den Gräben und Gängen der Kerker über den Haufen schießen.

Da der junge Mensch, starr vor Schrecken, ihn anschaute, ohne ein Wort der Erwiderung zu finden, fuhr er fort:

Sie werden nicht die ersten sein, die man dort mordet. Wenn du dich des Abends ein wenig in der Nähe des Justizpalastes herumtreiben willst, wirst du dort Schüsse und Todesgestöhn hören.

Diese Schurken! Murmelte Silvère.

Und jetzt stürzten sich Oheim und Neffe in die hohe Politik. Als Fine und Gervaise sich in ihre Erörterung vertieft sahen, schlichen sie unbemerkt davon und gingen schlafen. Bis Mitternacht blieben die beiden Männer so beisammen und besprachen die Pariser Nachrichten und den bevorstehenden unausbleiblichen Kampf. Macquart ließ sich bitter über die Männer seiner Partei aus; Silvère träumte ganz laut seinen Traum von der vollkommenen Freiheit für sich hin. Es waren seltsame Unterhaltungen, bei denen der Oheim sich unzählige Gläschen einschenkte, während der Neffe sich an seiner Begeisterung berauschte. Indes vermochte Antoine von dem jungen Republikaner niemals einen treulosen Anschlag, einen Feldzugsplan gegen die Rougon zu erlangen; vergebens drängte er ihn; er hörte aus seinem Munde nur Hinweise auf die ewige Gerechtigkeit, die früher oder später die Bösen strafen würde.

Der Knabe in seinen edelmütigen Regungen sprach mit fieberhaftem Eifer davon, zu den Waffen zu greifen und die Feinde der Republik zu morden; aber sobald diese Feinde aus dem Reich seiner Träume heraustraten und sich in seinem Oheim Peter oder einem andern seiner Bekanntschaft verkörperten, rechnete er auf den Himmel, daß dieser es ihm ersparen werde, Blut zu vergießen. Man darf annehmen, daß er aufgehört hätte, Macquart zu besuchen, dessen wilde Neidausbrüche ihm ein gewisses Mißbehagen verursachten, wenn er sich nicht der Freude hätte hingeben können, bei ihm ganz frei von seiner lieben Republik zu reden. Immerhin übte sein Oheim einen entscheidenden Einfluß auf sein Geschick; er erregte seine Nerven durch sein ewiges Schimpfen und brachte es schließlich dahin, daß der Knabe heftiges Verlangen trug nach dem Kampfe mit bewaffneter Hand, nach dem gewaltsamen Erringen des allgemeinen Glücks.

Als Silvère sein sechzehntes Lebensjahr erreichte, ließ Macquart ihn unter die „Bergbewohner" aufnehmen, in diesen mächtigen Bund, der über den ganzen Süden verbreitet war. Seit diesem Augenblicke schielte der junge Republikaner nach dem Karabiner des Schmugglers, den Adelaide über den Kamin an die Wand gehängt hatte. Eines Nachts, während seine Großmutter schlief, putzte er die Waffe und setzte sie instand. Dann hängte er sie wieder an den Nagel und wartete. Und er wiegte sich in seinen begeisterten Träumen, ersann in seiner Einbildung riesenhafte Heldengedichte, eine Art ritterlicher Turniere, aus denen die Verteidiger der Freiheit als Sieger hervorgingen, bejubelt von der ganzen Welt.

Trotz der Erfolglosigkeit seiner Anstrengungen verlor Macquart den Mut nicht. Er sagte sich, daß er allein es zuwege bringen werde, die Rougon zu erwürgen, wenn er sie jemals in irgendeinem Winkel in seiner Gewalt haben würde. Seine Wut eines neidischen und hungernden Müßiggängers wuchs noch infolge einer Reihe von Unglücksfällen, die ihn nötigten, wieder zur Arbeit zu greifen. In den ersten Tagen des Jahres 1850 starb Fine an den Folgen einer Erkältung, die sie sich holte, als sie eines Abends die Wäsche der Familie in der Viorne wusch und dann in nassem Zustande auf dem Rücken heimtrug. Triefend von Wasser und Schweiß, keuchend unter der schweren Bürde war sie heimgekehrt und hatte das Siechbett nicht mehr verlassen. Dieser Todesfall versetzte Macquart in nicht geringe Bestürzung. Sein sicherstes Einkommen war weg. Als er nach einigen Tagen den Ofen verkaufte, auf dem Fine die Kastanien briet, und das Holzgestell, dessen sie sich bei dem Einflechten der Strohsessel zu bedienen pflegte, klagte er in rohen Worten den lieben Gott an, daß er ihm sein Weib genommen, diese starke Person, deren er sich stets geschämt hatte und deren ganzen Wert er jetzt erkannte. Um so gieriger warf er sich jetzt auf den Erwerb seiner Kinder. Allein Gervaise ward seiner unaufhörlichen Geldforderungen bald überdrüssig und ging einen Monat später ihrer Wege, mit ihren zwei Kindern und mit Lantier, dessen Mutter ebenfalls gestorben war. Das Liebespaar floh nach Paris. Niedergeschmettert von dieser Handlungsweise seiner Tochter geriet Antoine in schreckliche Wut und wünschte ihr, sie möge im Krankenhause enden wie ihresgleichen. Allein diese Lästerungen gestalteten seine Lage nicht besser, die eine entschieden schlimme war. Jean folgte bald dem Beispiele seiner Schwester. Er wartete einen Lohntag ab und wußte es so einzurichten, daß er selbst seinen Lohn in Empfang nahm. Beim Fortgehen sagte er einem seiner Freunde, der es dann Antoine wiedersagte, er wolle nicht langer seinen Taugenichts von Vater ernähren; wenn dieser ihn durch die Gendarmen zurückführen lassen solle, werde er Säge und Hobel nicht mehr anrühren. Als Antoine ihn am folgenden Tage vergebens suchte und sich ohne einen Sou allein sah in der Behausung, wo er sich zwanzig Jahre lang hatte aushalten lassen, geriet er in eine schreckliche Wut, stieß mit den Füßen nach den Möbeln und lästerte in ungeheuerlicher Weise. Dann sank er hin und stöhnte wie ein zu Tode Getroffener. Die Furcht, sein Brot verdienen zu müssen, machte ihn krank. Als Silvère zu Besuch kam, beklagte er sich weinend über die Undankbarkeit seiner Kinder. War er denn nicht immer ein guter Vater gewesen? Jean und Gervaise seien Ungeheuer, die ihm schlecht all das lohnten, was er für sie getan. Jetzt verließen sie ihn, weil er alt sei und sie ihn nicht mehr ausnützen konnten.

Aber Oheim, Sie sind doch noch in dem Alter, um arbeiten zu können, bemerkte Silvère.

Macquart hüstelte, krümmte sich und schüttelte den Kopf, als wollte er sagen, daß er selbst der mindesten Anstrengung nimmer fähig sei. In dem Augenblicke, als sein Neffe sich zum Gehen anschickte, borgte er zehn Franken von ihm. Einen Monat lebte er davon, daß er die alten Kleider seiner Kinder, ein Stück nach dem andern, zum Trödler trug; ebenso verschacherte er nach und nach die kleinen Gegenstände des Hausrates. Bald hatte er nichts, als einen Tisch, einen Sessel, sein Bett und die Kleider, die er am Leibe trug. Schließlich ging er so weit, das aus Nußholz gemachte Bett gegen ein solches von weichem Holze zu vertauschen. Als er mit allen Hilfsquellen zu Ende war, holte er wütend und mit der Miene eines Menschen, der sich zum Selbstmorde entschließt, das Bündel Weidenruten hervor, das seit einem Vierteljahrhundert in einem Winkel vergessen gelegen hatte.

Als er es aufhob, schien er einen Berg von der Stelle zu rücken. Und jetzt begann er wieder, Hand- und Holzkörbe zu flechten, wobei er die Menschheit wegen seiner Verlassenheit anklagte. Zu dieser Zeit hauptsächlich sprach er davon, mit den Reichen teilen zu wollen. Er zeigte sich als ein Schreckensmensch. Mit seinen Brandreden entzündete er die Kneipe fast, wo seine wilden Blicke ihm einen unbeschränkten Kredit verschafften. Übrigens arbeitete er nur dann, wenn es ihm nicht gelingen wollte, bei Silvère oder einem Saufkameraden ein Hundertsoustück zu pumpen. Er war nicht mehr „Herr" Macquart, der täglich rasierte und sauber gekleidete Arbeiter, der sich auf den Spießbürger aufspielte; er war jetzt wieder der schmutzige Geselle von ehemals, der auf seine Lumpen spekulierte. Jetzt, da er sich mit seinen Körben fast auf jedem Wochenmarkte einfand, wagte Felicité nicht mehr, in der Markthalle zu erscheinen. Einmal machte er ihr eine schreckliche Szene. Mit seinem Elend wuchs auch sein Haß gegen die Rougon. Er schwor unter fürchterlichen Drohungen, sich selbst Gerechtigkeit verschaffen zu wollen, da die Reichen sich untereinander verständigten, ihn zur Arbeit zu zwingen.

Unter so bewandten Umständen nahm Macquart die Kunde von dem Staatsstreiche mit der geräuschvollen Freude eines Hundes auf, der den Trieb wittert. Da die wenigen anständigen Liberalen in der Stadt sich nicht hatten verständigen können und sich daher abseits hielten, war es nur natürlich, daß Antoine einer der vordersten Agenten der Erhebung wurde. Trotz ihrer abfälligen Meinung von diesem Müßiggänger mußten ihn die Arbeiter bei dieser Gelegenheit für ein Banner ansehen, unter welchem sie sich scharten. Doch als die Stadt in den ersten Tagen ruhig blieb, glaubte Macquart, seine Pläne seien vereitelt worden. Erst bei der Nachricht von der Erhebung der Landbevölkerung begann er wieder zu hoffen. Um keinen Preis der Welt würde er Plassans verlassen haben. Darum ersann er einen Vorwand, um den Arbeitern nicht zu folgen, die am Sonntag morgen zu der aufrührerischen Bande von La Palud und von Saint-Martin-de-Vaulx stießen. Am Abende desselben Tages befand er sich mit einigen Getreuen in einer verdächtigen Kneipe der Altstadt, als ein Genosse herbeieilte, um sie zu benachrichtigen, daß die Aufrührer wenige Kilometer von Plassans stünden. Diese Kunde sei soeben durch einen Eilboten gebracht worden, dem es gelungen war, in die Stadt zu kommen, und der beauftragt war, der Bande die Stadttore öffnen zu lassen. Diese Kunde erregte ein Jubelgeheul. Besonders Macquart schien toll vor Begeisterung. Dieses unerwartete Eintreffen der Aufständischen betrachtete er wie eine gnädige Fügung der Vorsehung. Seine Hände zitterten vor Wonne bei dem Gedanken, daß er diese Rougon bald an der Gurgel haben werde.

Indes beeilten sich Antoine und seine Genossen, das Kaffeehaus zu verlassen. Alle Republikaner, die die Stadt noch nicht verlassen hatten, fanden sich alsbald auf der Promenade Sauvaire ein. Es war die Rotte, die Rougon gesehen hatte, als er in die Behausung seiner Mutter lief, um sich da zu verbergen. Als die Bande auf der Höhe der Banne-Straße ankam, hieß Macquart, der in der Nachhut geblieben war, vier seiner Genossen zurückbleiben; es waren dies kräftige Burschen mit wenig Grütze, die er mit seinen Kaffeehausreden beherrschte. Er redete ihnen ohne Mühe ein, daß man unverzüglich die Feinde der Republik dingfest machen müsse, wenn man schweren Unglücksfällen vorbeugen wolle. Die Wahrheit war, daß er fürchtete, Peter könnte in den Trubel, den der Einmarsch der Aufständischen in der Stadt verursachen mußte, ihm entrinnen. Die vier Burschen folgten ihm mit musterhafter Fügsamkeit und pochten an der Türe der Rougon. Unter diesen kritischen Umständen benahm sich Felicité mit bewundernswürdigem Mute. Sie ging hinab und öffnete die Haustür.

Wir wollen zu dir hinauf gehen, sagte ihr Macquart barsch.

Es ist gut, meine Herren, gehen Sie hinauf, erwiderte sie mit spöttischer Höflichkeit, indem sie tat, als erkenne sie ihren Schwager nicht.

Oben in der Wohnung gebot ihr Macquart, ihren Mann zu holen.

Mein Mann ist nicht da, sagte sie sehr ruhig; er ist in Geschäften verreist; um sechs Uhr abends ist er mit der Eilpost nach Marseille gefahren.

Antoine fuhr wütend auf, als er diese mit klarer Stimme abgegebene Erklärung vernahm. Hastigen Schrittes trat er in das Empfangszimmer, von da in das Schlafzimmer, durchwühlte das Bett, schaute unter die Vorhänge und unter die Möbel. Die vier langen Burschen waren ihm bei diesem Tun behilflich. Eine Viertelstunde lang durchstöberten sie die ganze Wohnung. Felicité hatte sich inzwischen ruhig auf dem Sofa im Empfangszimmer niedergelassen und machte sich mit dem Schnüren ihrer Röcke zu schaffen, wie eine Person, die in ihrer Nachtruhe gestört worden ist und noch nicht Zeit gefunden hat, sich in schicklicher Weise anzukleiden.

Es ist also wahr, der Feigling hat sich geflüchtet? Stotterte Macquart, in den Salon zurückkehrend.

Dabei fuhr er fort, argwöhnisch um sich zu blicken. Er hatte das Gefühl, daß Peter unmöglich das Spiel im entscheidenden Momente aufgegeben haben konnte. Er näherte sich Felicité und sagte:

Zeige uns den Ort, wo dein Mann versteckt ist und ich verspreche dir, daß ihm kein Leid zugefügt werden soll.

Ich habe euch die Wahrheit gesagt, erwiderte sie ungeduldig. Ich kann euch meinen Mann nicht ausliefern, wenn er nicht da ist. Ihr habt überall gesucht, laßt mich jetzt in Frieden.

Durch Felicités Kaltblütigkeit zum äußersten getrieben, war Macquart auf dem Sprunge, sie zu mißhandeln, als von der Straße her ein dumpfes Geräusch sich vernehmbar machte. Es war die Rotte der Aufständischen, die in die Banne-Straße einmarschierte.

Antoine verließ nun das gelbe Zimmer, nicht ohne vorher seine Schwägerin mit der Faust zu bedrohen und der „alten Gaunerin" seine Wiederkehr in Aussicht zu stellen. Am Fuße der Treppe nahm er einen der Männer, die ihn begleitet hatten, einen Erdarbeiter namens Cassoute, beiseite und gebot ihm, sich auf der ersten Treppenstufe niederzulassen und bis auf weitere Weisung sich nicht vom Fleck zu rühren.

Wenn der Halunke heimkehrt, wirst du mich davon benachrichtigen, sagte er.

Der Mann ließ sich schwerfällig auf der Treppenstufe nieder.

Als Macquart wieder auf der Straße war, sah er Felicité, an eines der Fenster des gelben Zimmers gelehnt, neugierig den Zug der Aufständischen betrachten, als habe es sich um ein Regiment gehandelt, das mit klingendem Spiel durch die Stadt zieht. Dieser letzte Beweis ihrer vollkommenen Ruhe reizte ihn dermaßen, daß er sich versucht fühlte, wieder hinaufzugehen und die alte Frau auf die Straße hinabzuwerfen. Er folgte indes der Bande und brummte mit dumpfer Stimme vor sich hin:

Ja, ja, schau nur zu; wir wollen sehen, ob du morgen noch an deinem Balkon stehst.

Es war nahezu elf Uhr, als die Aufständischen durch das römische Tor die Stadt betraten. Die in Plassans zurückgebliebenen Arbeiter öffneten ihnen dieses Tor angelweit trotz des Jammerns des Torwarts, dem man gewaltsam die Schlüssel entreißen mußte. Dieser auf sein Amt sehr eifersüchtige Mann war völlig vernichtet angesichts dieser großen Menschenmenge. Er, der sonst nur einen Menschen auf einmal einließ, und auch dann erst, nachdem er ihn lange betrachtet hatte, brummte jetzt, er sei entehrt. An der Spitze der Truppe marschierten die Männer von Plassans als Führer der anderen. In der vordersten Reihe ging Miette zur Linken Silvères, stolz das Banner schwingend, seitdem sie merkte, daß hinter den geschlossenen Fenstervorhängen die aus dem Schlafe aufgestörten Spießbürger mit erschrockenen Blicken den Zug betrachteten. Die Aufständischen schritten mit bedächtiger Langsamkeit durch die Rom- und die Banne-Straße; bei jeder Straßenkreuzung fürchteten sie mit Gewehrschüssen empfangen zu werden, obgleich ihnen die ruhige Gemütsart der Bewohner von Plassans wohlbekannt war. Doch die Stadt schien ausgestorben; nur hier und da vernahm man einen halb unterdrückten Ausruf an einem Fenster. In einigen wenigen Häusern wurde der Vorhang aufgezogen, und es ward irgendein alter Rentenbesitzer sichtbar, der im Hemde mit einer Kerze in der Hand sich vorneigte, um besser zu sehen. Wenn der alte Mann aber das große, rote Mädchen sah, das diese Menge schwarzer Teufel hinter sich einherzuschleppen schien, schloß er rasch sein Fenster, entsetzt über diese teuflische Erscheinung. Die Stille der schlafenden Stadt beruhigte die Aufständischen, die sich nun auch in die Gäßchen der Altstadt wagten und so auf dem Marktplatze und dem Rathausplatze ankamen, die eine kurze, breite Straße miteinander verbindet. Diese beiden mit kümmerlich gedeihenden Bäumen bepflanzten Plätze waren vom Mondschein hell erleuchtet. Das eben erst instand gesetzte Rathausgebäude bildete am Saume des klaren Nachthimmels einen großen, grellweißen Fleck, von dem der Balkon des ersten Stockwerkes die Verschlingungen seines schmiedeeisernen Geländers in dünnen, schwarzen Linien abhob. Man bemerkte ganz deutlich mehrere Personen auf dem Balkon stehen: den Bürgermeister, den Major Sicardot, drei oder vier Gemeinderäte und andere Beamte. Die Tore des Hauses waren geschlossen. Die dreitausend Republikaner, die die beiden Plätze füllten, blieben stehen, reckten die Hälse und waren bereit, mit dem ersten Ansturm die Tore einzurennen.

Die Ankunft der Aufständischen zu solcher Stunde traf die Stadtbehörde unvorbereitet. Der Major Sicardot hatte, ehe er sich aufs Rathaus begab, rasch seine Uniform angezogen. Er mußte dann noch zum Bürgermeister laufen, um diesen zu wecken. Als der Wächter am römischen Tor, den die Aufständischen freigelassen hatten, gelaufen kam, um zu melden, daß die Bösewichte in der Stadt seien, hatte der Major mit vieler Mühe kaum zwanzig Mann der Bürgerwehr zusammengebracht. Selbst die Gendarmen, deren Kaserne ganz in der Nähe lag, hatte man noch nicht benachrichtigen können. Man hatte nur rasch die Tore zugeworfen, um zu beratschlagen. Fünf Minuten später verkündete ein dumpfes und anhaltendes Geräusch das Herannahen der Bande.

Aus Haß gegen die Republik hätte Herr Garçonnet sich am liebsten zur Wehre gesetzt. Doch er war ein vorsichtiger Mann, der die Nutzlosigkeit des Kampfes begriff, als er sich von einigen bleichen und schlaftrunkenen Männern umgeben sah. Die Beratung dauerte nicht lange. Herr Sicardot allein zeigte sich widerspenstig; er wollte sich schlagen und behauptete, zwanzig Mann genügten, um diesen dreitausend Halunken die Köpfe zurecht zu setzen. Herr Garçonnetzuckte mit den Achseln und erklärte, man könne nichts tun, als sich ehrenhaft unterwerfen. Da das Getöse der Menge immer mehr anwuchs, begab er sich auf den Balkon, wohin alle anwesenden Personen ihm folgten. Allmählich trat Stille ein. In der dunkeln und wimmelnden Menge der Aufständischen unten auf dem Platze glänzten die Gewehrläufe und Sensen im Mondlichte.

Wer seid ihr und was wollt ihr? Rief der Bürgermeister mit kräftiger Stimme.

Da trat ein Mann im Überrock, ein kleiner Landwirt aus La Palud, aus der Menge hervor.

Öffnet das Tor, antwortete er, die Frage des Herrn Garçonnet unbeachtet lassend, öffnet und vermeidet einen brudermörderischen Kampf.

Ich befehle euch, eures Weges zu ziehen, rief der Bürgermeister. Ich verwahre mich im Namen des Gesetzes!

Diese Worte erregten ein betäubendes Geschrei in der Menge. Als der Lärm sich ein wenig gelegt hatte, wurden ungestüme Fragen zu dem Balkon hinaufgeschrien. Einige riefen:

Wir sind ja eben im Namen des Gesetzes gekommen!

Sie haben als erster Beamter der Stadt die Pflicht, dem schmählich verletzten Grundgesetze des Landes, der Verfassung, Achtung zu verschaffen!

Hoch die Verfassung! Es lebe die Republik!

Als Herr Garçonnet versuchte, sich Gehör zu verschaffen, und sich weiterhin auf sein Amt berief, unterbrach ihn der Mann aus La Palud, der unter dem Balkon stehen geblieben war, sehr energisch.

Sie sind nur mehr der Beamte eines abgesetzten Beamten; wir sind gekommen, Sie Ihrer Stellung zu entheben.

Der Major Sicardot hatte bisher unter stillen Flüchen an seinem Schnurrbarte gekaut. Der Anblick der Stöcke und Sensen machte ihn wütend. Er mußte sich ungeheure Gewalt antun, um nicht dieses Gesindel, das nicht einmal für jeden Mann eine Flinte hatte, nach Gebühr zu behandeln. Doch als er hören mußte, wie ein Mensch im einfachen Überrock davon zu sprechen wagte, einen Bürgermeister, der mit seiner Amtsschärpe umgürtet war, seines Amtes entheben zu wollen, konnte er nicht länger an sich halten und schrie hinab:

Elendes Bettelvolk! Hätte ich nur vier Mann und einen Korporal, ich würde hinabgehen und euch bei den Ohren nehmen, um euch Respekt zu lehren.

Das war mehr als genug, um sehr ernste Dinge herbeizuführen. Ein lang anhaltender Schrei ertönte aus der Menge, die sich jetzt auf die Tore des Rathauses stürzte. Herr Garçonnet verließ bestürzt den Balkon und bat den Major, sich vernünftig zu benehmen, wenn er nicht wolle, daß sie alle niedergemetzelt würden. In zwei Minuten hatte die Menge die Tore gesprengt, überflutete den Hof des Rathauses und entwaffnete die Bürgerwehr. Der Bürgermeister und die übrigen anwesenden Beamten wurden in Haft genommen. Sicardot, der sich weigerte, seinen Säbel zu übergeben, mußte durch den Anführer der Abteilung aus Tulettes, einen Mann von großer Kaltblütigkeit, gegen die Wut einiger Aufständischer geschützt werden. Als das Rathaus sich in der Gewalt der Republikaner befand, wurden die Gefangenen in ein kleines Kaffeehaus geführt, das auf dem Marktplatze lag, und hier bewacht.

Die Aufständischen wären an Plassans vorbeigezogen, wenn die Anführer nicht gefunden hätten, daß einige Nahrungsmittel und einige Stunden Ruhe für ihre Leute unbedingt notwendig seien. Anstatt geraden Weges auf den Hauptort des Bezirkes loszugehen, machte die Rotte dank der Unerfahrenheit und unverzeihlichen Schwäche ihresAnführers eine Schwenkung nach links, einen großen Umweg, der sie ins Verderben führen mußte. Sie richtete ihren Marsch nach der Hochebene von Sainte-Roure, die noch etwa zehn Meilen entfernt war, und die Aussicht auf diesen langen Marsch war es, die die Leute bestimmt hatte, trotz der späten Nachtstunde die Stadt zu betreten. Es mochte halb zwölf Uhr sein.

Als Herr Garçonnet erfuhr, daß die Bande Lebensmittel wolle, machte er sich erbötig, solche herbeizuschaffen. Dieser Beamte zeigte unter diesen schwierigen Umständen eine sehr klare Auffassung der Lage. Diese dreitausend Hungrigen mußten gesättigt werden; die Stadt durfte nicht bei ihrem Erwachen sie in den Straßen herumlungern sehen; wenn sie vor Tagesanbruch wieder weiterzogen, hatten sie ganz einfach zu nachtschlafender Zeit die Stadt passiert wie ein böser Traum, wie ein Alpdruck, den die Dämmerung verscheucht. Obgleich Gefangener, begab sich Herr Garçonnet in Begleitung von zwei Wächtern zu den Bäckern der Stadt und ließ alles vorrätige Brot an die Aufständischen verteilen.

Gegen ein Uhr morgens hockten die dreitausend Mann am Boden ihre Waffen zwischen den Beinen und aßen. Der Marktplatz und der Rathausplatz waren in riesige Speiseräume verwandelt. Trotz der schneidenden Kühle ging ein Zug von Frohsinn durch diese Menge, deren einzelne Gruppen im Mondlichte deutlich sichtbar waren. Die armen Hungrigen verzehrten munter ihren Anteil und hauchten sich auf die erstarrten Finger; auch aus den benachbarten Gassen, wo man unbestimmte dunkle Gestalten auf den weißen Türschwellen der Häuser sitzen sah, drangen plötzliche Heiterkeitsausbrüche hervor, die aus dem Dunkel der

Straßen kommend, sich in der großen Menge verloren. An den Fenstern standen neugierige Frauenzimmer in Tücher gehüllt und schauten zu, wie diese schrecklichen Meuterer sichsättigten, diese Bluttrinker, die einer nach dem anderen zum öffentlichen Brunnen gingen, um da ihren Durst zu löschen.

Während die Aufständischen von dem Rathause Besitz ergriffen, fiel auch die Gendarmerie, in der nahen Cauquoin-Straße gelegen, die auf die Markthalle mündet, in die Gewalt des Volkes. Die Gendarmen wurden im Bett überrumpelt und binnen wenigen Minuten entwaffnet. Das Drängen der Menge hatte Miette und Silvère nach dieser Seite mitgezogen. Das Mädchen, das den Schaft der Fahne noch immer an die Brust drückte, wurde an die Mauer der Kaserne gestellt, während der Bursche, von dem Strom mitgerissen, in das Haus eindrang und seinen Gefährten behilflich war, den Gendarmen ihre Karabiner zu entreißen, deren die Menge sich sogleich bemächtigte. Silvère war wild geworden; betäubt von dem Ansturm der Bande, stürzte er sich auf einen langen Gendarm, namens Rengade, mit dem er einige Sekunden rang. Es gelang ihm, mit einer plötzlichen Bewegung dem andern den Karabiner zu entreißen. Während des Ringens traf das Rohr der Waffe das Gesicht des Gendarmen und stieß ihm das rechte Auge aus. Das Blut floß herab und spritzte auch auf die Hände Silvères, der dadurch sogleich ernüchtert wurde. Er betrachtete seine Hände und ließ den Karabiner fahren; dann lief er, wie kopflos und die Hände schüttelnd aus dem Hause.

Du bist verwundet? Rief Miette.

Nein, nein, erwiderte er mit erstickter Stimme; ich habe soeben einen Gendarm getötet.

Ist er tot?

Ich weiß es nicht. Sein Gesicht war voll Blut. Komm rasch!

Er zog das Mädchen fort. Bei der Markthalle hieß er sie auf einer Steinbank Platz nehmen und ihn da erwarten. Dabei betrachtete er immerfort seine Hände und stotterte. An seinen abgerissenen Worten merkte Miette endlich, daß er vor dem Aufbruch noch einmal seine Großmutter umarmen wolle.

Ja, geh, sagte sie, kümmere dich nicht um mich, wasche deine Hände.

Er entfernte sich mit raschen Schritten, spreizte die Finger auseinander und dachte nicht daran, sie in die Brunnenbecken zu tauchen, an denen er vorbeikam. Seitdem er auf seiner Haut das warme Blut des Gendarmen Rengade fühlte, hatte er nur den einen Gedanken, zu Tante Dide zu laufen und an der Brunnenrinne in dem kleinen Hofe seine Hände zu waschen. Da bloß glaubte er die Blutflecke wegbringen zu können. Seine ganze ruhige, zarte Kindheit stieg vor ihm auf; er empfand ein unwiderstehliches Bedürfnis, sich hinter die Röcke Großmütterchens zu flüchten, und wäre es auch nur eine Minute lang. Keuchend kam er in dem Hause an. Tante Dide war noch nicht zu Bette, was Silvère an jedem andern Abend überrascht haben würde. Doch er hatte bei seinem Eintritt seinen Oheim Rougon übersehen, der in einem Winkel auf einem alten Koffer saß. Der Bursche wartete die Fragen der armen Alten nicht ab.

Großmutter, sagte er hastig, Ihr müßt mir vergeben... ich ziehe mit den anderen fort... Ihr seht, meine Hände sind blutig... Ich glaube, ich habe einen Gendarm getötet.

Du hast einen Gendarm getötet? Wiederholte Tante Dide verwundert.

In ihren müden Augen, die auf seinen blutbefleckten Händen hafteten, ward es plötzlich hell. Sie warf einen Blick auf die Wand oberhalb des Kamins.

Du hast die Flinte genommen? Fragte sie. Wo ist die Flinte?

Silvère, der den Karabiner bei Miette zurückgelassen hatte, schwor ihr, daß die Waffe in Sicherheit sei. Zum ersten Male machte Adelaide vor ihrem Enkelkinde eine Anspielung auf den Schmuggler Macquart.

Du wirst mir das Gewehr wiederbringen, du mußt es mir versprechen, sagte sie seltsam bestimmt... Es ist alles, was mir von ihm geblieben ist... Du hast einen Gendarm getötet; er ist von den Gendarmen getötet worden.

Sie fuhr fort, Silvère anzustarren mit einer Miene grausamer Genugtuung, und schien nicht daran zu denken, ihn zurückhalten zu wollen. Sie verlangte keinerlei Erklärung von ihm und weinte nicht wie die guten Großmütter, die ihre Enkel gleich auf der Totenbahre liegen zu sehen glauben, wenn sie irgendwo eine Schramme davongetragen haben. Ihr ganzes Wesen drängte nach einem einzigen Gedanken, dem sie schließlich mit heißer Begier Worte lieh.

Hast du den Gendarm mit dem Gewehr getötet? Fragte sie.

Silvère hatte schlecht gehört oder schlecht verstanden.

Ja, erwiderte er, ich will mir die Hände waschen.

Erst als er vom Brunnen zurückkehrte, gewahrte er seinen Oheim. Peter hatte erbleichend die Worte des Burschen vernommen. Wahrhaftig, Felicité hatte recht: seine Familie fand eine Freude daran, ihn bloßzustellen. Einer seiner Neffen tötete die Gendarmen. Wenn er den Burschen nicht hindert, zu den Aufrührern zu stoßen, erhält er niemals das Amt eines Generaleinnehmers. Er stellte sich vor die Türe und schien entschlossen, den Jungen nicht fortzulassen.

Hört, sagte er zu Silvère, der sehr überrascht war, ihn hier zu finden, ich bin das Oberhaupt der Familie und verbiete Euch, dieses Haus zu verlassen. Morgen will ich Euch behilflich sein, über die Grenze zu entkommen.

Silvère zuckte mit den Achseln.

Laßt mich meiner Wege ziehen, sagte er ruhig. Ich bin kein Spion und werde Euer Versteck nicht verraten; seid ohne Sorgen.

Als Rougon fortfuhr, von der Würde der Familie zu sprechen und von der Macht, die ihm als dem Ältesten zukomme, unterbrach ihn der junge Mann.

Gehöre ich denn zu Eurer Familie? Rief er. Ihr habt mich stets verleugnet. Heute hat Euch die Angst hierher gejagt, weil Ihr fühlt, daß der Tag der Vergeltung gekommen ist. Macht Platz! Ich verberge mich nicht, denn ich habe eine Pflicht zu erfüllen.

Rougon rührte sich nicht. Da legte Tante Dide, die die heftigen Worte Silvères mit einem gewissen Entzücken hörte, ihre dürre Hand auf den Arm ihres Sohnes.

Tritt beiseite! Sprach sie; das Kind muß fort.

Der Bursche schob sachte seinen Oheim beiseite und stürzte hinaus.

Rougon schloß sorgfältig die Tür und sagte mit zornbebender und drohender Stimme seiner Mutter:

Wenn ihm ein Unglück zustößt, ist es Eure Schuld... ihr seid eine alte Närrin und wißt nicht, was Ihr soeben getan habt.

Doch Adelaide schien ihn nicht zu hören; sie warf einen Klotz auf das Feuer, das zu verlöschen drohte und murmelte mit einem unbestimmten Lächeln:

Ich kenne das... Er ist ganze Monate fortgeblieben und dann frisch und munter zurückgekehrt.

Sie sprach ohne Zweifel von Macquart.

Inzwischen lief Silvère wieder nach der Markthalle. Als er sich dem Orte näherte, wo er Miette zurückgelassen hatte, vernahm er ein lautes Geräusch von Stimmen und sah eine Ansammlung von Leuten, was ihn veranlaßte, seine Schritte zu beschleunigen. Eine peinliche Szene hatte sich soeben abgespielt. Während die Aufständischen ruhig ihr Abendbrot verzehrten, hatte sich viel neugieriges Volk unter sie gemengt. Unter diesen Neugierigen war auch Justin, der Sohn des Krautgärtners Rébufat, ein Bursche von etwa zwanzig Jahren, ein schwächlicher und mißgünstiger Kerl, der gegen seine Base Miette einen unversöhnlichen Haß nährte. Im Hause warf er ihr das Brot vor, das sie aß und behandelte sie als eine Bettlerin, die man aus Mitleid auf der Straße aufgelesen. Man darf annehmen, daß das Kind sich geweigert hatte, seine Geliebte zu werden. Schwächlich, bleich, mit zu lang gediehenen Gliedern und verschrobenem Gesichte, wie er war, rächte er sich an Miette für die eigene Häßlichkeit und für die Mißachtung, die das schöne, kräftige Mädchen ihm bezeigte. Sein liebster Traum war, sie von seinem Vater auf die Straße gejagt zu sehen. Darum spähte er ihr ohne Unterlaß nach. Seit einiger Zeit hatte er ihre Zusammenkünfte mit Silvère entdeckt und wartete nur auf eine entscheidende Gelegenheit, um seinem Vater alles zu erzählen. Als er an diesem Abend gegen acht Uhr sie aus dem Hause schleichen sah, überkam ihn der Haß, und er konnte nicht länger an sich halten. Seine Erzählung versetzte Rébufat in einen furchtbaren Zorn, und der Gärtner schwor hoch und teuer, daß er die Landstreicherin mit Fußtritten hinausjagen werde, wenn sie es wagen solle, wiederzukommen. Justin ging zu Bette und freute sich im voraus des schönen Auftrittes, den es am folgenden Tage geben werde. Dann erfaßte ihn eine wilde Gier nach einem Vorgeschmack seiner Rache. Er kleidete sich wieder an und verließ das Haus. Er hoffte Miette zu treffen, und war entschlossen, sehr unverschämt gegen sie zu sein. So geschah es, daß er Zeuge des Einzuges der Aufständischen war, denen er bis zum Rathause folgte, in der unbestimmten Ahnung, das Liebespärchen hier zu treffen. In der Tat bemerkte er schließlich seine Base auf der Bank, wo sie Silvère erwartete. Als er sie sah, bekleidet mit ihrem großen Mantel, neben sich die rote Fahne, die sie an einen Pfeiler der Markthalle gelehnt hatte, begann er sie mit plumpen Späßen zu verhöhnen. Betroffen von seinem Anblick, vermochte das Mädchen kein Wort hervorzubringen. Schluchzend ertrug sie seine Beschimpfungen, während sie gebeugten Hauptes, das Antlitz in ihren Händen verborgen, ihren Tränen freien Lauf ließ, nannte Justin sie die Tochter eines Zuchthäuslers und schrie ihr zu, sein Vater werde sie mit einer gehörigen Tracht Prügel empfangen, wenn sie sich jemals erdreisten solle, nach dem Jas-Meiffren zurückzukehren. Eine volle Viertelstunde hielt er die Zitternde und Gequälte so in seiner Gewalt. Die Leute machten einen Kreis um die beiden und lachten blöde über diese peinliche Szene. Endlich traten einige Aufständische dazwischen und drohten dem Burschen, ihn weidlich durchzuwalken, wenn er Miette nicht in Frieden lasse. Justin wich zurück, erklärte aber, daß er sie nicht fürchte. In diesem Augenblick erschien Silvère. Als der junge Rébufat ihn erblickte, machte er einen Sprung, als ob er die Flucht ergreifen wolle. Er fürchtete ihn, weil er wußte, daß jener ihm an Kraft weit überlegen sei. Doch konnte er der Versuchung nicht widerstehen, das Mädchen ein letztes Mal vor seinem Geliebten zu beschimpfen.

Ach, ich wußte ja, rief er, daß der Stellmacher nicht weit sein kann! Um diesem Narren zu folgen, hast du uns verlassen, nicht wahr? Die Unglückliche! Sie ist kaum sechzehn Jahre alt! Wann halten wir Kindtaufe?

Als er Silvère mit geballten Fäusten auf sich zukommen sah, wich er noch weiter zurück.

Aber, fuhr er mit widrigem Kichern fort, zu uns darfst du nicht kommen, um dein Kindbett zu halten, denn mein Vater würde dich mit einigen Fußtritten entbinden, daß du keiner Hebamme bedürftest, hörst du?

Doch nun flüchtete er heulend, mit zerschlagenem Gesichte. Silvère hatte sich mit einem Satze auf ihn gestürzt und ihm einen furchtbaren Faustschlag ins Gesicht versetzt. Er verfolgte ihn nicht weiter. Als er zu Miette zurückkehrte, fand er sie aufrecht mit der flachen Hand sich hastig die Tränen trocknend. Als er sie wie zum Troste sanft anblickte, machte sie eine Bewegung plötzlicher Energie.

Nein, sagte sie, ich weine nicht. Es ist mir lieber so. Jetzt habe ich mir keine Vorwürfe darüber zu machen, daß ich fortgegangen bin. Ich bin frei.

Sie ergriff die Fahne und führte Silvère in die Mitte der Aufrührer. Es war bald zwei Uhr morgens; die Kälte war so schneidend, daß die Republikaner sich erhoben hatten, ihr Brot stehend aßen und auf dem Platze umhertrippelten, um sich ein wenig zu wärmen. Endlich gaben die Führer das Zeichen zum Aufbruch. Die Abteilung trat wieder in Reih und Glied. Die Gefangenen wurden in die Mitte gebracht; außer Herrn Garçonnet und dem Major Sicardot führten die Aufständischen noch den Steuereinnehmer Peyrotte und mehrere andere Beamten mit.

In diesem Augenblicke sah man Aristide zwischen den Gruppen herumgehen. Angesichts dieser ungeheuren Erhebung hatte der liebe Junge gedacht, es sei unklug, nicht der Freund der Republikaner zu bleiben; da er aber anderseits sich mit ihnen nicht allzusehr bloßstellen wollte, war er nur zum Abschiede gekommen; dabei trug er den Arm in der Blinde und beklagte sich bitter über die Wunde, die ihn hinderte, eine Waffe zu tragen. In der Menge traf er seinen Bruder Pascal, mit einem Arzneikästchen und einem Instrumentensacke ausgerüstet. Der Arzt teilte ihm mit seiner ruhigen Stimme mit, daß er den Aufständischen folgen wolle. Aristide sagte ihm ganz leise, er sei ein Narr. Schließlich verduftete er, weil er fürchtete, man könne ihm die Obhut über die Stadt anvertrauen, was ihm ein überaus gefährliches Amt dünkte. Die Aufständischen konnten nicht daran denken, Plassans in ihrer Gewalt zu behalten. Die Stadt war zu sehr von einem reaktionären Geiste belebt, als daß sie auch nur hätten versuchen dürfen, eine demokratische Behörde daselbst einzusetzen, wie sie anderwärts getan hatten. Sie wären ganz einfach weitergezogen, wenn nicht Macquart, durch seine Rachegelüste getrieben und ermutigt, sich erbötig gemacht hätte, Plassans in Schach zu halten, wenn man zwanzig entschlossene Männer seinen Befehlen unterstellen wolle. Man gab ihm die zwanzig Männer, an deren Spitze er siegreich in das Bürgermeisteramt einzog. Mittlerweile stieg die Abteilung die Promenade Sauvaire hinab und verließ die Stadt durch das Haupttor, in nächtlicher Stille und Öde die Straßen zurücklassend, die sie wie ein Windstoß durchzogen hatte. In der Ferne dehnten sich im Mondlichte die weißen Straßen. Miette hatte es abgelehnt, sich auf Silvères Arm zu stützen; kühn und fest marschierte sie dahin, mit beiden Händen die rote Fahne haltend.

Fünftes Kapitel

In der Ferne zogen sich die mondscheinhellen Straßen dahin.

Die Bande der Aufrührer setzte in der winterlich kahlen Landschaft ihren heldenmütigen Marsch fort. Es war wie ein breiter Strom der Begeisterung. Der heldenhafte Zug, der Miette und Silvère, die großen Kinder, die nach Liebe und Freiheit dürsteten, fortriß, bildete mit seinem hochsinnigen Feuereifer den schroffsten Gegensatz zu den schmachvollen Komödien der Macquart und der Rougon. Von Zeit zu Zeit grollte die laute Stimme des Volkes in das Geschwätz des gelben Salons und das Schimpfen des Onkels Antoine hinein. Die gemeine, schmähliche Posse entwickelte sich zum großen, weltgeschichtlichen Drama.

Als sie Plassans hinter sich hatten, schlugen die Aufständischen die Straße nach Orchères ein. In dieser Stadt mußten sie gegen zehn Uhr morgens eintreffen. Die Straße folgt dem Laufe der Viorne und läuft immer am Fuße der Hügel, welche den Fluß einsäumen. Links breitet die Ebene sich aus, wie ein endloser grüner Teppich, wo da und dort die grauen Flecke der Dörfer zu sehen sind. Rechts streckt die Kette des Garriguesgebirges seine kahlen Spitzen, seine Steinfelder, seine rostfarbigen Blöcke, die von der Sonne gerötet scheinen, in die Höhe. Der Weg, der am Flusse sich zur Heerstraße erweitert, führt zwischen riesigen Felsen hindurch, wo bei jedem Schritte irgendein Winkel des Tales sichtbar wird. Man kann sich nichts Wilderes, Eigentümlicheres, Großartigeres denken, als diese in die Flanken der Hügel gebrochene Straße. Besonders zur Nachtzeit rufen diese Orte ein Gefühl der Ehrfurcht hervor. Beim bleichen Lichte des Mondes schritten die Aufständischen wie durch die Straßen einer zerstörten Stadt dahin, in der zu beiden Seiten die Tempel in Trümmern liegen. Jeder Felsen schien in dieser nächtlichen Beleuchtung eine zerbrochene Säule, ein abgestürztes Oberstück, eine Mauer mit seltsamen Durchgängen. In der Höhe schlief das Garriguesgebirge in bleichem, weißem Lichte, gleich einer zyklopischen Stadt, deren Türme, Obelisken und Häuser mit hohen Terrassen einen Teil des Himmels verdecken. Im Hintergrunde, auf der Seite der Ebene, breitete ein Ozean von verschwimmenden Lichtern sich aus, eine unbestimmte, endlose Ferne, wo Felder leuchtenden Nebels schwebten. Die Aufrührerbande hätte glauben mögen, daß sie einer Riesenstraße folge, einem Rundwege, der am Gestade eines lichtstrahlenden Meeres verläuft und einen unsichtbaren Babelturm umkreist.

Die Viorne ließ in dieser Nacht, am Fuße der Felsen dahineilend, ein rauhes Grollen vernehmen. Durch dieses fortdauernde Tosen des reißenden Flusses hindurch hörten die Aufständischen das schmerzliche Gewimmer der Sturmglocken. Die jenseits des Flusses in der Ebene ausgestreuten Dörfer erhoben sich, läuteten Alarm und zündeten Feuer an. Die marschierende Truppe, der das traurige Gebimmel der Glocken das Geleite gab, sah so bis zum Morgen den Aufruhr sich längs des ganzen Tales fortwälzen, wie eine Pulverwolke. Die Alarmfeuer bildeten blutigrote Punkte im nächtlichen Dunkel; ferne Gesänge tönten in gedämpften Schallwellen herüber; die ganze, unklar verschwimmende Ebene, in das weißliche Dunstlicht des Mondes getaucht, war in einer verworrenen Bewegung, von Zeit zu Zeit von Zornesaufwallungen geschüttelt. Meilenweit blieb dieses Schauspiel sich gleich.

Diese Männer, die in der Blindheit des Fiebers dahinmarschierten, das die Pariser Ereignisse in den Herzen der Republikaner entfacht hatte, begeisterten sich an dem Anblick dieses großen Stück Landes, welches der Aufruhr durchrüttelte. Berauscht von dem Taumel der allgemeinen Erhebung, von der sie träumten, glaubten sie, daß ganz Frankreich ihnen folge; sie wähnten jenseits der Viorne, in dem endlosen Meer von verschwommenen Lichtern unendliche Reihen von Männern, die gleich ihnen herbeieilten, um die Republik zu schützen. Und ihr bäuerlicher Verstand dachte in der Einfalt und der Einbildungskraft der großen Mengen, daß der Sieg ganz leicht und sicher sei. Sie hätten jeden als Verräter niedergeschossen, der es gewagt hätte, ihnen zu dieser Stunde zu sagen, daß sie allein den Mut der Pflicht hätten und daß der übrige Teil des Landes, vom Schrecken niedergehalten, sich ruhig erwürgen lasse. Sie schöpften noch fortwährend neuen Mut aus dem Empfang, den die wenigen Flecken, die am Abhange des Garriguesgebirges an der Heerstraße lagen, ihnen bereiteten. Bei der Annäherung der kleinen Kriegerschar erhob sich die Bevölkerung in Massen; die Frauen liefen herbei und wünschten ihnen einen raschen Sieg. Die Männer, kaum bekleidet, stießen zu ihnen, die erstbeste Waffe ergreifend, die ihnen in die Hände fiel. In jedem Dorfe gab es einen neuen begeisterten Willkomm und lange Abschiedsgrüße.

Gegen Tagesanbruch verschwand der Mond hinter dem Garriguesgebirge; die Aufständischen setzten ihren raschen Marsch durch die finstere Winternacht fort; sie sahen das Tal, die Hänge nicht mehr, sie hörten bloß das Gejammer der Sturmglocken, die gleich unsichtbaren Trommlern sie unaufhörlich mit ihren verzweifelten Rufen anfeuerten.

Miette und Silvère wurden von der Begeisterung der Truppe mitgerissen. Gegen den Morgen überwältigte die Müdigkeit das Mädchen. Sie trippelte jetzt mit kurzen, hastigen Schritten dahin, weil sie die großen Schritte der sie umgebenden Burschen nicht mithalten konnte. Aber sie faßte ihren ganzen Mut zusammen, um keine Klage vernehmen zu lassen; es wäre ihr zu schwer angekommen, einzugestehen, daß sie nicht die Kraft eines Burschen habe. Nach den ersten Meilen, die sie zurückgelegt hatten, reichte Silvère ihr den Arm; als er sah, daß die Fahne allmählich ihren steifen Händen entglitt, wollte er die Fahne ergreifen, um dem Mädchen die Last abzunehmen; darob ward sie böse und gestattete ihm nur, die Fahne mit einer Hand zu stützen, während sie nach wie vor diese auf der Schulter tragen wollte. So bewahrte sie ihre heldenmütige Haltung mit kindischem Eigensinn und lächelte dem jungen Manne zu, so oft er einen Blick voll zärtlicher Besorgnis auf sie richtete. Allein als der Mond hinter den Wolken verschwand, erlag sie, im Dunkel der Nacht marschierend, der Ermüdung. Silvère fühlte, wie sie an seinem Arme schwerer wurde. Er mußte die Fahne tragen und das Mädchen um den Leib fassen, damit es nicht strauchle. Noch immer kam kein Laut der Klage über ihre Lippen.

Du bist wohl sehr müde, arme Miette? Fragte ihr Gefährte.

Ja, ein wenig, erwiderte sie mit beklommener Stimme.

Wollen wir eine Weile ausruhen?

Sie sagte nichts, aber er merkte doch, daß sie wankte. Da übergab er die Fahne einem der Kameraden und trat aus Reih und Glied, das Kind in seinen Armen tragend. Sie wehrte sich ein wenig; sie schämte sich, noch ein Kind zu sein. Doch er beruhigte sie; er kenne einen Querweg, sagte er, der die Entfernung um die Hälfte abkürze. Sie könnten ein Stündchen ausruhen und würden dennoch mit den anderen zugleich Orchères erreichen.

Es war ungefähr sechs Uhr morgens. Ein leichter Nebel stieg von der Viorne auf. Die Nacht schien sich noch zu verdichten. Die beiden erklommen tastend den Abhang des Garriguesberges bis zu einem Felsen, auf dem sie sich niederließen. Rings um sie her war tiefste Finsternis. Sie waren wie verloren auf der Spitze eines Riffs, über der Leere schwebend. Als die Truppe der Aufständischen mit immer mehr ersterbendem Geräusche in der Ferne verschwand, hörten sie in dieser

Leere nichts als zwei Glocken, die eine ganz hell, ohne Zweifel, weil sie zu ihren Füßen ertönte in irgendeinem Dorfe, das an der Heerstraße lag, die andere aus der Ferne, in gedämpftem Schall das klagende Gewimmer der ersten erwidernd. Es war, als wollten die beiden Glocken einander durch das Nichts der Nacht das traurige Ende einer Welt verkünden.

Vom schnellen Gehen erwärmt, fühlten die beiden anfangs keine Kälte. Sie schwiegen und lauschten mit unsagbarer Traurigkeit diesem Sturmläuten, das durch die stille Nacht zitterte. Sie sahen einander nicht. Miette hatte Furcht; sie suchte die Hand Silvères und behielt sie in der ihrigen. Nach dem fieberhaften Taumel, der sie stundenlang ihrer selbst vergessen ließ und ihnen keine Zeit gönnte, über ihre Lage nachzudenken, fand dieser plötzliche Aufenthalt, diese Einsamkeit, in der sie Seite an Seite saßen, die beiden Kinder gebrochen und erstaunt, wie aus einem unruhigen Traume plötzlich erwacht. Es war ihnen, als habe eine Flut sie hierher, an den Wegrand gespült und sich dann wieder verlaufen. Ein unüberwindlicher Rückschlag versetzte sie in einen Zustand unbewußter Erstarrung; sie vergaßen ihre Begeisterung; sie dachten nicht mehr an diese Truppe, zu der sie stoßen sollten; sie gaben sich ganz dem traurigen Reize hin, sich allein zu fühlen Hand in Hand inmitten dieser unheimlichen Finsternis.

Du grollst mir doch nicht? Fragte das Mädchen nach einer Weile. Ich möchte mit dir die ganze Nacht marschieren, aber die Männer liefen zu schnell; mir war der Atem ausgeblieben.

Warum sollte ich dir grollen? Entgegnete der junge Mensch.

Ich weiß nicht. Ich fürchte, daß du mich nicht mehr liebest. Ich hätte lange Schritte machen mögen wie du, immerfort gehen, ohne stillzustehen. Du wirst nun glauben, ich sei nur ein Kind.

Silvere lächelte und Miette ahnte dieses Lächeln, das sie nicht sehen konnte. Sie fuhr mit entschlossener Stimme fort:

Du sollst mich nicht immer wie eine Schwester behandeln; ich will dein Weib sein.

Und sie selber zog Silvère an ihre Brust.

Sie hielt ihn fest in ihre Arme geschlossen und flüsterte:

Es wird uns kalt werden; laß uns so erwärmen.

Ein Stillschweigen trat ein. Bis zu dieser trüben Stunde hatten die beiden sich mit geschwisterlicher Zärtlichkeit geliebt. In ihrer Unschuld galt ihnen noch immer nur für Freundschaft die Macht der Anziehung, die sie dazu trieb, sich unaufhörlich in den Armen zu halten länger und fester, als Brüder und Schwestern es tun. Allein am Grunde ihrer unschuldigen Liebe grollten mit jedem Tage lauter die Stürme des heißen Blutes dieser Kinder. Mit zunehmendem Alter, mit der wachsenden Erkenntnis mußte aus dieser Idylle eine heiße, südlich-stürmische Leidenschaft hervorgehen. Ein Mädchen, das sich an den Hals eines Burschen hängt, ist schon ein Weib, ein unbewußtes Weib, das die erste Liebkosung erwecken kann. Wenn Verliebte sich auf die Wangen küssen, sind sie auf der Suche nach den Lippen. Ein Kuß macht ein Liebespaar aus ihnen. In dieser schwarzen, kalten Winternacht, bei dem schrillen Klagen der Sturmglocken tauschten Miette und Silvère einen jener Küsse, die das Herzblut auf die Lippen heraufholen.

Stumm saßen sie da, eng ineinander verschlungen. Miette hatte gesagt: „So wollen wir uns erwärmen“ und nun warteten sie unschuldig, bis sie warm werden würden. Alsbald drang eine Wärme durch ihre Kleider; sie fühlten, wie sie in der Umschlingung heiß wurden, und hörten in dem nämlichen Atemzuge ihre Brust schwellen. Eine Mattigkeit bemächtigte sich ihrer, die sie in einen fieberischen Schlummer versenkte. Jetzt war ihnen warm; Lichter tanzten vorihren geschlossenen Augen, ein verworrenes Tosen drang zu ihrem Gehirn empor. Dieser Zustand einer schmerzlichen Lust, der einige Minuten währte, schien ihnen eine Ewigkeit. Wie im Traume fanden sich ihre Lippen. Es war ein langer und gieriger Kuß. Es war ihnen, als hätten sie noch niemals früher sich geküßt. Sie litten dadurch und ließen einander los. Als die Kälte der Nacht ihr Fieber gelöst hatte, verblieben sie in einiger Entfernung voneinander in unsagbarer Verwirrung.

Die beiden Glocken führten ihr trauriges Zwiegespräch fort in dem finsteren Abgrund, der rings um das junge Paar gähnte. Die zitternde und erschrockene Miette wagte nicht, sich Silvère zu nähern. Sie wußte gar nicht mehr, ob er noch da sei; sie hörte ihn keine Bewegung mehr machen. Beide waren des herben Gefühls voll, das ihr Kuß in ihnen erzeugt hatte. Ein Trieb der Mitteilsamkeit drängte Worte auf ihre Lippen; sie hätten sich gegenseitig danken, sich noch einmal küssen mögen, aber sie schämten sich dermaßen ihres sengenden Glückes, daß sie lieber darauf verzichtet hätten, es ein zweites Mal zu genießen, als daß sie davon laut gesprochen hätten. Hätte nicht der lange Marsch ihr Blut in Wallung gebracht, wäre nicht die stockfinstere Nacht ihre Mitschuldige geworden: sie hätten noch lange sich nur auf die Wangen geküßt wie gute Kameraden. Die Scham erfaßte Miette. Nach dem glühenden Kusse Silvères, in dem seligen Dunkel, in dem ihr Herz sich öffnete, erinnerte sie sich der Roheiten Justins. Wenige Stunden früher hatte sie ohne Erröten den Burschen gehört, der sie als Metze behandelte; er hatte sie gefragt, wann Kindtaufe sein werde; er hatte ihr zugerufen, sein

Vater werde sie mittelst Fußtritte entbinden, wenn sie es jemals wagen solle, nach dem Jas-Meiffren zurückzukehren; und sie hatte geweint, ohne ihn zu verstehen; sie hatte geweint, weil sie erriet, daß all dies schimpflich sein müsse. Jetzt, da sie Weib wurde, sagte sie sich in der letzten Regung ihrer Unschuld, daß der Kuß, dessen Brennen sie noch in sich fühlte, vielleicht genügte, um sie mit jener Schmach zu bedecken, deren ihr Vetter sie beschuldigt hatte. Da ward sie von Schmerz ergriffen und schluchzte.

Was ist dir? Warum weinst du? Fragte Silvère besorgt.

Nein, laß mich, stammelte sie. Ich weiß es nicht.

Und sie fügte, in Tränen aufgelöst, unwillkürlich hinzu:

Ach, ich bin eine Unglückliche! Als ich zehn Jahre zählte, warf man mich mit Steinen; heute behandelt man mich wie das geringste der Geschöpfe. Justin hatte recht, als er mich vor aller Welt mit seiner Verachtung überschüttete. Wir haben soeben Schlimmes getan, Silvère. Der junge Mensch war betroffen; er schloß sie in seine Arme und suchte sie zu trösten.

Ich liebe dich, flüsterte er. Ich bin dein Bruder. Warum sagst du, daß wir Schlimmes getan haben? Wir haben uns umarmt, weil wir froren. Du weißt wohl, daß wir uns jeden Abend umarmten, wenn wir voneinander schieden.

O, nicht so wie jetzt, sprach sie sehr leise. Wir dürfen das nicht mehr tun, hörst du? Das muß verboten sein, denn ich fühle mich so ganz eigentümlich. Die Männer werden mich künftig verlachen, wenn sie mich vorbeikommen sehen. Und ich werde nicht mehr den Mut haben, mich zu verteidigen, denn sie haben recht.

Der junge Mann schwieg; er fand kein Wort, um den aufgescheuchten Sinn dieses dreizehnjährigen Kindes zu beschwichtigen, das nach seinem ersten Liebeskusse am ganzen Leibe vor Angst zitterte. Er drückte sie sanft an sich; er ahnte, daß er sie beruhigen werde, wenn er ihr das wärmende Wohlbehagen ihrer Umarmung wiedergeben könne. Allein sie wehrte ab und sagte:

Wenn du willst, laß uns fortgehen und diese Gegend verlassen. Ich kann nicht mehr nach Plassans zurückkehren; mein Oheim prügelt mich; alle Leute zeigen mit Fingern auf mich...

Dann rief sie, wie in plötzlicher Gereiztheit:

Nein, ich bin verdammt! Du darfst meinethalben Tante Dide nicht verlassen. Du mußt mich irgendwo, auf der Heerstraße stehen lassen...

Miette, Miette, sage das nicht! Flehte Silvère.

Doch, ich will dich freimachen von mir. Sei vernünftig. Man hat mich davongejagt wie einen Tunichtgut. Wenn ich mit dir zurückkehrte, müßtest du dich jeden Tag mit einem andern herumschlagen. Das will ich nicht.

Der junge Mann küßte sie wieder auf den Mund und murmelte:

Du wirst mein Weib; niemand soll es wagen, dich zu kränken.

O, ich bitte dich, küsse mich nicht so! flehte sie. Es tut mir weh.

Nach kurzem Stillschweigen fuhr sie fort:

Du weißt wohl, daß ich nicht deine Frau werden kann. Wir sind zu jung. Ich müßte warten und würde vor Scham sterben. Du hast unrecht, böse zu werden: Du mußt mich irgendwo in einem Winkel stehen lassen.

Jetzt begann auch Silvère zu weinen; die Kräfte hatten ihn verlassen. Das Schluchzen eines Mannes ist von ergreifender Härte. Erschrocken darüber, wie der arme Junge in ihren Armen vom Schluchzen geschüttelt wurde, küßte Miette ihn auf die Wangen, vergessend, daß dabei ihre Lippen schier verbrannten. Es sei ihr Fehler, sagte sie sich. Sie sei ein albernes Ding, daß sie den süßen Schmerz einer Liebkosung nicht ertragen könne. Sie wußte nicht, weshalb sie an traurige Dinge dachte gerade in dem Augenblicke, da ihr Geliebter sie in einer Weise küßte, wie er es noch niemals zuvor getan hatte. Und sie preßte ihn an ihre Brust, um ihn für den ihm zugefügten Kummer um Verzeihung zu bitten. Und diese weinenden, voll Angst sich umfangen haltenden Kinder erhöhten noch die Trostlosigkeit dieser finsteren Dezembernacht. Die Glocken in der Ferne ließen noch immer ihr trauriges Geläute vernehmen.

Es wäre besser zu sterben, flüsterte Silvère mitten in seinem Schluchzen.

Weine nicht, vergib mir, stammelte Miette. Ich werde stark sein und tun, was du verlangst.

Der junge Mann trocknete seine Tränen und sagte:

Du hast recht; wir können nicht nach Plassans zurückkehren. Aber wir haben jetzt keine Zeit, feige zu sein. Wenn wir als Sieger aus dem Kampfe hervorgehen, hole ich die Tante Dide ab und nehme sie mit uns, weit, weit. Wenn wir aber besiegt werden...

Er hielt inne.

Wenn wir besiegt werden?... wiederholte Miette.

Dann sei uns der Himmel gnädig! Fuhr Silvère leise fort. Ich werde dann nicht mehr sein, und du wirst die arme Greisin trösten. Das wird besser sein.

Ja, du sagtest es soeben: es wäre besser zu sterben, flüsterte das Mädchen.

Bei dieser Sehnsucht nach dem Tode umarmten sie sich noch inniger. Miette wollte mit Silvère sterben; dieser hatte nur von sich selbst gesprochen, aber sie fühlte wohl, daß er sie gerne mit ins Grab nehmen wollte. Dort würden sie sich freier lieben dürfen als am hellen Tage. Tante Dide würde ebenfalls sterben und zu ihnen hinabsteigen. Es war wie ein flüchtiges Ahnen, die Sehnsucht nach einer seltsamen Lust, welche der Himmel durch die Klagetöne der Sturmglocken bald zu erfüllen verhieß. Ster–ben! Ster–ben! Die Glocken wiederholten dieses Wort mit zunehmender Gewalt und die Liebenden waren bereit, diesem Ruf nach dem Schattenreiche zu folgen. Sie hatten gleichsam einen Vorgeschmack der ewigen Ruhe in dieser schlummerartigen Betäubung, in welche die Wärme ihre Glieder und die Glut ihrer Lippen, die sich wiedergefunden hatten, sie von neuem versenkten.

Miette wehrte sich nicht mehr. Jetzt war sie es, die ihren Mund auf den Silvères preßte, die mit stummer Gier jene Freude suchte, deren herben Brand sie anfänglich nicht hatte ertragen können. Der Traum von einem nahen Tode hatte ein Fieber in ihr entzündet; sie fühlte kein Erröten mehr; sie hängte sich an den Geliebten; sie schien, ehe sie ins Grab stieg, diese neuen Wonnen auskosten zu wollen, von denen sie kaum genippt hatte; es verdroß sie, daß nicht augenblicklich dieses unbekannte Etwas, das ihr ganzes Wesen aufrüttelte, sie durchdringen konnte. Außer dem Kusse ahnte sie noch etwas anderes, was sie erschreckte und zugleich anzog in dem Taumel ihrer nunmehr erwachten Sinne. Sie gab sich hin; in der schamlosen Einfalt der Jungfrauen hätte sie Silvère anflehen mögen, den letzten Schleier zu zerreißen. Er aber, schier die Besinnung verlierend infolge ihrer Liebkosung, von einem vollkommenen Glücke erfüllt, ohne Kraft, ohne andere Begierden, schien an größere Wonnen gar nicht zu glauben.

Als Miette keinen Atem mehr hatte und die herbe Freude der ersten Umarmung schwinden fühlte, flüsterte sie:

Ich will nicht sterben, ohne daß du mich liebest... ich will, daß du mich noch mehr liebest...

Ihr fehlten die Worte; nicht als ob sie das Bewußtsein der Schande gehabt hätte, sondern weil sie nicht wußte, was sie wünschte. Sie war ganz einfach von einer dumpfen inneren Regung und von einem Bedürfnis nach Unendlichem in ihrer Freude erfüllt.

In ihrer Unschuld hätte sie mit dem Fuße stampfen mögen wie ein Kind, dem man ein Spielzeug verweigert.

Ich liebe dich! Ich liebe dich! Wiederholte Silvère ermattend.

Miette schüttelte den Kopf; sie schien zu sagen, es sei nicht wahr, und der junge Mensch verheimliche ihr etwas. Ihre kraftvolle und freie Natur hatte den geheimen Trieb der Fruchtbarkeit des Lebens. Darum wies sie den Tod von sich, wenn sie als Unwissende sterben sollte. Diesen Aufruhr ihres Blutes und ihrer Nerven gestand sie treuherzig durch ihre glühenden, umhertastenden Hände, durch ihr Stammeln, durch ihr Flehen.

Dann ward sie ruhiger, lehnte das Haupt an die Schulter des jungen Mannes und schwieg. Silvère neigte sich zu ihr und küßte sie lange. Sie genoß seine Küsse langsam, nach ihrem Sinn, ihrer geheimen Lust forschend. Sie hörte sie gleichsam durch ihre Adern rieseln und fragte sie, ob sie die ganze Liebe, die ganze Leidenschaft seien. Eine Mattigkeit bemächtigte sich ihrer; sie entschlief sanft, hörte aber auch im Schlafe nicht auf, die Liebkosungen Silvères zu genießen. Dieser hatte sie in den großen, roten Mantel eingehüllt, von dem er einen Zipfel auch über sich selbst gebreitet hatte. Sie fühlten die Kälte nicht mehr. Als Silvère an dem regelmäßigen Atemholen Miettens merkte, daß sie eingeschlummert sei, war er froh über diesen Schlaf, nach dem sie gestärkt wieder ihren Weg würden fortsetzen können. Er nahm sich vor, sie eine Stunde schlafen zu lassen. Der Himmel war noch immer schwarz; kaum eine weißliche Linie im Osten kündigte das Nahen des Morgens an. Hinter dem Liebespaare mußte ein Fichtenwald sein, dessen vielstimmiges Erwachen bei dem ersten Wehen der Morgenluft der junge Mensch vernahm. In der schneidenden Luft tönte das Klagen der Glocken immer schärfer, und diese Töne wiegten Miette in den Schlummer, gleichwie sie vorhin ihr Liebesfieber begleitet hatten.

Bis zu dieser Nacht voll Aufregungen und Verwirrungen hatten die beiden jungen Leute eine jener kindlichen Idyllen durchlebt, die in der Arbeiterklasse entstehen, unter den Enterbten, Geistesarmen, bei denen man noch zuweilen die einfache Liebe der altgriechischen Sagen antrifft.

Miette war kaum neun Jahre alt, als ihr Vater auf die Galeeren geschickt wurde, weil er einen Gendarm erschossen hatte. Der Prozeß Chantegreil war in der ganzen Gegend berühmt geblieben. Der Wilderer hatte den Mord glattweg eingestanden; aber er schwor, daß der Gendarm sein Gewehr auf ihn angelegt hatte. Ich bin ihm nur zuvorgekommen, sagte er; ich habe mich nur verteidigt; es war ein Zweikampf und kein Mord. Und aus dieser Art sich zu verteidigen trat er nicht heraus. Es wollte dem Präsidenten nicht gelingen, ihm begreiflich zu machen, daß ein Gendarm wohl das Recht habe, auf einen Wilderer zu schießen, nicht aber umgekehrt. Dank seiner überzeugten Haltung und seinem unbescholtenen Vorleben entging Chantegreil dem Schafott, doch kam er auf die Galeeren. Dieser Mann weinte wie ein Kind, als man ihm seine Tochter brachte, ehe er nach Toulon abgeführt ward. Die Kleine, die noch in der Wiege gelegen hatte, als sie ihre Mutter verlor, wohnte bei ihrem Großvater in Chavanoz, einem Dorfe in den Tälern des Seillegebirges. Als der Wilderer nicht mehr da war, lebten der Alte und das Kind von Almosen. Die Einwohner von Chavanoz, sämtlich Jäger, unterstützen die armen Geschöpfe, die der Sträfling zurückgelassen hatte. Doch der Alte starb bald vor Kummer. Miette, die allein geblieben war, hätte auf den Straßen betteln müssen, wenn die Nachbarinnen sich nicht erinnert hätten, daß sie in Plassans eine Tante habe. Es fand sich eine mildtätige Seele, die Miette zu dieser Tante brachte, die das Kind ziemlich unwirsch empfing.

Eulalie Chantegreil, an den Krautgärtner Rébufat verheiratet, war ein langes, eigensinniges Teufelsweib, das im Hause das Regiment führte. In der Vorstadt sagte man, daß sie ihren Mann nasführe. Die Wahrheit war, daß der geizige, überaus arbeitsame und gewinnsüchtige Rébufat eine Art Respekt empfand vor diesem derben Weib, das so rüstig bei der Arbeit, so nüchtern und so sparsam war, wie wenige ihresgleichen.

Dank dem Weibe gedieh das Haus. Der Gärtner murrte, als er, abends heimkehrend, die kleine Miette in seinem Hause traf. Doch sein Weib schloß ihm den Mund, indem sie mit ihrer rauhen Stimme sagte:

Die Kleine ist kräftig, sie wird uns als Magd dienen. Wir geben ihr das Essen und sparen den Lohn bei ihr.

Diese Berechnung gefiel dem Rébufat. Er ging so weit, daß er die Arme des Kindes betastete, und erklärte mit Genugtuung, es sei für sein Alter sehr stark. Miette war damals neun Jahre alt. Schon vom nächsten Tage an machte er sie sich dienstbar. Die Arbeit der Bäuerinnen im Süden ist viel leichter als im Norden. Nur selten sieht man dort die Weiber die Erde behauen, Lasten tragen, überhaupt die Verrichtungen der Männer besorgen. Sie binden Garben und pflücken Oliven oder Maulbeerblätter. Ihre schwerste Beschäftigung ist Unkraut jäten. Miette arbeitete munter. Das Leben im Freien war ihre Freude und ihre Gesundheit. Solange ihre Tante lebte, konnte Miette ihres Daseins froh werden. Trotz ihrer rauhen Art liebte die wackere Frau das Mädchen wie ihr eigenes Kind; sie verbot ihr, die schweren Arbeiten zu verrichten, die ihr Mann ihr aufbürden wollte, und sie rief dem letzteren zu:

Du bist aber ein Pfiffikus! Siehst du nicht ein, Schwachkopf, daß, wenn du sie heute zu sehr ermüdest, sie morgen nichts wird machen können!

Dieser Grund war entscheidend. Rébufat senkte den Kopf und trug selber die Last, die er dem Mädchen hatte aufbürden wollen.

Unter dem geheimen Schutze ihrer Tante hätte Miette ein glückliches Leben führen können, wären nicht die Neckereien ihres damals sechzehnjährigen Vetters gewesen, der seine in Trägheit verlebten Tage dazu benützte, das Mädchen zu mißachten und zu verfolgen. Die besten Stunden Justins waren die, wenn es ihm durch irgendeine plumpe Lüge gelang, daß sie ausgescholten wurde. Wenn er ihr auf die Füße treten oder sie roh anrennen konnte, mit der Entschuldigung, daß er sie nicht bemerkt habe, lachte er und genoß die tückische Lust der Leute, die sich der Übel der anderen freuen. Miette schaute ihn dann mit ihren großen kindlichen Augen an, mit Blicken voll Zorn und Stolz, die dem blöden Kichern des feigen Wichtes Einhalt geboten. Im Grunde hatte er eine wilde Furcht vor seiner Base.

Das Mädchen war bald elf Jahre alt, als ihre Tante Eulalie plötzlich starb. Seit jenem Tage änderte sich alles in dem Hause. Rébufat gewöhnte sich allmählich daran, das Mädchen als Ackerknecht zu behandeln. Er bürdete ihr schwere Arbeiten auf, bediente sich ihrer wie eines Lasttieres. Sie beklagte sich nicht, sie glaubte eine Schuld abtragen zu müssen. Wenn sie des Abends müde und erschöpft auf ihr Lager sank, beweinte sie die Tante, dieses schreckliche Weib, dessen geheime Güte sie jetzt erst voll empfand. Übrigens waren ihr selbst die schweren Arbeiten nicht zu lästig; sie liebte die Kraft und war stolz auf ihre starken Arme und Schultern. Was sie kränkte, war die mißtrauische Überwachung ihres Oheim, seine fortwährenden Vorwürfe, sein Auftreten eines zornigen Gebieters.

Zu dieser Zeit war sie im Hause eine Fremde. Und selbst eine Fremde hätte man nicht so schlecht behandeln können wie sie. Ohne Gewissensbisse mißbrauchte Rébufat die arme kleine Verwandte, die er aus wohlberechneter Mildtätigkeit in seinem Hause behielt. Sie vergalt mit ihrer Arbeit zehnfach seine rohe Gastfreundschaft, und es verging kein Tag, an dem er ihr nicht das Brot vorwarf, das sie aß. Justin tat sich besonders darin hervor, sie zu kränken. Seitdem seine Mutter nicht mehr da war, verwendete er seine ganze böse Einbildungskraft darauf, dem nunmehr wehrlosen Kinde den Aufenthalt im Hause zu verleiden. Die tückischeste Marter, die er ersann, war die, wenn er dem Mädchen von dessen Vater sprach. Das arme Mädchen, das außerhalb der Welt gelebt hatte unter dem Schutze ihrer Tante, die verboten hatte, daß man vor ihr die Worte „Sträfling“ und „Galeeren“ ausspreche, begriff nicht den Sinn dieser Worte. Justin war es, der sie diesen Sinn lehrte, indem er ihr in seiner Weise erzählte, wie der Gendarm getötet und Chantegreil verurteilt wurde. Er hörte nicht auf, abscheuliche Einzelheiten zu erzählen: die Sträflinge schleppten eine eiserne Kugel an den Füßen nach, müßten fünfzehn Stunden arbeiten und gingen sämtlich unter dieser Plage zugrunde. Das Bagno sei ein furchtbarer Ort, den er mit all seinen Schrecknissen ausführlich schilderte. Betroffen, die Augen voll Tränen, hörte Miette ihm zu. Zuweilen ward sie von heftigen Zornesanfällen erfaßt und Justin wich vor ihren geballten Fäusten einen Schritt zurück. Dieses grausame Einweihen in die Sachlage genoß er wie ein Feinschmecker. Wenn sein Vater – was oft wegen des geringsten Versehens geschah – sich gegen das Kind erzürnte, war er gleich mit dabei und war glücklich, sie gefahrlos beschimpfen zu können. Wenn sie sich zu wehren suchte, sagte er:

Das Blut verleugnet sich nicht; du wirst im Zuchthaus enden wie dein Vater!

Ohnmächtig vor Scham und im Innersten getroffen konnte Miette nichts tun als weinen.

Zu jener Zeit entwickelte sich Miette schon zum Weibe. Frühzeitig gereift, konnte sie den Quälereien mit außerordentlicher Willenskraft Widerstand leisten. Nur in den seltenen Stunden, wenn ihr angeborener Stolz von den Beschimpfungen des Vetters gedemütigt ward, gab sie sich der Verzweiflung hin. Bald ertrug sie trockenen Auges die unaufhörlichen Beschimpfungen dieses Feiglings, der, während er mit ihr sprach, sie sorgfältig beobachtete aus Furcht, daß sie ihm ins Gesicht fahren könne. Überdies wußte sie ihn zum Schweigen zu bringen, wenn sie ihn fest ansah. Wiederholt fühlte sie sich versucht, aus dem Jas-Meiffren zu fliehen. Aber sie tat es nicht, um ihren Mut dadurch zu bekunden; sie wollte sich nicht eingestehen, daß sie den Verfolgungen erliege, die sie zu erdulden hatte. Alles in allem verdiente sie ja ihr Brot und ließ sich die Gastfreundschaft der Familie Rébufat nicht schenken. Diese Gewißheit genügte ihrem Stolze. So blieb sie denn, um zu kämpfen, machte sich stark und lebte in dem unaufhörlichen Gedanken an den Widerstand. Sie richtete ihr Verhalten danach ein, daß sie still ihre Arbeit verrichtete und für die schlimmen Worte, die sie zu hören bekam, sich durch stumme Verachtung rächte. Sie wußte wohl, daß ihr Oheim zu viel Nutzen von ihr zog, als daß er leichthin den Einflüsterungen Justins Gehör geschenkt hätte, der sie nur immer vor die Türe setzen wollte. Darum legte sie eine Art Trotz darin, nicht freiwillig das Haus zu verlassen.

In den langen Stunden des Stillschweigens gab sie sich gar seltsamen Träumereien hin. Ihre Tage in dem Gemüsegarten verbringend, von aller Welt getrennt, wuchs sie in Widerspenstigkeit heran und bildete sich Meinungen, die die braven Leute des Vorortes gar sehr erschreckt haben würden. Vornehmlich beschäftigte sie das Schicksal ihres Vaters. Sie erinnerte sich aller schlimmen Worte Justins und nahm schließlich die Mordbeschuldigung als wahr hin, indem sie sich sagte, ihr Vater habe recht gehandelt, den Gendarm zu töten, der ihn töten wollte. Sie kannte die wahre Begebenheit aus dem Munde eines Erdarbeiters, der im Jas-Meiffren gearbeitet hatte. Seit jenem Augenblicke wandte sie nicht einmal den

Kopf mehr um, wenn bei einem ihrer seltenen Ausgänge ein Gassenjunge in der Vorstadt ihr nachschrie:

Seht da, die Chantegreil!

Mit zusammengekniffenen Lippen und wütenden Blicken beschleunigte sie dann ihre Schritte. Wenn sie heimgekehrt das Torgitter hinter sich geschlossen hatte, warf sie einen einzigen und langen Blick auf die Bande der Gassenjungen. Sie wäre schlecht geworden, sie wäre zur grausamen Wildheit der Parias herabgesunken, wenn nicht zuweilen ihre ganze Kindheit in ihr Herz wieder eingekehrt wäre. Ihre elf Jahre warfen sie in kindliche Schwächen zurück, die sie trösteten. Dann weinte sie; sie schämte sich ihrer selbst und ihres Vaters. Sie verbarg sich in einem Stalle, wo sie nach Herzenslust weinen konnte, weil sie begriff, daß sie noch mehr gequält würde, wenn man sie weinen sähe. Und wenn sie genug geweint hatte, wusch sie sich in der Küche die Augen aus und nahm wieder ihre ruhige, stille Miene an. Nicht bloß ihr Interesse war es, was sie antrieb, sich zu verbergen; sie trieb den Stolz ihrer frühreifen Kräfte so weit, daß sie nicht mehr ein Kind scheinen wollte. Wenn dies so fortging, drohte mit der Zeit ihr ganzes Wesen zu verbittern. Glücklicherweise ward sie gerettet, weil sie die Zärtlichkeit ihrer liebevollen Natur wiederfand.

Im Hofe des Hauses, das Tante Dide und Silvère bewohnten, stand ein Brunnen, der auch von den Bewohnern des Jas-Meiffren benutzt wurde. Die Mauer teilte ihn. Ehe der Krautgarten der Fouque mit der großen Nachbarbesitzung vereinigt wurde, benützten die Gärtner täglich diesen Brunnen. Seitdem der Grund aber verkauft war, kamen die Leute nur selten mehr hierher, weil sie im Jas-Meiffren große Wasserbassins hatten und weil der Brunnen von den gemeinsamen Wohnungen auch zu weit entfernt lag. Jenseits der Mauer jedoch hörte man jeden Morgen den Brunnenschwengel kreischen; Silvère schöpfte für Tante Dide das im Hauhalte notwendige Wasser.

Eines Tages brach der Brunnenschwengel. Der junge Stellmacher zimmerte aus Eichenholz einen neuen und hängte ihn am Abend ein, als er von seinem Tagewerk heimgekehrt war. Zu diesem Behufe mußte er auf die Mauer steigen. Als er die Arbeit getan hatte, blieb er rittlings auf der Mauer sitzen, um auszuruhen, und betrachtete neugierig die weite Ausdehnung des Jas-Meiffren. Endlich blieben seine Blicke auf einer Bäuerin haften, die wenige Schritte von ihm entfernt Unkraut jätete. Man war im Juli und die Luft war schwül, obgleich die Sonne schon zur Rüste ging. Die Bäuerin hatte ihre Jacke abgelegt. Im weißen Mieder, mit einem buntfarbigen Tuche um die Schultern, die Hemdärmel bis zu den Ellenbogen aufgestreift, hockte sie in den Falten ihres Rockes von blauem Wollstoff, der von zwei rückwärts gekreuzten Schulterbändern festgehalten ward. Sie bewegte sich auf den Knien fort und jätete fleißig das Unkraut aus, das sie in einem Korb warf. Der junge Mensch sah nur ihre entblößten, von der Sonne gebräunten Arme, die bald rechts, bald links sich ausstreckten, um einen vergessenen Grashalm zu pflücken. Mit Wohlgefallen folgte er diesen hastigen Handbewegungen der Bäuerin, und es bereitete ihm ein Vergnügen, diese Arme so fest und so flink zu sehen. Sie hatte sich leicht aufgerichtet, als sie ihn nicht mehr arbeiten hörte, und hatte gleich wieder das Haupt gesenkt, noch ehe er ihre Züge hatte unterscheiden können. Diese scheue Bewegung fesselte seine Aufmerksamkeit. Er fragte sich, wer dieses Frauenzimmer sein könne und pfiff ein Liedchen vor sich hin, wobei er mit seinem Schnitzmesser den Takt schlug. Da entfiel ihm plötzlich das Schnitzmesser. Das Werkzeug fiel auf der Seite des Jas-Meiffren nieder, auf den Brunnenkranz und von da zu Boden. Silvère neigte sich hinab, um mit den Augen das Messer zu suchen, zögerte aber hinabzusteigen. Doch es schien, als beobachte die junge Bäuerin ihn von der Seite, denn sie erhob sich wortlos, nahm das Schnitzmesser und reichte es Silvère. Dieser konnte jetzt sehen, daß die Bäuerin noch ein Kind war. Er war überrascht und ein wenig eingeschüchtert. Im roten Lichte der Abendsonne erhob sich das Mädchen zu ihm. Die Mauer war an dieser Stelle niedrig, aber noch immer zu hoch für sie. Silvère beugte sich nieder, das Kind stellte sich auf die Fußspitzen. Sie sprachen nichts, sahen einander nur mit verlegenem Lächeln an. Der junge Mensch wünschte im stillen, das Kind möchte länger in dieser Stellung verbleiben. Sie erhob ein schönes Haupt zu ihm mit großen Augen und einem frischen Munde und alles dies setzte ihn in Erstaunen und bewegte ihn ganz seltsam. Noch niemals hatte er ein Mädchen in solcher Nähe gesehen; er wußte nicht, daß ein Mund und zwei Augen so lieblich zum Anschauen sein könnten. Alles schien ihm einen unbekannten Reiz zu haben, das bunte Tuch, das weiße Mieder, der Rock von blauem Wollstoff, von Achselbändern festgehalten, die bei der Bewegung der Schultern sich spannten. Sein Blick glitt den Arm entlang, der ihm das Schnitzmesser reichte. Bis zum Ellenbogen war der Arm wie mit goldbrauner Farbe belegt; aber weiter hinauf, im Schatten des aufgestreiften Hemdärmels, bemerkte Silvère eine nackte Rundung, so weiß wie Milch. Er ward verwirrt, neigte sich noch weiter hinab und griff endlich nach dem Schnitzmesser. Jetzt ward auch das Bauernmädchen verlegen. So verblieben sie, immer lächelnd, das Kind unten, das Antlitz aufwärts gekehrt, der junge Mensch halb sitzend, halb auf dem Mauerkamm hegend. Sie wußten nicht, wie sie sich trennen sollten. Sie hatten noch kein Wort gewechselt. Silvère hatte sogar vergessen zu danken.

Wie heißt du? Fragte er endlich.

Marie, erwiderte das Bauernmädchen; aber alle Welt nennt mich Miette.

Sie erhob sich ein wenig und fragte mit heller Stimme:

Und du?

Ich heiße Silvère, erwiderte der junge Arbeiter.

Es entstand ein kurzes Stillschweigen, als wollten sie an dem Wohlklang ihrer Namen sich ergötzen.

Ich bin fünfzehn Jahre alt, begann Silvère endlich wieder. Und du?

Ich werde zu Allerheiligen elf Jahre alt, erwiderte Miette.

Der junge Arbeiter machte eine Bewegung der Überraschung.

Ach, das ist nicht übel! Sagte er dann lachend. Ich hatte dich für ein Weib gehalten! Du hast ja dicke Arme!...

Nun lachte auch sie, indem sie ihre Arme betrachtete. Dann sprachen sie gar nichts mehr. Sie schauten einander noch eine Weile lächelnd an und da Silvère ihr nichts mehr zu sagen zu haben schien, ging Miette einfach weiter und machte sich wieder an das Unkraut jäten, ohne aufzuschauen. Silvère blieb noch einen Augenblick auf der Mauer. Die Sonne ging zur Neige, ein breites Feld von schrägen Strahlen ergoß sich über die gelben Beete des Jas-Meiffren; das Gartenland lag in einem feurigen Lichte da; man war versucht zu glauben, daß ein Brand sich am Boden hinwälze. Silvère betrachtete die inmitten dieses lodernden Feldes hockende kleine Bäuerin, deren nackte Arme ihr hurtiges Werk wieder aufgenommen hatten; ihr Rock von blauem Wollstoffe nahm eine weiße Färbung an und Streiflichter glitten über ihre gebräunten Arme hin. Schließlich fühlte Silvère eine Art Scham darüber, daß er noch immer da sitze, und stieg von der Mauer herunter.

Silvère, der sein Abenteuer nicht vergessen konnte, befragte am Abend die Tante Dide. Vielleicht würde sie Bescheid wissen über diese Miette, die so schwarze Augen und frische Lippen hatte. Allein, Tante Dide hatte, seitdem sie das Häuschen in der Sackgasse bewohnte, keinen Blick mehr jenseits der Mauer des kleinen Hofes geworfen. Diese Mauer war gleichsam ein unübersteiglicher Wall, die ihre Vergangenheit abschloß. Sie wußte nicht, sie wollte nicht wissen, was jetzt jenseits dieser Mauer war, in dem alten Krautgarten der Familie Foucque, wo sie ihre Liebe, ihr Herz und ihren Leib eingegraben hatte. Bei den ersten Fragen Silvères betrachtete sie diesen mit einem fast kindlichen Schrecken. Wollte etwa auch er die Asche ihrer erloschenen Tage aufrühren und ihr Tränen erpressen, wie ihr Sohn Antoine?

Ich weiß nicht, erwiderte sie hastig, ich gehe nicht mehr aus und sehe niemanden...

Silvère erwartete den folgenden Tag mit einiger Ungeduld. Kaum in der Werkstatt seines Meisters angekommen, lenkte er bei seinen Kameraden des Gespräch auf den Gegenstand, der ihn beschäftigte. Er sagte nichts von seiner kurzen Begegnung mit Miette; er sprach nur in unbestimmten Ausdrücken von einem Mädchen, das er aus der Ferne im Jas-Meiffren gesehen hatte.

Ei, das ist die Chantegreil! Rief einer der Arbeiter aus.

Und ohne daß Silvère es nötig gehabt hätte, sie zu befragen, erzählten ihm die Arbeiter die Geschichte des Wildschützen Chantegreil und seiner Tochter Miette mit dem blinden Hasse der großen Menge gegen die Parias der Gesellschaft. Besonders von dem Kinde redeten sie in einer unflätigen Weise; die Schmach der Tochter des Galeerensträflings kam ihnen immer wieder auf die Lippen wie eine Sache, gegen die es nichts zu erwidern gebe und die das liebe, unschuldige Kind für immer mit Schande bedecke.

Der Stellmacher Bian, ein braver und würdiger Mann, hieß sie endlich schweigen.

Still, ihr bösen Mäuler! Rief er, eine Deichsel aus der Hand legend, die er eben besichtigt hatte. Schämt ihr euch nicht, ein Kind so hart zu verlästern? Ich habe die Kleine gesehen, sie hat ein sehr ehrbares Aussehen. Auch hat man mir erzählt, daß sie sehr fleißig sei und die Arbeit einer Dreißigjährigen verrichte. Es gibt hier Nichtstuer, die lange nicht so viel taugen wie sie. Ich wünsche ihr für später einen tüchtigen Ehemann, der all der schlimmen Nachrede ein Ende macht.

Silvère, den die Scherze und plumpen Schmähungen der Arbeiter erstarrt hatten, fühlte, wie ihm bei den letzteren Worten Vians die Tränen in die Augen traten. Übrigens öffnete er den Mund nicht. Er nahm seinen Hammer wieder zur Hand, den er weggelegt hatte, und begann mit aller Kraft auf das Rad loszuhauen, das er bereifte.

Am Abend aus der Werkstätte heimgekehrt, beeilte er sich, die Mauer zu erklimmen. Er fand Miette bei der gestrigen Arbeit. Er rief sie an und sie kam zu ihm mit ihrem verlegenen Lächeln, mit der liebenswürdigen Scheu eines Kindes, das unter Tränen aufgewachsen.

Du bist die Chantegreil, nicht wahr? Fragte er sie geradeheraus.

Sie wich zurück; das Lächeln erstarb auf ihren Lippen; ihre Augen verdunkelten sich und nahmen einen Ausdruck von Trotz und Härte an. Will dieser Bursche sie beschimpfen wie die anderen? Sie wandte den Rücken, ohne zu antworten, als

Silvère, betroffen von dem plötzlichen Wechsel in ihrem Antlitze, sich beeilte hinzuzufügen:

Bleib, ich bitte dich! Ich will dich nicht kränken... Ich habe dir so vieles zu sagen.

Sie kam zögernd zurück. Silvère, dessen Herz voll war und der den Vorsatz gefaßt hatte, es sich zu erleichtern, war jetzt stumm; er wußte nicht, wo er anfangen sollte, und fürchtete, eine neue Ungeschicklichkeit zu begehen. Endlich legte er sein ganzes Herz in einen Satz.

Willst du, daß ich dein Freund sei? Fragte er mit bewegter Stimme.

Und da Miette ganz überrascht ihre jetzt wieder feuchten und lächelnden Augen zu ihm erhob, fuhr er lebhaft fort:

Ich weiß, daß man dir Kränkungen zufügt. Das muß aufhören. Ich werde dich von heute ab verteidigen. Willst du?

Das Kind strahlte vor Freude. Diese Freundschaft, die sich ihr darbot, verscheuchte alle ihre bösen, gehässigen Träume. Sie schüttelte den Kopf und erwiderte:

Nein, ich will nicht, daß du dich für mich prügelst. Du hättest zu viel zu tun. Und dann gibt es Leute, gegen die du mich nicht verteidigen kannst.

Silvère wollte ausrufen, daß er sie gegen die ganze Welt verteidigen werde; allein sie schloß ihm mit einer schmeichlerischen Gebärde den Mund und fügte hinzu:

Es genügt, daß du mein Freund seist.

Dann plauderten sie mit gedämpfter Stimme einige Minuten. Miette erzählte Silvère von ihrem Oheim und von ihrem Vetter. Für nichts in der Welt hätte sie mögen, daß sie ihn da rittlings auf der Mauer sitzen sähen. Justin wäre unerbittlich, wenn er eine Waffe gegen sie hätte. Sie lieh ihrer Angst und Furcht mit einem Schrecken Ausdruck, wie ein Schulmädchen, das eine Freundin getroffen, deren Umgang die Mutter ihr verboten hat. Silvère begriff von alle dem nur so viel, daß es ihm nicht leicht sein werde, Miette zu sehen. Das machte ihn sehr traurig. Indes versprach er ihr, nicht wieder auf die Mauer zu steigen. Sie waren beide damit beschäftigt, ein Mittel ausfindig zu machen, um sich wiederzusehen, als Miette ihn bat, sich zu entfernen. Sie hatte Justin bemerkt, der, quer über den Gartengrund kommend, seine Schritte nach der Brunnenseite lenkte. Silvère beeilte sich, die Mauer zu verlassen. Als er sich in dem kleinen Hofe befand, blieb er am Fuße der Mauer stehen und spitzte die Ohren, innerlich verdrossen über seine Flucht. Nach einigen Minuten wagte er, die Mauer von neuem zu erklimmen und einen Blick nach dem Jas-Meiffren zu werfen. Er sah Justin mit Miette sprechen und zog gleich wieder den Kopf zurück. Am folgenden Tage sah er seine Freundin nicht, selbst aus der Ferne nicht; sie schien in diesem Teile des Jas ihre Arbeit beendet zu haben. So vergingen acht Tage, ohne daß die beiden Gefährten Gelegenheit gefunden hätten, ein Wort auszutauschen. Silvère war trostlos und dachte schon daran, geradeswegs zu den Rébufat zu gehen und nach ihr zu fragen.

Der gemeinschaftliche Brunnen war ein großer, mäßig tiefer Brunnen. Zu beiden Seiten der Mauer lagen die Randsteine in breitem Halbkreise vor. Das Wasser stand in einer Tiefe von drei bis vier Metern. Dieses stille Wasser widerspiegelte die beiden Öffnungen des Brunnens, zwei Halbmonde, die der Schatten der Mauer wie ein schwarzer Strich trennte. Neigte man sich über den Brunnen, so hätte man glauben mögen, in dem unbestimmten Tageslichte zwei Spiegel von seltsamer Klarheit und eigenartigem Glänze zu sehen. An sonnenhellen Tagen, wenn nicht die von den Strängen herabfallenden Tropfen die Oberfläche des Wassers trübten, hoben diese Spiegel des Himmels sich weiß und schimmernd von dem grünen Wasser ab, mit einer Seltsamen Genauigkeit die Blätter der Efeustaude abzeichnend, die oberhalb des Brunnens aus der Mauer hervorgebrochen war. Als eines Morgens Silvère die Tante Dide mit Wasser versorgte und sich ein wenig hinabbückte, um den Strick zu ergreifen, bebte er zusammen und blieb unbeweglich in seiner gebeugten Haltung stehen. Er hatte auf dem Wasserspiegel des Brunnens das Haupt eines Mädchens zu erkennen geglaubt, das ihn lächelnd betrachtete; aber schon hatte er den Brunnenstrang geschüttelt und das hierdurch in Bewegung gebrachte Wasser bot nur mehr einen trüben Spiegel, in dem sich nichts mehr klar abzeichnete. Er wartete, bis das Wasser wieder ruhig würde; regungslos, mit stürmisch pochendem Herzen stand er da. In dem Maße, wie die Ringe des Wassers sich erweiterten und verloren, sah er auch das Bild wieder auf der Fläche erscheinen. Es schwankte lange in der Wellenbewegung des Wassers, die den Zügen des Kindes einen seltsam gespenstischen Reiz verliehen. Endlich zeichnete es sich fest und ruhig ab. Es war das lächelnde Gesicht Miettens mit ihrer Büste, ihrem bunten Tuche, ihrem weißen Mieder, ihren blauen Achselbändern. Jetzt bemerkte Silvère auch sein eigenes Bild in dem anderen Spiegel. Da jetzt beide wußten, daß sie sich sahen, grüßten sie sich mit Kopfnicken. Im ersten Augenblicke dachten sie nicht daran, einander anzusprechen. Doch nach einer Weile sagte das Mädchen:

Guten Tag, Silvère!

Guten Tag, Miette!

Der sonderbare Klang ihrer Stimme setzte sie in Erstaunen. Diese Stimmen klangen in dem feuchten Loche seltsam dumpf und weich. Es schien ihnen, als kämen diese Stimmen aus weiter Ferne, mit dem leichten, singenden Tonfall der Stimmen, die man des Abends auf freiem Felde hört. Sie begriffen, daß sie nur ganz leise zu sprechen brauchten, um einander zu hören. Der Brunnen gab den leisesten Hauch wieder. Über den Randstein gebeugt und ihre Bilder im Brunnen betrachtend, begannen sie zu plaudern. Miette erzählte, wieviel Kummer sie seit acht Tagen gehabt habe. Sie arbeite jetzt am andern Ende des Jas und könne nur am frühen Morgen abkommen. Bei diesen Worten machte sie ein verdrossenes Mäulchen, das Silvère genau sehen konnte und mit einem gereizten Kopfschütteln beantwortete. Sie machten sich gegenseitig ihre Bekenntnisse, als ob sie einander gegenüber stünden, mit den Gebärden und Gesichtsausdrücken, die die gesprochenen Worte eben erheischten. Die Mauer, die sie trennte, kümmerte sie wenig, da sie sich jetzt in dieser verschwiegenen Tiefe sehen konnten.

Ich wußte, fuhr Miette mit pfiffiger Miene fort, daß du jeden Morgen zur nämlichen Stunde Wasser schöpfest. Ich höre von unserer Wohnung aus die Brunnenstange kreischen. Da ersann ich einen Vor wand: ich behauptete, daß das Wasser dieses Brunnens dem Wachstum der Gemüse zuträglicher sei. Ich dachte mir, ich würde jeden Morgen zur selben Stunde wie du hier Wasser schöpfen und dir so guten Morgen sagen können, ohne einen Verdacht zu erwecken.

Sie lachte vergnügt, wie um sich für ihre List zu belohnen und fügte hinzu:

Aber ich konnte nicht denken, daß wir uns im Wasser sehen würden.

In der Tat entzückte sie diese unverhoffte Freude. Sie sprachen nur, um die Bewegung ihrer Lippen zu sehen, so sehr ergötzte dieses neue Spiel ihren kindlichen Sinn. So versprachen sie einander in allen Tonarten, daß sie bei diesem Stelldichein am frühen Morgen niemals fehlen würden. Als Miette erklärt hatte, daß sie nunmehr gehen müsse, sagte sie zu Silvère, daß er jetzt seinen Wassereimer in die Höhe ziehen könne. Allein Silvère wagte nicht, den Strick zu berühren; Miette stand noch immer über den Brunnenkranz gebeugt; er sah ihr lächelndes Antlitz und konnte es nicht über sich bringen, dieses Lächeln zu zerstören. Als er den Eimer leise in Bewegung brachte, geriet auch das Wasser in zitternde Bewegung und Miettens Lächeln verblaßte. Von einer seltsamen Angst ergriffen hielt er inne; er bildete sich ein, daß er sie gekränkt habe und daß sie nun weine. Doch das Kind rief ihm zu: „Geh, geh doch!“ mit einem Lachen, das der Widerhall noch länger und heller in seine Ohren dringen ließ. Da ließ sie selbst geräuschvoll einen Eimer hinab. Es gab ein wahres Gewitter im Brunnen; alles verschwand unter dem dunklen Wasser. Jetzt erst entschloß sich Silvère, seine beiden Krüge zu füllen, wobei er den Schritten Miettens lauschte, die jenseits der Mauer sich entfernte.

Seit jenem Tage unterließen es die beiden Kinder nicht ein einziges Mal, bei dem Stelldichein zu erscheinen. Das stille Wasser, diese weißen Spiegel, wo sie ihr Bild betrachteten, verliehen ihren Zusammenkünften einen unendlichen Reiz, der ihrer tändelnden, kindlichen Einbildungskraft lange Zeit genügte. Sie hatten kein Verlangen, sich von Angesicht zu Angesicht zu sehen; es schien ihnen viel ergötzlicher, einen Brunnen zum Spiegel zu wählen und ihren Morgengrußseinem Echo anzuvertrauen. Bald kannten sie den Brunnen wie einen alten Freund. Es war ihnen eine Freude, sich über die schwere, unbewegliche Fläche zu beugen, die flüssigem Silber glich. Im Brunnen unten sahen sie in dem geheimnisvollen Zwielichte grüne Lichter tanzen, die die feuchte Höhle in einen versteckten Winkel in der Tiefe eines Waldes zu verwandeln schienen. So sahen sie sich denn gewissermaßen in einem grünen, moosbelegten Neste inmitten von kühlem Wasser und schattigem Laub. Die ganze Fremdartigkeit dieser tiefen Quelle, dieses hohlen Turmes, über den sie – von einer seltsamen Macht angezogen – sich fröstelnd neigten, mengte in ihre Freude, sich zulächeln zu dürfen, eine uneingestandene und köstliche Angst. Es kam ihnen der tolle Einfall, sich auf die großen Steine zu setzen, die einige Zentimeter über dem Wasserspiegel eine Art Rundbank bildeten; da wollten sie ihre Füße ins Wasser stecken, stundenlang plaudern, ohne daß es jemandem einfiele, sie da zu suchen. Als sie sich fragten, was es da unten wohl geben möge, kehrte ihre unbestimmte Angst wieder und sie dachten, es sei schon genug, daß sie ihr Bild in die Tiefe sandten, in jene grünen Lichter, die die Steine so seltsam streiften, und in jene eigentümlichen Geräusche, die aus den dunkeln Winkeln aufstiegen. Besonders diese aus dem Unsichtbaren kommenden Geräusche beunruhigten sie; oft schien es ihnen, als würden auf ihre Stimmen andere Stimmen antworten; dann schwiegen sie und vernahmen tausend leise Klagen, die sie sich nicht erklären konnten; es war das dumpfe Walten der Feuchtigkeit, Seufzer der Lüfte, Wassertropfen, die auf die Steine glitten und deren Fall den tiefen Klang eines Schluchzens erzeugte. Um sich zu beruhigen, nickten sie einander freundlich mit dem Kopfe zu. Der Reiz, der sie so, auf die Randsteine gelehnt, festhielt, hatte denn auch seinen geheimen Schauder. Nichtsdestoweniger blieb der Brunnen ihr alter Freund. Er war ein so trefflicher Vorwand für ihre Begegnungen! Justin, der jedem Schritte Miettens nachspähte, fand niemals etwas Verdächtiges in der Hast, mit der das Mädchen am Morgen zum Brunnen eilte, um Wasser zu holen. Manchmal sah er aus der Ferne, wie sie sich überneigte und so verharrte, Oh, die Müßiggängerin! Brummte er dann; sie vertreibt sich die Zeit damit, Ringe im Wasser zu machen! Wie hätte er vermuten können, daß jenseits der Mauer ein Freund war, der im Wasser das Lächeln des jungen Mädchens betrachtete und ihr sagte: Wenn dieser rohe Esel Justin dich schlecht behandelt, mußt du es nur mir sagen; dann soll er von mir hören!

Länger als einen Monat währte dieses Spiel. Man war im Juli. Schon am Morgen tauchte die Sonne die Landschaft in ein weißes Glühlicht, und es war eine Wonne, sich in diesen feuchten Winkel zu flüchten. Es tat wohl, den eisigen Hauch des Brunnens im Gesichte zu fühlen, sich im Wasser dieser Quelle zu lieben zu einer Stunde, da der Brand des Himmels sich entzündete. Miette kam über die Stoppelfelder atemlos dahergelaufen; im Laufe flatterten die Härchen an ihrer Stirne und ihren Schläfen; sie nahm sich kaum Zeit, ihren Krug niederzustellen, hochgerötet, mit losem Haupthaar, vom Lachen geschüttelt neigte sie sich über. Und Silvère, der fast immer zuerst zur Stelle war, hatte – wenn er sie mit ihrer heiteren und tollen Eile im Wasser erscheinen sah – das lebhafte Gefühl, das er empfunden haben würde, wenn sie sich plötzlich an einer Krümmung des Weges in seine Arme geworfen hätte. Rings um sie her sangen und klangen die Freuden des strahlenden Morgens; eine Flut glühenden Lichtes, vom hellen Summen der Käfer erfüllt, ergoß sich über die alte Mauer, die Pfeiler und die Randsteine. Doch sie sahen nicht mehr den Morgensonnenschein; sie hörten nicht die tausend Geräusche, die vom Erdboden aufstiegen. Sie waren in der Tiefe ihres grünen Verstecks, unter der Erde, in dem geheimnisvoll schaurigen Loche, wo sie sich dabei vergaßen, in fröstelnder Wonne sich der Kühle und des Zwielichtes zu freuen.

Miette, deren Temperament eine lange Betrachtung nicht ertrug, wurde manchmal mutwillig; sie schüttelte den Strick und ließ Wassertropfen hinabfallen, die auf den klaren Spiegeln Falten hervorriefen und die Bilder entstellten. Silvère bat sie dann, ruhig zu bleiben. Er, dessen Freundschaft mehr innerlich war, kannte kein lebhafteres Vergnügen, als das Antlitz seiner Freundin zu betrachten, das in der ganzen. Reinheit seiner Züge sich widerspiegelte. Aber sie hörte ihn nicht; sie trieb ihre Scherze weiter, sprach mit lauter Stimme, die das Echo im Brunnen mit einem seltsam rauhen Beiklang wiedergab.

Nein, nein, brummte sie; heute liebe ich dich nicht; heute will ich das Gesicht verziehen; schau, wie häßlich ich bin!

Und sie ergötzte sich an den seltsamen Formen, die ihre übermäßig breiten, auf dem Wasser tanzenden Gesichter annahmen.

Eines Morgens ward sie ernstlich böse. Sie fand Silvère nicht beim Stelldichein und wartete auf ihn fast eine Viertelstunde, während der sie wiederholt vergebens die Brunnenstange kreischen ließ. Schon war sie im Begriff, in verdrossener Stimmung sich zu entfernen, als er endlich ankam. Kaum hatte sie ihn erblickt, als sie in dem Brunnen ein wahres Ungewitter entfesselte; mit zorniger Hand schüttelte sie den Eimer; das schwärzliche Wasser schlug mit dumpfem Klatschen an die Steine. Vergebens erklärte ihr Silvère, daß Tante Dide ihn zurückgehalten habe. Auf alle seine Entschuldigungen erwiderte sie:

Du hast mich gekränkt; ich will dich nicht sehen.

Vergebens spähte der arme Junge in das dunkle Loch, wo es jetzt so stürmisch herging und wo an anderen Tagen das helle Gesicht seiner Freundin ihn auf dem Wasserspiegel erwartete. Er mußte gehen, ohne Miette zu sehen. Am folgenden Morgen war er vor der Stunde des Stelldicheins am Platze und schaute trübselig in den Brunnen; es war still, er hörte nichts und sagte sich, daß das schlimme Köpfchen vielleicht nicht erscheinen werde, als das Kind, das jenseits der Mauer auf sein Kommen gelauscht hatte, sich plötzlich überneigte und hell auflachte. Alles war vergessen.

So gab es zwischen ihnen Ernst und Scherz, wobei der Brunnen Mitschuldiger war. Diese glückselige Höhle mit ihren weißen Spiegeln und ihrem wohlklingenden Echo förderte ganz eigentümlich ihre Zuneigung. Sie verliehen dem Brunnen ein eigenartiges Leben, sie erfüllten ihn dermaßen mit ihrer jungen Liebe, daß noch lange nachher, als sie nicht mehr hierherkamen, um sich auf die Randsteine zu lehnen, Silvere jeden Morgen beim Wasserschöpfen Miettens lachendes Gesicht in dem Zwielichte zu sehen glaubte, in dem die Freuden, die sie hier genossen, noch nachzuzittern schienen.

Dieser in froher Zärtlichkeit dahingehende Monat rettete Miette aus ihrer stummen Verzweiflung. Sie fühlte die liebevollen Regungen, die glückliche Sorglosigkeit des Kindes wieder erwachen, die die bittere Einsamkeit in ihr unterdrückt hatte. Die Gewißheit, daß sie von jemandem geliebt, daß sie nicht mehr allein in der Welt sei, machten ihr die Verfolgungen Justins und der Gassenjungen der Vorstadt erträglich. Es war jetzt in ihrem Herzen ein Singen, das das Gejohle übertönte. Mit zärtlichem Mitleide gedachte sie ihres Vaters; sie überließ sich nicht mehr so häufig ihren Träumen von unversöhnlicher Rache. Ihre erwachende Liebe war wie ein kühler Morgen, in dem sich ihre bösen Fieberanfälle milderten. Zugleich hatte sie einen schlauen Einfall, wie ihn nur ein verliebtes Mädchen haben kann. Sie sagte sich, daß sie ihre stumme und trotzige Haltung bewahren müsse, wenn sie wolle, daß Justin keinen Argwohn fasse. Allein, wenn dieser Bursche sie jetzt kränkte, behielt sie trotz aller Anstrengungen den sanften Ausdruck ihrer Augen; sie fand nicht mehr den finstern und harten Blick von ehemals. Er hörte sie auch manchmal am Morgen beim Frühstück ein Liedchen summen.

Ei, bist du aber aufgeräumt, Chantegreil! Sagte er mißtrauisch und beobachtete sie mit seiner scheelen Miene. Ich wette, du hast irgendeinen schlimmen Streich verübt.

Sie zuckte mit den Schultern, aber schrak innerlich zusammen und entschloß sich dann schnell, die Rolle einer empörten Märtyrerin zu spielen. Obgleich er übrigens die geheimen Freuden seines Opfers witterte, mußte Justin lange forschen, bis er erfuhr, in welcher Weise sie ihm entkommen war.

Silvère genoß seinerseits ein inniges Glück. Seine täglichen Zusammenkünfte mit Miette genügten, um die leeren Stunden auszufüllen, die er in der Behausung verbrachte. Sein einsames Leben, sein langes, stillschweigendes Alleinsein mit Tante Dide: sie dienten ihm dazu, daß er eine um die andere die Erinnerungen vom Morgen neu durchlebte, sie in allen Einzelheiten nochmals genoß. Er hatten seither eine Fülle von Empfindungen, die ihn noch mehr in dem klösterlichen Leben festhielt, das er sich neben seiner Großmutter eingerichtet hatte. Er liebte die versteckten Winkel, die Einsamkeiten, wo er ungestört mit seinen Gedanken leben konnte. Zu jener Zeit hatte er sich gierig in das Lesen all der zerfetzten Bücher versenkt, die er bei den Vorstadttrödlern fand und die ihn zu einer seltsamen Ansicht über die gesellschaftlichen Einrichtungen führten. Die schlecht verdaute Belehrung, der es an einer festen Grundlage fehlte, weckte in ihm über die Welt und besonders über die Frauen Regungen der Eitelkeit und der glühenden Wollust, die seinen Geist seltsam hätten verwirren müssen, wenn sein Herz ungestillt geblieben wäre. Da kam Miette, und er nahm sie anfänglich als Gespielin, später als die Freude und den Ehrgeiz seines Lebens. Wenn er am Abend in dem Gelaß, wo er schlief, die Lampe am Kopfende seiner Lagerstätte aufgehängt hatte, fand er Miettens Bild wieder auf jeder Seite des verstaubten Buches, das er auf Geratewohl von dem Brette, das über seinem Haupte angebracht war, herabgelangt hatte, und das er mit Inbrunst las. Wenn in seinen Büchern von einem Mädchen, von einem guten und schönen Geschöpfe die Rede war, setzte er sein Lieb an dessen Stelle.

Dann brachte er sich selbst auf die Szene. Las er eine romantische Geschichte, so heiratete er zum Schluß Miette, oder starb vereint mit ihr. Las er hingegen ein politisches Spottgedicht oder eine ernste Abhandlung über Sozialökonomie – und er zog diese Bücher den Romanen vor infolge der seltsamen Vorliebe der Halbgebildeten für die schwierige Lektüre – fand er auch die Möglichkeit, sie mit den tödlich langweiligen Dingen, die er selbst kaum verstand, in Verbindung zu bringen. Er glaubte so die Art und Weise zu lernen, wie er gut und liebevoll zu ihr sein müsse, wenn sie einmal Mann und Weib wären. So mengte er sie in seine Träumereien. Durch diese reine Liebe gefeit gegen die unflätigen Darstellungen gewisser Geschichten aus dem vorigen Jahrhundert, die ihm in die Hände kamen, gefiel er sich hauptsächlich darin, sich mit ihr in jene menschenfreundlichen Träume zu versenken, die manche große Geister unserer Tage, für den Wahn des allgemeinen Glückes schwärmend, geträumt haben. In seinen Vorstellungen war

Miette notwendig zur Abschaffung der allgemeinen Verarmung und zum endgültigen Siege der Revolution. Die Nächte vergingen mit fieberhaftem Lesen, während dessen sein angespannter Geist sich von dem Bande nicht losmachen konnte, den er zwanzigmal weglegte und wieder an sich nahm; es waren Nächte voll wollüstiger Aufregung, die er bis zum dämmernden Morgen genoß wie einen verbotenen Rausch, körperlich eingeschlossen zwischen den Mauern dieses engen Kämmerchens, der Blick getrübt durch die gelbe, schwache Flamme der Lampe, sich freudig dem Unbehagen der Schlaflosigkeit aussetzend, Entwürfe einer neuen Gesellschaftsordnung schmiedend, die unsinnig waren in ihrer Großmut – Entwürfe, in denen das Weib immer mit den Zügen Miettens von allen Nationen auf den Knien angebetet wurde. Durch gewisse ererbte Einflüsse war er vorzugsweise veranlagt zu solchen Schwärmereien, die nervösen Störungen seiner Großmutter wurden bei ihm zu steter Begeisterung für alles Großartige und Unmögliche. Seine einsame Kindheit, seine Halbbildung hatten die Neigungen seiner Natur seltsam entwickelt. Aber er war noch nicht in dem Alter, wo die fixe Idee ihren Nagel in das Gehirn eines Menschen treibt. Wenn er am Morgen seinen Kopf mit einem Kübel Wasser abgekühlt hatte, erinnerte er sich nur mehr verworren der Gespenster seiner schlaflosen Nacht und bewahrte von diesen Träumen nur eine gewisse Scheu voll einfachen Glaubens und unaussprechlicher Liebe. Er ward wieder zum Kinde und lief zum Brunnen mit dem einzigen Verlangen, das Lächeln seines Schatzes wiederzufinden, die Freuden des strahlenden Morgens wieder zu genießen. Und wenn im Laufe des Tages Gedanken an die Zukunft ihn träumerisch machten oder plötzliche Regungen ihm dazu drängten, küßte er die Tante Dide auf beide Wangen, die ihm dann in die Augen blickte mit einer gewissen Unruhe darüber, daß sie diese so hell und so tief sah in einer Freude, die sie zu erkennen glaubte.

Indes begannen Silvère und Miette es müde zu werden, sich bloß in ihrem Schatten zu sehen. Ihr Spielzeug war abgenützt; sie träumten von lebendigeren Freuden, als der Brunnen ihnen zu bieten vermochte. In diesem Bedürfnis nach Wirklichkeit, das sie ergriff, hätten sie einander von Angesicht zu Angesicht sehen, in den Feldern herumlaufen, von da atemlos heimkehren mögen, einander fest umschlingend, damit sie ihre Freundschaft besser fühlten. Silvère sprach eines Morgens davon, daß er ganz einfach über die Mauer steigen und mit Miette im Jas-Meiffren lustwandeln werde. Allein das Kind bat ihn, diese Torheit nicht zu begehen, die sie dem Hasse Justins ausliefern werde. Er versprach ihr, ein anderes Mittel zu ersinnen.

Die Mauer, in die der Brunnen eingefügt war, machte einige Schritte vom Brunnen entfernt eine plötzliche Biegung; dadurch entstand eine Art Vertiefung, wo die Liebenden vor allen Blicken geschützt gewesen wären, wenn sie sich dahin hätten flüchten können. Es handelte sich nur darum, bis zu dieser Vertiefung zu gelangen. Silvère durfte nicht mehr daran denken, über die Mauer zu steigen, da diese Absicht Miette so sehr erschreckt hatte. Er nährte im stillen einen andern Plan. Das Pförtchen, das Macquart und Adelaide einst zur Nachtzeit durchgebrochen hatten, war in diesem entlegenen Winkel des großen Nachbargrundes vergessen geblieben. Man hatte gar nicht daran gedacht, es zu vermauern; schwarz von der Nässe, grün vom Moose, Schloß und Angeln vom Roste zerfressen, bildete das Türchen gleichsam einen Teil der alten Mauer. Der Schlüssel war ohne Zweifel verloren gegangen. Das Gras und Unkraut, das vor den Brettern des Pförtchens üppig wucherte, bewies, daß seit langen Jahren kein Mensch seinen Fuß hierher gesetzt hatte. Diesen in Verlust geratenen Schlüssel hoffte Silvère wiederzufinden. Er wußte, mit welcher Gleichgültigkeit Tante Dide die Überreste der Vergangenheit an ihrem Platze verwittern ließ. Indes durchsuchte er das Haus acht Tage lang ohne Erfolg. Jede Nacht schlich er auf den Fußzehen hinaus, um zu sehen, ob er endlich den richtigen Schlüssel erwischt habe. So versuchte er an die dreißig, die ohne Zweifel von dem früheren Krautgarten der Familie Foucque herstammten, und die er überall zusammengesucht hatte: an den Wänden, auf den Brettern, in den Schubfächern. Schon begann er zu verzweifeln, als er endlich den glückseligen Schlüssel entdeckte. Er war einfach mittelst einer Schnur an den Haustorschlüssel geknüpft, der immer im Schlosse steckte. Hier hing der Schlüssel seit nahezu vierzig Jahren. Jeden Tag hatte Tante Dide ihn mit der Hand berühren müssen, ohne sich jemals zu entschließen, ihn verschwinden zu lassen, obgleich er ihr zu nichts mehr nütze war und nur die schmerzliche Erinnerung an längst erstorbene Freuden in ihr wachrief. Als Silvère sich versichert hatte, daß dieser Schlüssel das Pförtchen öffnete, harrte er des kommenden Tages, indem er an die Freuden der Überraschung dachte, die er Mietten zu bereiten gedachte. Er hatte nämlich seine Nachforschungen vor ihr geheim gehalten.

Als er am folgenden Tage das Mädchen seinen Krug niederstellen hörte, öffnete er sachte das Pförtchen, dessen Schwellen er von Unkraut und Erde gereinigt hatte. Als er den Kopf hindurch steckte, sah er Miette, wie sie über den Brunnenkranz geneigt in den Brunnen schaute, ganz in Erwartung versunken. In zwei Schritten erreichte er die Vertiefung, die die Mauer da bildete und rief: Miette! Miette! Mit einer leisen Stimme, die das Mädchen erbeben machte. Sie blickte in die Höhe, weil sie glaubte, er sitze auf der Mauer. Als sie ihn im Jas-Meiffren sah, wenige Schritte von ihr entfernt, schrie sie erstaunt auf und eilte zu ihm. Sie faßten sich bei den Händen und betrachteten einander, entzückt darüber, daß sie so nahe beisammen waren, und fanden sich im warmen Sonnenlichte noch schöner. Es war am 15. August zu Maria Himmelfahrt; in der Ferne läuteten die Glocken durch jene klare Luft der großen Festtage, durch die ein Zug goldener Heiterkeit zu wehen scheint.

Guten Tag, Silvre!

Guten Tag, Miette!

Die Stimme, mit der sie ihren Morgengruß austauschten, setzte sie in Erstaunen. Sie kannten den Klang ihrer Stimmen nur verschleiert durch das Echo des Brunnens. Sie schien ihnen hell wie der Sang der Lerche. Wie lieblich war es in diesem warmen Versteck, in dieser festtäglichen Luft! Sie hielten sich noch immer bei den Händen, Silvère mit dem Rücken an die Mauer gelehnt, Miette ein wenig zurückgeneigt. Ihr Lächeln rief gleichsam Helle und eine heitere Stimmung zwischen ihnen hervor. Sie waren im Begriff, sich all die guten Dinge zu sagen, die sie dem dumpfen Widerhall des Brunnens nicht hatten anvertrauen wollen, als Silvère, auf ein leises Geräusch den Kopf wendend erbleichte und die Hände Miettens losließ. Er hatte Tante Dide bemerkt, die hoch aufgerichtet auf der Schwelle des Pförtchens stand.

Die Großmutter war zufällig zum Brunnen gekommen. Als sie in der alten, schwarzen Mauer die weiße Öffnung der Türe erblickte, die Silvere weit offen gelassen hatte, fühlte sie sich im innersten Herzen getroffen. Diese weiße Öffnung schien ihr ein Abgrund von Licht, mit roher Hand in ihrer Vergangenheit aufgetan. Sie sah sich wieder in der Morgenhelle, wie sie herbeilief und über diese Schwelle schritt mit dem ganzen Ungestüm ihrer nervösen Liebesleidenschaft. Und Macquart war zur Stelle und erwartete sie. Sie hängte sich an seinen Hals, blieb an seiner Brust, während die aufgehende Sonne, die mit ihr zugleich bei dem Pförtchen eingedrungen war, das sie zu schließen vergessen hatte, beide in das Licht ihrer schrägen Strahlen tauchte. Es war ein plötzliches Gesicht, das sie grausam aus dem Schlafe ihres Alters aufstörte wie ein letztes Strafgericht, indem es in ihr den brennenden Stachel der Erinnerung weckte. Niemals war ihr der Gedanke gekommen, daß diese Türe sich noch öffnen könne. Macquarts Tod hatte für sie diese Türe für immer vermauert. Wäre der Brunnen samt der ganzen Mauer in die Erde versunken, ihr Erstaunen hätte nicht größer sein können. In ihre Verwunderung mengte sich plötzlich eine gewisse Empörung gegen die heiligtumschänderische Hand, die, nachdem sie diese Schwelle entehrt, diese helle Öffnung wie ein offenes Grab hinter sich gelassen hatte. Wie durch einen Zauber angezogen, kam sie näher. Unbeweglich stand sie im Rahmen der kleinen Pforte.

Hier blickte sie mit schmerzlicher Überraschung um sich. Wohl hatte man ihr gesagt, daß der Garten der Fouque mit dem Jas-Meiffren vereinigt worden sei; aber niemals hätte sie geglaubt, daß ihre Jugend bis zu diesem Grade erstorben sei. Ihr war, als habe ein Sturmwind alles hinweggefegt, was ihrer Erinnerung teuer geblieben war. Das alte Haus, der große Gemüsegarten mit seinen grünen Beeten war verschwunden. Kein Stein, kein Baum von ehemals war mehr da. Und an der Stelle des Fleckens Erde, wo sie herangewachsen war und den sie gestern noch zu sehen glaubte, wenn sie die Augen schloß, dehnte sich jetzt ein Stück kahlen Bodens aus, ein trostloses Stoppelfeld, das einer Wüste glich. Wenn sie jetzt mit geschlossenen Augen die Dinge der Vergangenheit sich in die Erinnerung rufen wollte, würde immer wieder dieses Stoppelfeld ihr erscheinen gleich einem Laken von grober, gelblicher Leinwand, das man über die Erde geworfen, wo ihre Jugend begraben war. Angesichts dieses alltäglichen, gleichgültigen Anblickes glaubte sie, daß ihr Herz ein zweites Mal sterbe. Jetzt war alles aus; man nahm ihr selbst die Träume ihrer Erinnerungen. Sie bereute, dem Zauberbanne dieser hellen Öffnung nachgegeben zu haben, dieser Türe, die sich auf die für immer entschwundenen Tage öffnete.

Eben war sie im Begriff, sich zurückzuziehen, die verdammte Türe zu schließen, ohne nach der Hand zu forschen, die sie gewaltsam geöffnet hatte, als sie Miette und Silvère erblickte. Der Anblick der beiden verliebten Kinder, die verwirrt, mit niedergeschlagenen Augen ihres Blickes harrten, hielt sie auf der Schwelle fest, die Beute eines noch lebhafteren Schmerzes. Sie begriff jetzt. Sie sollte sich vollends wiederfinden, sich und Macquart, Arm in Arm in der Helle des jungen Tages. Zum zweiten Male ward das Pförtchen zum Mitschuldigen. Wo die Liebe hindurch geschritten, da schritt sie abermals hindurch. Es war der ewige Wiederbeginn mit seinen gegenwärtigen Freuden und seinen künftigen Tränen. Tante Dide sah nur die Tränen und hatte gleichsam ein plötzliches Vorgefühl, das ihr die beiden Kinder blutend, ins Herz getroffen zeigte. Erschüttert durch die Erinnerung an die Leiden ihres Lebens, die dieser Ort in ihr wachgerufen hatte, beweinte sie ihren teuren Silvère. Sie allein war strafbar; hätte sie einst nicht die Mauer durchbrochen, so wäre Silvère nicht in diesem verlorenen Winkel, vor einem Mädchen kniend und sich an einem Glücke berauschend, das den Tod reizt und neidisch macht.

Nachdem die Alte eine Weile stillschweigend dagestanden, trat sie näher und faßte, ohne ein Wort zu sprechen, den jungen Mann bei der Hand. Vielleicht hätte sie die Kinder hier am Fuße der Mauer plaudern lassen, wenn sie sich nicht mitschuldig an diesen tödlichen Freuden gefühlt hätte. Als sie mit Silvère den Rückweg ins Haus antrat, wandte sie sich um, weil sie den leichten Schritt Miettens hörte, die sich beeilt hatte, ihren Krug zu nehmen und quer über das Stoppelfeld zu fliehen. Sie rannte wie toll, glücklich darüber, so leichten Kaufes davon zu kommen. Tante Dide lächelte unwillkürlich, als sie das Mädchen wie eine flüchtige Ziege über das Feld laufen sah.

Sie ist noch jung, flüsterte sie; sie hat noch Zeit.

Sie wollte ohne Zweifel sagen, daß Miette noch Zeit habe zu leiden und zu weinen. Indem sie wieder auf Silvère blickte, der mit Entzücken dem Laufe des Kindes im hellen Sonnenlichte folgte, fuhr sie einfach fort:

Nimm dich in acht, mein Junge; man stirbt daran.

Dies waren die einzigen Worte, die sie bei diesem Vorfall sprach, der alle in ihrem Innersten schlummernden Leiden aufwühlte. Das Stillschweigen war ihr zum Gesetz geworden. Als Silvère wieder ins Haus getreten war, verschloß sie das Pförtchen doppelt und warf den Schlüssel in den Brunnen. So war sie dessen sicher, daß die kleine Türe sie nicht wieder zur Mitschuldigen machen werde. Sie kehrte einen Augenblick zu dem Pförtchen zurück und war glücklich, es wieder in seiner früheren Düsterheit und Unbeweglichkeit zu sehen. Das Grab war wieder geschlossen; die helle Öffnung war für immer verstopft durch diese wenigen Bretter, die schwarz waren von der Feuchtigkeit, grün vom Moose, und auf die die Schnecken ihre silbernen Tränen ausgestreut hatten.

Am Abend bekam Tante Dide einen jener Nervenanfälle, die sie noch von Zeit zu Zeit heimsuchten. Während dieser Anfälle sprach sie oft mit lauter Stimme, ohne Zusammenhang, wie unter dem Alpdrücken. Silvère, der von tiefem Mitleid ergriffen für diesen armen, in Krämpfen sich windenden Körper, die Alte auf ihrem Lager festhielt, hörte sie diesen Abend von Zollwächtern, von Schüssen, von Mord reden. Und sie wand und krümmte sich, flehte um Gnade und sprach von Rache. Als die Krise ihrem Ende nahte, hatte sie – wie immer – einen seltsamen Schrecken, ein Frösteln des Entsetzens, daß ihre Zähne klapperten. Sie richtete sich halb auf, blickte mit einer wirren Verwunderung nach allen Winkeln der Stube, dann sank sie unter schweren Seufzern wieder auf ihre Kissen zurück. Ohne Zweifel war sie die Beute von Wahnvorstellungen. Sie zog Silvère an ihre Brust; es schien, als beginne sie ihn zu erkennen, obgleich sie ihn von Zeit zu Zeit mit einer anderen Person verwechselte.

Da sind sie! Stammelte sie. Sie werden dich fassen... sie werden dich auch noch töten... Ich will nicht... Schicke sie weg... sage ihnen, daß ich nicht will... daß sie mir wehe tun, wenn sie mich so anstarren...

Und sie wandte sich zur Mauer, um die Leute nicht zu sehen, von denen sie sprach. Nach einer Weile fragte sie ihn:

Bist du da, mein Kind? Du darfst mich nicht verlassen... Ich glaubte vorhin, ich würde sterben... Wir taten unrecht, als wir die kleine Tür durchbrachen. Seit jenem Tage habe ich gelitten. Ich wußte wohl, daß jene Tür uns noch Unglück bringen werde. Ach, die teueren, unschuldigen Kinder! Man wird auch sie töten... man wird sie niederschießen wie Hunde.

Sie verfiel wieder in ihren Zustand der Bewußtlosigkeit; sie wußte nicht mehr, daß Silvère noch bei ihr sei.

Plötzlich richtete sie sich auf und starrte nach dem Fußende ihres Bettes mit einem schrecklichen Ausdrucke der Furcht.

Warum hast du sie nicht weggeschickt? Schrie sie, ihr weißes Haupt an der Brust des jungen Mannes verbergend. Sie sind noch immer da. Der mit der Flinte macht mir ein Zeichen, daß er schießen werde...

Bald darauf verfiel sie in einen tiefen Schlaf, wie er nach diesen Krisen sich immer einstellte. Am folgenden Tage schien sie alles vergessen zu haben. Nie wieder sprach sie mit Silvère von dem Morgen, als sie ihn mit seinem Schatz hinter der Mauer gefunden hatte.

Zwei Tage lang sahen die jungen Leute einander nicht. Als Miette zu dem Brunnen zurückzukehren wagte, faßten sie den Vorsatz, den Streich von vorgestern nicht zu wiederholen. Doch hatte ihre so plötzlich unterbrochene Begegnung in ihnen das lebhafte Verlangen erweckt, sich von neuem in einem glücklichen Versteck allein zu treffen. Der Freuden müde, die der Brunnen ihnen bot, und weil er die Tante Dide nicht dadurch betrüben wollte, daß er Miette jenseits der Mauer wiedersah, bat Silvère das Kind, ihm anderwärts ein Stelldichein zu geben. Sie ließ sich nicht lange bitten; sie nahm diesen Vorschlag mit dem zufriedenen Lachen eines Kindes an, das an nichts Schlimmes denkt; sie lachte über den Gedanken, daß sie den Spion Justin zum besten halten werde. Als die Verliebten einig waren, berieten sie lange über die Wahl eines Zusammenkunftsortes. Silvère schlug unmögliche Verstecke vor; er gedachte ordentliche Reisen zu machen, oder das Mädchen zur Mitternachtsstunde in den Scheunen des Jas-Meiffren zu treffen. Miette, die praktischer war, zuckte mit den Achseln und erklärte, sie werde ihrerseits einen Ort suchen. Am folgenden Morgen blieb sie nur eine Minute am Brunnen, so lange wie sie brauchte, um Silvère ein Lächeln zu senden und ihm zu sagen, er möge um zehn Uhr abends sich im Hintergrunde des Saint-Mittre-Feldes einfinden. Man kann sich wohl denken, daß der junge Mensch pünktlich war. Die Wahl Miettens hatte den ganzen Tag seine Gedanken beschäftigt. Seine Neugierde steigerte sich noch, als er auf dem schmalen Pfade dahinschritt, den die Bretterhaufen im Hintergrunde des Saint-Mittre-Feldes freiließen. Von dieser Seite wird sie kommen, sagte er sich, nach der gen Nizza führenden Straße blickend. Dann hörte er hinter der Mauer ein lautes Geräusch von knisternden Zweigen, und er sah über der Mauerkrone ein lachendes, struppiges Haupt erscheinen, das ihm fröhlich zurief:

Ich bin's!

Es war in der Tat Miette, die wie ein Knabe einen der Maulbeerbäume erklettert hatte, die heute noch längs der Mauern des Jas stehen. In zwei Sprüngen erreichten sie den Grabstein, der zur Hälfte in den Winkel der Mauer, am Ende des Weges, eingesenkt war. Mit staunendem Entzücken sah Silvère sie herabsteigen und dachte nicht daran, ihr dabei behilflich zu sein. Er faßte sie an beiden Händen und sagte ihr:

Wie flink du bist! Du kletterst besser als ich.

So trafen sie sich zum ersten Male in diesem verlorenen Winkel, wo sie so liebliche Stunden verbringen sollten. Seit jenem Abend trafen sie sich hier fast jede Nacht. Der Brunnen diente ihnen nur mehr dazu, sich gegenseitig von den unvorhergesehenen Hindernissen zu verständigen, die sich ihren Begegnungen entgegenstellten, von Veränderungen in der Stunde, von all den kleinen, in ihren Augen großen Zwischenfällen, die keinen Aufschub duldeten; es genügte, daß, wer dem andern eine Mitteilung zu machen hatte, den Brunnenschwengel in Bewegung setzte, dessen Kreischen weithin hörbar war. Doch obwohl sie an gewissen Tagen sich mehrmals riefen, um sich Kleinigkeiten zu sagen, die in ihren Augen eine ungeheure Wichtigkeit hatten, genossen sie ihre wahren Freuden erst am Abend, auf dem verschwiegenen Wege. Miette war von seltener Pünktlichkeit. Glücklicherweise schlief sie oberhalb der Küche in einer Kammer, in der man, ehe sie ins Haus gekommen, die Wintervorräte aufbewahrte, und zu der eine besondere kleine Stiege hinanführte. So konnte sie zu jeder Stunde das Haus verlassen, ohne von Rébufat oder Justin gesehen zu werden. Für den Fall übrigens, daß letzterer sie einmal bei der Rückkehr überraschen sollte, gedachte sie ihm irgendeine Geschichte aufzubinden und ihn dabei mit jener Härte anzuschauen, die ihn jedesmal zum Verstummen brachte.

Ach, welche glücklichen und milden Abende! Man war damals in den ersten Tagen des September, eines in der Provence sonnenhellen Monates. Die Verliebten konnten erst gegen neun Uhr zusammenkommen. Miette kam über ihre Mauer gestiegen. Sie erlangte bald eine solche Geschicklichkeit in der Überwindung dieses Hindernisses, daß sie fast immer schon auf dem alten Grabsteine stand, noch ehe Silvère ihr die Hand gereicht hatte. Dann lachte sie ihrerseits hell auf, blieb einen Augenblick da stehen, atemlos, mit wirrem Haar, ihren Rock mit der flachen Hand glättend, daß er wieder hübsch in Ordnung komme. Ihr Freund nannte sie dann lachend einen „schlimmen Gassenjungen". Im Grunde liebte er die kecke Munterkeit des Kindes. Er beobachtete ihren Sprung von der Mauer mit dem Wohlgefallen eines älteren Bruders, der den Übungen eines seiner jüngeren Brüder beiwohnt. Es lag so viel Kindlichkeit in ihrer erwachenden Liebe! Wiederholt faßten sie den Vorsatz, eines Tages am Ufer der Viorne Vogelnester auszuheben.

Du sollst sehen, wie ich auf die Bäume klettere! Sagte Miette stolz. Als ich noch in Chavanoz war, erstieg ich die höchsten Nußbäume des Vaters André. Hast du jemals Elstern ausgehoben? Das ist aber schwer!

Dann folgten Auseinandersetzungen über die Art und Weise, wie Pappeln erklommen werden wollen. Miette sagte ihre Ansicht knapp und klar wie ein Junge. Mittlerweile hatte Silvère sie auf die Erde gesetzt, wobei sein Knie ihr als Schemel diente. Und nun wandelten sie, einander um den Leib fassend, dahin. Und während sie darüber stritten, wie man die Füße setzen und wie man die Hände an den Hüftenansatz legen müsse, schlossen sie sich enger aneinander und fühlten in ihren Umschlingungen ein unbekanntes Glühen, das sie mit einer fremdartigen Wonne erfüllte. Niemals hatte der Brunnen ihnen ein ähnliches Vergnügen verschafft. Sie blieben Kinder, behielten die Spiele und das Geplauder von Gassenjungen und genossen dabei die Freuden von Verliebten, ohne auch nur von Liebe sprechen zu können, bloß dadurch, daß sie sich bei den Fingerspitzen hielten. Von einem instinktiven Bedürfnis ergriffen, suchten sie die Wärme ihrer Hände, ohne zu wissen, wohin ihre Sinne und ihr Herz sie führten. In solcher Stunde glücklicher Kindlichkeit verheimlichten sie einander sogar die seltsame Erregung, die sie bei der geringsten Berührung sich gegenseitig verursachten. Lächelnd, zuweilen erstaunt über das wonnige Gefühl, das sie durchströmte, sobald sie sich berührten, überließen sie sich der Wonne dieser ihnen neuen Empfindungen, während sie fortfuhren, wie zwei Schuljungen von den Elsternestern zu plaudern, die so schwer zu erreichen sind.

So wandelten sie auf dem einsamen Pfade dahin, zwischen den Bretterhaufen und der Mauer des Jas-Meiffren. Niemals überschritten sie das Ende dieses schmalen Sackgäßchens, machten vielmehr jedesmal kehrt, um denselben Weg zurückzugehen. Sie waren hier daheim. Glücklich darüber, sich so wohl verborgen zu wissen, blieb Miette oft stehen und beglückwünschte sich zu ihrer Entdeckung:

Hatte ich nicht eine glückliche Hand! Rief sie strahlend. Wir könnten eine Meile weit gehen, ohne ein so gutes Versteck zu finden.

Im dichten Grase erstarb das Geräusch ihrer Schritte. Sie waren in eine Flut von Dunkelheit getaucht, gleichsam zwischen zwei dunkeln Ufern gewiegt und sahen über ihren Köpfen nichts als einen Streifen tiefblauen, mit Sternen übersäten Himmels. In diesen Wogen des Bodens, auf dem sie wandelten, bei dieser Ähnlichkeit des Pfades mit einem Schattenfluß, der unter einem dunkeln und goldschimmernden Himmel sich ergießt, empfanden sie eine unerklärliche Aufregung und senkten die Stimme, obgleich niemand sie hören konnte. Den stillen Fluten der Nacht sich überlassend, mit Körper und Geist dahinschwebend, erzählten sie einander an solchen Abenden die tausend Nichtigkeiten ihres Tages, von Zeit zu Zeit in einem Liebesfrösteln erbebend.

Andere Male wieder an hellen Abenden, wenn der Mond die Linien der Mauer und der Bretterstöße scharf abzeichnete, bewahrten Miette und Silvère ihre kindliche Sorglosigkeit. Von weißen Streifen erhellt, dehnte der Weg sich hin, völlig klar, ohne alles Unheimliche oder Unbekannte. Die beiden Spielgenossen jagten einander, lachten wie Schuljungen in den Ferien und trieben den Übermut manchmal so weit, daß sie die Bretterstöße erklommen. Silvère mußte Miette schrecken, indem er ihr sagte, Justin sei jenseits der Mauer und spähe ihr nach. Dann schritten sie, noch atemlos, ruhig nebeneinander her und faßten den Vorsatz, eines Tages auf den Sainte-Claire-Wiesen herumlaufen, um zu sehen, wer den andern schneller abfangen könne.

Ihre erwachende Liebe wußte sich so den dunkeln Nächten und den hellen Nächten anzubequemen. Ihr Herz war allezeit rege, und ein wenig Schatten genügte, damit ihre Umarmung süßer, ihr Lachen wollüstig-weicher sei. Das liebe Versteck, so heiter im Mondenschein, so seltsam bewegt in dunkeln Nächten, schien ihnen unerschöpflich an Ausbrüchen der Heiterkeit und bebendem Schweigen. So blieben sie da bis Mitternacht, während die Stadt entschlummerte und in der Vorstadt ein Licht nach dem andern erlosch.

Niemals wurden sie in ihrer Einsamkeit gestört. Zu dieser späten Stunde spielten die Straßenjungen nicht mehr Versteckens hinter den Bretterstößen. Wenn zuweilen die jungen Leute ein Geräusch hörten, sei es, daß Arbeiter singend vorüberzogen, oder daß von dem benachbarten Fußsteige Stimmen hereindrangen, wagten sie es, einen Blick auf das Saint-Mittre-Feld zu werfen. Leer, nur von wenigen Schatten bevölkert, dehnte der mit Balken bedeckte Grund sich aus. An warmen Abenden sahen sie die unbestimmten Schatten von Liebespaaren, Greise, die am Wegrande auf Brettern sitzend ausruhten. Wenn die Abende kühler wurden, sahen sie auf dem öden, einsamen Grunde nichts als das Feuer, das wandernde Zigeuner angezündet hatten und vor dem große, dunkle Schatten hin und her schwebten. In der Stille der Nacht drangen verschwommene Töne und

Worte an ihr Ohr, der „Gutenachtwunsch“ eines Bürgers, der seine Haustüre schloß, das Geräusch eines zuschlagenden Fensterladens, der tiefe Schlag der Uhren, alle die ersterbenden Geräusche einer Provinzstadt, die zur Ruhe geht. Und wenn Plassans eingeschlafen war, vernahmen sie noch das Gezanke der Zigeuner, das Prasseln ihres Lagerfeuers, dazwischen die plötzlich erklingenden Kehllaute der jungen Mädchen, die in einer unbekannten Sprache voll harter Akzente Lieder sangen.

Doch die Liebenden blickten nicht lange hinaus nach dem Saint-Mittre-Feld; sie beeilten sich, in ihr Heim zurückzukehren, und nahmen ihren Spaziergang auf dem stillen, einsamen Wege wieder auf. Sie kümmerten sich wenig um die anderen, um die ganze Stadt. Die wenigen Bretter, die sie von den bösen Leuten trennten, schienen ihnen nachgerade ein unübersteiglicher Wall. Sie waren so einsam und so frei in diesem mitten im Vororte gelegenen Winkel kaum fünfzig Schritte vom römischen Tor, daß sie sich manchmal einbildeten, weit fort zu sein, im Freien, in irgendeiner Senkung des Viornetales. Von allen Geräuschen, die zu ihren Ohren drangen, vernahmen sie eines mit sorgenvoller Empfindung: das der Turmuhren, die in der nächtlichen Stille die Stunden kündeten. Wenn die Stunde schlug, taten sie manchmal als hörten sie nichts; manchmal wieder unterbrachen sie sich plötzlich, wie um zu protestieren. Wenn sie sich auch noch eine Gnadenfrist von zehn Minuten gestatteten, es mußte schließlich doch geschieden sein. Sie hätten bis zum Morgen spielen und plaudern mögen immer mit verschlungenen Armen, um jene seltsame Beklemmung zu fühlen, deren Wonne sie im geheimen mit immer wieder sich erneuernder Überraschung genossen. Endlich entschloß sich dann Miette, ihre Mauer zu erklettern. Damit war es aber noch nicht aus; der Abschied währte wohl noch eine Viertelstunde. Wenn das Kind ein Bein über die Mauer gesetzt hatte, blieb es da, mit den Ellenbogen auf die Kante gestützt, von Ästen des Maulbeerbaumes festgehalten, der ihr als Leiter gedient hatte. Auf dem Grabsteine stehend konnte Silvère sie noch bei den Händen fassen und halblaut mit ihr weiter plaudern. Mehr als zehnmal sagten sie sich: “Auf Wiedersehen bis morgen!“ – und hatten sich immer wieder etwas zu sagen. Manchmal sprach Silvère scheltend:

Geh, es ist Mitternacht vorbei.

Aber Miette wollte in mädchenhaftem Eigensinn, daß er zuerst von dem Steine hinabsteigen solle; sie wollte ihn gehen sehen. Weil der junge Mann nicht nachgab, sagte sie plötzlich ohne Zweifel, um ihn zu strafen:

Ich springe hinab, sollst du sehen.

Damit sprang sie von dem Maulbeerbaum zum großen Schrecken Silvères. Er hörte das dumpfe Geräusch ihres Falles; dann lief sie mit lautem Lachen davon, ohne sein letztes Lebewohl zu erwidern. Er blieb noch einige Augenblicke da, bis er ihren Schatten im nächtigen Dunkel verschwinden sah; dann stieg auch er langsam hinab und trat den Rückweg nach dem Saint-Mittre-Gäßchen an. Zwei Jahre hindurch kamen sie jeden Tag hierher. Zur Zeit ihrer ersten Begegnungen erfreuten sie sich daselbst noch einiger schönen, lauen Nächte. Die Verliebten konnten sich im Mai wähnen, im Monate des fröstelnden Sprießens, wo der kräftige Geruch der Erde und des jungen Laubes die milde Luft erfüllt. Dieser Spätlenz war für sie gleichsam eine Gnade des Himmels, der ihnen so gestattete, auf dem Wege frei herumzulaufen und ihre Freundschaft enger zu knüpfen.

Dann kamen die Regentage und dann die Fröste und Schneefälle. Doch die Unbilden des Winters hielten sie nicht zurück. Miette kam nicht ohne ihren großen braunen Mantel, und die beiden kümmerten sich nicht um die Ungunst des Wetters. War die Nacht trocken und hell, daß ein leiser Wind unter ihren Schritten einen weißen Reif auftrieb und ihre Gesichter wie mit feinen Gerten peitschte, dann hüteten sie sich wohl, sich niederzusetzen. Sie gingen dann mit rascheren Schritten hin und her, eingehüllt in den Mantel, mit blauen Backen und Tränen in den Augen, die die Kälte ihnen erpreßte; und sie lachten und schüttelten sich vor Lust während des schnellen Gehens in eisigkalter Nacht. An einem Abende, da es schneite, vergnügten sie sich damit, eine riesig große Schneekugel zu machen, die sie in eine Ecke wälzten. Hier stand die Kugel einen vollen Monat, worüber sie bei jeder neuen Begegnung erstaunten. Auch der Regen schreckte sie nicht. Sie kamen bei schrecklichen Niederschlägen zusammen, die sie bis auf die Knochen durchnäßten. Silvère eilte zum Stelldichein und sagte sich, Miette werde doch nicht so töricht sein, ebenfalls zu kommen; und wenn sie dennoch kam, fand er kein Scheltwort für sie. Im Grunde erwartete er sie ja doch. Schließlich suchte er ein schützendes Dach gegen die Unbilden des Wetters, weil er begriff, daß sie ausgehen würden, trotzdem sie sich gegenseitig das Versprechen gegeben hatten, keinen Fuß aus dem Hause zu setzen, wenn es regnen würde. Um ein schützendes Dach zu gewinnen, brauchte er bloß in einem Stoß Bretter eine Höhlung zu machen. Er zog einige Holzstücke heraus und tat sie wieder zurück, daß sie beweglich wurden und ohne Mühe entfernt und wieder an ihre Stelle gebracht werden konnten. Seither hatten die Verliebten eine Art niedrigen, geraden Schilderhauses zu ihrer Verfügung, eine viereckige Höhlung, wo sie nur eng zusammengedrängt Platz fanden, auf dem Ende eines Brettes sitzend, das sie im Hintergrunde des Loches gelassen hatten. Wenn es regnete, flüchtete der zuerst Ankommende hierher; und wenn sie dann vereinigt waren, horchten sie mit unsagbarem Vergnügen, wie das Wasser auf dem Bretterhaufen klatschte, und das klang wie ein dumpfer Trommelwirbel. Vor ihnen ringsumher, in der stockfinstern Nacht rauschte ein Wasserstrom, den sie nicht sahen und dessen unablässiges Geräusch dem lauten Getöse einer großenMenge glich. Und sie waren doch ganz allein, so gut wie am Ende der Welt, umgeben von Wassern. Niemals fühlten sie sich glücklicher, so sehr abgesondert von allen anderen, als inmitten dieser Sintflut, in diesem Bretterhaufen, jeden Augenblick in Gefahr, von den Fluten des Himmels weggeschwemmt zu werden. Ihre eingezogenen Knie erreichten fast die Öffnung, und sie zogen sich so viel wie möglich zurück, was nicht hinderte, daß ein feiner Regenstaub ihnen Hände und Gesicht benetzte. Zu ihren Füßen klatschten in gleichmäßigen Zeitabständen schwere Tropfen von den Brettern hernieder. Und es war ihnen recht warm in dem braunen Mantel; sie hockten so eng beisammen, daß Miette zur Hälfte auf den Knien Silvères saß. Sie plauderten; dann wieder schwiegen sie, von einem Gefühl der Ermattung ergriffen, einschlummernd in der Wärme ihrer Umschlingung und dem eintönigen Rauschen des Regens. So blieben sie stundenlang da mit jener Vorliebe für den Regen, die bewirkt, daß kleine Mädchen bei Regenwetter mit dem offenen Schirm in der Hand ernst und langsam dahinschreiten. Schließlich waren ihnen die Regenabende lieber; nur ihre Trennung war dann schwieriger. Miette mußte unter dem niederprasselnden Regen über ihre Mauer klettern und im Jas-Meiffren bei völliger Dunkelheit durch die Pfützen waten. Sobald sie aus seinen Armen sich losgemacht hatte, verlor Silvère sie aus den Augen im nächtlichen Dunkel und im Getöse des Regens. Er horchte dann aufmerksam, geblendet und betäubt. Doch die Angst, in der die plötzliche Trennung beide zurückließ, war ein Reiz mehr; sie fragten sich dann bis zum Morgen, ob ihnen nichts zugestoßen sei bei diesem bösen Wetter, in das man keinen Hund hinausgejagt haben würde; sie waren vielleicht ausgeglitten oder hatten sich verirrt. Es waren dies Besorgnisse, die beide unwiderstehlich beherrschten und ihr nächstes Zusammentreffen nur um so zärtlicher gestalteten.

Endlich kamen die schönen Tage wieder. Im April gab es milde Nächte; auf dem Wege sprießte das Gras üppig hervor. In diesem Lebensstrom, der vom Himmel niederfloß und aus dem Erdreiche aufstieg, inmitten des Rausches des jungen Jahres bedauerten die Liebenden manchmal ihre winterliche Einsamkeit, die Regenabende, die kalten Nächte, während der sie so verloren, so fern waren von allem Geräusch der Menschen. Jetzt ward es nicht schnell genug Abend; sie grollten der langen Dämmerung und wenn die Nacht dunkel genug geworden war, um Miette ohne die Gefahr, gesehen zu werden, das Klettern über die Mauer zu gestatten, wenn es ihnen endlich gelungen war, den teuren, einsamen Pfad zu erreichen, fanden sie daselbst nicht mehr jene Einsamkeit, die in ihrer Scheu verliebter Kinder ihnen so wohltat. Das Saint-Mittre-Feld bevölkerte sich; die Jungen der

Vorstadt blieben bis elf Uhr abends da und trieben sich unter munteren Spielen auf den Balken umher; es kam auch vor, daß der eine oder andere sich hinter den Bretterstößen verbarg und dann Silvère und Miette mit der Frechheit eines zehnjährigen Taugenichts zulachte. Die Angst, überrascht zu werden, und das Erwachen des Lebens, das mit fortschreitendem Sommer immer reger und lauter wurde, verleideten ihnen ihre Begegnungen.

Überdies ward ihnen der Weg zu enge. Niemals war er in so heißen Strömungen erbebt; niemals hatte dieser Boden, wo die letzten Gebeine des alten Kirchhofes schlummerten, so sinnverwirrende Ausdünstungen entsandt. Und sie waren noch zu sehr Kinder, um den wollüstigen Reiz dieses im Fieber des Frühlings bebenden, stillen Winkels zu genießen. Das Gras reichte ihnen bis zu den Knien; sie bewegten sich nur mehr schwierig an diesem Orte, und wenn sie junge Triebe zertraten, hauchten gewisse Pflanzen scharfe Düfte aus, die sie betäubten. Von einer seltsamen Ermüdung ergriffen, verwirrt und schwankend, die Beine gleichsam durch die Gräser gebunden, lehnten sie sich dann an die Mauer, die Augen halb geschlossen, keinen Schritt wagend. Es war ihnen, als werde das ganze Schmachten des Himmels in sie eindringen.

Da ihr kindliches Ungestüm schlecht zu diesen plötzlichen Anwandlungen von Schwäche paßte, beschuldigten sie schließlich ihren Schlupfwinkel, daß es ihm an frischer Luft fehle und entschlossen sich, mit ihrer jungen Liebe ins Freie hinauszuwandern. So begannen denn neuerlich jeden Abend ihre Ausflüge. Miette kam mit ihrem Mantel; beide hüllten sich in das weite Kleidungsstück, huschten längs der Mauern fort, erreichten die Heerstraße, die weiten, freien Felder, wo die Luft mächtig dahinströmte gleich den Wogen der hohen See. Hier empfanden sie keine Beklemmung mehr; hier fanden sie ihre Kindheit wieder, fühlten sie den Taumel schwinden, die Betäubung, die das üppige Gras des Saint-Mittre-Feldes ihnen verursacht hatte.

Zwei Jahre hindurch besuchten sie diesen Winkel der Gegend. Jeder Felsenvorsprung, jede Rasenbank kannte sie bald; da war kein Gesträuch, keine Hecke, kein Dickicht, das ihnen nicht befreundet wurde. Hier machten sie ihre Träume zur Wirklichkeit; hier gab es ein tolles Rennen über die Sainte-Claire-Wiesen, Miette konnte tüchtig laufen und Silvère mußte ordentlich ausgreifen, wenn er sie einholen wollte. Sie suchten auch Elsternester; Miette, die durchaus zeigen wollte, wie sie in Chavonoz auf die Bäume geklettert war, band sich die Röcke mit einem Endchen Bindschnur und erklomm die hohen Pappeln. Silvère stand bebend am Fuße des Baumes, mit ausgebreiteten Armen, wie um sie aufzufangen, wenn sie herabgleiten sollte. Diese Spiele beschwichtigten ihre Sinne in dem Maße, daß sie eines Abends sich schier prügelten wie zwei Gassenjungen beim Verlassen der

Schule. Doch fanden sich in der weiten Landschaft noch Plätze, die sie nicht kannten. Solange sie wanderten, gab es ein geräuschvolles Lachen, ein Treiben und Drängen und Stoßen; sie gingen meilenweit, manchmal bis zur Garrigues-Hügelkette, schlugen die engsten Pfade ein und schritten wohl auch querfeldein. Ihnen gehörte die ganze Gegend; sie lebten da wie in erobertem Lande, freuten sich der Erde und des Himmels. Mit dem weiten Gewissen der Frauen wollte Miette es sich nicht versagen, manchmal eine Weintraube, einen Zweig grüner Mandeln von den Bäumen abzureißen, deren Äste im Vorübergehen sie trafen. Das verstieß gegen die strengen Grundsätze Silvères; doch wagte er nicht, das Mädchen auszuschelten, weil ihr – allerdings seltenes – Schmollen ihn trostlos machte. „Ach die Schlimme!" rief er dann aus, der Lage ein ernstes Gepräge gebend, „sie wäre imstande, einen Dieb aus mir zu machen." Darauf schob Miette ihm seinen Teil an der gestohlenen Frucht in den Mund. Die Listen, die er anwandte, um sie von diesem instinktiven Bedürfnisse, von fremdem Gute zu naschen, abzuhalten, indem er seinen Arm um ihren Leib legte, die Obstbäume mied, die Weingärten entlang sich von ihr jagen ließ; diese Listen erschöpften bald seine Erfindungsgabe. Dann nötigte er sie, sich niederzusetzen. Jetzt stellten sich bei ihnen die Beklemmungen wieder ein. Besonders die Erdmulden am Ufer der Viorne mit ihrem nächtigen Dunkel erzeugten ein Gefühl des Fiebers in ihnen. Wenn die Ermüdung sie zu dem Ufer des Flusses zurückführte, war es mit ihrer schönen, kindlichen Heiterkeit zu Ende. Unter den Weiden schwebten graue Schatten gleich den Schleiern einer Frau in Trauer. Die Kinder fühlten, wie diese Schatten, gleichsam noch durchduftet und warm von den wollüstigen Schultern der Nacht, sie um die Schläfen liebkosten, wie in eine unbesiegbare Ermattung hüllten. In der Ferne zirpten die Heimchen in den Sainte-Claire-Wiesen, die Viorne zu ihren Füßen Heß ein verliebtes Flüstern vernehmen wie das gedämpte Geräusch kußfeuchter Lippen. Vom schlafenden Himmel schien ein warmer Sternenregen herniederzurieseln. Und bei dem Erbeben dieses Himmels, dieses Flusses, dieses nächtigen Schattens suchten die Kinder, die nebeneinander im hohen Grase lagen, die verzückten Blicke im Dunkel der Nacht verloren, gegenseitig ihre Hände und tauschten einen kurzen Händedruck aus.

Silvère, der von den Gefahren dieser Verzückungen eine dunkle Ahnung hatte, sprang mit einem Satze wieder auf die Füße und schlug vor, sie möchten nach einer der kleinen Inseln hinüber gehen, die das seichte Wasser in der Mitte des Flusses bloßlegte. Und beide wagten dann nackten Fußes den Gang durchs Wasser. Miette machte sich nichts aus den Kieseln und wollte nicht dulden, daß Silvère sie stütze, und so geschah es einmal, daß sie sich mitten im Flusse niedersetzte. Doch das Wasser reichte ihr da kaum bis zu den Knien und der ganze Schaden bestand darin, daß der Unterrock ein wenig naß wurde. Wenn sie die

Insel erreicht hatten, legten sie sich bäuchlings auf eine Sandzunge hin, die Augen auf die Oberfläche des Wassers gerichtet, dessen Silberschuppen fern im Mondlichte schillerten. Miette erklärte dann, daß sie im Schiffe sei und daß die Insel schwimme; sie fühlte es, wie sie fortgetragen werde. Dieser Taumel, verursacht durch das Dahinfließen des Wassers, dem sie folgten, ergötzte sie eine Weile, hielt sie fest am Rande der Insel, wo sie halblaut sangen nach Art der Schiffer, wenn sie ihre Ruder ins Wasser senken. Ein andermal, wenn auf der Insel eine kleine Böschung war, ließen sie sich daselbst nieder wie auf einer Rasenbank und ließen ihre nackten Beine ins Wasser hängen. Da plauderten sie stundenlang, spritzten mit den Fersen das Wasser in die Höhe, schaukelten ihre Beine im Wasser und vergnügten sich damit, einen kleinen Sturm in dem stillen Flüßchen hervorzurufen, dessen Kälte ihr Fieber dämpfte.

Diese Flußbäder zeitigten in Miettens Köpfchen eine Laune, die der schönen Unschuld ihrer Liebe schier ein Ende gemacht hätte. Sie wollte durchaus Vollbäder nehmen. Oberhalb der Brücke, versicherte sie, gebe es eine Vertiefung von kaum vier Fuß, wo man sicher baden könne; es sei da hübsch warm und man könne behaglich bis zu den Schultern im Wasser sitzen; sie möchte schon so lange gern schwimmen können, und Silvère solle es sie lehren. Dieser machte Einwendungen; es sei nicht vorsichtig, des Nachts solches zu tun; man könne sie sehen, und es werde schlimme Folgen für sie haben. Aber er verschwieg den wahren Grund; er war instinktiv beunruhigt bei dem Gedanken an dieses neue Spiel. Er fragte sich, wie sie sich entkleiden würden und wie er es anfangen werde, Miette in seinen nackten Armen über Wasser zu halten. Das Mädchen schien nichts von diesen Schwierigkeiten zu ahnen.

Eines Abends brachte sie einen Badeanzug mit, den sie sich aus einem alten Kleide zugeschnitten hatte. Silvère mußte zu Tante Dide zurückkehren, um seine Schwimmhose zu holen. Und die Partie gestaltete sich ganz einfach. Miette entfernte sich nicht weit; sie entkleidete sich ganz einfach im Schatten einer Weide, und dieser Schatten war so dicht, daß ihr kindlicher Körper nur einige Sekunden als ein schwacher, weißer Schimmer darin erschien. Silvère mit seiner braunen Haut erschien in der Nacht wie der dunkle Stamm einer jungen Eiche, während die Arme und Beine des jungen Mädchens, nackt und rund, den milchweißen Schäften der Birken am Flußufer glichen. Wie mit dunklen Flecken bekleidet, die das hohe Laub auf sie hernieder senkte, traten dann beide fröhlich ins Wasser, einander zurufend und von der Kälte überrascht leise Angstrufe ausstoßend. Alle Bedenken, die geheime Scheu, die uneingestandene Scham: sie waren vergessen. Sie blieben da eine volle Stunde, herumplätschernd, sich mit Wasser bespritzend; Miette tat beleidigt, um dann in ein Lachen auszubrechen; Silvère gab ihr die erste Schwimmlektion, tauchte ihr von Zeit zu Zeit den Kopf unter, um sie abzuhärten. Solange er sie mit der einen Hand am Gürtel ihres Badeanzuges festhielt, während er mit der anderen ihren Bauch stützte, arbeitete sie wütend mit Armen und Beinen und glaubte zu schwimmen; aber sobald er sie losließ, begann sie schreiend zu strampeln, streckte die Hände aus, peitschte das Wasser und hielt sich fest wo sie konnte, am Leibe des jungen Mannes, oder an einem seiner Handknöchel. Einen Augenblick überließ sie sich ihm, ruhte an seiner Brust, völlig atemlos, wassertriefend, während der nasse Badeanzug die Reize ihrer jungfräulichen Büste abzeichnete. Dann rief sie:

Noch einmal! Du läßt mich absichtlich los.

Kein Gefühl der Scham stieg ihnen auf aus diesen Umarmungen Silvères, der sich überneigte, um sie zu stützen, aus diesen Anstrengungen Miette zu retten, die sich erschreckt dem jungen Manne an den Hals hing. Das kalte Bad versetzte sie in eine Kristallreinheit. Es waren zwei nackte, unschuldige, lachende Kinder in warmer Sommernacht unter dem stillen Laub der Bäume. Nach den ersten Bädern machte Silvère sich im stillen Vorwürfe, daß er an Böses denken konnte. Miette kleidete sich so schnell aus und war so frisch in seinen Armen und lachte so hell!

Doch nach Verlauf von zwei Wochen konnte die Kleine schwimmen. Ihre Glieder beherrschend, gewiegt von der Flut, mit der sie jetzt spielte, überließ sie sich der weichen Schmiegsamkeit des Flusses, der Stille des Nachthimmels, der träumerischen Einsamkeit, die auf den Ufern lagerte. Wenn beide geräuschlos dahinschwammen, glaubte Miette an den beiden Ufern das Laub sich verdichten, sich über sie neigen, ihr Versteck mit riesigen Vorhängen verhüllen zu sehen. An mondhellen Abenden glitt der Lichtschein zwischen den Baumstämmen hindurch, milde Gestalten in weißer Gewandung schienen die Ufer entlang zu wandeln. Miette hatte keine Furcht. Eine unsagbare Aufregung erfaßte sie, wenn sie den Spielen des Schattens folgte. Während sie mit verlangsamter Bewegung vorwärts schwamm, kräuselte sich das Wasser, das im Mondlichte wie ein klarer Spiegel dalag, bei ihrer Annäherung wie ein silberdurchwirkter Stoff; die Ringe wurden breiter und verloren sich im Dunkel der Ufer, unter den niederhängenden Zweigen der Weiden, woher ein geheimnisvolles Plätschern zu vernehmen war. Bei jedem Ausgreifen fand sie solche flüsternden Tiefen, dunkle Höhlungen, an denen sie rascher vorbeieilte, Sträucher, Baumreihen, deren dunkle Massen die Form wechselten, sich verlängerten, von der Höhe des Ufers ihr zu folgen schienen. Wenn sie auf dem Rücken schwamm, ward sie durch den Blick in die unendlichen Tiefen des Nachthimmels noch mehr ergriffen. Von der Landschaft, die sie nicht sah, hörte sie eine tiefe, lang aushaltende Stimme aufsteigen, gleichsam aus allen Seufzern der Nacht zusammengesetzt.

Sie war nicht von träumerischer Natur und freute sich mit ihrem ganzen Körper, mit allen ihren Sinnen des Himmels, des Flusses, der Schatten, der Lichter. Im besonderen der Fluß, dieses Wasser, dieses bewegliche Feld, trug sie mit unsagbaren Liebkosungen dahin. Wenn sie den Fluß hinaufschwamm, verursachte es ihr ein großes Vergnügen zu fühlen, wie ihr das Wasser schneller über Brust und Beine floß; es war ein anhaltender, sanfter Kitzel, den sie ohne nervöses Lachen ertragen konnte. Sie tauchte dann tiefer ins Wasser, bis dieses ihr an die Lippen reichte, damit es über ihre Schultern hinweg fließe, sie mit einem Zuge vom Kinn bis zu den Füßen in seine flüchtige Liebkosung einhüllte. Sie verfiel dann in eine Schlaffheit, in der sie unbeweglich auf der Oberfläche des Wassers liegen blieb, während es in kleinen Wellen weich zwischen dem Anzug und ihrer Haut durchfloß, wobei der Stoff sich blähte; dann wälzte sie sich in dem stillen Wasser wie eine Katze auf einem Teppich; und sie schwamm aus dem schimmernden Wasser, wo der Mond badete, in das dunkle, vom Laube in Schatten gehüllte Wasser, mit einem Frösteln, als habe sie eine sonnige Ebene verlassen und die Kühle der Zweige auf ihren Nacken fallen fühlen.

Jetzt trat sie schon beiseite, um sich zu entkleiden; sie verbarg sich. Einmal im Wasser verhielt sie sich schweigsam; sie wollte nicht mehr dulden, daß Silvère sie berühre; sie schlüpfte sachte an seine Seite und schwamm mit dem leisen Geräusch eines Vogels, der durch ein Dickicht fliegt; oder auch sie umkreiste ihn, von einer unbestimmten Furcht ergriffen, die sie sich nicht erklären konnte. Er selbst entfernte sich, wenn er an eines ihrer Glieder streifte. In dem Flusse fanden sie jetzt nur mehr einen ermattenden Taumel, ein wollüstiges Einlullen, das sie in eine seltsame Verwirrung versetzte. Besonders wenn sie aus dem Bade stiegen, hatten sie ein Gefühl der Schläfrigkeit, der Blendung. Sie waren gleichsam erschöpft. Miette brauchte eine volle Stunde, um sich anzukleiden. Zuerst warf sie nur ihr Hemd über und einen Rock; dann blieb sie da, im Grase ausgestreckt, über Müdigkeit klagend und Silvère rufend, der einige Schritte weiterhin stand, mit leerem Schädel und mit einer seltsamen, aufregenden Mattigkeit in den Gliedern. Auf dem Heimwege war dann ihre Umarmung feuriger, sie fühlten durch ihre Gewandung deutlicher ihren infolge des Bades geschmeidiger gewordenen Körper; sie blieben stehen von Zeit zu Zeit und stießen schwere Seufzer aus. Der riesige Haarknäuel Miettens, ihr Nacken, ihre Schultern hatten einen Geruch der Frische, einen Duft der Reinheit, der den jungen Mann vollends betäubte. Zum Glück erklärte das Mädchen eines Abends, daß es keine Bäder mehr nehmen werde, daß das kalte Wasser ihr das Blut zu Kopfe treibe. Ohne Zweifel gab sie diesen Grund in aller Wahrheit und Unschuld an.

Sie nahmen ihre langen Gespräche wieder auf. Von der Gefahr, die ihrer unschuldigen Liebe gedroht, war im Geiste Silvères nichts als eine große Bewunderung für die körperliche Kraft Miettens zurückgeblieben. In zwei Wochen hatte sie schwimmen gelernt und oft, wenn sie um die Wette schwammen, hatte er sie den Fluß mit ebenso kräftigen Armen teilen sehen, wie er selbst. Er, der die Kraft und die körperlichen Übungen liebte, war gerührt, wenn er sie so stark und so geschickt sah. In seinem Herzen erstand eine seltsame Achtung für ihre starken Arme. Eines Abends, nach einem der ersten Bäder, bei denen sie noch so lustig waren, hatten sie sich um den Leib gefaßt und auf einem schmalen Sandstreifen minutenlang gerungen, ohne daß es Silvère gelungen wäre, Miette zu Boden zu werfen; schließlich verlor er selbst das Gleichgewicht, fiel um und das Mädchen blieb aufrecht. Ihr Freund behandelte sie fortab wie einen Jungen und eben die langen Märsche, das tolle Jagen durch die Wiesen, das Nesterausheben auf den hohen Bäumen, ihre Kämpfe, ihre ungestümen Spiele beschützten sie so lange und hinderten sie, ihre junge Liebe zu beflecken. Nebst der Bewunderung für die Kraft und Behendigkeit seiner Freundin mischte in die Liebe des jungen Burschen sich auch noch sein Erbarmen für die Unglücklichen. Er, der keinen Verlassenen, keinen Armen, kein barfüßiges Kind im Straßenstaub sehen konnte, ohne daß das Erbarmen ihm den Atem raubte, er liebte Miette, weil niemand sie liebte, weil sie das harte Dasein eines Paria führte. Wenn ei sie lachen hörte, war er tief bewegt von dieser Freude, die er ihr verschaffte. Und dann war das Mädchen eine Wilde wie er selbst ein Wilder; sie fanden sich auch in dem gemeinsamen Hasse gegen die Klatschbasen der Vorstadt. Der Traum, den er tagsüber träumte, während er bei seinem Meister mit kräftigen Hammerschlägen die Räder bereifte – dieser Traum war voll edelmütiger Torheiten. Er dachte an Miette als Erlöser. Alles, was er gelesen hatte, stieg ihm dann zu Kopfe; er wollte eines Tages seine Freundin zu seiner Frau machen, um sie in den Augen der Welt zu erheben; er legte sich den heiligen Beruf bei, die Tochter des Sträflings zu retten, der Welt und dem Heil wiederzugeben. Er hatte den Kopf dermaßen voll mit gewissen Reden, daß er sich nicht damit begnügte, sich diese Dinge einfach vorzunehmen; er verlor sich in einem gewissen sozialen Mystizismus; er ersann eine wahre Verherrlichung, mit der das Kind der Welt wiedergegeben werden sollte; er sah im Geiste Miette auf einem am Ende der Promenade Sauvaire errichteten Throne sitzen; und die ganze Stadt verneigte sich vor ihr, bat sie um Verzeihung und sang Loblieder auf sie. Glücklicherweise vergaß er alle diese schönen Dinge wieder, sobald Miette von ihrer Mauer herabsprang und ihm auf der Heerstraße sagte:

Laß uns laufen, willst du? Ich wette, daß du mich nicht fängst.

Doch wenn der Jüngling am hellen Tage von der Verherrlichung seiner Freundin träumte, so hatte er anderseits ein so tiefes Bedürfnis nach Gerechtigkeit, daß er dem Kinde oft Tränen erpreßte, wenn er ihr von ihrem Vater sprach. Trotz der tiefen Zärtlichkeit, die die Freundschaft Silvères in ihr Herz gepflanzt, erwachten in ihr doch von Zeit zu Zeit plötzlich die alten bösen Triebe; ihre ganze heftige Natur lehnte sich auf, sie kniff die Lippen zusammen, und es erschien der harte Blick in ihren Augen wieder. Sie behauptete dann, ihr Vater habe recht getan, den Gendarm zu töten; die Erde gehöre aller Welt und man habe das Recht zu schießen, wo und wann man wolle. Silvère erklärte ihr mit ernster Stimme das Gesetz, so wie er es verstand, und mit Auslegungen, die in ihrer Seltsamkeit bei allen Richtern von Plassans ein sehr bedenkliches Kopfschütteln hervorgebracht hätten. Diese Gespräche fanden zumeist in irgendeinem verlornen Winkel der Sainte-Claire-Wiese statt. Der dunkelgrüne Rasen dehnte sich dahin, soweit das Auge reichte und kein einziger Baum war da, der einen Fleck auf dieser endlosen Fläche gebildet hätte; und der Himmel schien unermeßlich, mit seinen Sternen die nackte Rundung des Gesichtskreises füllend. Die Kinder wurden gleichsam gewiegt in diesem Meer von Grün. Miette kämpfte lange gegen Silvères Ansichten; sie fragte diesen, ob es besser gewesen wäre, wenn ihr Vater sich hätte von dem Gendarmen umbringen lassen und Silvère schwieg einen Augenblick; dann erklärte er, daß es in einem solchen Falle besser sei, das Opfer zu sein als der Mörder, und daß es immer ein großes Unglück sei, wenn man seinen Nebenmenschen töte und sei es auch im Stande berechtigter Notwehr. Ihm war das Gesetz eine heilige Sache; die Richter hatten recht, als sie Chantegreil auf die Galeeren schickten. Darob ergrimmte das Mädchen; sie hätte ihren Freund prügeln mögen und rief ihm zu, er habe ein ebenso böses Herz wie die anderen. Als er fortfuhr, seine Gedanken über die Gerechtigkeit standhaft zu verteidigen, brach sie schließlich in Tränen aus und stammelte, daß er ohne Zweifel sieh ihrer schäme, da er sie immer wieder an das Verbrechen ihres Vaters erinnere. So endigten diese Erörterungen in einem Strom von Tränen, in gemeinsamer Aufregung. Doch wenn das Kind auch weinte, wenn sie auch anerkannte, daß sie vielleicht unrecht habe, bewahrte sie im Innern doch ihre Wildheit, ihre leichte Erregbarkeit. Einmal erzählte sie laut lachend, wie ein Gendarm in ihrer Gegenwart vom Pferde gefallen sei und ein Bein gebrochen habe. Übrigens lebte Miette nur mehr für Silvère. Wenn dieser sie über ihren Oheim und ihren Vetter befragte, antwortete sie, „daß sie nichts wisse"; und wenn er in sie drang aus Besorgnis, daß man sie im Jas-Meiffren vielleicht zu sehr quäle, sagte sie, daß sie viel arbeite und sich nichts geändert habe. Doch glaubte sie, daß Justin schließlich dennoch erfahren habe, weshalb sie jeden Morgen so lustig sei und was den Ausdruck ihrer Augen so sehr gemildert habe. Doch sie fügte hinzu:

Was tut's? Wenn er uns jemals stören wollte, werden wir ihm einen Empfang bereiten, daß ihm die Lust vergehen soll, sich wieder in unsere Angelegenheiten einzumengen.

Indes wurden sie durch die langen Märsche im Freien oft ermüdet. Sie kehrten dann immer wieder nach dem Saint-Mittre-Felde zurück, in dem engen Weg, aus dem sie durch die geräuschvollen Sommerabende, durch die allzu starken Gerüche der Gräser, durch die heißen, sinnverwirrenden Ausströmungen verjagt worden waren. Aber an manchen Abenden war der Aufenthalt auf dem Wege lieblicher; es strich ein erfrischender Wind hindurch; sie konnten da bleiben, ohne einen Taumel zu empfinden. Sie genossen dann eine köstliche Erholung. Auf dem Grabstein sitzend, die Ohren geschlossen für das Getümmel der Kinder und der Zigeuner, fühlten sie sich da wieder heimisch. Silvère hatte wiederholt Knochenreste, Bruchstücke von Schädeln gesammelt, und sie gefielen sich jetzt darin, von dem alten Kirchhofe zu sprechen. Mit ihrer regen Einbildungskraft sagten sie sich im stillen, daß ihre Liebe wie eine kräftige, fette Pflanze in diesem vom Tode befruchteten Boden gediehen sei. Sie war aufgeschossen wie diese wilden Gräser; sie war aufgeblüht wie die Klatschrosen, die der leiseste Wind auf ihren Stengeln bewegt und die offenen, blutenden Herzen glichen. Und sie erklärten sich die lauen Ausströmungen, die über ihre Stirnen hinwegzogen, das Geflüster, das sie im Schatten hörten, das anhaltende Frösteln, in welchem der Weg erbebte. Es waren die Toten, die ihnen ihre zerstobenen Leidenschaften ins Gesicht hauchten, ihnen ihre Brautnacht erzählten und sich im Grabe umwandten, gepackt von einer wilden Begierde zu lieben, die Liebe von neuem zu beginnen. Diese Gebeine – das fühlten sie wohl – waren voll Zärtlichkeit für sie; die geborstenen Schädel erhitzten sich von neuem an den Flammen ihrer Jugend; die kleinsten Bruchstücke umgaben sie mit einem entzückten Geflüster, einer ruhelosen Sorgfalt, einer angstvollen Eifersucht. Wenn sie sich entfernten, schien der alte Kirchhof zu weinen. Diese Gräber, die in den heißen Nächten ihnen die Füße banden, daß sie nur wankend gehen konnten: es waren lange, schmale Finger, die aus dem Erdreich nach ihnen langten, um sie festzuhalten, um sie einander in die Arme zu werfen. Dieser scharfe, durchdringende Geruch, den die zertretenen und gebrochenen Stengel aushauchten: es war der befruchtende Geruch, der mächtige Saft des Lebens, den allmählich die Gräber ausschwitzen und in den Verliebten, die auf den einsamen Pfaden wandeln, betäubende Begierden wachrufen. Die Toten, die alten Toten, heischten die bräutliche Vereinigung von Miette und Silvère.

Niemals wurden die Kinder von Furcht ergriffen. Es rührte sie die Zärtlichkeit, die sie in der Luft schweben fühlten; sie gewannen die unsichtbaren Wesen lieb, deren Berührung sie gleich einem leichten Flügelschlag oft zu fühlen glaubten. Sie wurden nur manchmal von einer milden Traurigkeit ergriffen und begriffen nicht, was die Toten von ihnen wollten. Sie fuhren fort, ihrer unschuldsvollen Liebe zu leben, inmitten dieses Überquellens der Säfte, in diesem Winkel eines aufgelassenen Kirchhofes, wo das von Leichen gesättigte Erdreich Leben ausschwitzte, und der gebieterisch ihre Verbindung heischte. Die summenden Stimmen, die in ihren Ohren klangen, die plötzlichen Anflüge von Hitze, die über ihr Antlitz huschten: sie kündeten ihnen nichts Bestimmtes. Es gab Tage, an denen der Schrei der Toten so laut wurde, daß Miette, die fiebernd, erschöpft auf dem Grabstein lehnte, mit ihren in Tränen schwimmenden Augen Silvère anblickte wie um ihn zu fragen: „Was wollen sie denn? Warum blasen sie Flammen in meine Adern?" Und Silvère, der selbst gebrochen, außer sich war, wagte nicht zu antworten, wagte nicht die flammenden Worte zu wiederholen, die er in der Luft zu vernehmen glaubte, die unsinnigen Ratschläge, die die hohen Gräser, die Flüsterstimmen des ganzen Weges, diese schlecht geschlossenen Gräber ihm gaben, die sich gleichsam als Lagerstätte anboten für die junge Liebe dieser Kinder.

Oft befragten sie sich über die Gebeine, die sie entdeckten. Miette mit ihrem weiblichen Instinkte sprach gern von traurigen Gegenständen. Bei jedem neuen Funde gab es ein Raten ohne Ende. War es ein kleiner Knochen, dann sprach Miette von einem jungen Mädchen, das brustkrank gewesen, oder am Vorabende seiner Hochzeit von einem Fieber hinweggerafft worden; war es ein großer Knochen, dann träumte sie von einem hochgewachsenen Greise, einem Soldaten, einem Richter, irgendeinem furchtbaren Manne. Besonders der Grabstein beschäftigte sie lange. An einem schönen, mondhellen Abende entdeckte Miette auf einer der Flächen halb verwitterte Schriftzeichen. Silvere mußte mit seinem Messer das Moos wegkratzen. Und nun lasen sie die verstümmelte Inschrift: „ *Hier liegt... Marie... gestorben...*" Miette war ganz betroffen, als sie ihren Namen auf dem Grabsteine fand. Silvère schalt sie eine alberne Grete, aber sie vermochte ihre Tränen nicht zurückzuhalten. Sie sagte, sie habe es wie einen Stoß in die Brust empfunden, daß sie bald sterben werde und daß der Grabstein für sie sei. Jetzt fühlte der Bursche sein Blut erstarren; aber es gelang ihm dennoch, dem Kinde so weit Vernunft einzureden, daß es sich schämte. Was? Sie, die so mutig war, konnte solche Kindereien träumen? Und schließlich lachten sie. Dann redeten sie nicht mehr von diesem Gegenstande. Aber in den Stunden der Schwermut, wenn unter dem umwölkten Himmel der Weg traurig dalag, konnte Miette nicht umhin, diese Tote zu nennen, diese unbekannte Marie, deren Grab so lange ihre Zusammenkünfte begünstigt hatte. Vielleicht lagen noch die Gebeine des armen

Mädchens da. Eines Abends hatte sie die seltsame Laune, zu verlangen, daß Silvère den Grabstein umwende, damit sie sehen können, was darunter sei. Er weigerte sich, als sei es eine Heiligtumsschändung, was sie verlange, und diese Weigerung nährte nur die Träume Miettens über dieses teure Gespenst, das ihren Namen trug. Sie behauptete durchaus, daß jene in ihrem Alter, mit dreizehn Jahren, mitten in ihrer Liebe, gestorben sei. Sie bedauerte selbst den Grabstein, diesen Stein, auf den sie so hurtig herabstieg, auf dem sie so oft gesessen, diesen Stein, den der Tod eiskalt gemacht, und den sie mit ihrer Liebe wieder erwärmt hatten. Sie fügte hinzu; Du wirst sehen, das wird uns Unglück bringen. Wenn du stürbest, möchte ich, daß ich hier stürbe und man diesen Stein über mich wälze.

Silvère war beklommen bei solchen Reden und schalt sie aus, weil sie an so traurige Dinge dachte.

So liebten sie sich fast zwei Jahre lang auf dem engen Wege und in der weiten Landschaft. Ihre Liebe überdauerte die eisig kalten Niederschläge des Dezember und die glühenden Aufregungen des Juli, ohne zur Schmach der gemeinen Liebschaften herabzusinken; sie bewahrte den köstlichen Reiz einer griechischen Schäferidylle, ihre flammende Reinheit, alle die kindlichen Wahnvorstellungen des Fleisches, das begehrt und unwissend ist. Selbst die alten Toten flüsterten ihnen vergeblich zu. So nahmen sie aus dem alten Friedhofe nichts mit als eine rührende Schwermut, das unbestimmte Vorgefühl eines kurzen Lebens; eine geheime Stimme sagte ihnen, daß sie von hinnen scheiden würden mit ihrer jungfräulichen Liebe vor ihrer bräutlichen Vereinigung an dem Tage, an dem sie sich einander würden geben wollen. Ohne Zweifel hatten sie hier, auf diesem Grabstein inmitten der Gebeine, die in den fetten Gräsern umherlagen, jene Liebe zum Tode eingesogen, jenes gierige Verlangen, zusammen in der Erde zu liegen, das sich auf ihre stammelnden Lippen drängte am Rande der Straße nach Orcheres, in dieser Dezembernacht, während die zwei Kirchturmglocken sich ihr klagendes Gewimmer zusandten.

Miette schlief ruhig, das Haupt an die Brust Silvères gelehnt, während dieser der fernen Zusammenkünfte gedachte, der schönen Jahre beständigen Zaubers. Bei Tagesanbruch erwachte das Kind. Vor ihnen dehnte das helle Tal unter dem winterlichen Himmel sich dahin. Die Sonne war noch hinter den Bergen. Eine kristallreine Helle, durchsichtig und eisig wie Quellwasser, floß von dem bleichen Gesichtskreise hernieder. In der Ferne verlor sich die Viorne, einem Bande von weißem Satin gleichend, zwischen den roten und gelben Feldern. Es war eine schier grenzenlose Weite; graue Meere von Olivenpflanzungen, Weingärten, die breiten, gestreiften Stoffen glichen, eine ganze Landschaft, noch vergrößert durch die Klarheit der Luft und die winterliche Ruhe. Der Wind, der in kurzen

Stößen dahinfegte, hatte die Gesichter der Kinder schier zu Eis erstarren lassen. Sie erhoben sich jetzt munter, des hellen Morgens sich freuend. Da mit der Nacht auch ihre Traurigkeit und ihr Schrecken geschwunden waren, betrachteten sie entzückten Auges den ungeheuren Kreis der Ebene und lauschten dem Gebimmel der beiden Glocken, das ihnen jetzt das fröhliche Frühläuten eines Festtages schien.

Ach, wie gut habe ich geschlafen! Rief Miette. Ich habe geträumt, daß du mich küßtest. Hast du mich geküßt, sprich?

Es kann schon sein, erwiderte Silvère lachend. Mir war auch nicht warm; denn es ist eine wahre Hundekälte.

Mir ist nur in den Füßen kalt.

Nun denn, laß uns laufen... Wir haben reichlich zwei Meilen zu gehen. Dabei wird dir warm werden.

Sie stiegen den Abhang hinab und erreichten laufend die Straße. Als sie unten waren, erhoben sie den Kopf, wie um dem Felsen Lebewohl zu sagen, wo sie unter Tränen glühende Küsse gewechselt hatten. Aber sie sprachen nicht von dieser flammenden Liebkosung, die in ihrer Liebe ein neues, unbestimmtes Bedürfnis entstehen ließ, von welchem sie sich keine Rechenschaft geben konnten. Sie faßten einander nicht mehr am Arme, unter dem Vorwande, daß sie so schneller gehen könnten. Sie marschierten munter fort, ein wenig verlegen, ohne zu wissen warum, wenn sie sich von Zeit zu Zeit anblickten. Inzwischen war der Tag immer heller rings um sie her. Der junge Bursche, der im Auftrage seines Meisters häufig den Weg nach Orchères zu machen hatte, kannte die besten und kürzesten Seitenpfade. So legten sie mehr als zwei Meilen zurück, auf Hohlwegen, vorbei an Hecken und endlosen Mauern. Miette beschuldigte Silvère, sie irregeführt zu haben. Oft sahen sie viertelstundenlang nichts von der Landschaft; sie bemerkten nur über die Mauern und Hecken hinausragende Mandelbaumreihen, deren dürren Äste sich von dem bleichen Morgenhimmel abhoben.

Plötzlich standen sie vor Orchères. Lautes Freudengeschrei, das Getöse der Menge drang durch die klare Morgenluft zu ihnen. Die Bande der Aufrührer war eben in die Stadt eingezogen. Miette und Silvère betraten sie mit den letzten Nachzüglern. Niemals hatten sie eine solche Begeisterung gesehen. In den Straßen sah es aus wie an Prozessionstagen, wenn zu Ehren des unter dem Baldachin vorüberziehenden Allerheiligsten alle Fenster sich mit kostbaren Stoffen schmücken. Man feierte die Aufrührer als Befreier. Die Männer umarmten sie, die Frauen trugen Mundvorräte herbei. Auf den Türschwellen standen Greise, die vor Rührung weinten. Die südliche Lebhaftigkeit äußerte sich in geräuschvoller

Weise, singend, tanzend, gestikulierend. Als Miette vorüberkam, ward sie in einem riesigen Reigen mitgerissen, der auf dem Hauptplatze tanzte. Silvère folgte ihr. Die Mutlosigkeit, die Todesgedanken waren jetzt weit von ihm. Er wollte sich schlagen, wenigstens sein Leben teuer verkaufen. Von neuem betäubte ihn der Gedanke an den Kampf. Er träumte vom Siege, von einem glücklichen Leben mit Miette im großen Frieden der allgemeinen Republik.

Dieser brüderliche Empfang seitens der Bewohner von Orcheres war die letzte Freude der Aufständischen. Sie verbrachten den Tag in strahlender Zuversicht und in grenzenloser Hoffnung. Die Gefangenen, der Major Sicardot, dieHerren Garçonnet, Peirotte und die anderen, die man in einem Zimmer des Rathauses eingesperrt hatte, dessen Fenster auf den Hauptplatz gingen, sahen mit Überraschung und Schrecken diese ausgelassenen Tänze und diese Stürme von Begeisterung, die an ihnen vorüberzogen.

Welch ein Lumpenpack! Brummte der Major, der sich an das Gesims eines Fensters lehnte, wie an die samtbekleidete Brüstung einer Theaterloge. Hätte ich doch nur zwei Batterien zu befehligen; wie wollte ich dieses ganze Gesindel hinwegfegen!

Als er Miette bemerkte, fügte er, zu Herrn Garçonnet gewendet, hinzu:

Schauen Sie nur jenes große, rote Mädchen, Herr Bürgermeister! Es ist fürwahr eine Schmach, daß sie sogar ihre Dirnen mitführen. Wenn das noch lange währt, werden wir schöne Dinge zu sehen bekommen.

Herr Garçonnet nickte mit dem Kopfe und sprach von den „entfesselten Leidenschaften" und von den „schlimmsten Tagen unserer Geschichte". Herr Peirotte war bleich wie sein Hemd und schwieg. Nur einmal tat er den Mund auf, um zu Herrn Sicardot, der wieder mit lauter Stimme schimpfte, zu sagen:

Leiser, leiser, mein Herr! Sie werden es so arg treiben, daß wir alle niedergemetzelt werden.

In Wahrheit behandelten die Aufständischen ihre Gefangenen mit größter Milde. Sie ließen ihnen sogar am Abend eine vortreffliche Mahlzeit vorsetzen. Aber für Feiglinge vom Schlage des Herrn Einnehmers waren solche Aufmerksamkeiten nur um so schrecklicher; die Aufständischen – so behauptete er – behandelten ihre Gefangenen nur deshalb so gut, damit sie desto fetter und zarter seien an dem Tage, wo sie diese fressen würden.

Als der Abend dämmerte, sah sich Silvère seinem Vetter, dem Doktor Pascal gegenüber. Der Gelehrte war der Bande zu Fuße gefolgt, mit den Arbeitern plaudernd, die ihn verehrten. Anfänglich hatte er sich bemüht, sie von dem Kampfe abzubringen; dann, gleichsam durch ihre Reden gewonnen, hatte er ihnen mit einem gleichmütig wohlwollenden Lächeln gesagt:

Ihr habt vielleicht recht; schlaget euch nur; ich bin ja da, um euch die Arme und Beine wieder zusammenzuflicken.

Er hatte am Morgen ganz ruhig begonnen, längs des Weges Steine und Pflanzen zu sammeln. Er war trostlos, weil er seinen Geologenhammer und seine Botanisierbüchse nicht mitgenommen hatte. Um diese Zeit waren seine Taschen zum Reißen voll von Steinen und aus seiner Ledermappe, die er unter dem Arme trug, hingen ganze Büschel langer Gräser heraus.

Schau, bist du's, mein Junge? Rief er, als er Silvère gewahrte. Ich glaubte hier der einzige von der Familie zu sein.

Er sprach die letzteren Worte mit leisem Spott über das Benehmen seines Vaters und des Onkels Antoine. Silvère war glücklich, seinen Vetter zu treffen. Der Doktor war der einzige Rougon, der ihm die Hand drückte, wenn er ihn auf der Straße traf, und ihm eine aufrichtige Freundschaft bewies. Als Silvère ihn noch mit dem Straßenstaube bedeckt sah, bekundete er eine lebhafte Freude, weil er ihn für die republikanische Sache gewonnen glaubte. Er sprach zu ihm von den Rechten des Volkes, von dessen heiliger Sache, von dem sicheren Sieg mit jugendlicher Begeisterung. Pascal hörte ihn lächelnd an; neugierig beobachtete er seine Gebärden, das lebendige Spiel seiner Züge, als habe er diese Begeisterung zerlegen können, um zu sehen, was auf dem Grunde dieses edelmütigen Eifers sei.

Wie du sprudelst, wie du dich ereiferst! Man sieht, du bist der Enkel deiner Großmutter!

Mit leiser Stimme setzte er hinzu im Tone eines Chemikers, der sich Notizen macht:

Hysterie oder Begeisterung; schmähliche Narrheit oder erhabene Narrheit. Immer diese teuflischen Nerven.

Dann schloß er gleichsam seinen Gedankengang und sagte laut:

Die Familie ist vollständig: sie wird auch ihren Helden haben.

Silvère hatte nichts gehört. Er fuhr fort, von seiner teuren Republik zu sprechen. Einige Schritte weiter war Miette stehen geblieben; sie trug noch immer ihren roten Mantel und verließ Silvère nicht mehr. Arm in Arm hatten sie den ganzen Tag die Stadt durchstreift. Dieses große, rote Mädchen zog schließlich das Interesse Pascals auf sich; er unterbrach plötzlich den Redefluß seines Vetters und fragte:

Wer ist dieses Kind, das bei dir ist?

Das ist mein Weib, erwiderte Silvère ernst.

Der Doktor machte große Augen. Er verstand nicht, was jener gesagt hatte. Da er den Frauen gegenüber sehr schüchtern war, zog er vor Miette tief den Hut und ging.

Die Nacht gestaltete sich unruhig. Ein Unglückswind jagte über die Aufständischen hinweg. Die Begeisterung und die Zuversicht von gestern schienen mit dem Dunkel der Nacht zerstoben. Am Morgen sah man düstere Mienen, traurige Blicke wurden ausgetauscht, lange Pausen der Mutlosigkeit traten ein. Schreckliche Gerüchte waren in Umlauf. Die schlimmen Nachrichten, welche die Anführer seit gestern geheimzuhalten vermochten, hatten sich verbreitet, ohne daß jemand gesprochen hätte, zugeflüstert durch jenen unsichtbaren Mund, der mit einem Atemzug den Schrecken unter die Menge wirft. Es wurden Stimmen laut, die behaupteten, Paris sei bezwungen, die Provinz habe sich auf Gnade und Ungnade unterworfen; diese Stimmen fügten hinzu, daß zahlreiche Truppen, die unter den Befehlen der Obersten Masson und Blériot von Marseille aufgebrochen waren, heranrückten, um die Aufständischen zu vernichten. Das war ein Zusammenbruch, ein Erwachen voll Zorn und Verzweiflung. Diese Männer, gestern noch in einem patriotischem Fieber glühend, erbebten jetzt in der großen Kälte, welche die schmachvolle Unterwerfung des Lanües verbreitete. So besaßen denn sie allein den Heldenmut der Pflicht. Sie waren jetzt verloren inmitten des Entsetzens aller, in der Totenstille ringsumher; sie wurden zu Aufrührern und sollten gleich wilden Tieren mit Kolbenstößen verjagt werden. Sie hatten von einem großen Kriege geträumt, von der Erhebung eines ganzen Volkes, von einem siegreichen Eroberungszuge des Rechtes. Jetzt, inmitten einer solchen Verlassenheit, einer solchen Auflösung beweinte dieses Häuflein Menschen seinen erstorbenen Glauben, seinen zerflatterten Traum von Gerechtigkeit. Es waren Leute in der Truppe, die unter Verwünschungen gegen das feige Frankreich ihre Waffen wegwarfen und am Rande der Straße sich hinsetzten mit der Erklärung, daß sie da die Kugeln des Feindes abwarten wollten, um zu zeigen, wie Republikaner sterben.

Obgleich diese Männer nur zwischen Verbannung und Tod die Wahl hatten, fanden sich nur wenige Fahnenflüchtige unter ihnen. Eine bewunderungswürdige Eintracht verband diese Horden. Der Ingrimm kehrte sich gegen die Anführer. Diese waren in der Tat unfähig. Unverbesserliche Fehler waren begangen worden; und die verlassenen, disziplinlosen Aufständischen, kaum durch einige Schildwachen geschützt, unter den Befehlen einiger unentschlossener Männer stehend, sahen sich jetzt den erstbesten Truppen, die sich zeigen würden, ausgeliefert.

Sie verweilten noch zwei Tage in Orchères, am Dienstag und Mittwoch, verloren so zwei Tage und erschwerten noch ihre Lage. Der General, der Mann mit dem Säbel, den Silvère seiner Freundin Miette auf der Straße nach Plassans gezeigt hatte, zögerte, gebeugt unter der Wucht der auf ihm lastenden furchtbaren Verantwortung. Am Donnerstag fand er, daß die Stellung in Orchères gefahrvoll sei. Gegen ein Uhr gab er den Befehl zum Aufbruch und führte seine kleine Schar auf die Höhen von Sainte-Roure. Es war dies übrigens eine uneinnehmbare Stellung für jemanden, der sie zu verteidigen wußte. Die Häuser von Sainte-Roure sind am Abhang eines Hügels erbaut; hinter der Stadt ist der Gesichtskreis von ungeheuren Felsblöcken abgeschlossen. Diese Art Hochburg ist nur von der Ebene von Nores aus zu ersteigen, die sich am Fuße des Plateaus ausbreitet. Ein Vorplatz, wo man einen mit herrlichen Ulmen bepflanzten Spazierweg angelegt hatte, beherrscht die Ebene. Auf diesem Vorplatz lagerten die Aufständischen. Die Geiseln sperrte man in dem Gasthofe „Zum weißen Maultier" ein, der mitten auf dem Vorplatz lag. Die Nacht war finster und beklemmend. Man sprach von Verrat. Der Mann mit dem Säbel, der die einfachsten Vorsichtsmaßnahmen verabsäumt hatte, hielt am frühen Morgen eine Schau über seine Truppen. Die einzelnen Abteilungen waren in langer Reihe aufgestellt mit dem Rücken gegen die Ebene in dem seltsamen Gemisch ihrer Trachten, braune Jacken, dunkle Röcke, blaue Blusen, durch rote Gürtel festgehalten; die bunt zusammengewürfelten Waffen, frisch geschliffene Sensen, breite Schaufeln, alte Jagdflinten, leuchteten in der winterlichen Sonne, als in dem Augenblicke, da der zeitweilige General seine kleine Armee abritt, ein Mann, den man in einem nahen Olivenfelde als Schildwache vergessen hatte, lebhaft gestikulierend herbeieilte, mit dem immerfort wiederholten Rufe: Die Soldaten! Die Soldaten!

Es entstand eine ungeheure Bewegung. Man glaubte anfangs an einen blinden Lärm. Alle Disziplin vergessend stürzten die Aufständischen vorwärts, bis zum Ende des Vorplatzes, um die Soldaten zu sehen. Die Reihen lösten sich. Und als die dunkle Linie der Truppe erschien, in gerader Haltung mit der schimmernden, breiten Linie der Bajonette hinter der Reihe grauer Olivenbäume hervorbrechend, trat eine Bewegung nach rückwärts ein, eine Verwirrung, die ein Erbeben des Schreckens durch die ganze Menge von einem Ende der Anhöhe bis zum andern jagte.

Inzwischen hatten die Abteilungen von La Palud und Saint-Martin-de-Vaux inmitten des Spazierweges sich wieder in Reih und Glied geordnet und standen in trotziger Entschlossenheit da. Ein Köhler, ein Riese, der alle seine Genossen überragte, schrie, seine rote Halsbinde schwingend: Zu uns her, ihr Leute von Chavanoz, Graille, Poujols, Saint-Eutrope! Hierher Tulettes und Plassans!

Es gab nun ein tolles Laufen auf dem Vorplatz. Der Mann mit dem Säbel, umgeben von den Leuten aus Faverolles, entfernte sich mit den Abteilungen von Vernoux, Corbière, Marsanne, Pruinas, um den Feind zu umgehen und in der Flanke zu fassen. Andere wieder, die Leute von Valqueyras, Nazère, Castel-le-Vieux, Roches-Noires, Murdaran, stürmten links davon, um sich als Schwarmlinie in der Ebene von Nores aufzulösen.

Während die Wandelbahn auf dem Vorplatze sich leerte, vereinigten sich alle die Flecken und Dörfer, die der Köhler zu Hilfe gerufen hatte, und diese Leute bildeten eine dunkle, unregelmäßige Masse, gegen alle Regeln der Kriegskunst gruppiert, aber hierhergewälzt wie ein Block, um den Weg zu versperren oder zu sterben. Plassans stand in der Mittedieses heldenmütigen Bataillons. Unter den grauen Blusen und Jacken inmitten der bläulich schimmernden Waffen nahm sich der Mantel Miettens, die mit beiden Händen die Fahne hielt, wie ein breiter, roter Fleck aus, wie der Fleck einer frischen, blutenden Wunde.

Plötzlich war tiefe Stille eingetreten. An einem der Fenster der Herberge „Zum weißen Maultier“ erschien das bleiche Haupt des Herrn Peirotte. Er sprach und gestikulierte.

Ziehen Sie sich zurück und schließen Sie die Fensterläden! Riefen die Aufständischen wütend. Sie laufen Gefahr, erschossen zu werden.

Die Fensterläden wurden in aller Hast geschlossen, und man vernahm nichts mehr, als den gleichmäßigen Marsch der herannahenden Soldaten.

Eine lange, bange Minute verfloß. Die Truppe war jetzt einen Augenblick verschwunden; eine Erdfalte verbarg sie und bald bemerkten die Aufständischen von der Ebene her im Lichte der aufgehenden Sonne die Spitzen der Bajonette, die sich immer mehr näherten, immer größer werdend sich heranwälzten, gleich einem Weizenfelde mit stählernen Ährenspitzen. In diesem Augenblicke glaubte Silvère in dem Fieber, das ihn schüttelte, das Bild des Gendarmen vorbeischweben zu sehen, dessen Blut seine Hände gerötet hatte. Er hatte von seinen Kameraden erfahren, daß Rengade nicht gestorben war, daß er ihm nur ein Auge ausgestoßen hatte; und er sah ihn jetzt deutlich mit der leeren, blutigen, schrecklichen Augenhöhle. Der quälende Gedanke an diesen Menschen, den er seit seinem Aufbruch von Plassans nicht gesehen, war ihm unerträglich. Er fürchtete, daß er Angst haben könne und drückte heftig seine Waffe an sich, die Augen von einem Nebel verschleiert, vor Begierde brennend, seine Waffe abzuschießen und so das Bild des Einäugigen zu verscheuchen. Die Bajonette kamen langsam immer näher.

Als die Köpfe der Soldaten am Rande des Vorplatzes auftauchten, wandte sich Silvère mit einer instinktiven Bewegung zu Miette. Größer geworden, mit rosig glühendem Antlitze stand sie neben ihm, in die Falten der roten Fahne gehüllt. Sie stellte sich auf die Fußspitzen, um die herannahende Truppe besser zu sehen. Ihre Nasenflügel zitterten in nervöser Erwartung; ihre weißen Wolfszähnchen schimmerten zwischen den roten Lippen. Silvère lächelte ihr zu. Noch hatte er den Kopf nicht von ihr gewandt, als Gewehrfeuer knatterte. Die Soldaten, von denen man erst die Schultern sah, hatten die erste Salve abgegeben. Es schien Silvère, als sei ein heftiger Windstoß über seinen Kopf hinweggefahren, während eine Menge welker Blätter, durch die Kugeln getroffen, von den Ulmen niederfielen. Ein dumpfes Geräusch, wie wenn ein schwerer Ast zu Boden fällt, ließ ihn zur Seite blicken. Er sah den großen Köhler, den Mann, der alle übrigen überragte, am Boden liegen. Er hatte ein kleines schwarzes Loch in der Mitte der Stirne. Nun schoß Silvère seinen Karabiner ab, ohne zu spielen, lud und schoß von neuem. All das sah er wie ein Rasender, wie ein wildes Tier, das an nichts denkt, das nur töten will. Er sah die Soldaten nicht mehr; unter den Ulmen schwebte Pulverdampf gleich Fetzen grauer Musseline. Es regnete noch immer dürres Laub auf die Häupter der Aufständischen; die Soldaten schossen zu hoch. Inmitten des Geknatters vernahm der junge Mensch zuweilen einen Seufzer, ein dumpfes Röcheln; dann entstand in der kleinen Schar ein Drängen, wie um dem Unglücklichen Platz zu machen, der fiel und sich an die Schultern seiner Nachbarn klammerte. Das Feuer währte schon zehn Minuten.

Da schrie zwischen zwei Salven plötzlich ein Mann: Rette sich wer kann! Ein fürchterlicher Ausdruck des Schreckens lag in diesem Rufe. Es wurden wilde Scheltworte laut; einzelne Stimmen brummten: O, die Feiglinge! Unheilvolle Gerüchte gingen durch die Reihen; der General sei geflohen, die Kavallerie säble die in der Ebene zerstreuten Plänkler nieder. Und das Gewehrgeknatter hörte nicht mehr auf; es folgte Salve auf Salve, mit plötzlich aufblitzenden Flammen den Pulverdampf rötend.

Eine rauhe Stimme verkündete wiederholt, man müsse hier auf dem Fleck sterben. Aber die andere, die von der Furcht gepreßte Stimme, schrie lauter: Rette sich wer kann! Einzelne Männer entflohen, indem sie ihre Waffen von sich schleuderten und über die Toten hinwegsprangen. Die anderen rückten zusammen. Es waren noch zehn Aufständische da; zwei flüchteten alsbald und von den übrigen lagen bei der nächsten Salve drei getroffen am Boden.

Die beiden Kinder waren unwillkürlich da geblieben, ohne die Vorgänge zu begreifen. In dem Maße, als die Schar kleiner ward, hielt Miette ihre Fahne immer höher; mit geschlossenen Fäusten hielt sie sie wie eine große Kerze aufrecht vor sich. Die Fahne war schon von Kugeln durchlöchert. Als Silvère keine Munition mehr in der Tasche hatte, hörte er auf zu schießen und betrachtete mit blöder Miene sein Gewehr. In diesem Augenblick zog ein Schatten an seinem Antlitze vorüber, wie wenn ein Riesenvogel mit einem Flügelschlag seine Stirne gestreift hätte. Als er die Augen aufhob, sah er die Fahne den beiden Händen Miettes entsinken. Beide Hände auf die Brust gepreßt, mit zurückgesunkenem Haupte und einem furchtbaren Ausdrucke des Schmerzes drehte das Mädchen sich langsam herum. Ohne einen Schrei auszustoßen sank sie auf die rote Fahne nieder.

Auf! Erhebe dich! Komm schnell! Rief Silvére ihr die Hand reichend. Er hatte nunmehr den Kopf verloren.

Allein Miette blieb mit weit geöffneten Augen auf dem Boden liegen, ohne ein Wort hervorzubringen. Er begriff und warf sich vor ihr auf die Knie nieder.

Du bist verwundet? Sprich! Wo bist du verwundet?

Sie antwortete nicht; von einem kurzen Frösteln geschüttelt, sah sie ihn mit ihren großen Augen an. Er zog ihre Hände von der Brust und fragte:

Ist's hier?

Dann zerriß er ihr Leibchen und legte ihre Brust bloß. Er suchte, sah aber nichts. Seine Augen füllten sich mit Tränen. Endlich entdeckte er unter der linken Brust ein kleines rotes Loch; ein einziger Blutstropfen hing an der Wunde.

Es wird nichts sein, stammelte er. Ich will Pascal aufsuchen; er wird dich gesund machen. Wenn du nur aufstehen könntest... Kannst du dich nicht erheben?

Die Soldaten schossen nicht mehr. Sie stürzten nach links davon, um sich auf die Abteilungen zu werfen, die der Mann mit dem Säbel weggeführt hatte. Auf dem leeren Vorplatz war niemand mehr da außer Silvère, der bei Miette am Boden kniete. Mit einer Hartnäckigkeit der Verzweiflung hatte er sie in seine Arme genommen. Er wollte sie aufrichten; allein das Kind ward von dem Schmerze dermaßen geschüttelt, daß er sie wieder auf den Boden legen mußte.

Sprich zu mir, flehte er. Warum sagst du mir nichts?

Sie konnte nicht sprechen. Langsam bewegte sie die Hände, um anzudeuten, daß es nicht ihre Schuld sei. Unter der Gewalt des Todes verdünnten sich bereits ihre zusammengekniffenen Lippen. Mit aufgelöstem Haar, das Haupt in die roten Falten der Fahne gehüllt, lag sie da, und es lebten nur mehr die Augen an ihr, diese schwarzen Augen, die in dem weißen Gesichte leuchteten. Silvère schluchzte. Die Blicke dieser großen, schmerzerfüllten Augen taten ihm weh. Er las darin ein grenzenloses Bedauern um das Leben. Miette sagte ihm mit diesen

Blicken, daß sie allein von hinnen scheiden müsse vor ihrer Vereinigung, noch ehe sie sein Weib geworden; sie sagte ihm weiter, daß er es so gewollt und daß er sie hätte lieben sollen, wie alle Burschen die Mädchen lieben. In ihrem Todeskampfe, in diesem schweren Ringen ihrer starken Natur mit dem Tode, beweinte sie ihre Jungfernschaft. Silvère lag über sie gebeugt und begriff das bittere Schluchzen dieses glühenden Fleisches. Er hörte aus der Ferne die drängenden Bitten der alten Gebeine; er erinnerte sich der Liebkosungen, die in der verflossenen Nacht, am Rande der Straße, ihre Lippen versengt hatten; sie hatte sich an seinen Hals gehängt und die ganze Liebe gefordert und er hatte es nicht begriffen und ließ sie als Kind von hinnen ziehen, verzweifelt darüber, die Wonnen des Lebens nicht genossen zu haben. In seiner Trostlosigkeit, daß sie nichts als das Andenken an einen Schulknaben, an einen Spielgenossen von ihm mitnehmen sollte, küßte er ihre jungfräuliche Brust, diese reine und keusche Brust, die er enthüllt hatte. Dieser bebende Leib, diese bewunderungswürdige Reife des Mädchens war ihm unbekannt geblieben. Die Zähren benetzten ihm die Lippen. Er preßte den blutenden Mund auf die Haut des Kindes. Diese Küsse des Liebhabers ließen eine letzte Freude in den Augen Miettens aufleuchten. Sie liebten sich, und ihre Idylle fand im Tode ihre Lösung.

Doch er konnte nicht glauben, daß sie sterben solle.

Nein, du wirst sehen, es ist nichts, sagte er. Sprich nicht, wenn du leidest. Wart', ich will dir den Kopf stützen, dann werde ich dich erwärmen, deine Hände sind eiskalt. In den Olivenfeldern links begann das Schießen wieder. Aus der Ebene von Nores war das dumpfe Geräusch der galoppierenden Reiterei zu vernehmen. Von Zeit zu Zeit hörte man ein Schreckensgeheul, wie von Menschen, die erwürgt werden. Dichte Rauchwolken zogen daher, unter den Ulmen des Vorplatzes hin. Allein Silvère sah und hörte nichts mehr. Pascal, der nach der Ebene hinabeilte, bemerkte ihn, wie er am Boden lag, und näherte sich, weil er ihn verwundet glaubte. Als der junge Mensch ihn erkannt hatte, klammerte er sich an ihn und zeigte ihm Miette.

Sehen Sie, sprach er; sie ist verwundet, da, unterhalb der Brust. Ach, wie gütig sind Sie, daß Sie gekommen sind! Sie werden sie retten.

In diesem Augenblicke ging ein leichtes Zucken durch den Leib der Sterbenden. Ein schmerzlicher Schatten flog über ihr Antlitz und zwischen ihren Lippen, die sich jetzt öffneten, stieß sie einen leichten Hauch hervor. Ihre Augen blieben weit offen auf dem jungen Manne haften.

Pascal, der sich herabgebeugt hatte, richtete sie auf und sagte:

Sie ist tot.

Tot! Silvère wankte bei diesem Worte. Er hatte sich auf den Knien aufgerichtet und sank jetzt zurück, wie umgeworfen durch den schwachen Hauch Miettens.

Tot! Tot! Wiederholte er. Das ist nicht wahr; sie schaut mich doch an. Sehen Sie nicht, daß sie mich anschaut?

Er faßte den Arzt bei seinem Rocke, beschwor ihn, sich nicht zu entfernen, beteuerte ihm, daß er sich täusche, daß sie nicht tot sei und daß er sie retten werde, wenn er nur wolle. Pascal wehrte sanft ab und sagte in teilnahmvollem Tone:

Ich kann nichts mehr tun; andere heischen meine Hilfe. Laß ab, mein armes Kind; sie ist tot. Er ließ ihn ziehen und sank zu Boden. Tot! Tot! Abermals dieses Wort, das wie der Schall einer Totenglocke in seinem leeren Schädel widerhallte. Als er allein war, schleppte er sich zur Leiche hin. Miette schaute ihn noch immer an. Da warf er sich auf sie und wälzte sein Haupt auf ihrem entblößten Busen und badete ihren Leib in seinen Tränen. Er verfiel schier in Wahnsinn, drückte wütend seine Lippen auf die beginnende Rundung ihres Busens und hauchte in einem Kusse sein Fieber, sein Leben ein, wie um sie wieder zu erwecken. Aber das Kind wurde unter seinen Küssen immer kälter. Er fühlte, wie dieser Körper schlaff und leblos in seinen Armen lag. Ihn erfaßte ein Grausen; mit verstörtem Antlitz, kraftlos herabhängenden Armen hockte er da und wiederholte immerfort:

Sie ist tot, aber sie schaut mich an; sie schließt nicht die Augen, sie sieht mich immer an.

Dieser Gedanke erfüllte ihn mit unsagbarer Freude. Er rührte sich nicht mehr. Er tauschte mit Miette einen langen Blick, um noch einmal in ihren Augen, die der Tod noch vertiefte, das letzte Bedauern des Kindes zu lesen, das seine Jungfernschaft beweint.

Inzwischen hieb die Reiterei in der Ebene noch immer auf die Flüchtlinge ein; der Galopp der Pferde, das Geschrei der Sterbenden entfernte sich immer mehr und drang schwächer herüber gleich den Klängen einer Musik, die in der klaren Luft lange zu hören ist. Silvère wußte nicht mehr, daß man sich da unten schlage. Er sah seinen Vetter nicht, der den Hügel heraufkam und abermals über den Vorplatz ging. Im Vorbeigehen hob Pascal den Karabiner Macquarts auf, den Silvère weggeworfen hatte; er kannte die Waffe, weil er sie bei Tante Dide über dem Kamin hatte hängen sehen; er wollte sie vor den Händen der Sieger bergen. Kaum hatte er die Herberge „Zum weißen Maultier" betreten, wohin man eine große Anzahl von Verwundeten geschafft hatte, als ein Schwärm Aufständischer, von den Gendarmen gleich einem Rudel wilder Tiere gehetzt, den Vorplatz überflutete. Der Mann mit dem Säbel hatte Reißaus genommen; auf die letzten Abteilungen der Landleute wurde Jagd gemacht. Es gab ein entsetzliches Gemetzel. Es war vergebens, daß der Oberst Masson, sowie Blériot, von Mitleid ergriffen, den Rückzug anordneten. Die Soldaten fuhren fort wütend in den Knäuel zu schießen, die Fliehenden mit ihren Bajonetten an die Mauern zu spießen. Als sie keine Feinde mehr vor sich hatten, durchlöcherten sie mit ihren Kugeln die Mauer der Herberge „Zum weißen Maultier". Die Fensterläden gingen in Trümmer; ein halb offen gebliebenes Fenster wurde mit lautem Klirren heruntergerissen. Im Innern riefen jammernde Stimmen: „Die Gefangenen! Die Gefangenen!" Allein die Soldaten hörten nichts; sie fuhren fort zu schießen. Einen Augenblick sah man den Major Sicardot verzweifelt auf der Schwelle erscheinen und unter lebhaften Armbewegungen sprechen. Neben ihm zeigte der Steuereinnehmer, Herr Peirotte, seinen schmächtigen Leib, sein erschrockenes Gesicht. Es ertönte noch eine Entladung und Herr Peirotte stürzte nieder, das Antlitz dem Boden zugekehrt. Silvère und Miette betrachteten einander noch immer. Der junge Mann hatte in seiner Stellung – über die Tote gebeugt – verharrt, inmitten des Schießens und des Stöhnens der Sterbenden, ohne auch nur den Kopf zu wenden. Er merkte nur, daß Männer in der Nähe seien und von einem Gefühl der Scham ergriffen, breitete er die rote Fahne über Miette, um ihre nackte Brust zu verdecken. Dann fuhren sie fort, einander anzusehen. Doch der Kampf war jetzt zu Ende. Die Ermordung des Steuereinnehmers hatte die Soldaten befriedigt. Einzelnesuchten noch alle Winkel des Vorplatzes ab, damit ihnen kein einziger Aufständischer entgehe. Ein Gendarm, der Silvère unter den Ulmen bemerkte, lief herbei, und als er sah, daß er es mit einem Kinde zu tun habe, fragte er:

Was machst du da, Junge?

Silvère gab keine Antwort; die Augen auf Miettens offen starre Augen gerichtet, hockte er da.

Ha, der Bandit! Seine Hände sind von Pulver geschwärzt! Rief der Mann, der sich herabgeneigt hatte. Auf, auf, Hundsfott! Deine Rechnung ist fertig!

Als Silvère, auf dessen Lippen ein Lächeln schwebte, sich noch immer nicht rührte, bemerkte der Mann, daß die Leiche auf der Fahne die eines Weibes sei.

Eine hübsche Dirne, fürwahr! Rief er. Es ist schade um sie. Es war wohl deine Metze, Lumpenkerl?

Und er fuhr mit einem rohen Gelächter fort:

Auf! Vorwärts! Sie ist tot, du wirst doch nicht bei ihr schlafen wollen! Er zerrte Silvère empor, brachte ihn auf die Beine und führte ihn hinweg, wie man einen Hund an einer Pfote nachschleppt. Silvère ließ sich wortlos wegführen, gefügig wie ein Kind. Er wandte sich um und betrachtete Miette. Er war trostlos, sie so allein, unter den Bäumen zurücklassen zu müssen. Aus der Ferne sah er sie ein letztes Mal. Keusch und starr blieb sie da liegen, in die rote Fahne gehüllt, das Haupt leicht vorgeneigt. Und die weit offenen Augen starrten ins Leere.

Sechstes Kapitel

Gegen fünf Uhr morgens wagte Rougon endlich das Haus seiner Mutter zu verlassen. Die Alte war auf einem Sessel eingeschlafen. Vorsichtig wagte er sich bis zum Ende des Saint-Mittre-Gäßchens. Kein Laut, kein Schatten. Er drang bis zum römischen Tore vor. Hinter den weit offenen Torflügeln lag die schlafende Stadt im Dunkel da. Plassans schlief fest, ohne zu ahnen, welche Unvorsichtigkeit es beging, indem es die Stadttore offen ließ. Man hätte glauben mögen, eine tote Stadt vor sich zu haben. Rougon faßte allmählich Mut und betrat die Nizzaer Straße. Schon aus der Ferne spähte er nach jeder Gassenecke und er zitterte bei jeder Türhöhlung, weil er glaubte, daß eine Bande Aufständischer hervorbrechen und ihm an den Hals springen könne. Indes erreichte er unbehelligt die Promenade Sauvaire. Entschieden waren die Aufständischen im Dunkel zerstoben wie ein böser Traum.

Da hielt Peter einen Augenblick auf dem verlassenen Bürgersteige still. Er stieß einen tiefen Seufzer der Erleichterung und des Triumphes aus. Diese Halunken von Republikanern überließen ihm Plassans. Zu dieser Stunde gehörte die Stadt ihm; sie schlief in ihrer Einfalt; dunkel und friedlich, stumm und vertrauensvoll lag sie da; er brauchte nur die Hand nach ihr auszustrecken. Dieser kurze Halt, dieser Blick eines überlegenen Mannes, auf den Schlaf einer ganzen Unterpräfektur geworfen, verursachte ihm eine unsagbare Wonne. Er stand da mit gekreuzten Armen, in der Einsamkeit der Nacht, die Pose eines Anführers am Vorabend einer siegreichen Schlacht annehmend. In der Ferne vernahm er nichts als das Plätschern der Springbrunnen auf dem Platze, die ihr Wasser in dünnen Fäden in das Becken fallen ließen. Dann stieg ein Gefühl der Angst in ihm auf. Wenn man unglücklicherweise das Kaiserreich ohne ihn errichtet hätte! Wenn die Sicardot, die Garconnet, die Peirotte, anstatt verhaftet und von der Bande der Aufständischen fortgeführt zu werden, die letzteren in die Kerker der Stadt geworfen hätten! Der kalte Schweiß trat ihm auf die Stirne; er setzte seinen Weg fort in der Hoffnung, daß Felicité ihm genaue Nachrichten geben werde. Er ging jetzt rascher immer die Häuser der Banne-Straße entlang, als ein seltsames Schauspiel, das er den Kopf erhebend erblickte, ihn plötzlich fesselte. Ein Fenster des gelben Salons war hell beleuchtet, und eine schwarze Gestalt, die er als seine Frau erkannte, beugte sich hinaus und fuchtelte verzweifelt mit den Armen. Er war erschreckt und begriff nichts von der Sache; da fiel ein harter Gegenstand zu seinen Füßen nieder. Felicité warf ihm den Schlüssel des Schuppens hinab, wo er die Gewehre versteckt hatte. Der Schlüssel bedeutete klar, daß er die Waffen holen solle. Er machte denn auch sogleich kehrt, obgleich er nicht begreifen konnte, weshalb seine Frau ihn verhindert hatte, hinaufzugehen. Er bildete sich furchtbare Dinge ein.

Geradenwegs ging er zu Roudier, den er auf und marschbereit fand, aber in völliger Unkenntnis der Geschehnisse der Nacht. Roudier wohnte am Ende der Neustadt mitten in einer Einöde, wohin das Geräusch der durchziehenden Aufständischen nicht gedrungen war. Peter machte ihm den Vorschlag, Granoux aufzusuchen, dessen Haus an der Ecke des Recolletsplatzes lag und vor dessen Hause die Aufständischen hatten vorbeikommen müssen. Die Magd des Gemeinderates unterhandelte lange, ehe sie die beiden einließ, und sie hörten, wie der arme Mann mit zitternder Stimme vom ersten Stock herabrief:

Öffnen Sie nicht, Katharina! Die Straßen sind noch voll von Räubern.

Er war in seinem Schlafzimmer ohne Licht. Als er seine zwei Freunde erblickte, fühlte er sich erleichtert; aber er wollte nicht, daß die Magd eine Lampe bringe, weil er fürchtete, die Helle könne ihm eine Kugel zuziehen. Er schien zu glauben, die Stadt sei noch voll von Aufständischen. In einem Sessel am Fenster zurückgelehnt, in Unterhosen und den Kopf in ein Seidentuch gehüllt, saß er da und ächzte:

Ach, meine Freunde, wenn ihr wüßtet! Ich versuchte zu schlafen, aber sie machten einen Lärm! Da warf ich mich in einen Lehnsessel. Ich habe alles gesehen, alles. Greuliche Fratzen! Eine Bande von entsprungenen Zuchthäuslern! Sie kamen noch einmal vorbei und schleppten den tapfern Major Sicardot, den würdigen Herrn Garçonnet, den Postdirektor und noch andere Herren mit und stießen ein wahres Kannibalengeheul aus.

Rougon war innerlich hoch erfreut. Er ließ sich von Granoux noch einmal erzählen, daß dieser den Bürgermeister und die anderen wirklich in der Mitte des Gesindels gesehen hatte.

Wenn ich Ihnen sage! Ächzte der gute Alte; ich stand hinter dem Fenstervorhang und sah alles. Auch Herrn Peirotte haben sie verhaftet. Ich hörte ihn sagen: Tun Sie mir nichts zuleide, meine Herren! Sie haben ihn sicherlich zu Tode gefoltert. o, es ist eine Schmach!

Roudier beschwichtigte Granoux, indem er ihm versicherte, die Stadt sei frei. Der würdige Mann nahm denn auch sogleich eine kriegerische Haltung an, als Peter ihm sagte, er wolle ihn holen kommen, damit sie Plassans retteten. Die drei Retter berieten sich. Sie beschlossen, daß jeder von ihnen seine Freunde wecken und nach dem Schuppen, dem geheimen Arsenal der Reaktion, bestellen werde.

Rougon dachte immer an die heftigen Armbewegungen Felicitès und witterte irgendwo Gefahr. Granoux, sicherlich der dümmste von den dreien, war der erste, der fand, daß Republikaner in der Stadt geblieben sein müßten. Das war ein Lichtblick; in einem untrüglichen Vorgefühl sagte sich Rougon:

Da muß Macquart die Hand im Spiele haben.

Nach Verlauf einer Stunde fanden sie sich im Schuppen wieder, der im Hintergrunde eines abseits gelegenen Stadtviertels lag. Vorsichtig waren sie von Tür zu Tür geschlichen, hatten die Hausglocken und Türhämmer leise gehandhabt und so viel Männer wie möglich zusammengerufen. Aber sie hatten ihrer kaum vierzig gewonnen, die nach und nach kamen, im Schatten dahinhuschend, ohne Krawatte, mit ihren bleichen und verschlafenen Spießbürgergesichtern. Der Schuppen, den man von einem Faßbinder gemietet hatte, war voll bodenloser Fässer und alter eiserner Reifen. In der Mitte lagen die Gewehre in drei langen Kisten. Eine Kellerlaterne beleuchtete diese seltsame Szene mit ihrem Flackerscheine. Als Rougon die Deckel von den drei Kisten abhob, bot sich ein Schauspiel von düsterer Drolligkeit. Über den Gewehren, deren Läufe bläulich und gleichsam phosphoreszierend schimmerten, reckten sich die Hälse und neigten sich die Köpfe mit einer Art geheimer Furcht, während das flackernde Licht der Laterne die Schatten ungeheurer Nasen und riesiger Büschel starren Haares auf die Wände zeichnete.

Indes begann die reaktionäre Schar ihre Mannen abzuzählen; angesichts der geringen Anzahl zögerte sie. Es waren ihrer neununddreißig; das hieß in den sicheren Tod gehen. Ein Familienvater sprach von seinen Kindern; anderewandten sich zur Türe, ohne auch nur einen Vorwand anzuführen. Mittlerweile kamen noch zwei Verschworene; diese wohnten auf dem Rathausplatze und wußten, daß in dem Rathause kaum zwanzig Republikaner zurückgeblieben seien. Man beriet von neuem. Einundvierzig gegen zwanzig schien eine mögliche Ziffer. Unter einem leichten Frösteln wurden die Waffen verteilt. Rougon nahm sie aus den Kisten und beim Empfang seines Gewehres, dessen Lauf ia dieser Dezembernacht eisig kalt war, fühlte jeder eine große Kälte bis in sein Innerstes ihn durchdringen. Die Schatten an den Wänden nahmen die seltsamen Gestalten von linkischen Rekruten an, die alle zehn Finger ausspreizen. Pierre schloß die Kisten mit Bedauern wieder zu; es blieben hundertneunundzwanzig Gewehre zurück, die er gar so gerne verteilt hätte. Dann ging er an das Verteilen des Schießbedarfes. Im Hintergrunde des Schuppens standen zwei bis an den Rand gefüllte Fässer voll Patronen; das war genug, um Plassans gegen eine Armee zu verteidigen. Da dieser Winkel nicht beleuchtet war und einer der Herren sich mit der Laterne näherte, erboste sich ein anderer Verschworener – ein dicker Fleischermeister mit riesigen

Fäusten – und meinte, es sei sehr unvorsichtig, dermaßen mit dem Lichte nahe zu kommen. Die anderen stimmten ihm lebhaft zu. Die Patronen wurden dann in voller Finsternis verteilt. Sie füllten sich damit die Taschen zum Platzen. Als sie fertig waren und ihre Waffen mit unendlicher Vorsicht geladen hatten, standen sie einen Augenblick unschlüssig da, sahen sich gegenseitig argwöhnisch an und tauschten Blicke aus, in denen feige Grausamkeit sich mit Dummheit mengte.

In den Straßen schlichen sie längs der Häuser hin, stumm, in einer langen Reihe, wie die Wilden, die in den Krieg ziehen. Rougon hatte sich die Ehre ausgebeten, an der Spitze zu marschieren; die Stunde war gekommen, wo er seine Person einsetzen mußte, wenn er einen Erfolg seiner Pläne sehen wollte. Trotz der herrschenden Kälte stand ihm der Schweiß auf der Stirne; aber er bewahrte eine sehr kriegerische Haltung. Unmittelbar hinter ihm kamen Roudier und Granoux. Zweimal hielt die Kolonne plötzlich inne; sie hatte das Geräusch eines Treffens aus der Ferne zu vernehmen geglaubt; es waren aber nur die Messingteller der Barbiere, die im Morgenwinde tanzten. Nach jedem Halt nahmen die Retter von Plassans ihren vorsichtigen Marsch durch die Finsternis wieder auf, immer ihre Haltung wilder Helden beibehaltend. So langten sie auf dem Rathausplatze an. Hier stellten sie sich um Rougon und hielten wieder einmal großen Kriegsrat. Ihnen gegenüber, an der schwarzen Stirnwand des Rathauses war ein einziges Fenster erhellt. Es war nahezu sieben Uhr; der Tag mußte bald anbrechen.

Nach einer Besprechung von zehn Minuten wurde beschlossen, bis zum Tore vorzudringen, um zu sehen, was dieses Dunkel, dieses beunruhigende Schweigen zu bedeuten habe. Das Tor war nur angelehnt. Einer der Verschworenen steckte den Kopf hindurch und zog ihn gleich wieder zurück, indem er meldete, daß unter der Torwölbung ein Mann sei, der mit der Flinte zwischen den Beinen an die Wand gelehnt sitze und schlafe. Als Rougon sah, daß es hier etwas zu erforschen gebe, trat er zuerst ein, bemächtigte sich des Mannes und hielt ihn fest, während Roudier ihn knebelte. Dieser erste Erfolg – in aller Stille errungen – ermutigte seltsam die kleine Truppe, die von einer mörderischen Schießerei geträumt hatte. Rougon mußte gebieterisch abwinken, damit die Freude seiner Soldaten sich nicht gar zu geräuschvoll offenbare.

Auf den Fußspitzen schleichend, drangen sie weiter vor. Sie sahen in der links gelegenen Polizeiwachtstube etwa fünfzehn Männer, die auf einem Feldbette lagen und bei dem verlöschenden Lichte einer an der Wand hängenden Laterne schnarchten. Rougon, der entschieden ein großer General wurde, ließ die Hälfte seiner Leute vor dem Polizeiposten zurück mit der Weisung, die Schläfer nicht zu wecken, aber in Schach zu halten und gefangen zu nehmen, wenn sie sich rühren sollten. Was ihn beunruhigte, war das erleuchtete Fenster, das sie vom Rathausplatze gesehen hatte; er witterte noch immer, daß Macquart mit bei der Geschichte sei, und da er begriff, daß man sich vor allem derer bemächtigen müsse, die oben wachten, zog er es vor, sie zu überrumpeln, ehe das Geräusch des Kampfes zu ihnen drang und sie sich verbarrikadierten. Er stieg sachte die Treppe hinan, gefolgt von den zwanzig Helden, über die er noch verfügte. Roudier befehligte die im Hofe zurückgebliebene Abteilung. In der Tat machte sich Macquart oben, im Arbeitszimmer des Bürgermeisters breit, in dessen Sessel sitzend, die Ellbogen auf dessen Schreibpult gestemmt. Nach dem Abzug der Aufständischen hatte er mit der Vertrauensseligkeit eines Einfaltspinsels, völlig in seiner fixen Idee und in seinem Liebestraum sich wiegend, sich gesagt, daß er der Herr von Plassans sei und daß er daselbst als Sieger auftreten wolle. In seinen Augen war diese Bande von dreitausend Mann, die soeben durch die Stadt gezogen war, eine unbesiegbare Armee, die genügen würde, diese Spießbürger untertänig und seinen Befehlen gefügig zu machen. Die Aufständischen hatten die Gendarmen in ihrer Kaserne eingesperrt; die Nationalgarde war in voller Auflösung, das adelige Viertel mußte vor Angst zittern, die Rentiers der Neustadt hatten gewiß in ihrem ganzen Leben kein Gewehr berührt. Es fehlte übrigens an Waffen, wie es an Soldaten fehlte. Er gebrauchte nicht einmal die Vorsicht, die Toreschließen zu lassen und während seine Leute das Zutrauen so weit trieben, daß sie sich schlafen legten, erwartete er selbst ruhig den Anbruch des Tages, der – wie er glaubte – alle Republikaner der Gegend sich um ihn scharen sehen sollte.

Schon dachte er an große, revolutionäre Maßregeln: es sollte eine Gemeindevertretung gewählt werden, deren Oberhaupt er sein würde; die schlechten Patrioten und besonders die Leute, die ihm mißfielen, sollten eingekerkert werden. Der Gedanke, das die Rougons besiegt seien, der gelbe Salon verödet sei, die ganze Gesellschaft Gnade von ihm erflehen werde, erfüllte ihn mit süßer Freude. Inzwischen wollte er einen Aufruf an die Bewohner von Plassans richten. Ihrer vier machten sich daran, das Schriftstück abzufassen. Als sie damit fertig waren, nahm Macquart in dem Sessel des Bürgermeisters eine würdige Haltung an und ließ sich das Plakat vorlesen, ehe er es in die Buchdruckerei des „Unabhängigen“ schicke, auf deren Bürgersinn er rechnete. Einer der Verfasser des Plakats begann mit Begeisterung zu lesen: Bewohner von Plassans! Die Stunde der Unabhängigkeit hat geschlagen. Die Herrschaft der Gerechtigkeit ist gekommen...

Da ward draußen ein Geräusch vernehmbar und die Türe ging langsam auf.

Bist du es, Cassoute? Fragte Macquart und unterbrach das Lesen.

Keine Antwort. Die Türe wurde noch weiter geöffnet.

So komm doch herein! Rief Macquart Ist mein Bruder, der Räuber, zu Hause?

Da wurden plötzlich beide Flügel der Türe heftig aufgestoßen und eine Schar bewaffneter Männer, in ihrer Mitte Rougon, zornesrot mit aus den Höhlen tretenden Augen, drang in das Zimmer, und diese Männer schwangen ihre Flinten wie Stöcke. Ha, die Hundsfötter haben Waffen! Heulte Macquart.

Er wollte ein paar Pistolen ergreifen, die auf dem Schreibpulte lagen; allein schon hatten fünf Männer ihn an der Gurgel gefaßt, daß er sich nicht rühren konnte. Die vier Verfasser des Aufrufes wehrten sich einen Augenblick. Es begann ein Drängen, Stoßen, Stampfen; einzelne fielen mit dumpfem Geräusch zu Boden. Die Kämpfenden waren seltsam behindert durch ihre Flinten, die ihnen zu nichts nütze waren und die sie dennoch nicht lassen wollten. Im Drange des Gefechtes ging die Flinte Rougons, die ein Aufständischer ihm entreißen wollte, von selbst los mit einem schrecklichen Knall, das Zimmer mit Rauch füllend. Die Kugel zerschmetterte einen Spiegel, der vom Kamin bis an die Decke reichte und für einen der schönsten Spiegel der Stadt galt. Dieser Schuß, den sich niemand erklären konnte, verblüffte alle und machte dem Kampfe ein Ende.

Während die Herren sich verschnauften, hörte man im Hofe drei Schüsse. Granoux eilte zu einem der Fenster des Zimmers. Die Gesichter wurden länger, und alle harrten ängstlich, was da kommen werde, wenig entzückt von der Aussicht, den Kampf mit den Polizeileuten aufnehmen zu müssen, die sie in ihrem Siegesrausche vergessen hatten. Doch Roudier rief ihnen hinauf, daß alles gut gehe. Tatsache war, daß der Schuß aus der Flinte Rougons die Schläfer geweckt hatte; sie hatten sich ergeben, da sie sahen, daß jeder Widerstand unmöglich sei. Nur hatten in der blinden Hast und weil sie die Sache los haben wollten, drei Leute Roudiers ihre Flinten in die Luft abgeschossen, gleichsam als Antwort auf den Schuß von oben, wenngleich sie nicht recht wußten, was sie taten. Es gibt eben Augenblicke, wo die Flinten in den Händen der Feiglinge von selbst losgehen.

Mittlerweile ließ Rougon mittels der Schnüre der grünen Vorhänge des Zimmers Macquart fesseln. Dieser hätte weinen mögen vor Wut, tat aber sehr keck und zuversichtlich.

Nur zu, schon recht! Sagte er. Heute abend oder morgen, wenn die anderen wiederkommen, werden wir unsere Rechnung begleichen.

Bei dieser Anspielung auf die Bande der Aufständischen überlief die Sieger eine Gänsehaut. Im besonderen fühlte Rougon, daß sich ihm die Kehle zusammenschnürte. Sein Bruder, der wütend darüber war, wie ein Kind überrumpelt zu werden von diesen schreckensbleichen Spießbürgern, die er, der ehemalige Soldat, als verächtliche Hasenfüße behandelte – sein Bruder also betrachtete ihn mit von Trotz und Haß leuchtenden Augen.

Oh, ich weiß schöne Geschichten, fuhr er fort, ohne ihn aus den Augen zu lassen. Schickt mich nur auf die Anklagebank; da will ich den Richtern lustige Dinge erzählen. Rougon wurde bleich. Er hatte eine höllische Angst, daß Macquart reden und ihn um die Achtung der Herren bringen könne, die ihm soeben Plassans hatten retten helfen. Diese hatten sich übrigens, völlig verblüfft von der dramatischen Begegnung der beiden Brüder, in einen Winkel des Kabinetts zurückgezogen, als sie sahen, daß eine stürmische Auseinandersetzung stattfinden werde. Rougon faßte einen heldenmütigen Entschluß. Er näherte sich der Gruppe und sagte in einem ruhigen Tone:

Wir werden den Mann hier behalten. Wenn er über seine Lage nachgedacht hat, kann er uns nützliche Aufschlüsse geben.

Dann fügte er in einem noch würdigeren Tone hinzu:

Ich werde meine Pflicht erfüllen, meine Herren. Ich habe geschworen, die Stadt vor Mord und Brand zu retten, und ich werde sie retten, selbst wenn ich der Henker meines nächsten Anverwandten werden müßte.

Man glaubte einen alten Römer zu hören, der seine Familie auf dem Altar des Vaterlandes opfert. Granoux war sehr gerührt und drückte ihm die Hand mit einer trübseligen Miene, die besagen wollte: „Ich begreife Sie; Sie sind erhaben." Er erwies ihm dann den Dienst, alle wegzuführen, unter dem Vorwande, daß er die vier Gefangenen, die man hier überwältigt, in den Hof führen müsse.

Als Peter mit seinem Bruder allein war, fühlte er seinen ganzen Mut wiederkehren.

Ihr habt mich nicht erwartet, wie? Sagte er. Ich verstehe Euch jetzt. Ihr scheint in meiner Wohnung eine Falle gestellt zu haben. Unglücklicher! Ihr seht jetzt, wohin Euere Laster und Euere Streiche Euch führen.

Macquart zuckte mit den Achseln.

Laßt mich in Ruhe. Ihr seid ein alter Schuft, erwiderte er. Wer zuletzt lacht, lacht am besten.

Rougon, der noch keinen bestimmten Plan mit ihm hatte, stieß ihn in ein Ankleidezimmer, in dem Herr Garçonnet manchmal ausruhte. Dieses Kabinett, das von obenher das Licht empfing, hatte keinen andern Ausgang, als die Türe, die nach dem Arbeitszimmer des Bürgermeisters führte. Es war mit einigen Lehnsesseln, einem Diwan und einem Waschtische von Marmor möbliert. Peter verschloß die Türe sorgfältig, nachdem er die Fessel seines Bruders gelockert hatte. Er hörte diesen letzteren sich auf den Diwan werfen und mit einer fürchterlichen Stimme das „Ca ira!“ anheben, mit dem er sich gleichsam in den Schlaf lullen wollte. Als er endlich allein war, ließ sich Rougon in den Sessel des Bürgermeisters nieder. Er stieß einen Seufzer aus und trocknete sich die Stirne. Wie schwer war es doch, Reichtum und Ehren zu erwerben! Endlich war er am Ziel: endlich saß er im weichen Lehnsessel; endlich konnte er mit einer unbewußten Handbewegung das Schreibpult von Acajouholz streicheln, das er weich und zart fand, wie die Haut einer schönen Frau. Er richtete sich noch stolzer auf und nahm jene würdige Haltung an, die Macquart einen Augenblick früher bei der Lesung der Proklamation angenommen hatte. Die Stille im Zimmer schien ihm einen feierlichen Ernst anzunehmen, der seine Seele mit göttlicher Wonne erfüllte. Selbst der Geruch des Staubes und der alten Papiere, die in den Winkeln herumlagen, stieg ihm wie Weihrauch in die weit offenen Nüstern. Dieses Zimmer mit den verblaßten Tapeten, das nach den kleinlichen, erbärmlichen Geschäften und Sorgen einer Stadt dritten Ranges roch, war für ihn ein Tempel, dessen Gott er wurde. Ihm war, als sei er in ein Heiligtum getreten. Er, der im Grunde die Priester nicht liebte, erinnerte sich der tiefen Rührung, die ihn ergriff, als er bei seiner ersten Kommunion den Leib des Heilands zu genießen glaubte.

Aber in seiner Wonne störte ihn ein nervöses Zucken, so oft er die Stimme Macquarts hörte. In heftigen Ausbrüchen drangen die Worte: Aristokrat, Laterne, Hängen durch die Türe und durchschnitten in unliebsamer Weise seinen Siegestraum. Immer dieser Mensch! Und sein Traum, der ihm Plassans zu seinen Füßen zeigte, schloß mit dem plötzlichen Bilde des Gerichtshofes, der Richter, der Geschworenen und des Publikums, die den schmachvollen Enthüllungen Macquarts lauschen, der Geschichte von den fünfzigtausend Franken und den anderen Geschichten; oder: während er in dem weichen Lehnsessel des Bürgermeisters ruhte, sah er sich plötzlich an einer Laterne der Banne-Straße hängen. Wer wird ihn von diesem Elenden befreien? Endlich schlief Antoine ein. Peter hatte zehn Minuten ungetrübten Entzückens.

Roudier und Granoux kamen und rüttelten ihn aus seinem süßen Brüten auf. Sie kamen aus dem Gefängnisse, wohin sie die Aufständischen geführt hatten. Der Tag brach an, die Stadt mußte bald erwachen, es galt einen Entschluß zu fassen. Roudier erklärte, es wäre vor allem gut, einen Aufruf an die Bevölkerung zu richten. Peter las eben das Schriftstück, das die Aufständischen auf einem Tische zurückgelassen hatten. Aber das paßt uns ja vollkommen! Rief er. Wir haben nur einige Worte zu ändern.

In der Tat genügte eine Viertelstunde, nach deren Verlauf Granoux mit bewegter Stimme lesen konnte:

Bewohner von Plassans! Die Stunde des Widerstandes hat geschlagen! Die Herrschaft der Ordnung ist wiedergekehrt...

Es wurde beschlossen, den Aufruf in der Buchdruckerei der Zeitung drucken und dann an allen Straßenecken der Stadt anschlagen zu lassen.

Und jetzt hören Sie mich an! Sagte Rougon. Wir verfügen uns zu mir. Inzwischen versammelt Herr Granoux die Mitglieder des Gemeinderates, die nicht verhaftet wurden, hier und teilt ihnen die schrecklichen Ereignisse dieser Nacht mit.

Dann fügte er majestätisch hinzu:

Ich bin völlig bereit, die Verantwortlichkeit für meine Handlungen zu übernehmen. Wenn das, was ich schon getan habe, als ein genügendes Unterpfand meiner Liebe zur Ordnung erachtet wird, dann bin ich bereit, mich an die Spitze einer Gemeindevertretung zu stellen, bis die gesetzmäßigen Behörden wieder ins Amt gesetzt sind. Um aber nicht ehrgeizigen Strebens geziehen zu werden, kehre ich nach dem Rathause nur zurück, wenn meine Mitbürger mich dahin berufen.

Granoux und Roudier beteuerten, Plassans werde sich nicht undankbar erweisen. Denn schließlich habe ihr Freund die Stadt gerettet. Und sie erinnerten ihn an alles, was er für die Sache der Ordnung getan hatte: an den gelben Salon, der allen Freunden der herrschenden Gewalt stets offen stand; an die Verkündung der guten Sache in den drei Quartieren; an das Bereithalten von Waffen, das sein Gedanke gewesen; und besonders an diese merkwürdige Nacht, an diese Nacht der Vorsicht und des Heldenmutes, in der er sich für immerwährende Zeiten mit Ruhm bedeckt hatte. Granoux fügte hinzu, er sei im vorhinein der Bewunderung und des Dankes der Herren Gemeinderäte sicher. Er schloß mit den Worten:

Rühren Sie sich nicht aus dem Hause; ich komme und führe Sie im Triumphe zurück.

Roudier sagte seinerseits, er begreife vollkommen den Takt und die Bescheidenheit ihres Freundes und stimme ihm zu. Niemand denke daran, ihn ehrgeizigen Strebens zu zeihen; man begreife vielmehr das Zartgefühl, mit dem er nichts sein wolle, ohne die Zustimmung seiner Mitbürger. Das sei sehr würdig, sehr edel, ganz und gar erhaben.

Unter diesem Platzregen von Lobsprüchen neigte Rougon demütig das Haupt. Nein, nein, Sie gehen zu weit, sagte er mit dem Behagen eines Menschen, der wollüstig gekitzelt wird. Jeder Satz des ehemaligen Schlafmützenfabrikanten und des Mandelhändlers im Ruhestande, die rechts und links neben ihm saßen, wehte ihm sanft über das Antlitz; zurückgelehnt in dem Lehnsessel des Bürgermeisters, durchdrungen von dem Geruch der Stadtverwaltung, der dieses Zimmer erfüllte, grüßte er rechts und links mit der Haltung eines Thronbewerbers, der sich anschickt, durch einen Staatsstreich sich der Herrschaft zu bemächtigen.

Als sie sich genug beräuchert hatten, gingen sie hinab. Granoux machte sich auf, um den Gemeinderat zusammenzurufen. Roudier sagte Rougon, er möge vorausgehen; er werde ihm in seine Wohnung folgen, doch wolle er vorher die nötigen Weisungen zur Bewachung des Rathauses geben. Es wurde immer heller. Peter erreichte die Banne-Straße, wobei er in den noch leeren Straßen militärisch stramm auftrat. Trotz der empfindlichen Kälte hielt er den Hut in der Hand; die Regungen des Stolzes drängten ihm alles Blut ins Gesicht.

Am Fuße der Treppe traf er Cassoute. Der Erdarbeiter hatte sich nicht von der Stelle gerührt, da er niemanden hatte zurückkommen sehen. Er saß da auf der untersten Stufe, den dicken Kopf in den Händen haltend und starr vor sich hinschauend, mit dem stieren Blick und der stummen Beharrlichkeit eines treuen Hundes.

Sie haben mich erwartet, nicht wahr? Fragte ihn Peter, der alles begriff, als er ihn sah. Gut, sagen Sie Herrn Macquart, daß ich zurückgekehrt bin. Fragen Sie auf dem Rathause nach ihm.

Cassoute erhob sich und ging mit einem linkischen Gruße. Wie ein Lamm zur Schlachtbank, ging er seiner Verhaftung entgegen zum großen Vergnügen Peters, der still für sich hin lachte, während er die Treppe hinaufging, überrascht von sich selbst und sich im stillen sagend:

Ich habe Mut; habe ich auch Geist?

Felicitè war nicht zu Bett gegangen. Er fand sie in ihrem Sonntagsstaate, mit ihrer Haube mit zitronengelben Bändern wie eine Frau, die Gesellschaft erwartet. Sie war vergebens am Fenster geblieben; sie hatte nichts gehört und starb vor Neugierde.

Nun? Rief sie, ihrem Gatten entgegenstürzend.

Keuchend betrat Peter den gelben Salon, wohin sie ihm folgte, indem sie sorgfältig die Türen schloß. Er sank in einen Lehnsessel und stieß aus beklommener Brust die Worte hervor:

Die Sache ist fertig; wir werden Steuereinnehmer.

Sie flog ihm an den Hals und küßte ihn.

Ist's wahr? Schrie sie. Aber ich habe nichts gehört. Oh, mein liebes Männchen; erzähle mir doch, erzähle mir alles!

Sie schien jetzt ganz verjüngt, fünfzehn Jahre alt zu sein; sie schmeichelte wie ein Kätzchen und flog hin und her wie eine Grille, die von Licht und Wärme trunken geworden. In dem überquellenden Jubel über seinen Sieg schüttete nun Peter sein Herz aus. Nicht die geringste Einzelheit überging er. Er erklärte ihr sogar seine Entwürfe für die Zukunft und vergaß hierbei, daß nach seinem Ausspruche die Frauen zu nichts gut seien und daß die seinige nichts wissen durfte, wenn er der Herr bleiben wollte. Felicité stand vorgebeugt da und sog seine Worte ein. Gewisse Teile seiner Erzählung ließ sie ihn wiederholen, indem sie sagte, sie habe nicht recht gehört; in der Tat verursachte die Freude einen solchen Rumor in ihrem Kopfe, daß sie von Zeit zu Zeit fast taub wurde und ihr Verständnis in einem Meer von Wonne unterging. Als Peter die Vorgänge auf dem Rathause erzählte, brach sie in ein solches Gelächter aus, daß sie dreimal aus dem Sessel aufstand, die Möbel hin und her schob, weil sie nicht auf einem Platze still halten konnte. Nach vierzig Jahren vergeblicher Bemühungen ließ das Glück sich endlich an der Kehle fassen. Sie verlor darüber dermaßen die Vernunft, daß sie alle Vorsicht außer acht ließ.

Mir hast du all dies zu verdanken! Rief sie triumphierend aus. Hätte ich dich gewähren lassen, du hättest dich in alberner Weise von den Aufständischen abfangen lassen. Einfaltspinsel! Die Garconnet, die Sicardot und die anderen mußte man diesen wilden Tieren zur Beute hinwerfen.

Damit zeigte sie ihre wackelnden Greisenzähne und fügte in übermütiger Laune hinzu: Ei, es lebe die Republik, sie hat uns den Platz gesäubert.

Doch Peter warf mürrisch ein:

Ach, du glaubst immer alles vorausgesehen zu haben. Ich selbst kam auf den Einfall, mich zu verbergen. Was verstehen denn die Frauen von Politik? Geh, geh, arme Alte! Wenn du unser Schifflein zu führen hättest, wären wir bald gescheitert.

Felicité verzog den Mund. Sie war zu weit gegangen; sie hatte ihre Rolle einer stummen Fee vergessen. Doch es überkam sie jetzt einer jener Wutanfälle, die sie hatte, wenn ihr Mann sie mit seiner Überlegenheit erdrücken wollte. Sie nahm sich wieder vor, zu gegebener Zeit eine feine Rache zu nehmen, die ihr den guten Mann mit gebundenen Händen und Füßen ausliefern sollte.

Ach, ich vergaß, fuhr Rougon fort; Herr Peirotte ist mit beim Tanze; Granoux hat ihn gesehen, wie er zwischen den Händen der Aufständischen sich wand und krümmte.

Felicité erbebte. Sie stand eben am Fenster und blickte nach jenen des Einnehmers hinüber. Sie hatte eben das Bedürfnis empfunden, diese Fenster wiederzusehen, denn der Gedanke an den Triumph vermengte sich in ihr mit der Gier nach jener schönen Wohnung, deren Möbel sie seit so langer Zeit sozusagen mit den Blicken abnützte.

Sie wandte sich um und sagte mit seltsamer Stimme:

Herr Peirotte ist verhaftet?

Sie lächelte wohlgefällig: dann färbte eine lebhafte Röte ihre Wangen. Sie hatte in ihrem Innern den plötzlichen Wunsch gefaßt: „Oh, möchten doch die Aufständischen ihn ermorden!“ Peter las ohne Zweifel diesen Gedanken in ihren Augen.

Wenn eine Kugel von ungefähr ihn träfe, würde es unsere Sache tüchtig fördern, brummte er. Man wäre nicht genötigt, ihn abzusetzen und wir wären an nichts schuld. Doch Felicité, die nervöser war, schauerte zusammen, als habe sie soeben einen Menschen zu Tode verurteilt. Wenn Herr Peirotte getötet werde, sehe sie ihn des Nachts wieder, er werde kommen und sie an den Beinen zerren. Sie warf jetzt nur mehr Seitenblicke zu den Fenstern hinüber, Blicke voll wollüstiger Angst. Seither gab es in ihrer Wonne einen Zug sträflichen Schreckens, der diese Wonne noch verschärfte.

Peter, der sein Herz ausgeschüttet hatte, sah jetzt übrigens auch die häßliche Seite der Frage. Er sprach von Macquart. Wie sollte man sich dieses Schnapphahns entledigen? Doch Felicité, von dem Fieber des Erfolges wieder ergriffen, rief:

Man kann nicht alles auf einmal tun. Wir werden ihn schon knebeln, schon ein Mittel ausfindig machen...

So sprechend ging sie hin und her, ordnete die Sessel, stäubte die Lehnen ab. Plötzlich blieb sie mitten im Zimmer stehen, ließ ihren Blick lange auf den verschossenen Möbeln ruhen und rief:

Mein Gott! Wie häßlich ist es hier! Und es kommen doch so viele Leute zu uns!

Bah! Wir werden alles vertauschen, sagte Peter mit großartigem Gleichmute.

Er, der noch gestern eine fast feierliche Achtung für diese Sessel und für dieses Sofa hatte, wäre jetzt bereit gewesen, darauf herumzuspringen. Felicité, die die nämliche Mißachtung für diese Möbel empfand, ging so weit, einen Lehnsessel umzustoßen, dem ein Rädchen fehlte und der deshalb nicht schnell genug rollen wollte.

In diesem Augenblicke trat Roudier ein. Es schien der alten Frau, daß er viel höflicher als sonst sei. Die Anreden „Mein Herr“ und „Madame“ flössen in lieblichem Wohllaut dahin. Die Freunde des Hauses kamen übrigens jetzt nach der Reihe an; der Salon füllte sich. Noch niemand kannte die Vorgänge der Nacht in ihren Einzelheiten, und alle eilten herbei mit neugierig glotzenden Augen, mit einem Lächeln auf den Lippen, durch die Gerüchte getrieben, die in der Stadt die Runde machten. Diese Herren, die gestern abend bei der Nachricht von dem Herannahen der Aufständischen so rasch den gelben Salon verlassen hatten, kamen jetzt summend, neugierig und lästig wieder wie ein Mückenschwarm, den ein Windstoß zerstreut hat. Manche hatten sich nicht einmal Zeit genommen, die Hosenträger anzulegen. Ihre Ungeduld war groß, aber es war ersichtlich, daß Rougon noch jemanden erwartete, ehe er sprechen wollte. Jede Minute wandte er den besorgten Blick nach der Türe. Während einer vollen Stunde fand ein beredter Austausch von Händedrücken statt, unbestimmte Glückwünsche, ein bewunderndes Geflüster, eine verhaltene Freude ohne bestimmten Grund, die nur eines Wortes harrte, um sich zur Begeisterung zu steigern.

Endlich erschien Granoux. Er blieb einen Augenblick auf der Schwelle stehen, die Rechte in den zugeknöpften Überrock steckend; sein plumpes, fahles Antlitz, das frohlockte, versuchte vergeblich, seine große Erregtheit unter einer Miene hoher Würde zu verbergen. Bei seinem Erscheinen trat Stille ein; man hatte das Gefühl, daß etwas Außerordentliches sich vorbereite. Inmitten einer lebenden Hecke schritt Granoux geradeaus auf Rougon zu und reichte ihm die Hand.

Mein Freund! Sagte er, ich überbringe Ihnen die Huldigungen des Gemeinderates. Er beruft Sie an seine Spitze, bis unser Bürgermeister uns wiedergegeben ist. Sie haben Plassans gerettet. In der abscheulichen Zeit, in der wir jetzt leben, brauchen wir Männer, die Ihre Klugheit mit Ihrem Mute verbinden. Kommen Sie!... Granoux, der da eine kleine Rede hersagte, die er sich vom Rathause bis zur Banne-Straße mühsam vorbereitet hatte, fühlte jetzt, daß sein Gedächtnis ihn im Stich lasse. Doch Rougon, von der Bewegung überwältigt, unterbrach ihn, drückte ihm beide Hände und sprach:

Dank, mein lieber Granoux, vielen Dank!

Mehr wußte er nicht zu sagen. Jetzt setzte ein betäubender Ausbruch von Stimmen ein. Jeder stürzte herbei, streckte ihm die Hand entgegen, überhäufte ihn mit Lobsprüchen und befragte ihn sehr eifrig. Doch er benahm sich sehr würdig, wie ein Beamter und erbat sich einige Minuten, um sich mit den Herren Granoux und Roudier zu besprechen. Die Geschäfte vor allem. Die Stadt befand sich in einer so kritischen Lage! Die drei zogen sich in einen Winkel des Zimmers zurück und teilten mit leiser Stimme die Macht unter sich auf, während die Freunde des

Hauses, einige Schritte weiter entfernt stehend und die Verschwiegenen heuchelnd, ihnen heimlich Blicke zuwarfen, in denen Bewunderung und Neugierde sich mengten. Rougon sollte den Titel eines Obmannes des Gemeindeausschusses annehmen; Granoux sollte Sekretär werden; Roudier sollte die neu organisierte Nationalgarde befehligen. Die Herren schworen sich gegenseitige Unterstützung und unverbrüchliche Treue.

Felicité, die sich ihnen genähert hatte, fragte plötzlich:

Und was ist's mit Vuillet?

Sie sahen einander an. Niemand hatte Vuillet bemerkt. Rougon verzog unruhig das Gesicht.

Man hat ihn vielleicht mit den übrigen weggeführt... sagte er, um sich selbst zu beruhigen.

Aber Felicité schüttelte den Kopf. Vuillet sei nicht der Mann, der sich abfangen lasse. Wenn man ihn nicht sehe und nicht höre, tue er sicherlich etwas Schlechtes. Die Türe ging auf und Vuillet trat ein. Er grüßte untertänig, mit dem ihm eigentümlichen Blinzeln und seinem spitzigen Mesnerlächeln. Dann trat er näher und streckte seine feuchte Hand Rougon und den zwei anderen hin. Vuillet hatte ganz allein seine kleinen Geschäfte besorgt. „Er hatte sich selbst sein Stück Kuchen abgeschnitten" – würde Felicité gesagt haben. Hinter der Luke seines Kellers hatte er gesehen, wie die Aufständischen den Postdirektor festnahmen, dessen Büros an seinen Bücherladen stießen. Darum hatte er schon am Morgen, zur selben Stunde, als Rougon sich in dem Sessel des Bürgermeisters niederließ, ganz ruhig das Amtszimmer des Postdirektors bezogen. Er kannte die Beamten; er empfing sie bei ihrem Eintreffen, indem er ihnen sagte, daß er ihren Vorstand bis zu dessen Rückkehr ersetze und daß sie sich um nichts zu bekümmern hätten. Dann war er mit schlecht verhohlener Neugierde über die Frühpost hergefallen; er schnupperte nach Briefen und schien im besonderen einen Brief zu suchen. Ohne Zweifel war die neue Lage einem seiner geheimen Pläne günstig, und er ging in seiner Freude so weit, einem seiner Beamten ein Exemplar der „Humoristischen Werke" Pirons zu geben. Vuillet hatte eine reichlich ausgestattete und gut gewählte Sammlung gemeiner Bücher, die er in einem großen Schranke verbarg unter einer Lage von Heiligenbildern und Rosenkränzen; er überschwemmte die Stadt mit unanständigen Photographien und Bildern, ohne daß dies im mindesten dem Absätze der Gebetbücher geschadet hätte. Indes bekam er im Laufe des Vormittags dennoch Angst über die voreilige Art, wie er von dem Posthofe Besitz ergriffen hatte und dachte daran, diesen Gewaltakt hinterher die Gutheißung zu verschaffen. Darum eilte er zu Rougon, der ganz entschieden eine mächtige Persönlichkeit wurde.

Wo steckten Sie denn? Fragte Felicité mißtrauisch. Da erzählte er seine Geschichte, die er natürlich verschönerte. Nach seiner Darstellung hatte er den Posthof vor der Plünderung gerettet.

Abgemacht, bleiben Sie daselbst, sagte Peter nach kurzem Nachdenken. Machen Sie sich nützlich.

Dieser letztere Satz verriet die große Furcht der Rougon; sie fürchteten, daß andere sich allzu nützlich machen, die Stadt mehr retten könnten als sie selbst. Allein Peter hatte keine Gefahr darin erblickt, Vuillet zeitweilig im Amte des Postdirektor zu belassen; es war dies sogar ein Mittel, sich seiner zu entledigen. Felicité war durch diese Wendung sehr unangenehm berührt.

Als die Besprechung zu Ende war, mengten die Herren sich wieder unter die Gruppen, die den Salon füllten. Endlich mußten sie die allgemeine Neugierde befriedigen. Sie mußten die Ereignisse des Vormittags haarklein erzählen. Rougon war großartig. Die Geschichte, die er seiner Frau erzählt hatte, vergrößerte, verschönerte, dramatisierte er. Als er die Verteilung der Gewehre und Patronen schilderte, lauschten alle atemlos. Der Marsch durch die öden Straßen, die Einnahme des Rathauses überwältigten diese Spießbürger. Bei jeder neuen Einzelheit wurde er unterbrochen.

Und ihr wäret nur euer einundvierzig? Das ist wunderbar!

Ei, da dank' ich schön! Es muß höllisch finster gewesen sein!

Nein, ich muß sagen, ich hätte es nie gewagt!

Und Sie haben ihn so mir nichts dir nichts an der Gurgel gefaßt?

Und was haben die Aufständischen dazu gesagt?

Diese kurzen Bemerkungen eiferten Rougon nur noch mehr an. Er antwortete jedem und begleitete seine Darstellung mit einem leibhaften Gebärdenspiel. In der Bewunderung seiner eigenen Taten fand dieser Mann die Geschmeidigkeit eines Schülers wieder; er wiederholte sich, kam auf einzelnes zurück inmitten der sich kreuzenden Ausrufe, der da und dort sich entwickelnden Erörterungen der Einzelheiten; wie von einem epischen Luftzug getragen, ereiferte er sich immer mehr und ward sichtlich größer. Überdies standen Granoux und Roudier an seiner Seite und raunten ihm allerlei, kaum wahrnehmbare Einzelheiten zu, die er übergangen hatte. Auch sie brannten vor Begierde, ein Wörtchen anzubringen, eine Episode zu erzählen und manchmal fingen sie ihm das Wort ab; oder es sprachen auch alle drei zugleich. Doch als Rougon, um die homerische Episode von dem zerbrochenen Spiegel gleichsam als Abschluß, als Sträußchen vorbringend, erzählen wollte, was unten im Hofe, bei der Entwaffnung des Wachtpostens vorgegangen war, beschuldigte ihn Roudier, daß er der Erzählung schade, indem er die Reihenfolge der Dinge verwechsele. Und sie stritten eine Weile ziemlich lebhaft. Als Roudier sah, daß die Gelegenheit ihm günstig sei, rief er entschlossen aus:

Es sei, wie es sei; ich weiß es doch besser, sintemalen Sie nicht dabei waren.

Und nun erklärte er lang und breit, wie die Aufständischen erwacht waren und wie man sie aufs Korn genommen hatte, um sie unschädlich zu machen. Er fügte hinzu, daß glücklicherweise kein Blut geflossen sei. Diese letztere Versicherung war eine Enttäuschung für die Zuhörer, die auf einen Toten gerechnet hatten.

Aber ich glaube, Sie haben geschossen unterbrach ihn Felicité, als sie sah, daß das Drama sehr ärmlich verlaufe.

Ja, ja, drei Schüsse, sagte der ehemalige Hutmacher. Der Wurstmacher Dubruel, Herr Liévin und Herr Massicot haben mit sträflicher Eile ihre Waffen entladen.

Und als darob ein Gemurmel entstand, fuhr er fort:

Ja, sträflich, ich halte das Wort aufrecht. Es gibt der Greuel genug im Kriege, ohne daß man unnützes Blut vergießt. Ich hätte euch an meiner Stelle sehen mögen... Die Herren schwuren mir übrigens, daß es nicht ihre Schuld sei; sie könnten sich nicht erklären, wie ihre Flinten losgegangen seien. Dennoch verirrte sich eine Kugel, die von der Mauer abprallte und einem Aufständischen einen blauen Fleck auf der Wange schlug.

Dieser blaue Fleck, diese unverhoffte Verwundung befriedigte die Zuhörer. Auf welcher Wange hatte er den blauen Fleck? Und wie ist es möglich, daß eine Kugel, und wäre es auch nur eine verirrte Kugel, jemanden an der Wange treffen kann, ohne sie zu durchlöchern? Diese Fragen boten Anlaß zu langen Erörterungen.

Wir oben, fuhr Rougon mit lauter Stimme fort, ehe die Erregung Zeit gefunden hatte, sich zu legen, wir oben hatten indessen viel zu tun. Es war ein harter Kampf...

Und er schilderte die Festnahme seines Bruders und der vier anderen Aufständischen sehr weitläufig, ohne Macquart beim Namen zu nennen. Er nannte ihn nur „der Anführer". Die Worte: „das Arbeitszimmer des Herrn Bürgermeisters" – „der Sessel des Herrn Bürgermeisters" – „das Schreibpult des Herrn Bürgermeisters" kehrten jeden Augenblick wieder und verliehen dieser Schreckensszene in den Augen der Anwesenden eine wunderbare Größe. Es war nicht ein Kampf bei dem Hauswart, sondern bei dem ersten Beamten der Stadt. Roudier war zunichte gemacht. Endlich kam Rougon bei jener Episode an, die er seit dem Beginn vorbereitete und die ihn als Helden hinstellen sollte.

Da stürzte ein Aufständischer sich auf mich, erzählte er. Ich schiebe den Lehnsessel des Herrn Bürgermeisters zur Seite und fasse den Mann an der Gurgel. Ich hielt ihn fest, glauben Sie mir's. Allein, mein Gewehr behinderte mich. Ich wollte es nicht fallen lassen; man trennt sich niemals von seiner Waffe. Ich hielt es so, unter dem linken Arm. Plötzlich ging der Schuß los...

Alle hingen an Rougons Munde. Granoux, der vor Begierde brannte, auch seinerseits wieder zu reden und mit gespitztem Munde dastand, rief plötzlich aus:

Nein, nein... nicht so war's! Sie haben es nicht sehen können, mein Freund. Sie haben sich geschlagen wie ein Löwe. Aber ich, der ich half, einen der Gefangenen zu fesseln, ich habe alles gesehen... Der Mann hat Sie töten wollen; er ist's, der das Gewehr abgeschossen hat; ich habe sehr genau seine schwarzen Finger gesehen, als er sie unter Ihren Arm steckte.

Sie glauben? Fragte Rougon erbleichend.

Er wußte nicht, daß er in so großer Gefahr geschwebt und die Erzählung des ehemaligen Mandelhändlers ließ das Blut in seinen Adern erstarren. Granoux log sonst nicht; aber an einem Schlachttage ist es wohl erlaubt, die Dinge in einem dramatischen Lichte zu sehen.

Wenn ich Ihnen sage!... Der Mensch hat Sie töten wollen, wiederholte er mit Überzeugung.

Darum also hörte ich die Kugel an meinem Ohre vorüber pfeifen, flüsterte Rougon mit ersterbender Stimme.

Es entstand eine heftige Aufregung im Salon; alle waren von Achtung für diesen Helden erfüllt. Er hatte eine Kugel an seinem Ohre vorüber pfeifen hören. Fürwahr, keiner der hier versammelten Spießbürger hatte ein gleiches von sich sagen können. Felicité glaubte sich ihrem Gatten in die Arme werfen zu müssen, um die Rührung der Versammlung auf den höchsten Gipfel zu treiben. Doch Rougon machte sich hastig los und schloß seine Erzählung mit dem folgenden heroischen Satze, der in Plassans berühmt geblieben ist:

Der Schuß geht los, ich höre die Kugel an meinem Ohre vorüber pfeifen und paff! Die Kugel zerschmettert den Spiegel des Herrn Bürgermeisters.

Die Verblüffung war allgemein. Ein so schöner Spiegel! Unglaublich fürwahr! Der dem Spiegel widerfahrene Unfall hielt in der Teilnahme dieser Herren dem Heldenmute Rougons die Wage. Dieser Spiegel ward eine Person und man sprach von demselben eine Viertelstunde lang mit Worten des Mitleids, als ob diese Person im Herzen getroffen wäre. Es war das Sträußchen, wie Peter es vorbereitet hatte, die Entwickelung dieser wunderbaren Odyssee. Ein lautes Stimmengewirre erfüllte den gelben Salon. Man wiederholte unter sich die Geschichte, die man soeben gehört hatte, und von Zeit zu Zeit trat ein Herr aus der Gruppe, um von einem der drei Helden die genaue Darstellung irgendeiner bestrittenen Tatsache zu erfragen. Und die Helden stellten die Tatsache mit einer peinlichen Genauigkeit fest; sie fühlten, daß sie für die Geschichte sprachen.

Indessen sagten Rougon und seine beiden Beistände, daß sie auf dem Rathause erwartet würden. Achtungsvolle Stille trat ein; man grüßte sich gegenseitig mit ernstem Lächeln. Granoux platzte schier im Bewußtsein seiner Wichtigkeit; er allein hatte gesehen, wie der Aufständische den Hahn losdrückte und der Spiegel in Trümmer ging. Das machte ihn groß; er blies sich auf, daß er schier aus der Haut fuhr. Als er den Salon verließ, nahm er den Arm Roudiers mit der Miene eines von den Mühen gebrochenen großen Anführers und murmelte:

Seit sechsunddreißig Stunden bin ich auf den Beinen und Gott weiß, wann es mir vergönnt ist, das Bett aufzusuchen.

Als Rougon ging, nahm er Vuillet beiseite und sagte ihm, die Partei der Ordnung zähle mehr als je auf ihn und dieZeitung. Er müsse einen schönen Artikel bringen, um die Bevölkerung zu beruhigen und die Bande von Bösewichten, die Plassans durchzogen hatte, nach Gebühr zu geißeln.

Seien Sie beruhigt, erwiderte Vuillet. Die Zeitung sollte erst morgen erscheinen, aber ich will sie schon heute ausgeben.

Als sie fort waren, blieben die Gäste des gelben Salons noch einen Augenblick da geschwätzig wie die Basen, die ein entflohener Zeisig auf den Fußsteig versammelt. Für diese vormaligen Kaufleute, für diese Ölhändler, für diese Hutfabrikanten waren die neuen Ereignisse ein wahres Zauberdrama. Niemals hatte ein solcher Stoß sie aufgerüttelt. Sie konnten sich vor Staunen darüber nicht fassen, daß solche Helden wie Rougon, Granoux und Roudier unter ihnen erstanden. Als ihnen der Salon zu eng wurde und sie es überdrüssig wurden, sich immer wieder die nämliche Geschichte zu erzählen, empfanden sie ein lebhaftes Verlangen, die große Neuigkeit überallhin zu verbreiten. Sie verschwanden einer nach dem andern, jeder von dem Ehrgeiz getrieben, der erste zu sein, der alles weiß und alles erzählt; und Felicité, die allein geblieben war, sah, zum Fenster hinausgeneigt, wie sie sich in der Banne-Straße zerstreuten, die Arme bewegend wie große, dürre Vögel ihre Schwingen und nach allen vier Enden der Stadt die Aufregung verbreitend.

Es war zehn Uhr. Das aus dem Schlafe erwachte Plassans lief in den Straßen umher, verblüfft durch die umlaufenden Gerüchte. Wer die aufständische Rotte gesehen oder gehört hatte, erzählte märchenhafte Geschichten, die einander widersprachen, und erging sich in ungeheuerlichen Vermutungen. Aber die größte Anzahl Leute wußte nicht einmal, um was es sich handelte; sie wohnten in den äußeren Teilen der Stadt und hörten offenen Mundes wie ein Ammenmärchen, diese Geschichte von mehreren tausend Banditen, die die Straßen überfluteten und vor Tagesanbruch wieder verschwunden waren, wie ein Heer von Gespenstern. Die schlimmsten Zweifler sagten: „Geht, geht!" Und doch waren einige Einzelheiten ganz genau. Schließlich war Plassans überzeugt, daß, während es schlief, ein furchtbares Unglück über sein Haupt hinweggezogen sei, ohne es zu berühren. Diese schlecht erklärte Katastrophe verlieh den nächtlichen Schatten, den Widersprüchen der verschiedenen Nachrichten einen unbestimmten Charakter, einen unergründlichen Schrecken, der die Tapfersten erzittern ließ. Wer hat den Blitzschlag abgewendet? Es grenzte ans Wunderbare. Man sprach von unbekannten Rettern, von einer kleiner Schar von Männern, die der Hydra den Kopf abgeschlagen, aber ohne Einzelheiten vorzubringen wie von einer kaum glaublichen Sache, als die Gäste des kleinen Salons sich durch die Straßen zerstreuten, die Nachrichten verbreitend, vor jeder Türe die nämliche Geschichte erzählend.

Es war wie ein Lauffeuer. Binnen wenigen Minuten hatte die Nachricht den Weg von einem Ende der Stadt bis zum andern zurückgelegt. Der Name Rougon flog von Mund zu Mund, mit Ausrufen der Überraschung in der Neustadt, mit Lobeserhebungen im alten Stadtviertel. Der Gedanke, daß sie ohne Unterpräfekten, ohne Bürgermeister, ohne Postdirektor, ohne Einnehmer, ohne jede Behörde seien, rief zuerst Bestürzung unter den Einwohnern der Stadt hervor. Sie waren betroffen, wie sie ohne jegliches Regiment ihren Schlaf beenden und wie gewöhnlich aufstehen konnten. Als die erste Bewunderung vorüber war, stürzten sie sich hingebungsvoll ihren Befreiern in die Arme. Die wenigen Republikaner zuckten mit den Achseln; doch die Krämer, die kleinen Rentenbesitzer, die konservativen Elemente jeder Gattung segneten diese bescheidenen Helden, deren Taten das Dunkel der Nacht bedeckt hatte. Als man erfuhr, daß Rougon seinen eigenen Bruder verhaftet habe, kannte die Bewunderung keine Grenzen mehr. Man sprach von Brutus; diese Schwatzhaftigkeit, die er gefürchtet hatte, wandte sich zu seinem Ruhme. In dieser Stunde des noch nicht völlig zerstreuten Schreckens war die Dankbarkeit eine einhellige. Man ließ sich Rougon als Retter gefallen, ohne ihm näher ins Gesicht zu leuchten.

Bedenken Sie nur, sagten die Mattherzigen, sie waren ihrer im ganzen einundvierzig!

Diese Ziffer 41 brachte die ganze Stadt in Aufregung. So entstand zu Plassans die Legende von den einundvierzig Bürgern, die dreitausend Aufständische ins Gras hatten beißen lassen. Nur einige Neidharte der Altstadt, Advokaten ohne Prozesse, ehemalige Soldaten, die sich schämten, diese Nacht geschlafen zu haben, erhoben leise Zweifel. Alles in allem waren die Aufständischen vielleicht von selbst abgezogen. Es gab keinerlei Beweise eines Kampfes, weder Leichen, noch Blutlachen. Die Herren hatten wahrhaftig eine leichte Aufgabe.

Aber der Spiegel, der Spiegel! Wiederholten die Fanatiker. Sie können doch nicht leugnen, daß der Spiegel des Herrn Bürgermeisters zertrümmert ist. Schauen Sie nur nach!

Und in der Tat drängte bis zum Abend eine Menge Leute unter tausend Vorwänden in das Arbeitszimmer, dessen Türe Rougon übrigens weit offen gelassen hatte; sie stellten sich vor den Spiegel hin, in den die Kugel ein rundes Loch geschlagen, von dem breite Brüche ausliefen; dann murmelten alle dieselben Worte:

Alle Wetter! Die Kugel war aber stark!

Und sie gingen überzeugt ihrer Wege.

Felicité stand an ihrem Fenster und sog mit Wonne diese Nachrichten, die Lobsprüche und Danksagungen ein, die inder Stadt emporstiegen. Ganz Plassans beschäftigte sich zu dieser Stunde mit ihrem Gatten; sie fühlte ordentlich, wie die Stadtteile zu ihren Füßen erbebten und alle Hoffnung auf einen nahen Sieg in ihn setzten. Ha, wie wird sie diese Stadt zertreten, die sie so spät sich unterwarf. Aller ihrer Kränkungen war sie jetzt eingedenk; ihre früheren Leiden schärften nur ihr Verlangen nach unmittelbaren Freuden und Genüssen.

Sie verließ das Fenster und schritt langsam im Salon umher. Hier hatten vorhin alle Hände sich ihnen entgegen gestreckt. Sie hatten gesiegt, die Bürgerschaft lag zu ihren Füßen. Der gelbe Salon schien ihr geweiht. Die lahmen Möbel, der verschossene Samt, der vom Fliegenschmutz ganz schwarze Armleuchter, alle diese Trümmer waren jetzt in ihren Augen die ruhmvollen Bruchstücke, die auf einem Schlachtfelde ausgestreut liegen. Die Ebene von Austerlitz hätte ihr kaum eine so tiefe Ehrfurcht einflößen können.

Als sie wieder an das Fenster trat, bemerkte sie Aristide, der, die Nase witternd in die Höhe richtend, auf dem Platze der Unterpräfektur herumschlenderte. Sie winkte ihm heraufzukommen. Er schien nur auf diesen Ruf gewartet zu haben.

Komm doch herein, sagte ihm seine Mutter, als sie ihn auf dem Flur stehen sah. Dein Vater ist nicht zu Hause.

Aristide machte eine verlegene Miene wie ein verlorener Sohn. Seit bald vier Jahren hatte er den gelben Salon nicht mehr betreten. Er trug den Arm noch in der Binde.

Schmerzt dich deine Hand noch immer? Fragte seine Mutter spöttisch.

Er errötete und antwortete verlegen:

Nein, es geht besser; sie ist fast geheilt.

Dann blieb er verlegen stehen, drehte sich hin und her und fand nichts zu sagen. Seine Mutter kam ihm zu Hilfe, Du hast gehört, wie tapfer dein Vater sich benommen hat? Fragte sie.

Er erwiderte, daß in der ganzen Stadt davon gesprochen werde. Inzwischen hatte er auch seine Keckheit wiedererlangt. Um seiner Mutter ihre Spötterei zu vergelten, fügte er hinzu, indem er ihr fest in die Augen blickte:

Ich bin gekommen, zu sehen, ob Papa nicht verwundet ist.

Stelle dich doch nicht so dumm! Rief Felicité mit ihrer gewohnten Heftigkeit. Ich an deiner Stelle würde entschlossen handeln. Du hast einen Mißgriff begangen, gestehe es nur, indem du dich mit diesen lumpigen Republikanern einließest. Heute wäre es dir ganz recht, sie im Stiche zu lassen und mit uns zu gehen, weil wir die Stärkeren sind. Unser Haus steht dir offen.

Doch Aristide widersprach. Die Republik sei eine große Idee, meinte er. Auch könne es geschehen, daß die Aufständischen den Sieg davon tragen.

Laß mich doch zufrieden! Fuhr die alte Frau gereizt fort. Du fürchtest, dein Vater könne dich schlecht empfangen. Ich nehme die Sache auf mich... Höre mich an: du begibst dich zu deinem Blatte und fertigst zwischen heute und morgen eine dem Staatsstreiche sehr günstige Nummer an; morgen abend, wenn die Nummer erschienen ist, kommst du hierher und wirst mit offenen Armen empfangen.

Und da der junge Mann noch immer in seinem Stillschweigen verharrte, fuhr sie mit gedämpfter Stimme und immer lebhafter fort:

Hörst du mich? Es handelt sich um unser Glück und um dein Glück. Fange deine Torheiten nicht wieder an. Du bist schon ohnehin genug kompromittiert.

Der junge Mann machte eine Gebärde, wie etwa Cäsar sie gemacht hat, als er den Rubicon überschritt. In dieserWeise vermied er, sich durch Worte irgendwie zu binden. In dem Augenblicke, als er sich entfernen wollte, wies seine Mutter auf seine Schärpe und meinte:

Vor allem mußt du diesen Fetzen wegwerfen; das Ding ist lächerlich.

Aristide ließ sie gewähren. Als die Schleife los war, faltete er sie sauber zusammen, küßte seine Mutter und sagte:

Auf Wiedersehen bis morgen!

Inzwischen ergriff Rougon öffentlich Besitz vom Bürgermeisteramte. Es waren im ganzen acht Gemeinderäte da; die übrigen waren in der Gewalt der Aufständischen, ebenso wie der Bürgermeister und seine beiden Gehilfen. Diesen acht Herren – Helden vom Schlage Granoux – trat der Angstschweiß auf die Stirne, als der letztere ihnen die kritische Lage der Stadt erläuterte. Um zu begreifen, mit welchem Schrecken diese biederen Bürger sich Rougon in die Arme warfen, muß man wissen, aus welchen Elementen die Gemeindevertretung gewisser kleiner Provinzstädte sich zusammensetzte. In Plassans hatte der Bürgermeister es mit unglaublichen Dummköpfen zu tun, mit bloßen Werkzeugen einer völlig passiven Fügsamkeit. Als Herr Garçonnet nicht mehr da war, mußte die Gemeindemaschine aus den Fugen gehen und dem erstbesten gehören, der es verstand, sich des Räderwerks zu bemächtigen. Da der Unterpräfekt derzeit die Gegend verlassen hatte, war Rougon natürlich vermöge der Umstände der alleinige und unumschränkte Gebieter der Stadt. Eine seltsame Krise, die die Macht, in die Hände eines abgetanen Menschen legte, dem noch einen Tag vorher keiner der Bürger auch nur hundert Centimes geliehen hätte.

Peters erste Verfügung war, daß er die einstweilige Kommission für dauernd erklärte. Dann beschäftigte er sich mit der Neubildung der Nationalgarde, und es gelang ihm, dreihundert Mann auf die Beine zu bringen. Die in der Scheune zurückgebliebenen hundertundneun Gewehre wurden verteilt, wodurch es die Reaktion auf hundertundfünfzig Bewaffnete brachte; die anderen hundertundfünfzig Nationalgarden waren gutgesinnte Bürger und Soldaten, die Sicardot zu Gebote standen. Als der Kommandant Roudier auf dem Rathausplatze diese kleine Armee aufmarschieren ließ, sah er zu seinem Verdrusse, daß die Gemüsehändler höhnisch lächelten. Nicht alle hatten eine Uniform. Einige sahen recht drollig aus mit ihrem schwarzen Hute, ihrem Überrock und ihrer Flinte. Aber im Grunde war die Absicht gut. Auf dem Bürgermeisteramte ließ man einen Wachtposten zurück; der Rest der kleinen Armee wurde in Abteilungen aufgelöst, die nach den verschiedenen Stadttoren gesendet wurden. Roudier behielt sich den Befehl über den Posten am großen Tore vor; dieser Punkt war am meisten gefährdet.

Rougon selbst, der sich in diesem Augenblicke sehr stark fühlte, begab sich nach der Canquoin-Straße, um die Gendarmen zu bitten, daß sie zu Hause blieben und sich in nichts einmengten. Er ließ übrigens die Tür der Gendarmerie öffnen, deren Schlüssel die Aufständischen mitgenommen hatten. Aber er wollte ganz allein triumphieren; die Gendarmen sollten ihm nicht einen Teil seines Ruhmes entreißen. Sollte er ihrer durchaus bedürfen, werde er sie schon rufen; und er erklärte ihnen, daß ihre Anwesenheit die Arbeiter vielleicht reizen und so die Lage nur noch verschlimmern würde. Der Abteilungskommandant beglückwünschte ihn zu seiner klugen Vorsicht. Als Rougon hörte, daß in der Kaserne ein Verwundeter liege, wollte er sich beliebt machen und verlangte, den Mann zu sehen. Er fand Rengade mit einer Binde um die Augen, unter welcher der dichte Schnurrbart hervorragte. Er ermutigte durch eine schöne Rede über die Pflichterfüllung den Einäugigen, der fluchend und schnaubend dalag, erbittert ob seiner Verwundung, die ihn zwingen werde, aus dem Dienste zu treten. Rougon versprach, ihm einen Arzt zu senden.

Ich danke Ihnen, mein Herr, erwiderte Rengade; aber mehr Erleichterung denn alle Arzeneien würde mir schaffen, wenn ich dem Elenden, der mir das Auge ausgestoßen, den Hals umdrehen könnte. Ich werde ihn erkennen; es ist ein kleiner magerer Mensch, bleich und noch ganz jung...

Peter erinnerte sich des Blutes, welches die Hände Silvères bedeckte. Er wich unwillkürlich zurück, als habe er gefürchtet, daß Rengade ihn an der Gurgel fassen und ausrufen könne: Dein Neffe ist's, der mir das Auge ausgestoßen; du wirst es statt seiner entgelten! Während er im stillen seiner unwürdigen Familie fluchte, erklärte er feierlich, daß der Schuldige, wenn er ergriffen werde, mit der vollen Strenge der Gesetze bestraft werden solle.

Nein, nein, unnötig, erwiderte der Einäugige; ich werde ihm schon den Hals umdrehen.

Rougon beeilte sich, nach dem Bürgermeisteramte zurückzukehren. Der Nachmittag wurde dazu benutzt, verschiedene Vorkehrungen zu treffen. Die gegen ein Uhr angeheftete Kundmachung brachte einen sehr guten Eindruck hervor. Sie schloß mit einer Berufung an die Besonnenheit der Bürger und gab die bündige Versicherung, daß die Ordnung nicht gestört werden solle. Bis zum Abend boten die Straßen in der Tat das Bild allgemeiner Beruhigung und vollständigen Vertrauens. Die Gruppen auf den Bürgersteigen sagten, nachdem sie die Proklamation gelesen:

Es ist zu Ende; wir sehen bald die zur Verfolgung der Aufständischen ausgesendeten Truppen erscheinen. Der Glaube an das nahe Eintreffen der Soldaten war so groß, daß die Müßiggänger von der Promenade Sauvaire sich auf die Nizzaer Straße begaben, um der Musik entgegenzugehen. Mit einbrechender Nacht kamen sie enttäuscht zurück; sie hatten nichts gesehen. Da bemächtigte sich eine dumpfe Unruhe der Stadt.

Die einstweilige Vertretung auf dem Bürgermeisteramte hatte so viele leere Worte gemacht, daß ihre Mitglieder, hungrig und erschreckt durch ihr eigenes Geschwätz, sich abermals von Furcht ergriffen fühlten; Rougon entließ sie zum Essen und berief sie für neun Uhr abends wieder ein. Er selbst schickte sich an, das Zimmer zu verlassen, als Macquart erwachte und heftig an die Türe seines Gefängnisses zu pochen begann. Er erklärte, daß er Hunger habe; dann fragte er nach der Zeit, und als sein Bruder ihm sagte, daß es fünf Uhr sei, brummte er mit teuflischer Bosheit, ein lebhaftes Erstaunen heuchelnd, daß die Aufständischen ihm versprochen hätten, früher zurückzukehren und daß sie sehr lange säumten, ihn zu befreien. Rougon ließ ihm zu essen reichen und ging dann hinunter, gereizt durch die Beharrlichkeit, mit welcher Macquart von der Rückkehr der aufständischen Horde sprach.

Auf der Straße fühlte er ein Unbehagen. Die Stadt schien ihm verändert; sie nahm ein seltsames Aussehen an; Schatten huschten rasch die Bürgersteige entlang; es ward leer und still, und mit der Nacht schien eine graue, schleichende, beharrliche Furcht – gleich einem Sprühregen – sich auf die Mauern der Häuser niederzusenken. Die geschwätzige Vertrauensseligkeit des Tages endete fatalerweise in dieser unerklärlichen Panik, in diesem Entsetzen der hereinbrechenden Nacht. Die Bewohner waren müde, gesättigt von ihrem Triumphe in einem Maße, daß ihnen nur noch Kraft genug blieb, von der furchtbaren Vergeltung der Aufständischen zu träumen. Rougon fröstelte inmitten dieser Strömung des Entsetzens; er beschleunigte seine Schritte, es schnürte ihm die Kehle zusammen. Bei einem Kaffeehause auf dem Recolletsplatze vorbeikommend, wo die Lampen angezündet wurden und die kleinen Rentiers der Neustadt zusammenkamen, hörte er einen Teil eines sehr erschreckenden Gespräches.

Sie wissen wohl schon die neueste Nachricht, Herr Picou? Sprach eine breite Stimme; das erwartete Regiment ist nicht eingetroffen.

Aber man erwartet kein Regiment, Herr Toucher, antwortete eine dünne Stimme.

Doch, doch; haben Sie denn den Aufruf nicht gelesen?

Die Maueranschläge versprechen allerdings, daß die Ordnung, wenn nötig, durch die Macht aufrecht erhalten wird.

Sie sehen wohl: durch die Macht; darunter versteht sich die bewaffnete Macht.

Und was spricht man?

Mein Gott, man hat Furcht, daß diese Verspätung der Soldaten nicht natürlich sein soll; sie sind vielleicht von den Aufständischen in die Pfanne gehauen.

Nur ein Schrei des Entsetzens wurde laut in dem Kaffeehause. Rougon hatte Lust, einzutreten und diesen Spießbürgern zu sagen, daß der Aufruf niemals das Eintreffen eines Regiments angekündigt habe, daß man den Worten keine solche Gewalt antun, noch auch solches Geschwätz verbreiten dürfe. Allein in der Verwirrung, die sich seiner bemächtigte, war er selbst nicht sicher, ob er nicht auf eine Truppensendung gerechnet habe, und er fand es schließlich in der Tat erstaunlich, daß kein einziger Soldat erschienen war. In sehr unruhiger Stimmung ging er heim. Felicité, die sehr aufgeräumt und guten Mutes war, erboste sich, als sie ihn wegen solcher Kindereien ganz verstört sah. Beim Nachtisch sprach sie ihm Mut zu.

Tölpel! Sagte sie, wenn der Präfekt uns vergißt, um so besser. Wir werden auch allein die Stadt retten. Ich möchte, daß die Aufständischen zurückkommen; wir empfangen sie mit Flintenschüssen und bedecken uns mit Ruhm... Du läßt die Stadttore schließen und gehst nicht zu Bett; du machst dir die ganze Nacht viel Bewegung; das wird dir später zum Verdienst angerechnet.

Peter kehrte ziemlich ermutigt nach dem Bürgermeisteramte zurück. Er brauchte Mut, um stark zu bleiben inmitten des Jammers seiner Genossen. Die Mitglieder der einstweiligen Vertretung brachten in ihren Kleidern die Angst mit, wie man bei einem Gewitter den Regengeruch mit sich trägt. Alle behaupteten, auf die Sendung eines Regiments gerechnet zu haben, und riefen, man dürfe die wackeren Bürger nicht dermaßen der Wut der Demagogie ausliefern. Um Ruhe zu haben, versprach ihnen Peter fast das Regiment für den nächsten Tag. Dann erklärte er in feierlichem Tone, daß er die Stadttore schließen lassen werde. Dies brachte allen Erleichterung. Nationalgarden mußten sich sogleich zu allen Toren begeben, um sie doppelt und dreifach schließen zu lassen. Als die Nationalgarden zurückgekehrt waren, gestanden mehrere Mitglieder der einstweiligen Vertretung, daß sie jetzt wirklich ruhiger seien; und als Peter ihnen sagte, die kritische Lage der Stadt bürde ihnen die Pflicht auf, auf ihrem Posten zu verbleiben, trafen einige ihre Vorkehrungen, um die Nacht in einem Lehnsessel zuzubringen. Granoux setzte eine Mütze von schwarzer Seide auf, die er aus Vorsicht von Hause mitgebracht hatte. Gegen elf Uhr schlief die Hälfte der Herren rings um das

Schreibpult des Herrn Garçonnet. Die sich wach erhielten, lauschten den gleichmäßigen Schritten der im Hofe Wache haltenden Nationalgarden und träumten dabei, daß sie Helden seien und Auszeichnungen erhielten. Eine Lampe, die auf dem Schreibpulte stand, beleuchtete diese seltsame bewaffnete Nachtwache. Rougon, der zu schlummern schien, erhob sich plötzlich und sandte nach Vuillet. Er hatte sich erinnert, daß er die Zeitung nicht erhalten habe.

Der Buchhändler erschien in sehr mürrischer Laune. Rougon nahm ihn beiseite.

Was ist's mit dem Artikel, den Sie mir versprochen haben? Fragte er. Ich habe das Blatt nicht gesehen.

Deshalb stören Sie mich? Erwiderte Vuillet zornig. Die Zeitung ist nicht erschienen; ich habe keine Lust, mich morgen, wenn die Aufständischen zurückkommen, abschlachten zu lassen.

Rougon versuchte zu lächeln und sagte: Man schlachtet, Gott sei Dank, niemanden ab. Eben deshalb, weil falsche und beunruhigende Gerüchte im Umlauf sind, würde der fragliche Artikel der guten Sache einen großen Dienst erwiesen haben.

Möglich, sagte Vuillet; aber die beste Sache ist in diesem Augenblicke, seinen Kopf auf den Schultern zu behalten.

Mit schneidiger Bosheit fuhr er fort:

Ich glaubte, sie hätten alle Aufständischen getötet; aber Sie haben zu viele übriggelassen, als daß ich meine Haut wagen sollte.

Als Rougon wieder allein geblieben, war er erstaunt über die Auflehnung dieses sonst so platten und unterwürfigen Mannes. Die Haltung Vuillets schien ihm verdächtig; aber er hatte keine Zeit, eine Erklärung zu suchen. Kaum hatte er sich in seinem Lehnsessel wieder ausgestreckt, als Roudier eintrat, wobei ein großer Säbel, mit welchem er sich umgürtet hatte, geräuschvoll an seine Schenkel schlug. Die Schläfer fuhren entsetzt auf; Granoux glaubte, man rufe zu den Waffen.

Wie, was gibt's? fragte er, indem er hastig das schwarze Käppchen in die Tasche steckte.

Meine Herren, sagte Roudier atemlos, alle rednerischen Formen außer acht lassend, ich glaube, daß eine Bande Aufrührer sich der Stadt nähert.

Diese Worte wurden mit schreckensvollem Stillschweigen aufgenommen. Rougon allein fand die Kraft, zu fragen:

Haben Sie sie gesehen?

Nein, erwiderte der ehemalige Schlafmützenfabrikant, aber wir hören seltsame Gerüchte aus der Gegend. Einer meiner Leute hat mir versichert, daß er am Abhänge des Garriguesgebirges Lauffeuer gesehen habe.

Während die Herren einander bleich und stumm ansahen, fügte er hinzu:

Ich kehre auf meinen Posten zurück, denn ich fürchte einen Angriff. Seid eurerseits auf der Hut!

Rougon wollte ihm nacheilen, um noch mehr von ihm zu erfahren, allein jener war schon fern. Der einstweiligen Vertretung war nunmehr die Schlaflust völlig vergangen. Seltsame Gerüchte! Lauffeuer! Ein Angriff! Und all das mitten in der Nacht! Auf der Hut sein, das war leicht zu sagen; aber was sollte man anfangen. Granoux war nahe daran, dasselbe Verfahren zu empfehlen, das gestern so wohl gelungen war: sich zu verbergen, und abzuwarten, bis die Aufständischen die Stadt durchzogen hatten und hernach in den verlassenen Straßen zu triumphieren. Glücklicherweise erinnerte sich Peter der Ratschläge seiner Frau und sagte, Roudier könne sich geirrt haben, und es sei das beste zu sehen, was es gebe. Einige Vertreter verzogen das Gesicht bei diesem Vorschlage; aber als vereinbart war, daß eine bewaffnete Schar den Vertretern das Geleit geben solle, gingen alle sehr mutig hinunter. Sie ließen bloß einige Mann im Hofe zurück und umgaben sich mit etwa dreißig Mann Nationalgarde; so wagten sie sich durch die schlafende Stadt. Das Mondlicht floß über die Hausdächer und warf ihre Schatten auf die Straßen. Vergebens gingen sie die Stadtwälle entlang von Tor zu Tor; sie sahen nichts und hörten nichts hinter ihrer Stadtmauer, die sie von der Welt abschloß. Die Nationalgarden der verschiedenen Posten sagten ihnen zwar, daß aus der Landschaft seltsame Winde über die geschlossenen Tore hinweg herüberwehen; aber wie sie die Ohren auch spitzen mochten, sie hörten nichts als ein fernes Geräusch, in dem Granoux das Plätschern der Viorne zu erkennen vorgab.

Indes blieben sie unruhig; sie schickten sich an, nach dem Bürgermeisteramte zurückzukehren – beklommenen Herzens, wenngleich sie zum Schein mit den Achseln zuckten und Roudier als Hasenfuß und Gespensterseher bezeichneten – als Rougon, der bemüht war, seine Freunde vollständig zu beruhigen, auf den Einfall kam, ihnen den Anblick der Ebene, auf eine Entfernung von mehreren Meilen zu zeigen. Er führte die kleine Gruppe nach dem Sankt Markusviertel und pochte an das Tor des Palastes des Grafen Valqueyras.

Der Graf war bei den ersten Unruhen nach seinem Schlosse Corbière abgereist. Im Palaste war nur der Marquis von Carnavant anwesend. Seit dem gestrigen Tage hatte er sich vorsichtigerweise verborgen gehalten, nicht aus Furcht, sondern weil es ihm widerstrebte, in der entscheidenden Stunde in die Machenschaften der

Rougon verwickelt zu erscheinen. Im Grunde verzehrte ihn die Neugierde; er hatte sich einschließen müssen, um nicht hinzulaufen und sich das seltsame Schauspiel der Ränke des gelben Salons zu gönnen. Als ein Kammerdiener ihm mitten in der Nacht meldete, daß unten Herren seien, die ihn zu sprechen wünschten, ließ er alle Vorsicht fahren, erhob sich und eilte hinab.

Mein teurer Marquis, sagte Peter, ihm die Mitglieder der Stadtvertretung vorstellend, wir kommen, Sie um einen Dienst zu bitten. Könnten Sie uns in den Garten des Hauses führen lassen?

Gewiß, erwiderte der Marquis erstaunt; ich selbst will Sie dahin führen.

Unterwegs ließ er sich die Sache erzählen. Der Garten endete in einer Terrasse, welche die Ebene beherrschte; an dieser Stelle war ein breites Stück der Ringmauer eingestürzt, so daß man einen unbegrenzten Ausblick hatte. Rougon hatte begriffen, daß dies ein vorzüglicher Beobachtungsposten sei. Die Nationalgarden waren vor dem Haustore zurückgeblieben. Die Mitglieder der Stadtvertretung hatten, während sie ihre Gedanken austauschten, sich an die Brüstung der Terrasse gelehnt. Das seltsame Schauspiel, das sich da vor ihnen entrollte, machte sie sprachlos. In der Ferne, im Tale der Viorne, in dem ungeheuren Kessel, der gegen Westen zwischen der Garrigueshügelkette und den Bergen der Seille lag, ergoß sich der Mondschein wie ein breiter Strom breiten Lichtes. Die Baumgruppen und die dunkeln Felsen bildeten stellenweise Inseln, Landzungen in diesem Lichtmeere. Je nach den Krümmungen der Viorne sah man einzelne Stücke des Flusses, die mit dem blanken Widerschein der Harnische in dem silberhellen Lichtstaube auftauchten, der vom Himmel niederfloß. Es war ein Ozean, eine Welt, durch die Nacht, die Kälte, die schleichende Furcht ins Unendliche ausgedehnt. Anfänglich sahen und hörten die Herren nichts. Es erschien am Firmament ein Zittern von Licht und von fernen Stimmen, das sie betäubte und blendete. Granoux, ein wenig poetischer Natur, murmelte, von dem stillen Frieden dieser Winternacht ergriffen:

Welch schöne Nacht, meine Herren!

Ganz entschieden: Roudier hat geträumt! Rief Rougon geringschätzig.

Doch der Marquis spitzte seine feinen Ohren.

Ei! Ich höre Sturm läuten, sagte er mit seiner klaren Stimme.

Alle beugten sich über die Brüstung und lauschten mit angehaltenem Atem. Leicht, mit der Reinheit des Kristalls stiegen die fernen Schläge einer Glocke aus der Ebene auf. Die Herren konnten es nicht leugnen: es war Sturmgeläute. Rougon behauptete, er erkenne den Klang der Glocke von Béage, einem Dorfe in einer Entfernung von einer Meile bei Plassans. Er sagte dies, um seine Gefährten zu beruhigen.

Horch! Horch! Unterbrach ihn der Marquis; jetzt ist's die Glocke von Saint-Maur.

Er zeigte nach einem anderen Punkte des Horizontes. In der Tat wimmerte jetzt eine zweite Glocke in die helle Nacht hinaus. Dann wurden es bald zehn Glocken, zwanzig Glocken, deren verzweifeltes Gebimmel an ihre Ohren schlug, die sich mit dem weithin ziehenden Beben des Schattens vertraut gemacht hatten. Düstere Rufe stiegen von allen Seiten auf, geschwächt wie das Stöhnen von Sterbenden. Bald schluchzte die ganze Ebene. Die Herren scherzten nicht mehr über Roudier. Der Marquis, der seine boshafte Freude daran fand, sie zu erschrecken, wollte ihnen die Ursache dieses Geläutes erklären:

Es sind die Nachbardörfer, sagte er, die sich vereinigen, um bei Tagesanbruch Plassans anzugreifen.

Granoux riß die Augen auf.

Habt Ihr dort unten nichts bemerkt? Fragte er plötzlich. Niemand hatte hingeschaut; die Herren hatten die Augen geschlossen, um besser hören zu können.

Dort, dort! Rief er nach einer Weile wieder; jenseits der Viorne, neben jener schwarzen Masse!...

Ja, ich sehe, erwiderte Rougon verzweifelt, ein Feuer wird angezündet.

Fast unmittelbar darauf ward ein zweites Feuer dem ersten gegenüber angezündet; dann ein drittes und ein viertes. Rote Flecken tauchten in der ganzen Länge des Tales auf, in fast gleichen Zwischenräumen, den Laternen einer riesigen Straße gleichend. Im Mondlichte, das ihren Schein milderte, breiteten sie sich wie Blutlachen aus. Diese düstere Beleuchtung vollendete die Bestürzung der Gemeindevertretung.

Bei Gott, die Räuber geben einander Zeichen, brummte der Marquis mit seinem schneidendsten Hohnlächeln.

Und er zählte wohlgefällig die Feuer, um zu erfahren – wie er sagte – mit wie viel Leuten ungefähr „die wackere Nationalgarde von Plassans es zu tun bekommen werde". Rougon wollte Zweifel erheben und sagte, daß die Dörfer zu den Waffen griffen, um zu den Aufständischen zu stoßen, und nicht um die Stadt anzugreifen. Allein die Herren zeigten durch ihr bestürztes Stillschweigen, daß ihre Meinung feststehe und daß sie jeden Trost zurückwiesen.

Jetzt höre ich die Marseillaise, sagte Granoux mit erlöschender Stimme.

Es war richtig. Der Gesang kam von einer Rotte, die den Fluß entlang marschierte und in diesem Augenblicke unterhalb der Stadt über die Brücke ging. Der Schrei: „Aux armes, citoyens! Formez vos bataillons!“ drang mit schneidiger Klarheit herüber. Es war eine schreckliche Nacht. Die Herren verbrachten sie an der Brüstung der Terrassegelehnt, schier erstarrt durch die bitterböse Kälte, unfähig, sich dem Anblick dieser Ebene zu entziehen, die das Sturmgeläute und die Marseillaise erzittern machten, und die vom lodernden Schein der Signalfeuer erhellt war. Sie konnten sich nicht sattsehen an diesem Meer von Licht, in dem da und dort blutigrote Flammen aufloderten; sie ließen den unbestimmten Lärm in ihren Ohren gellen, daß ihre Sinne sich verwirrten und sie schauerliche Dinge sahen und hörten. Um nichts in der Welt würden sie den Platz verlassen haben; den Rücken wendend, würden sie sich von einer Armee verfolgt geglaubt haben. Wie gewisse Feiglinge wollten sie die Gefahr sehen, um im richtigen Augenblicke die Flucht ergreifen zu können. Als gegen Tagesanbruch der Mond untergegangen war und sie nichts mehr vor sich sahen, als einen schwarzen Abgrund, wurden sie denn auch von furchtbarer Angst ergriffen. Sie sahen sich von unsichtbaren Feinden umgeben, die im Schatten dahinschlichen, bereit, ihnen an die Kehle zu springen. Bei dem geringsten Geräusche wähnten sie, es seien Männer am Fuße der Terrasse, die sich beratschlagten, ehe sie heraufklettern. Aber es war nichts, nichts als die tiefe Finsternis, in welche sie die verzweifelten Blicke bohrten. Wie um sie zu trösten, sagte ihnen der Marquis mit spöttischer Stimme:

Ängstigen Sie sich nicht; die Meuterer werden den Tagesanbruch erwarten.

Rougon war in übler Stimmung; er fühlte, wie die Furcht sich seiner wieder bemächtigte. Granoux‘ Haare bleichten vollends. Endlich brach der Tag mit verzweifelter Langsamkeit an. Es war wieder ein böser Augenblick. Die Herren waren darauf gefaßt, beim ersten Morgenstrahl eine in Schlachtordnung aufgestellte Armee vor der Stadt zu erblicken. Gerade an diesem Tage wollte der Morgen nicht kommen und zögerte eine Ewigkeit am Saume des Horizontes. Mit ausgestrecktem Halse und gespannten Blickes beobachteten sie die verschwommene Helle; und sie glaubten im Schatten ungeheuerliche Gestalten zu erblicken, die Ebene verwandelte sich in einen See von Blut, die Felsen in Leichname, die an der Oberfläche schwammen, die Baumgruppen in Bataillone, die noch drohend aufrecht standen. Dann, als die wachsende Helle endlich diese Gespenster verscheucht hatte, brach der Tag an, so bleich und trübselig, daß der Marquis selbst sein Herz beklommen fühlte. Man sah keine Aufständischen, die Straßen waren frei; aber das völlig graue Tal bot den trostlos öden Anblick eines Hohlweges. Die Feuer waren erloschen, die Glocken klangen noch immer. Gegen acht Uhr bemerkte

Rougon eine einzige Bande von mehreren Männern, die sich längs der Viorne entfernten.

Die Herren war halb tot vor Kälte und Mattigkeit. Da sie keine unmittelbare Gefahr sahen, beschlossen sie, sich einige Stunden Ruhe zu gönnen. Ein Nationalgardist wurde auf der Terrasse als Schildwache zurückgelassen mit der Weisung, sogleich Roudier zu verständigen, wenn er in der Ferne irgendeine Bande wahrnehme. Von den Aufregungen dieser Nacht gebrochen, begaben sich Granoux und Rougon, einander unterstützend, nach ihren Behausungen, die nebeneinander lagen.

Felicité brachte ihren Mann mit großer Sorgfalt zu Bette; sie nannte ihn ihr „armes Kätzchen" und wiederholte ihm, er solle sich doch nicht so schwere Sorgen machen; es werde sicherlich alles gut ablaufen. Allein, Peter schüttelte den Kopf; er hege ernste Befürchtungen, versicherte er. Sie ließ ihn bis elf Uhr schlafen. Nachdem er gegessen hatte, schob sie ihn sachte hinaus und gab ihm zu verstehen, er müsse bis ans Ende gehen. Auf dem Bürgermeisteramte traf Rougon nur vier Mitglieder von der Stadtvertretung an; die anderen ließen sich entschuldigen, sie seien ernstlich krank. Seit dem Morgen fuhr ein noch heftigerer Zug des Schreckens über die Stadt dahin. Die Herren hatten die Erzählung von der denkwürdigen Nacht, die sie auf der Terrasse des Hotel Valqueyras verbacht, nicht bei sich behalten können. Ihre Mägde hatten sich beeilt, diese Nachricht, mit allerlei dramatischen Einzelheiten aufgeputzt, in der Stadt zu verbreiten. Jetzt war es schon eine der Weltgeschichte angehörende Tatsache, daß man von den Höhen von Plassans in der Ebene den Tanz von Kannibalen, die ihre Gefangenen verzehrten, gesehen habe und den Reigen von Hexen, die ihre Kessel umkreisten, in denen Säuglinge sotten, endlose Reihen von Banditen, deren Waffen im Mondlichte glänzten. Und man sprach von den Glocken, die von selbst in die trübe Luft hinaus Sturm läuteten und man behauptete, die Aufständischen hätten die Wälder ringsumher in Brand gesetzt und die ganze Landschaft stehe in Flammen.

Es war just Dienstag, der Markttag zu Plassans. Roudier hatte geglaubt, die Stadttore weit öffnen lassen zu sollen, um die wenigen Bäuerinnen einzulassen, welche Gemüse, Butter und Eier brachten. Die Gemeindevertretung, die nunmehr bloß fünf Mitglieder zählte – den Präsidenten mit inbegriffen – erklärte dies für eine unverzeihliche Unvorsichtigkeit. Obgleich die auf der Terrasse des Hotel Valqueyras zurückgelassene Schildwache nichts gesehen, solle die Stadt dennoch geschlossen bleiben. Da beschloß Rougon, der öffentliche Ausrufer solle, von einem Trommler begleitet, in den Straßen verkünden, daß die Stadt im Belagerungszustande sei; wer sie verlasse, könne nicht zurückkehren. Die Tore wurden am hellen Mittag von Amts wegen geschlossen. Diese zur Beruhigung der Bevölkerung getroffene Maßregel steigerte den Schreck bis zum Gipfelpunkte. Man konnte sich nichts Seltsameres denken, als diese Stadt, die mitten im neunzehnten Jahrhundert sich am hellen Mittag verrammelte.

Als Plassans den abgenutzten Gürtel seiner Wälle geschlossen und sich verriegelt hatte wie eine belagerte Festung bei der Annäherung eines Sturmes, strich eine tödliche Angst über die düsteren Häuser hinweg. Vom Mittelpunkte der Stadt glaubte man jede Stunde Gewehrgeknatter in den Vorstädten losbrechen zu hören. Man wußte nichts mehr; man war wie in einem Keller, wie in einem vermauerten Loche, in der beklommenen Erwartung, durch eine gnädige Fügung erlöst zu werden. Aufständische Scharen, die das Land durchzogen, hatten seit zwei Tagen jeden Verkehr unterbrochen. In der Sackgasse eingepfercht, wo sie erbaut worden, war die Stadt Plassans von dem übrigen Frankreich getrennt. Sie hatte das Gefühl, sich mitten in einem aufrührerischen Lande zu befinden; rings um sie her tönten die Sturmglocken, grollte die Marseillaise mit dem Tosen eines Stromes, der seine Ufer überschwemmt hat. Die verlassene und zitternde Stadt war wie eine den Siegern preisgegebene Beute und die Spaziergänger von der Promenade gingen vom Schrecken zur Hoffnung über, je nachdem sie vor dem großen Tore die Blusen von Aufständischen oder die Uniformen von Soldaten zu bemerken glaubten. Noch nie hatte eine Unterpräfektursstadt inmitten des Gepolters ihrer sinkenden Mauern eine schmerzlichere Todesangst zu überstehen gehabt. Gegen zwei Uhr verbreitete sich das Gerücht, daß der Staatsstreich mißglückt sei. Der Prinzpräsident sitze im Turm von Vincennes gefangen, Paris befinde sich in der Gewalt der fortgeschrittensten Demagogie, Marseille, Toulon, Draguignan, der ganze Süden gehöre der siegreichen Aufstandsarmee. Die Aufständischen sollten abends eintreffen und ganz Plassans über die Klinge springen lassen.

Da begab sich eine Abordnung der Bürger nach dem Rathause, um der Stadtvertretung wegen der Schließung der Tore Vorstellungen zu machen; diese Maßregel, hieß es, könne nur dazu führen, die Aufständischen noch mehr gegen die Stadt zu erbittern. Rougon, der den Kopf verlor, verteidigte seine Weisung mit der äußersten Energie; diese sorgfältige Abschließung der Stadt schien ihm einer der scharfsinnigsten Akte seiner Verwaltung zu sein; er fand zu ihrer Rechtfertigung Worte der innigsten Überzeugung. Allein man brachte ihn in Verwirrung mit der Frage, wo die Soldaten seien, das Regiment, das er versprochen. Da log er; er habe nichts versprochen, sagte er rundheraus. Das Ausbleiben dieses fabelhaften Regiments, das die Einwohner dermaßen herbeisehnten, daß sie von seiner Annäherung träumten, war die große Ursache der Angst. Die gut unterrichteten Leute nannten genau den Ort, wo die Soldaten niedergemetzelt worden.

Um vier Uhr begab sich Rougon, gefolgt von Granoux, nach dem Hotel Valqueyras. Kleine Banden, die in Orchères zu den Aufständischen stießen, durchzogen in der Ferne noch immer das Viornetal. Den ganzen Tag waren Straßenjungen auf den Mauern herumgeklettert und Spießbürger herbeigekommen, um bei den Schießscharten hinauszuspähen. Diese freiwilligen Schildwachen nährten das Entsetzen der Stadt, indem sie ganz laut die Banden zählten, welche für ebenso viele starke Bataillone gehalten wurden. Dieses feige Volk glaubte von der Höhe der Stadtmauern den Vorbereitungen zu irgendeinem allgemeinen Gemetzel beizuwohnen. Des Abends strich, wie am vorhergehenden Tage, die Furcht noch kälter über die Stadt hin.

Nach dem Bürgermeisteramte zurückkehrend begriffen Rougon und der von ihm unzertrennliche Granoux, daß die Lage unhaltbar war. Während ihrer Abwesenheit war abermals ein Mitglied der Vertretung verschwunden. Sie waren nur mehr ihrer vier. Sie fanden sich lächerlich, wie sie so mit bleichen Gesichtern sich stundenlang gegenseitig betrachteten, ohne ein Wort zu sagen. Dann kam eine grause Furcht über sie, daß sie noch eine zweite Nacht auf der Terrasse des Hotel Valqueyras zubringen müßten.

Rougon erklärte ernst, daß, nachdem die Lage unverändert, kein Grund vorhanden sei, dauernd auf dem Posten zu bleiben. Wenn ein großes Ereignis eintreten solle, werde man sie benachrichtigen. Durch einen Beschluß, der gebührendermaßen von der Kommission gefaßt wurde, übertrug er die Sorgen der Verwaltung auf Roudier. Der arme Roudier, der sich erinnerte, unter Louis Philipp Nationalgardist zu Paris gewesen zu sein, hielt mit Überzeugung am großen Tore die Nachtwache.

Peter kehrte kleinlaut heim, im Schatten der Häuser dahinschleichend. Er fühlte um sich her die Stadt ihm feindselig werden. Er hörte seinen Namen durch die Gruppen gehen, begleitet von Worten des Grolls und der Verachtung. Wankend und mit dem Angstschweiß auf der Stirne stieg er die Treppe seiner Wohnung empor. Felicité empfing ihn still, mit verstörter Miene. Auch ihr begann der Mut zu sinken. Ihr ganzer Traum zerflatterte. Sie saßen im gelben Salon einander gegenüber. Der Tag ging zur Neige, ein trüber Wintertag, der graue Farben auf das orangegelbe Papier der mit großen Zweigen gezierten Wandtapeten warf; nie war ihnen dieses Gemach verfallender, scheußlicher, beschämender vorgekommen. Sie waren jetzt allein und hatten nicht wie gestern eine Schar von Höflingen um sich, die sie beglückwünschten. Ein Tag hatte genügt, um sie zu besiegen, in dem

Augenblicke, da sie schon Triumph schrien. Wenn am folgenden Tage die Lage sich nicht änderte, war das Spiel verloren. Felicité, die gestern beim Anblicke der Trümmer des gelben Salons an die Ebenen von Austerlitz dachte, erinnerte sich jetzt, als sie ihn so trübselig und verlassen sah, der verdammten Gefilde von Waterloo.

Als ihr Gatte gar nichts sagte, begab sie sich ans Fenster, an jenes Fenster, wo sie mit Wonne den Weihrauch einer ganzen Unterpräfektur eingeatmet hatte. Sie bemerkte zahlreiche Gruppen unten auf dem Marktplatze. Sie schloß die Vorhänge, als sie sah, daß Köpfe sich nach ihrem Hause wandten, weil sie fürchtete, daß sie verhöhnt werden könne. Sie ahnte, daß man von ihnen spreche.

Stimmen stiegen in der Dämmerung empor. Ein Advokat schrie im Tone eines triumphierenden Anklägers:

Ich hatte es ja gesagt; die Aufständischen sind allein fort und wenn sie wiederkommen wollen, holen sie nicht erst die Erlaubnis der Einundvierzig ein. Die Einundvierzig, Narrenspossen! Ich glaube, es waren ihrer wenigstens zweihundert.

Nein, nein, sagte ein dicker Kaufmann, der mit Öl und hoher Politik Handel trieb, es waren ihrer vielleicht nicht zehn. Denn schließlich haben sie sich doch nicht geschlagen; man würde am Morgen doch Blut gesehen haben. Ich, der ich hier zu euch spreche, bin auf das Rathaus gegangen, um nachzusehen; der Hof war rein wie meine Hand.

Ein Arbeiter, der sich schüchtern in die Gruppe geschlichen hatte, fügte hinzu:

Es gehörte nicht viel dazu, vom Rathause Besitz zu ergreifen; das Tor war nicht einmal geschlossen.

Diese Worte wurden mit einem Gelächter aufgenommen, und als der Arbeiter sich ermutigt sah, fuhr er fort:

Man kennt ja die Rougon; es sind Taugenichtse!

Dieser Schimpf traf Felicité im Herzen. Der Undank dieses Volkes kränkte sie, denn schließlich hatte sie selbst an die Sendung der Rougon zu glauben begonnen. Sie rief ihren Gatten herbei, denn sie wollte, daß er die Unbeständigkeit der Menge kennenlerne.

Es war gerade so wie mit ihrem Spiegel, fuhr der Advokat fort. Was haben sie nicht für einen Lärm mit dem unglückseligen, zerbrochenen Spiegel geschlagen! Ihr müßt wissen: dieser Rougon ist sehr wohl fähig, einen Flintenschuß nach dem Spiegel abzufeuern, um an eine Schlacht glauben zu machen.

Peter unterdrückte einen Schmerzensschrei. Man glaubte selbst an seinen Spiegel nicht mehr. Bald geht man so weit zu behaupten, daß er keine Kugel an seinem Ohre hat vorübersausen hören! Die Legende der Rougon wird verblassen, nichts wird von ihrem Ruhme übrig bleiben. Allein er war noch nicht am Ende seiner Leiden. Die Volksgruppen waren jetzt ebenso glühend in ihrer Verbitterung wie gestern in ihrer Begeisterung. Ein ehemaliger Hutmacher, ein Greis von siebenzig Jahren, dessen Fabrik einst in der Vorstadt gewesen, forschte in der Vergangenheit der Rougon. Er sprach ganz unbestimmt, mit den Vorbehalten eines schwindenden Gedächtnisses, von dem Krautgarten der Fouque, von Adelaide, von ihren Liebschaften mit einem Schmuggler. Er sagte genug, um dem Geschwätz neue Nahrung zu bieten. Die Sprecher näherten sich jetzt und die Worte: Hundsfötter, Diebe, schamlose Ränkeschmiede drangen deutlich bis zu den Fenstervorhängen empor, hinter denen Peter und Felicité standen und vor Furcht und Zorn schwitzten. Man ging so weit, Macquart zu beklagen. Das war der letzte Schlag. Gestern war Rougon ein Brutus, eine Heldenseele, die ihre Gefühle dem Vaterlande opferte; heute war Rougon nur mehr ein von niedrigem Ehrgeiz erfüllter Mensch, der seinen armen Bruder mit Füßen trat und sich seiner als Staffel bediente, um zum Glück emporzusteigen.

Hörst du? Hörst du? Sagte Peter mit erstickter Stimme. Die Bösewichte töten uns! Niemals werden wir uns davon erholen!

Felicité trommelte mit gekrümmten Fingern wütend auf den Fensterläden herum und erwiderte:

Laß sie reden! Sind wir erst die Stärkeren, dann sollen sie sehen, aus welchem Holze ich geschnitzt bin. Ich weiß, woher der Wind weht. Die Neustadt ist uns übel gesinnt.

Sie vermutete richtig. Die plötzliche Unbeliebtheit der Rougon war das Werk einer Gruppe von Advokaten, die sehr ärgerlich waren über die Bedeutung, die ein ehemaliger, ganz ungebildeter Ölhändler, der nahe am Bankerott gewesen, erlangt hatte. Das Sankt Markusviertel war seit zwei Tagen wie ausgestorben. Das alte Viertel und die Neustadt blieben allein da. Die letztere hatte die allgemeine Panik dazu benutzt, um den gelben Salon in den Augen der Kaufleute und Handwerker zugrunde zu richten. Roudier und Granoux waren ausgezeichnete Männer, ehrenhafte Bürger, die von diesen Rougon, diesen Ränkeschmieden, getäuscht wurden. Aber man wird ihnen die Augen öffnen. An Stelle dieses dickwanstigen Bettlers, der keinen Heller besaß, hätte Isidor Granoux den Sitz des Bürgermeisters einnehmen müssen. Dies nahmen die Neider zum Ausgangspunkte, um Rougon alle Handlungen seiner Verwaltung vorzuwerfen, die ja erst seit gestern datierte. Er habe den früheren Gemeinderat nicht behalten wollen; er habe einen schweren Fehler begangen, als er die Tore schließen ließ; seine Schuld sei es, daß fünf Stadträte sich auf der Terrasse des Hotel Valqueyras einen bösen Schnupfen geholt hätten. Es wollte kein Ende nehmen. Auch die Republikaner erhoben die Häupter. Man sprach von der Möglichkeit eines Handstreiches der Vorstadtarbeiter gegen das Bürgermeisteramt. Die Reaktion lag in den letzten Zügen.

Als Peter so seine Hoffnungen schwinden sah, dachte er an die wenigen Stützen, auf die er bei Gelegenheit noch zählen zu können glaubte.

Sollte nicht Aristide heute abend kommen, um seinen Frieden mit uns zu machen? Fragte er.

Ja, erwiderte Felicité. Er hatte mir einen schönen Artikel versprochen. Der „Unabhängige" ist nicht erschienen...

Doch ihr Gatte unterbrach sie mit den Worten:

Ei, kommt er nicht gerade dort aus der Unterpräfektur heraus?

Die alte Frau warf nur einen Blick auf die Straße.

Er hat seine Binde wiedergenommen! Rief sie.

In der Tat verbarg Aristide seine Hand wieder in seinem Seidentuche. Mit dem Kaiserreiche ging es schief, ohne daß die Republik triumphierte; und er hatte es für gut erachtet, seine Rolle als Verstümmelter wieder aufzunehmen. Er huschte über den Platz, ohne aufzublicken. Als er ohne Zweifel die gefährlichen und kompromittierenden Worte hörte, die in den Gruppen gesprochen wurden, beeilte er sich, an der Ecke der Banne-Straße zu verschwinden.

Laß, er wird nicht heraufkommen, sagte Felicité bitter... Wir sind zugrunde gerichtet... Selbst unsere Kinder verlassen uns.

Und sie schloß hastig das Fenster, um nichts mehr zu sehen und zu hören. Dann zündete sie die Lampen an, und sie aßen, aber entmutigt und ohne Hunger; es wollte nicht recht schmecken, und sie ließen die Hälfte auf dem Teller stehen. Es blieben ihnen nur wenige Stunden übrig, um einen Entschluß zu fassen. Es galt, am nächsten Morgen Plassans zu ihren Füßen und um Verzeihung flehend zu sehen, wenn sie nicht auf ihren Glückstraum verzichten wollten. Der vollständige Mangel an bestimmten Nachrichten war die einzige Ursache ihrer Angst und Unentschlossenheit. Felicité mit ihrem Scharfsinn sah dies bald ein. Hätten sie das Ergebnis des Staatsstreiches wissen können, sie hätten ihren Mut eingesetzt und trotz alledem ihre Retterrolle weitergespielt; oder sie hätten sich beeilt, nach Möglichkeit ihren unglücklichen Feldzug in Vergessenheit zu bringen. Aber sie wußten nichts Genaues: sie verloren den Kopf und der Angstschweiß trat ihnen auf die Stirne, wenn sie daran dachten, daß bei ihrer völligen Unkenntnis der Ereignisse ihr Glück auf dem Spiele stehe.

Und dieser vertrackte Eugen schreibt mir auch nicht! Rief Rougon in einer verzweifelten Aufwallung, ohne zu bedenken, daß er das Geheimnis seines Briefwechsels preisgab.

Doch Felicité tat, als habe sie nichts gehört. Der Ausruf ihres Gatten hatte sie im Innersten getroffen. In der Tat: warum schrieb Eugen seinem Vater nicht? Nachdem er ihn über die Erfolge der bonapartistischen Sache so getreulich auf dem laufenden gehalten, hätte er sich jetzt beeilen müssen, ihn von dem Triumph oder der Niederlage des Prinzen Louis zu benachrichtigen. Die einfachste Vorsicht mußte ihm raten, dem Vater diese Nachricht mitzuteilen. Wenn er schwieg, so bedeutete dies, daß die siegreiche Republik ihn zu dem Thronprätendenten in die Gefängnisse von Vincennes sandte. Felicité fühlte ihr Blut erstarren; das Stillschweigen ihres Sohnes tötete ihre letzte Hoffnungen.

In diesem Augenblicke brachte man die Zeitung; das Blatt war noch ganz feucht.

Wie? Rief Peter sehr überrascht; Vuillet hat sein Blatt erscheinen lassen?

Er zerriß die Adreßschleife, las den Leitartikel und beendete ihn, bleich wie sein Hemd und kraftlos in seinem Sessel zurücksinkend.

Da, lies, hauchte er, das Blatte Felicité überreichend.

Es war ein prächtiger Artikel von unerhörter Heftigkeit gegen die Aufständischen; niemals war so viel Galle, so viel Lüge, so viel heuchlerischer Unflat aus einer Feder geflossen. Vuillet begann mit einer Schilderung des Eindringens der Bande in die Stadt Plassans. Die Schilderung war meisterhaft. Man sah darin, wie „diese Banditen, diese Galgengesichter, dieser Abschaum der Galeeren die Stadt überschwemmten, berauscht von Schnaps, Ausschweifungen und Plünderung"; dann zeigte er sie, wie sie „ihre Gemeinheit in den Straßen zur Schau trugen, die Bevölkerung durch ihr wildes Geheul in Schrecken versetzten, nur auf Mord und Notzucht ausgingen". Dann folgte das schauerliche Drama der Szene im Rathause und der Verhaftung der Behörden. „Sie packten die ehrwürdigsten Männer an der Gurgel und der Bürgermeister, der tapfere Kommandant der Nationalgarde, der Postdirektor, dieser so wohlwollende Beamte: sie wurden wie der Heiland von diesen Elenden mit Dornen gekrönt angespien." Der Absatz, der Miette und ihren roten Mantel behandelte, war in eine ganz lyrische Stimmung getaucht. Vuillet hatte zehn, zwanzig blutrünstige Dirnen gesehen. „Wer hat nicht unter diesen Ungeheuern infame, rot gekleidete Geschöpfe bemerkt, die sich sicherlich im Blute der Märtyrer gewälzt haben, die von den Räubern und Mördern unterwegs hingeschlachtet worden sind? Sie schwangen Fahnen, sie überließen sich auf offener Straße den scheußlichen Liebkosungen der ganzen Horde." Und Vuillet fügte mit religiösem Eifer hinzu: „Die Republik findet stets nur bei Mord und Prostitution ihr Gedeihen." Das war nur der erste Teil des Artikels. Am Schlusse dieser Schilderung fragte der Buchhändler in einem heftigen Aufrufe, ob das Land noch länger „die Schmach dieser wilden Tiere, die weder Leben noch Eigentum schonten", dulden wolle. Er wandte sich an alle guten Bürger und meinte, eine fernere Duldsamkeit wäre gleichbedeutend mit einer Ermutigung, und die Aufständischen würden dann „die Tochter aus den Armen der Mutter, die Gattin aus den Armen des Gatten reißen". Zum Schlusse, nach einer frommen Redensart, in der er erklärte, daß Gott die Ausrottung der Bösen wolle, stieß er in die Posaune: „Man sagt, daß diese Elenden abermals vor unseren Toren erscheinen werden; wohlan, jeder von uns ergreife ein Gewehr, und man töte sie wie die Hunde. Mich wird man in der vordersten Reihe sehen und ich werde mich glücklich preisen, die Erde von diesem Gewürm zu befreien."

Dieser Artikel, in dem die Schwerfälligkeit des Provinzjournalismus unflätige Umschreibungen aneinander reihte, hatte Rougon in die größte Bestürzung versetzt. Als Felicité die Zeitung auf den Tisch hinlegte, murmelte er:

Ach, der Unglückliche! Er gibt uns den Gnadenstoß; man wird glauben, ich hätte diese Diatribe ihm eingegeben.

Aber, sagte seine Frau nachdenklich, hast du mir nicht heute morgen angekündigt, daß er sich weigere, die Republikaner anzugreifen? Die Nachrichten sollten ihn erschreckt haben und du behauptest, daß er bleich wäre, wie ein Toter.

Freilich, ja; ich begreife auch nichts von der Sache. Da ich in ihn drang, ging er so weit, mir Vorwürfe zu machen, weil ich nicht alle Aufständischen getötet hatte. Gestern hätte er seinen Artikel schreiben müssen; heute wird er damit ein Gemetzel über uns bringen.

Felicité verlor sich völlig in ihrem Erstaunen. Was hat denn diesen Vuillet angefochten? Dieser verdorbene Mesner mit einer Flinte in der Hand und auf den Stadtmauern nach den Aufständischen schießend: das war die drolligste Sache, die man sich vorstellen konnte. Dahinter mußte etwas stecken, das ihr entging. Vuillet verriet da einen frischen Mut und eine Keckheit der Schmähungen, die bewiesen, daß die Aufständischen doch nicht hart vor den Toren der Stadt stehen konnten.

Das ist ein böser Mensch, ich habe es immer gesagt, fuhr Rougon fort, nachdem er den Artikel noch einmal gelesen. Er hat vielleicht nur uns einen Streich versetzen wollen. Ich war vielleicht zu gut, daß ich ihm die Postverwaltung überließ.

Dies war ein Lichtblick. Felicité erhob sich hastig wie von einem plötzlichen Gedanken erhellt; sie setzte eine Haube auf und legte einen Schal um ihre Schultern.

Wohin gehst du? Fragte ihr Gatte erstaunt. Neun Uhr ist vorüber.

Du wirst dich schlafen legen, erwiderte sie einigermaßen rauh. Du bist leidend und mußt ausruhen. Schlafe, bis ich zurückkomme; wenn es nötig ist, werde ich dich wecken und dann wollen wir weiter sprechen.

Sie verließ mit eiligen Schritten das Haus und begab sich nach dem Postamte. Hier betrat sie plötzlich das Zimmer, wo Vuillet noch arbeitete. Als er ihrer ansichtig ward, machte er eine verdrießliche Gebärde.

Niemals war Vuillet glücklicher gewesen als in diesen Tagen. Seitdem er mit seinen dünnen Fingern in den Postpaketen wühlen konnte, genoß er die tiefe Wollust des neugierigen Priesters, der sich anschickt, die Geständnisse der Büßerinnen zu hören. Alle listigen Indiskretionen, alle unbestimmten Geschwätze der Sakristeien umsummten seine Ohren. Er näherte seine lange, bleiche Nase den Briefen, betrachtete mit seinen schielenden Augen begierig die Adresse und prüfte die Umschläge, wie die kleinen Abbés in den Seelen der Jungfrauen forschen. Es waren unendliche Freuden und prickelnde Versuchungen. Die tausende Geheimnisse von Plassans waren da; er betastete die Ehre der Frauen, das Vermögen der Männer; er brauchte nur die Siegel zu erbrechen, um ebensoviel davon zu erfahren, wie der Großvikar der Kathedralkirche, der Beichtvater der vornehmen Leute der Stadt. Vuillet gehörte zu jenen furchtbaren, kalten, mörderisch schneidigen Fraubasen, die alles wissen, sich alles sagen lassen und die Gerüchte nur wiedererzählen, um die Leute damit zu töten. Darum hatte er gar oft davon geträumt, den Arm bis zur Schulter in den Briefkasten zu stecken. Für ihn war das Arbeitszimmer des Postverwalters seit dem gestrigen Tage ein großer Beichtstuhl, erfüllt von Schatten und religiösem Geheimnis, wo er schwelgte, indem er die verschleierten Geflüster, die bebenden Geständnisse einsog, die den Briefschaften entströmten. Der Buchhändler betrieb übrigens dieses Geschäft mit vollendeter Schamlosigkeit. Die Krise, die das Land durchmachte, sicherte ihm Straflosigkeit. Wenn einzelne Briefe zu spät kamen, andere in Verlust gerieten, so war es die Schuld dieser republikanischen Räuber, die den Verkehr unsicher machten. Das Schließen der Stadttore hatte ihn einen Augenblick geärgert; allein er hatte sich mit Roudier dahin verständigt, daß die Post eingelassen und mit Umgehung des Bürgermeisteramtes direkt zu ihm gebracht wurde.

In Wahrheit hatte er nur einige Briefe entsiegelt, und zwar die guten, d. h. die, welche seine Küsterwitterung ihm als solche bezeichnete, deren Inhalt vor allen anderen Leuten zu erfahren von Nutzen sein könne. Er hatte sich dann damit begnügt, bis zu späterer Verteilung die Briefe in einem Schubfache zurückzubehalten, welche die Leute beunruhigen und ihm das Verdienst rauben könnten, Mut zu haben, während die ganze Stadt zitterte. Dieser fromme Herr hatte mit dem Eintritt in die Postverwaltung die Lage in seltsamer Weise erfaßt.

Als Madame Rougon eintrat, traf er eben seine Auswahl in einem großen Haufen von Briefen und Zeitungen, ohne Zweifel unter dem Vorwande, sie ordnen und einteilen zu wollen.

Er erhob sich mit seinem untertänigen Lächeln und schob einen Sessel näher; seine geröteten Augenlider zuckten in beängstigender Weise. Allein Felicité setzte sich nicht.

Ich will den Brief haben! Sprach sie in schroffem Tone.

Vuillet riß die Augen auf und spielte den Unschuldigen.

Welchen Brief, liebe Frau? Fragte er.

Den Brief, den Sie heute morgen für meinen Mann erhalten haben... Rasch, rasch, Herr Vuillet, ich habe Eile.

Und da er stammelte, daß er nichts wisse, nichts gesehen habe und daß die ganze Sache sehr verwunderlich sei, fuhr Felicité mit leiser Drohung in der Stimme fort:

Ein Brief aus Paris, von meinem Sohne Eugen; Sie wissen wohl, was ich sagen will, nicht wahr? Ich werde selbst suchen.

Und sie machte Miene, die verschiedenen Bündel zu ergreifen, die auf dem Pulte lagen. Da beeilte er sich und sagte, er wolle nachsehen; der Dienst sei jetzt notgedrungen so schlecht versehen und es sei immerhin möglich, daß ein Brief da sei. In diesem Falle werde man ihn schon finden. Er selbst schwor, keinen Brief gesehen zu haben. Indem er so sprach, machte er die Runde im Arbeitszimmer und durchstöberte alle Papiere. Dann öffnete er alle Schubfächer und Kasten. Felicité wartete ruhig.

Meiner Treu, Sie haben recht, da ist ein Brief für Sie, rief er endlich, indem er einige Papiere aus einem Kasten hervorzog. Diese vertrackten Beamten benutzen die Lage, um alles verkehrt zu machen.

Felicité nahm den Brief und prüfte aufmerksam das Siegel, völlig unbekümmert darum, daß dieser Vorgang für Vuillet verletzend sein müsse. Sie sah deutlich, daß der Umschlag geöffnet war; der Buchhändler, in diesem Geschäfte noch ungeschickt, hatte ein dunkleres Wachs genommen, um den Brief wieder zu versiegeln. Sie schnitt den Umschlag an der Seite auf, um das Siegel unberührt zu lassen, das bei Gelegenheit als Beweismittel dienen konnte. Eugen kündete in wenigen Worten den vollständigen Erfolg des Staatsstreiches an; er stimmte einen Siegesgesang an, Paris war bezwungen, die Provinz rührte sich nicht, und er riet seinen Eltern eine feste Haltung angesichts der teilweisen Erhebung im Süden an. Zum Schlusse sagte er ihnen, ihr Glück sei begründet, wenn sie nicht wankten.

Frau Rougon schob den Brief in ihre Tasche und setzte sich langsam, wobei sie Vuillet ins Gesicht schaute. Dieser hatte, als sei er sehr beschäftigt, sich fieberhaft wieder an das Aussuchen gemacht.

Hören Sie mich an, Herr Vuillet, sagte sie ihm.

Als jener die Ohren spitzte, fuhr sie fort:

Wir wollen offen miteinander reden. Sie tun unrecht, daß Sie Verrat treiben; es könnte Ihnen ein Unglück zustoßen. Wenn Sie, anstatt Briefe zu erbrechen...

Da fuhr er auf und tat beleidigt; doch sie fuhr in ruhigem Tone fort:

Ich weiß; ich kenne Ihre Schule, Sie werden niemals gestehen. Nur keine überflüssigen Worte... Welches Interesse können Sie daran haben, dem Staatsstreiche zu dienen? Da er noch immer von seiner vollkommenen Ehrenhaftigkeit sprach, verlor sie schließlich die Geduld. Halten Sie mich denn für albern? Rief sie. Ich habe Ihren Artikel gelesen... Sie täten besser, sich mit uns zu verständigen.

Ohne etwas zu gestehen, sagte er jetzt rundheraus, daß er die Kundschaft des Kollegiums haben wolle. Ehemals hatte er der Anstalt klassische Bücher geliefert. Aber man hatte in Erfahrung gebracht, daß er im geheimen den Schülern Schmutzliteratur in solcher Menge verkaufte, daß die Pulte mit gemeinen Büchern und Bildern vollgestopft waren. Bei dieser Gelegenheit war er nahe daran, vor der Zuchtpolizei zu erscheinen. Seither war es der ewige Gegenstand seiner neidischen Träume, das Wohlwollen der Verwaltung des Kollegiums zu erlangen.

Felicité schien erstaunt über die Bescheidenheit seines Ehrgeizes; ja, sie gab es ihm sogar zu verstehen. Briefe erbrechen, das Bagno riskieren, um einige Wörterbücher verkaufen zu dürfen!

Ei, sagte er mit herber Stimme, es handelt sich um einen gesicherten Absatz von vier- bis fünftausend Franken jährlich. Ich träume nichts Unmögliches wie gewisse Leute.

Sie tat, als überhöre sie das Wort. Von den erbrochenen Briefen war nicht mehr die Rede. Sie schlossen ein Bündnis, kraft dessen Vuillet sich verpflichtete, keine Nachricht in Umlauf zu bringen und sich nicht in den Vordergrund zu drängen unter der Bedingung, daß die Rougon ihm die Kundschaft des Kollegiums verschaffen würden. Als sie ihn verließ, riet ihm Felicité, sich nicht weiter zu kompromittieren. Es genüge, daß er die Briefe behalte und erst am zweitnächsten Tage austeilen lasse.

Welch ein Gauner! Murmelte sie auf der Straße, ohne zu bedenken, daß sie selbst soeben den Postbeutel in Beschlag genommen hatte.

Mit langsamen Schritten und nachdenklich kehrte sie heim. Sie machte sogar einen Umweg, ging über die Promenade Sauvaire, wie um länger und bequemer nachdenken zu können. Unter den Bäumen der Wandelbahn begegnete sie dem Herrn von Carnavant, der die Nacht dazu benutzte, in der Stadt herumzuspüren, ohne sich zu kompromittieren. Die Geistlichkeit von Plassans, der jede Tätigkeit widerstrebte, beobachtete seit der Kunde vom Staatsstreiche die vollkommenste Neutralität. Für sie war das Kaiserreich eine vollendete Tatsache, und sie harrte nur der Stunde, um in einer neuen Richtung ihre hundertjährigen Ränke wiederaufzunehmen. Der Marquis, fortan ein überflüssiger Agent, war nur mehr von einer Neugierde geplagt: zu erfahren, wie der Trubel enden und wie die Rougon ihre Rolle zu Ende führen würden.

Bist du es Kleine? Sprach er, als er Felicité erkannte. Ich wollte dich besuchen. Deine Angelegenheiten verwirren sich.

Nein, alles geht gut, erwiderte sie nachdenklich.

Um so besser. Du wirst mir die Sache erzählen. Ach, ich muß es dir beichten: ich habe die vorige Nacht deinem Gatten und seinen Genossen eine wahnsinnige Furcht eingejagt. Wenn du gesehen hättest, wie drollig sie waren auf der Terrasse, während ich sie in jedem Baumdickicht des Tales eine Bande Aufständische sehen ließ!... Du vergibst es mir, nicht wahr?

Ich danke Ihnen, erwiderte Felicité lebhaft. Sie hätten sie vor Angst sterben lassen sollen. Mein Mann ist ein plumper Schlaumeier. Kommen Sie doch nächstens an einem Vormittag, wenn ich allein bin.

Sie eilte davon und ging mit raschen Schritten dahin, als habe die Begegnung mit dem Marquis sie zu einer Entscheidung gedrängt. Ihre ganze kleine Person drückte einen unerbittlich festen Willen aus. Endlich wird sie sich rächen wegen Peters Geheimtuerei, endlich wird sie ihn unterkriegen und für immer ihre Herrschaft im Hause sichern. Es war dies eine notwendige kleine Szene, eine Komödie, deren tiefen Spott sie im voraus genoß und deren Plan sie mit dem Scharfsinn einer verletzten Frau zeitigte.

Sie fand Peter zu Bette, in tiefem Schlafe; sie brachte einen Augenblick eine Kerze herbei und betrachtete mitleidig sein schwerfälliges Gesicht, über das von Zeit zu Zeit ein leichtes Zittern flog: dann setzte sie sich an das Kopfende des Bettes, legte die Haube ab, löste ihr Haar und begann mit verzweifelter Miene bitterlich zu schluchzen.

Was ist's? Warum weinst du? Fragte Peter, der plötzlich erwachte.

Sie antwortete nicht und weinte nur noch heftiger.

So antworte doch um Gottes willen! Fuhr ihr Mann fort, den diese stumme Verzweiflung entsetzte. Wo warst du? Hast du die Aufständischen gesehen?

Sie verneinte stumm; dann flüsterte sie mit erstickter Stimme:

Ich komme aus dem Hotel Valqueyras; ich wollte Herrn von Carnavant zu Rate ziehen. Ach, mein armer Mann, alles ist verloren!

Peter setzte sich ganz blaß im Bette auf. Sein Stierhals, den sein offenes Hemd sehen ließ, sein schlaffes Fleisch war von der Angst aufgedunsen. Bleich und jämmerlich hockte er da in dem zerwühlten Bette wie eine chinesische Götzenfigur.

Der Marquis glaubt, Prinz Louis Napoleon sei unterlegen, fuhr Felicité fort. Wir sind zugrunde gerichtet, wir bekommen niemals einen Sou!

Da geriet Peter in Zorn, wie es bei Feiglingen zuweilen vorkommt. Es sei die Schuld des Marquis, die Schuld seines Weibes, die Schuld seiner ganzen Familie. Habe er an Politik gedacht, als Herr von Carnavant und Felicité ihn in diese Dinge hineindrängten?

Ich wasche mir die Hände, rief er. Ihr beide habt die Dummheit gemacht. Ist es nicht vernünftiger, in aller Ruhe seine kleine Rente zu verzehren? Du hast immer herrschen wollen. Nun siehst du, wohin es uns geführt hat.

Er verlor den Kopf; er vergaß, daß er sich ebenso habgierig gezeigt hatte wie sein Weib. Er empfand nur das unbändige Verlangen, sich selbst zu erleichtern, indem er die anderen wegen seiner Niederlage beschuldigt.

Konnten wir denn mit Kindern wie den unserigen überhaupt Erfolge haben? Eugen läßt uns im entscheidenden Augenblick im Stich; Aristide hat uns in den Schmutz gezogen und selbst der alte Einfaltspinsel Pascal kompromittiert uns, indem er als großer Menschenfreund hinter den Aufständischen einherzieht... Und wenn man bedenkt, daß wir uns zugrunde gerichtet haben, um sie ihre Studien machen zu lassen!...

In seiner Erbitterung gebrauchte er Worte, wie er sie früher nie gesprochen. Als Felicité ihn Atem schöpfen sah, bemerkte sie sanft:

Du vergißt Macquart.

Ach ja, den vergaß ich, fuhr er noch heftiger fort. Auch einer, an den ich nur denken muß, um außer mir zu geraten!... Doch das ist nicht alles. Der kleine Silvère... Du weißt ja... Ich sah ihn neulich abends bei meiner Mutter mit blutbedeckten Händen... Er hat einem Gendarm ein Auge ausgeschlagen. Ich habe es dir noch nicht erzählt, um dich nicht zu erschrecken. Ich sehe schon den Tag, an dem einer meiner Neffen vor dem Strafgerichte stehen wird... Macquart ist uns dermaßen im Wege, daß ich neulich, als ich meine Flinte hatte, Lust verspürte, ihm den Schädel zu zerschmettern... Jawohl, das habe ich tun wollen.

Felicité ließ diese Redeflut vorübergehen. Sie hatte die Vorwürfe ihres Gatten mit engelgleicher Geduld aufgenommen, das Haupt gesenkt wie eine Sünderin, was ihr ermöglichte, im stillen zu jubilieren. Durch ihre Haltung trieb sie Peter zum äußersten. Als dem armen Manne die Stimme versagte, seufzte sie schwer und heuchelte tiefe Reue. Dann wiederholte sie mit trostloser Stimme:

Mein Gott! Was werden wir anfangen?... was werden wir anfangen?... Die Schulden erdrücken uns...

Es ist deine Schuld! Schrie Peter mit dem letzten Aufgebote seiner Kräfte.

In der Tat hatten die Rougon auf allen Seiten Schulden. Die Hoffnung auf den nahen Erfolg hatte sie alle Vorsicht vergessen lassen. Seit Beginn des Jahres 1851 waren sie so weit gegangen, den Gästen des gelben Salons allabendlich Fruchtsaft, Punsch und kleinen Kuchen vorzusetzen, förmliche Mahlzeiten, bei denen man auf den baldigen Untergang der Republik anstieß. Überdies hatte Peter den vierten Teil seines Vermögens der Reaktion zur Verfügung gestellt um zum Ankauf von Gewehren und Schießbedarf beizutragen.

Die Rechnung des Pastetenbäckers beträgt mindestens tausend Franken, fuhr Felicité in ihrem süßlichen Tone fort; der Likörhändler hat vielleicht das Doppelte zu fordern. Dann kommt der Metzger, der Bäcker, der Obsthändler...

Peter glaubte vergehen zu müssen; da versetzte Felicité ihm den letzten Streich, indem sie hinzufügte:

Ich spreche gar nicht von jenen zehntausend Franken, die du für die Waffen hingegeben hast.

Ich?... ich?... stammelte er. Man hat mich betrogen, man hat mich bestohlen. Der Tölpel Sicardot hat mich in die Patsche gebracht, indem er mir schwor, daß die Napoleons Sieger bleiben werden. Ich glaubte nur einen Vorschuß zu geben... Doch der alte Esel muß mir mein Geld zurückgeben.

Ach, man gibt dir gar nichts zurück, sprach seine Frau, mit den Achseln zuckend. Wir werden das Kriegsgeschick zu tragen haben. Wenn wir alles bezahlt haben, bleibt uns nicht so viel übrig, daß wir Brot essen können. Ach, es ist ein sauberer Feldzug! Wir müssen künftig in einer Hütte des alten Stadtviertels hausen.

Dieser letztere Satz klang unheilvoll; er war das Totengeläute ihres Daseins. Peter sah schon die erbärmliche Hütte im alten Stadtviertel, von der seine Frau sprach. Dort also sollte er auf einem ärmlichen Strohsack enden, nachdem er sein Leben lang nach reichlichen und leichten Genüssen gestrebt! Er sollte vergebens seine Mutter bestohlen, sich in die schmutzigsten Ränke eingemengt, jahrelang gelogen haben! Das Kaiserreich sollte seine Schulden nicht bezahlen, dieses Kaiserreich, das allein ihn von dem Ruin retten konnte. Er sprang aus dem Bette, im Hemde wie er war, und schrie:

Nein, ich werde ein Gewehr ergreifen; es ist mir lieber, daß die Aufständischen mich töten.

Das kannst du morgen oder übermorgen tun, entgegnete Felicité mit großer Ruhe; denn die Aufständischen sind nicht fern. Es ist ein Mittel wie ein anderes, um ein Ende zu machen.

Peter war erstarrt. Ihm war, als gieße man plötzlich einen großen Kübel kalten Wassers ihm über die Schultern. Langsam ging er wieder zu Bette und als er sich in den warmen Bettüchern befand, begann er zu weinen. Dieser dicke, schwerfällige Mensch brach leicht in Tränen aus, in sanfte, unversiegbare Tränen, die ohne Anstrengung aus seinen Augen flossen. Es vollzog sich in ihm eine verhängnisvolle Reaktion. Sein Groll stürzte ihn in eine Entmutigung, in ein kindisches Wehklagen. Felicité, dieser Krise gewärtig, frohlockte innerlich, als sie ihn so weich, so hohl, so platt sah.

Sie bewahrte ihre stumme Haltung, ihre verzweiflungsvolle Ergebung. Diese Ergebenheit, der Anblick dieses in seinem stummen Schmerze versunkenen Weibes trieb den in Tränen aufgelösten Peter zum äußersten.

Aber so sprich doch! Flehte er; laß uns zusammen einen Ausweg suchen. Gibt es denn wirklich keinen Rettungsanker?

Nein es gibt keinen, du weißt es wohl, entgegnete sie; du selbst hast ja die Lage soeben geschildert. Wir haben von niemandem Hilfe zu erwarten. Unsere Kinder selbst haben uns betrogen.

Nun, was dann?... Wollen wir noch diese Nacht Plassans verlassen?

Fliehen? Aber mein armer Freund! Morgen wären wir in aller Leute Munde... Hast du schon vergessen, daß du die Stadttore schließen ließest?

Peter wand und krümmte sich und spannte seine Einbildungskraft ganz außerordentlich an; dann murmelte er, wie besiegt, in flehendem Tone:

Ich bitte dich, finde einen Gedanken; du hast noch nichts gesagt.

Felicité erhob das Haupt und tat sehr überrascht; dann erwiderte sie mit einer Gebärde vollständigen Unvermögens:

Ich bin in diesen Dingen eine Törin; ich verstehe nichts von Politik. Du hast es mir oft genug gesagt.

Da ihr Mann verlegen und gesenkten Blickes schwieg, fuhr sie langsam, jeden Ton des Vorwurfs vermeidend, fort:

Du hast mich in deinen Geschäften nicht auf dem laufenden erhalten; ich weiß nichts, ich kann dir nicht einmal einen Rat geben. Du hast übrigens recht gehandelt; die Frauen sind zuweilen geschwätzig, und es ist weit besser, wenn die Männer allein das Steuer handhaben.

Sie sagte dies mit einem so feinen Spott, daß ihr Mann den Stachel nicht herausfühlte. Er empfand nur schwere Gewissensbisse. Und jetzt beichtete er plötzlich. Er sprach von Eugens Briefen, erläuterte ihr seine Pläne und sein Verhalten mit der Redseligkeit eines Menschen, der sich vor seinem Beichtiger befindet und nach einem Retter fleht. Jeden Augenblick unterbrach er sich, um sie zu fragen: „Was würdest du an meiner Stelle getan haben?" oder er rief aus: „Nicht wahr, ich hatte recht? Ich konnte nicht anders handeln." Felicité blieb unempfindlich und ließ sich nicht einmal zu einem Kopfnicken herbei. Sie hörte mit der strengen Schroffheit eines Richters zu. Im Grunde fühlte sie sich überglücklich; endlich hatte sie ihn in ihrer Gewalt, diesen plumpen Schlaumeier; sie spielte mit ihm wie eine Katze mit einer papiernen Kugel und er streckte ihr die Hände hin, damit sie ihm Fesseln anlege.

Doch warte, sagte er, lebhaft aus dem Bette springend, ich will dich die Briefe Eugens lesen lassen. Du wirst dann die Lage besser beurteilen.

Vergebens versuchte sie, an einem Zipfel seines Hemdes ihn festzuhalten. Er breitete die Briefe auf dem Nachtkästchen aus, legte sich wieder ins Bett, las ganze Seiten und nötigte sie gleichfalls, mehrere zu lesen. Sie hielt ein Lächeln zurück und fühlte allgemach Mitleid mit dem armen Manne.

Nun, sagte er ängstlich, nachdem er zu Ende gelesen, jetzt weißt du alles; siehst du jetzt keine Möglichkeit, uns vor dem Ruin zu retten?

Sie antwortete noch immer nicht. Sie schien tief nachzudenken.

Du bist eine kluge Frau, fuhr er fort, um ihr zu schmeicheln; ich tat unrecht, die Sache vor dir geheim zu halten, ich erkenne es jetzt.

Reden wir nicht davon, erwiderte sie... Wenn du viel Mut hättest...

Da er sie mit gieriger Miene anblickte, unterbrach sie sich und sagte mit einem Lächeln:

Aber du versprichst mir, kein Mißtrauen mehr gegen mich zu haben. Du sagst mir alles und tust nichts, ohne mich zu fragen?

Er schwur und unterwarf sich den härtesten Bedingungen. Jetzt ging auch Felicité zu Bette; ihr war kalt, darum streckte sie sich an seiner Seite aus; mit leiser Stimme, als hätte man sie hören können, erläuterte sie ihm ausführlich ihren Feldzugsplan. Sie meinte, der Schrecken müsse heftiger durch die Stadt fahren und Peter müsse unter den bestürzten Bewohnern die Haltung eines Helden bewahren. Eine Ahnung sagte ihr, daß die Aufständischen noch fern seien. Übrigens werde früher oder später die Ordnungspartei den Sieg davon tragen und dann werden die Rougon belohnt. Nach der Rolle der Retter sei die Rolle der Märtyrer nicht zu verachten. Sie betrieb ihre Sache so geschickt, sie sprach mit so viel Überzeugung, daß ihr Gatte, anfänglich überrascht von der Einfachheit ihres Planes, der darin bestand, seinen Mut einzusetzen, schließlich ein wunderbares Geschick darin erblickte und versprach, sich dem Plane zu unterwerfen und allen möglichen Mut zu zeigen.

Und vergiß nicht, daß ich dich rette, flüsterte die Alte mit ihrer Schmeichelstimme. Du erweist dich dankbar?

Sie küßten sich und sagten einander „Gute Nacht!“ Neue Hoffnung blühte den beiden Alten, die von der Habgier verzehrt wurden. Doch keiner von beiden konnte einschlafen. Peter blickte starr nach dem Lichtkreise, den die Nachtlampe auf die Decke warf und hing seinen Gedanken nach. Endlich wandte er sich um und teilte mit leiser Stimme seiner Frau einen Gedanken mit, der ihm durch den Kopf gegangen war.

Nein, nein, murmelte Felicité mit einem Frösteln. Das wäre zu grausam.

Du willst ja, daß die Bewohner der Stadt erschreckt werden!... Wenn das, was ich dir sage, geschehe, würde man mich ernst nehmen.

Dann fügte er, gleichsam zur Vervollständigung seines Planes, hinzu:

Man könnte Macquart dazu benützen... Das wäre ein Mittel, sich seiner zu entledigen.

Felicité wurde von diesem Gedanken gebannt. Sie sann nach, zögerte und sagte endlich mit stockender Stimme:

Du hast vielleicht recht. Wir wollen sehen... Schließlich wäre es dumm von uns, Gewissensbisse zu haben; es handelt sich für uns um Leben und Tod... Laß mich nur machen; ich werde morgen Macquart aufsuchen und will sehen, ob man sich mit ihm verständigen kann. Du würdest mit ihm in Streit geraten und alles verderben. Gute Nacht! Schlafe wohl, mein armer, guter Mann! Sei ruhig, unsere Not soll ein Ende haben.

Sie küßten sich noch einmal und schliefen dann ein. Der Lichtkreis an der Decke glich einem entsetzten Auge, das lange Zeit den Schlaf dieses bleichen, spießbürgerlichen Ehepaares beobachtet, das in seinem Bette über Verbrechen nachsann und in seinen Träumen einen Blutregen niedergehen sah, dessen Tropfen sich am Boden in Goldstücke verwandelten.

Am anderen Morgen, vor Tagesanbruch, begab sich Felicité nach dem Bürgermeisteramte, ausgerüstet mit den Weisungen Peters, um zu Macquart zu gelangen. Sie brachte in einem Tafeltuche die Nationalgardistenuniform ihres Gatten mit. Übrigens sah sie nur einige Leute, die auf ihren Posten schliefen. Der Pförtner, der den Auftrag hatte, den Gefangenen die Nahrung zu bringen, ging hinauf, um ihr das zu einer Zelle umgewandelte Ankleidezimmer zu öffnen.

Macquart war dort seit zwei Tagen und zwei Nächten eingeschlossen. Er hatte Muße gehabt, seinen Gedanken nachzuhängen. Nachdem er sich ausgeschlafen, galten die ersten Stunden dem Zorne, der ohnmächtigen Wut. Bei dem Gedanken, daß sein Bruder sich in dem Nebenraume befinde, überkam ihn eine Anwandlung, die Türe einzurennen. Er nahm sich vor, ihn mit eigenen Händen zu erwürgen, wenn die Aufständischen kommen würden, ihn zu befreien. Doch als es am Abend zu dunkeln begann, ward er ruhiger und hörte auf, mit wütenden Schritten das Zimmer zu messen. Er sog einen milden Geruch von Behagen ein, der seine Nerven besänftigte. Herr Garçonnet, der sehr reich war und auf sein Äußeres viele Sorgfalt verwendete, hatte diesen Raum in einer sehr eleganten Weise einrichten lassen. Das Sofa war weich und warm; wohlriechende Parfüms, Salben und Seifen zierten die Marmorplatte des Waschtisches, und das matte Tageslicht fiel mit wollüstiger Weiche von der Decke herab gleich dem Schein einer Ampel in einem Schlafzimmer. In dieser scharf duftenden, faden und dumpfen Luft, wie sie in den Ankleidezimmern zu finden ist, schlief Macquart ein, indem er sich dachte, daß diese verrückten Reichen „denn doch ein feines Leben führen". Er hatte sich mit einer Bettdecke zugedeckt, die man ihm gegeben hatte. Bis zum Morgen wälzte er sich auf dem Sofa herum, Kopf, Rücken und Arme auf die Polster stützend. Als er die Augen öffnete, fiel ein dünner Sonnenstrahl durch den

Spalt der Fensterläden herein. Er verließ das behagliche warme Sofa nicht und gab sich seinen Gedanken hin, während er das Zimmer musterte. Er sagte sich, daß er niemals einen so herrlichen Ort besitzen werde, um sich zu waschen. Der Waschtisch interessierte ihn ganz besonders; es sei leicht, sich sauber zu halten, meinte er, wenn man so viel Töpfchen und Fläschchen zur Verfügung habe. Dies führte ihn zu bitteren Gedanken über sein verfehltes Leben. Er dachte sich, daß er vielleicht einen falschen Weg eingeschlagen; bei dem Umgang mit dem Bettelvolke sei nichts zu gewinnen; er habe nicht bösartig sein und sich mit den Rougon verständigen sollen. Dann wies er diesen Gedanken wieder von sich. Die Rougon seien Bösewichte, die ihn bestohlen hatten. Allein, in der behaglichen Wärme des Sofas ward er doch wieder sanfter, und abermals hatte er eine Regung von Reue. Schließlich sei er von den Aufständischen doch verlassen; sie ließen sich schlagen, die erbärmlichen Tröpfe. Er kam zu dem Schlusse, daß die Republik nichts als Betrug sei. Diese Rougon haben Glück. Und er erinnerte sich seiner nutzlosen Bosheiten, seines verbissenen Kampfes; niemand in der Familie habe ihn unterstützt, weder Aristide, noch Silvères Bruder, noch Silvère selbst, der ein Narr war, daß er sich für die Republikaner begeisterte; er werde niemals zu etwas kommen. Seine Frau war jetzt tot, seine Kinder hatten ihn verlassen, einsam wird er sterben, in einem Winkel ohne Sou wie ein Hund. Entschieden hätte er sich der Reaktion verkaufen sollen. Unter solchen Gedanken schielte er nach dem Waschtische, von starker Begierde erfaßt, sich die Hände mit einem gewissen Seifenpulver zu waschen, das in einer Büchse von Kristall enthalten war. Wie alle Taugenichtse, die sich von Frau und Kinder aushalten lassen, hatte Macquart gewisse Haarkünstlergelüste. Obgleich er geflickte Hosen trug, liebte er es, sich mit duftigen Ölen zu salben. Ganze Stunden brachte er bei seinem Barbier zu, bei dem von Politik gesprochen wurde und der zwischen einer Kannegießerei und der anderen ihm den Kopf zurecht machte. Die Versuchung wurde zu stark; Macquart begab sich zu dem Waschtische. Er wusch sich Hände und Gesicht; er kämmte und parfümierte sich, machte vollständige Toilette. Er benützte alle Fläschchen, alle Seifen, alle Pulver. Sein größter Genuß aber war, sich mit den Tüchern des Bürgermeisters abzutrocknen; sie waren geschmeidig und dicht. Er bettete sein feuchtes Gesicht hinein und sog da alle Düfte des Reichtums ein. Als er gewaschen und gesalbt war, als er duftete vom Kopfe bis zu den Füßen, streckte er sich wieder auf dem Sofa aus, verjüngt und zur Versöhnlichkeit neigend. Seitdem er die Nase in die Flaschen des Herrn Garconnet gesteckt, fühlte er noch mehr Verachtung gegen die Republik. Er kam auf den Gedanken, daß es vielleicht noch Zeit sei, mit seinem Bruder Frieden zu machen. Er erwog, welchen Preis er für einen Verrat fordern könne. Die Erbitterung gegen die Rougon nagte ihm noch immer am Herzen; aber er war in einer jener Stimmungen, wo man, in stiller Einsamkeit auf dem Rücken liegend, geneigt ist, sich harte Wahrheiten zu sagen, und wo man sich Vorwürfe darüber macht, daß man nicht – selbst mit Aufopferung seiner teuersten Vergeltungsgelüste – sich ein warmes Nest gebaut habe, um sich, feig an Leib und Seele, behaglich darin auszustrecken. Gegen Abend entschloß sich Antoine, am nächsten Tage seinen Bruder rufen zu lassen. Als er aber am folgenden Tage Felicité eintreten sah, begriff er, daß man seiner bedürfe, und war auf seiner Hut.

Die Unterhandlung währte lange und ward von beiden Seiten mit vieler Schlauheit und zahllosen Kniffen geführt. Zuerst tauschten sie unbestimmte Klagen aus. Felicité war überrascht, Antoine fast höflich zu finden nach der rohen Szene, die er ihr am Sonntag abend gemacht hatte, und darum sprach sie in einem Tone sanften Vorwurfes zu ihm. Sie beklagte die Gehässigkeiten, die die Familien entzweiten. Aber er habe seinen Bruder verleumdet und verfolgt mit einer Verbissenheit, die Rougon außer sich gebracht habe.

Ei, mein Bruder hat sich gegen mich niemals als Bruder betragen, erwiderte Macquart mit verhaltener Heftigkeit. Ist er mir zu Hilfe gekommen? Seinethalben hätte ich in meiner Höhle zugrunde gehen können. Als er sich besser benahm, zurzeit, da er mir zweihundert Franken gab, konnte mir niemand vorwerfen, daß ich ihm Übles nachgesagt hätte. Ich wiederholte überall, er habe ein gutes Herz.

Dies bedeutete klar:

Wenn ihr fortgefahren wäret, mich mit Geld zu versorgen, wäre ich euch ergeben gewesen und würde euch geholfen haben, anstatt euch zu bekämpfen. Es ist eure Schuld. Ihr hättet mich erkaufen sollen.

Felicité begriff dies so gut, daß sie erwiderte:

Ich weiß, Sie haben uns der Hartherzigkeit angeklagt, weil man glaubt, wir seien wohlhabend. Aber man irrt, lieber Bruder: wir sind arme Leute; wir haben niemals so an Ihnen handeln können, wie unser Herz es gewünscht hätte.

Sie zögerte einen Augenblick und fuhr dann fort:

Wenn es sein müßte, unter ernsten Umständen könnten wir ein Opfer bringen; aber wahrhaftig, wir sind so arm, so arm!...

Macquart spitzte die Ohren. Ich halte sie fest – dachte er. Er tat, als habe er das verhüllte Anerbieten seiner Schwägerin überhört und verbreitete sich in klagendem Tone über sein Elend, erzählte von dem Tode seiner Frau, von der Flucht seiner Kinder. Felicité ihrerseits sprach von der Krise, die das Land durchmache. Sie behauptete, die Republik habe sie vollends zugrunde gerichtet. Allmählich kam sie so weit, eine Zeit zu verwünschen, die den Bruder zwinge den Bruder gefangen zu halten. Das Herz werde ihnen bluten, wenn die Justiz ihre Beute nicht herausgeben wolle! Und sie ließ das Wort „Galeeren“ fallen.

Laßt es nur darauf ankommen, sagte Macquart ruhig.

Doch sie entgegnete energisch:

Mit meinem Blute möchte ich lieber die Ehre der Familie erkaufen. Ich spreche mit Ihnen nur, um Ihnen zu zeigen, daß wir Sie nicht verlassen werden... Ich komme, um Ihnen die Mittel zur Flucht zu bieten, mein lieber Antoine.

Sie schauten einander eine Sekunde in die Augen, um sich gegenseitig mit den Blicken zu prüfen, ehe sie den Kampf aufnahmen.

Ohne Bedingung? Fragte er endlich.

Ohne jede Bedingung, erwiderte sie.

Sie setzte sich zu ihm auf das Sofa und fuhr mit entschlossener Stimme fort:

Ja, wenn Sie vor Überschreiten der Grenze noch einen Tausendfrankenschein erwerben wollen, kann ich Ihnen auch dazu verhelfen.

Neues Stillschweigen.

Wenn es ein sauberes Geschäft ist, murmelte Antoine nachdenklich, warum nicht?... Aber in eure Machenschaften mag ich mich nicht einmengen.

Da gibt es keinerlei Machenschaften, fuhr Felicité fort, indem sie die Skrupel des alten Gauners belächelte. Nichts ist einfacher: Sie verlassen sogleich dieses Zimmer, verstecken sich bei ihrer Mutter, versammeln heute abend Ihre Anhänger und nehmen das Rathaus wieder ein.

Macquart konnte seine große Überraschung nicht unterdrücken. Er begriff die Sache nicht.

Ich dachte, ihr wäret die Sieger, bemerkte er.

Ich habe keine Zeit, Ihnen jetzt alles zu erzählen, erwiderte die Alte ungeduldig. Nehmen Sie an, oder nehmen Sie nicht an?

Nein, ich nehme nicht an... Ich will mir die Sache überlegen. Es wäre doch sehr dumm von mir, für tausend Franken vielleicht ein Vermögen auf das Spiel zu setzen.

Felicité erhob sich.

Wie Sie wollen, mein Lieber, sprach sie kühl. Sie übersehen wirklich nicht das Gefährliche Ihrer Lage. Sie sind zu mir gekommen und haben mich eine alte Gaunerin genannt; jetzt, da ich so gutmütig bin, Ihnen die Hand zu reichen, um

Ihnen aus der Grube zu helfen, in die Sie törichterweise gestürzt sind, machen Sie Umstände und wollen nicht gerettet werden. Gut, bleiben Sie da und warten Sie, bis die Behörden zurückkehren. Ich wasche meine Hände.

Sie stand schon an der Türe.

Aber geben Sie mir doch einige Aufklärungen, bat er. Ich kann doch in Unkenntnis der Dinge keinen Handel mit Ihnen abschließen. Ich weiß nicht, was seit zwei Tagen geschehen ist. Kann ich wissen, ob Sie mich nicht betrügen?

Sie sind ein Einfaltspinsel, sagte Felicité, die dieser Herzensschrei Antoines bewog, von der Schwelle zurückzukommen. Sie taten sehr unrecht, sich nicht blindlings auf unsere Seite zu stellen. Tausend Franken sind eine schöne Summe und man wagt sie nur für eine gewonnene Sache. Ich rate Ihnen, sie anzunehmen.

Er zögerte noch immer.

Wenn wir erscheinen, um von dem Rathause Besitz zu ergreifen, wird man uns ruhig einziehen lassen?

Das weiß ich nicht, erwiderte sie mit einem Lächeln. Es wird vielleicht Flintenschüsse geben.

Er blickte sie fest an.

Ei, sagen Sie doch, Mütterchen, fuhr er mit rauher Stimme fort, haben Sie etwa die Absicht, mir eine Kugel in den Kopf senden zu lassen?

Felicité errötete. Sie dachte in der Tat eben daran, daß eine Kugel, die beim Angriff auf das Rathaus sie von Antoine befreien würde, ihnen einen großen Dienst erweisen würde. Die tausend Franken wären gewonnen. Doch tat sie sehr gekränkt und erwiderte:

Welcher Einfall!... Wahrhaftig, es ist unmenschlich, solche Gedanken zu haben.

Dann fügte sie ruhiger hinzu:

Nehmen Sie an?... Sie haben begriffen, nicht wahr?

Macquart hatte vollkommen begriffen. Was man ihm vorschlug, war ein Hinterhalt. Er begriff die Beweggründe nicht, noch die Folgen, und dies bestimmte ihn zu feilschen. Nachdem er von der Republik wie von einer Geliebten gesprochen, die er zu seinem Leidwesen nicht mehr lieben könne, rückte er mit den Gefahren heraus, die er lief, und forderte schließlich zweitausend Franken. Allein Felicité blieb fest, und sie unterhandelten so lange, bis sie ihm versprochen hatte, daß er bei seiner Rückkehr nach Frankreich eine Stelle erhalten solle, die ihm nichts zu arbeiten gebe und ein schönes Einkommen sichere. Dann erst wurde der Handel abgeschlossen. Sie ließ ihn die mitgebrachte Nationalgardistenuniform anlegen. Er solle sich bei Tante Dide ruhig im Versteck halten und gegen Mitternacht alle Republikaner, die er finden werde, nach dem Marktplatze führen und ihnen versichern, daß das Rathaus verlassen sei und daß es genüge, die Türe zu öffnen, um sich seiner zu bemächtigen. Antoine verlangte Vorschuß und erhielt zweihundert Franken; die übrigen achthundert Franken verpflichtete sie sich am nächsten Tage zu bezahlen. Die Rougon setzten ihr letztes verfügbares Geld ein.

Als Felicité wieder hinabgegangen war, verweilte sie einen Augenblick auf dem Marktplatze, um Macquart weggehen zu sehen. Er kam, sich schneuzend, ruhig an dem Posten vorüber. Vor seinem Abgang hatte er in dem Arbeitszimmer des Oberbürgermeisters die Oberlichtscheibe zertrümmert, um glauben zu machen, daß er da hinausgeflüchtet sei.

Es ist abgemacht, sagte Felicité ihrem Gatten, als sie heimgekehrt war. Um Mitternacht wird es geschehen... Aber mich kümmert es nicht weiter; ich möchte sie alle erschossen sehen. Sie sind gestern in der Straße unbarmherzig genug mit uns umgesprungen.

Du warst zu gutmütig, daß du noch zögertest; jedermann an unserer Stelle würde so handeln, erwiderte Peter, der sich eben rasierte.

Diesen Morgen – es war an einem Mittwoch – machte er ganz besonders sorgfältig Toilette. Seine Frau kämmte ihn und ordnete ihm die Halsbinde. Sie drehte ihn hin und her wie ein Kind, das sich zur Schulprüfung schmückt. Als er fertig war, betrachtete sie ihn und erklärte, daß er sehr gut aussehe und er eine sehr gute Figur machen werde inmitten der ernsten Ereignisse, die sich vorbereiteten. Sein breites, fahles Antlitz hatte in der Tat einen Ausdruck großer Würde und heldenhafter Entschlossenheit. Sie gab ihm das Geleite bis zum ersten Stockwerke und erteilte ihm dabei ihre letzten Ratschläge; er solle seine mutige Haltung bewahren, wie groß auch der Schrecken sein werde; die Stadttore müßten fester denn je geschlossen, die Bewohner innerhalb ihrer Wälle der Todesangst überlassen werden, und es wäre ausgezeichnet, wenn er als einziger dastände, der bereit ist, für die Sache der Ordnung zu sterben.

Welch ein Tag! Die Rougon erzählen heute noch davon, wie von einer ruhmvollen Entscheidungsschlacht. Peter begab sich geradeswegs nach dem Rathause, unbekümmert um die Blicke und Worte, die er unterwegs auffing. Er richtete sich da häuslich ein wie einer, der entschlossen ist, nicht mehr vom Platze zu weichen. Er sandte bloß ein kurzes Schreiben an Roudier, um diesen zu benachrichtigen, daß er wieder an die Spitze der Macht trete. Da er wußte, daß diese wenigen Zeilen in die Öffentlichkeit gelangen würden, schrieb er: Wachen Sie an den Stadttoren; ich will im Innern der Stadt wachen, um Leben und Eigentum zu schützen. In dem Augenblicke, da die bösen Leidenschaften erwachen und überhand zu nehmen drohen, müssen die guten Bürger sie unterdrücken und selbst ihr Leben daran wagen. Der Stil und die orthographischen Fehler verliehen diesem mit antiker Kürze abgefaßten Schreiben einen heldenmütigen Schwung. Kein einziges Mitglied der einstweiligen Kommission erschien. Die zwei letzten Getreuen und Granoux selbst blieben vorsichtigerweise zu Hause. Von dieser Kommission, deren Mitglieder sich in dem Maße verflüchtigten, in welchem der allgemeine Schrecken zunahm, blieb Rougon allein auf seinem Posten, auf seinem Präsidentenstuhl. Er ließ sich nicht herbei, eine Einberufung zu versenden. Er allein genügte. Er bot ein erhabenes Schauspiel, das ein Lokalblatt später mit den Worten kennzeichnete: Der Mut reichte der Pflicht die Hand.

Den ganzen Vormittag sah man Peter unablässig im Bürgermeisteramte kommen und gehen. Er war ganz allein in diesem großen, leeren Gebäude, dessen Säle von dem Geräusche seiner Schritte lange widerhallten. Übrigens waren alle Türen offen. Inmitten dieser Öde wandelte er wie ein von seinem Rate im Stiche gelassener Präsident einher mit einer von seinem Berufe dermaßen durchdrungenen Miene, daß der Pförtner, als er ihm einige Male auf den Gängen begegnete, ihn überrascht und respektvoll grüßte. Man konnte ihn hinter jedem Fenster sehen und trotz der großen Kälte erschien er wiederholt auf dem Balkon, mit Schriftenbündeln in der Hand wie ein vielbeschäftigter Mann, der wichtige Botschaften erwartet. Gegen Mittag durcheilte er die Stadt; er besichtigte die Posten, sprach von der Möglichkeit eines Angriffes, gab zu verstehen, daß die Aufständischen nicht fern seien; doch zähle er auf die Tapferkeit der Nationalgardisten, fügte er hinzu; wenn nötig, müßten sie für die gute Sache sterben bis zum letzten Mann. Als er von diesem Rundgang zurückkehrte, langsam, ernst, mit der Haltung eines Helden, der die Angelegenheiten seines Vaterlandes in Ordnung gebracht hat und nunmehr dem Tode entgegensieht, konnte er auf seinem Wege eine wahrhafte Erstarrung sehen. Die Spaziergänger von der Promenade Sauvaire, die unverbesserlichen kleinen Rentiers, die keine Katastrophe hätte hindern können, zu gewohnter Stunde auf den Straßen Maulaffen feil zu haben, sahen mit verblüffter Miene ihn vorüberziehen, als kennten sie ihn nicht und als könnten sie nicht glauben, daß einer der Ihrigen, ein ehemaliger Ölhändler, den Mut habe, einer ganzen Armee Trotz zu bieten.

In der Stadt war die Angst auf ihrem Höhepunkte. Von einem Augenblick zum andern erwartete man die Bande der Aufständischen. Die Nachricht von der

Flucht Macquarts wurde in einer schrecklichen Weise ausgelegt. Man behauptete, daß er durch seine Freunde, die „Roten", befreit worden sei und daß er in irgendeinem Winkel die Nacht abwarte, um sich auf die Bewohner zu stürzen und die Stadt an allen vier Enden anzuzünden. Das eingeschlossene Plassans, das völlig den Kopf verloren und innerhalb seiner Mauern verging, wußte nicht mehr, was es erfinden solle, um Furcht zu haben. Angesichts der mutigen Haltung Rougons wurden die Republikaner von einem vorübergehenden Mißtrauen ergriffen. Die Neustadt, die Advokaten und Kaufleute im Ruhestande, die noch gestern gegen den gelben Salon losgegangen waren, waren dermaßen überrascht, daß sie es nicht wagten, einen Mann von solchem Mute offen zu bekämpfen. Sie begnügten sich zu sagen, daß es Wahnwitz sei, den siegreichen Aufständischen in dieser Weise Trotz zu bieten und dieser nutzlose Heldenmut das größte Unglück über Plassans bringen werde. Gegen drei Uhr entsandten sie eine Abordnung. Peter, der vor Begierde brannte, seinen Mitbürgern seinen Mut zu bekunden, hatte nicht gewagt, auf eine so schöne Gelegenheit zu hoffen.

Er fand erhabene Worte. In dem Arbeitszimmer des Bürgermeisters empfing der Präsident der einstweiligen Kommission die Abordnung der Neustadt. Die Herren huldigten seinem Patriotismus, baten ihn jedoch, an einen Widerstand nicht zu denken. Er aber sprach mit erhobener Stimme von der Pflicht, vom Vaterlande, von der Ordnung, der Freiheit und anderen erhabenen Dingen. Übrigens zwinge er niemanden, seinem Beispiele zu folgen; er tue ganz einfach, was sein Gewissen, sein Herz ihm gebiete.

Sie sehen, meine Herren, ich bin allein, schloß er seine Rede. Ich will die ganze Verantwortlichkeit tragen, damit kein anderer außer mir kompromittiert sei. Wenn ein Opfer nötig sei, biete ich mich freiwillig an; ich wünsche, mit meinem Leben das meiner Mitbürger erkaufen zu können.

Ein Notar, der stärkste Kopf in der Gruppe, bemerkte, daß er dem sicheren Tode entgegengehe.

Ich weiß es und bin bereit, erwiderte er in ernstem Tone.

Die Herren schauten einander an. Dieses „Ich bin bereit" erfüllte sie mit Bewunderung. Fürwahr, dieser Mann war tapfer. Der Notar beschwor ihn, die Gendarmen an seine Seite zu nehmen; allein er erwiderte, das Blut dieser Soldaten sei kostbar, und er werde es nur im Falle der äußersten Not vergießen lassen. Langsam und in sehr bewegter Stimmung zog die Abordnung sich zurück. Eine Stunde später sah ganz Plassans in Rougon einen Helden; die Feigsten nannten ihn einen „alten Narren".

Gegen Abend sah Peter zu seinem nicht geringen Erstaunen Granoux herbeieilen. Der ehemalige Mandelhändler warf sich in seine Arme, nannte ihn „großer Mann!" und sagte, er wolle „mit ihm sterben". Die Worte „Ich bin bereit", welche seine Magd von der Obsthändlerin mit heimbrachte, hatten diese große Begeisterung in ihm hervorgerufen. Dieser scheue, plumpe Mensch hatte solche kindliche Anwandlungen. Peter behielt ihn bei sich und dachte, die Sache habe weiter nichts zu bedeuten. Er war sogar gerührt von der Ergebenheit des armen Mannes und nahm sich vor, ihn öffentlich durch den Präfekten beloben zu lassen, worüber die anderen Spießbürger, die ihn so schmählich verlassen, vor Ärger bersten würden. Und jetzt erwarteten beide in dem verlassenen Rathause die Nacht.

Zur nämlichen Stunde ging Aristide zu Hause mit sehr unruhiger Miene hin und her. Vuillets Artikel hatte ihn überrascht. Die Haltung seines Vaters verblüffte ihn. Er hatte ihn an einem Fenster in schwarzem Rock und mit weißer Halsbinde gesehen, so ruhig bei der Annäherung der Gefahr, daß alle seine Gedanken in seinem armen Kopfe sich verwirrten. Die Aufständischen würden siegreich zurückkehren, dies war die Meinung der ganzen Stadt. Allein es tauchten Zweifel in ihm auf und er witterte irgendeinen schlimmen Streich. Da er nicht mehr wagte, sich bei seinen Eltern zu zeigen, hatte er seine Frau hingesandt. Als Angela zurückkehrte, sagte sie mit ihrer schleppenden Stimme:

Deine Mutter erwartet dich; sie ist keineswegs erzürnt, aber es scheint, daß sie sich über dich lustig macht. Sie sagte mir wiederholt, du könntest deine Schärpe wieder in die Tasche stecken.

Aristide war arg verlegen. Übrigens eilte er nach dem Hause seiner Eltern, zu jeder Unterwerfung bereit. Seine Mutter begnügte sich, ihn mit einem verächtlichen Lachen zu empfangen.

Ach, mein armer Junge, sprach sie, als sie ihn sah, du bist wahrhaftig nicht sehr klug.

Kann man denn wissen, was geschieht... in diesem Neste Plassans? Rief er verdrossen. Ich werde ganz dumm, auf Ehre! Man hat keine Nachricht, und alle Welt zittert vor Angst. Das kommt davon, wenn man innerhalb seiner Wälle eingeschlossen ist. Ach! Hätte ich doch mit Eugen nach Paris gehen können!...

Als er seine Mutter noch immer lachen sah, fügte er bitter hinzu:

Du warst nicht gut zu mir, Mutter. Ich weiß so manche Dinge... Mein Bruder hat euch von allen Vorgängen auf dem laufenden erhalten und niemals hast du mir einen Fingerzeig gegeben, der mir von Nutzen hätte sein können.

Du weißt das? Rief Felicité ernst und mißtrauisch. Dann bist du freilich weniger dumm, als ich gedacht. Entsiegelst du vielleicht Briefe wie ein Herr, den ich kenne?

Nein, aber ich horche an den Türen, erwiderte Aristide keck.

Diese Offenheit gefiel der alten Frau. Sie lächelte wieder und fragte in sanfterem Tone:

Wie kommt es dann, daß du dich nicht schon früher uns angeschlossen hast?

Weil ich wenig Vertrauen zu euch hatte, erwiderte der junge Mann verlegen. Ihr empfinget solche Dummköpfe wie meinen Schwiegervater, Granoux und andere... Auch wollte ich mich nicht zu weit vorwagen.

Er zögerte. Dann fuhr er mit unruhiger Stimme fort:

Seid ihr heute wenigstens des Erfolges des Staatsstreiches sicher?

Ich bin seiner Sache sicher, erwiderte Felicité, durch die Zweifel ihres Sohnes verletzt.

Du ließest mir doch sagen, ich möge die Schärpe ablegen?

Ja, weil die Herren sich über dich lustig machen.

Aristide blieb nachdenklich stehen und schien die Zeichnung der Tapete sehr aufmerksam zu betrachten. Seine Mutter ward, als sie ihn in dieser unschlüssigen Haltung sah, von einer plötzlichen Unruhe ergriffen.

Ich komme doch zu meiner ersten Meinung zurück, sprach sie. Du bist nicht recht gescheit. Und da sollte man dich die Briefe Eugens lesen lassen. Unglücklicher! Mit deinem ewigen Schwanken würdest du alles verdorben haben. Du zauderst jetzt noch immer...

Ich zaudere? Unterbrach er seine Mutter mit einem kühlen, klaren Blick. Da kennst du mich schlecht. Ich würde die Stadt anzünden, wenn ich Lust hätte, mir die Füße zu wärmen. Aber begreife doch, daß ich keinen falschen Weg einschlagen will! Ich bin es müde, mein schweres Brot zu essen und will dem Glück ein Schnippchen schlagen. Ich werde nur sicher gehen.

Diese Worte hatte er mit einer solchen Erbitterung gesprochen, daß seine Mutter in diesem Heißhunger nach dem Erfolge die Stimme ihres Blutes erkannte.

Dein Vater ist ein Mann von Mut, murmelte sie.

Ja, ich habe es gesehen, entgegnete er höhnisch. Er macht eine gute Figur und erinnert an Leonidas in den Thermopylen. Hast du ihm diese Maske zurecht gemacht, Mutter?

Dann fügte er heiter und mit einer entschlossenen Gebärde hinzu:

Um so schlimmer! Ich bin Bonapartist... Papa wird sich gewiß nicht dem Tode aussetzen, wenn die Sache nicht sehr einträglich ist.

Du hast recht, sagte seine Mutter. Ich darf nicht reden, aber morgen wirst du mehr sehen.

Er drang nicht in sie, aber schwur, daß sie bald stolz auf ihn sein solle; dann ging er. Felicité blickte ihm vom Fenster aus nach; die alte Vorliebe für ihn erwachte wieder, und sie sagte sich, daß er einen verteufelten Verstand habe und sie nicht den Mut finden werde, ihn den unrichtigen Weg einschlagen zu lassen.

Zum dritten Male senkte sich die Nacht über Plassans herab, eine Nacht voll Angst und Schrecken. Die Stadt lag in den letzten Zügen. Die Bürger eilten nach Hause und verrammelten ihre Häuser mit einem lauten Geräusch von Riegeln und Eisenstangen. Die allgemeine Meinung war die, daß Plassans am nächsten Tage nicht mehr bestehen, daß die Stadt entweder in der Erde versunken oder in Dunst aufgegangen sein werde. Als Rougon zum Essen heimkehrte, fand er die Straße verödet. Diese Einsamkeit stimmte ihn traurig. Es überkam ihn denn auch bei Tische eine Anwandlung von Schwäche und er fragte seine Frau, ob es nötig sei, den durch Macquart vorbereiteten Aufstand vor sich gehen zu lassen.

Man kläfft nicht mehr gegen uns, sagte er. Wenn du gesehen hättest, mit welcher Ehrfurcht die Herren von der Neustadt mich begrüßt haben... Es scheint mir nunmehr unnötig, Leute zu töten. Wie denkst du? Wir werden unser Schäfchen auch so ins trockene bringen.

Ach, was bist du für ein Schwächling! Rief Felicité wütend. Du hattest den Einfall, und jetzt weichst du selbst zurück. Ich sage dir, daß du ohne mich nie etwas ausführen wirst!... Geh deines Weges! Würden etwa die Republikaner deiner schonen, wenn sie dich in ihrer Gewalt hätten?

Auf dem Rathause ging Rougon daran, den Hinterhalt vorzubereiten. Granoux war ihm dabei sehr nützlich. Er sandte durch ihn seine Weisungen an die verschiedenen Posten, welche die Wälle bewachten. Die Nationalgardisten sollten sich in kleinen Gruppen und verstohlen nach dem Rathause begeben. Roudier, dieser nach der Provinz verschlagene Pariser Spießbürger, der die ganze Sache hätte verderben können, indem er Menschlichkeit predigte, wurde gar nicht benachrichtigt. Gegen elf Uhr war der Hof des Rathauses voll Nationalgardisten. Rougon jagte ihnen Entsetzen ein; er erzählte ihnen, daß die in Plassans gebliebenen Republikaner einen verzweifelten Handstreich versuchen würden; er schätzte sich glücklich, durch seine Geheimpolizei rechtzeitig Wind bekommen zu haben. Nachdem er ein bluttriefendes Bild von dem Gemetzel geliefert hatte, dessen Opfer die Stadt werde, wenn die Elenden sich der Gewalt bemächtigen würden, gab er den Befehl, kein Wort mehr zu sprechen und alle Lichter auszulöschen. Er selbst ergriff eine Flinte. Seit dem Morgen ging er wie in einem Traume umher; er erkannte sich selbst nicht mehr; er fühlte Felicité hinter sich, in deren Hände die Krise der Nacht ihn geschleudert hatte und würde sich haben hängen lassen mit den Worten: Tut nichts; meine Frau wird schon kommen, mich loszumachen. Um das Getöse zu verstärken und den Schrecken über der schlafenden Nacht zu verlängern, bat er Granoux, sich nach der Kathedrale zu begeben und bei den ersten Flintenschüssen Sturm läuten zu lassen. Der Name des Marquis sollte ihm die Türe des Mesners öffnen. Im Schatten und in der Stille des Hofes harrten die geängstigten Nationalgardisten, die Augen auf das Tor gerichtet und von Ungeduld gefoltert, ihre Gewehre abzuschießen, wie auf der Lauer nach Wölfen.

Inzwischen hatte Macquart den Tag bei Tante Dide zugebracht. Er hatte sich auf dem alten Koffer ausgestreckt und bedauerte, daß er nicht mehr auf dem weichen Sofa des Herrn Garçonnet liegen könne. Wiederholt überkam ihn ein wahnsinniges Verlangen, in ein benachbartes Kaffeehaus zu gehen und dort seine zweihundert Franken anzuzapfen. Dieses Geld, das er in eine Westentasche gesteckt hatte, brannte ihm die Seite; er benützte seine Muße dazu, es im Geiste auszugeben. Seine Mutter, die seit einigen Tagen ihre Kinder schreckensbleich in ihr Haus kommen sah, ohne deshalb aus ihrem Stillschweigen herauszutreten und die Unbeweglichkeit ihres Gesichtes zu verlieren, ging vor ihm hin und her mit ihren steilen, unbewußten Bewegungen und schien seine Anwesenheit nicht zu bemerken. Sie wußte nichts von dem Schreck, der die ganze verschlossene Stadt im Banne hielt; sie war tausend Meilen weit von Plassans, jenem steten Gedanken nachhängend, der ihre Augen weit offen, ihre Sinne leer erhielt. Und doch brachte in jener Stunde eine Unruhe, eine menschliche Sorge einen Augenblick ihre Wimpern zum Zucken. Antoine, der dem Verlangen, einen guten Bissen zu essen, nicht widerstehen konnte, sandte sie aus, um von einem Gastwirte der Vorstadt ein gebratenes Huhn zu holen. Als er bei Tische sitzend sich damit gütlich tat, sagte er zu der Alten:

Du ißt nicht oft Huhn, wie? Das ist für solche, die da arbeiten und ihr Geschäft verstehen. Du aber hast nur immer alles vergeudet... Ich wette, daß du deine Ersparnisse diesem frommen Rührmichnichtan Silvère gibst. Der Duckmäuser hat eine Geliebte. Hast du irgendwo etwas Geld verborgen, so wird er eines Tages sicher den Schatz heben.

Er trieb seinen Spott mit ihr; eine wilde Freude durchloderte ihn. Das Geld, das er in der Tasche hatte; der Verrat, den er vorbereitete, die Gewißheit, sich teuer verkauft zu haben: sie erfüllten ihn mit der Zufriedenheit der Bösewichte, die im Schlechten ihre natürliche Heiterkeit und ihre Spottsucht wiederfinden. Aber Tante Dide hörte aus all dem nur den Namen Silvère heraus.

Hast du ihn gesehen? Fragte sie, endlich die Lippen öffnend.

Wen? Silvère? Entgegnete Antoine. Er spazierte unter den Aufständischen umher mit einem großen, roten Mädchen am Arm. Wenn er eine blaue Bohne erwischt, wird ihm ganz recht geschehen.

Die Alte blickte ihn starr an.

Warum? Fragte sie in ernstem Tone.

Ei, weil er ein Tölpel ist, erwiderte Antoine verlegen. Hat man je gehört, daß man für solche Sachen seine Haut riskiert? Ich habe meine Sache in Ordnung gebracht; ich bin kein Kind.

Doch Tante Dide hörte ihn nicht.

Er hatte schon die Hände voll Blut, murmelte sie. Man wird mir ihn töten wie man den andern getötet hat. Seine Oheime werden die Gendarmen nach ihm aussenden.

Was plappert Ihr da? Sagte ihr Sohn, den Rest des Huhns verzehrend. Ich verlange, daß man es mir ins Gesicht sagt, wenn man etwas wider mich hat. Wenn ich manchmal mit dem Kleinen von der Republik sprach, so geschah es nur, um ihn auf vernünftigere Gedanken zu bringen. Er war rein närrisch. Ich liebe die Freiheit, aber ich will nicht, daß sie in Zügellosigkeit ausartet. Und Rougon hat meine Achtung; das ist ein Mann von Mut und Klugheit.

Er hatte die Flinte bei sich, nicht wahr? Unterbrach ihn Tante Dide, deren trüber Geist dem fernen Silvère auf seinem Wege zu folgen schien.

Die Flinte? Ach ja, Macquarts Flinte, fuhr Antoine fort, nachdem er einen Blick auf den Kaminmantel geworfen, wo sonst die Waffe hing. Ich glaube, sie in seinen Händen gesehen zu haben. Ein nettes Ding, um mit einem Mädchen im Arm in Wald und Feld herumzustreifen. Welch ein Tor!

Er glaubte einige plumpe Späße machen zu sollen. Tante Dide ging jetzt wieder im Zimmer ab und zu. Sie sprach kein Wort mehr. Gegen den Abend entfernte sich Antoine, nachdem er eine Bluse angezogen und eine tiefe Mütze, die seine Mutter ihm gekauft, aufgesetzt und über die Augen herabgezogen hatte. Er betrat die Stadt, wie er sie verlassen, indem er den Nationalgardisten, die das römische Tor bewachten, irgendeine Geschichte vormachte. Dann begab er sich nach dem alten Stadtviertel, wo er verstohlen von Tür zu Tür schlich. Alle eifrigen Republikaner, alle Genossen, die den Aufständischen nicht gefolgt waren, fanden sich gegen neun Uhr in einem Winkelkaffeehause ein, wohin Macquart sie bestellt hatte. Als ihrer etwa fünfzig beisammen waren, hielt er ihnen eine Rede, in welcher er von einer persönlichen Rache sprach, die befriedigt, von einem Siege, der errungen, von einem Joche, das abgeschüttelt werden mußte; zum Schlusse machte er sich anheischig, ihnen binnen zehn Minuten das Rathaus in die Hände zu liefern. Er komme soeben von dort, und es sei leer, versicherte er; wenn sie wollten, würde noch diese Nacht die rote Fahne vom Giebel des Rathauses flattern. Die Arbeiter berieten untereinander; zu dieser Stunde liege die Reaktion in den letzten Zügen, die Aufständischen ständen vor den Toren der Stadt; die Ehre gebiete, sich der Gewalt zu bemächtigen, ehe sie zurückkehren; dies werde gestatten, sie als Brüder zu empfangen, mit offenen Toren und geschmückten Straßen und Häusern. Überdies hatte niemand Mißtrauen gegen Macquart; sein Haß gegen die Rougon, die persönliche Rache, von der er sprach, bürgten für seine Aufrichtigkeit. Es wurde vereinbart, daß alle jene, die zu jagen pflegten und eine Flinte besaßen, ihre Waffen holen sollten und daß man sich um Mitternacht auf dem Rathausplatze treffen werde. Es gab allerdings ein kleines Hindernis, das sie stutzig machte: sie hatten keine Kugeln; doch sie beschlossen, ihre Gewehre mit Schrot zu laden, was schließlich auch überflüssig sei, da sie doch nicht auf einen Widerstand stoßen würden.

Wieder einmal sah Plassans bewaffnete Männer in den vom Monde erhellten Straßen die Häuser entlang huschen. Als die Bande vor dem Rathause versammelt war, trat Macquart kühn, aber vorsichtig offenen Auges hervor. Er klopfte an das Tor und als der Pförtner, der von Rougon abgerichtet worden, fragte, was man wolle, stieß der andere solche furchtbare Drohungen aus, daß der Pförtner ganz erschreckt tat und sogleich öffnete. Langsam taten sich die beiden Torflügel auf. Leer und hohl klaffte das weite Torgewölbe.

Da rief Macquart mit lauter Stimme:

Kommt, ihr Freunde!

Dies war das Signal. Er selbst trat rasch zur Seite und während die Republikaner hereinstürzten, blitzten vom finsteren Hofe her Flammen auf und krachten Schüsse, die unter der Torwölbung dumpf widerhallten. Das Tor spie den Tod. Erbittert durch das lange Warten, nach Erlösung von dem Alp lechzend, der in diesem finsteren Hofe sie bedrückte, hatten die Nationalgardisten in fieberhafter Hast alle zugleich ihre Flinten abgeschossen. Der Blitz war so hell, daß Macquart in dem fahlen Scheine des Schießpulvers deutlich sah, wie Rougon zu zielen suchte. Er glaubte den Lauf seines Gewehres auf sich gerichtet, erinnerte sich des Errötens Felicités und flüchtete, indem er brummte:

Nur keine Dummheiten! Der Schuft wäre imstande mich zu töten; er schuldet mir achthundert Franken.

Indes war in dem nächtlichen Dunkel ein Geheul entstanden. Die überraschten Republikaner schrien Verrat und schossen auch ihrerseits. Ein Nationalgardist fiel unter der Torwölbung; die Republikaner hatten drei Tote. Über dieLeichen stolpernd ergriffen sie in tollem Schreck die Flucht und schrien durch die stillen Gassen: „Man tötet unsere Brüder!" – mit einer verzweifelten Stimme, die keinen Widerhall fand. Die Verteidiger der Ordnung hatten Zeit gefunden, ihre Gewehre wieder zu laden, stürmten wütend auf den leeren Platz hinaus und sandten Kugeln nach allen Straßenecken, nach allen Punkten, wo das Dunkel einer Pforte, der Schatten einer Laterne, der Vorsprung eines Ecksteines sie Aufständische vermuten ließ. Das währte etwa zehn Minuten, bis sie ihre Flinten in das Leere abgeschossen hatten.

Der Hinterhalt wirkte wie ein Donnerschlag in der schlafenden Stadt. Durch die höllische Schießerei aus dem Schlafe geweckt, hatten die Bewohner der benachbarten Straßen sich zähneklappernd in ihren Betten aufgesetzt. Um keinen Preis der Welt würden sie sich ans Fenster gewagt haben. Inmitten der Flintenschüsse, die durch die Nachtluft krachten, ertönte langsam das Sturmläuten einer Glocke der Kathedrale in einem so unregelmäßigen, seltsamen Rhythmus, daß es klang wie das Hämmern auf einen Amboß, oder wie ein riesiger Kessel, auf den ein zorniges Kind lospaukt. Diese heulende Glocke, welche die Bewohner nicht erkannten, entsetzte sie noch mehr als die Flintenschüsse; manche glaubten eine endlose Reihe von Kanonen über das Straßenpflaster rollen zu hören. Sie legten sich wieder nieder, streckten sich unter ihren Bettdecken aus, als sei es gefährlich gewesen, im Bett aufrecht zu sitzen; bis zum Kinn zugedeckt, den Atem zurückhaltend, machten sie sich ganz klein, während die Zipfel ihrer Kopftücher ihnen auf die Augen herabfielen und ihre Gattinnen an ihrer Seite angstvoll den Kopf in den Kissen vergruben.

Die auf den Wällen verbliebenen Nationalgardisten hatten ebenfalls die Schüsse gehört. Sie eilten in regellosen Haufen herbei, in der Meinung, daß die Aufständischen durch irgendeinen unterirdischen Gang in die Stadt eingedrungen seien. Mit dem Getöse ihres wilden Laufes störten sie die nächtliche Stille der Straßen. Roudier kam als einer der ersten an. Allein Rougon sandte sie auf ihre Posten zurück, indem er streng bemerkte, man dürfe nicht in solcher Weise die Tore einer Stadt verlassen. Betroffen von diesem Vorwurfe – denn in ihrem Schrecken hatten sie tatsächlich die Tore ohne Verteidiger gelassen – kehrten sie in vollem

Laufe mit noch größerem Getöse auf ihren Posten zurück. Eine Stunde lang mochte Plassans glauben, daß eine Armee in wütendem Kriegsgetümmel durch die Stadt rase. Das Schießen, das Sturmläuten, das Hinundherlaufen der Nationalgardisten, ihre Waffen, die sie schleppten wie die Knüttel, ihre Schreckensrufe im nächtlichen Dunkel: all dies verursachte ein betäubendes Getöse, daß man glauben mochte, in einer überrumpelten und geplünderten Stadt zu sein. Dies gab den unglücklichen Bewohnern, die da wähnten, die Aufständischen seien wieder da, den Gnadenstoß; sie hatten ja gesagt, dies werde die letzte Nacht sein und Plassans werde noch vor Tagesanbruch in der Erde versinken oder in Rauch aufgehen. Wahnsinnig vor Angst harrten sie in ihren Betten der Katastrophe und wähnten Jeden Augenblick, daß ihre Häuser wankten.

Granoux bearbeitete noch immer die Sturmglocke. Als in der Stadt wieder Stille eingetreten war, klang dieses Läuten schauerlich. Rougon, der in fieberhafter Aufregung war, geriet durch dieses ferne Gebimmel außer sich. Er eilte zur Kathedrale, deren Türe er offen fand. Der Mesner stand auf der Schwelle.

Genug! Genug! Schrie er dem Manne zu. Es klingt, als ob ein Mensch heult; es geht einem an die Nerven.

Es ist nicht meine Schuld, entgegnete der Küster mit verzweifelter Miene. Herr Granoux selbst ist in den Glockenturm hinaufgegangen. Ich hatte auf Befehl des Herrn Pfarrers den Klöppel entfernt, damit nicht Sturm geläutet werden könne, allein Herr Granoux wollte keine Vernunft annehmen und ist dennoch hinaufgestiegen; ich weiß wahrhaftig nicht, womit er den höllischen Lärm macht.

Rougon eilte die Stiege hinauf, die zu den Glocken führte, und schrie:

Genug! Genug! Um Gottes willen, hören Sie auf.

Oben angelangt sah er im Lichte eines Mondstrahles, der durch das Zackenwerk eines Fensterbogens hereinfiel, Granoux, wie er ohne Hut, wütend mit einem großen Hammer losschlug. Mit allen Kräften widmete er sich diesem Geschäfte. Er warf sich zurück, nahm einen Anlauf und stürzte sich auf die Bronze, als wollte er sie spalten. Seine ganze dicke Gestalt zog sich zusammen; wenn er sich auf die große, unbewegliche Glocke gestürzt hatte, ließen die Tonschwingungen ihn zurückweichen, und er warf sich mit erneuerter Wut auf die Glocke. Man glaubte einen Schmied zu sehen, der auf ein glühendes Eisen loshämmert, aber einen Schmied im Leibrock, kurz und kahl, in ungeschickter, drohender Haltung.

Vor Überraschung stand Rougon einen Augenblick vor diesem verteufelten Spießbürger, der im Mondenschein mit einer Glocke kämpfte. Jetzt verstand er das Kesselgetöse, mit welchem dieser seltsame Glöckner die Stadt erfüllte. Er mußte ihn bei den Rockschößen fassen, und als Granoux ihn erkannte, rief er in triumphierendem Tone:

Habt ihr gehört? Anfänglich versuchte ich mit den Fäusten auf die Glocke einzuhauen, aber das tat mir weh. Glücklicherweise fand ich diesen Hammer. Noch einige Schläge, nicht wahr?

Doch Rougon schleppte ihn fort. Granoux strahlte von Stolz. Er trocknete sich den Schweiß von der Stirne und nahm seinem Genossen das Versprechen ab, in der Stadt zu verlautbaren, daß er mit einem bloßen Hammer den Höllenlärm hervorgebracht habe. Welche Bedeutung mußte dieses wütende Geläute ihm künftig verleihen!

Gegen Tagesanbruch dachte Rougon daran, Felicité zu beruhigen. Auf seinen Befehl hatten die Nationalgardisten sich im Rathause eingeschlossen; er hatte verboten, die Toten vom Straßenpflaster aufzulesen, unter dem Vorwande, daß der Bevölkerung des alten Stadtviertels ein Beispiel geliefert werden müsse. Als er, um nach der Banne-Straße zu eilen, wo er wohnte, über den Rathausplatz schritt, trat er auf die Hand einer Leiche, die zusammengeballt am Rande des Bürgersteiges lag. Er wäre dabei schier hingefallen. Diese weiche Hand, die sein Stiefelabsatz zerquetschte, verursachte ihm ein unerklärliches Gefühl des Ekels und Abscheues. Mit großen Schritten eilte er durch die öden Straßen und er glaubte hinter seinem Rücken eine blutige Faust zu fühlen, die ihn verfolgte.

Vier liegen am Boden, sagte er zu Hause angekommen.

Sie betrachteten einander, gleichsam erstaunt über ihr Verbrechen. Das Lampenlicht verlieh ihrer Blässe die Farbe des Wachses.

Hast du sie liegen lassen? Fragte Felicité. Man muß sie da liegen lassen, wo sie gefallen sind.

Ich habe sie nicht aufgelesen, sie liegen auf dem Rücken, erwiderte er. Ich bin auf etwas Weiches getreten...

Er betrachtete seinen Stiefel. Der Absatz war voll Blut. Während er die Schuhe wechselte, sagte Felicité:

Ganz recht so; nun wird man doch nicht sagen, daß du in die Spiegel schießest.

Die Schießerei, welche die Rougon ersonnen hatten, um endgültig als die Retter von Plassans anerkannt zu werden, legte ihnen die entsetzte und dankbare Stadt zu Füßen. Düster und trübselig wie die Wintertage sind, brach der Morgen an. Die Bürger, die nichts mehr hörten und es müde geworden waren, in ihren Betten zu zittern, wagten sich heraus. Es kamen ihrer zehn, fünfzehn zum Vorschein;

hernach, als ruchbar wurde, daß die Aufständischen die Flucht ergriffen und in allen Gassen Tote zurückgelassen hatten, erhob sich ganz Plassans und strömte auf dem Marktplatz zusammen. Den ganzen Vormittag machten die Neugierigen die Runde um die vier Toten. Sie waren furchtbar verstümmelt, besonders einer, der drei Kugeln im Kopfe hatte; hob man den Schädel auf, so konnte man das Gehirn bloßliegen sehen. Am furchtbarsten war der Nationalgardist anzuschauen, der unter der Torwölbung gefallen war. Er hatte eine ganze Ladung Schrot ins Gesicht bekommen; dieses Gesicht war voll mit Löchern und triefte von Blut. Die Menge weidete sich lange an diesen Scheußlichkeiten mit der Neugierde der Feiglinge für widrige Schauspiele dieser Art. Man erkannte den Nationalgardisten; es war der Wurstmacher Dubruel, den Roudier am Montag morgen beschuldigt hatte, besonders heftig geschossen zu haben. Von den drei anderen Toten waren zwei Hutmacher, der dritte blieb unbekannt. Vor den roten Pfützen, die das Pflaster beschmutzten, standen Gruppen, gaffend und zitternd, von Zeit zu Zeit argwöhnisch hinter sich blickend, als ob diese summarische Justiz, die im Finstern mit Gewehrschüssen die Ordnung hergestellt hatte, sie beobachtete, ihre Worte und Gebärden erspähte, bereit auch sie niederzustrecken, wenn sie nicht mit Begeisterung die Hand küssen wollten, die sie aus der Gewalt der Volksherrschaft errettet hatte.

Der Schrecken der Nacht steigerte noch den furchtbaren Eindruck, den am Morgen der Anblick der vier Leichenhervorgebracht hatte. Die wahre Geschichte dieses kleinen Nachtgefechtes wurde nie bekannt. Die Schüsse der Kämpfenden, Granoux‘ Glockenschläge, der tolle Lauf der Nationalgardisten durch die Straßen: sie hatten die Ohren mit so fürchterlichem Lärm erfüllt, daß die meisten noch immer von einer Riesenschlacht träumten, die einer unermeßlichen Anzahl von Feinden geliefert war. Als die Sieger in unbewußter Prahlerei die Zahl ihrer Gegner vergrößernd, von ungefähr fünfhundert Mann sprachen, ward dies heftig bestritten und es gab Bürger, die da behaupteten, von ihrem Fenster eine Stunde hindurch die Menge der Flüchtigen beobachtet zu haben. Übrigens wollten alle den wilden Lauf der Banditen unter ihren Fenstern gehört haben. Unmöglich hätten fünfhundert Mann eine ganze Stadt so plötzlich aus ihrer Ruhe aufscheuchen können. Es war eine Armee, eine vollständige und große Armee, durch die tapfere Bürgerwehr von Plassans hinweggefegt. Das Wort „hinweggefegt“ fand man sehr zutreffend; denn die mit der Verteidigung der Stadtwälle betrauten Posten schworen bei allen großen Göttern, daß kein einziger Mann herein- noch hinausgekommen sei. Dieser Umstand verlieh der Waffentat noch einen Schimmer von Geheimnis; man dachte an gehörnte Teufel, die sich in die Flammen stürzten; kurz, die Geister gerieten vollends auf Abwege. Allerdings schwiegen die Posten von ihrem wütenden Galopp durch die Stadt. Darum hielten sich selbst die vernünftigsten Leute an den Gedanken, daß eine Aufrührerbande bei einer Bresche oder durch irgendein Loch eingedrungen sein müsse. Später munkelte man von Verrat, von einem Hinterhalte; die Leute, die Macquart auf die Schlachtbank geführt, konnten die grause Wahrheit allerdings nicht erfassen; aber es herrschte noch ein solcher Schrecken, der Anblick des Blutes hatte der Reaktion eine solche Anzahl von Feiglingen zugeführt, daß man diese Gerüchte der Wut der besiegten Republikaner zuschrieb. Von anderer Seite wurde behauptet, daß Macquart der Gefangene Rougons sei, daß dieser ihn in einem feuchten Verlies gefangen halte und daselbst eines langsamen Hungertodes sterben lasse. Diese Schreckensmär bewirkte, daß Rougon mit ehrerbietigsten Bücklingen begrüßt wurde.

So kam es, daß dieser plumpe, schlappe, bleiche, dickwanstige Spießbürger in einer Nacht zu einem furchtbaren Herrn wurde, über den niemand zu lachen wagte. Er hatte im Blute gewatet. Die Bevölkerung der Altstadt blieb angesichts der Toten stumm vor Entsetzen. Doch gegen zehn Uhr, als die vornehmeren Leute aus der Neustadt kamen, hörte man auf dem Rathausplatze halblaute Gespräche, unterdrückte Ausrufe. Man sprach von dem anderen Angriff, von jener Einnahme des Rathauses, bei der bloß ein Spiegel zertrümmert worden war; und jetzt scherzte man nicht mehr über Rougon, man nannte seinen Namen mit ehrerbietigem Schreck; er war wirklich ein Held, ein Retter. Die Leichen starrten mit ihren offenen Augen auf die Herren Advokaten und Rentenbesitzer, die zusammenschauerten, indem sie sich sagten, daß der Bürgerkrieg seine traurigen Notwendigkeiten habe. Der Notar, der gestern die Abordnung der Bürger nach dem Rathause geführt hatte, ging von Gruppe zu Gruppe und erzählte von dem „Ich bin bereit" des energischen Mannes, dem man das Heil der Stadt verdankte. Alle hatten sich ergeben. Die sich über die Einundvierzig am grausamsten lustig gemacht, besonders die, die Rougon Ränkestifter und Feiglinge genannt hatten, die nur in die Luft schießen, sprachen zuerst davon, einen Lorbeerkranz „dem großen Manne zu widmen, der Plassans zu ewigem Ruhme gereichen werde". Denn die Blutlachen trockneten auf dem Straßenpflaster; die Toten kündeten durch ihre Wunden, bis zu welcher Kühnheit die Partei der Unordnung, der Plünderung, des Mordes gediehen war, und welcher starken Hand es bedurfte, um den Aufstand zu unterdrücken.

Granoux nahm in der Menge Beglückwünschungen und Händedrücke entgegen. Die Geschichte mit dem Hammer war bekannt geworden. Vermöge einer harmlosen Lüge, an die er selbst bald zu glauben begann, gab er vor, daß er zuerst die Aufständischen gesehen und Sturm geläutet habe; sei er nicht gewesen, so wären die Nationalgardisten niedergemetzelt worden. Dies verdoppelte noch seine

Wichtigkeit. Sein Auskunftsmittel wurde als wunderbar bezeichnet. Man nannte ihn nur mehr „Herr Isidor; der Herr, der mit dem Hammer Sturm geläutet hat". Obgleich der Satz etwas lang war, würde Herr Granoux ihn gern als Adelstitel angenommen haben; man konnte fortan das Wort „Hammer" nicht vor ihm aussprechen, ohne daß er an eine zarte Schmeichelei glaubte.

In dem Augenblick, als man die Leichen fortschaffte, kam Aristide hinzu, um zu sehen. Er betrachtete die Leichen von allen Seiten, forschte und schnupperte herum, befragte alle Gesichter. Seine Miene war ruhig, seine Augen hell. Mit seiner gestern noch verbundenen, jetzt freien Hand hob er die Bluse eines der Toten in die Höhe, um die Wunde besser betrachten zu können. Diese Prüfung schien ihn zu überzeugen, ihm jeden Zweifel zu benehmen. Er kniff die Lippen zusammen und stand eine Weile wortlos da: dann ging er, um die Ausgabe des „Unabhängigen" zu beschleunigen, in dem er einen großen Artikel veröffentlichte. Während er die Häuser entlang dahinschritt, erinnerte er sich des Wortes seiner Mutter: „Morgen sollst du sehen." Was er gesehen, war sehr stark; es schreckte ihn sogar ein wenig. Indes begann Rougon sich in seinem Siege unbehaglich zu fühlen. Im Kabinett des Herrn Garçonnet allein, das dumpfe Geräusch der Menge hörend, hatte er eine seltsame Empfindung, die ihn abhielt, sich auf dem Balkon zu zeigen. Das Blut, in dem er gewatet, machte ihm die Beine schwer. Er fragte sich, was er bis zum Abend anfangen solle. Sein armer, leerer Kopf, durch die Krise der Nacht völlig verstört, suchte verzweifelt eine Beschäftigung, eine Weisung, die er erteilen, eine Maßregel, die er ergreifen könne und die ihn zerstreuen werde. Aber er wußte nichts mehr. Wohin führte ihn Felicité? War es jetzt aus oder wird er noch mehr Leute töten müssen? Die Furcht erfaßte ihn wieder: schreckliche Zweifel tauchten in ihm auf; schon sah er die Stadtmauern auf allen Seiten von der rächenden Armee der Republikaner beschossen, als ein ungeheurer Schrei: „Die Aufständischen, die Aufständischen!" unter den Fenstern des Rathauses ertönte. Er fuhr auf und hob einen Vorhang in die Höhe. Da konnte er die Menge verzweifelt über den Platz rennen sehen. Bei diesem Donnerschlag sah er sich in weniger denn einer Sekunde ruiniert, geplündert, ermordet; er fluchte seiner Frau, er fluchte der ganzen Stadt. Als er einen Ausweg suchend, mißtrauisch um sich blickte, hörte er das Volk in einen Jubel ausbrechen, daß die Scheiben erzitterten. Er trat wieder ans Fenster; die Frauen ließen ihre Tücher flattern, die Männer sanken einander in die Arme; einige faßten sich bei den Händen und tanzten. Er war ganz blöde, begriff nichts von all dem, sein armer Kopf drehte sich im Kreise, er fühlte sich furchtbar geängstigt in diesem großen, öden, stillen Rathause.

Als Rougon später seiner Frau beichtete, vermochte er niemals zu sagen, wie lange seine Marter gedauert hatte. Er erinnerte sich bloß, daß laute Tritte, die in den weiten Sälen widerhallten, ihn aus seiner Bestürzung geweckt hatten. Er erwartete die mit Sensen und Knütteln bewaffneten Blusenmänner und sah die Gemeindevertretung eintreten, ehrsam, schwarz gekleidet, mit strahlender Miene. Nicht ein Mitglied fehlte. Eine glückliche Nachricht hatte alle die Herren mit einem Male geheilt. Granoux warf sich seinem teuren Präsidenten in die Arme.

Die Soldaten sind da! Stammelte er; die Soldaten!

In der Tat war ein Regiment eingetroffen, das den Befehlen des Obersten Masson und des Bezirkspräfekten, Herrn von Blériot gehorchte. Die von den Wällen in der fernen Ebene wahrgenommenen Gewehre hatten anfänglich den Glauben erweckt, daß die Aufständischen sich näherten. Die Erregung Rougons war so groß, daß zwei schwere Tränen ihm über die Wangen rannen. Der große Bürger weinte! Die Gemeindevertretung sah mit respektvoller Bewunderung diese Tränen. Doch Granoux warf sich von neuem seinem Freunde an den Hals und rief:

Wie glücklich bin ich! Sie wissen, ich bin ein freier Mann. Nun denn: wir alle hatten Furcht; nicht wahr, meine Herren, wir alle? Sie allein waren groß, mutig, erhaben. Welche Energie mußten Sie besitzen! Ich sagte vorhin zu meiner Frau: Rougon ist ein großer Mann; er verdient eine Auszeichnung.

Jetzt schlugen die Herren vor, dem Präfekten entgegen zu gehen. Betäubt, fassungslos, an einen so plötzlichen Triumph nicht glauben wollend, stammelte Rougon wie ein Kind. Jetzt erst kam er wieder zu Atem. Ruhig, und mit der Würde, welche die feierliche Gelegenheit erheischte, ging er hinab. Doch die Begeisterung, mit der die Gemeindevertretung und deren Obmann auf dem Rathausplatze empfangen wurden, brachte diesen Würdenträger abermals in Verwirrung. Sein Name machte die Runde in der Menge, diesmal von den wärmsten Lobsprüchen begleitet. Er hörte ein ganzes Volk den Wunsch Granoux‘ wiederholen, ihn wie einen Helden zu feiern, der inmitten des allgemeinen Schreckens allein unerschütterlich aufrecht geblieben. Und bis zum Platze vor der Unterpräfektur, wo die Vertretung dem Präfekten begegnete, genoß er seine Volkstümlichkeit, seinen Ruhm mit der geheimen Wonne eines verliebten Weibes, dessen Begierden endlich befriedigt wurden.

Herr von Bleriot und der Oberst Masson kamen allein in die Stadt und ließen die Truppe auf der Lyoner Straße kampieren. Über die Richtung des Marsches der Aufständischen getäuscht, hatten sie erheblich Zeit verloren. Übrigens wußten sie jetzt, daß die Aufständischen in Orchères seien, und wollten sich nur eine

Stunde in Plassans aufhalten, um die Bevölkerung zu beruhigen und die grausamen Befehle zu veröffentlichen, welche die Beschlagnahme des Vermögens der Aufständischen verfügten und allen jenen, die mit den Waffen in der Hand ergriffen würden, mit der Todesstrafe drohten. Der Oberst Masson lächelte, als der Kommandant der Nationalgarde die rostigen Riegel von dem römischen Tor unter lautem Knarren zurückschieben ließ. Der Posten gab dem Präfekten und dem Obersten als Ehrenwache das Geleite. Unterwegs über die ganze Promenade Sauvaire erzählte Roudier den Herren von der Heldentat Rougons, von den drei Schreckenstagen, die mit dem glanzvollen Siege der letzten Nacht endeten. Als dann die beiden Gruppen einander gegenüberstanden, schritt Herr von Blériot lebhaft auf den Obmann der Gemeindevertretung zu, drückte ihm die Hände, beglückwünschte ihn und bat ihn, noch bis zur Rückkehr der Behörden über die Stadt zu wachen. Rougon grüßte, während der Präfekt an dem Tore der Präfektur, wo er einen Augenblickausruhen wollte, mit lauter Stimme versicherte, er werde es nicht unterlassen, in seinem Berichte der schönen und mutigen Haltung Rougons zu gedenken.

Inzwischen stand trotz der schneidenden Kälte die ganze Bevölkerung an den Fenstern. Felicité, die sich soweit vorneigte, daß sie schier hinausfiel, war bleich vor Freude. Soeben war Aristide mit einer Nummer des „Unabhängigen" angekommen, in der er sich rundheraus für den Staatsstreich erklärte, den er als „die Morgenröte der Freiheit in der Ordnung und der Ordnung in der Freiheit" begrüßte. Auch hatte er eine leise Anspielung auf den gelben Salon gemacht, hatte sein Unrecht bekannt und gesagt: „die Jugend sei dünkelhaft, die großen Bürger aber schweigen, überlegen im stillen, lassen die Beschimpfungen über sich ergehen, um sich am Tage des Kampfes in ihrem Heldenmut aufzurichten." Er war mit dem letzten Satze ganz besonders zufrieden. Seine Mutter fand den Artikel vorzüglich geschrieben. Sie küßte den lieben Sohn und wies ihm zu ihrer Rechten einen Platz an. Der Marquis von Carnavant, der müde der Einsamkeit und von der Neugierde getrieben ebenfalls zu Besuch gekommen war, lehnte sich zu ihrer Linken an das Fenster.

Als Herr von Blériot auf dem Marktplatze Peter die Hand reichte, brach Felicité in Tränen aus.

Ach schau nur, schau! Sagte sie zu Aristide. Er hat ihm die Hand gedrückt. Schau, wieder ergreift er seine Hand.

Während sie nach den Fenstern ausblickte, wo die Leute Kopf an Kopf standen, fuhr sie fort:

Wie müssen sie sich ärgern. Schau nur die Frau des Herrn Peirotte: sie beißt ordentlich in ihr Taschentuch. Und dort die Töchter des Notars, und weiterhin Frau Massicot und die Familie Brunet: welche Gesichter! Wie ihre Nasen lang werden! Ach ja, jetzt ist unsere Zeit gekommen! Sie folgte der Szene am Tore der Unterpräfektur mit Wonne; ein Zucken ging durch ihren unruhigen Heuschreckenleib. Sie deutete die geringsten Gebärden; sie erfand die Worte, die sie nicht hören konnte; sie sagte, daß Peter sehr schicklich grüße. Einen Augenblick war sie verdrossen, als der Präfekt das Wort an den armen Granoux richtete, der nach einem Lobe lechzend ihn umkreiste. Ohne Zweifel kannte Herr von Blériot schon die Geschichte mit dem Hammer; der ehemalige Mandelhändler errötete wie ein Mädchen und schien zu sagen, daß er nur seine Pflicht getan habe. Was sie noch mehr ärgerte, war die übergroße Güte ihres Gatten, der Vuillet den Herren vorstellte; allerdings hatte sich Vuillet herangedrängt, und Rougon war gezwungen, ihn zu nennen.

Welch ein Ränkeschmied! Brummte Felicité. Überall schleicht er sich ein... Mein armer Mann muß in arger Verlegenheit sein!... Jetzt spricht der Oberst mit ihm. Was er ihm wohl sagen mag?

Ei, Kleine, erwiderte der Marquis mit feiner Ironie, er macht ihm Komplimente, weil er die Stadttore so fest hatte schließen lassen. Mein Vater hat die Stadt gerettet, bemerkte Aristide in trockenem Tone. Haben Sie die Leichen gesehen, mein Herr?

Herr von Carnavant antwortete nicht. Er trat vom Fenster zurück und setzte sich in einen Lehnstuhl, wobei er mit einer Miene des Verdrusses den Kopf schüttelte. Da der Präfekt inzwischen den Platz verlassen hatte, eilte jetzt auch Peter herbei. Er warf sich seiner Frau an den Hals und stammelte:

Ach, Beste!...

Mehr vermochte er nicht zu sagen. Felicité drängte ihn, daß er auch Aristide umarme; sie erzählte ihm von demherrlichen Artikel des „Unabhängigen". Peter würde in seiner tiefen Rührung auch den Marquis auf beide Wangen geküßt haben; allein seine Frau nahm ihn beiseite und gab ihm Eugens Brief, den sie wieder in den Umschlag gesteckt hatte. Sie behauptete, man habe den Brief soeben gebracht. Peter reichte ihn ihr, nachdem er ihn gelesen, mit triumphierender Miene und sagte lachend:

Du bist eine Zauberin. Du hast alles erraten. Welche Dummheit hätte ich ohne dich begangen! Künftig wollen wir unsere Angelegenheiten zusammen erledigen. Küsse mich, du bist eine wackere Frau. Er schloß sie in seine Arme, während sie mit dem Marquis ein verstohlenes Lächeln tauschte.

Siebentes Kapitel

Erst am Sonntag, drei Tage nach dem Gemetzel bei Sainte-Roure, zogen die Truppen wieder durch Plassans. Der Präfekt und der Oberst, die Herr Garçonnet zum Essen geladen hatte, kamen allein in die Stadt. Die Soldaten umgingen die Wälle und lagerten sich in der Vorstadt, auf der Nizzaer Straße. Die Nacht senkte sich herab; am Himmel, der seit dem Morgen bewölkt war, zeigte sich ein seltsamer gelber Widerschein, der ein fahles Licht auf die Stadt warf gleich den kupferschimmernden Lichtern bei Gewitterschwüle. Der Empfang seitens der Bürger war ein zurückhaltender; die noch bluttriefenden Soldaten, die müde und stumm in dem schmutzigen Abenddunkel durch die Stadt zogen, widerten die sauberen Kleinbürger an der Promenade Sauvaire an; die Herren wichen zurück und erzählten sich halblaut Schauergeschichten von Erschießungen, grausamen Vergeltungen, deren Erinnerung das Land bewahrt hatte. Es begann der Schrecken, den der Staatsstreich verbreitete, eine wahnsinnige, niederschmetternde Furcht, die den Süden des Landes Monate hindurch zittern ließ. In ihrem Entsetzen und ihrem Haß gegen die Aufständischen hatte die Stadt Plassans die Truppen bei ihrem ersten Durchzug mit Begeisterung aufnehmen können; zu dieser Stunde aber, angesichts dieses Unheil kündenden Regiments, das auf einen Wink seines Befehlshabers feuerte, fragten sich die Rentenbesitzer und selbst die Notare der Neustadt beklommen, ob sie nicht irgendein politisches Vergehen auf dem Gewissen hätten, das sie vor die Gewehrläufe bringen könnte.

Seit gestern waren auch die Behörden wieder da; zwei Wagen hatten sie von Sainte-Roure zurückgebracht. Ihre unerwartete Rückkehr war keineswegs ein Triumphzug. Rougon überließ ohne große Betrübnis dem Bürgermeister seinen Lehnsessel wieder. Der Streich war gelungen; er erwartete mit Ungeduld aus Paris den Lohn für seinen Bürgersinn. Am Sonntag erhielt er von seinem Sohn Eugen einen Brief, den er erst für den nächsten Tag erwartet hatte. Felicité war schon am Donnerstag darauf bedacht gewesen, ihrem Sohne die Nummern der „Zeitung" und des „Unabhängigen" einzusenden, die in einer zweiten Ausgabe die nächtliche Schlacht und die Rückkehr des Präfekten erzählten. Eugen antwortete mit der nächsten Post, daß die Ernennung seines Vaters für eine Einnehmerstelle bevorstehe; aber er wolle ihm sogleich eine gute Nachricht übermitteln: er habe für ihn das Band der Ehrenlegion erlangt. Felicité weinte vor Freude. Ihr Mann dekoriert! In ihren stolzesten Träumen war sie nicht so weit gegangen. Blaß vor Freude sagte Rougon, man müsse noch am selben Tage ein großes Essen geben. Er rechnete nicht mehr; er war bereit, um diesen schönen Tag zu feiern, seine letzten Hundertsousstücke zum Fenster hinauszuwerfen.

Höre, sagte er seiner Frau, du wirst Sicardot einladen; lange genug ärgert er mich schon mit seiner Rosette im Knopfloche. Ferner Granoux und Roudier, denen ich es gern zu verstehen geben möchte, daß ihr Reichtum ihnen niemals zu einer Auszeichnung verhelfen wird. Vuillet ist ein Wucherer; aber der Triumph soll ein vollständiger sein, lade ihn ein, ebenso die ganze Brut... Den Marquis wirst du persönlich verständigen; wir werden ihn zu deiner Rechten setzen, er wird an unserem Tische eine sehr gute Figur machen. Der Oberst und der Präfekt sind bei Herrn Garçonnet zu Gaste. Er will mir damit zu verstehen geben, daß ich nichts mehr bin. Aber ich mache mir nichts aus seiner Bürgermeisterei; sie bringt ihm nicht einen Sou ein. Er hat mich eingeladen; aber ich werde sagen, daß ich selbst Gäste habe. Sie sollen morgen vor Neid bersten... Und karge heute nicht, laß alles aus dem Hotel de Provence bringen. Das Essen des Bürgermeisters muß ganz zurücktreten.

Felicité machte sich ans Werk. Peter hatte inmitten seines Entzückens doch eine stille Sorge. Der Staatsstreich sollte seine Schulden bezahlen, sein Sohn Aristide bereute seine Fehler; auch wurde er, Peter, endlich Macquart los. All dies war sehr erfreulich; aber er fürchtete irgendeine Torheit von seiten seines Sohnes Pascal. Auch war er um das Schicksal Silvères besorgt; nicht als ob er ihn im geringsten bedauert hätte; er fürchtete bloß, daß die Sache mit dem Gendarm vor das Strafgericht kommen könne. Ach, wenn eine gescheite Kugel ihn von diesem Schlingel befreit hätte! Wie seine Frau schon am Morgen bemerkt hatte, waren die Hindernisse vor ihm gefallen; diese Familie, die ihn entehrte, hatte im letzten Augenblick an seiner Erhebung gearbeitet. Seine Söhne, Eugen und Aristide, die ihn kahl gegessen hatten und deren Schulgeld er so oft beklagt hatte, bezahlten endlich die Zinsen des Kapitals, das er an ihren Unterricht gewendet hatte. Jetzt mußte der Gedanke an diesen erbärmlichen Silvère ihm diese Stunde des Triumphes verbittern!

Während Felicité sich um die Zurüstungen zu dem Essen kümmerte, erfuhr Peter die Ankunft der Truppe und entschloß sich, Erkundigungen einzuholen. Sicardot, den er bei seiner Rückkehr befragte, wußte nichts; Pascal schien zur Pflege der Verwundeten zurückgeblieben zu Sein, und was Silvère betrifft, so hatte ihn der Major, der ihn nur oberflächlich kannte, nicht gesehen. Rougon begab sich nach der Vorstadt; er wollte bei dieser Gelegenheit Macquart die achthundert Franken geben, die er mit vieler Mühe soeben zusammengescharrt hatte. Doch als er sich unter der lagernden Menge befand, als er aus der Ferne die Gefangenen sah, die in langen Reihen auf den Balken des Saint-Mittre-Feldes saßen, von den Soldaten mit dem Gewehr im Arm bewacht, fürchtete er sich zu kompromittieren und eilte verstohlen zu seiner Mutter, mit der Absicht, die alte Frau um Nachrichten auszusenden.

Als er die Hütte betrat, war es fast vollständige Nacht. Er sah anfänglich nur Macquart, der sich mit Rauchen und Trinken die Zeit vertrieb.

Du bist's? Du kommst gerade recht, sagte Antoine, seinen Bruder wieder duzend. Ich werde hier alt und grau vor Langweile. Hast du das Geld?

Doch Peter antwortete nicht. Er hatte seinen Sohn Pascal wahrgenommen, der über das Bett gebeugt stand. Er befragte ihn lebhaft. Überrascht von dieser Besorgtheit, die er anfänglich der väterlichen Zärtlichkeit zuschrieb, erwiderte der Arzt ruhig, die Soldaten hätten ihn ergriffen und würden ihn erschossen haben ohne die Dazwischenkunft eines wackeren Mannes, den er nicht kenne. Durch seinen Doktortitel gerettet, sei er mit der Truppe zurückgekehrt. Dies war für Rougon eine große Erleichterung. Wieder einer, der ihn nicht kompromittieren wird. Er bekundete seine Freude durch wiederholte Händedrücke, als Pascal mit trauriger Stimme schloß:

Du hast keinen Grund, dich zu freuen, ich finde meine arme Großmutter in einem sehr schlimmen Zustande. Ich habe ihr diesen Karabiner wiedergebracht, der ihr so teuer ist; aber ich habe sie regungslos daliegend gefunden. Schau selbst!

Peters Augen gewöhnten sich an die Dunkelheit. Im letzten Scheine des sinkenden Tages sah er Tante Dide tot und starr auf dem Bette liegen. Dieser arme Leib, den seit der Wiege Nervenanfälle unterwühlten, war einer letzten heftigen Krise erlegen. Die Nerven hatten gleichsam das Blut aufgezehrt. Die geheime Arbeit dieses erregten Fleisches, das in später Keuschheit sich selbst verzehrte und erschöpfte, ging zu Ende und machte aus der Unglücklichen einen Leichnam, den nur noch elektrische Zuckungen galvanisierten. Zur Stunde schien ein furchtbarer Schmerz die langsame Auflösung ihres Wesens beschleunigt zu haben. Ihr bleiches Nonnengesicht, dieses Gesicht eines durch das Dunkel und die klösterlichen Entsagungen mürbe gemachten Weibes, färbte sich mit roten Flecken. Mit verzerrtem Gesichte, schrecklich weit offenen Augen, auswärts gekehrten und gekrümmten Händen, lag sie ausgestreckt da in ihren Röcken, die in dürren Linien die Magerkeit ihrer Glieder zeichneten. Die Lippen zusammengekniffen bot sie in dieser dunklen Stube das furchtbare Bild eines stummen Todeskampfes. Rougon machte eine unmutige Gebärde. Dieses ergreifende Schauspiel war ihm sehr unangenehm; er hatte Gäste zum Essen und wäre trostlos gewesen, müßte er traurig sein. Daß seine Mutter doch immer etwas Neues fand, um ihm

Verlegenheiten zu bereiten! Sie hätte doch wohl einen andern Tag wählen können. Er nahm denn auch eine ruhige Miene an und sagte:

Es wird nichts sein. Ich habe sie hundertmal so gesehen. Man muß ihr Ruhe gönnen, das ist die einzige Arznei.

Pascal schüttelte den Kopf.

Nein; diese Krise gleicht nicht den anderen, murmelte er. Ich habe sie oft beobachtet und niemals solche Anzeichen wahrgenommen. Betrachte ihre Augen: sie sind von einer seltsamen Flüssigkeit, von einer sehr beunruhigenden Klarheit. Und die Maske! Welch eine furchtbare Verzerrung aller Muskel!

Dann beugte er sich noch mehr vor, prüfte die Züge aus unmittelbarer Nähe und fuhr mit leiser Stimme fort, als spreche er mit sich selbst:

Solche Gesichter habe ich nur bei Ermordeten gesehen, die im größten Entsetzen starben... Sie muß eine furchtbare Aufregung gehabt haben.

Aber wie ist denn der Anfall gekommen? Fragte Rougon ungeduldig, weil er nicht mehr wußte, wie er die Stube verlassen sollte.

Pascal wußte es nicht. Macquart erzählte, indem er sich ein frisches Gläschen einschenkte, daß er Durst gehabt und die Alte um eine Flasche Kognak gesandt habe. Sie war nur kurze Zeit fort gewesen; als sie heimgekehrt, war sie starr und wortlos zu Boden gesunken; er selbst habe sie zum Bett tragen müssen.

Mich wundert, sagte er zum Schlusse, daß sie in ihrem Falle die Flasche nicht zerbrach. Der junge Arzt sann nach. Nach kurzem Stillschweigen fuhr er fort:

Auf dem Wege hierher vernahm ich zwei Schüsse. Vielleicht haben diese Elenden wieder einige Gefangene erschossen. Wenn sie in jenem Augenblicke durch die Reihen der Soldaten schritt, kann der Anblick des Blutes sie in diese Krise gestürzt haben... Sie muß fürchterlich gelitten haben.

Glücklicherweise hatte er seinen kleinen Rettungskasten, den er seit dem Aufbruch der Aufständischen stets bei sich trug. Er versuchte, einige Tropfen einer rosafarbenen Flüssigkeit der Alten zwischen den zusammengepreßten Zähnen einzuflößen. Inzwischen fragte Macquart seinen Bruder abermals:

Hast du das Geld?

Ja, ich habe es mitgebracht, wir wollen ein Ende machen, erwiderte Rougon, froh über diese Abschweifung.

Als Macquart sah, daß er bezahlt werden solle, begann er zu ächzen. Zu spät hatte er die Folgen seines Verrates erfaßt; sonst würde er eine zwei- und dreifach so große Summe gefordert haben. Er beklagte sich. Wahrhaftig, tausend Franken seien nicht genug. Seine Kinder hätten ihn verlassen, er sei allein in der Welt und müsse fort aus Frankreich. Von der Verbannung redend, brach er schier in Tränen aus.

Wollt Ihr die achthundert Franken? Fragte Rougon, den es drängte, dieses Haus zu verlassen.

Nein, wahrhaftig, du mußt das Doppelte geben. Deine Frau hat mich herumgekriegt. Hätte sie mir gerade herausgesagt, was sie von mir erwartete, ich würde mich um so wenig niemals kompromittiert haben.

Rougon legte die achthundert Franken in Gold auf den Tisch hin.

Ich schwöre Euch, daß ich nicht mehr habe, sprach er. Ich werde später an Euch denken. Aber jetzt geht, um Gottes willen! Macht Euch fort noch heute abend!

Unter halblautem Klagen und Schelten trug Macquart den Tisch zum Fenster, um da, bei dem schwindenden Tageslichte die Goldstücke zu zählen. Er ließ die Münzen auf den Tisch fallen; sie kitzelten ihm wonnig die Fingerspitzen und klangen so hell in der dunklen Stube. Er unterbrach sich einen Augenblick, um zu sagen:

Du hast mir eine Stelle versprechen lassen, vergiß nicht. Ich will nach Frankreich zurückkehren. Eine Feldhüterstelle in einer schönen Gegend, die ich selbst mir wählen würde, wäre mir gerade recht...

Ja, ja, abgemacht, erwiderte Rougon. Habt Ihr achthundert Franken gezählt?

Macquart begann von neuem zu zählen. Die letzten Louisdors klangen, als ein grelles Gelächter ihn zwang, den Kopf zu wenden. Tante Dide stand aufrecht vor ihrem Bette, mit offenem Kleide, die weißen Haare lose herabfällend, das bleiche Gesicht rote Flecke zeigend. Pascal hatte vergebens versucht, sie zurückzuhalten. Die Arme ausstreckend, von einem gewaltigen Fieberfrost geschüttelt bewegte sie im Fieberwahn den Kopf.

Das Blutgeld! Das Blutgeld! Rief sie wiederholt. Ich habe das Gold gehört... Und sie sind es, die ihn verkauft haben!... Ha, die Mörder, die Wölfe!...

Sie warf die Haare zurück und strich mit der Hand über die Stirne, wie um darin zu lesen. Dann fuhr sie fort:

Ich sah ihn seit langer Zeit, die Stirne von einer Kugel durchlöchert. In meinem Kopfe gab es immer Leute, die mit Flinten in der Hand ihm auflauerten. Und sie winkten mir, daß sie schießen wollen... Es ist abscheulich!... Ich fühle, wie sie mir die Glieder brechen und den Schädel aushöhlen. Oh, Gnade, Gnade! Ich bitte euch! Er soll sie nicht mehr sehen, nicht mehr lieben! Ich will ihn einsperren... ich will ihn verhindern, an ihren Röcken zu hängen... Gnade, Gnade!... Schießet nicht!... Es ist nicht meine Schuld... wenn ihr wüßtet...

Sie war fast in die Knie gesunken, weinte und flehte und streckte die zitternden Hände gegen irgendein schauerliches Bild aus, das ihr im Schatten auftauchte. Plötzlich richtete sie sich auf, ihre Augen erweiterten sich noch mehr, ihrer zusammengepreßten Brust entfuhr ein fürchterlicher Schrei, wie wenn ein ihr allein sichtbares Schauspiel sie mit wahnsinniger Furcht erfüllt hätte.

Oh, der Gendarm! Rief sie erstickend, zurückweichend, auf ihr Lager sinkend, wo sie sich in langen, wilden Lachkrämpfen wälzte.

Pascal folgte der Krise mit aufmerksamen Blicken. Die beiden entsetzten Brüder, die nur unzusammenhängende Sätze erfaßten, hatten sich in einen Winkel der Stube geflüchtet. Als Rougon das Wort Gendarm hörte, glaubte er zu verstehen; seit der Ermordung ihres Liebhabers an der Grenze, nährte Tante Dide einen tiefen Haß gegen die Gendarmen und die Zollwächter, die sie in ihren Rachegedanken miteinander verwechselte.

Sie erzählt uns da die Geschichte des Wilderers, brummte er.

Pascal winkte ihm zu schweigen. Die Sterbende richtete sich mühsam wieder auf. Verstört und blöde schaute sie um sich. Einen Augenblick blieb sie stumm, suchte dann die Gegenstände zu erkennen, als befinde sie sich an einem unbekannten Orte. Dann fragte sie plötzlich in unruhigem Tone:

Wo ist die Flinte?

Der Arzt legte den Karabiner in ihre Hände. Sie stieß einen schwachen Freudenschrei aus, betrachtete lange die Waffe und sagte leise, mit der singenden Stimme eines jungen Mädchens:

Das ist sie... ich erkenne sie... Sie ist voll mit Blut... Heute sind es frische Flecke... Seine blutigen Hände haben an dem Kolben rote Spuren zurückgelassen... Ach arme, arme Tante Dide!...

Von neuem begann sie den wirren Kopf hin und her zu wenden und verharrte eine Weile in stillem Brüten.

Der Gendarm ist tot, brummte sie dann, und ich habe ihn gesehen, er ist wiedergekommen... Diese Halunken sterben nie!

Von einer unheilkündenden Wut ergriffen, die Waffe schwingend, näherte sie sich ihren beiden Söhnen, die schreckensbleich an der Wand lehnten. Sie schleifte ihre losen Röcke hinter sich einher, ihr verkrümmter Leib richtete sich auf, halbnackt, durch das Alter schauerlich ausgedörrt.

Ihr habt geschossen! Schrie sie. Ich habe das Gold gehört... Oh, ich Unglückliche habe nur Wölfe zur Welt gebracht. Eine ganze Familie, eine ganze Brut von Wölfen... Ein armes Kind war da, das haben sie gefressen; jeder hat darauf eingehauen, noch trieft das Blut von ihnen... Ha, die Verfluchten! Sie haben gestohlen, sie haben getötet und sie leben wie feine Herren. Verflucht! Verflucht! Verflucht!

Sie sang und lachte und schrie und wiederholte: Verflucht! In einem seltsamen Tönfall, der dem Prasseln einer Gewehrsalve glich. Mit Tränen in den Augen nahm Pascal sie in seine Arme und brachte sie wieder zu Bette. Sie setzte ihren Gesang fort, den Rhythmus beschleunigend und mit ihren dürren Händen auf der Bettdecke den Takt schlagend.

Sie ist wahnsinnig, sagte der Arzt; das befürchtete ich. Der Schlag war zu hart für ein armes Wesen, das wie sie heftigen nervösen Anfällen ausgesetzt war. Sie wird in einem Irrenhause sterben, wie ihr Vater.

Aber, was hat sie denn sehen können? Fragte Rougon, aus dem Winkel hervortretend, in den er sich, geflüchtet hatte.

Ich habe eine furchtbare Ahnung, entgegnete Pascal. Ich wollte dir von Silvère sprechen, als du kamst. Er ist gefangen. Man muß bei dem Präfekten einen Schritt für ihn tun, um ihn zu retten. Noch ist es Zeit.

Der ehemalige Ölhändler sah erbleichend seinen Sohn an. Dann erwiderte er rasch:

Wache über sie; ich bin heute zu viel beschäftigt. Morgen wollen wir sie nach dem Irrenhause in Tulettes schaffen lassen. Ihr, Macquart, müßt noch heute nacht fort, Ihr schwört es mir. Ich werde Herrn von Blériot aufsuchen.

Er stammelte; es drängte ihn hinauszukommen in die nächtliche Kühle. Pascal heftete einen durchdringenden Blick auf die Irre, auf seinen Vater, auf seinen Oheim; der Egoismus des Gelehrten behielt die Oberhand; er studierte diese Mutter und diese Söhne mit der Aufmerksamkeit eines Naturforschers, der die Verwandlungen eines Insektes entdeckt. Er dachte an die Triebe einer Familie, einer Schichte, die verschiedene Zweige ansetzt und deren scharfer Saft die nämlichen Keime forttreibt in die entferntesten, je nach der Umgebung von Schatten und Sonne verschiedenartig gewundenen Äste. Er glaubte einen Augenblick, wie inmitten eines Blitzes die Zukunft der Rougon-Macquart zu sehen, eine Meute von zügellosen Begierden, die in einem Flammenschein von Blut und Gold Befriedigung, finden.

Indes hatte Tante Dide, als sie den Namen Silvère hörte, zu singen aufgehört. Sie lauschte beklommen einen Augenblick, dann begann sie ein schauerliches Geheul auszustoßen. Die Nacht war jetzt völlig hereingebrochen, und die Stube lag finster und unheimlich da. Die Schreie der Wahnsinnigen, die man nicht mehr sah, drangen aus der Finsternis hervor, wie aus einer geschlossenen Grube. Rougon hatte den Kopf verloren und eilte davon, verfolgt von diesem Lachgeheul, das in der Finsternis noch fürchterlicher klang.

Als er aus dem Saint-Mittre-Gäßchen trat, zögernd und sich fragend, ob es nicht gefährlich sei, bei dem Präfekten um Gnade für Silvère zu bitten, sah er Aristide, der um das Saint-Mittre-Feld herumstrich. Als dieser seinen Vater erkannte, lief er herbei und sagte ihm einige Worte ins Ohr. Peter erbleichte; er warf einen erschreckten Blick nach dem Hintergrunde des Feldes, nach jenem Dunkel, das nur durch das Lagerfeuer fahrender Zigeuner erhellt wurde. Dann verschwanden alle beide in der Rom-Straße, beschleunigten ihre Schritte, als ob sie gemordet hätten und stülpten den Rockkragen auf, um nicht gesehen zu werden.

Dies erspart mir einen Weg, murmelte Peter. Gehen wir essen. Man erwartet uns.

Als sie ankamen, strahlte der gelbe Salon im Lichterglanze. Felicité hatte sich vervielfacht. Alle Welt war da: Sicardot, Granoux, Roudier, Vuillet, die Ölhändler, die Mandelhändler, kurz, die ganze Gesellschaft. Der Marquis allein war unter dem Vorwande eines Anfalles von Rheumatismus weggeblieben; er verreiste übrigens für eine kurze Zeit. Diese blutbefleckten Spießbürger verletzten sein Zartgefühl, und es schien, daß sein Verwandter, der Graf von Valqueyras, ihn gebeten hatte, sich einige Zeit auf sein Gut Corbière zurückzuziehen, um sich in Vergessenheit zu bringen. Die Absage des Herrn von Carnavant verdroß die Rougon; allein Felicité tröstete sich und gedachte einen um so größeren Prunk zu entfalten; sie entlieh zwei Armleuchter, bestellte zwei Vorspeisen und zwei Mittelgerichte mehr, um so das Gedeck des Marquis zu ersetzen. Um das Mahl feierlicher zu gestalten, wurde die Tafel im Salon gedeckt. Das Hotel de Provence hatte das Silberzeug, das Porzellan, die Trinkgläser geliefert. Um fünf Uhr wurde gedeckt, damit die Gäste gleich bei ihrer Ankunft sich an dem Anblick weiden konnten. An beiden Enden des weißen Tafeltuches standen Sträuße von künstlichen Rosen in Vasen von vergoldetem Porzellan.

Als die gewöhnliche Gesellschaft des gelben Salons versammelt war, vermochte sie ihre Bewunderung für ein solches Schauspiel nicht zu unterdrücken. Die Herren lächelten mit verlegener Miene und warfen einander heimliche Blicke zu, die deutlich besagen wollten: „Diese Rougon sind toll; sie werfen ihr Geld zum Fenster hinaus." Die Wahrheit war, daß Felicité, als sie ihre Einladungen ausgehen ließ, ihre Zunge nicht hatte beherrschen können. Alle Welt wußte, daß Peter dekoriert worden und daß er ein Amt bekommen solle und dies „verwandelte die Nasen gar seltsam", wie die alte Frau sich ausdrückte. Dann sagte Roudier: „Dieses schwarze Weib ist denn doch zu hochmütig". Diese Gesellschaft von Spießbürgern, die über die sterbende Republik hergefallen waren und, einander beobachtend, einander an Fußtritten für die Republik zu überbieten suchten, fand jetzt am Zahltage, es sei nicht recht, daß ihre Wirte allen Ruhm der Schlacht einheimsten. Selbst jene, die aus bloßem Eifer geschrien hatten, ohne von dem erstehenden Kaiserreich etwas zu verlangen, waren arg verdrossen, weil sie sehen mußten, daß dank ihrer Haltung der Ärmste und Schäbigste von allen das rote Bändchen im Knopfloch haben sollte. Wenn noch der ganze gelbe Salon ausgezeichnet worden wäre!

Nichts als ob mir an der Auszeichnung etwas liegt, sagte Roudier zu Granoux, den er in eine Fensternische gezogen hatte. Ich habe sie zur Zeit Louis Philipps zurückgewiesen, als ich Hoflieferant war. Ach, Louis Philipp war ein guter König. Frankreich wird niemals einen gleichen finden!

Roudier war jetzt wieder Orleanist. Dann fügte er mit der schlauen Heuchelei des ehemaligen Schlafmützenhändlers von der Saint-Honoré-Straße hinzu:

Aber, mein lieber Herr Granoux, glauben Sie nicht, daß das Ordensbändchen in Ihrem Knopfloche sich gut ausnehmen wird? Schließlich haben Sie die Stadt ebenso gut gerettet wie Rougon. Man hat gestern in einer Gesellschaft sehr vornehmer Personen nicht glauben wollen, daß Sie mit einem bloßen Hammer einen solchen Heidenlärm machen konnten.

Granoux stammelte Dankesworte und errötend wie eine Jungfrau bei ihrem ersten Liebesgeständnisse, neigte er sich zum Ohre Roudiers und flüsterte:

Sagen Sie niemandem etwas davon, aber ich habe Grund anzunehmen, daß Rougon den Orden für mich verlangen wird. Er ist ein guter Junge.

Der ehemalige Schlafmützenhändler ward sehr ernst und bewies fortan große Höflichkeit. Als Vuillet sich zu ihm gesellte, um mit ihm von der wohlverdienten Belohnung zu sprechen, die ihr Freund empfangen hatte, erwiderte er sehr laut, um von Felicité gehört zu werden, die wenige Schritte von ihm saß, daß Männer wie Rougon, „die Ehrenlegion ehrten". Alle stimmten dem Buchhändler zu; man hatte ihm am Morgen die förmliche Versicherung gegeben, daß er die Kundschaft des Kollegs wiedererhalten werde, Was Sicardot betrifft, so empfand er erst einigen Ärger darüber, daß er künftig nicht mehr der einzige Dekorierte in der Schar sein werde. Er war der Meinung, daß die Soldaten allein auf das Band der Ehrenlegion Anspruch hätten. Die Tapferkeit Peters überraschte ihn. Doch gutmütig wie er im Grunde war, erwärmte er sich schließlich und rief, daß die Napoleons die Männer von Herz und Mut auszuzeichnen wüßten.

Rougon und Aristide wurden mit Begeisterung empfangen; alle Hände streckten sich ihnen entgegen. Man ging so weit, daß man sie küßte. Angela saß auf dem Sofa, an der Seite ihrer Mutter; sie war glücklich und betrachtete die Tafel mit den gierigen Augen einer starken Esserin, die niemals so viele Schüsseln beisammen gesehen. Aristide näherte sich, und Sicardot beglückwünschte ihn zu dem herrlichen Artikel im „Unabhängigen". Er schenkte ihm seine Freundschaft wieder. Auf seine väterlichen Fragen erwiderte der junge Mann, es sei sein Wunsch, mit Kind und Kegel nach Paris zu gehen, wo sein Bruder Eugen ihn fördern werde; aber es fehlten ihm dazu fünfhundert Franken. Sicardot versprach ihm dieses Geld; er sah schon im Geiste seine Tochter am Hofe Napoleons III.

Inzwischen hatte Felicité ihrem Gatten einen Wink gegeben. Peter, von seinen Freunden stark umworben und teilnahmvoll wegen seiner Blässe befragt, konnte nur eine Minute loskommen, gerade so lange, um seiner Frau zuzuflüstern, daß er Pascal gefunden habe und daß Macquart noch diese Nacht die Stadt verlassen werde. Indem er noch mehr die Stimme dämpfte, erzählte er ihr von dem Irrsinn seiner Mutter. Dabei legte er den Finger an die Lippen, als wollte er sagen: Kein Wort davon, sonst könnte unser Festabend verdorben werden. Felicité spitzte die Lippen. Sie tauschten einen Blick, in dem sie den gemeinsamen Gedanken lesen konnten: Jetzt wird die Alte sie nicht mehr genieren; man wird die Hütte des Wilderers niederreißen, wie man die Mauern der Krautgärtnerei der Fouque niedergerissen hat, und sie werden künftig die Achtung und die Wertschätzung von Plassans genießen.

Die Gäste betrachteten inzwischen die Tafel. Felicité lud die Herren ein, Platz zu nehmen. Es war ein Augenblick freudigen Wohlbehagens. Als man sich anschickte, zu den Löffeln zu greifen, erhob sich Sicardot, erbat sich einen Augenblick Geduld und sprach in ernstem Tone:

Meine Herren! Ich möchte im Namen der Gesellschaft unserem Wirte sagen, wie glücklich wir sind ob der Belohnungen, welche sein Mut und seine Vaterlandsliebe ihm eingetragen haben. Ich erkenne, daß Rougon eine Eingebung des Himmels hatte, als er in Plassans blieb, während diese Halunken uns auf den Heerstraßen herumschleppten. Darum beglückwünsche ich die Regierung zu ihren Entschließungen... Lassen Sie mich vollenden... Sie werden unseren Freunden nachher Ihre guten Wünsche darbringen... Erfahren Sie, daß unserem Freunde, der zum Ritter der Ehrenlegion ernannt wurde, außerdem noch eine Einnehmerstelle verliehen wurde.

Ein Ruf der Überraschung erklang. Man war nur auf die Verleihung eines kleinen, unbedeutenden Ämtchens gefaßt. Einige verzerrten das Gesicht zu einem Lächeln; doch der Anblick der Tafel ermutigte alle zu den herzlichsten Glückwünschen.

Sicardot erbat sich jetzt von neuem die Aufmerksamkeit der Gesellschaft. Warten Sie, meine Herren, ich bin noch nicht zu Ende... Nur ein Wort noch... Wir dürfen hoffen, unseren Freund unter uns zu behalten, nachdem Herr Peirotte mit dem Tode abgegangen.

Während die Gäste Rufe des Erstaunens und der Überraschung vernehmen ließen, fühlte Felicité einen Stich im Herzen. Siccardot hatte ihr den Tod des Einnehmers bereits mitgeteilt; allein, als dieses plötzlichen und furchtbarenTodesfalles zu Beginn dieser Festtafel Erwähnung geschah, fühlte sie gleichsam einen kalten Hauch über ihr Gesicht streichen. Sie erinnerte sich ihres Wunsches; sie hatte diesen Mann getötet. Und jetzt hielten die Gäste beim hellen Geräusche des silbernen Eßgerätes ihr Festmahl. In der Provinz ißt man viel und geräuschvoll. Schon bei den Zwischengerichten sprachen alle Herren zugleich; sie traten die Besiegten mit Füßen, warfen sich gegenseitig Schmeicheleien an den Kopf und machten abfällige Bemerkungen über die Abwesenheit des Marquis. Es sei unmöglich, mit den Adeligen zu verkehren. Roudier ließ schließlich durchblicken, der Marquis habe sich entschuldigen lassen, weil er aus Furcht vor den Aufständischen die Gelbsucht bekommen habe. Bei dem zweiten Gange gab es schon eine wahre Treibjagd. Die Ölhändler und die Mandelhändler retteten Frankreich. Man stieß auf den Ruhm der Familie Rougon an. Granoux war schon sehr rot und begann zu stammeln; Vuillet hingegen war sehr blaß, aber völlig berauscht. Sicardot aber schenkte fortwährend ein, während Angela, die schon zu viel gegessen hatte, sich ein Glas Zuckerwasser nach dem andern zubereitete. Die Freude darüber, gerettet zu sein, nicht mehr zittern zu müssen, sich in diesem gelben Salon wiederzufinden, an dieser reichbestellten Tafel, im hellen Lichte der zwei Armleuchter und des Kronleuchters, den man zum ersten Male ohne seine vom Fliegenschmutz übersäte Decke sah, ließ den Frohsinn und die Torheit dieser Herren alle Zügel schießen. Breit und voll klangen ihre Stimmen in der heißen Luft, bei jeder Schüssel neues Lob verkündend, sich in Komplimenten verlierend und so weit gehend – ein ehemaliger Lohgerber hatte das schöne Wort gefunden – daß das Diner mit einem „wahren Festmahl des Lucullus“ verglichen wurde. Peter strahlte; sein breites, blasses Gesicht schwitzte ordentlich vor Triumph. Felicité, wieder mutiger geworden, sagte, sie wollten einstweilen, bis sie ein kleines Haus in der Neustadt erwerben würden, die Wohnung des armen Herrn Peirotte mieten und entwarf auch schon den Plan, wie sie ihre künftigen Möbel in der

Wohnung des verstorbenen Einnehmers verteilen werde. Sie hielt ihren Einzug in ihre Tuilerien. In einem Augenblicke, da das Geräusch der Stimmen betäubend wurde, schien eine plötzliche Erinnerung sie zu packen; sie erhob sich und neigte sich zu Aristide mit der Frage:

Was ist's mit Silvère?

Überrascht von dieser Frage fuhr der junge Mann zusammen.

Er ist tot, erwiderte er mit leiser Stimme. Ich war anwesend, als der Gendarm ihn mit einem Pistolenschusse niederstreckte.

Jetzt erbebte Felicité. Sie öffnete den Mund, um ihren Sohn zu fragen, warum er diesen Mord nicht verhindert, die Freilassung des Knaben nicht gefordert habe. Aber sie sagte nichts; sie blieb stumm sitzen. Aristide, der ihre Frage an ihren bebenden Lippen abgelesen, murmelte:

Du wirst begreifen... ich habe nichts gesagt... Um so schlimmer für ihn!... Wir sind ihn los; ich habe recht getan.

Dies rohe Aufrichtigkeit mißfiel Felicité. Aristide hatte jetzt auch seinen Toten, wie sein Vater und wie seine Mutter. Sicherlich würde er nicht mit solcher Offenheit gestanden haben, daß er in der Vorstadt herumgelungert und die Ermordung seines Vetters habe geschehen lassen, wenn nicht die Weine des Hotel de Provence und die Träume, die er auf seine baldige Ankunft in Paris baute, ihn seine gewohnte Verschlagenheit hätten vergessen lassen. Als er den Satz gesprochen hatte, wiegte er sich in seinem Sessel. Peter, der aus der Ferne die Unterredung seiner Frau und seines Sohnes sah, begriff und wechselte mit ihnen einen Blick des Einverständnisses, in welchem er um Stillschweigen bat. Es war gleichsam ein letzter Hauch des Schreckens unter den Rougon inmitten der geräuschvollen Freude dieser Tafel. Als Felicité an ihren Platz zurückkehrte, sah sie auf der anderen Seite der Straße, hinter einer Fensterscheibe eine Wachskerze brennen; es war die Nachtwache an der Leiche des Herrn Peirotte, die man am Morgen von Sainte-Roure gebracht hatte. Sie setzte sich und hatte das Gefühl, als werde diese Kerze ihr den Rücken brennen. Doch neues Lachen erklang; der Nachtisch erschien und ward mit Ausrufen der Begeisterung begrüßt.

Zur nämlichen Stunde zitterte noch die ganze Vorstadt unter dem Eindrucke des blutigen Ereignisses im Saint-Mittre-Felde. Der Rückmarsch der Truppen nach dem Gemetzel in der Ebene von Nores ward durch grausame Akte der Rachevergeltung gekennzeichnet. Männer wurden hinter einer Mauer mit Kolbenschlägen niedergemacht, andere wurden in den Straßengräben von den Gendarmen erschossen. Um überall Schrecken zu verbreiten, streuten die Soldaten Leichen auf der Heerstraße aus. Man hätte ihnen auf den blutigen Spuren folgen können, die sie zurückließen. Es war ein langes Würgen. Bei jeder Rast wurden einige Aufständische ermordet, zwei in Sainte-Roure, drei in Orchères, einer in Béage. Als die Truppe in Plassans auf der Straße nach Nizza lagerte, wurde beschlossen, noch einen Gefangenen, den am meisten schuldigen, zu erschießen. Die Sieger fanden es für gut, dieses neue Opfer hinter sich zurückzulassen, um der Stadt Achtung vor dem neuen Kaiserreich einzuflößen. Aber die Soldaten waren des Mordens schon müde; keiner meldete sich zu dieser traurigen Verrichtung. Die Gefangenen, die man zwei und zwei an den Handgelenken zusammengebunden, auf die Balken des Zimmerplatzes wie auf ein Feldbett geworfen hatte, hörten mit ergebenem Stumpfsinn alles an und harrten ihres Schicksals.

In diesem Augenblicke drängte sich der Gendarm Rengade durch die Menge der Neugierigen. Kaum hatte er erfahren, daß die Truppe mit mehreren hundert Gefangenen zurückkehrte, als er vom Fieberfrost geschüttelt, in der bösen Dezemberkälte sein Leben aufs Spiel setzend, sich erhob. Draußen brach seine Wunde wieder auf; die Binde, die seine leere Augenhöhle verbarg, färbte sich mit Blut, das in dünnen Fäden auch auf seine Wangen und seinen Schnurrbart herunter rann. Greulich in seinem stummen Zorne und mit seinem bleichen Gesichte, das ein blutiges Linnen einhüllte, eilte er herbei, um jedem Gefangenen lange ins Gesicht zu schauen. So schritt er die Balkenhaufen ab, sich bückend, bald da, bald dort erscheinend und durch sein plötzliches Auftauchen selbst die Stumpfsinnigsten in Schrecken versetzend. Plötzlich rief er aus:

Ha, der Bandit! Ich habe ihn!

Er hatte Silvère bei der Schulter erfaßt. Der Knabe hockte auf einem Balken, mit leblosen Antlitz, mit sanftem, blödem Ausdruck ins Leere, in die fahle Abenddämmerung hinausstarrend. Seit dem Aufbruch von Sainte-Roure hatte er diesen leeren Blick. Auf dem ganzen Wege, während vieler Meilen und als die Soldaten den Marsch durch Kolbenstöße beschleunigten, hatte er sich folgsam wie ein Kind betragen. Mit Staub bedeckt, erschöpft von Durst und Müdigkeit, marschierte er wortlos dahin, wie eines jener gefügigen Tiere, die von der Peitsche der Kuhhirten getrieben, herdenweise dahintrotten. Er dachte an Miette. Er sah sie in die Fahne gehüllt, unter den Bäumen, mit offenen Augen da liegen. Seit drei Tagen sah er nur sie. Und zur Stunde, in den Schatten des zunehmenden Dunkels sah er nur immer noch sie.

Rengade wandte sich zu dem Offizier, der unter seiner Mannschaft die zum Erschießen notwendigen Leute nicht hatte finden können.

Dieser Halunke hat mir das Auge ausgestoßen, sagte er zu ihm und zeigte auf Silvère. Überlassen Sie mir ihn, und die Sache ist für Sie abgetan.

Ohne zu antworten ging der Offizier mit gleichgültiger Miene und mit einer unbestimmten Gebärde weiter. Der Gendarm begriff, daß man ihm den Mann überlasse.

Auf! Erhebe dich! Sagte er, ihn schüttelnd.

Silvère hatte, gleich allen anderen Gefangenen, einen Genossen an der Fessel. Er war mit dem Arm an einen Bauer aus Poujols namens Mourgue gebunden, an einen Mann von etwa fünfzig Jahren, den die Sonnenhitze und die harte Feldarbeit vertiert hatten. Sein Rücken war schon gekrümmt, seine Hände steif, sein Gesicht gemein; er blinzelte mit den Augen und schaute blöde drein, mit dem eigensinnigen und argwöhnischen Ausdruck der geprügelten Tiere. Mit einer eisernen Gabel bewaffnet war er aufgebrochen, weil das ganze Dorf ging; aber er hätte nicht zu sagen vermocht, weshalb er sich auf den Heerstraßen herumtrieb. Seitdem man ihn zum Gefangenen gemacht, begriff er die Sache noch weniger; er vermutete, man bringe ihn nach Hause. Das Erstaunen darüber, sich gefesselt zu sehen, der Anblick der vielen Leute, die ihn betrachteten, machten ihn noch dümmer. Da er nur die Bauernsprache redete und verstand, konnte er nicht erraten, was der Gendarm wolle. Mühsam erhob er sein dickes Gesicht zu ihm, weil er meinte, daß man ihn um seinen Namen befragte, sagte er mit seiner rauhen Stimme:

Ich bin von Poujols.

Ein Gelächter ging durch die Menge; mehrere Stimmen riefen:

Macht den Bauer los!

Bah, erwiderte Rengade, je mehr man von diesem Gewürm zertritt, desto besser. Da sie beisammen sind, sollen sie auch beisammen abfahren.

Es entstand ein Murren in der Menge.

Der Gendarm mit seinem schrecklichen, blutbefleckten Gesicht wandte sich um und die Neugierigen wichen zurück. Ein säuberlich gekleideter Spießbürger ging weiter, indem er erklärte, er könne nicht zu Mittag essen, wenn er noch länger dableibe. Einige Gassenjungen, die Silvère erkannten, sprachen von dem roten Mädchen. Da kam der Spießbürger noch einmal zurück, um den Liebhaber der Fahnenträgerin besser zu sehen, dieser Kreatur, von welcher in dem Berichte der Zeitung die Rede gewesen.

Silvère sah nichts und hörte nicht; Rengade mußte ihn am Kragen fassen. Da erhob er sich und zwang so auch den Bauer Mourgue, sich zu erheben.

Kommt, sagte der Gendarm, wir wollen's kurz machen.

Jetzt erkannte Silvère den Einäugigen. Er lächelte; er schien zu begreifen. Dann wandte er den Kopf weg. Der Anblick des Einäugigen, seines Schnurrbartes, den das gestockte Blut zu einem unheimlichen, roten Klumpen machte, verursachte ihm tiefes Leid. Er hätte in seinem süßen Dahinbrüten, seinen Gedanken an Miette vergehen wollen. Er vermied es, dem einzigen Auge Rengades zu begegnen, das unter dem bleichen Linnen funkelte. Der junge Mensch wandte sich von selbst nach dem Hintergrunde des Saint-Mittre-Feldes zu dem schmalen Gange zwischen den Bretterhaufen. Mourgue folgte.

Wüst und trostlos dehnte das Feld unter dem bleichen Himmel sich aus, beleuchtet von einem grellen Widerschein der kupferroten Wolken. Niemals hatte dieses öde Feld, dieser Werkplatz, wo die Balken, wie von der Kälte erstarrt dalagen, einen so trostlosen Anblick langsamen, ergreifenden Dämmerns geboten. Die Gefangenen, die Soldaten, die Menge am Straßensaume: sie verschwanden im Dunkel der Bäume. Das Feld allein, die Eichenbohlen, die Bretterhaufen waren in dem ersterbenden Tageslichte, in verschwommenen Farben sichtbar; das Ganze sah aus wie ein ausgetrocknetes Flußbett. In einem Winkel standen die Sägeböcke beisammen wie Gerüste eines Schafotts. Nichts Lebendes war da als drei Zigeuner, die ihre erschreckten Köpfe aus ihren Karren hervorstreckten: ein Alter, eine Alte und ein großes Mädchen mit krausem Haar, dessen Augen funkelten wie Wolfsaugen.

Ehe Silvère den schmalen Weg erreichte, blickte er um sich. Er erinnerte sich eines fernen Sonntags, an dem er bei schönem Mondschein den Werkplatz durchschritten hatte. Wie lieblich war es in dem silberhellen Lichte, das die Bohlen entlang herniederfloß! Göttliche Stille senkte sich von dem winterlichen Himmel nieder. In dieser Stille sang die junge Zigeunerin mit dem krausen Haar mit leiser Stimme in einer unbekannten Sprache. Dann erinnerte sich Silvere, daß dieser ferne Sonntag vor acht Tagen gewesen. Acht Tage waren es her, daß er gekommen war, um Mietten Lebewohl zu sagen. Wie lange war das schon! Ihm war, als habe er seit Monaten keinen Fuß auf den Werkplatz gesetzt. Aber als er den schmalen Weg betrat, ward er schwach. Er erkannte den Duft der Gräser wieder, den Schatten der Bretterstöße, die Löcher in der Mauer. Eine Klagestimme schien aus allen diesen Gegenständen aufzusteigen; traurig und leer dehnte der Weg sich dahin; er schien ihm jetzt länger als sonst, er fühlte einen leisen Wind hinstreichen. Der ganze Winkel hatte furchtbar gealtert. Er fand die Mauer vom Moose zerfressen, den Rasenteppich vom Froste verdorrt, die Bretter vom Wasser verfault. Es war ein trostloser Anblick. Die fahle Dämmerung fiel wie ein feiner Morast auf die Erinnerungen an diesen ihm so teuren Ort. Er mußte die Augen schließen, und jetzt sah er den Weg wieder grün und die glücklichen Tage wieder, die er hier verlebt. Es war wieder warm, und er lief mit Miette im Freien herum. Dann kamen die endlosen Dezemberregengüsse; sie kamen aber dennoch hierher, verbargen sich unter den Bretterstößen und hörten aus ihrem Versteck entzückt den Regen rauschen. Wie im flammenden Lichte eines Blitzes zog sein Leben, zogen alle seine Freuden an ihm vorüber. Miette sprang über die Mauer und eilte herbei, von hellem Lachen geschüttelt. Sie war da; er sah im Schatten ihr weißes Antlitz und ihr reiches, schwarzes Haar. Sie erzählte ihm von den Elsternestern, die so schwer auszuheben sind, und zog ihn fort. Er vernahm aus der Ferne das sanfte Murmeln der Viorne, das Zirpen der Heimchen, den Wind, der durch die Pappeln der Klarawiese rauschte. Wie hatten sie sich da getummelt! Er erinnerte sich sehr wohl; sie hatte in vierzehn Tagen schwimmen gelernt; sie war ein wackeres Mädchen und hatte nur einen großen Fehler: sie stahl Obst, wenn sie im Freien herumstrichen. Aber er würde sie davon geheilt haben. Die Erinnerung an ihre ersten Liebkosungen führte ihn wieder auf den schmalen Weg zurück. Sie waren immer wieder zu diesem Versteck zurückgekehrt. Er glaubte den leisen Gesang der Zigeunerin zu hören, das Zuklappen der letzten Fensterläden, die dumpfen Schläge der Turmuhren. Dann kam der Augenblick des Scheidens; Miette stieg wieder auf die Mauer und sandte ihm Kußhändchen zu. Dann sah er sie nicht mehr; eine schreckliche Angst schnürte ihm die Kehle zu: er wird sie nie, nie wiedersehen.

Wie du willst, rief jetzt der Einäugige höhnisch; geh, suche dir dein Plätzchen aus.

Silvère tat noch einige Schritte. Er näherte sich jetzt dem Ende des Weges; er sah nur mehr einen schmalen Streifen des Himmels, an dem das rostfarbige Tageslicht langsam erstarb. Hier waren zwei Jahre seines Lebens verflossen. Das langsame Herankommen des Todes erfüllte ihn mit unaussprechlicher Seligkeit auf diesem Pfade, der so lange Zeit der Schauplatz seines Herzensglücks gewesen. Er verlangsamte seine Schritte und freute sich des Abschiedes von allem, was er liebte, von den Gräsern, von den Hölzern, von den Steinen der alten Mauer, von all den Dingen, denen Miette Leben verliehen hatte. Abermals verirrten sich seine Gedanken. Sie warteten, bis sie das Alter erreichten, um Mann und Frau zu werden. Tante Dide würde bei ihnen geblieben sein. Ach, wären sie doch geflohen, weit, weit, in ein fremdes Dorf, wo die Gassenjungen der armen Chantegreil nicht das Verbrechen ihres Vaters nachgerufen hätten! Welch glücklicher Friede wäre das gewesen! Er würde an einer Heerstraße eine Stellmacherei eröffnet haben. Er war bescheiden in seinem Arbeiterehrgeiz; er wollte keine prunkvollen Kutschen mit breiten gefirnisten Feldern machen, die da glänzten wie ein Spiegel. In seiner dumpfen Verzweiflung konnte er sich nicht erinnern, weshalb sein Glückstraum sich nicht verwirklichen durfte. Warum war er nicht mit Miette und Tante Dide fortgezogen? Und als er sein Erinnerungsvermögen besser anspannte, hörte er das scharfe Prasseln eines Gewehrfeuers und sah eine Fahne sinken: der Schaft war gebrochen, der Stoff fiel herab wie der Flügel eines zu Tode getroffenen Vogels. Mit Miette schlief die Republik, eingehüllt in einen Zipfel des roten Banners. Oh, Jammer! Beide waren tot! Sie hatten ein blutendes Loch in der Brust und das verleidete ihm nunmehr das Leben: die Leichen der beiden, die er geliebt! Er besaß nichts mehr, er konnte nun sterben. Das erfüllte seit Sainte-Roure ihn mit einer stumpfen, kindlichen Freude. Man hätte ihn prügeln können; er würde es nicht gefühlt haben. Er befand sich nicht mehr in seinem Körper; er war neben seinen vielgeliebten Toten geblieben unter den Bäumen, im scharfen Pulverrauch.

Doch der Einäugige ward ungeduldig; er stieß Mourgue vorwärts, der sich ziehen ließ, und schalt:

So geht doch, ich will nicht hier übernachten.

Silvère strauchelte. Er schaute zu seinen Füßen. Das Bruchstück eines Schädels bleichte im Grase. Er glaubte den engen Weg sich mit Stimmen füllen zu hören. Die Toten riefen ihn, die alten Toten, deren heißer Atem an den Juliabenden ihn so seltsam verwirrt hatte, ihn und seine Liebste. Er erkannte ihr leises Geflüster. Sie freuten sich und sagten ihm, er möge kommen; sie versprachen, ihm Miette wiederzugeben unter der Erde in einem noch besser verborgenen Winkel, als der am Ende des Weges gewesen. Der Leichenacker, der mit seinen scharfen Düften und seinem üppigen Wachstum dem Herzen der Kinder heiße Begierden zugeflüstert und das weiche Bett seiner wild wuchernden Gräser angeboten hatte, ohne sie einander in die Arme treiben zu können, träumte jetzt davon, Silvères Blut zu trinken. Seit zwei Sommern schon harrte er der jungen Gatten.

Soll's da sein? Fragte der Einäugige.

Der junge Mensch blickte vor sich hin. Er war am Ende des Weges angekommen. Er bemerkte den Grabstein und fuhr zusammen. Miette hatte recht; dieser Stein war für sie. „Hier ruht... Marie... gestorben..." Sie war in der Tat gestorben; der Stein war über sie gewälzt. Er wankte und mußte sich auf den eisigen Stein stützen. Wie warm war doch der Stein ehemals, als sie an einer Ecke beisammen sitzend, ganze lange Abende da verplauderten. Sie kam von der Mauer herab und hatte ein Stück des Steines damit abgewetzt, daß sie da den Fuß aufsetzte, um herabzusteigen. In diesem Eindruck ihres Fußes war etwas von ihr, von ihrem geschmeidigen Leibe zurückgeblieben. Und er dachte, daß alle diese Dinge vom

Schicksal bestimmt seien, daß dieser Stein an diesem Orte liege, damit er hierher sterben komme, nachdem er hier geliebt.

Der Einäugige lud seine Pistolen.

Sterben, sterben: der Gedanke entzückte Silvère. Hierher also führte man ihn auf der langen, weißen Straße, die von Sainte-Roure bis Plassans herabsteigt. Hätte er dies gewußt, so hätte er sich mehr beeilt. Sterben auf diesem Steine, sterben am Ende dieses schmalen Weges, sterben in dieser Luft, wo er noch den Atem Miettens zu spüren glaubte: niemals würde er einen solchen Trost in seinem Leide erhofft haben. Der Himmel war gütig. Er harrte mit einem Lächeln auf den Lippen.

Inzwischen hatte der Bauer Mourgue die Pistolen gesehen. Bis hierher hatte er in blöder Weise sich schleppen lassen, doch jetzt erfaßte ihn die Furcht und er wiederholte immerfort in jammerndem Tone:

Ich bin von Poujols, ich bin von Poujols!

Er warf sich zur Erde und wälzte sich flehend zu den Füßen des Gendarmen ohne Zweifel in der Meinung, daß er für einen andern gehalten werde.

Was kümmert es mich, daß du von Poujols bist, brummte der Gendarm.

Da der Erbarmungswürdige, zitternd und weinend vor Entsetzen, nicht begreifend, weshalb er sterben solle, seinebebenden Hände vorstreckte, diese armseligen, unförmigen und rauhen Arbeiterhände, wobei er in seiner Bauernsprache sagte, daß er nichts getan habe und daß man ihm vergeben müsse, ward der Einäugige ungeduldig, weil er dem sich heftig Bewegenden die Mündung der Pistole nicht an die Schläfe setzen konnte.

Wirst du schweigen! Rief er.

Wahnsinnig vor Angst und nicht sterben wollend begann Mourgue jetzt ein tierisches Geheul auszustoßen, wie ein Schwein, das geschlachtet wird.

Schweig, Halunke! Wiederholte der Gendarm.

Und er zerschmetterte ihm den Schädel. Der Bauer stürzte als tote Masse hin; sein Leichnam fiel bei einem Bretterhaufen nieder und lag da zusammengesunken. Durch die Gewalt des Sturzes riß die Leine, die ihn an seinen Genossen gefesselt hatte. Silvère sank vor dem Grabstein in die Knie.

Rengades Verlangen nach Rache steigerte sich nach dem Tode Mourgues. Er spielte mit seiner zweiten Pistole, hob sie langsam, um sich an der Todesangst Silvères zu weiden. Doch dieser sah ihn ruhig an. Der Anblick des Einäugigen, dessen wild funkelndes Auge ihn verbrennen zu wollen schien, verursachte ihm ein Unbehagen. Er wandte den Kopf ab, weil er fürchtete, feige zu sterben, wenn er noch länger diesen vom Fieber geschüttelten Mann sehen würde mit seiner besudelten Binde und seinem blutstarrenden Schnurrbart. Doch als er die Augen erhob, erblickte er den Kopf Justins auf der Mauer, an der Stelle, wo Miette herabzusteigen pflegte.

Justin hatte sich am römischen Tore unter der Menge befunden, als der Gendarm die beiden Gefangenen wegführte. Er begann zu laufen, was er konnte und nahm seinen Weg durch den Jas-Meiffren, denn er wollte das Schauspiel der Hinrichtung nicht versäumen. Der Gedanke, daß von allen Taugenichtsen der Vorstadt er allein das Drama bequem, wie von einem Balkon herab mit ansehen könne, trieb ihn zu solcher Eile an, daß er zweimal fiel. Trotz seines tollen Laufes kam er zu dem ersten Pistolenschuß zu spät. Verzweifelt erklomm er den Maulbeerbaum. Als er Silvère noch am Leben sah, lächelte er. Die Soldaten hatten ihm erzählt, daß seine Base getötet worden sei; die Ermordung des Stellmachers machte seine Freude zu einer vollständigen. Er erwartete den Schuß mit jener Wollust, die er empfand, wenn er andere leiden sah, aber noch zehnfach gesteigert durch das Schreckliche der Szene, gemengt mit einer köstlichen Furcht.

Als Silvère den Kopf auf der Mauer erkannte, diesen schändlichen Kerl mit der bleichen, wonnegrinsenden Fratze und dem über die Stirne leicht gesträubten Haar, empfand er eine dumpfe Wut, ein Bedürfnis zu leben. Es war die letzte Aufwallung seines Blutes. Doch es währte nur eine Sekunde; er sank wieder auf die Knie und schaute vor sich hin. In der trübseligen Dämmerung schwebte ein letztes Bild an ihm vorüber: am Ende des Weges, am Eingange des Saint-Mittre-Feldes glaubte er Tante Dide zu sehen, die bleich und starr wie eine Heilige von Stein dastand und aus der Ferne seinen Todeskampf mit ansah.

In diesem Augenblicke fühlte er den kalten Lauf der Pistole an seiner Schläfe. Der bleiche Kopf Justins lachte. Silvère schloß die Augen; er hörte, wie die Toten ihn heftig riefen.

Er sah im Finstern nichts als Miette, die in die rote Fahne gehüllt, unter den Bäumen lag, und mit den offenen toten Augen in die Luft starrte. Dann schoß der Einäugige und es war aus; der Schädel des Knaben platzte, wie ein reifer Granatapfel; er fiel mit dem Antlitz auf den Steinblock, seine Lippen hefteten sich auf die von Miettens Füßen abgewetzte Stelle, auf jene noch warme Stelle, wo die Liebste seines Herzens gleichsam ein Stück ihres Leibes zurückgelassen hatte. – –

Bei den Rougon aber ging es in der schwülen Luft des Salons, bei den noch warmen Resten des Festmahles hoch her. Endlich genossen sie die Freuden der Reichen; nachdem sie dreißig Jahre lang ihre Begierden hatten niederhalten müssen, zeigten sie jetzt eine wilde Gier. Diese hungrigen, abgemagerten Raubtiere, denen erst gestern die Genüsse zugänglich gemacht worden, begrüßten mit lautem Jubel das erstehende Kaiserreich, die Herrschaft der wilden Treibjagd. Wie durch den Staatsstreich der Glücksstern der Bonaparte wieder aufgegangen, begründete er auch das Glück der Rougon.

Peter erhob sich, streckte seinen Gästen sein Glas entgegen und rief:

Ich trinke auf das Heil des Prinzen Ludwig, des Kaisers.

Die Herren, die ihren Neid in dem Schaumwein ertränkt hatten, erhoben sich sämtlich und stießen unter betäubendem Jubelgeschrei mit ihren Gläsern an. Es war ein schönes Schauspiel. Die Bürger von Plassans, Roudier, Granoux, Vuillet und die anderen weinten und umarmten sich über dem noch warmen Leichnam der Republik. Sicardot aber hatte einen glänzenden Gedanken. Er nahm aus dem Haar Felicités eine Schleife von rosa Satin, mit welcher die Hausfrau sich für den Festabend geschmückt hatte, schnitt mit einem Dessertmesser ein Stückchen davon ab und steckte es feierlich in das Knopfloch Rougons. Dieser spielte den Bescheidenen, wehrte ab und murmelte mit strahlender Miene:

Nein, ich bitte Sie, das ist zu viel. Man muß warten,. Bis der Erlaß erschienen ist.

Sacrebleu, rief Sicardot, ob Sie es wohl behalten wollen; ein alter Soldat Napoleons dekoriert Sie!

Der ganze gelbe Salon klatschte Beifall. Felicité schwamm in Glückseligkeit. Der sonst so schweigsame Granoux bestieg in seiner Begeisterung einen Sessel, winkte heftig mit seiner Serviette und hielt eine Rede, die in dem allgemeinen Getümmel unterging. Der gelbe Salon triumphierte, raste.

Doch das Bändchen von rosa Satin im Knopfloche Peters war nicht der einzige rote Fleck in dem Triumphe der Rougon. Unter dem Bette des anstoßenden Zimmers vergessen, lag noch ein Schuh mit blutbeflecktem Absatz. Die Kerze an der Leiche des Herrn Peirotte auf der anderen Seite der Straße schimmerte blutigrot durch das Dunkel der Nacht wie eine offene Wunde. Und in der Ferne, im Hintergrunde des Saint-Mittre-Feldes, auf dem Grabstein, stockte eine große Blutlache.

Ende